JAMES SWALLOW

Das Rubicon-Protokoll

Autor

James Swallow wurde für seine Drehbücher unter anderem für einen BAFTA Award nominiert und hat zahlreiche erfolgreiche Video- und Hörspiele, Kurzgeschichten und Science-Fiction-Romane verfasst. Nach »Die Rubicon-Verschwörung« und »Die Rubicon-Mission« ist »Das Rubicon-Protokoll« sein dritter Thriller um den britischen Agenten Marc Dane. James Swallow lebt und arbeitet in London.

JAMES SWALLOW

DAS RUBICON-PROTOKOLL

THRILLER

Deutsch von Leo Strohm

blanvalet

Die Originalausgabe erschien 2017 unter dem Titel
»Ghost« bei Zaffre Publishing, London.

Dieses Buch ist auch als E-Book erhältlich.

Verlagsgruppe Random House FSC® N001967

1. Auflage

Redaktion: René Stein
© Johannes Frick unter Verwendung von Motiven von Nik Keevil/
Arcangel Image, iStock.com (© Lorado, © tobiasjo
© Marcus Lindstrom) und Shutterstock.com (© Andre Muller,
© Avesun, © Vandathai, © da-kuk)
AF · Herstellung: sam
Satz: KompetenzCenter, Mönchengladbach
Druck und Bindung: GGP Media GmbH, Pößneck
Printed in Germany
ISBN 978-3-7341-0800-6

www.blanvalet.de

*Für alle, die den Kampf um Freiheit und Vernunft
noch nicht aufgegeben haben.
Zum Angedenken an meinen Vater, Terrance Swallow.*

Kapitel 1

Panik erfüllte ihn. Dickflüssig und zäh sickerte sie in seine Lunge und sammelte sich in seinem Magen, der sich zu einem schweren Klumpen formte. Die schwüle Mittagsluft wurde immer drückender, aber Lex setzte einen Fuß vor den anderen, so lange, bis seine Knie nachzugeben drohten. Er musste unbedingt für einen Moment verschnaufen, musste wieder zu Atem kommen, also rettete er sich in den Eingang einer Apotheke in den etwas kühleren Schatten, wo er Schutz vor der hochstehenden Sonne fand. Die Belegschaft machte bereits Siesta.

Er duckte sich und versuchte, seine Angst und seine Schwäche wieder in den Griff zu bekommen, strich sich die Haare aus dem rundlichen Gesicht. Entsetzen lag in seinem Blick. Er blinzelte, rückte seine Brille zurecht und verschmierte dabei die Gläser.

Lex ließ den Blick an sich hinabgleiten.

Jetzt nahm er zum ersten Mal die winzigen rostroten Flecken auf dem weißen T-Shirt wahr, das er unter seiner weiten schwarzen Kapuzenjacke trug. Der Schraubstock, der sein Herz umklammert hielt, zog sich noch ein bisschen fester zusammen. Er legte die Hand an seine Wange. Danach war sie mit rubinroten Streifen beschmiert. Hastig rieb er sein Gesicht mit dem Ärmel sauber, zerrte an dem Reißverschluss seines Hoodies und zog ihn ein Stück hoch, um die Spritzer zu verstecken.

Es war das Blut des Griechen. Lex hatte nicht einmal

gemerkt, dass er etwas davon abbekommen hatte, so sehr war er mit all seinen Sinnen auf die Flucht konzentriert gewesen.

Es ist alles so rasend schnell passiert. Als Treffpunkt hatten sie eine große Piazza am südlichen Rand der Altstadt von Rabat abgemacht. Lex war schon seit Tagen auf der Mittelmeerinsel, die mit jeder Stunde ein wenig zu schrumpfen schien. Er wollte nur noch weg. Als die Nachricht endlich eintraf, hatte er gar nicht schnell genug zum Treffpunkt kommen können.

Die Nachricht bestand lediglich aus einer digitalen Zeichenfolge und wurde auf einen verschlüsselten Tor-Server geleitet, den Lex gleich am Tag seiner Flucht eingerichtet hatte. Sie enthielt die Zusage eines griechischen Schmugglers, der bereit war, ihn aus Europa zu schaffen und in ein Flugzeug nach Kanada zu setzen. Kyrkos, so hieß der Mann. Sie waren sich einig gewesen, der Ablauf genauestens geplant.

Sie wollten sich in Rabat treffen und gemeinsam nach Valetta fahren, wo Kyrkos ein Boot liegen hatte. Lex hatte alles genau vor Augen gehabt: Den Abend würden sie schön auf See verbringen, wo er sich den Sonnenuntergang im Meer anschauen würde. Anschließend wollte er ein kleines Ritual abhalten und seine sämtlichen Ausweispapiere verbrennen (und die Aschereste ins Wasser streuen). Ein Neubeginn.

Lex Wetherby würde auf See bestattet werden und wäre für immer verschollen. Genau so war es vorgesehen gewesen, weil niemand wusste, wo er war. *Er war in Sicherheit.*

Aber nachdem er sich dem Griechen gegenüber an einen Cafétisch gesetzt hatte, hatte der bullige Leibwächter in seiner Nähe plötzlich gestutzt, als hätte er etwas Ungewöhnliches bemerkt. Nur eine Sekunde später riss es ihn ruckartig nach hinten, als hätte ihn ein Pferd getreten.

Lex hatte schon öfter gesehen, wie jemand erschossen wurde, und jedes Mal hatte er dabei einen Schuss, einen lauten Knall gehört. Aber dieses Mal nahm er gar nichts wahr, was das ganze Geschehen seltsam unwirklich machte.

Kyrkos sprang von seinem Stuhl auf und stieß ein Weinglas um. Er hatte gerade noch Zeit, um Lex zu beschimpfen, dann zerfetzte das nächste Projektil – ebenfalls schallgedämpft – sein Gesicht. Der Grieche brach an Ort und Stelle zusammen. Ein Tourist an einem Nachbartisch bemerkte das Blut, ein Kind kreischte laut auf.

Lex ergriff die Flucht. Instinktiv, aus reinem Selbsterhaltungstrieb, kippte er dabei den Tisch zur Seite. Die dritte Kugel riss eine Ecke aus der hölzernen Tischplatte. Während er auf die nächste Gasse zustürmte, die ihm als vages Versprechen auf Sicherheit erschien, blickte er sich um, auch das eine instinktive Handlung, völlig unwillkürlich.

Touristen und Einheimische standen völlig erstarrt da, mit entsetzten Mienen, die Hände vor den Mund geschlagen. Die einzigen Menschen, die in seine Richtung blickten, waren ein Mann und eine Frau. Beide waren durchschnittlich groß und trugen identische Baseballmützen sowie große schwarze Sonnenbrillen, die die Hälfte ihres Gesichts verdeckten. Er sah die dunklen, kantigen Pistolen in ihren Händen, und dann setzte sein Verstand einfach aus. Dafür kochte die Panik in ihm hoch wie ein ausbrechender Geysir.

Er lief durch eine enge, stickige Gasse voller widerlicher abgestandener Gerüche und stieß etliche Häuserblocks nördlich der Piazza auf die Kbira Street, folgte dem Verlauf der Straße an den altehrwürdigen Mauern der Kollegiatskirche St. Paul vorbei. Rabat lag auf einem Hügel, und durch die mittelalterlichen Straßen wehte eine gleichmäßige Brise, die ihm die Haare zerzauste und Papierfetzen an den Randsteinen entlangblies. Zu allen Seiten standen dicht gedrängt sonnengebleichte Gebäude, und jetzt, am Nachmittag, waren die meisten Geschäfte geschlossen.

Lex rannte weiter, wie auf Autopilot, bis ihm klar wurde, dass er beinahe einen verhängnisvollen Fehler begangen hätte. So war er mit weichen Knien vor der Tür der Apotheke zum Stehen gekommen. Jetzt versuchte er, seinen Verstand wieder einzuschalten und sich an all das, was er über die Stadt wusste, zu erinnern. Nicht weit von hier entfernt, dort, wo Rabat auf die Mauern der alten Festungsstadt Mdina traf, gab es einen Busbahnhof. Er musste lediglich in einen der Nahverkehrsbusse schlüpfen und sich unter die Fahrgäste mischen, dann würde er ungesehen entkommen. Den Rest konnte er sich dann unterwegs überlegen, aber im Moment war er vor allem damit beschäftigt, sich nicht erschießen zu lassen.

Das zerfetzte Gesicht des Griechen tauchte vor seinem geistigen Auge auf, und als er versuchte, das Bild wieder loszuwerden, musste er würgen. Nestor Kyrkos war gut vernetzt und hatte Feinde gehabt, das wusste Lex. Vielleicht hatte das Killerpärchen mit den Baseballmützen ihn ja wegen einer ganz anderen Sache getötet, einer Sache, von der er, Lex, nicht einmal etwas ahnte. Vielleicht waren sie überhaupt nicht an ihm interessiert.

Doch dann erkannte er im Schaufenster der Apotheke das Spiegelbild eines olivfarbenen Gesichts, halb verdeckt von einer schwarzen Sonnenbrille. Jetzt wusste Lex mit absoluter Sicherheit, dass er das eigentliche Ziel war – und nicht Kyrkos und der Leibwächter. Kollateralschäden, bedauerlich, aber nun ja. Die Attentäter hatten die beiden nur getötet, um jede mögliche Gefahr auszuschalten, bevor sie sich ihrer eigentlichen Beute zugewandt hatten.

Lex huschte aus dem Schatten des überdachten Eingangs und schob sich durch eine Gruppe betagter englischer Touristen, die in der entgegengesetzten Richtung unterwegs waren. Trotz ihres leisen Murrens über seine Rücksichtslosigkeit hörte er das tiefe Dröhnen einer Unterschallkugel einen Sekundenbruchteil, bevor in einem sandfarbenen Steinblock in der Mauer neben ihm auf Kopfhöhe plötzlich ein Einschusskrater aufplatzte. Die Touristen reagierten mit zurückhaltender Verblüffung auf das laute Geräusch, während Lex sie bereits hinter sich gelassen hatte und sich nun dicht an die gelben Steinmauern der Nachbargebäude presste, um vor den Blicken der Attentäter geschützt zu sein, bis er die nächste Ecke erreicht hatte.

Kein Knall, nichts. Die Waffen, die die beiden benutzten, waren so gut wie lautlos. Außer ihm schien niemand zu begreifen, was sich hier gerade abspielte.

Lex hastete weiter, so schnell es nur ging, aber ohne zu rennen. Er wollte der Panik auf keinen Fall nachgeben, aus Angst, dass sie ihn ins Verderben führen würde. Bei seinem überstürzten Aufbruch aus dem Café hatte er seine Kuriertasche zurückgelassen, aber sie enthielt nur wenige Dinge, die unersetzlich waren. Das Wichtigste, *das unschätzbar Wertvolle,* trug er bei sich. Seit er Berlin den Rücken gekehrt und seine Kameraden zurückgelassen hatte, hatte er den Anlass für diesen Verrat immer in seiner unmittelbaren Nähe gehabt.

Bei diesem Gedanken zuckte seine Hand und krampfte sich kurz zusammen. Nervös strich Lex mit den Fingern der anderen Hand über die Narben an seiner Handfläche, kratzte an der alten, längst verheilten Wunde. Sein rechtes

Bein fing an zu schmerzen, wie immer, wenn es schwierig wurde, doch er verdrängte den Phantomschmerz, indem er die Taschen seiner Cargohose und seiner Kapuzenjacke abklopfte, um sich zu vergewissern, was er alles bei sich hatte.

Nicht viel. Säuerliches Adrenalin sammelte sich in seinem Mund und hinterließ einen metallischen Nachgeschmack. Das war nicht die Art von Angst, die er kannte, nicht dieser Rausch der Geschwindigkeit, wenn er mit dem Fallschirm von einer Felsenklippe sprang oder auf dem Surfbrett eine Welle ritt. *Damit* kam er klar, weil er in diesen Situationen immer noch die Kontrolle hatte. Aber diese Angst jetzt kam brachial und schroff und überwältigend daher, und er musste sich zusammenreißen, um halbwegs klar denken zu können.

Diese Leute wollen mich ermorden. Jetzt traf ihn die Erkenntnis mit voller Wucht und presste ihm die Luft aus der Lunge.

Die schicksalhafte Entscheidung, die er vor Wochen noch in Deutschland getroffen hatte, fiel ihn jetzt von hinten an. Die Menschen, mit denen er zusammengelebt, mit denen er gefeiert, die Menschen, die er zu kennen geglaubt hatte … Er fragte sich, ob er sie überhaupt jemals wirklich verstanden hatte. Er hatte absichtlich die Augen verschlossen vor dem, was tatsächlich vor sich ging, vor den Plänen, die geschmiedet wurden. Er hatte ganz bewusst die Scheuklappen aufgesetzt und die unbarmherzigen Fragen ignoriert, die ihm den ganzen Spaß verdorben hätten. So lange, bis er nicht mehr länger hatte wegschauen können.

Lex verabscheute sich dafür. Und als es zu viel geworden war, als er vor lauter Angst nachts nicht mehr schlafen konnte, da war er weggerannt, war hierher geflüchtet –

und jetzt saß er in der Falle. Jetzt würden die Attentäter, die seine ehemaligen Freunde ihm auf den Hals gehetzt hatten, ihren Auftrag erfüllen, und Lex' viel zu späte Reue würde sich als sinnlos erweisen. Er stieß einen unterdrückten Fluch aus und versuchte, die Übelkeit erregende Furcht abzuschütteln, die ihn zu ersticken drohte.

Er fing an zu joggen, vermied bewusst die Ziergartenanlagen im Norden von Rabat, sondern lief durch den Park. Keuchend kauerte er sich hinter einen dicken Johannisbrotbaum und wagte erneut einen Blick in die Richtung, aus der er gekommen war. Der Killer stand keine fünfzig Meter entfernt, blickte in die entgegengesetzte Richtung und suchte die Straßen nach seiner Zielperson ab. Lex sah, wie er den Mund bewegte, konnte jedoch kein Wort verstehen. Der Mann hatte zwei Finger an den Hals gelegt, als würde er seinen Puls messen, und als er die Hand sinken ließ, erkannte Lex, dass an seiner Kehle ein kleines Pflaster klebte, wie ein Nikotinpflaster.

Der Mann blickte in Richtung des Busbahnhofs und nickte, lauschte einer Stimme, die nur er hören konnte.

Lex folgte seinem Blick, und dann krampfte sich sein Magen zusammen, als die Frau zwischen zwei Bussen in sein Sichtfeld trat. Die Pistole versteckte sie in den Falten ihrer hellen Jacke.

Sie drehte den Kopf, sodass die grelle Sonne sich in ihren großen Brillengläsern spiegelte, und blickte genau in Lex' Richtung. Augenblicklich veränderte sich ihre Körpersprache, als hätte sie einen Schalter umgelegt. Langsam und ohne Hast kam sie auf ihn zu. An ihrem Hals klebte das gleiche Pflaster wie bei ihrem Komplizen, und jetzt bewegte sie den Mund, aber wieder konnte Lex nicht erkennen, was sie sagte.

Wenn er überleben wollte, dann blieb ihm nur noch

eine einzige Möglichkeit. Der Busbahnhof schied aus, und dorthin zurück, wo er hergekommen war, konnte er auch nicht, weil er dann in jedem Fall den Weg der Attentäter gekreuzt hätte.

Also musste Lex sich unter die Menschen mischen, die die mauergesäumte Altstadt von Mdina besuchen wollten. Dazu musste er die uralte steinerne Brücke überqueren, die zu dem historischen Stadttor führte. Die Touristen dienten als Deckung. So schnell er nur konnte, hastete er vorwärts, während schon wieder stechende Schmerzen sein Bein durchzuckten; dabei duckte er sich hinter ein paar lachenden Besuchern, die eifrig ein Selfie nach dem nächsten machten.

Während er sich dem barocken Portal näherte, kam er sich seltsam entwurzelt vor. Er wusste nicht viel über Mdinas Geschichte, aber dieses Bauwerk kannte er gut, weil es gleich in mehreren Fantasy-Serien als geheimnisumwobene Schlosskulisse gedient hatte. In den langen, einsamen Nächten, während sein Laptop mit der Kompilierung diverser Codetexte beschäftigt gewesen war, hatte Lex diese Serien regelrecht verschlungen. Er hätte sich nicht gewundert, wenn die Leute auf der Brücke Schwerter gezogen und sich auf ihn gestürzt hätten. Irgendwie hatte er das Gefühl, als sei die ganze Welt hinter ihm her.

Er verspannte sich mit jedem Schritt, erwartete den nächsten lautlosen Schuss, rechnete fest mit einer Kugel zwischen seinen Schulterblättern, aber nichts dergleichen geschah. Als er die schattigen Straßen der mittelalterlichen Burgfeste betrat, zitterte er unwillkürlich.

Kurz hinter dem Stadttor gabelte sich der Weg in drei Teile. Die Touristen zogen weiter und gingen schnurstracks geradeaus die Triq Villegaignon entlang, vorbei an der St.-Agatha-Kapelle, der ersten von insgesamt einem halben Dutzend Kapellen in der über tausend Jahre alten Festungsanlage. Lex löste sich von ihnen und huschte in eine Nebenstraße, die sich an der südlichen Stadtmauer entlangzog. Aus dem Taxi, mit dem er hier angekommen war, hatte er gesehen, dass es im Westen noch ein zweites Stadttor gab. Wenn er es bis dorthin schaffte und dann einen Haken schlug, hatte er immer noch eine Chance, ungesehen zu entkommen.

Er fing an zu laufen, doch es fiel ihm schwer: Jedes Mal, wenn er mit seinem versehrten Bein auf das Kopfsteinpflaster trat, durchfuhr ihn ein schmerzhafter Stich. Schon bald wurde die Gasse enger, rückten die Mauern näher, sodass er sie schließlich links und rechts gleichzeitig berühren konnte, wenn er die Arme seitlich ausstreckte. Trotz der Enge fiel an etlichen Stellen Sonnenlicht auf die Sandsteinmauern und warf Schatten, die ihm die Möglichkeit boten, kurz stehen zu bleiben und sich zu sammeln. Jenseits der touristischen Trampelpfade schien Mdina menschenleer zu sein, was das seltsame Gefühl, sich in einer Filmkulisse zu befinden, noch verstärkte. Doch Lex konnte es sich nicht erlauben, lange zu verschnaufen, nicht jetzt, wo die Attentäter ihm so dicht auf den Fersen waren.

Schlingernd hastete er um die nächste Ecke und entdeckte den Bogen des westlichen Tors. Von den Einheimischen wurde Mdina die »Stille Stadt« genannt, weil im Inneren des Mauerrings nur einige wenige Autos zugelassen waren. Aber es gab noch einen anderen Grund. Die engen Gassen schienen jedes Geräusch in ein seltsames, gespenstisches Echo zu verwandeln oder gleich ganz zu verschlucken. Lex wusste nicht, ob es sich bei den hastigen Schritten, die er hinter sich wahrnahm, um den Nachhall seiner eigenen oder doch um die einer der Killer handelte.

Aber er wagte nicht, langsamer zu werden und der Sache auf den Grund zu gehen.

Dann hatte er das Tor erreicht und rannte hindurch, gelangte wieder ins grelle Tageslicht und stand nun am oberen Ende einer Rampe, die hinunter zur Straße führte.

Doch die Frau mit der Mütze und der Sonnenbrille hatte seinen Plan durchschaut. Mit schnellen Schritten kam sie die Rampe heraufgelaufen, das Gesicht von der Anstrengung gerötet. Ihre Waffe hielt sie eng an die Hüfte gedrückt. Als sie einander sahen, verharrten sie beide für einen Augenblick.

Sie schüttelte ihre Verblüffung als Erste wieder ab und riss ihre Waffe nach oben. Der klobige schwarze Revolver wirkte fast zu groß für ihre langen, schlanken Finger. Lex wurde kurz geblendet, dann erkannte er, dass die Waffe eine Laser-Zielvorrichtung besaß, dass ein roter Punkt über sein Gesicht, seine Kehle, seine Brust wanderte.

Er war bereits wieder auf dem Weg zurück zum Tor, als sie zwei Schüsse abgab. Die Waffe gab ein leises metallisches Klirren von sich, das sich eher nach klapperndem Schlüsselbund als nach Schuss anhörte. Gelbe Steinbröckchen splitterten aus dem Torbogen, und Lex spürte, wie etwas Heißes unmittelbar an seiner Wange vorbeizischte.

Er jagte den Weg zurück, den er gekommen war, bog jedoch bei der ersten sich bietenden Gelegenheit ab, bohrte sich tiefer in die Stadt, um aus dem Blickfeld der Frau zu gelangen. Noch während er um die Kurve schlitterte, schlug eine dritte Kugel krachend in die Gehwegplatten vor seinen Füßen ein. Die Erbauer der schmalen Straßen von Mdina hatten die Gässchen ganz bewusst nicht länger gehalten, als ein Pfeil an Reichweite besaß – dadurch hatten eventuelle Eindringlinge keine Möglichkeit gehabt, sich zu formieren und weiter vorzustoßen –; doch im Zeitalter moderner Schusswaffen hatten solche Überlegungen keine Bedeutung mehr. Lex hastete einen sanften Hügel hinauf, unter farbigen Glaslaternen hindurch, die in Reihen quer über die Straße gespannt waren, an vergitterten Fenstern und verriegelten Türen vorbei. Er entdeckte den roten Punkt des Lasers vor sich auf einer Mauer und warf sich erneut zur Seite, bevor er noch in das Schussfeld der Attentäterin geriet.

Schließlich landete er auf einer weitläufigen Piazza. Auf der gegenüberliegenden Seite ragten die helle Fassade und die Glockentürme der Kathedrale St. Paul in die Höhe. Davor drängten sich jede Menge Touristen, ältere Leute von den Kreuzfahrtschiffen, die unten in Valetta angelegt hatten, oder Familien mit aufgeregten Kindern. Sie waren damit beschäftigt, zu fotografieren oder den jeweiligen Fremdenführern zuzuhören. Lex sah sich um, er musste einen anderen Ausweg finden.

Die wenigen Autos, die im Inneren der Altstadt erlaubt waren, parkten hier auf diesem Platz, und er musterte sie voller Verzweiflung. Vielleicht konnte er ja ein Fahrzeug stehlen.

Da fiel sein Blick auf den zweiten Attentäter. Der Mann war auf der anderen Seite des Platzes stehen geblieben und tat so, als interessierte er sich brennend für die komplizierten Schnörkel des gusseisernen Geländers eines Balkons im ersten Stock. Eine Hand hatte er vor dem Bauch unter seine Jacke geschoben. Jetzt drehte sich der Mann in Lex' Richtung, mit einer Bewegung, die bewusst beiläufig und unauffällig wirken sollte.

Erneut wurde Lex von Panik erfasst. Er blickte in die Gesichter der ahnungslosen Urlauber. Am liebsten hätte er laut um Hilfe gebrüllt. Aber was hätte er damit erreicht? Vor seinem geistigen Auge sah er, wie die beiden Killer wild drauflos in die Menge feuerten und bei dem Versuch, ihn zu ermorden, zahlreiche andere Menschen töteten.

Lex ging los, schnell und zielstrebig. Er zog seine Jacke fester. Einen letzten Trumpf hatte er noch im Ärmel, ein letztes riskantes Manöver, mit dem er womöglich entkommen konnte. Aber dafür musste er auf eine gewisse Höhe gelangen.

Er kam an einer Boutique mit teurer Glaskunst vorbei, die im Erdgeschoss einer ehemaligen mittelalterlichen Herberge untergebracht war. Er legte den Kopf in den Nacken und fragte sich für einen Moment, ob er von dem Verkaufsraum wohl bis aufs Dach des Gebäudes gelangen konnte. Vor der Boutique stand die lebensgroße Figur eines Malteserritters, der jetzt schlagartig zurückgerissen und gegen die Mauer geschleudert wurde. Die Bruchstücke landeten vor Lex' Füßen. Er registrierte die hellen silbrigen Kanten an den Rändern des Einschusslochs in der Brustplatte des Ritters und stolperte rückwärts. Dabei fiel sein Blick auf die Frau, die in der Mündung einer kleinen Gasse stand. Sie hielt ihre Waffe genauso versteckt wie ihr Partner. Ihr Schuss war mitten durch die Menschenmenge gegangen und hätte sein Ziel um ein Haar getroffen. Sämtliche Touristen blickten jetzt in Lex' Richtung. Das Durcheinander irritierte sie, aber immer noch ahnte keiner von ihnen, dass sich ganz in der Nähe zwei zu allem entschlossene Attentäter befanden.

Jetzt endlich warf Lex alle Zurückhaltung über Bord, versuchte nicht länger, sich irgendwie in die harmlose Touristenschar einzufügen. Er rannte los, schlängelte sich zwischen den Menschen hindurch, die die Hauptstraße entlangschlenderten, ohne auf die Schreie und Beschimpfungen zu achten, die ihm hinterhergebrüllt wurden. Er setzte darauf, dass seine Verfolger etwas vorsichtiger vorgehen würden als er, weil sie wussten, dass der von ihm eingeschlagene Weg an einem ganz bestimmten Punkt zu Ende war. Lex lief absichtlich in eine Sackgasse, schnitt sich sämtliche anderen Fluchtwege ab.

Die Gasse führte auf die Piazza Tas-Sur, besser bekannt als »Bastion Square«. Die restaurierten Palazzi mit ihren roten Türen, die den Platz umschlossen, dienten nun als Museen oder Terrassenrestaurants und boten einen herrlichen Blick über die nördlichen Schutzwälle der Altstadt. Auf den breiten Stufen, die zu den Zinnen der Festungsmauer führten, standen zahlreiche Besucher und genossen den Blick an der steilen Felswand hinab oder über das kleine Dorf Ta'Qali bis zu den dahinter liegenden Weinbergen. An einem klaren Tag, so wie heute, konnte man bis auf die St. Paul's Bay oder die Feriensiedlung Buggiba an der Nordküste Maltas blicken.

Die Schmerzen in Lex' verletztem Bein sammelten sich rund um das Kniegelenk, und er verzog das Gesicht, während er seine Schritte verlangsamte und wieder in ein zügiges Schritttempo wechselte. Dann kontrollierte er jeden Reißverschluss und jede Schnalle an seiner Kleidung. Unter anderen Umständen hätte das, was er jetzt vorhatte, ihm einen positiven Adrenalinschub versetzt. Er hätte sich eine GoPro auf den Helm geschnallt und alles mitgefilmt. Stattdessen empfand er mehr Angst als je zuvor in seinem ganzen Leben. Dieses Mal war seine Triebfeder nicht die Gier auf ein actiongeladenes Abenteuer, sondern nur seine erbärmliche Furcht.

Lex zog den Reißverschluss seines Kapuzenpullovers zu und holte einen Behälter aus einer Tasche seiner Cargohose. Er hatte ungefähr die Größe einer großen Bierdose und hing an einem Leinengeflecht, das er sich jetzt über die Schulter schlang und mit einem Karabiner sicherte. Er zog die Leinen fest, und der Behälter stabilisierte sich zwischen seinen Schulterblättern auf dem Rücken.

Lex holte tief Luft und stieg die Stufen bis zu den Zinnen hinauf, immer zwei auf einmal nehmend. Oben angekommen, spürte er angesichts der steil abfallenden Felsenkante ein leises Ziehen in der Magengrube.

Wenn ich jetzt einen Fehler mache, dann war's das, sagte er sich. Aber wenn er nichts machte, dann würden die Attentäter ihn hier vor aller Augen erschießen. Er drehte sich um und machte die Augen zu, spürte den Wind auf seinen Wangen, fühlte die Richtung, aus der die Böen kamen.

Dann legte er eine Hand auf den Rücken und bekam den roten Plastikgriff an der Unterseite des Behälters zu fassen. Mit einem Schritt ließ er die Warnschilder hinter sich und kam auf der Kante der Festungsmauer zum Stehen.

Lex' Verfolger hatten ihre Revolver eng an die Hüften gedrückt, versteckt in den Falten ihrer Jacken. Sie schossen, doch obwohl sie ausgezeichnete Schützen waren, verfehlten sie ihr Ziel. Ein Schuss traf eine verlassene Wasserflasche auf einer Treppenstufe, der zweite riss etliche Zentimeter vom Fuß der Zielperson entfernt eine Staubwolke aus dem Mauerwerk. Wieder drehten sich die Gesichter der Umstehenden in seine Richtung.

»Er bringt sich um«, sagte der männliche Attentäter über sein Kehlkopfmikro. Damit hatte er nicht gerechnet.

»Nein«, erwiderte die Frau, und ihre Antwort löste ein Kribbeln auf seiner Haut aus. »Das glaube ich nicht …«

Die Zielperson machte eine ruckartige Armbewegung, und der Behälter auf ihrem Rücken platzte auf. Leuchtend orangefarbener Stoff und weiße Leinen kamen zum Vorschein. Innerhalb von Sekundenbruchteilen hatte sich das hauchdünne Material in der Brise zu einem schmalen Rechteck entfaltet.

»Ein *Fallschirm?*« Der Mann vergaß jede Einsatzregel und sprang in der Hoffnung vorwärts, die Zielperson noch zu erwischen, bevor sie endgültig abspringen konnte.

Das kleine luftgefüllte Stoffviereck entlockte den umstehenden Touristen verblüffte Schreie, dann stieß die Zielperson sich ab und schwebte davon.

Die Frau packte ihren Partner an der Schulter und zog ihn zurück. »Warte.« Sie war bereits dabei, ihre Pistole einzustecken.

Er wehrte sich, wollte noch nicht aufgeben, war verärgert, weil sie ihren Auftrag nicht zu Ende gebracht hatten. Der Schirm war kaum mehr als ein Spielzeug und würde den Absturz der Zielperson nur unwesentlich bremsen. Wenn er sich über die Kante beugen, wenn die Frau ihm Deckung geben würde, dann konnte er vielleicht doch noch einen tödlichen Schuss abgeben. Die Vorstellung, dass dieser *Zivilist* ihnen entkommen würde, war mehr als ekelerregend.

»Ihr zieht euch zurück, und zwar alle beide«, meldete sich da eine dritte Stimme zu Wort. »Ich übernehme.«

Lex hatte klammheimlich befürchtet, dass der Mikroschirm sich nicht sauber öffnen, sondern nur als verheddertes Knäuel zum Vorschein kommen würde – das hätte für ihn das Ende bedeutet –, aber jetzt zeigte sich, dass er sich grundlos gesorgt hatte. Ein kräftiger Stoß jagte durch seine Schultern und seine Brust, als der Fallschirm sein Gewicht auffing. Das Gurtzeug schnitt sich in sein Fleisch, aber das war ein geringer Preis dafür, den lautlosen Schützen zu entkommen. Eine plötzliche Thermikblase, die sich vom Fuß des steilen Abhangs gelöst hatte, trug ihn von der

Kante der Festungsstadt weg und auf die unten liegenden Bauernhäuser zu. Euphorie durchströmte seinen Körper.

Es würde eine harte Landung werden, das war klar. Die Sinkgeschwindigkeit war zu hoch, und der Schirm flatterte viel zu sehr, aber er würde es überleben und entkommen können – nichts anderes zählte. Lex überlegte sich bereits die nächsten Schritte – ein Fahrzeug auftreiben, irgendwie an die Küste kommen und dann nichts wie weg von diesem Felsen –, da hob der Wind ihn erneut ein kleines Stückchen höher, sodass er die Kirchtürme und die Ziegeldächer von Mdina und Rabat sehen konnte.

Im höchsten Turm wurde das Sonnenlicht vom kleinen gläsernen Auge eines Zielfernrohrs reflektiert.

Einen Augenblick später schlug ein einzelnes stahlummanteltes 7,62-Millimeter-Projektil nur wenige Zentimeter von Lex' Brustbein entfernt in seinen Körper ein. Es drehte sich mehrfach mit roher Gewalt um die eigene Achse, während es sich durch seinen Brustkorb bohrte. Im Lauf der wenigen Sekundenbruchteile, die das Geschoss brauchte, um vorne in Lex' Brust einzudringen und auf seinem Rücken wieder ins Freie zu schießen, zerfetzte es Teile des Lungengewebes und rupturierte den Herzmuskel. Blut floss in die zerklüftete Leere, die die Kugel hinterlassen hatte, und Lex zuckte und verkrampfte sich, während sein Körper von einem Moment auf den anderen den Dienst versagte.

Lex starb, noch während er dem Erdboden entgegenschwebte. Als sein Leichnam schließlich zwischen ein paar Weinstöcken unten im Tal aufschlug, waren seine Kleider und der orangefarbene Fallschirm über und über mit dunkelrotem Blut verschmiert.

Ein Tourist deutete über die Zinnen und schrie laut auf. Andere reckten ihre Handys in die Höhe, um das Ereignis zu filmen, sodass Cat und Dog schnellstmöglich das Weite suchten, aus Angst, womöglich auf das Video irgendeines Vollidioten zu geraten.

»Zurück zum Treffpunkt!«, wies Dog an und trat von der Festungsmauer zurück. Er ging los und streifte Cat mit einem kaum wahrnehmbaren Seitenblick, als hätten sie nicht das Geringste miteinander zu tun. »Du nimmst den Hauptausgang. Ich das Westtor.«

»Verstanden«, erwiderte Cat, ohne die Lippen zu bewegen. Das Kehlkopfmikrofon spürte die halb geformten Wörter in ihrer Kehle und wandelte sie in ein akustisches Signal um. Das Vibrieren hinterließ ein leichtes Hautjucken, und sie unterdrückte den Drang, sich im Gesicht zu kratzen, sondern rückte stattdessen die Sonnenbrille auf ihrem schmalen Nasenrücken zurecht.

»Ich gehe jetzt zum Wagen«, erklärte Fox. Cat wandte den Blick unwillkürlich nach oben, auch wenn sie den hochgelegenen Standort des Scharfschützen von hier aus nicht sehen konnte. »Die Polizei ist schon am Ort des ersten Versuchs. Ich schlage vor, wir entscheiden uns für die zweite Rückzugsoption.«

Dog war der Kommandeur der Einheit, darum war es seine Entscheidung, aber sowohl er als auch Cat respektierten die Erfahrung des älteren Fox, darum fiel die Antwort genau so aus, wie sie es erwartet hatte. »Einverstanden.«

Sie kam an der Kathedrale vorbei und beschleunigte ihre Schritte. Ihr Kollege war bereits in einer Seitenstraße verschwunden. »Was ist mit der Zielperson?«

»Ich habe gesehen, wo er gelandet ist«, gab Dog zurück. »Wir müssen schnell sein, wenn wir als Erste dort sein wollen.«

»Ich musste das Gewehr zurücklassen«, gestand Fox.

»Hast du es gründlich abgewischt?«, wollte Dog wissen.

»Selbstverständlich.«

»Dann ist das kein Problem«, meinte Dog. »Rückzug fortsetzen.«

Als Cat das Mdina-Tor durchquerte, verlangsamte sie ihre Schritte und kaufte sich an einem Verkaufsstand eine Flasche Wasser, so wie viele der Touristen auch. Sie bezahlte, und dann kam der grüne Fiat, der ihnen zur Verfügung gestellt worden war, um die Ecke gebogen und hielt an. Cat ging auf den Wagen zu und setzte sich auf die Rückbank.

Fox nickte knapp und fuhr weiter. An der nächsten Kreuzung hielt er erneut an und ließ Dog einsteigen. Kaum hatten sie sich wieder in Bewegung gesetzt, kam ihnen ein silberner Streifenwagen mit blau-karierter Beschriftung entgegen und raste an ihnen vorbei. Sobald er hinter der nächsten Hügelspitze verschwunden war, gab Fox Gas und lenkte den Fiat Richtung Ta'Qali.

»Warum ist er nicht schon mit dem ersten Schuss ausgeschaltet worden?« Fox Stimme klang mürrisch. Weder Dog noch Cat machte er direkt einen Vorwurf, aber trotzdem starrte Dog zunächst aus dem Fenster und ließ sich durch nichts anmerken, dass er überhaupt zugehört hatte.

»Der Grieche und der Leibwächter waren die größere Gefahr«, sagte Cat nach kurzem Schweigen, während sie das Pflaster mit dem Kehlkopfmikro von ihrem Hals zupfte. »Sie waren bewaffnet. Wir mussten zuerst sie neutralisieren.« Es war immer ein merkwürdiges Gefühl, wieder normal zu sprechen, ohne das Kehlkopfmikro. Sie musste sich jedes Mal wieder bewusst machen, dass sie nicht mehr zu flüstern brauchte.

Fox wollte gerade etwas hinzufügen, da wandte Dog sich an ihn. »Fahr einfach«, sagte er. »Wenn wir das Objekt nicht in die Finger bekommen, dann müssen wir uns etwas anderes überlegen. Und das würde eine Verlängerung unserer Mission bedeuten.« Er warf Cat einen Blick zu. »Niemand von uns will schließlich länger hierbleiben als unbedingt nötig, oder?«

Cat schüttelte den Kopf und fing an, ihren Revolver nachzuladen. Sie klappte die Trommel auf, nahm die verbrauchten Hülsen heraus und schob neue Patronen in die Öffnungen. Womöglich gab es Zeugen am Ort des Aufschlags, und falls das der Fall war, dann mussten sie ebenfalls zum Schweigen gebracht werden.

Kapitel 2

Es hatte über Nacht kräftig geschneit, sodass die ersten, die zum Pont de la Flégère kamen, es kaum erwarten konnten, sich die Pisten hinunterzustürzen und den frischen Pulverschnee so lange wie möglich zu genießen. Auf der anderen Talseite erhob sich der mächtige Mont Blanc, während hier die Skifahrer und Snowboarder hinabjagten, bevor die Sonne hoch am strahlend blauen, wolkenlosen Himmel stand. Die dünne Luft war frisch und trocken. Es versprach, wieder einmal ein perfekter Tag in Chamonix zu werden.

Zu den Frühaufstehern gehörten auch ein Mann und eine Frau, die sich ein wenig abseits hielten und mit ihren schnellen CAPiTA-Snowboards am Rand der blauen Pisten nach steilen Abhängen und Rampen für ihre Sprünge und ihre Freestyle-Moves suchten. Der Mann war weiß, Ende dreißig, groß und hager. Er hatte wuscheliges, schmutzigblondes Haar und einen ziemlich zauseligen Bart, der ihn älter machte, als er glauben wollte. Gelegentlich, wenn er ein bisschen Luft unter das Brett bekam, stieß er einen lauten Juchzer aus, während unter seiner verspiegelten Skibrille fast ununterbrochen ein breites Grinsen zu sehen war. In regelmäßigen Abständen überschätzte er sich und landete kopfüber im Schnee, weil er verloren geglaubte Fähigkeiten entdeckt und ausprobiert hatte, weil er seine Grenzen austesten wollte. Seine Begleiterin war etwas vorsichtiger. Sie stammte aus Ostasien, war vielleicht zehn Jahre jünger als er und sehr zierlich. Ihr Körperbau, die blauen Strähnchen in den schwarzen Haaren, die unter ihrem kirschroten Helm hervorlugten, sowie ihr rundes Gesicht ließen sie fast wie einen Teenager wirken. Dazu trug auch der eine Nummer zu große dunkelrote Skianorak bei. Sie zog lässige, harmonisch verlaufende Linien in den Schnee und stürzte so gut wie nie.

Die Piste führte jetzt zu einer Seilbahnstation mit angeschlossener Bar und einer großen Terrasse, von der man einen herrlichen Blick ins Tal genoss.

»Wer zuerst da ist«, sagte sie mit einem herausfordernden Kopfnicken.

»Du glaubst, dass du mit mir …?« Er brachte die Frage nicht zu Ende. Seine Partnerin stieß sich unvermittelt ab und sauste an ihm vorbei, nicht ohne ihn mit einem kurzen Kick in ein kleines Schneegestöber zu hüllen. »Sehr witzig. Haha!«, rief er ihr nach und nahm die Verfolgung auf.

»Verlierer zahlt!«, flötete sie ihm über die Schulter hinweg zu, während sie seinen Fahrstil nachäffte und mit engen Bögen abwärtsschwang.

Er duckte sich in den Wind, der aus dem Tal heraufwehte, und verringerte den Abstand. Vor der Fassade der Bar flatterte eine Reihe Wimpel in der Brise, die die imaginäre Ziellinie bildete.

Am Eingang war gerade eine Gruppe dabei, die Skier abzulegen – ein elegantes Paar in teuren, pelzbesetzten Skianzügen, dazu eine Assistentin und drei bedrohlich wirkende, breitschultrige Männer in grauen Jacken. Einer der Breitschultrigen setzte sich von der Gruppe ab und stellte sich den beiden Snowboardern in den Weg.

Sie schienen ihn nicht zu bemerken, waren viel zu beschäftigt damit, auf den letzten hundert Metern ihres spontanen Wettrennens noch einen Vorsprung zu ergattern.

Der Mann nutzte seinen Gewichtsvorteil und zog an der Frau vorbei, nicht ohne ihr dabei spöttisch zuzuwinken.

»Du Schwein!«, sagte sie ohne jede Entrüstung.

Der Hang wurde etwas flacher, und der Mann drehte sich zu ihr um. »Und du bist …« Er wollte eigentlich *eine schlechte Verliererin* sagen, doch dann traf er unversehens auf einen Buckel, den er übersehen hatte, und noch bevor er reagieren konnte, hatte er das Gleichgewicht verloren und landete mit dem Gesicht voraus im Schnee. Er drehte sich ein paar Mal um die eigene Achse und richtete sich lachend auf. »Idiot!«

Da fiel der Schatten des Breitschultrigen auf ihn. Für einen Moment dachte er, dass der Kerl die Hand ausstrecken und ihm aufhelfen wollte, doch der Muskelprotz stand nur da und wartete ab, bis er sich von selbst aufgerappelt hatte.

»Vielen Dank, ich komm schon klar«, sagte der Snowboarder trocken.

Der Mann mit der grauen Jacke baute sich vor dem Eingang zur Gaststube auf. »Bar ist geschlossen«, sagte er mit einem deutlich hörbaren osteuropäischen Akzent.

»Echt?« Der Snowboarder blickte demonstrativ über die Schulter des anderen und sah, wie das elegante Paar sich an den besten Tisch auf der Terrasse setzte. Das Personal war bereits dabei, die wenigen anderen Gäste zu verscheuchen. »Sieht aber gar nicht so aus.« Er hörte, wie seine Begleiterin dicht hinter ihm zum Stehen kam.

»Bar«, wiederholte der Mann mit der grauen Jacke, »ist *geschlossen.*« Das letzte Wort sprach er betont langsam und deutlich aus, als wäre sein Gegenüber schwerhörig. Anschließend zog er, um seine Worte zu unterstreichen, mit dem Daumen den Reißverschluss seiner Jacke auf. Darunter war der geriffelte Griff einer Handfeuerwaffe zu erkennen, die in einem Gürtelhalfter steckte.

»Ja, ja, ist ja schon gut, Mann.« Der Snowboarder hob beide Hände. »Ganz ruhig.«

»Verschwinde«, sagte der Breitschultrige ohne erkennbare Regung. »Jetzt.«

Der Angesprochene schnappte sich sein Board und verzichtete auf weitere Worte. Die Frau tat es ihm gleich, und dann marschierten sie los.

»Das ist sie.« Marc Dane bemühte sich nicht länger, wie ein Kanadier zu klingen, sondern sprach wieder mit seinem normalen Londoner Akzent, während er sein Snowboard auf die Schulter hievte.

»Eindeutig.« Kara Wei, US-Amerikanerin mit chinesischen Wurzeln, nickte und rückte ihre Skibrille zurecht. »Ich habe ein paar schöne Schnappschüsse gemacht.« Im Rahmen der Brille steckte ein digitaler Bildprozessor. Jetzt tippte sie auf die Steuertaste am oberen Brillenrand. »Sieht ganz so aus, als hätte sie ihre neueste Eroberung mit hier hoch in die klare Bergluft gebracht.«

Marc drehte sich um und warf einen Blick auf die Bar. Der Breitschultrige sah ihnen hinterher. Inzwischen befand sich bis auf die Zielperson und ihr Gefolge niemand mehr in dem Lokal. »Was meinst du, was kostet es, so einen Laden um die Mittagszeit ganz für sich alleine zu haben?«

»Für die Reichen und Selbstsüchtigen ist das doch nichts weiter als Kleingeld«, erwiderte Kara nüchtern. »Aber wir, wir müssen arbeiten, um leben zu können.«

»Ja, stimmt«, seufzte Marc. »Vorhin gab es einen kurzen

Moment, wo mir wieder eingefallen ist, wie sich Urlaub anfühlt.«

Kara zog eine Grimasse. »Oooch, du Armer. Na, komm, wir haben eine Straftat zu begehen.« Sie ließ ihr Snowboard auf den Schnee fallen und stieg in die Bindungen, ging in die Hocke und zog sie fest.

Marc glaubte, so etwas wie freudige Erwartung hinter ihren Brillengläsern zu erkennen. Er warf einen Blick auf die zerschrammte Cabot-Taucheruhr an seinem Handgelenk und konzentrierte sich auf die bevorstehende Mission. »Wenn alles so läuft wie immer, dann haben wir ungefähr drei Stunden, bevor die Limo sie an der Talstation in Empfang nimmt …« Er stellte sich auf sein Board und betrachtete die Seilstrecke, die durch den schneebedeckten Wald bis hinunter zur Talstation führte. »Wie wär's mit einer schwarzen Piste?«

»Wer zuerst da ist«, entgegnete Kara und stieß sich tief geduckt ab.

Marc musste unwillkürlich grinsen, nahm die Verfolgung auf und lenkte sein Board in ihren Windschatten.

Die Abfahrt war ein kurzes Vergnügen, umgeben von verschwommenem Weiß und strahlendem Sonnenschein, dann spuckte der Berg sie in Les Praz de Chamonix am nördlichen Ende des Tals aus. Für Marc bildete die Schussfahrt durch die Evettes Flégère den Abschluss einer rasanten Hetzjagd über Schnee, Felsen und durch Wälder, die nur wenige Augenblicke zu dauern schien. Auf der Piste wurde die Zeit elastisch, ballte sich zu einem einzigen, lang anhaltenden Moment der Konzentration, während er dem Talgrund entgegenraste und dabei Dutzende Serpentinen und Pfade kreuzte. Dann war es vorbei, und nur sein Herz hämmerte immer noch heftig in seiner Brust. Die dichtere Luft fühlte sich seltsam schwer in seiner Lunge an, und er keuchte laut, während sein Körper sich allmählich auf die neuen Bedingungen einstellte.

Kara ließ ihn aus ihrer Wasserflasche trinken, während sie sich mit schnellen Schritten durch Seitenstraßen dem Zentrum von Chamonix näherten. Sie mieden die Hauptstraße, die um diese Tageszeit voller Touristen und verspäteter Ski- und Snowboardfahrer war. Auf der Rückseite eines gesichtslosen, zweigeschossigen Bürogebäudes, das sich hinter einem Hotelkomplex befand, warf Marc einen Blick auf seine Armbanduhr.

Das Bürogebäude war über eine Makleragentur schon vor Wochen angemietet, jedoch mit Absicht nicht bezogen worden. Marc und Kara waren vor ein paar Tagen mitten in der Nacht hier eingetroffen und hatten seither sehr darauf geachtet, dass das Gebäude auch weiterhin unbenutzt wirkte.

»Ich leg mal los«, sagte Kara und ging nach oben.

Marc streifte seine Snowboard-Kleidung ab und machte sich frisch, zog sich ein anderes T-Shirt über und schlüpfte in einen dunkelblauen Arbeitsoverall. Die Mechaniker in der Autowerkstatt ein kleines Stückchen weiter die Straße entlang trugen genau dasselbe Modell, und Marc hatte seinen Overall ausgiebig über den Asphalt hinter dem Bürogebäude geschleift. Jetzt wurde er von zahlreichen Kratzern geschmückt und besaß zudem ausreichend Ölflecken, sodass er glaubhaft gebraucht und zerschlissen wirkte.

Marc stellte sich ans Fenster und klappte vorsichtig das verblasste Zeitungspapier zurück, das auf der Fensterscheibe klebte. In hundert Metern Entfernung konnte er die Werkstatt sehen. Sie bestand aus mehreren niedrigen Hallen, die nicht direkt an der Straße standen, sondern ein kleines Stückchen nach hinten versetzt waren. Wie die meisten Häuser der Stadt besaßen auch die Werkstatthallen Giebeldächer, doch während die Chalets, Hotels und Geschäfte mit Holzschindeln gedeckt sowie mit Balkonen und Blumenkästen geschmückt waren, begnügte sich die Autowerkstatt mit Wellblech und nackten grauen Mauern. Am östlichen Ende des Grundstücks befanden sich einige Zapfsäulen und ein Ersatzteillager, aber das übrige Gelände war ölverschmierten Werkstätten und Montagegruben vorbehalten. Die sauberen Straßen, teuren Geschäfte und exklusiven Restaurants waren, auch wenn sie nur wenige Häuserblocks weiter südlich lagen, ganz weit entfernt.

Er musterte die offenen Werkstatthallen und entdeckte einen grünen Land Rover und eine schwarze Mercedes-C-Klasse, aber nirgendwo das eine Fahrzeug, das ihn hier interessierte. Seine Beine waren immer noch ein wenig steif nach der Schussfahrt ins Tal, und er ging im Kreis, um die Muskeln zu lockern und den Schmerz zu verscheuchen. Am liebsten hätte er noch einmal auf seine Uhr geschaut, aber Marc wusste, dass die Zeit auch nicht schneller verging, wenn er jede Sekunde zählte.

Er nahm die Treppe hinauf in das nackte, unmöblierte Zimmer im ersten Stock, wo Kara an einem Campingtisch saß und wie hypnotisiert auf den Bildschirm eines ursprünglich für militärische Zwecke konzipierten Laptops starrte. Schwarze Kabel schlängelten sich von dem Gerät zu einer transportablen Ladestation und zu einer Satellitenantenne, die wie ein aufgeklappter Regenschirm auf dem Fußboden stand. Wie im Erdgeschoss waren auch hier die Fenster mit vergilbten Seiten aus der *Le Monde* verhüllt.

Kara sah aus, als wäre sie in Gedanken weit weg. In ihrem Blick lag die fast roboterhafte Intensität, die sich bei Hackern oft beobachten lässt und die Marc aus eigener

Erfahrung nur allzu gut kannte. Wenn man zu lange an einen Bildschirm gefesselt war, dann entwickelte man eine eigentümlich distanzierte Haltung gegenüber allem, was um einen herum vor sich ging. Die Welt verengte sich immer mehr, bis sich schließlich selbst Hände und Cursor ganz von selbst zu bewegen schienen.

Bis in die letzten Tiefen des Codes vorzudringen, sich im Gewirr der Befehle zu verlieren … es hatte Zeiten gegeben, da hatte Marc genau diese Beschäftigung als *erholsam* empfunden. Und ein Teil von ihm beneidete Kara darum, dass sie bei diesem Auftrag die Rolle der Unterstützerin innehatte. Früher wäre das sein Part gewesen.

Doch seither hatte sich vieles geändert. Einst war er als technischer Aufklärer für eine operative Einheit – ein *OpTeam* – des britischen Geheimdienstes tätig gewesen. Dieses Leben hatte er allerdings endgültig hinter sich gelassen, als das Schicksal ihn zunächst zum Fahnenflüchtigen gemacht und ihn schließlich komplett von dem Land und dem Nachrichtendienst, bei dem er ausgebildet worden war, abgeschnitten hatte. Dass er im Anschluss daran nicht vollkommen orientierungslos und sinnentleert durchs Leben getaumelt war, hatte er dem Eingreifen eines Dritten zu verdanken.

Ein Mann namens Ekko Solomon hatte ihm die Chance geboten, etwas von dem, was er verloren hatte, zurückzugewinnen, in die Welt zurückzukehren und sie ein kleines bisschen besser zu machen. Der geheimnisumwitterte afrikanische Milliardär war Besitzer eines großen, international tätigen Konzerns, der Rubicon-Gruppe. Innerhalb dieses Konzerns existierte eine kleine Abteilung, die sich auf private militärische und geheimdienstliche Dienstleistungen spezialisiert hatte. Marcs offizielle Berufsbezeichnung in den Büchern der Gesellschaft lautete »Sicherheitsberater«, aber dieser Begriff ließ natürlich einen gewaltigen Interpretationsspielraum zu.

Zu den Spezialaufgaben dieses privaten, geradezu militärischen Dienstleistungszweigs innerhalb des Rubicon-Konzerns gehörten Personenschutz, Geiselbefreiung und Informationssicherheit – zumindest nach außen. In Wirklichkeit gingen die Aufgaben der so genannten »Abteilung für Sonderaufgaben« weit über den Schutz und die Bewachung einiger weniger, wohlhabender Kunden hinaus.

Solomon hatte Rubicon strikt nach moralischen Grundsätzen ausgerichtet. Er hatte eine Mission, wollte mit seinem Reichtum Gutes bewirken, und zwar weltweit. Er war bereit, es auch mit Bedrohungen aufzunehmen, denen einzelne Staaten nichts entgegensetzen konnten oder wollten.

Kleine Taten mit großer Wirkung. Mit diesen Worten umschrieb der Gründer von Rubicon die Arbeit der »Abteilung für Sonderaufgaben«.

Es war der Kampf für eine gute Sache, und darum hatte Marc sich gerne angeschlossen. Er hatte sich geschworen, so lange dabeizubleiben, solange sich kein Grund fand, an Solomons Aufrichtigkeit zu zweifeln. In der Schattenwelt der Geheimdienste, Terrorzellen und nichtstaatlichen Akteure, wo die Grenze zwischen Loyalität und Wahrheit oftmals nur undeutlich zu erkennen war, kam ihm die Vorstellung, etwas zu tun, weil es ethisch und moralisch das *Richtige* war, altmodisch, fast schon naiv vor. Aber gleichzeitig transportierte sie auch eine Art von Anstand, eine Wahrheit, die Marc Dane nicht einfach ignorieren konnte.

»Noch fünf Minuten«, sagte Kara und riss ihn aus seinen Träumereien. Sie sah sich gerade die Aufnahmen aus diversen Verkehrsüberwachungskameras an. »Bist du bereit?«

»Ja.« Er richtete sich auf und ging zu einem anderen Tisch, auf dem seine Ausrüstung wartete.

»So eine lange Vorbereitungsphase, und dann *zack*, ist es mit einem Mal vorbei …«, sagte Kara unbestimmt. »Irgendwie ist das auch enttäuschend.«

»Sei froh, dass wir eine relativ ungefährliche Mission haben«, erwiderte Marc. »Das vereinfacht die Sache erheblich.«

»Hoffentlich. Aber andererseits … vielleicht traut Solomon uns die wirklich schwierigen Aufgaben nicht zu.«

Er sah sie an und wusste nicht genau, ob sie das ernst gemeint hatte oder nicht. Karas Stimmung konnte von einem Moment auf den anderen von freundlichem Grinsen in bitteren Sarkasmus umschlagen, darum war es oft nicht leicht, sie richtig zu verstehen. »Es ist bestimmt besser, wenn dir jede Schießerei erspart bleibt«, erwiderte Marc.

»Das würdest du zu Lucy nie sagen.« Sie hob kurz den Blick, bevor sie sich wieder dem Bildschirm zuwandte.

»Sie war bei den *Special Forces*, bevor sie zu Rubicon gekommen ist«, konterte Marc. Lucy Keyes, Scharfschützin und ehemalige Angehörige der Delta Force, war ebenfalls ein unersetzlicher Bestandteil von Solomons verdeckter Eingreiftruppe. Normalerweise arbeiteten sie und Marc eng zusammen, aber jetzt war die US-Amerikanerin gerade am anderen Ende des Erdballs mit einer eigenen Mission betraut. »Sie würde in einem Feuergefecht jedenfalls deutlich besser klarkommen als du oder ich, hab ich recht?«

»Stimmt natürlich«, erwiderte Kara. »So was wie das hier, das wär für deine Freundin bestimmt viel zu langweilig.«

Marc hielt inne und starrte sie wütend an, während ihm das Blut in die Wangen schoss. »Da ist absolut *nichts* dran.« Er betonte die einzelnen Wörter, um jedes Missverständnis auszuschließen. Marc empfand großen Respekt für Lucy und vertraute ihr blind, aber dass Kara mit ihrer Bemerkung noch etwas anderes angedeutet hatte, ging ihm eindeutig gegen den Strich. »Unsere Beziehung ist ausschließlich auf die professionelle Ebene beschränkt«, fügte er hinzu und hielt sich nicht länger mit der Frage auf, wieso er sich über Karas Bemerkung derart ärgerte.

»Ich werte ja gar nicht.« Sie beugte sich über die Tastatur und holte verschiedene Kamerabilder auf den Bildschirm. »Ich dachte bloß, dass … du und sie …« Sie ließ ein träges Achselzucken folgen, als würde sie das Interesse an dem Thema verlieren. »Ich meine, nachdem du praktisch aus dem MI6 geflohen bist …«

»Ich bin überhaupt nirgendwo *geflohen.*« Seine Stimme wurde jetzt schneidender. »Ich hatte schließlich keine große Wahl.«

Sie hörte seinen Tonfall, und sofort schlich sich ein Anflug von Bedauern auf ihre Miene. »Tut mir leid. Ich wollte damit überhaupt nichts andeuten.« Sie blickte ihn ausdruckslos an und wandte sich wieder ab. »Meine Schuld.«

»Falscher Zeitpunkt«, blaffte er zurück. Er unterdrückte seine aufkeimende Wut und konzentrierte sich wieder auf die vor ihm liegende Aufgabe. »Glaub ja nicht, das Ganze hier wäre bloß ein Spaziergang.«

Dann vervollständigte Marc seine Verkleidung mit einer abgegriffenen schwarzen Rollmütze und einem Namenschild aus Plastik, das aus dem kleinen 3-D-Drucker am hinteren Ende des Zimmers stammte. Ein aufklappbares Multifunktionswerkzeug wanderte in eine Ärmeltasche des Overalls und ein ausziehbarer ASP-Schlagstock in eine zweite. Marc warf noch einen Blick auf sein digitales Notizbuch – eine Rubicon-Spezialanfertigung – und steckte es in seine Oberschenkeltasche, zusammen mit einem Kabel. Jetzt brauchte er nur noch die schwarzen Handschuhe.

»Funk«, sagte Kara und warf ihm mit einer schnellen Bewegung ein winzig kleines Gerät zu. Er schnappte nach dem hautfarbenen, kugelförmigen Ding, das aussah wie ein unauffälliges Hörgerät, und steckte es sich in das linke Ohr.

»Okay.« Marc holte einmal tief Luft und versuchte, ein bisschen von dem aufsteigenden Adrenalin loszuwerden – vergeblich.

»Nervös?«, fragte sie ihn, ohne den Blick von ihrem Monitor zu nehmen.

»Nein.«

»Lügner.« Kara gab einen Befehl ein und starrte auf das Display. »Noch eine Minute. Er biegt jetzt in die Straße ein.«

Marc stellte sich noch einmal ans Fenster und spähte durch einen schmalen Riss im Papier nach draußen. Die mitternachtsblaue Limousine, die sich vom Ende der Straße her näherte, war unmöglich zu übersehen. Solche Fahrzeuge sah man normalerweise nur in den größten Städten Europas, weil die meisten Straßen auf dem alten Kontinent schlicht zu schmal waren. Einen solchen Wagen im Fuhrpark zu haben kam einer Botschaft gleich: *Was kümmern mich die Missstände dieser Welt, solange ich mein Bedürfnis nach überbordendem Luxus stillen kann?*

Jetzt, in diesem Augenblick, saßen in der Limousine keine Passagiere, was schon daran zu erkennen war, wie der Fahrer beim Abbiegen in den Werkstatthof über den Bordstein schrammte. Marc sah ein Rolltor nach oben fahren, damit der Wagen mit der Nase voran in die Halle rollen konnte. »Und das ist auch bestimmt das richtige Fahrzeug?«

Am Fenstersims war in einer nicht reflektierenden Hülle eine Kamera befestigt, und Marc hörte das Surren des kleinen Elektromotors, als das Objektiv ausfuhr. Kara verglich die hochauflösenden Bilder aus der Kamera mit den bereits gespeicherten Aufnahmen aus den Überwachungskameras.

»Dasselbe Kennzeichen. Achtundneunzig Prozent Übereinstimmung bei der Analyse der Fahrzeugmasse«, erwiderte sie in absolut sachlichem Tonfall. »Das ist Toussaints Wagen.«

»Okay.« Marc zog die Rollmütze tiefer in die Stirn und kratzte sich das bärtige Kinn. »Das bedeutet, grünes Licht. Vierzig Minuten insgesamt, das wäre optimal.«

»Viel Glück.« Kara starrte bereits wieder geistesabwesend auf ihren Monitor.

Marc verließ das Bürogebäude über die hintere Feuertreppe, klappte den Kragen seines Overalls nach oben und steuerte mit nach vorn gebeugtem Oberkörper die Autowerkstatt an.

»Funk-Check«, hörte er Karas Stimme in seinem linken Ohr und rückte den kleinen Empfänger ein wenig zurecht.

»Laut und deutlich«, erwiderte er.

»*En francais!*«, ermahnte sie ihn. »Du gibst dich schließlich als Einheimischer aus, schon vergessen?«

Marc reckte den Daumen in die Höhe, weil er wusste, dass die Kamera am Fenstersims die Geste erfassen würde. »*D'accord.*«

Der Zeitpunkt war gut gewählt. Die Hälfte der Angestellten war noch beim Mittagessen, und aus der Entfernung war Marc nicht von ihnen zu unterscheiden. Vielleicht hatte er ja viel zu tun und wollte einfach ein bisschen früher als seine Kollegen die Arbeit wieder aufnehmen.

Alles in Ordnung, sagte er sich, und zwar weil er es inständig hoffte.

Ohne Aufmerksamkeit zu erregen, gelangte er über den Vorhof und huschte dann seitlich an den Werkstatthallen vorbei. Er wusste, dass es dort einen Notausgang gab. Vor zwei Nächten war er sehr vorsichtig über eine mit Glasscherben gespickte Mauer geklettert und hatte sich höchstpersönlich gründlich umgesehen. Das Ölfass stand immer noch dort, wo er es hingestellt hatte, nämlich so dicht an der Mauer, damit es ihm, falls etwas schiefgehen sollte, bei der Flucht behilflich sein konnte.

Aber sollte es dazu kommen, dann mussten sie natürlich die gesamte Operation abbrechen. Das Gelingen ihres Auftrags hing entscheidend davon ab, dass sie so wenig Spuren wie irgend möglich hinterließen. Für den Fall, dass sie von ihren Zielpersonen bemerkt wurden, hatten sie diverse Maßnahmen vorbereitet.

Marc hatte die Einzelheiten bereits vor ihrer Ankunft in Chamonix ausgearbeitet. Dann würden sie es aussehen lassen wie einen fehlgeschlagenen Diebstahlversuch, würden eine illegale Aktion mit einer anderen tarnen – aber er hoffte natürlich, dass es gar nicht so weit kam.

Er setzte seine Schritte sehr behutsam genau so, dass er von den Überwachungskameras auf dem Werkstattgelände nicht erfasst wurde. Marc hatte sich ihre jeweiligen Positionen genau eingeprägt, aber er durfte kein Risiko eingehen. Ein untersetzter Mann mit Vollbart stand drüben bei den Zapfsäulen und winkte Marc träge zu, ohne wirklich hinzusehen. Marc erwiderte die Geste und war, noch bevor sich daraus womöglich mehr entwickeln konnte, schon wieder aus dem Blickfeld des Mannes verschwunden. Die Notausgangstür ließ sich problemlos öffnen, und Marc schlüpfte ins Innere der Halle.

Hier sah alles genauso unspektakulär aus wie von außen. Der Besitzer hatte keine riesigen Leuchtreklamen, keine farbenprächtigen Plakate aufgehängt, um auf sein Geschäft hinzuweisen. Sein Ruf gründete in erster Linie auf Diskretion und Kompetenz, und genau deshalb waren seine Kunden bereit, ihn gut zu bezahlen.

Es war ziemlich dunkel in der Werkstatt, und es roch durchdringend nach Maschinenöl. Ein schwarzer Mercedes und ein Land Rover thronten auf Hebebühnen über den Montagegruben. Elektrische Leuchten erhellten die Unterböden, aber weit und breit war kein Mechaniker in Sicht.

Zwischen den Hebebühnen war die aufgeklappte Motorhaube des Zielfahrzeugs zu sehen, sodass Marc den Motor erkennen konnte. Selbst auf diese Entfernung waren die schützenden Stahlplatten rund um die Maschine nicht zu übersehen. Der Wagen war gepanzert und mit extrem belastbaren Stoßdämpfern, kugelsicheren Reifen und massivem Sicherheitsglas ausgestattet. So etwas bekam man normalerweise nur in Kriegsgebieten zu sehen, aber nicht in den französischen Alpen. Wer die Insassen dieses Wagens ernsthaft in Gefahr bringen wollte, der musste schon zur Panzerfaust greifen. Jetzt allerdings stand die hintere Tür auf der Fahrerseite offen, und im Innenraum bewegte sich etwas.

Marc ging in Deckung und wartete ab. Er tippte mit dem Finger zweimal auf seinen Ohrhörer, um Kara mitzuteilen, dass er den Wagen im Blickfeld hatte.

»Verstanden«, erwiderte sie. »Außerdem habe ich gerade gesehen, wie der Fahrer mit einem Angestellten ins Hauptgebäude gegangen ist.«

Nach einer Weile kam ein drahtiger Mann Mitte zwanzig, dessen Schädel kahl rasiert war, aus dem hinteren Wagenteil hervorgeklettert. Er hielt einen tragbaren Staubsauger und andere Putzutensilien in der Hand. Offensichtlich war er mit dem Innenraum fertig und wandte sich nun dem Motor zu. Eine zusätzliche Leuchte flammte auf und tauchte den Motorraum in gleißendes Licht. Der Mechaniker war für einen Moment geblendet, und das reichte Marc, um hinter dem Mercedes herum zu huschen und sich dann der Tür auf der Beifahrerseite der Limo zu nähern.

Er wartete den geeigneten Moment ab, und als der Mechaniker seine gesamte Aufmerksamkeit dem Motorraum widmete, öffnete er die Tür, stieg in den Fond und zog die Tür vorsichtig wieder zu.

»Ich bin drin«, flüsterte er. Geduckt und mit langsamen Bewegungen, um sein Körpergewicht möglichst gleichmäßig zu verteilen, rutschte Marc auf die Trennwand zwischen der Fahrerkabine und dem restlichen Innenraum zu. Die Blende war hochgefahren, und da der Wagen rundum getönte Scheiben besaß, konnte ihn von außen auch niemand sehen.

Neben einem Minikühlschrank mit einer gläsernen Tür, gefüllt mit teurem Veen-Mineralwasser und kleinen Dosen Beluga-Kaviar, entdeckte Marc eine Klappe, die sich durch einen leichten Druck öffnen ließ. Dahinter kam ein Elektronik-Port zum Vorschein, ein *Hub*, an dem die verschiedenen Schaltkreise für die Musikanlage, die Klimaanlage, die Beleuchtung und anderes zusammenliefen.

Marc ging es um dieses *andere*. Er steckte das mitgebrachte Datenkabel in den Mini-USB-Port, verband es mit seinem kompakten Tablet und fuhr ihn hoch.

Das Gerät analysierte selbständig den Systemaufbau der Limo und schickte dann ein Spionageprogramm auf die Reise. Innerhalb weniger Sekunden hatte es das eingebaute Satelliten-Navigationssystem ausfindig gemacht und begann, den nicht besonders großen Speicher zu durchforsten. Genau wie Marc erwartet hatte, war keine einzige Fahrtroute mehr darin zu finden. Der Fahrer nahm seine Aufgabe vermutlich ernst und löschte den Speicher nach jeder Fahrt. Doch ein Druck auf die LÖSCHEN-Taste allein war keineswegs ausreichend, um einen Computer dazu zu bewegen, sich seiner gespeicherten Daten zu entledigen. Der Großteil davon blieb auch weiterhin erhalten, und zwar so lange, bis sie tatsächlich von anderen Daten überschrieben wurden. Wenn man wusste, wo man suchen musste, dann ließen sich die »gelöschten« Daten problemlos wiederherstellen.

Auf dem Display des Tablets erschien ein Fortschrittsbalken, der sich langsam füllte, während das Spionageprogramm die Daten aus dem Navi kopierte. *Zwei Minuten*, schätzte Marc. *Dann haben wir Toussaints komplette Reiseroute der letzten vier Wochen.*

Madame Celeste Sophie Toussaint hatte sich für die Rubicon-Abteilung für Sonderaufgaben als äußerst schwieriges Zielobjekt erwiesen. Sie besaß ein ummauertes Anwesen vor den Toren von Annecy und ein zweites an der südfranzösischen Mittelmeerküste. Der Firmensitz des Medienkonzerns, der ihr als Alleinerbin in den Schoß gefallen war, befand sich in einem eleganten Stadthaus aus dem 18. Jahrhundert, das mitten im historischen Zentrum von Lyon lag. Jedes dieser drei Gebäude wurde von hochmodernen Alarmanlagen und gut bezahlten, bewaffneten Wachen geschützt. Toussaint hatte dafür eine in Russland beheimatete Firma namens ALEPH engagiert, die paramilitärische Dienstleistungen anbot. Marc begegnete ihr nicht zum ersten Mal. Er hatte schon einmal mit einigen ALEPH-Söldnern die Klingen gekreuzt, an einem eiskalten Tag in einer menschenleeren Gegend in Polen, und er hatte nicht das Bedürfnis, noch einmal in deren Fadenkreuz zu geraten. Darum hatten sie nach etwas klandestineren Möglichkeiten gesucht, um sich die nötigen Informationen zu beschaffen.

Im Verlauf des vergangenen Jahres hatte Rubicon mithilfe verschiedener digitaler Quellen mehrere Zahlungseingänge von Briefkastenfirmen auf Toussaints Konten erfasst. Diese Briefkastenfirmen dienten mutmaßlich als Tarnung für unterschiedliche militante Gruppen in Mittel- und Westeuropa. Sie hatten noch keine Beweise, aber die Indizien legten zumindest nahe, dass Toussaint ihr weltumspannendes Netzwerk auch für einen schwunghaften Handel mit geheimen Informationen nutzte. Offen unterstützte sie zahlreiche nationalistische Gruppen, manipulierte Politiker und schürte Unruhe, wo immer es ging, auch mithilfe zweifelhafter Nachrichten und einseitiger Berichterstattung, aber noch nie war es gelungen, dieser Frau irgendetwas Illegales nachzuweisen. Toussaint stand im Verdacht, intensive Kontakte zu fanatischen Extremisten auf beiden Seiten des ideologischen Spektrums zu pflegen, aber bis heute war es Rubicon noch nicht gelungen, sie tatsächlich festzunageln. Ihre Fahrzeuge wurden, genau wie ihre Häuser, zweimal am Tag nach Abhörmikrofonen durchsucht. Sie mit einem Peilsender zu verfolgen war unmöglich, und die Firewalls, mit denen sie ihre Computer zu Hause und in ihren Büros vor ungebetenen Eindringlingen schützte, waren außerordentlich widerstandsfähig.

Letzten Endes hatte Rubicon sich eine alte, aber unwiderlegbare Weisheit zu eigen gemacht: Eine Kette ist immer nur so stark wie ihr schwächstes Glied. Und das schwächste Glied in Celeste Sophie Toussaints Sicherheitskette, das war die Werkstatt, die während ihrer Aufenthalte in Chamonix mit der Wartung ihrer Fahrzeuge betraut war. Es war zwar unmöglich, die Elektronik von außen zu attackieren, aber mithilfe einer direkten Verbindung konnten sie sich alle Daten beschaffen, die sie brauchten. Und wenn sie einen Überblick über Toussaints Reiserouten bekommen konnten, dann würde sich, zusammen mit den Informationen über ihre Kunden, die Rubicon bereits in Händen hatte, ein klareres Bild ergeben. Toussaint stand in dem Ruf, Geschäfte am liebsten persönlich bei einer direkten Begegnung abzuschließen, und falls das bedeutete, dass sie sich in irgendwelchen entlegenen Gegenden Frankreichs mit Terroristen und Kriminellen getroffen hatte, dann würde das aus ihren Reisedaten hervorgehen. Und dann … würden entsprechende Schritte eingeleitet werden.

Über all das dachte Marc nach, während der Fortschrittsbalken sich weiter vorschob und der Mechaniker nur wenige Meter entfernt am Motor arbeitete.

Die französische Erbin eines Medienimperiums war mehr als eine skrupellose Opportunistin. Sie war Mitglied eines geheimen Zirkels, der sich das »Kombinat« nannte, einem Zusammenschluss aus einflussreichen Strippenziehern, Industriellen und Angehörigen des Geldadels, die alle ein gemeinsames Ziel vor Augen hatten: noch reicher und noch mächtiger zu werden. Das Kombinat war inmitten der Grausamkeiten des Ersten Weltkriegs entstanden, wobei die Beteiligten mit Waffenverkäufen an beide Lager enorme Gewinne erwirtschaftet hatten. Zurzeit versuchten sie, den ewigen Krieg gegen den Terror zu manipulieren, indem sie die Brände, die in allen Teilen dieser verängstigten Welt loderten, zusätzlich anfachten, um anschließend die Früchte zu ernten.

Für einen kurzen Moment verlor Marc sich in seinen Erinnerungen. Die Taten des Kombinats waren der Grund dafür, dass er seinen jetzigen Weg eingeschlagen hatte. Diese Leute hatten den Tod seiner Kameraden aus dem OpTeam des MI6 angeordnet, weil Marcs Einheit kurz davor gewesen war, einen vom Kombinat unterstützten Terroranschlag zu verhindern. Nur deshalb waren eine Frau, die ihm sehr nahe gestanden hatte, seine Kollegen und seine Karriere beim britischen Geheimdienst in einem lodernden Feuerball aufgegangen.

Diese Leute mit ihrem Geld und ihrer Macht, die die Welt als ihr persönliches Spielfeld betrachteten, als Schachbrett, auf dem sie sich nach Lust und Laune austoben konnten, sie hatten die Lunte gezündet. Ein Jahr später war er sogar gezwungen gewesen, mit Operativkräften des Kombinats zusammenzuarbeiten, um eine verschwundene Massenvernichtungswaffe ausfindig zu machen. Dabei hatte er noch einmal aus nächster Nähe erfahren, wie skrupellos diese Leute vorgingen, was seiner Entschlossenheit, sie zu Fall zu bringen, einen neuerlichen Schub gegeben hatte.

Wäre Toussaint nur eine normale Kriminelle gewesen, dann wäre die Welt dadurch, dass ihre Verbrechen ans Licht der Öffentlichkeit kamen, ein klein wenig besser geworden. Aber wenn sie nachweisen konnten, dass sie Mitglied des Kombinats war, dann bekam das Ganze für Marc Dane eine persönliche Note. Er hegte eine eiskalte Wut gegen diese Gruppe und hatte keinen sehnlicheren Wunsch, als deren Pläne zu durchkreuzen.

Aber Rubicon musste sich absolut sicher sein. Ekko Solomon würde nur dann seine Zustimmung zu gezielten Maßnahmen geben, wenn er zu hundert Prozent von der Schuld der Betroffenen überzeugt war.

»Hey.« Erneut war es Karas Stimme, die ihn in die Gegenwart zurückholte. Durch die digitale Verschlüsselung des Funksignals klangen ihre Worte ausdruckslos und roboterhaft. »Jetzt sehe ich den Kerl, der mit dem Fahrer geredet hat. Er kommt zum Haupttor raus und raucht eine Zigarette. Er ist allein.«

»Kannst du auch den Limofahrer sehen?« Marc flüsterte nur und vertraute darauf, dass das Knochenschallmikrofon in seinem Ohrstöpsel daraus die richtigen Worte formte.

»Leider nein«, erwiderte Kara. Ein kalter Schauer rieselte Marc den Rücken hinunter. Noch während sie sprach, hörte er, wie draußen vor der aufgeklappten Motorhaube geredet wurde. Er schnappte ein paar hastig hervorgestoßene französische Brocken auf. Der Mechaniker beschwerte sich, dass er noch nicht fertig war. Und eine andere Stimme, rau und ärgerlich, beharrte darauf, dass es an der Zeit sei loszufahren, *und zwar sofort*.

Marc warf einen Blick auf das Display seines Tablets. Der Fortschrittsbalken war zu drei Vierteln gefüllt. Ohne vollständigen Download wäre die ganze Aktion ein glatter Fehlschlag. Außerdem … wenn er jetzt aus dem Wagen stieg, wurde er auf jeden Fall entdeckt. Alle möglichen Optionen schossen ihm durch den Kopf, aber keine einzige davon bot einen gangbaren Weg.

Und so nahm das Unheil seinen Lauf. Die Motorhaube der Limousine wurde mit lautem Knall zugeschlagen, und der Wagen wackelte spürbar. Marc nahm durch das Seitenfenster eine Bewegung wahr, dann hörte er, wie die Fahrertür geöffnet und wieder zugeschlagen wurde.

»Was ist denn los bei dir?«, erkundigte sich Kara. »Ich kann nichts sehen.«

»Ich mache eine kleine Spazierfahrt«, flüsterte Marc zurück.

Der Motor erwachte mit leisem Raunen zum Leben, und Marc hörte mehrere metallische Schnalzlaute, als die

Türen automatisch verriegelt wurden. Die Limousine schob sich langsam rückwärts aus der Werkstatthalle in die Wintersonne.

»Ach du Scheiße.« Kara sprach laut aus, was Marc empfand, aber er verharrte stumm und regungslos, um nur ja nichts zu tun, was den Fahrer auf seine Anwesenheit aufmerksam gemacht hätte.

Er hätte schließlich lediglich die Trennwand herunterfahren und einen Blick in das Passagierabteil werfen müssen, um zu sehen, wie Marc dort auf dem Boden saß und sich verzweifelt an sein Tablet klammerte. Toussaints Fahrer waren ebenfalls ALEPH-Angestellte, und sie trugen alle eine Schusswaffe bei sich, auch wenn die französischen Gesetze das nicht gestatteten. Marc konnte da mit seinem ausziehbaren Schlagstock nicht viel bewirken.

Er spürte, wie der Wagen beim Verlassen des Werkstattgeländes über die Bordsteinkante rollte, stehen blieb und dann mit einem Ruck anfuhr.

»Dane, er fährt früher los als geplant. Sag nicht, dass du immer noch da drin hockst.« Er sagte nichts, sondern tippte nur einmal auf seinen Ohrstöpsel. Kara ließ sich Zeit mit einer Antwort. »Scheiße. Okay. Immerhin kann ich dich orten.« Dann folgte noch eine längere Pause. »Das ist alles andere als optimal.«

Marc gab keine Antwort. Er versuchte, möglichst ruhig zu atmen, um seinen rasenden Puls zu beruhigen, während er auf dem Boden der Limousine lag und an das mit einer Frostschicht überzogene Sonnendach über ihm starrte. Das Tablet in seiner Hand vibrierte sanft und signalisierte damit, dass der Download erfolgreich abgeschlossen war – ein schwacher Trost in seiner gegenwärtigen Situation. Marc entschied sich, das Risiko einzugehen und die Datei als komprimiertes Signal an Karas Computer sowie einen verschlüsselten Cloud-Server zu schicken, den Rubicon genau für solche Zwecke bereitgestellt hatte. Es dauerte nur wenige Sekunden, und als der Vorgang abgeschlossen war, holte er einmal tief Luft. Zumindest waren die Informationen, um die es bei der ganzen Aktion gegangen war, in Sicherheit.

Jetzt musste er also nur noch irgendwie aus dieser Limousine kommen, ohne dass es jemand merkte. Er tippte mit dem Finger lautlos auf sein Tablet, während der Fahrer das Radio einschaltete, den Wagen auf eine größere Straße lenkte und beschleunigte.

Im Radio feuerte ein Nachrichtensprecher eine französische Wortkaskade mit den wichtigsten Meldungen aus aller Welt ab. Schwerpunktmäßig ging es um ein S-Bahn-Unglück in Taipei, bei dem unter anderem das französische Fechtteam für die Olympischen Jugendspiele in Taiwan ums Leben gekommen war. Dann war der Nachrichtenüberblick auch schon wieder vorbei, und eine andere Moderatorin präsentierte eine Musiksendung. Jetzt, mit der Musik im Hintergrund, konnte Marc es wagen, sich ein bisschen zu bewegen.

Er streckte die Beine aus, so gut es ging, damit er keinen Krampf bekam. Er wollte die erste sich bietende Gelegenheit nutzen, um loszulaufen. Bäume flogen an den Fenstern vorbei, aber Marc saß so tief unten, dass er keine Häuser oder andere Orientierungspunkte sehen konnte. Stattdessen klinkte er sich mit seinem Tablet in das Navigationssystem ein und starrte mit zusammengekniffenen Augen auf das Display. Sie fuhren nach Süden, auf die andere Talseite. Höchstwahrscheinlich steuerten sie die Talstation der Seilbahn an, um Toussaint dort früher als erwartet in Empfang zu nehmen.

Auf Grundlage der Überwachungsdaten, die Rubicon

bis jetzt schon gesammelt hatte, ließ er sich das Szenario durch den Kopf gehen. Die Limousine würde auf einem überdachten Parkplatz an der Seite der Talstation anhalten, und Toussaint würde zusammen mit ihrer Sekretärin und ihren Leibwächtern, vielleicht auch der neuen Eroberung einsteigen. Anschließend würden sie sich entweder auf den Weg zum Flughafen oder zu ihrem Anwesen machen. Angesichts der Verärgerung, die der Fahrer in der Werkstatt an den Tag gelegt hatte, nahm Marc an, dass das Ganze so nicht geplant gewesen war. Vielleicht konnte er sich diese Tatsache ja irgendwie zunutze machen.

Er ließ sich verschiedene Möglichkeiten durch den Kopf gehen und verwarf sie alle sofort wieder: Kara zu bitten, loszufahren und die Limousine aufzuhalten, bevor sie bei der Talstation war; oder das Autotelefon zu manipulieren und den Fahrer an irgendeine einsame Stelle umzuleiten, um dann zu flüchten. Marc schüttelte den Kopf. In beiden Fällen war der Ausgang ungewiss, und gleichzeitig hätte Toussaint gewusst, dass sie in ihr Sicherheitssystem eingedrungen waren. Sie durfte auf keinen Fall erfahren, dass ihre Reiserouten gehackt worden waren, sonst hätte sie sicherlich sofort Gegenmaßnahmen ergriffen, und alle Informationen, die Rubicon bisher so mühsam zusammengetragen hatte, wären wertlos.

Zu warten, bis der Wagen sein Ziel erreicht hatte, bedeutete die allerschlechteste Möglichkeit. Selbst mit dem Überraschungsmoment auf seiner Seite rechnete sich Marc praktisch keine realistische Chance aus. Die ALEPH-Söldner lösten solche Probleme meist dank eines ausgiebigen Einsatzes von Schusswaffen, das hatte er in Polen sehr eindringlich erfahren.

»Ich habe die Wartungsbücher von Haute-Savoie gecheckt«, meldete Kara sich jetzt. Damit war der Flughafen von Annecy gemeint, der ungefähr eine Stunde entfernt lag. »Toussaints Gulfstream wird gerade eben betankt. Irgendetwas hat sie aufgeschreckt.«

Wieder gab er keine Antwort. Spekulationen über die Gründe für den überstürzten Aufbruch ihrer Zielperson waren jetzt von untergeordneter Bedeutung. Stattdessen öffnete er ein weiteres Fenster auf seinem Tablet und ließ sich die Verkehrsmeldungen anzeigen, die das Navigationssystem automatisch empfing. Vielleicht war ja eine dabei, die ihm weiterhalf. Ein Stück weiter nördlich, in Argentiére, staute sich der Verkehr hinter einem liegen gebliebenen Bus, in Le Houche fanden Straßenarbeiten statt … Und dann entdeckte er genau das, was er brauchte: ein Hinweis auf Geschwindigkeitskontrollen auf der N-205. Polizeieinheiten mit Radarpistolen, die hinter dem langen Mont-Blanc-Tunnel auf der Jagd nach Rasern waren.

Mit flinken Fingern installierte Marc ein Hinweisfenster zwischen den eingehenden Verkehrsmeldungen und dem Display am Armaturenbrett. Sein Französisch reichte aus, um dem Fahrer der Limo zu melden, dass ein umgestürzter Lastwagen die Straße blockierte, auf der sie sich befanden. Er drückte auf *Senden*, und hörte einen Augenblick später bereits das *Pling* des Navis. Der Fahrer stieß ein verärgertes Knurren aus, und Marc wusste, dass er den Köder geschluckt hatte. Nur noch ein paar weitere Eingaben, dann zeigte das Navi eine neue Route an, die die Limo auf die N-205 lotste, um sie in einem weiten Bogen zu ihrem Ziel zu führen. Er löschte die Meldung über die Geschwindigkeitskontrollen und hielt den Atem an.

Die Limo schlingerte ein kleines bisschen, als der Fahrer die Auffahrt nahm. *Dieses war der erste Streich,* dachte Marc. *Und der zweite folgt sogleich.*

Er loggte sich wieder in das Wartungsmenü der Limousine ein. Dort suchte und fand er die zentrale Steuerung für die Fahrzeugelektronik. Wie die meisten neueren Fahrzeuge verfügte auch die Limousine über ein CAN, also ein so genanntes »Controller Area Network«, das unter anderem auch die Stromversorgung der verschiedenen Geräte regelte. Das CAN war normalerweise gegen Funkattacken von außen abgeschirmt, nicht aber gegen eine direkte Kabelverbindung aus dem Inneren des Wagens. Marc hatte freie Bahn. Mit zusammengekniffenen Augen machte er sich an die Arbeit. Er legte sich ein Makro zurecht, um auf Kommando die Magnetschalter an den Türschlössern betätigen zu können, und holte sich die Schalter für die Scheinwerfer und Heckleuchten der Limo auf das Display. Dann wartete er.

Der violette Pfeil, der den Wagen symbolisierte, war jetzt in dem Bereich angelangt, wo die Polizeikontrolle auf Raser lauerte, und Marc leitete den nächsten Streich ein. Er schaltete die Scheinwerfer ununterbrochen ein und aus, ein und aus, in der Hoffnung, dass der Fahrer es nicht sofort bemerkte. Wenn er etwas mehr Zeit gehabt hätte, hätte er vielleicht auch die Traktionskontrolle oder womöglich sogar die Lenkung manipuliert, aber das hätte das Unfallrisiko deutlich erhöht. Bei Temperaturen um den Gefrierpunkt und glitschigen Straßen wäre diese Maßnahme nicht unbedingt eine kluge Entscheidung gewesen.

Falls das hier nicht funktioniert, dann bleibt mir gar nichts anderes mehr übrig. Marc verspannte sich und fragte sich, ob er eine solche Aktion wohl überleben würde, falls es so weit kommen sollte.

Doch schon eine Sekunde später sagte ihm das blinkende Blaulicht am Heck des Wagens, dass er Erfolg gehabt hatte. Ein weißes BMW-Polizeimotorrad schob sich neben die Limo, und Marc sah, wie der Beamte dem Limofahrer

Zeichen gab, auf den Seitenstreifen zu fahren und dort anzuhalten.

Der Fahrer fluchte leise, und Marc spürte, wie der Wagen die Spur wechselte und langsamer wurde. Kurz darauf blieben sie stehen, und der Fahrer fing an, nervös auf dem Lenkrad zu trommeln.

Marc startete das letzte Makro und zog dann den Stecker. Während er behutsam die Klappe über dem Elektronik-Port befestigte, ließ der Fahrer das Fenster herunter und redete mit dem Polizisten. Marc fing an, von zehn abwärts zu zählen.

»Y-a-t-il quelque chose qui cloche avec votre véhicule?« Marc sah, wie der Polizist sich zum Fahrer hinunterbeugte, während er sich auf dem Boden des Passagierabteils auf die rechte Tür im Fond zuschob. Die Antwort des Fahrers konnte Marc nicht hören, weil sein Countdown jetzt bei null angelangt war. Die Hupe der Limo dröhnte los, und gleichzeitig wurden sämtliche Türen entriegelt.

Bis der Motorradpolizist und der Limofahrer auf den unerwarteten Lärm reagieren konnten, hatte Marc die Tür gerade so weit geöffnet, dass er nach draußen gleiten und sich mit dem Gesicht voraus auf den Asphalt werfen konnte. Er hielt sich so tief wie nur möglich, damit der Polizist ihn nicht entdeckte, und schlängelte sich über eine niedrige Betonmauer, um in einem vom Unkraut überwucherten Straßengraben zu landen. Dort blieb er liegen und hoffte inständig, dass man ihn nicht dabei beobachtet hatte.

Er wagte nicht einmal, über den Rand des Mäuerchens zu spähen. Stattdessen wartete er ab, den Griff des ausziehbaren Schlagstocks fest umklammert, und lauschte angestrengt. Die Minuten schienen sich zu Stunden zu dehnen. Er rechnete jeden Augenblick damit, dass der Schatten des

Polizisten (oder des Fahrers) auf ihn fiel und er mit ärgerlicher Stimme fragte: »*Que faites-vous ici?*«

Irgendwann ertönte schließlich wieder das dumpfe Grollen des kräftigen Motors. Marc wartete noch eine geschlagene Minute, dann endlich wagte er, einen Blick über den Mauerrand zu werfen. Weder Limo noch der Motorradpolizist waren zu sehen. Die ganze Anspannung fiel schlagartig von ihm ab, und er stieß einen Laut aus, der halb Stöhnen und halb Kichern war.

»Das war knapp«, sagte er laut und sah sich um. Dann ging er den Seitenstreifen entlang und machte sich auf den Weg zurück. Marc tippte mit der Fingerspitze seinen Ohrstöpsel an. »Kannst du mich hören? Abzug erfolgreich. Total chaotisch zwar, aber ich glaube, wir haben es geschafft.« Stille. Marc nahm den Ohrstöpsel heraus und sah nach, ob er noch funktionierte. »Kara? Bist du noch da?«

Doch mehr als ein leises Rauschen war nicht zu vernehmen.

Er wollte eigentlich so schnell wie möglich zurück ins Bürogebäude, aber er widerstand diesem Bedürfnis und hielt sich genau an die Verhaltensmaßregeln, die sie für den Fall vereinbart hatten, dass irgendetwas nicht wie geplant ablaufen sollte. Er schlug eine kreisförmige Route ein, stellte sicher, dass er nicht verfolgt wurde, und näherte sich dem Bürogebäude schließlich aus der entgegengesetzten Richtung als der, in die er es vor wenigen Stunden verlassen hatte. Als er endlich ankam, war er ziemlich erschöpft, und die eisige Bergluft war trotz strahlenden Sonnenscheins bis in seine Knochen vorgedrungen.

In der Werkstatt auf der anderen Straßenseite, dort, wo alles begonnen hatte, schien der Betrieb völlig normal zu laufen. Die Mechaniker waren bei der Arbeit, und nirgendwo parkten irgendwelche Fahrzeuge, die verdächtig wirkten.

Marc schlich sich so behutsam wie möglich die Treppe zum Eingang hinauf, den Schlagstock in der Hand versteckt, zu allem bereit. Beim Eintreten sah er Kara allein in dem kahlen, ungemütlichen Zimmer stehen. Sie war gerade dabei, die Ausrüstung zu verpacken.

»Da bist du ja«, sagte sie. »Sehr gut. Hilf mir mal.« Sie drückte ihm die tragbare Satellitenantenne in die Hand und deutete mit einem Kopfnicken auf einen aufgeklappten Karton.

Marc steckte den Schlagstock ein und begann, die Antenne zusammenzufalten. »Du hast nicht mehr reagiert …«, setzte er an, aber sie fuhr ihm über den Mund.

»Ich musste.« Von ihrer Stimmung vorhin, dieser Mischung aus unterdrückter Langeweile und zielloser Energiegeladenheit, war nichts mehr zu spüren. Sie wirkte vielmehr unkonzentriert und mürrisch. »Es hat …« Sie unterbrach sich und setzte neu an. »Es hat sich etwas ergeben.«

Mit diesen Worten klappte sie ihren Laptop zu. Marc sah nur noch, dass der Bildschirm einen längeren Text zeigte. »Toussaint?«, erkundigte er sich. »Ich meine, sind wir aufgeflogen?« Er ballte die Fäuste. War seine ganze improvisierte Aktion, doch noch an die Daten zu kommen, womöglich umsonst gewesen?

Kara schüttelte den Kopf. »Nein, das nicht.« Sie lächelte ihn kurz an. »Das war wirklich clever, gratuliere.« Dann war das Lächeln wieder verschwunden, wie ausgeknipst. »Es geht um etwas anderes. Wir ziehen ab. Delancort schickt ein Team zum Saubermachen vorbei.«

Henri Delancort war Ekko Solomons erster Sekretär und de facto der Leiter des operativen Geschäfts. Er schien den Wert jedes einzelnen im Lager befindlichen Gegenstandes auswendig zu kennen und beurteilte die Welt offensichtlich nur nach den Kriterien Gewinn oder Verlust. Normalerweise war er für die Pflichtenverteilung innerhalb der Abteilung für Sonderaufgaben zuständig. »Delancort hat sich gemeldet?«

Kara nickte, steckte ihren Laptop in ihren Rucksack und schnappte sich ihre rote Lederjacke von der Stuhllehne. »Die Ermittlungen im Fall Celeste Toussaint haben ab sofort nur noch nachgeordnete Bedeutung. Wir haben einen dringlicheren Auftrag bekommen.« Sie wies mit dem Kopf auf die Tür ins Nebenzimmer, wo ihre persönlichen Sachen und ihre Schlafsäcke lagen. »Zieh dich um. Ich habe die Flüge schon gebucht.«

Marc klappte den Antennenkarton zu. »Keine Abschlussbesprechung?«

»Keine Zeit. Gib mir das Tablet. Ich lösche den Speicher und lade dir alle Daten drauf, die du brauchst. Dein Flugzeug startet in Genf. Ich fahre mit dem Zug bis nach Turin und fliege von dort los, um möglichst auf Nummer sicher zu gehen.«

»Wohin geht die Reise?«

»Nach Malta. Rubicon hat eine Nachricht erhalten, dass jemand … eine Person von besonderem Interesse heute dort ermordet worden ist.« Sie sah ihn an. »Und es gibt eine Verbindung zum Kombinat.«

Marc spürte, wie ein kalter Schauer seinen Rücken hinunterlief. »Eine wahrscheinliche, so wie bei Toussaint, oder …?«

»Streng vertraulich«, unterbrach sie ihn erneut. »Hör zu, sobald du gelandet bist, bekommst du ein Dossier mit allen nötigen Informationen, okay?« Ihre Stimme wurde weicher. »Du weißt doch, wie es läuft. Wenn irgendeine von diesen miesen Gestalten sich sehen lässt, dann müssen wir das ausnutzen. Solomon will, dass wir uns dahinterklemmen. Ganz unauffällig, mit minimaler Kommunikation.«

»Sonst hat Rubicon niemanden, den sie schicken könnten?«

»Die anderen sind alle gebunden«, erläuterte sie. »Du bist als Einziger einsatzbereit. Und ich«, fügte sie hinzu.

Marc nickte nachdenklich. Falls das Kombinat auf Malta tatsächlich eine Fährte hinterlassen hatte, dann würde sie schnell kalt werden. Diese Leute verstanden etwas davon, Spuren zu verwischen.

Nach allem, was heute passiert war, spürte er wieder ein altbekanntes Ziehen in seiner Brust. Der Drang, das Kombinat für alles, was sie ihm und so vielen anderen Unschuldigen genommen hatten, zur Rechenschaft zu ziehen, ließ ihn nie völlig in Ruhe. Falls es also eine Chance gab, eine sichere Gelegenheit zurückzuschlagen, dann wollte er unbedingt dabei sein. »Der Getötete, war das einer von ihnen?«

»Nein, er ist eines ihrer Opfer«, korrigierte sie ihn. »Und wir müssen herausfinden, weshalb.«

»Also gut«, erwiderte Marc nach einer kurzen Stille. »Ich schätze mal, das haben wir davon, dass wir uns über langweilige Aufträge beklagt haben …« Kara blickte ihn ausdruckslos an. »Alles in Ordnung?« Ihre Wangen waren rot angelaufen.

»Alles bestens.« Sie spürte seinen forschenden Blick und wandte sich ab. »Das, was heute passiert ist, damit habe ich nicht gerechnet. Ich bin ein bisschen zu selbstgefällig geworden. Dass du um ein Haar erwischt worden wärst, hat mir wieder bewusst gemacht, dass wir hier kein Spiel spielen.« Kara seufzte leise.

»Da muss ich dir recht geben. Also gut, ich hole meine Sachen, und dann nichts wie los.«

»Marc!«, rief Kara ihm hinterher, als er sich schon auf den Weg gemacht hatte. »Du vertraust mir doch, oder?« Die Frage kam ihm seltsam vor, und das war ihm offensichtlich auch anzusehen. »Vergiss es.« Sie verscheuchte ihre Worte mit einer Handbewegung, wie eine lästige Fliege, noch bevor er etwas erwidern konnte.

Kapitel 3

Als Lucy Keyes den Diner betrat, schrillte über der Tür eine Klingel. Die dunkelhaarige Kellnerin, die neben der Kasse stand, ließ ein mattes Lächeln sehen und zeigte mit ihrem Kugelschreiber auf die weitgehend unbesetzten Tische und Sitznischen. Es war noch früh am Morgen. »Suchen Sie sich was aus, Schätzchen. Ich bin gleich da.«

»Danke.« Lucy erwiderte ihr Lächeln, nahm ihre teure Designersonnenbrille ab und steckte sie in eine Seitentasche der Bolerojacke, die über ihren sehnigen Schultern hing. Anschließend fuhr sie sich mit ihrer ockerfarbenen Hand über die kurz geschorenen Haare und schlenderte in den hinteren Teil des Restaurants. Instinktiv entschied sie sich für die Nische direkt neben dem Notausgang, und zwar für einen Platz, von wo sie die Türen und die Straße im Blick behielt. Sie schlug die Speisekarte auf, musterte jedoch zuerst die anderen Gäste. Zwei Pendler, die sich mit einer geballten Ladung Kohlenhydrate auf ihren Weg in die Innenstadt vorbereiteten, ein paar stämmige Arbeiter, die sich mit Kaffee versorgten, und ein oder zwei müde dreinblickende Gestalten, die offensichtlich von der Nachtschicht kamen. Ihr Radar meldete keine Gefahr, und sie entspannte sich ein wenig.

Draußen schien das erste, noch wässerige Licht des neuen Tages Sonnenschein zu versprechen, aber Lucy traute dem Wetter in San Francisco nicht. Manchmal trieb der Wind Regenwolken über den Pazifik, wenn man am wenigsten damit rechnete, und dann zeigte sich der Himmel von einem Augenblick auf den anderen wieder strahlend blau und wolkenlos.

Die Stadt erwachte langsam zum Leben. Die Wohnquartiere rund um den nur wenige Häuserblock entfernten Alamo Square machten sich nach einem gemütlichen Wochenende jetzt wieder auf die Hektik des Montagmorgens gefasst. Während draußen auf der Straße ein paar vereinzelte Fahrzeuge vorbeihuschten, sah sie ihren Partner auf der anderen Straßenseite stehen. Er tat so, als würde er rauchen. Malte Riis war einen guten Kopf größer und sehr viel kantiger gebaut als Lucy mit ihrer schlanken, sportlichen Figur, was vermutlich auf seine nordischen Gene zurückzuführen war. Er hatte rotblonde Haare und redete nicht viel, und genau das gefiel ihr an ihm. Aber *wenn* er etwas sagte, dann hörte sie genau hin. Malte war früher Polizist in Helsinki gewesen und hatte anschließend für den finnischen Geheimdienst SUPO gearbeitet. Seine Instinkte waren absolut zuverlässig. Lucy tendierte als ausgebildete Scharfschützin dazu, vor allem in Bezug auf *Ziele* oder *potenzielle Ziele* zu denken, aber manchmal verlor sie außerhalb ihrer militärischen Mindmap die Nuancen aus den Augen.

Die Kellnerin mit den rosigen Wangen – auf ihrem Namensschild stand *Babs* – trat an Lucys Tisch, und sie bestellte Kaffee und Waffeln. Als ihre Bestellung eintraf, hatte Lucy auch den Wagen mit ihrem Kontaktmann ausfindig gemacht. Es war eine dunkelblaue Limousine, ein Ford, vermutlich ein Mietwagen. Er stand ein Stück weiter die Straße hinunter, vor einem Secondhandladen, der noch geschlossen hatte. Pünktlich mit dem Glockenschlag zur vollen Stunde ging die Fahrertür auf, und ein Latino im Anzug überquerte mit schnellen Schritten die Straße. Er betrat den Diner. Mit einem Blick stellte sie fest, dass

Malte sich von der Hauswand löste und ihm folgte. Ohne Umschweife kam der Latino auf Lucy zu.

Sobald Lucy den Mann deutlicher erkennen konnte, verspannte sie sich und verbarg ihren Missmut hinter ihrer Kaffeetasse. Die andere Hand wanderte zum Griff des Elektroschockers, der in einem versteckten Halfter an ihrem unteren Rücken steckte. Der Stromstoß hätte auch einen Mann, der doppelt so groß war wie dieser hier, auf der Stelle kampfunfähig gemacht.

Der Kerl wartete nicht auf eine Aufforderung, sondern schob sich ungefragt auf die gegenüberliegende Sitzbank. »Sie sind Keyes?«

»Schon möglich«, erwiderte sie und verzog die Mundwinkel zu einer trägen Andeutung eines Lächelns. »Ich kenne Sie nicht.«

»Ich heiße Gonzalez«, erläuterte er. »Ich arbeite für Rowan.«

»Tatsächlich?« Aus dem Augenwinkel sah sie, dass Malte den Diner betrat und näher kam. »Er hat aber nie was von einem anderen gesagt.« Lucy richtete sich auf, als wollte sie aufstehen und gehen.

»Nicht«, sagte Gonzalez, und seine sorgfältig einstudierte regungslose Miene zeigte kurz so etwas wie Besorgnis. »Geben Sie mir eine Chance.«

Jetzt war auch Malte da und setzte sich neben Gonzalez, sodass dieser zunächst einmal eingeklemmt war.

»Ich hole jetzt etwas aus meiner Tasche«, sagte Gonzalez. Er zog eine Brieftasche hervor, legte sie auf den Tisch und klappte sie auf. Jetzt kamen eine goldene Dienstmarke des US-Justizministeriums sowie ein Dienstausweis des Federal Bureau of Investigation zum Vorschein.

»Special Agent Lee Gonzalez.« Lucy las seinen Namen laut vor. »Wie gesagt, ich kenne Sie nicht.«

Gonzalez warf Malte einen schnellen Blick zu, bevor er alle Aufmerksamkeit auf sie richtete. »Tja, aber ich kenne Sie. Lucille Keyes, ehemalige Angehörige der US-Army, unehrenhaft entlassen, gegenwärtig per Haftbefehl gesucht und auf der Flucht …«

»Oh, hören Sie auf, bitte. Ich werde gleich rot.« Sie schob sich einen großen Bissen Waffeln in den Mund und meinte kauend: »Sie sehen nicht aus wie ein Trottel, also gehe ich davon aus, dass Sie nicht ganz allein hierhergekommen sind, um mich festzunehmen. Sagen Sie mir, wieso ich mich jetzt mit Ihnen abgeben muss anstatt mit Rowan.«

Gonzalez stieß den Atem aus. »Es gibt gewisse Bedenken, dass Rowan möglicherweise seine Zuständigkeiten überschritten hat.«

»Wer hat diese Bedenken? Leute wie Sie vielleicht?«

Der FBI-Agent schüttelte den Kopf. »Er ist bloß vorsichtig.«

Lucy sah, wie Malte die Muskeln anspannte und die Hand an seine Waffe legte, als sich hinter ihr eine Tür öffnete und eine mürrische, müde klingende Stimme erklang: »Gut, dass Sie gekommen sind.«

»Rowan.« Lucy erkannte ihn sofort. Sie sah Malte an und schüttelte den Kopf. Der Finne nickte misstrauisch und legte beide Hände wieder auf die Tischplatte.

»Keyes.« Rowan war Mitte fünfzig. Mit seinem schütteren Haar und einem Gesicht wie aus wettergegerbtem Marmor sah er aus wie ein Senator oder ein General. Tatsächlich aber war er für die Sicherheit von Senatoren und Generälen zuständig.

»Und? Werden Sie beim Secret Service wenigstens einigermaßen gut behandelt?«, erkundigte sie sich.

»Nein«, erwiderte er und ließ sich neben sie plumpsen.

»Ich muss nicht konkreter werden, oder? Washington ist im Moment ein einziger Misthaufen …« Er verstummte. »Deshalb habe ich mich an Sie gewandt.« Rowan gab der Kellnerin ein Zeichen, und Babs kam mit der Kaffeekanne. Sie schenkte Lucys Tasse voll und stellte jedem der drei Männer einen Becher hin. Bevor sie wegging, drückte sie Rowan die Schulter.

»Alles okay?«, fragte sie.

»Immer.« Rowan lächelte sie kurz an, und sie ließ die vier allein. Er registrierte Lucys fragenden Blick und sagte: »Barbaras Mann war früher mal in meiner Einheit. Nach seinem Tod hat die ganze Truppe zusammengelegt, als sie Schwierigkeiten mit dem Pächter hatte. Seither kann ich hier jederzeit umsonst essen.«

»Und wir können den Laden für inoffizielle Besprechungen nutzen«, fügte Gonzalez hinzu.

»Lee ist ein guter Mann«, fuhr Rowan fort. »Und er versteht, dass es sich um eine besondere Situation handelt. Wenn Sie mir vertrauen, dann können Sie auch ihm vertrauen.«

»Also gut.« Lucy warf dem FBI-Agenten noch einen durchdringenden Blick zu. Er zuckte nicht zurück, und sie hatte das unbestimmte Gefühl, als säße sie einem Mann gegenüber, der sich, genau wie sie, schon mehr als einmal in Lebensgefahr begeben hatte. »Haben Sie gedient?«

»Im Marine Corps. War zweimal im Irak«, erwiderte Gonzalez ohne Zögern.

»Bei den Strandpiraten also, hmm? Da will ich mal ein bisschen nachsichtig sein.«

»Seien Sie nett zu ihm«, meinte Rowan. »Er geht ein genauso großes Risiko ein wie ich auch.«

»Apropos«, schaltete Malte sich jetzt zum ersten Mal ein.

»Was wollen Sie eigentlich von uns?«, fügte Lucy hinzu. »Nach dieser Geschichte mit Al Saïf habe ich gedacht, dass wir nie wieder von Ihnen hören würden.«

Vor fast zwei Jahren hatte sie in Washington D.C. zusammen mit Marc Dane in letzter Sekunde eine fürchterliche Gräueltat verhindert, die eine fanatische islamistische Terrorgruppe namens Al Saïf geplant hatte, unterstützt vom Kombinat. Sie konnten die Katastrophe mit knapper Not abwenden, und wäre Special Agent Rowan nicht gewesen – genau wie sie ehemaliger Angehöriger der Delta Force –, dann hätte Lucy ihren Teil zur Rettung Hunderter unschuldiger Menschenleben nicht beitragen können. Letztendlich hatte die gemeinsame Überzeugung der beiden ehemaligen Militärs die Voraussetzung dafür geschaffen, ein Blutbad zu verhindern. Und genau dieses Vertrauen war auch die Grundlage dafür gewesen, dass Lucy jetzt nach San Francisco gekommen war, obwohl sie, wie Gonzalez ganz richtig bemerkt hatte, in den Vereinigten Staaten steckbrieflich gesucht wurde.

Rowan hatte sich inoffiziell an Rubicon gewandt und gezielt nach Lucy Keyes gefragt. Sie verdankte ihm so viel, dass sie zu diesem Treffen bereit gewesen war, aber allmählich ging ihr die ganze Geheimniskrämerei auf die Nerven.

»Warum bin ich hier?«, wollte sie daher wissen. »Raus mit der Sprache.«

»Wir brauchen Ihre Hilfe«, gestand Rowan, und man sah ihm an, dass ihm dieser Satz nicht leichtgefallen war. Er beugte sich nach vorn. »Seit sechs Monaten sind der Secret Service und das FBI dabei, eine gemeinsame Aktion auf die Beine zu stellen. Wir sind einer radikalen militanten Gruppe auf der Spur, aber durch die neue Verwaltung werden unsere Möglichkeiten immer mehr beschnitten.

Mittlerweile ist absehbar, dass wir die Arbeit ganz einstellen müssen.«

»Ich bin der Hauptverantwortliche für die Westküste«, fuhr Gonzalez grimmig fort. »Das gesamte Bureau hat die Anweisung erhalten, Terrorangriffe aus dem Ausland vorrangig zu behandeln, Gefahren aus dem Inland hintenan zu stellen … aber diese Typen? Wir wissen, dass sie einen Angriff planen, vermutlich innerhalb der nächsten achtundvierzig Stunden, und zwar hier.« Er tippte mit dem Zeigefinger auf die Resopaltischplatte. »Aber niemand will es hören.«

»Ich kann da überhaupt nichts machen«, fügte Rowan hinzu. »Gonzalez hat zwar ein paar Leute …« Er hielt für einen Moment inne, und als er dann weitersprach, da klang seine Stimme zehn Jahre älter. »Wir werden von der Bürokratie buchstäblich erdrückt, und dabei bin ich mir sicher, dass es Tote geben wird, wenn wir nicht rechtzeitig eingreifen. Ich könnte kotzen, ehrlich.«

Gonzalez wusste bereits, wie die nächste Frage lauten würde, und kam ihr zuvor. »Wir haben alle unsere Möglichkeiten ausgeschöpft. Darum hat Rowan Sie ins Gespräch gebracht. Weil Sie sich außerhalb des Systems bewegen.«

Rowan senkte die Stimme. »Ich habe schon das eine oder andere über Rubicon gehört. Ich habe gesehen, was Sie in Washington geleistet haben. Und darum bitte ich Sie um einen Gefallen. Sie sind unsere letzte Chance. Unternehmen Sie etwas.«

»Worum geht es?«, wollte Malte wissen.

»Sie nennen sich die Soldier-Saints«, erwiderte Gonzalez. »Eine bewährte Albtraummischung aus christlichen Extremisten, Weltuntergangsfanatikern und neofaschistischen Rassisten. Wir sind ihnen auf die Spur gekommen, weil sie ihre bisherigen Anschläge mithilfe eines Falschgeldrings finanziert haben. Allerdings hat sich ihr Vorgehen in den letzten Monaten geändert. Sie haben das Tempo ihrer Aktivitäten in Kalifornien deutlich gesteigert, scheinen sich irgendwie zu sammeln. Sie bereiten sich auf ein größeres Ereignis vor, aber ohne Mitarbeiter und ohne die Mittel, irgendwelche Beweise heranzuschaffen, kann ich meinem Vorgesetzten nichts weiter als einen Haufen Indizien auf den Tisch legen. Wir haben Handydaten ausgewertet und hier in der Stadt eine Stelle gefunden, die uns interessant erscheint, aber ohne eindeutige Gefahr im Verzug kriege ich keinen Durchsuchungsbeschluss.«

»Soldier-Saints …« Lucy nickte und gab Babs ein Zeichen, ihr noch einmal Kaffee nachzuschenken; dann fuhr sie fort. »Von denen habe ich schon mal gehört. Wenn du kein weißer Heteromann bist, dann dauert es nicht lange, bis sie dir eine Halskrause oder einen Strick um den Hals legen. Diese Stadt hier muss für die das reinste Sündenbabel sein. Welchen Ort auf dieser Welt könnten sie mehr hassen als San Francisco? Aber nach allem, was ich weiß, spielen die keine wirklich große Rolle. Wie kommen Sie darauf, dass sie plötzlich in die erste Liga drängen?«

»Ganz einfach«, meinte Rowan. »Weil es niemanden gibt, der sie aufhält, und weil sie mutiger geworden sind. Während die Soldier-Saints immer mehr aufrüsten, werden wir gezwungen wegzuschauen.«

Malte runzelte die Stirn. »Dann bekommen sie womöglich von irgendjemandem Unterstützung?«

»Wahrscheinlich«, meinte Rowan.

»Rubicon bietet unter anderem private Militärdienstleistungen an, das wissen wir«, schaltete Gonzalez sich ein. »Aber Rowan hat mir erzählt, Sie würden in solchen Fällen oft auch eingreifen, ohne Geld zu verlangen, weil es

Ihnen um die Sache geht, um das Wohl der Allgemeinheit. Ist das richtig?«

»Es ist jedenfalls nicht falsch«, erwiderte Malte und trank einen Schluck Kaffee. Anschließend blickte er mit hochgezogenen Augenbrauen auf Lucy.

Sie nickte unwillkürlich. »Wir brauchen natürlich gewisse Garantien«, fing sie an.

»Was immer Sie wollen«, erwiderte Rowan. »Vorausgesetzt, es liegt in meiner Macht. Besorgen Sie uns irgendetwas Handfestes, was das Justizministerium nicht einfach ignorieren kann.«

Lucy nippte an ihrem Kaffee und sah den Älteren durchdringend an. »Wir sind nicht die Polizei. Leute, die ich ins Fadenkreuz nehme, landen in der Regel nicht im Gefängnis, wenn Sie verstehen, was ich meine. Das, worum Sie uns hier bitten – was Sie ausdrücklich *billigen* –, sind Sie sich da wirklich sicher?«

Es folgte eine lang anhaltende Stille, bis Rowan schließlich einen tiefen Seufzer ausstieß. »Es gefällt mir wirklich überhaupt nicht«, erwiderte er. »Aber im Augenblick haben wir keine andere Wahl.«

Der Wasserstrahl der Dusche im Hotel Nova wechselte ständig zwischen heiß und lauwarm hin und her, aber wenigstens war der Wasserdruck stabil. Marc versuchte, die Trägheit, die der Flug hinterlassen hatte, aus seinen Gliedern zu spülen.

Sie waren spätvormittags auf Malta gelandet, und die Reise hatte ihn unruhig gemacht. Er wollte nach dem Zwischenfall mit der Limousine das Adrenalin abbauen und sich frisch machen, aber anscheinend hatte sich die einzige Gelegenheit dafür im Flugzeug geboten, und das hatte nicht gereicht.

Anstatt sich nämlich Ruhe und ein paar Stunden dringend notwendigen Schlafs zu gönnen, war er mit seinen Gedanken ununterbrochen in irgendwelchen Sackgassen gelandet, hatte an diversen Erlebnissen aus der jüngeren Vergangenheit herumgezupft wie an einer verschorften Wunde.

Die Operation in Frankreich war die erste Rubicon-Mission gewesen, bei der er für die Abteilung für Sonderaufgaben als hauptverantwortlicher Agent ins Feld gezogen war. Ihm war aufgrund seiner Erfahrung durchaus klar, dass die Dinge nie nach Plan abliefen, und doch empfand er so etwas wie Enttäuschung, wenn er daran dachte, wie sich die Aktion letztendlich entwickelt hatte. Sie hatten zwar bekommen, was sie wollten, aber Marc hatte das Gefühl, als hätten sie keinen richtigen Abschluss gefunden. Und der abrupte Befehl von Solomon – *Alles stehen und liegen lassen und ab nach Malta* – hatte den Eindruck noch schlimmer gemacht.

Marc wollte beweisen, dass es die richtige Entscheidung gewesen war, Solomons Angebot auf eine feste Stelle in der Abteilung für Sonderaufgaben anzunehmen. Als er, zusammen mit Lucy, im letzten Jahr in Mogadischu und Neapel eine Atombombe aufgespürt und neutralisiert hatte, war er anschließend vollkommen ausgelaugt gewesen. Er hatte sich gefragt, wo eigentlich sein Platz in dieser Welt war. Letzten Endes war es Solomons simple Art von Wahrheitsauffassung gewesen, die es Marc ermöglicht hatte, seinen Weg zu finden – *er wollte ein Teil dieser Sache sein, einer Sache, die größer war als er selbst, einer Kraft, die für das Gute kämpfte.*

Aber es steckte noch mehr dahinter. Hinter dem Drang, das Richtige zu tun, lag noch eine kühlere, eher pragmatische Motivation. Marc war sich darüber im Klaren, dass er um jeden Preis Gerechtigkeit … nein, *Rache* wollte, und zwar, weil er den Menschen verloren hatte, der ihm mehr bedeutet hatte als alle anderen.

Immer noch kam es vor, dass er die Augen schloss und Samantha Greens Lächeln in der Dunkelheit vor sich sah, das sich langsam, wie eine Rauchschwade, von ihm entfernte. Dann erinnerte er sich an das Gefühl ihrer Haut auf seiner, und Bitterkeit stieg in ihm auf. Manchmal schreckte er mitten in der Nacht hoch, fest überzeugt davon, dass irgendwo ein Telefon klingelte, wissend, dass sie am anderen Ende der Leitung war. Doch dieses Telefon befand sich in einer sicheren Unterkunft in Camden, viel zu weit weg.

Marc hielt sein Gesicht unter den Wasserfall aus dem Duschkopf und drehte den Hahn Richtung Blau, genoss die Kälte. Eisige Nadeln brannten die quälenden Gedanken weg, und er spürte, wie die Haut rund um die vernarbten Einschusswunden an seinem Arm und seinem Bauch spannte. Das Training, das ihm die Ärzte in der Rubicon-Privatklinik in Oslo verordnet hatten, war durchaus von Erfolg gekrönt gewesen und hatte seinem spindeldürren Körper das eine oder andere Kilogramm Muskelmasse beschert, die ihm während seiner sitzenden Tätigkeit an einem Rechner des MI6 abhandengekommen war. Jetzt war er fast wieder so fit wie zu seiner Zeit bei der Royal Navy. *Marc Dane 2.0*, dachte er. *Das ist zumindest die Idee.*

Er drehte das Wasser ab und trocknete sich ab, während er aus dem Badezimmer kam, wobei es an diesem heißen maltesischen Nachmittag eigentlich gar nicht nötig gewesen wäre. Durch das Fenster seines einfachen und schäbigen Hotelzimmers genoss er freie Sicht auf die Bucht. Das Hotel befand sich in Gzira, dicht bei der Touristenhochburg Sliema, und fiel inmitten all der anderen Mittelklassehochhausblocks, die die Küste säumten, nicht weiter auf. Der Sicherheitsstandard war ein Witz – Marc hatte bereits eines seiner Handtücher umfunktioniert, um die Türklinke festzubinden, und die Balkontür mit einem Stuhl blockiert –, aber hier fielen sie überhaupt nicht auf, und nachdem sie das Dossier für ihre aktuelle Mission studiert hatten, gab es keinen Zweifel daran, dass sie genau so etwas brauchten.

Die Akte war ungewöhnlich knapp gehalten, aber in ihrer Aussage eindeutig. Vermutlich, weil alles so überstürzt hatte geschehen müssen. *Hatten sie sich deshalb für ihn entschieden?*

Marc war immer dann am besten, wenn alles im Fluss war, wenn er ununterbrochen improvisieren musste, aber gleichzeitig hatte er ständig das Bedürfnis, für jede Eventualität vorzusorgen, jede mögliche Entwicklung miteinzukalkulieren. Es war nicht leicht, diese Spannung auszuhalten.

In dem Dossier stand, dass ein amerikanischer Zivilist namens Lex Wetherby ums Leben gekommen war, offensichtlich durch einen Gewehrschuss in die Brust, nachdem er mit einem Base-Jump-Schirm von der Festungsmauer in Mdina abgesprungen war. In der Welt der Datendiebe war Wetherby eine große Nummer gewesen, aber in den Jahren davor hatte er als Analyst für ein großes Unternehmen im Bereich der Datensicherheit gearbeitet. Damals hatte er die Firewalls großer multinationaler Unternehmen unter Beschuss genommen, um ihre Sicherheitsstandards zu überprüfen. Irgendwann hatte er sich dann mit seinen Vorgesetzten zerstritten und die Seiten gewechselt, war im so genannten Darknet abgetaucht. Als anonymer Hacker hatte er für jeden gearbeitet, der ihn bezahlt hatte, bis seine Spuren sich irgendwann komplett verloren.

In einer Welt, in der man mit einem besonders verwegenen Hack jede Menge Wertschätzung und Hochachtung ergattern konnte, wurde Wetherby zum Phantom. Er trat nicht mehr in Erscheinung, wurde nicht mehr gefeiert und nicht mehr bemerkt. Normalerweise war das ein sicheres Zeichen dafür, dass jemand sich der Cyber-Streitmacht irgendeines Staates angeschlossen hatte, aber so ein Verhalten hätte nicht zu Wetherbys Profil gepasst. Dazu war er zu sehr Konsolen-Cowboy, zu sehr Adrenalin-Junkie.

Und jetzt war Lex Wetherby tot. Laut Dossier war Rubicon der Meinung, dass das Kombinat irgendwie mit seiner Ermordung zu tun hatte. Marc und Kara sollten sich umhören und mehr über die Umstände der Ermordung des Hackers herausfinden. Marc verzog das Gesicht. Der Text gab nur sehr vage Auskunft darüber, wie Rubicon zu dieser Überzeugung gelangt war, und das war noch freundlich formuliert. Er nahm sich vor, Kara nach weiteren Details auszuquetschen.

Er saß auf dem Bett. Neben ihm lag ein großer, wattierter Umschlag, der ihm bei seiner Ankunft im Hotel ausgehändigt worden war. Auf dem Adressaufkleber war als Absender eine kleine Nummer aus dem reichhaltigen Firmengeflecht des weltweit operierenden Rubicon-Konzerns angegeben: *Toy Box Supplies*.

Marc musste grinsen, als er den Namen las, und riss den Umschlag auf. In einer Pappschachtel, die laut Etikett Bauklötze enthalten sollte, fand er einen kleinen Kasten aus grauem, gehärtetem Plastik. Er hätte ihn aus seinem Fenster im vierten Stock auf die Straße werfen können, und er hätte keinen Schaden genommen, genau so wenig wie das, was darin enthalten war. Er zog eine kleine Klappe an der Seite des Kästchens auf. Darunter kam eine winzige Mikrofonaussparung zum Vorschein, und er sagte genau drei Wörter.

»Marc Dane. Nomad.«

Dass er ausgerechnet diese Kennung gewählt hatte, war vielleicht nostalgisch oder sogar ein bisschen kitschig, aber die Bezeichnung seiner ehemaligen MI6-Einheit löste in Marc immer noch ganz besondere Empfindungen aus. Außerdem wurde er dadurch immer wieder daran erinnert, wo er herkam und worum es ihm immer gehen würde.

Ein digitaler Mechanismus im Kästchen identifizierte seine Stimme, und dann schnappten verborgene Schlösser auf. Im Inneren lagen, von einer dichten Schaumstoffhülle umschlossen, ein satellitentaugliches Smartphone mit schwarzem Glas-Display und der dazugehörige Bluetooth-Ohrhörer, dazu eine kleine Glock-29 Kaliber 10 Millimeter inklusive mehrerer Ersatzmagazine. Er betrachtete die Pistole. Eigentlich hatte er nicht mit einem »Tödlichen Päckchen« gerechnet, und er fragte sich erneut, ob die Abteilung für Sonderaufgaben ihm möglicherweise etwas verschwieg.

Nachdem er die Waffe überprüft und geladen hatte, schlüpfte er in eine leichte Cargohose, ein T-Shirt und eine locker sitzende Khakijacke. Anschließend legte er seine Taucheruhr an und warf einen Blick auf das Ziffernblatt. Es war Zeit für eine erste Kontaktaufnahme.

Das Smartphone war ein speziell für ihn angefertigtes Modell ohne jedes Identifikationsmerkmal. Es summte, nachdem er es eingeschaltet hatte, und die Kamera machte einen Schnappschuss von seinem Gesicht, um ihn als rechtmäßigen Besitzer zu identifizieren. Erst dann schaltete das Display sich frei. Eine ganze Reihe von Apps erwachte zum Leben, und er tippte ein bestimmtes Icon an, um die eingebaute Verschlüsselungssoftware zu aktivieren. Einen Augenblick später tauchte ein blasenförmiges Symbol auf, und das Gerät vibrierte.

Er drückte auf die Rückruf-Taste und hörte kurz darauf Kara Weis' Stimme: »Wie gefällt dir dein neues SpyPhone?«

»Kann es mehr als das letzte?«

»Lies die Gebrauchsanleitung!« Sie holte einmal Luft. »Wir haben bei dieser ganzen Aktion absolute Kontaktsperre. Ich wohne in Zimmer sechsundvierzig, auf demselben Flur wie du. Ich bin die Basis, und du übernimmst die Laufarbeit.«

»Verstanden.« Er überlegte, was das zu bedeuten hatte. Er und Kara würden persönlich nicht miteinander in Kontakt treten, es sei denn, die Lage war absolut verzweifelt. Sie würden vollkommen getrennt voneinander arbeiten, um größtmögliche Sicherheit zu gewährleisten. Er verband den Bluetooth-Empfänger mit dem Telefon und betrachtete dabei die Pistole. »Rechnen wir hier etwa mit Ärger?«

»Einen Toten gibt es schon«, erwiderte Kara knapp. Jetzt hörte er ihre Stimme direkt im Ohr. »Und der Täter ist immer noch auf freiem Fuß.«

»Stimmt.« Etwas zögerlich packte Marc die Waffe und die Ersatzmunition in eine wasserdichte Umhängetasche und schlang sie sich über die Schulter. Als er an Karas Zimmer vorbeikam, hörte er im Inneren eine Bewegung. »Ich nehme an, wir fangen mit Wetherby selbst an, ja?«

»Sein Leichnam liegt in der Leichenhalle im Mater Dei Hospital, ein paar Kilometer außerhalb der Stadt. Aber er wird bewacht. Lass erst mal die Finger davon. Ich versuche gerade, in den Zentralcomputer der Polizei in Floriana einzudringen. Ich besorge dir alles, was sie über den Fall gespeichert haben, und du …« Sie hielt inne, und Marc dachte kurz, er hätte das Signal verloren, während er mit dem Fahrstuhl ins Erdgeschoss fuhr. »… versuchst, mehr über Nestor Kyrkos rauszukriegen. Das ist der Mann, mit dem Wetherby sich getroffen hat.«

»Okay.« Marc setzte seine US-Air-Force-Sonnenbrille auf und trat hinaus auf die Straße. Auch über den Griechen und seinen Mitarbeiter, die beide kurz vor der Ermordung des Hackers erschossen worden waren, hatte so gut wie gar nichts in dem Dossier gestanden. Das sagte er auch zu Kara, aber sie ging nicht darauf ein. »Wo soll ich beginnen?«

»Kyrkos hat einen Liegeplatz in der Laguna Marina im Hafen von Valetta, ganz in der Nähe des Kreuzfahrtterminals. Ich schicke dir den Standort.« Er wartete. Einen Augenblick später summte das Telefon erneut und signalisierte die Ankunft des Datenpakets. »Wir müssen wissen, welche Rolle er bei dem allem gespielt hat. War sein Tod nur ein Kollateralschaden, oder war er irgendwie an dem Attentat beteiligt?«

Marc nickte und warf einen schnellen Blick hinauf zu den Balkonen im vierten Stock des Hotels Nova. Er zählte das sechste Zimmer von links und sah einen untersetzten Surfer-Typen am Balkongeländer lehnen und an einer Bierflasche nippen. Das Zimmer selbst, das sich im Rücken des Kerls befand, war durch die Tüllgardinen nicht zu erkennen. »Wer ist denn der Klops da?«

»Was?«

»Na, der Typ auf deinem Balkon. Oder habe ich mich verguckt?«

»Nein …« Kara holte kurz Luft. »Den habe ich im Flugzeug aufgegabelt. Eine gute Tarnung, dachte ich. Und außerdem kann ich ein bisschen Abwechslung gebrauchen. Hast du damit ein Problem?«

Marc überlegte kurz, dann wandte er sich ab und suchte den roten Maruti-Jeep, den er am Flughafen gemietet hatte. »Hauptsache, er macht die ganze Sache nicht irgendwie komplizierter.«

»Geht klar, Mom! Du meine Güte!« Schnaubend legte sie auf.

Der beißende Gestank des Putzmittels stieg Dog in die gerümpfte Nase, während Fox durch das Wohnzimmer der kleinen, vollgestopften Villa ging. Er hatte ein mit der ätzenden Flüssigkeit getränktes Tuch in der Hand und wischte jede Oberfläche, die Cat oder die Männer während ihres kurzen Aufenthalts auf der Insel womöglich angefasst hatten, damit ab. Sie durften auf keinen Fall irgendwelche Spuren hinterlassen, selbst unter der Bedingung, dass ihre Gegner überhaupt schlau genug waren, diesen Ort hier ausfindig zu machen.

Dog hätte die Villa am liebsten abgefackelt, einfach um gründlich zu sein, aber Fox hatte argumentiert, dass ein Brand zu viel Aufmerksamkeit bedeutete. Auch wenn das Haus relativ einsam und weit weg von den belebten Gegenden rund um die Strände Maltas stand, gab es doch immer noch genügend Zeugen, sodass ein solches Spektakel sich womöglich bitter gerächt hätte. Zögerlich hatte er den Rat des Älteren akzeptiert und packte jetzt, während Fox putzte, die Ausrüstung des Teams zusammen. Fox' Präzisionsgewehr, die in China hergestellte AMR-2, mit der er dem Amerikaner in Mdina das Leben ausgehaucht hatte, befand sich bedauerlicherweise in der Hand der örtlichen Polizeibehörden, aber es gab nicht die geringste Verbindung zwischen der Waffe und diesem Häuschen hier. Die nahezu lautlosen Waffen, die Cat und Dog benutzt hatten, wanderten in spezielle Behältnisse, die sich selbst zerstören würden, sollten sie von Unbefugten geöffnet werden. Von innen waren die Behälter mit speziellen Blechen beschichtet, die dafür sorgen sollten, dass die Waffen zumindest bei einer oberflächlichen Durchleuchtung nicht entdeckt wurden. Die Revolver mit fünf Patronenkammern vom Typ OTs-38 waren ursprünglich für den russischen Geheimdienst FSB entwickelt worden, und zwar gezielt für Attentate. Die ausgeklügelte Konstruktion und die spezielle lautlose Munition sorgten dafür, dass Schüsse aus dieser Waffe praktisch nicht zu hören waren, sich also ideal für Dog und seine Kameraden erwiesen.

Im anderen Zimmer ertönte jetzt ein leises elektronisches Piepsen. Cat trat ein. Sie hatte ein silberfarbenes Tablet und ein massives, für militärische Zwecke gebautes Kommunikationsgerät dabei. »Sie will uns kontaktieren«, sagte Cat.

Dog zeigte mit einer Kopfbewegung auf den niedrigen Tisch in der Mitte des Zimmers, und Cat stellte die Geräte darauf ab. Er setzte sich auf einen Stuhl und beugte sich nach vorn, direkt vor das winzige Kameraloch des Tablets. Sorgfältig gab Cat eine Zahlenfolge in die Tastatur auf dem Bildschirm ein, und dann klappte ein Bild auf.

Dog sah einen abgedunkelten Raum mit nackten Betonwänden voller tiefer, dunkler Schatten vor sich. Er konnte andeutungsweise graue Pfeiler und Klapptische mit Computerausrüstung erkennen, aber keinerlei Anzeichen von Leben. Es dauerte einen Augenblick, dann schob sich eine Frau in einer zerknitterten braunen Lederjacke ins Bild und nahm vor der Kamera Platz. Gelegentlich wurde das Bild stark verzerrt, was an der Verschlüsselungssoftware lag. Sie sorgte dafür, dass kein Außenstehender dieses Gespräch belauschen konnte. Das Gesicht der Frau war ständig verpixelt, egal in welche Richtung sie sich bewegte. Mehr als die leise Ahnung eines aschfarbenen Konterfeis und schulterlanger rötlichbrauner Haare, die Dog sehr fremdartig vorkamen, war jedenfalls nicht zu erkennen.

»Gute Arbeit«, sagte sie. Ihre Worte wurden durch mehrere Filter geleitet und klangen daher vollkommen ausdruckslos und blechern. Trotzdem war ein US-amerikanischer Akzent erkennbar. Dog nahm das Lob ungerührt zur Kenntnis und wartete ab. »Aber noch besser wäre es gewesen, wenn nicht so viele Zeugen etwas mitbekommen hätten.«

Fox, der nicht mit im Bild war, zog eine Grimasse. »Es bestand die Gefahr, dass er entkommt«, erläuterte Dog. »Ich habe das Risiko abgewogen und entschieden weiterzumachen. Das war schließlich unser Auftrag.«

»Natürlich«, erwiderte die Frau. »Ich will dich gar nicht kritisieren. Ich sage nur, dass es noch sauberer hätte laufen können.«

»Das nehme ich mir zu Herzen«, antwortete Dog, ohne eine Miene zu verziehen. Das maskenhafte Gesicht im Monitor musterte ihn aufmerksam, und einen Augenblick lang kam er sich vor, als würde sie in seinem Gesichtsausdruck nach einem Hinweis auf seine wahren Gefühle suchen. Dog ließ sich nichts dergleichen anmerken und behielt sein Missfallen darüber, dass er den Anweisungen dieser Frau Folge zu leisten hatte, für sich. Er beschloss, mit seinem Bericht fortzufahren. »Wir sind gerade dabei, den Rückzug vorzubereiten. Der Anschlag auf die Zielperson war erfolgreich, und die Einheit wird noch vor Einbruch der Dunkelheit abreisen. Nichts deutet darauf hin, dass die einheimischen Behörden auf uns aufmerksam geworden sind. Die Mission war ein voller Erfolg.«

Sie wandte sich kurz ab, und das Bild flackerte, während sie in die leere Dunkelheit starrte, die sie umgab. »Lex … Er war letztendlich doch nicht so zuverlässig, wie ich gedacht hatte. Das ist enttäuschend.« Sie seufzte.

Erneut blieb Dog stumm. Ihn, genau wie Fox und Cat, verband nicht viel mit dieser Frau und ihren Leuten, ganz egal ob sie nun irregeleitet waren oder nicht. Sie befolgten einfach nur ihre Befehle, wie es gute Soldaten eben taten.

Sein Desinteresse musste sich irgendwie auf seiner Miene gespiegelt haben, jedenfalls streifte die Frau sich eine Haarsträhne aus dem Gesicht, sodass die farbigen Pixelklötzchen sich ein wenig verschoben, und starrte ihn durchdringend an. Ihr Tonfall wurde härter. »Wir gehen jetzt zur nächsten Phase über. Der Testlauf in Taipei hat unsere Erwartungen sogar übertroffen. Von jetzt an gibt es keine Ablenkungsmanöver mehr. Lass deine Leute wissen, dass wir auf Kurs sind. Haltet euch jederzeit einsatzbereit und wartet auf mein Kommando. Ich bin mir sicher, dass ihr noch etliches zu tun bekommen werdet. Die Sache mit Lex hat mir gezeigt, dass ich den Ablauf beschleunigen muss.«

»Wie Sie wünschen. Sobald Sie eine neue Zielperson haben, sind wir bereit.« Er wollte die Verbindung unterbrechen, aber sie sprach weiter.

»Noch eine letzte Sache: Ich habe keine Zweifel an deiner Gründlichkeit, aber was ist mit den Gegenständen, die ihr an euch gebracht habt? Lex' Computer, seine Ausrüstung? Wo sind die Sachen?«

Dog warf Cat einen auffordernden Blick zu, und sie trat ins Blickfeld der Kamera. »Ein sicheres Paket ist bereits auf dem Weg zu Ihnen«, sagte Cat dicht über Dogs Schulter. »Wie verlangt.«

»Sonst habt ihr nichts in seinem Hotelzimmer gefunden?«, bohrte die Frau weiter.

Cat schüttelte den Kopf. »Es spricht alles dafür, dass er nur ein Exemplar bei sich gehabt hat.«

»Gut. Das ist gut. Aber wir können nicht einfach davon ausgehen, dass er nicht doch eine Kopie angefertigt hat.

Zeit genug hatte er ja. Habt ihr den Sensor aufgestellt, so wie ich es wollte?«

»Ja«, erwiderte Dog kurz angebunden. Er wollte vor allem, dass dieses Gespräch endlich zu Ende war. »Sonst noch was?«

»Ich melde mich.« Die Frau streckte die Hand aus, sodass sie aus dem Sichtfeld der Kamera verschwand, und das Tablet-Display wurde schwarz.

Die LEDs an dem Brikett von Kommunikationsgerät erloschen, und Cat zog die Kabel heraus, wobei sich ein spöttisches Grinsen auf ihre Züge stahl.

Wenig überraschend, war es Fox, der aussprach, was sie alle dachten. »Sie redet mit uns, als wären wir bloß dafür zuständig, ihre Fehler auszubügeln. Als könnten wir nichts ohne Anweisung erledigen.« Er knurrte unwillig und machte sich wieder an die Arbeit, beseitigte die allerletzten Spuren.

»Das ist die reine Arroganz«, pflichtete Cat ihm bei. »Nichts anderes.«

»Wir müssen sie nicht mögen«, schaltete Dog sich ein. »Wir haben Befehl, sie zu unterstützen. Darum tun wir alles, was sie sagt. Aber wir sollten trotzdem nicht vergessen, dass sie nicht unser Kommandeur ist.« Er legte die Hand auf eine der Pistolen. »Wie lange sie noch am Leben bleibt, hängt alleine davon ab, wie wertvoll sie noch ist.«

»Ich traue ihr nicht über den Weg«, meinte Fox.

»Natürlich nicht«, bekräftigte Dog. »Sie ist schließlich keine von uns. Und das bedeutet, sie ist der Feind. Allerdings ein Feind, der uns im Moment noch nützlich ist.«

Nestor Kyrkos' bescheidene Jacht war leicht zu finden. Sie lag am Ende eines Landungsstegs. Die Klampen davor waren mit blau-weißem Absperrband belegt worden. Marc schlenderte daran vorbei, ohne allzu neugierig zu wirken, und entdeckte am Rumpf einen großen, quadratischen Aufkleber mit dem Polizeiwappen. Der Text auf dem Aufkleber erläuterte, dass die maltesische Küstenwache das Boot beschlagnahmt habe.

Marc überlegte und ließ die Idee, sich heimlich an Bord zu schleichen, wieder fallen. Es war schließlich helllichter Tag, und in der Nähe befanden sich zu viele andere Jachten. Das Risiko, entdeckt zu werden, war einfach zu groß. Die Polizeizentrale, von der Kara gesprochen hatte, lag nur wenige Querstraßen entfernt, sodass er, wenn die Polizei alarmiert worden wäre, kaum eine Chance gehabt hätte zu entkommen. Er konnte warten, bis es dunkel war, aber selbst dann wäre es noch ein ziemlich riskantes Unterfangen.

Er musste einen anderen Ansatz finden. Marc schlenderte den ganzen Anleger entlang, versuchte, zwischen den anderen Bootsbesitzern so wenig wie möglich aufzufallen, und suchte das Büro des Hafenmeisters. Er zog seine Jacke glatt und setzte eine selbstbewusste Miene auf, bevor er die Tür aufstieß.

Ein dunkelhäutiger Mann im mittleren Alter, der überarbeitet und unterbezahlt aussah, kam ihm entgegen. »Kann ich Ihnen behilflich sein, Sir?«

»Hallo, wie geht's?« Marc streckte ihm die Hand entgegen, und der Mann schlug ein. »Sie tragen hier die Verantwortung, stimmt's?« Marc warf einen schnellen Blick auf das Namensschild am Uniformhemd des Mannes. »Stefan?«

»Ja.« Der Mann musterte ihn misstrauisch. »Sie sind aber keiner von unseren Gästen …«

»Nein.« Marc ließ den Blick durch das Büro schweifen, sah den Schreibtisch mit den fein säuberlich geordneten

Papierstapeln und an der Wand dahinter eine detaillierte Seekarte, die die Bucht vor Valetta zeigte. Bis auf einige wenige persönliche Dinge – einen Wimpel des Naxxar Lions Football Club, ein paar Familienfotos und einen Blumentopf mit einer Friedenslilie – dominierte hier das Geschäftliche. Marc nahm das Ambiente in Windeseile auf und suchte nach einem Ansatz. Dann deutete er auf den Lions-Wimpel. »Und Sie sind kein Valetta-FC-Fan. Das ist aber ungewöhnlich.«

Stefan verzog das Gesicht. Marc hatte eindeutig einen wunden Punkt getroffen. »Ich stamme aus dem Norden, aus Naxxar. Die anderen ziehen mich ständig deswegen auf.«

»Das kann ich mir vorstellen.« Seine Frage war der perfekte Eisbrecher gewesen, und jetzt ließ Marc noch ein Lächeln folgen. Er hatte sein Gegenüber auf dem falschen Fuß erwischt, und das wollte er ausnutzen. »Sagen Sie mal, können Sie mir vielleicht weiterhelfen? Ich bin keiner Ihrer Gäste, das stimmt. Ich heiße Marcus Dale, und ich arbeite als freier Korrespondent für die *New York Times*.«

»Oh.« Stefan warf, ohne es zu wollen, einen Blick in Richtung Kyrkos' Jacht.

»Gestern wurde in Mdina ein Mann ermordet. Ein Amerikaner. Sie haben bestimmt schon davon gehört. Und ich soll darüber einen Artikel schreiben.«

»Ein sehr trauriger Vorfall«, sagte Stefan und kam einen Schritt näher, womit er eindeutig versuchte, Marc wieder in Richtung Tür zu schieben.

Doch Marc wich nicht von der Stelle. »Der Tote hat sich zuvor mit einem Ihrer Gäste getroffen. Mit Mr. Kyrkos. Sein Schiff hat einen Liegeplatz an Steg 16. Und soweit ich gehört habe, ist das Ganze auch für ihn nicht gut ausgegangen.«

»Davon weiß ich nichts.« Stefan starrte das Telefon auf seinem Schreibtisch an, und Marc ahnte, was in seinem Kopf gerade vor sich ging. *Die Polizei anrufen. Den Wachdienst anrufen. Irgendjemanden anrufen, der mir diesen Reporter vom Hals schafft.*

Er ließ nicht locker. »Hören Sie, Kollege, ich will Ihnen bestimmt keine Schwierigkeiten machen. Ich weiß ja, wie es ist. Sie müssen die Privatsphäre Ihrer Gäste respektieren.«

»Reden Sie mit der Polizei«, erwiderte Stefan und klang dabei ein wenig verschnupft. »Die waren schon zweimal hier und haben alles durcheinandergebracht.«

Marc erkannte die Möglichkeit und nutzte sie, machte aus Stefans Verärgerung eine gemeinsame Erfahrung. »Ich weiß. Genau dasselbe ist mir auch passiert«, log er. »Die haben mir absolut nichts gesagt. Deswegen bin ich ja hier.« Er holte Luft. »Der Kerl, der erschossen worden ist, seine Familie …« Er sah demonstrativ zu einem der gerahmten Fotos, auf dem Stefan ein kleines Mädchen auf den Schultern trug. Sie sah niedlich aus und strahlte über das ganze Gesicht. »Sie würde natürlich gerne erfahren, was ihrem Sohn eigentlich zugestoßen ist.« Marc spürte einen Anflug von schlechtem Gewissen, während er die Lüge weiterspann, die ihm letztendlich die Informationen bringen sollte, die er haben wollte.

Als Stefan keine Antwort gab, vergrößerte Marc den Druck noch einmal und zeigte auf das Foto. »Ihre Tochter? Wie hübsch.« Nachdem Stefan genickt hatte, nahm Marc einen Hundertdollarschein zwischen die Finger und legte die Hand auf das Fensterbrett. »Wie alt ist sie? Acht? Neun? Wahrscheinlich hat sie demnächst Geburtstag, stimmt's?«

Stefan sah den Geldschein und verstand. »Ja. Ich arbeite hart, um meine Familie zu ernähren. Viele Überstunden, Sie verstehen?«

»Und ich wette, dass Sie nicht einmal gut bezahlt werden.« Marc nahm die Hand wieder weg und ließ den Geldschein liegen. Dann deutete er auf die Boote draußen am Anleger. »Meiner Erfahrung nach geben reiche Leute nur wenig Trinkgeld.«

Er wandte sich ab, und als er wieder hinschaute, war das Geld verschwunden. »Mr. Kyrkos war kein besonders netter Mensch«, erklärte Stefan. »Aber er hat … er hatte eine Menge Einfluss.«

Marc sah seinem Gegenüber in die Augen. »Ich wette, dass es die eine oder andere Geschichte gibt, wie er zu diesem Einfluss gekommen ist.«

Stefan betrachtete das Foto. »Ich habe auch einen Sohn, er ist elf. Wir wollen ihm zu Weihnachten ein BMX-Rad schenken.«

Marc ließ ein freundliches Lächeln aufblitzen und zückte noch ein paar Geldscheine. »Warum so lange warten?«

Kapitel 4

Ganz in der Nähe des Lido Fortina entdeckte Marc ein Café mit Gratis-WLAN und suchte sich einen Tisch ganz hinten, unter den Markisen, die die Gäste vor der knallenden Sonne schützen sollten. Der Kellner blickte ihn verwundert an, da die Tische ganz vorne, mit Blick aufs Wasser, eigentlich die beliebtesten waren, doch Marc legte die Hand an den Schirm seiner Baseballcap und murmelte etwas von empfindlicher Haut. Er setzte sich mit dem Rücken zur Wand und bestellte sich eine eiskalte Kinnie. Man musste sich an den Geschmack der einheimischen, bitteren Orangenlimonade erst gewöhnen, aber Marc half er, sich voll und ganz zu konzentrieren, während er sich in das Netzwerk des Cafés einloggte.

Das Rubicon-SpyPhone klappte an der Längsseite auf, ein Teil des Gehäuses glitt beiseite, und zum Vorschein kam ein winziges Tastenfeld mit mehreren Funktionstasten, die individuell konfiguriert werden konnten. Jetzt aktivierte Marc eine zusätzliche Sicherheits-App, die ihn vor den diversen dubiosen Programmen schützen sollte, die sich womöglich in dem öffentlich frei zugänglichen WLAN herumtrieben. Dann begann er seine Suche nach dem Video, von dem der Hafenmeister ihm erzählt hatte.

Er entdeckte es auf einer Live-Leaks-Site, einer Seite, auf der man alle möglichen ungeschnittenen und unzensierten Aufnahmen aus Handys und Digitalkameras auf der ganzen Welt anonym hochladen konnte. *Grässlicher Mord auf Malta, Livebilder* prangte auf dem Schriftzug über dem Videofenster, und dazu ein abschreckender Text, der jeden, der sich das Video womöglich anschauen wollte, eindeutig vor möglichen negativen Folgen warnte. Das Video selbst war zwanzig Sekunden lang und sehr wackelig. Es begann mit zwei grinsenden Teenager-Mädchen, die auf einer Restaurantterrasse in Mdina saßen. Dann schwenkte das Handy weiter und zeigte den Blick von der Festung über die Altstadt. Dabei kam Lex Wetherby in den Blick, wie er den Abhang hinaufstolperte, direkt auf die steil abfallende Festungsmauer zu. Er hatte sich einen Behälter mit einem Mikroschirm auf den Rücken geschnallt, und Marc konnte sich gut vorstellen, was er damit vorhatte. Irgendjemand bemerkte, wohin Wetherby wollte, und stieß einen erschreckten Schrei aus. Die Leute dachten, der Hacker wollte sich umbringen.

In heller Panik stürzte der Mann jetzt zu der Kante, als hätte er mit eigenen Augen den Leibhaftigen gesehen. Marc spulte das Video zurück, wollte wissen, was der Tote da gesehen hatte, aber der Winkel passte nicht. Er ließ das Video bis zum Ende laufen.

Wetherby öffnete den Schirm und sprang ab, die umstehenden Passanten reagierten entsetzt und schockiert. Ein Begleiter des Jungen, der die Aufnahme machte, fing gerade an zu sprechen, als der Hacker von einer Windbö emporgehoben wurde, doch dann sprudelte eine blutrote Fontäne aus Lex' Brust, und alle Beobachter fingen lauthals an zu kreischen. Die Kamera zeigte nur noch verschwommene Pflastersteine, als auch der Besitzer des Handys in Panik die Flucht ergriff. Die Beschreibung »grässlich« in der Überschrift war noch untertrieben gewesen.

Wer immer das Video gemacht hatte, er hatte es nicht selbst ins Netz gestellt. Die Version, die Marc gesehen hatte, war jedenfalls mit einer ukrainischen Webadresse verknüpft. Vermutlich gehörte sie einem geschäftstüchtigen Netzbewohner, der sich das Video von einem Cloudserver kopiert und anschließend online gestellt hatte, um seine Werbeerträge zu steigern. Es war bereits über zwei Millionen Mal angeklickt worden, und der Eigentümer der Seite hatte den Clip mit ein paar hübschen Akzenten versehen, indem er Zeitlupenwiederholungen und grobkörnige vergrößerte Ausschnitte vom Augenblick des tödlichen Treffers hinzugefügt hatte.

Marc sah sich die Sekunden unmittelbar davor noch einmal sehr genau an, lauschte aufmerksam auf die Hintergrundgeräusche. Ein Schuss war beim besten Willen nicht zu hören.

Er ließ sich gegen die Stuhllehne sinken, nippte an seiner Limonade und versuchte, dieses Video mit dem in Einklang zu bringen, was Stefan ihm erzählt hatte. Als er erst einmal ins Reden gekommen war, hatte er keinen Zweifel daran gelassen, wie wenig alle Beschäftigten der Laguna Marina von Nestor Kyrkos gehalten hatten. Nach Stefans Worten war der Grieche ein Aufschneider und Sprücheklopfer gewesen, überaus gehässig und bekannt dafür, dass er seine Frauen verprügelte. Seine Ermordung hatte niemanden wirklich überrascht. Er hatte Kontakte zu etlichen kriminellen Banden auf Malta gepflegt, ebenso zur sizilianischen Mafia und zu betrügerischen Geschäftemachern in seiner Heimatstadt Athen. Aber es war vor allem eine beiläufige Bemerkung des Hafenmeisters gewesen, die Marc die Augen geöffnet hatte: *Kyrkos war genau der Mann, den man anrufen musste, wenn man verschwinden wollte, ohne dass jemand lästige Fragen stellt.*

Wetherby hatte sich mit Kyrkos in Mdina getroffen, weil er abtauchen musste. Aber warum? Und wohin?

Marc starrte vor sich hin. Er brauchte mehr Informationen. Mit dem, was er bis jetzt hatte, konnte er die Ermordung des Hackers jedenfalls nicht dem Kombinat anlasten. Hatte Wetherby für sie gearbeitet? Die Phasen, in denen er komplett von der Bildfläche verschwunden war, ließen jedenfalls darauf schließen, dass er im Untergrund aktiv gewesen war. Gab es vielleicht etwas, was er wusste, aber nicht wissen durfte? Hatte er etwas gestohlen? Zahllose Möglichkeiten schossen Marc durch den Kopf, ohne dass es zu irgendeinem Ergebnis führte.

Er gab auf dem kleinen Tastenfeld mit seinem Zeigefinger eine neue Befehlskette ein. Das Tor-Routerprogramm, das auf seinem Telefon installiert war, aktivierte daraufhin einen virtuellen, privaten Link zu einem Netzwerk, über den er die gesicherten Rubicon-Cloud-Server ansteuern konnte. Marc verfasste eine verschlüsselte E-Mail an Delancort, in der er ihn um alle verfügbaren Informationen über Nestor Kyrkos bat. Vielleicht fand sich ja in der Vita des Griechen ein Hinweis, der einen neuen Ansatzpunkt bot. Er fügte auch die URL des Videos hinzu und schlug vor, es an das Rubicon-Labor in Palo Alto weiterzuleiten, das auf die Verarbeitung und Auswertung von Bildmaterial spezialisiert war. Doch als er seine E-Mail abschicken wollte, da tauchte der Meldung *Wir konnten Ihre Nachricht nicht zustellen* auf seinem Bildschirm auf.

»Was zum Teufel …« Kaum hatte er die Worte ausgesprochen, da klingelte sein Handy. Kara Weis' Profilbild erschien auf seinem Display, und er drückte darauf. »Ja?«

»Du bist nicht gesichert«, erklärte sie ohne Begrüßung. »Tut mir leid. Hätte ich dir sagen müssen. Jede Kontaktaufnahme mit Rubicon wird im Moment an mein Gerät umgeleitet.«

»Ist das das normale Verfahren?« Er starrte das Handy

an und malte sich aus, wie Kara gerade im Schneidersitz auf ihrem Bett im Hotel Nova saß, umgeben von den unterschiedlichsten elektronischen Geräten.

»Delancort hat höchste Geheimhaltung angeordnet. Er geht davon aus, dass das Kombinat die gesamte elektronische Kommunikation auf Malta gründlich überwacht und filtert, darum müssen wir uns beschränken. Alle Kommunikation läuft im Moment über mich. Ist das ein Problem für dich?«

»Das hättest du mir sagen müssen.« Er hielt inne und ließ sich ihre Worte noch einmal durch den Kopf gehen. »Ein ganz schöner Aufwand, bloß wegen eines Toten.«

Er wollte noch mehr sagen, aber Kara fuhr fort, als hätte er nicht einmal den Mund aufgemacht. »Also gut, ich habe mich in der Polizei-Datenbank ein bisschen umgesehen. Ich schicke dir jetzt die offizielle Akte des Falles zu.« Das Handy plingte und quittierte den Empfang eines digitalen Dossiers. Es enthielt zahlreiche per Computer aus dem Maltesischen ins Englische übersetzte Seiten mit dem Polizeibericht sowie die ersten Einschätzungen des Gerichtsmediziners. »Lange Rede, kurzer Sinn, die Kriminalpolizei hat bereits eine Verbindung zwischen Lex Wetherby und Kyrkos und dessen Beziehungen zur organisierten Kriminalität festgestellt. Sie gehen im Moment davon aus, dass es wohl um irgendwelche illegalen Machenschaften ging und dabei etwas schiefgelaufen ist.« Sie schnaubte. »Also die naheliegendste Erklärung.«

»Aber nicht die richtige?«, erwiderte Marc und suchte nach dem Bericht aus der Rechtsmedizin. »Ich meine, wir können ja zumindest nicht ausschließen, dass es genau das war, wonach es auch aussieht. Ein abgetauchter Hacker lässt sich mit einem Schmuggler ein und …«

»Nein«, fuhr sie ihm über den Mund. »Das ist es nicht.«

»Okay.« Er erzählte ihr, was er von Stefan erfahren hatte, während er gleichzeitig die Akte überflog und nach der zusammenfassenden Schlussbemerkung suchte. Der Bericht des Gerichtsmediziners zum Tod von Lex Wetherby war eindeutig.

Todesursache: Schussverletzung im Brustbereich. Die inneren Verletzungen passen zu der Annahme, dass der Schuss mit einem Präzisionsgewehr aus großer Entfernung abgefeuert wurde.

Marc musste an das Video denken. Ein Scharfschütze irgendwo auf einem Dach in der Umgebung, das war keine angenehme Vorstellung. Er war froh, dass er sich einen etwas versteckten Sitzplatz gesucht hatte.

»Ich bastele dir gerade einen Ausweis, mit dem du in die Leichenhalle des Mater Dei kommst, damit du einen Blick auf Lex' Leichnam werfen kannst …« Er konnte das leise Tastengeklapper hören. »Aber das dauert länger, als ich gedacht hätte.«

Marc blätterte ein paar Seiten zurück. »Er ist in einem Hotel in Paceville abgestiegen, im Adagio.« Er lud seinen Web-Browser und ging auf die Seite des Hotels Adagio. Es war ein kleiner, gesichtsloser Wohnblock mit Apartments für Selbstversorger, das sich in einer Seitenstraße des Nachtclub-Viertels befand, also ganz ähnlich wie das Hotel, in dem er und Kara untergekommen waren. »Ich sehe mir das mal an«, fügte er hinzu.

»Sehr gut.« Karas Stimme klang abwesend. »Mach das.«

Doch er blieb zunächst regungslos auf seinem Stuhl sitzen und trank in Ruhe sein Glas leer. Und dann verfestigte sich der unbestimmte Argwohn, den er schon seit der Abreise aus Frankreich empfunden hatte. »Willst du mir vielleicht endlich sagen, was du mir nicht sagen willst, Kara?«

»Wie bitte?«

»Ich meine, zugegeben, ich bin im Vergleich zu Lucy nur ein kleines Licht und habe auch nicht ihre Erfahrung. Aber ich habe einen Instinkt, auf den ich mich verlassen kann.« Genau dieser Instinkt hatte Marc Dane in der Vergangenheit mehrfach das Leben gerettet, und im Verlauf der letzten Stunden hatte er sich immer lautstärker bemerkbar gemacht.

Kara blieb lange stumm, bis er schon fast daran glaubte, dass ihre Verbindung unterbrochen worden war. Als sie dann weitersprach, klang ihre Stimme verletzlich und verzagt. »Du vertraust mir nicht.« Er musste an die Worte denken, die sie in Chamonix zu ihm gesagt hatte. Damals hatte ihre Stimme genauso geklungen, irgendwie verloren.

»Das ist es nicht.« Er hatte zwar das unbestimmte Gefühl, dass er jetzt nicht lockerlassen durfte, dass er noch einmal nachhaken musste, aber andererseits war er jetzt hier, und die Frage nach dem geheimnisvollen Motiv für den Mord an Wetherby ließ ihn nicht mehr los. »Sag mir die Wahrheit.«

»Mach ich doch«, erwiderte sie angespannt. *»Am besten meldest du dich wieder, sobald du dir das Hotel angeschaut hast.«* Der Augenblick der Schwäche gehörte der Vergangenheit an, und sie unterbrach die Verbindung.

Falls das überhaupt möglich war, dann sah das Adagio in Wirklichkeit noch reizloser als auf den Fotos im Internet aus. Es stand etwas unglücklich zwischen zwei ähnlich unattraktiven Wohnblocks, und weil irgendjemand einmal – wenn auch vergeblich – versucht hatte, dem Ganzen einen coolen Look zu verpassen, wurde die Fassade von ein paar halbherzigen pastellfarbenen Tafeln geschmückt. Aber die Farben waren schon seit den Achtzigerjahren aus der Mode gekommen, und niemand hatte sich die Mühe gemacht, sie zumindest halbwegs dem Lauf der Zeit anzupassen. Das Hotel und seine Nachbarn bildeten einen gesichtslosen Betonblock in einer kleinen Seitenstraße hinter Paceville. Sie waren kaum mehr als Schlafstätten für die amüsiersüchtigen Touristen in all jenen Neonbars und Clubs, die nach Sonnenaufgang zum Leben erwachten. Um diese Tageszeit war es hier ruhig. Die meisten Hotelgäste lümmelten sich jetzt am Strand oder schliefen immer noch den Rausch vom Vorabend aus.

Der Empfangstresen war nicht besetzt. Marc spähte zwischen dem oberen Rand seiner Sonnenbrille und dem Schirm seiner Baseballmütze zu der billigen Überwachungskamera, die auf die Eingangstür gerichtet war. Die Linse wurde von einer dicken Staubschicht bedeckt, und das bedeutete, dass sein Gesicht nicht zu erkennen sein würde, auch wenn das Ding wider Erwarten funktionierte. *So weit, so gut.*

Hinter einem rumpelnden Eiswürfelautomaten entdeckte Marc eine schmale Treppe und lief hinauf in den dritten Stock, wo sich Wetherbys Zimmer befunden hatte. Der Flur war schmuddelig und nicht belüftet, aber er fand sofort, wonach er gesucht hatte. Wie Kyrkos' Jacht war auch die Tür zum Zimmer des Toten mit Absperrband versehen worden. Auf dem Spion klebte ein Warnaufkleber der Polizei.

Marc klappte das Messer an seinem Multifunktionswerkzeug auf. Das Türschloss war kein ernsthafter Gegner, und es wurde auch nicht zum ersten Mal gewaltsam geöffnet. Das war an den Spuren ringsherum deutlich zu erkennen. Als die Tür aufschwang, duckte er sich unter dem Absperrband hindurch und blieb auf der Schwelle stehen.

Das Zimmer des Hackers sah aus, als sei ein Tornado mitten hindurch gerast. Alle Schränke in der kleinen Einbauküche standen offen. Die Matratze lag zusammengeknickt in einer Ecke, der Bettrahmen war von der Wand abgerückt worden. Sämtliche Schubladen waren herausgezogen worden, und auch der Kleiderschrank stand sperrangelweit offen. Eine Brise wehte zu der geöffneten Schiebetür am Ende des Zimmers herein, sodass der blickdichte Vorhang sanft hin und her schwankte.

Vorsichtig stieg Marc über mehrere Haufen Schmutzwäsche hinweg und warf einen Blick in das winzige Badezimmer. Bis auf eine tropfende Dusche und ein paar billige Toilettenartikel auf dem Waschbecken gab es dort aber nichts zu sehen. Er ging in die Hocke und entdeckte auf dem rissigen Fliesenboden die zerfetzten Überreste eines ledernen Waschbeutels. Wer immer dieses Zimmer auf den Kopf gestellt hatte, er hatte jedes nur denkbare Versteck durchwühlt.

Die Frage lautet: Was hatte Wetherby zu verstecken? Die wahrscheinlichste Antwort auf diese Frage war: *Daten*. Falls es ihm zu riskant gewesen war, die Sachen einem Cloud-Server anzuvertrauen, dann ging es vermutlich um einen Datenträger, also höchstwahrscheinlich einen USB-Stick oder eine MicroSD-Karte.

Für Marc stand fest, dass die Ermordung des Hackers und des Schmugglers nichts mit irgendwelchen Verteilungskämpfen der Organisierten Kriminalität zu tun gehabt hatte oder ein einfacher Racheakt gewesen war, so wie es die Polizei vermutete. Sein Instinkt sagte ihm, dass Wetherby etwas gestohlen hatte und dass er deshalb hatte sterben müssen. Er stupste die zerfetzte Tasche mit der Spitze seiner Messerklinge an. Hatten die Leute, die Wetherby getötet hatten, auch gefunden, wonach sie gesucht hatten?

Er ging wieder ins Zimmer und umkreiste mit langsamen Schritten das Durcheinander, ohne dass ihm irgendetwas dazu einfiel.

Hier gab es viel zu viele Konditional- und viel zu wenige Aussagesätze mit Gewissheiten. *Falls* Wetherby dem Kombinat etwas gestohlen hatte, *falls* er versucht hatte, Kyrkos unter Druck zu setzen, damit dieser ihm half, in Sicherheit zu gelangen, *falls* er wegen dieses Diebstahls ermordet worden war … Marc wusste aus eigener Erfahrung, dass die, die die Strippenzieher des Kombinats zu hintergehen versuchten, früher oder später als Leiche endeten.

Er musste an Dima Novakovich denken, einen Mittelsmann, der für das Kombinat schwarze Bücher geführt und Vermittlerdienste geleistet hatte, bevor er sich als Informant an das MI6 gewandt hatte. Weil er es gewagt hatte, sich gegen die Organisation zu wenden, war dieser Mann vor Marcs Augen erschossen worden, von einem Killerteam des Kombinats. Die Erinnerung an Dima spülte nun noch andere, wesentlich unangenehmere Erinnerungen in sein Bewusstsein.

Marc unterdrückte die Wut, noch bevor sie sich entfalten konnte, aber trotzdem … Es reichte schon, um ihm ein Stück seiner Konzentration zu rauben. Und so übersah er zunächst das kleine elektronische Gerät unter der Kommode, das mit unbewegtem Auge das Hotelzimmer beobachtete.

Als Marc es schließlich doch entdeckte, erkannte er keine Kamera, sondern einen drahtlosen Ultraviolettsensor, die beispielsweise in billigen Alarmanlagen verbaut wurden. Der unsichtbare Lichtstrahl wurde gespiegelt und von einem winzigen Detektor wieder aufgefangen, und Marc hatte den Strahl unterbrochen, weil er direkt vor dem Sensor entlang gegangen war. *Stummer Alarm*, dachte er. Ein wenig zögerlich stellte er sich vor das offene Fenster und blickte hinaus auf die baufällige Sonnenterrasse, die die Balkone im dritten Stock des Adagio miteinander verband.

Er zog sich in den Schatten zurück und ärgerte sich über seine eigene Unaufmerksamkeit. Dieser Bewegungsmelder bedeutete, dass das Hotel beobachtet wurde, dass es Leute gab, die wissen wollten, ob sich jemand für den Tod des Hackers interessierte … und Marc war ihnen direkt in die Falle getappt. Wenn er schnell war, wenn er *sofort* losrannte, dann konnte er vielleicht gerade noch rechtzeitig verschwinden, bevor jemand hier auftauchte und ihn entdeckte.

Doch dann kam ihm ein anderer Gedanke. Das war doch eine Gelegenheit, Wetherbys Mörder zu Gesicht zu bekommen. Er konnte die Situation ins Gegenteil verkehren und selbst zum Fallensteller werden, indem er sich versteckte, das Zimmer beobachtete und abwartete, wen der Alarm aufgeschreckt hatte.

Er machte sich auf den Weg zur Tür und hatte sie bereits geöffnet, als er von draußen ein schrilles Geräusch, eine Art gepresstes Summen hörte. Kurz entschlossen huschte Marc in das unbeleuchtete Badezimmer und drückte sich dort in eine Ecke. Er tastete nach der Umhängetasche auf seinem Rücken, holte die Glock heraus und kontrollierte, ob eine Patrone in der Kammer lag.

Das Summen wurde lauter und befand sich jetzt im Zimmer. Marc warf einen Blick in den Spiegel über dem Waschbecken, wo gerade noch ein kleiner Streifen des Zimmers und der Küchenzeile zu erkennen war. Ein Schatten huschte über die Wand, und dann kam ein spinnenartiges Gebilde in sein Blickfeld.

Eine kleine Quadrokopter-Drohne, kaum größer als ein Buch, schwebte vor ihm in der Luft. Vier Arme mit jeweils einem Propeller an deren Ausläufer trugen den mageren

Rumpf des insektenähnlichen Geräts. Es wirkte unfertig, fast skelettartig, und die beweglichen Teile waren gut zu erkennen. Nun fing die Drohne an, sich um die eigene Achse zu drehen. Eine stummelartige Antenne ragte aus der Mitte des Rumpfs, eine kleine Kamera prangte auf der Nase. Die Drohne drehte sich langsam einmal im Kreis und nahm mit starrer Linse das ganze Zimmer in den Blick. Sie wippte ganz leicht auf und ab und kam dann näher.

Marc wich zurück und brachte sich aus dem Sichtfeld. An den Bewegungen der Drohne war deutlich zu erkennen, dass sie von Menschenhand gesteuert wurde, und Marc fragte sich, wer da wohl am anderen Ende der Funkverbindung den Joystick bediente. Keine schlechte Idee. Mit der Drohne hatte man eine gute Möglichkeit, Wetherbys Zimmer im Auge zu behalten, ohne selbst entdeckt werden zu können.

Trotzdem konnte die Drohne ihm den einen oder anderen Hinweis liefern, sofern er sie in die Finger bekam. Marc schnappte sich ein Handtuch vom Ständer neben der Badewanne, um es über das kleine Flugobjekt zu werfen.

Als er den Blick hob, schwebte das Ding mit wütend wirbelnden Rotoren direkt vor ihm in der Türöffnung. Er war verblüfft und zuckte unwillkürlich zurück, genau wie die Drohne. Laut jaulend sauste sie auf das geöffnete Fenster zu.

»Scheiße!« Marc ließ das Handtuch fallen und rannte dem fliehenden Flugobjekt hinterher, sprang über das rostige Balkongeländer und landete auf der Sonnenterrasse im Stockwerk darunter. Die Drohne stieg senkrecht nach oben, und er visierte sie mit seiner Pistole an. Doch das Ziel war klein und schnell, und ihm war klar, dass die

Chance auf einen Treffer nicht besonders groß war. Laut fluchend steckte er die Pistole in seinen Hosenbund und trat vor die hintere Hauswand. Aus ihr ragten immer wieder einzelne Backsteine hervor – vermutlich der Versuch einer ästhetischen Verschönerung. Sie dienten ihm jetzt als Griffe, um am vierten Stock vorbei auf das Dach des Hotels zu klettern. Er erreichte es gerade noch rechtzeitig, um zu sehen, wie die Drohne in Richtung Strand davonflog. Träge schwebte sie über dem benachbarten Wohnblock und umrundete einen kleinen Wald aus Satellitenschüsseln.

Marc sprintete über die Dachpappe und sprang über ein niedriges Mäuerchen, das die Grenze zum Nachbargebäude markierte. Wenn er wirklich versuchen wollte, das Ding abzuschießen, dann musste er zumindest so dicht herankommen, dass er es nicht verfehlte; wenn er allerdings blindlings herumballerte, lockte er damit höchstens die Polizei an.

Nun leitete die Drohne eine Drehung um die eigene Achse ein, um im Rückwärtsflug die Kamera auf ihn zu richten. Wer immer dieses Ding steuerte, er benutzte höchstwahrscheinlich eine Videobrille, die ihm eine Pilotenperspektive ermöglichte, mit der Kamera als Auge. Sie wollten noch eine schöne Aufnahme von ihm bekommen, ein klares Bild ihres Verfolgers.

Marc glitt über die direkt vor ihm liegende Kante und landete einen halben Meter tiefer auf dem Dach des Nachbarhauses in einem ehemaligen Swimmingpool. Er stöhnte laut, als ein höllischer Schmerz durch seine Schienbeine jagte. Ein Windstoß riss ihm die Baseballmütze vom Kopf. Die Drohne neigte sich nach vorne, beschleunigte und sauste über die schimmeligen Fliesen, die einen leeren Swimmingpool auf dem Dach umrahmten.

Marc wollte abkürzen und lief quer durch das flache Ende des Schwimmbeckens, rutschte aber auf den vertrockneten Blättern aus, die sich in den Ecken gesammelt hatten. Er wäre beinahe gestürzt und musste mit ansehen, wie die Drohne sich immer weiter entfernte.

Kurz befürchtete er, dass er nun endgültig alle seine Chancen verspielt hatte, doch dann kam das Gerät noch einmal zurück, hüpfte sanft in der Luft auf und ab und kam seitwärts näher geschwebt.

»Du willst mich wohl verarschen, was?«, rief Marc wütend. Der Pilot der Drohne spielte mit ihm. Hätte er sich einfach nur aus dem Staub machen wollen, dann hätte er das Ding steil nach oben steigen lassen oder aber tiefer gehen können. Doch stattdessen spielte er Räuber und Gendarm mit Marc.

Marc hob die rechte Hand und zeigte der Drohne mithilfe einer überall auf der Welt bekannten Geste – dem emporgereckten Mittelfinger –, was er von ihr hielt. Die Drohne hüpfte spielerisch durch die warme Luft, umkreiste ihn gerade hoch genug, um außer Reichweite zu sein. Vielleicht erkannte der Pilot ja bei der nächsten Umkreisung sogar, wo sich Marcs andere Hand befand, die den schmierigen Griff eines alten Keschers umklammerte, der halb versteckt zwischen Blättern und anderem Unrat lag.

Er riss den Kescher mit einer schnellen Bewegung nach oben und traf die Drohne mit dem löcherigen Fangkorb, sodass sie wie eine erschlagene Fliege zu Boden fiel. Der kleine Quadrokopter taumelte auf den Poolboden, prallte mehrfach auf die schmierigen blauen Kacheln und kam schließlich im tiefen Teil des Beckens zum Stillstand.

»Hab ich dich, du Quälgeist!« Marc ließ den Kescher fallen und lief zu der Drohne, die auf dem Rücken gelandet war. Die Rotoren bebten, jaulten und blieben dann stehen. Kleine Plastiksplitter lagen rings um das Flugobjekt verstreut.

Wenn er das Ding auseinandernehmen und sich die Funkverbindung, die Schaltkreise genauer anschauen konnte … Marc packte das Gerät am Rumpf und betrachtete es aufmerksam. Das Skelett bestand aus Kohlefaser, und auch sonst waren nur hochwertige Komponenten verbaut worden.

Das war keine Massenware aus dem Spielzeugladen, sondern eine speziell angefertigte Hochleistungsmaschine. Er besah sie von allen Seiten, als plötzlich und ohne Vorwarnung die Rotoren ansprangen. Rasiermesserscharfe Propellerblätter aus Polymer schlitzten seine Hände auf und rissen Wunden in seine Haut.

»Verdammt!« Er ließ die Drohne reflexartig los, und sie erhob sich ruckartig in die Luft. Das hohe, hornissenartige Summen ging ihm höllisch auf die Nerven.

Die Drohne war beschädigt und taumelte zweifelsohne, war aber immer noch flugtauglich. Jetzt flüchtete sie so schnell wie möglich und verschwand hinter dem Rand des Pools aus Marcs Sichtfeld. Ohne auf seine zerschnittenen Hände zu achten, nahm Marc die Verfolgung auf. Er stolperte über das Dach bis hin zu dessen Kante. Von dort sprang er – über eine einen Meter breite Kluft, die sich unter ihm auftat – auf das angrenzende Gebäude, ein älteres Apartmenthaus mit rotem Ziegeldach. Trotz all dieser Bemühungen wurde Marc bewusst, dass er die Drohne höchstwahrscheinlich nicht mehr erwischen würde. Das Gerät beachtete ihn nicht mehr und folgte mit maximalem Schub dem Verlauf der Straße, die vor dem blaugrünen Wasser der St. George's Bay endete.

Jedes geneigte Dach brachte ihn der Straße ein Stockwerk näher. Von unten hörte er bereits die Rufe der Touristen, die mitbekommen hatten, wie er über die Dächer lief, sich unter niedrigen Antennen hindurchduckte oder über brummende Klimaanlagen sprang. Das letzte Dach endete schließlich direkt über dem Eingang zu einer Kneipe, und für das letzte Stück bis zur Straße diente ihm eine Markise als Rutschbahn.

Die Drohne jagte über den Sandstrand und die Köpfe verdutzter Sonnenanbeter hinweg. Etliche stießen vor Schreck Schreie aus. Marc sprang über eine niedrige Brüstung am Rand des Strandes und rannte hinunter zum Wasser. Die Wellen durchnässten seine Turnschuhe, während die Drohne ihren Weg unbeirrt fortsetzte und aufs offene Meer zuhielt. Für einen kurzen Augenblick dachte er, dass sie vielleicht eines der draußen vor Anker liegenden Boote ansteuerte, der Pilot sie womöglich zurückholte, aber dann sah er, dass dort nur unbemannte, kleine Ruderboote auf den Wellen auf und ab hüpften. Die Drohne wurde immer kleiner, bis sie schließlich nur noch ein Punkt am Himmel war. Schließlich hatte sie das Ende der seichten Bucht erreicht und befand sich über tiefem Wasser. Marc legte die Hand über die Augen, um ihr hinterherzustarren. Der dunkle Rumpf blitzte noch einmal kurz im Sonnenlicht auf, dann gab der Akku endgültig seinen Geist auf, und das Flugobjekt stürzte ins Meer. Eine weiße Schaumkrone zeigte an, wo die Drohne in das Wasser eingetaucht war, und dann blieb sie verschwunden.

Marc starrte in die Ferne, zog sich ein Stück zurück und ließ sich schwer in den groben gelben Sand fallen. Dann holte er eine Trinkwasserflasche aus seinem Beutel und säuberte, so gut es ging, die schmerzenden Schnittwunden an seinen Händen.

Er ließ den Kopf hängen und starrte zu Boden. »Ich hasse diese beschissenen Drohnen!«, murmelte er leise vor sich hin und ballte mit schmerzverzerrtem Gesicht die Fäuste.

Nachdem er eine ganze Weile so dagesessen hatte, starrte er wieder zurück in die Richtung, aus der er gekommen war, ließ den Blick über die Dächer von Paceville schweifen und dachte nach. Der Pilot hatte seine Drohne im Meer versenkt, um zu verhindern, dass sie jemand anderem in die Hände fiel. Angesichts der unterschiedlichen Strömungen vor der Bucht war sie jedenfalls unwiederbringlich verloren. Marcs erster Gedanke war, dass der Pilot sich ganz in der Nähe befinden musste, höchstens tausend Meter von der Drohne entfernt, doch dann fiel ihm die leistungsstarke Antenne ein, die er am Rumpf des Geräts bemerkt hatte. Zusammen mit einem entsprechenden Empfänger an Bord der Drohne konnte das Signal für die Drohne auch aus jedem x-beliebigen Drahtlosnetzwerk in der Umgebung stammen. Und das hieß, dass der Pilot genauso gut in der nächstgelegenen Bar oder auch irgendwo sonst auf dem Erdball vor einem Computer mit schnellem Internet sitzen konnte.

Und er hat mein Gesicht gesehen.

Das Wetter hatte sich schließlich doch noch berappelt, darum war es immer noch angenehm warm, als die Sonne hinter den Hochhäusern der Innenstadt von San Francisco unterging. Die Nacht brach an, aber die schachbrettartig angeordneten Avenuen und Boulevards waren hell erleuchtet, während der langsam abschwellende Verkehr für die Geräuschkulisse sorgte.

Lucy und Malte hatten ihren Wagen in einer kleinen Nebenstraße der Folsom Street abgestellt und betraten jetzt eine verlassene Baustelle an der Ecke 1st Street. Im SoMa-District – so genannt, weil er sich südlich der Market Street befand – waren während des vergangenen Jahrzehnts rund ein Dutzend neuer Hochhäuser entstanden. Sie galten als starkes Symbol dafür, wie entschlossen ausländische Investoren von der boomenden Stadt profitieren wollten. Vor ihren Augen erhob sich die goldene Glasfassade eines neu gebauten Bürokomplexes, der in wenigen Monaten eröffnet werden sollte, jene Adresse, die Special Agent Rowan ihnen gegeben hatte. Sie befanden sich im kantigen Rohbauskelett eines Nachbargebäudes, das nach seiner Fertigstellung in rund einem Jahr ein Luxushotel beherbergen sollte. Im Moment war es jedoch nicht viel mehr als eine Ansammlung von flachen Betonböden, grauen Fahrstuhlschächten und Transportkisten.

Geduckt huschten die beiden in den dritten Stock und positionierten sich direkt an der Gebäudekante hinter einer vom Wind geschüttelten Plastikplane. Nachdem Malte zwei kompakte Dreibeinstative aufgebaut hatte, holte Lucy ein Steiner-Armee-Fernglas aus ihrem Rucksack und suchte die Vorderseite des Bürokomplexes nach eventuellen Bedrohungen ab. Durch ein Dach aus dreieckigen Glasplatten konnte sie direkt in das großzügige Marmoratrium blicken, dessen Portal durch Barrikaden gesichert war.

Fast im selben Moment entdeckte sie auch zwei Männer mit kleinen Maschinenpistolen, die einen nervösen Eindruck machten. Die beiden standen so dicht beieinander, sie konnten gar nicht viel mehr als Freizeitsoldaten sein.

Trotzdem durften sie die Soldier-Saints auf keinen Fall unterschätzen. Sie hatten bereits mehrere Abtreibungskliniken im Südwesten abgefackelt und rings um die Großen Seen Attentate auf verschiedene Moscheen durchgeführt. Früher hätten angesichts solcher Hassverbrechen sämtliche Alarmglocken im Land geläutet, aber im gegenwärtigen politischen Klima gab es dafür eher eine Art Freifahrtschein.

Lucy sah sich weiter um und entdeckte noch eine Handvoll Männer, verteilt auf die unteren Stockwerke, sowie zwei, die um das Gebäude herum patrouillierten. Ihr kampferprobter siebter Sinn ließ ihre Haut kribbeln, und sie versuchte, anhand der Position der Wachen zu erraten, was da im Inneren gerade vor sich ging.

»Irgendwas stimmt da nicht«, sagte sie zu ihrem finnischen Partner. »Ich glaube, dass Rowan den Nagel auf den Kopf getroffen hat. Diese Typen sind wahnsinnig nervös.«

Malte quittierte ihre Bemerkung mit einem Kopfnicken und schloss ein röhrenförmiges Gerät auf dem ersten Dreibeinstativ an zwei Kabel an. Es glich einem Kinderteleskop aus schwarzem, eloxiertem Metall, war jedoch eine Laserkanone, die einen ultravioletten Laserstrahl produzierte, der über eine Reichweite von etlichen Kilometern verfügte. Auf das zweite Dreibein hatte Malte ein silberfarbenes Kästchen montiert, an dem eine Seite vollständig von einer Linse ausgefüllt wurde. Im Inneren befanden sich verschiedene Sensoren, die die reflektierten Laserstrahlen auffingen und verarbeiteten. Wenn der Laserstrahl auf eine Fensterscheibe oder eine andere Oberfläche traf, die Vibrationen übertragen konnte, dann wurden diese Vibrationen – die zum Beispiel durch Schallwellen hervorgerufen werden konnten – aufgezeichnet und digital in akustische Geräusche transkribiert. Der Laser war also nichts anderes als ein Mikrofon mit einer besonders großen Reichweite, sodass sie eine Zielperson auch aus großer Entfernung noch belauschen konnten. Malte kalibrierte die Geräte, während Lucy ihre Gegner weiterhin im Auge behielt.

»Fertig«, sagte der Finne schließlich und aktivierte den Laser. Er richtete ihn auf die ersten beiden, dicht beieinander stehenden Wachen, und dann belauschten sie ein Gespräch, das sich schnell als detaillierte Aneinanderreihung entpuppte, welche sexuellen Heldentaten die beiden Männer in letzter Zeit vollbracht hatten.

Lucy verdrehte die Augen. »Kenne ich in- und auswendig. Was ist denn sonst noch im Angebot?« Sie zog den Reißverschluss ihres Rucksacks auf und holte die Einzelteile einer Remington Defence CSR, ein volles Magazin mit 7,72-Millimeter-Patronen sowie einen kompakten Schalldämpfer heraus.

Während sie das Gewehr montierte und die Zieloptik einstellte, kümmerte Malte sich um die Daten aus dem Laser. Im Lauf der folgenden halben Stunde belauschten sie mithilfe des Lasermikrofons fragmentarisch die Unterhaltungen der Soldier-Saints, die sie im Inneren des Gebäudes ausmachen konnten. Das meiste war wenig ertragreich, aber als einer der Männer beiläufig von »einer Ankunft« sprach, wechselte Lucy einen schnellen Blick mit dem Finnen.

»Sie warten also auf jemanden. Es kommt mir immer mehr so vor, als würden sie da irgendetwas Größeres vorbereiten.«

»Sehe ich auch so.« Malte verstellte einen Regler an dem Laser. »Du vertraust Rowan?« Es klang nicht wie eine Frage, sondern wie eine Feststellung.

Lucy musste an die einfache Tätowierung denken, die der Secret-Service-Agent auf dem Arm trug, die Umrisse eines Dolches, und dazu der lateinische Spruch *De oppresso liber.* »Er war bei der Delta Force. Er hat sein Wort schon einmal gehalten. Ja, genau, ich vertraue ihm.« Sie holte einmal Luft und fuhr fort. »Wenn er mich tatsächlich hinter Gitter bringen wollte, dann hätte er bei unserem Treffen in dem Diner seine Chance gehabt. Warum sollte er uns einen Vorsprung lassen?«

»Dafür gibt es viele Gründe«, meinte Malte.

Achselzuckend blickte sie durch das Zielfernrohr ihres Präzisionsgewehrs. »Ich schätze, wir werden's erfahren, sobald …« Sie sprach nicht weiter, weil im selben Augenblick ein Fahrzeug vor den Maschendrahttoren des unbeleuchteten Bürokomplexes anhielt. »Es geht los. Ich sehe einen Krankenwagen auf der Gebäuderückseite. Kein Blaulicht, keine Sirene. Ich kann nicht erkennen, wer im Fahrzeug sitzt.«

Malte richtete den Laser auf die Seitenwand des Krankenwagens, doch die Schallwellen wurden durch die Vibrationen des Motors stark verzerrt und kamen nur als unverständliches Kauderwelsch bei ihnen an. Lucy sah, wie das Tor geöffnet wurde, um den Krankenwagen durchzulassen. Anschließend beeilten sich die Wachen, das Tor wieder zu schließen, wobei sie misstrauische Blicke die Straße entlangwarfen. Sie wollten sichergehen, dass niemand sie beobachtete.

Von ihrem erhöhten Standort aus sah Lucy, wie der Krankenwagen wendete und die Rampe in die Tiefgarage des Bürogebäudes ansteuerte. Als er über die Kante rollte, sackte das Chassis deutlich erkennbar nach unten. Für einen kurzen Moment drang ein wenig Licht nach draußen, dann war das Fahrzeug nicht mehr zu sehen.

»So ein Krankenwagen ist eine gute Tarnung«, sprach sie aus, was sie dachte. »Und er ist ziemlich schwer beladen. Jetzt will ich erst recht wissen, was sie da drin haben.«

»Ein Krankenhaus wäre ein weiches Ziel«, meinte Malte, und sie schwiegen für einen Moment, als sie an die möglichen grausamen Folgen eines solchen Anschlags dachten.

Lucy ließ das Gewehr los und sah sich auf ihrem Smartphone eine Umgebungskarte an. Sowohl das UCSF Medical Center in Mission Bay als auch das St. Francis Memorial Hospital im Norden waren nur wenige Minuten entfernt, und beide Kliniken wären für eine Gruppe von Bewaffneten, die tief im Herzen puren Hass hegten, eine leichte Beute. Sie überlegte, schob dann alles Weiche, Warme, Menschliche beiseite und versuchte, sich in die Gedanken der Soldier-Saints hineinzuversetzen.

Sie hatten in diese Operation ganz eindeutig eine Menge Zeit und Anstrengung investiert. Aus der Tatsache, dass sie sich in diesem Bürogebäude offensichtlich frei bewegen konnten, schloss Lucy, dass sie die Baufirma unterwandert haben mussten; der Krankenwagen sowie die vielen Maschinenpistolen sprachen für eine sorgfältige Planung. Hier ging es um sehr viel mehr als ein paar hastig abgefeuerte Schüsse aus einem vorbeifahrenden Auto, weil sich gerade eine Gelegenheit ergeben hatte.

»Wie gehen wir vor?« Malte sah Lucy aufmerksam an. Sie hatte die Einsatzleitung, darum lag die Entscheidung ganz allein bei ihr.

Sie wog die verschiedenen Optionen ab. Ein anonymer Anruf beim San Francisco Police Department, in dem von bewaffneten Männern die Rede war, würde die Polizei garantiert auf den Plan rufen, aber das konnte schwerwiegende negative Konsequenzen haben, womöglich auch Tote und Verletzte. Wenn sie ein paar Soldier-Saints aus der Distanz erledigte, dann würden die Übriggebliebenen wissen, dass sie beobachtet wurden, und die Flucht ergreifen. Damit blieb eigentlich nur noch eine Möglichkeit übrig, und die war alles andere als angenehm. Sie mussten näher herankommen und mit eigenen Augen sehen, was da drin vor sich ging.

»Noch ein Fahrzeug«, sagte Malte und beugte sich ein Stück nach vorn, um besser sehen zu können. »Dieses Mal auf der Vorderseite.«

Lucy ließ ihr Gewehr herumschwingen und sah, wie ein

silberfarbener BMW am Straßenrand zum Stehen kam. Eine androgyne Gestalt in einem langen Ledermantel kletterte von der Rückbank. Sie hielt einen schwarzen Aktenkoffer in der Hand. Lucy stellte ihr Zielfernrohr auf maximale Vergrößerung, damit sie das Gesicht der Gestalt besser erkennen konnte. Sie hatte dunkle, glatte Haare, ostasiatische Gesichtszüge und bildete damit einen starken Kontrast zu den beiden Männern – bullige und vor allem weiße Gestalten, die jetzt zur Begrüßung nach draußen kamen. Der BMW fuhr los und verschwand hinter der nächsten Ecke, sodass die Gestalt im Ledermantel jetzt mit den grimmig dreinblickenden Soldier-Saints alleine war.

»Sieht ganz so aus, als hätte sich da jemand die falsche Party ausgesucht«, murmelte Lucy, während die beiden Wachen ihren Besuch abtasteten und anschließend durch ein Tor in das abgedunkelte Atrium brachten. »Lass mal hören, was sie sagen.«

Malte richtete den Laserstrahl auf die Fensterscheibe. Lucy zoomte ein kleines Stück heraus und verfolgte die Gestalt im Ledermantel. Jetzt kamen noch mehr bewaffnete Männer dazu, angeführt von einem glatzköpfigen Kerl mit wiegendem Gang und einem großkalibrigen Revolver im Hüfthalfter.

»Hallo, Cowboy.« Lucy nahm sich etwas mehr Zeit für den Glatzkopf und versuchte aus der Art, wie er sich zwischen den anderen bewegte, seine Rolle zu erschließen. Er war jemand, der Verantwortung trug. Aber jetzt zog sich das Grüppchen weiter ins Innere des Hauses zurück, und sie verlor sie aus dem Blick. »Scheiße. Ich kann sie nicht mehr sehen.«

»Aber ich kann sie noch hören«, bemerkte Malte und justierte den Laser. Im Decoder ertönte ein leises Knistern.

»*Sie sind das?*« Es war ein Mann, der diese Worte aussprach, und zwar mit einem harten Akzent, wie ihn die Menschen aus dem Mittleren Westen haben. Er klang wenig beeindruckt, und Lucy nahm an, dass sie gerade den Mann mit dem Revolver sprechen hörte. »Wo wir euch so einen gottverdammten Haufen Geld in den Rachen schmeißen, da habe ich mit etwas … anderem gerechnet. Etwas Beeindruckenderem vielleicht? Jedenfalls nicht bloß mit einem einzigen Schlitzauge. Aber andererseits … ihr seid ja angeblich so clever bei allem, was mit Computern zu tun hat, stimmt's?«

Lucy hörte ein lautes Klicken – vielleicht wurde gerade der Aktenkoffer geöffnet – und dann eine andere Stimme, unerwartet tief, aber die Melodie verriet ihr, dass sie einer Frau gehörte. *»Guten Abend«*, sagte die Stimme. *»Sie müssen Mr. Crossman sein.«* Es hörte sich sehr mechanisch und ausdruckslos an, mit einem amerikanischen Akzent, den Lucy aber keiner bestimmten Gegend zuordnen konnte.

»Ach du Scheiße«, kicherte Crossman. *»Was zum Teufel soll das?«*

»Nur ein Kurier, weiter nichts. Wir können ungehindert sprechen.«

Lucy versuchte sich vorzustellen, was dort in der Dunkelheit vor sich ging, und starrte in die schattigen Bereiche, aber ihr Zielfernrohr besaß keine Schwachlichtfunktion. Jetzt bedauerte sie, dass sie keine Wärmebildoptik eingepackt hatte.

»Wenn Sie uns verarschen wollen«, fing Crossman an, und das anschließende Geräusch stammte ganz eindeutig von einem gut geölten Revolverhahn, *»dann werden Sie das büßen, das schwöre ich.«*

»Bitte, seien Sie vorsichtig«, erwiderte die Frau. *»Wenn er beschädigt wird, können wir Sie bei Ihrem Vorhaben leider nicht länger unterstützen.«*

Lucy fragte sich, was die Frau damit wohl meinte, doch dann nahm sie eine Bewegung wahr, als Crossman an den Rand des schattigen Bereiches und damit in ihr Sichtfeld kam. Er gestikulierte mit seinem Revolver. *»Sie haben uns eine Menge Versprechungen gemacht, Madrigal. Und jetzt ist der Augenblick der Wahrheit gekommen. Wollen Sie mich etwa enttäuschen?«*

»Madrigal«, wiederholte Malte. »Habe ich noch nie gehört.«

»Auf gar keinen Fall«, erwiderte die Frau. *»Ich halte mein Wort, Mr. Crossman. Wir können jederzeit losschlagen. Es liegt ganz in Ihrem Ermessen.«*

Crossman grinste hämisch und steckte den Revolver ein. Dann warf er einen Blick auf seine Armbanduhr. *»Also dann. Es wird Zeit, dass wir diesem verdorbenen Gomorrha den Preis für seine Sünden präsentieren.«* Er durchquerte das Atrium, gefolgt von dem Kurier und den übrigen Bewaffneten. Dann gingen sie alle eine Treppe hinunter ins Untergeschoss.

»Pack alles zusammen«, sagte Lucy kurz darauf.

»Wir gehen rein?«

Sie nickte knapp, ohne das Auge vom Zielfernrohr zu nehmen. »Auf jeden Fall.«

Kapitel 5

Wade hatte keinen sehnlicheren Wunsch als eine Zigarette, aber Bullock hatte ihm unmissverständlich deutlich gemacht, dass sie nichts tun durften, was irgendwie Aufmerksamkeit erregen könnte, und wenn es nur eine brennende Zigarette war. Wade hatte das aufgebrachte Geknurre mit unbewegter Miene über sich ergehen lassen, aber Tatsache war, dass Crossmans über und über tätowierter Lieutenant ihm eine Heidenangst einjagte.

Rufus, der sie beim Treffpunkt in Stockton abgeholt und hinunter zur Küste gefahren hatte, kannte jedenfalls jede Menge Geschichten über Bullock, und keine einzige von ihnen war angenehm. Er hatte schreckliche Dinge begangen, bevor er in den Knast gewandert war und sich zum Herrn bekehrt hatte – und danach noch schrecklichere. Hatte Rufus zumindest gesagt. Wade hatte festgestellt, dass es unter den Soldier-Saints viele solcher Typen gab … Typen, die glaubten, dass praktisch alles erlaubt war, nur weil sie für die »gute Sache« kämpften. Ihm gefiel das nicht. Das Ziel ihres Kampfes war ja schließlich, dafür zu sorgen, dass die Menschen die biblischen Gebote befolgten, und nicht, den Mitmenschen nur zum Spaß etwas anzutun. Wade hatte sich der Bewegung angeschlossen, nachdem sein Arbeitsplatz nach Indien oder in irgendein anderes Scheißland ausgelagert worden war, und das war ein *richtiger* Grund. Um Amerika wieder sauber zu machen, wieder stolz zu machen. Um diesen liberalen Arschlöchern den Schädel einzuschlagen, die den kleinen Mann ständig übers Ohr hauten und zuließen, dass die Schwulen, die Frauen und die Juden alles kontrollierten. Das war es, wofür er kämpfte. Und das war eine ernsthafte Angelegenheit.

Zumindest Crossman sah das ganz genauso. Wade mochte ihn. Er konnte andere mitreißen, war gerissen und ließ sich von niemandem etwas vorschreiben. Crossman konnte einem das Gefühl vermitteln, das man der einzige Mensch im ganzen Raum war, mit dem er sprach. Manchmal dachte Wade, dass sein richtiger Vater, wenn er ihn gekannt hätte, vielleicht genau so ein Mann gewesen sein musste.

Crossman sprach oft von *Vergeltung*, und Wade konnte das gut nachvollziehen. Sein ganzes Leben lang hatte er das Gefühl gehabt, als würde er zu kurz kommen, als würde ihn jemand über den Tisch ziehen, aber erst mit seiner Erweckung war ihm klar geworden, dass er sich das keineswegs nur eingebildet hatte.

Er setzte sich in Bewegung und ging die Strecke ab, für die er eingeteilt worden war, bis er zu dem Posten am südlichen Ende der Straße gelangte, direkt unter den gläsernen Wänden des Bürokomplexes. Er befühlte den Griff seiner halbautomatischen Faustfeuerwaffe, einer TEC-9, die er sich über die Schulter gehängt hatte. Bei jedem Schritt stieß der improvisierte, aus einem Ölfilter zusammengebastelte Schalldämpfer gegen seinen Oberschenkel. Er konnte es kaum erwarten, die Waffe endlich zu benutzen, aber in den Tiefen seines Bewusstseins kauerte die Angst, dass diese Nacht vorübergehen würde, ohne dass die TEC-9 zum Einsatz kam. Crossman hatte gesagt, er solle sich keine Gedanken machen, und das musste ihm genügen, für den Moment jedenfalls.

Jetzt hörte Wade in seinem Rücken Glas splittern. Die Baustellenscheinwerfer auf einem der transportablen Gestelle waren erloschen. Er wirbelte herum und richtete die TEC-9 in die Richtung, aus der er gekommen war. Der Stromgenerator brummte weiter, aber die Scheinwerfer, die an der oberen Traverse hingen, leuchteten nicht mehr. Wade ging vorsichtig darauf zu, wobei er mit seinen Stiefelsohlen auf Glasscherben und heiße Glühfäden trat.

Die Leuchten waren explodiert. Kam so was bei diesen Baustellenscheinwerfern vielleicht öfter vor? Wade hatte keine Ahnung. Er griff nach dem Walkie-Talkie, das an seinem Gürtel hing, doch dann zögerte er. Was hatte Bullock gleich noch zu ihm gesagt und ihm dabei immer wieder auf die Brust geklopft? Absolute Funkstille, es sei denn, *eine Horde wildgewordener Springerstiefel tritt die Tore ein,* wie er wortwörtlich gemeint hatte. Wenn er jetzt einen kaputten Scheinwerfer meldete, würde Bullock ihm wahrscheinlich das Fell über die Ohren ziehen.

Wade überlegte immer noch, als er das nächste splitternde Geräusch hörte, dieses Mal etwas weiter entfernt. Noch eine Scheinwerferbatterie gab den Geist auf, sodass der Fußweg in diesem Bereich jetzt gänzlich unbeleuchtet war. Wade erstarrte und lauschte angestrengt, aber etwas anderes als der Verkehr draußen auf der First Street war nicht zu hören. Er biss die Zähne aufeinander, nahm allen Mut zusammen und hob seine halbautomatische Pistole höher; um die Waffe zu stabilisieren, packte er das längliche Magazin, das unter dem Lauf herausragte. Wade unterdrückte das Bedürfnis, in die Dunkelheit »Wer ist da?« zu rufen. *Wer macht das eigentlich, außer in irgendwelchen beschissenen Filmen?* Der Ölfilter-Schalldämpfer hüpfte beim Gehen auf und ab, schwankte hierhin und dahin, suchte nach einem Zielobjekt. *Weil: Wenn da jemand ist, wenn da jemand an den Scheinwerfern rumfummelt, dann schicke ich den direkt in die Hölle …*

Glassplitter knirschten irgendwo in der Dunkelheit, und Wade riss den Kopf nach rechts. Ein Schatten löste sich aus der Düsternis, und er sah einen blonden Mann mit hartem Blick direkt auf sich zustürmen.

Wade drückte den Abzug seiner TEC-9 mehrfach, so schnell er konnte, auch wenn der Lauf nicht einmal annähernd auf den Kerl gerichtet war, und jagte auf Hüfthöhe mehrere Schüsse in die Umgebung. Durch den Schalldämpfer war nur ein metallisches Klappern zu hören, aber der blonde Mann schien sich dadurch nicht stören zu lassen.

Mit der einen Hand packte er Wades Waffe und drückte sie beiseite, bevor sie ihm gefährlich werden konnte. Die andere Hand, zur Faust geballt, rammte er Wade mit voller Wucht gegen den Kehlkopf, sodass das Knorpelgewebe deutlich hörbar knackte, als es brach.

Ein fürchterlicher Schmerz durchzuckte Wade. Er ließ die Waffe fallen und riss beide Hände an seine Kehle – er bekam keine Luft mehr!

Er taumelte rückwärts, und dann schlang der Angreifer ihm einen Arm um den Hals, um das Ganze zu beenden. Voller Verzweiflung, voller Panik grapschte Wade nach seinem Gegner. Er hatte schreckliche Angst vor dem Tod, vor dem Gericht, das hinter den Schatten, die sein Sichtfeld mehr und mehr einengten, auf ihn wartete.

Mit aller Kraft, von Todesangst getrieben, versuchte er, Luft zu holen, doch dann war da nur noch Schwarz.

»Hast du ihn?«

Ohne eine Antwort zu geben, schleifte Malte den leblosen Wächter hinter den Generator. Er legte dem jungen

Mann den Finger an den Hals und spürte einen schwachen Puls. Er würde überleben, falls er stark genug war.

»Malte, hörst du mich? Ich kann dich nicht sehen.«

Der Schultergurt mit der Waffe des Bewusstlosen hatte sich verdreht, darum dauerte es eine ganze Weile, bis Malte ihm die TEC-9 abgenommen hatte. Erst dann warf er einen kurzen Blick zu der Baustelle auf der anderen Straßenseite. »Hab ihn unschädlich gemacht«, sagte er und legte dabei die Finger an seinen Ohrstöpsel.

»Wade?« Die Stimme war nicht weit entfernt und kam die Rampe herauf, die zur Tiefgarage führte. »Wo zum Teufel steckst du denn, du Pfeife?«

»Du bekommst Gesellschaft«, sagte Lucy. »Aber ich habe von hier oben keinen guten Winkel. Du musst selber klarkommen.«

»Verstanden«, erwiderte Malte und musterte die TEC-9 misstrauisch. Sie war verbeult und abgenutzt, und er wollte sein Leben nur äußerst ungern einer Waffe anvertrauen, von der er nicht hundertprozentig überzeugt war. Er legte sie auf den Boden und ging in die Knie, da tauchte der zweite Wachmann auf, ein untersetzter Typ mit Vollbart. Außerdem trug er die gleiche Faustfeuerwaffe mit dem gleichen improvisierten Schalldämpfer im Arm wie sein Kollege.

»Wade!« Die Stimme des Wachmanns klang wütend, und während er in die Dunkelheit rund um die kaputten Scheinwerfer trat, wühlte er in seiner Jackentasche herum, um schließlich eine Taschenlampe herauszufummeln. »Wenn du dir irgendwo einen runterholst, ich schwöre, Mann, ich zieh dich splitterfasernackt aus und verfüttere dich an die wildgewordenen Tucken, die es in dieser Stadt an jeder Ecke …«

»Hallo.« Maltes Stimme klang leise, als er hinter den

Mann trat. Der zweite Wachmann hatte nicht abgewartet, bis seine Augen sich an die Dunkelheit gewöhnt hatten, darum sah er ihn erst, als es zu spät war. Malte schlug ihm die Faust in den unteren Rücken, noch bevor er reagieren konnte. Der Wachmann stieß ein ersticktes Stöhnen aus und sank praktisch von selbst in den Arm des Finnen. Malte drückte zu, genau wie vor wenigen Augenblicken bei dem jüngeren Mann, und dann war es auch schon wieder vorbei. Bis er dem zweiten Wachmann die Waffe abgenommen und ein Versteck für ihn gefunden hatte, stand Lucy neben ihm.

»Ich schätze mal, ich hätte wissen müssen, dass du keine Hilfe brauchst«, sagte sie, nahm eine der beiden TEC-9 in die Hand und untersuchte sie mit kritischem Blick.

Malte zuckte wortlos mit den Schultern.

»Und, wo steigt die Party?« Sie sah sich um, und ihr Blick ging in Richtung der Tiefgarage.

»Wie willst du vorgehen?«, erkundigte sich Malte.

»Lautlos«, erwiderte sie, hielt inne und überlegte noch einmal. »Oder eben so lautlos wie nur möglich.«

Lucy schaltete die Kamera ihres Rubicon-Smartphones ein und steckte es so in ihre Brusttasche, dass die Linse oben herauslugte. Das Gerät konnte stundenlang Videos aufzeichnen, und mit einem einzigen Tastendruck übertrug es die Aufnahmen auf einen Cloud-Server, sodass alle Bilder, die sie von jetzt an festhielt, auf jeden Fall überleben würden – selbst für den Fall, wenn es ihr selbst nicht vergönnt sein sollte. Lucy schob diesen entmutigenden Gedanken beiseite und ging voraus, die erbeutete TEC-9 im Anschlag. Vorsichtig schlich sie die Rampe hinunter und gelangte in die Tiefgarage.

An den niedrigen Decken des leeren Betongewölbes

zogen sich lange Reihen mit Neonleuchten entlang, aber nur wenige waren tatsächlich eingeschaltet. Unter einem der grellen Lichtkegel standen drei Minivans, die eigentlich eher zu irgendwelchen Vorstadtmüttern gepasst hätten als zu Terroristen; daneben parkte der Krankenwagen, den sie vorhin schon gesehen hatten. Davor waren mehrere Campingtische aufgebaut, die vor Waffen, kugelsicheren Westen und Funkgeräten überquollen. Eine Gruppe von Soldier-Saints war gerade dabei, sich auf das bevorstehende Ereignis – was immer es auch sein mochte – vorzubereiten. Sie waren allesamt weiß, männlich und bebten vor aufgestauter Wut.

Lucy und Malte hielten sich im Schatten, huschten geduckt von einem Stützpfeiler zum nächsten. Lucy spürte ein kräftiges Ziehen in der Magengegend. Hier unten gab es so gut wie keine Deckung. Es reichte schon, wenn ein einziger Scheißkerl sie, die Eindringlinge, entdeckte und das Feuer eröffnete.

Malte war neben ihr und deutete mit einer Kopfbewegung auf die Rückseite des Krankenwagens, wo Crossman sich gerade intensiv mit einem riesenhaften Kerl unterhielt, dessen ganzer Körper mit Knasttattoos übersät war. Jetzt stießen die beiden ein raues Kichern aus, dann kam Crossman zur Vorderseite des Fahrzeugs. Dort stand die Gestalt mit dem langen Mantel und den asiatischen Gesichtszügen, allerdings so, dass Lucy und Malte ihr Gesicht nicht sehen konnten. Keiner der Soldier-Saints schien sich freiwillig in der Nähe des Kuriers aufhalten zu wollen.

»Also gut, den Rest des Geldes haben Sie bekommen«, fing Crossman an. »Wie wär's, wenn Sie jetzt mal in Ihre Trickkiste greifen, hmm?«

»Wenn Sie mir noch einen Augenblick Zeit lassen …« Lucy kniff die Augen zusammen, als sie Madrigals eigentümliche Stimme hörte. Irgendetwas kam ihr merkwürdig vor. Die Stimme gehörte nämlich nicht, wie sie bis jetzt angenommen hatte, dem Kurier. »Ah ja, stimmt. Die Bank bestätigt den Eingang der vollständigen Zahlung. Das heißt, wir können zum nächsten Schritt übergehen.«

»Ich gehe mal ein bisschen dichter ran«, flüsterte Lucy Malte zu. »Sieh du nach, was da am Heck des Krankenwagens los ist.«

»Verstanden.« Malte löste sich von ihr, und Lucy duckte sich noch tiefer und schlich, immer möglichst im Schatten, auf den Minivan zu, der ihr am nächsten stand.

»Wenn ich im Angesicht Gottes etwas verspreche, dann halte ich mich auch daran«, sagte Crossman stolz. Er hielt einen glänzenden Gegenstand in der Hand. Jetzt, wo Lucy etwas dichter herangekommen war, erkannte sie eine Kette mit einem großen silbernen Kruzifix. Gerade legte Crossman die Kette an und küsste das Kruzifix. »Und heute Abend lösen wir nicht bloß eines, sondern gleich mehrere Versprechen ein.« Er wandte sich zu seinen Männern um und nickte ihnen väterlich zu. »Wir tun das Werk des Herrn, Jungs.«

Lucy justierte die Kamera neu, und als sie den Kopf wieder hob, war der Kurier ein paar Schritte weitergegangen. »Dann möchte ich Ihnen jetzt verraten, was Sie mit Ihrem Geld erworben haben«, fuhr Madrigal fort. »Betrachten Sie es als Ihre persönliche Version von Genesis 1,3, gewissermaßen als eine Umkehrung von ›Es werde Licht‹ …«

»Sie ist gar nicht selbst hier.« Ohne es zu wollen, entschlüpften Lucy diese Worte, als sie den Kurier zum ersten Mal richtig zu Gesicht bekam. Die androgyne Gestalt hatte noch kein einziges Mal gesprochen. Vielmehr hielt sie ein silberfarbenes Tablet in der Hand, das mit einem kompakten Satellitenempfänger in seiner anderen Hand verbunden war. Auf dem Display des Tablets konnte Lucy Kopf und Schultern einer weißen Frau mit hennaroten Haaren erkennen. Ihr Gesicht war stark verpixelt, so wie bei investigativen Dokumentationen, wenn die Interviewten nicht erkannt werden wollten oder sollten.

»Das Tablet behalten Sie am besten«, fuhr Madrigal fort. »Meine Leute haben die Situation vollständig im Blick und schicken Ihnen über das Tablet die beste Route, um Sie und Ihre Männer sicher aus der Stadt zu bringen.«

»Ach ja?« Crossman wirkte nicht besonders überzeugt. »Wie kommen Sie denn darauf, dass wir abhauen wollen, wenn wir hier fertig sind? Uns geht es nicht um Flucht, meine Dame: Uns geht es um den Krieg.«

»Natürlich.«

In Lucys Kopf überschlugen sich die Gedanken. Wenn diese Madrigal gar nicht persönlich hier war, was, zum Teufel, sollte das Ganze dann?

Die Antwort auf diese Frage lag in Madrigals folgenden Worten, und Lucy erstarrte zu Eis. »*Während wir miteinander geplaudert haben, hat mein Team ein Software-Update in die intelligenten Stromzähler eingespeist, die den Stromverbrauch in diesem Gebäude überwachen. Das Update ist gerade dabei, sich auch in den umliegenden Gebäuden auszubreiten, und zwar so lange, bis jeder einzelne intelligente Zähler in der gesamten Innenstadt damit infiziert ist. Es wird nicht lange dauern.*«

»Das ist alles? Ein beschissenes Computervirus?« Crossman verzog spöttisch die Lippen. »Sie haben mir ein Spektakel versprochen!«

»Das Update enthält einen Malware-Code, der mir die direkte Kontrolle über die gesamte Energieversorgung in einem viele Quadratkilometer umfassenden Gebiet gibt«, fuhr Madrigal fort, als würde sie zu einem Kind sprechen.

»Bedanken Sie sich bei der Stadtverwaltung. Wenn die nicht so versessen darauf gewesen wäre, ihre Infrastruktur zu modernisieren, dann würde es diese Schwachstelle gar nicht geben.« Sie hielt inne. »Nur ein Wort, Mr. Crossman, dann zwinge ich San Francisco in die Knie. In der Stadt wird das Chaos ausbrechen, und Sie und Ihre Männer können tun, was immer Ihnen beliebt.«

Jetzt endlich ließ Crossman ein hasserfülltes Grinsen sehen. »Na also, geht doch!« Er hob die Stimme. »Habt ihr das gehört, Soldaten? Heute Nacht noch reiten wir mitten unter diese gottlosen Gestalten da draußen, und dann brennen wir sie nieder! Wir werden ihnen schon beibringen, wem dieses Land gehört. Denen werden wir's zeigen!«

»Wir – zeigen's – ihnen! Wir – zeigen's – ihnen!« Crossmans Männer fielen in einen Sprechchor, sodass ihre Stimmen von den Wänden und der Decke widerhallten.

Lucy zog sich zurück und sah Malte auf sich zukommen. Sie brauchte sich nur sein Gesicht anzusehen, dann war klar, dass er nichts Gutes zu berichten hatte. »Was ist los?«

»Sieh mal.« Malte drückte ihr sein Smartphone in die Hand und startete die Aufnahme, die er gerade eben gemacht hatte. Sie sah die Seitenwand des Krankenwagens ruckartig näher kommen, und dann enthüllte die Kamera allmählich, was sich im Inneren das Fahrzeugs befand.

Vier Gasflaschen auf einem notdürftig zusammengeschraubten Metallrahmen, und in der Mitte des Ganzen etwas, was eigentlich nur ein improvisierter Sprengkörper sein konnte. Die Gasflaschen waren feuerwehrrot, und das bedeutete, dass sie industriell verwendbaren Wasserstoff enthielten.

»Es sieht aus wie eine Zweiphasenladung«, flüsterte Malte. »Und du weißt, was das bedeutet.«

»Oh ja.« Das, was Lucy da auf dem kleinen Handy-Display vor sich sah, war eine notdürftig zusammengebastelte Aerosolbombe.

Diese Aerosolbomben entfalteten eine ungleich tödlichere Wirkung als konventionelle Bomben. Dabei diente eine erste Sprengladung dazu, einen hochexplosiven Dampfnebel in der Umgebungsluft zu verteilen. Der tropfenförmige Sprengstoff vermischte sich mit dem Sauerstoff zu einer diffusen, sich schnell ausbreitenden Wolke. Die dann folgende zweite Explosion entzündete das gesamte Gemisch, wodurch ein gewaltiger Feuerball entstand, gefolgt von einer mächtigen und lang anhaltenden Druckwelle. Die Russen und die Amerikaner hatten solche Bomben in Afghanistan gegen besonders hartnäckige Ziele eingesetzt, und seit Jahrzehnten kam es immer wieder vor, dass irgendwelche Terrorgruppen in Heimwerkermanier ein Exemplar zusammenbastelten, wie es nun auf Maltes Handy-Display zu sehen war. Die letzte Aerosolbombe auf US-amerikanischem Boden war 1993 in der Tiefgarage des World Trade Centers gezündet worden und hätte das Gebäude um ein Haar zum Einsturz gebracht. Das, was im Laderaum dieses Krankenwagens zu sehen war, kam einem engen Verwandten dieser Bombe gleich. Falls sie in einer Umgebung mit vielen Menschen explodierte – im Financial District, am Union Square, in Chinatown –, dann würde es zu einer fürchterlichen Katastrophe kommen.

»Sobald unser Tagwerk vollbracht ist«, sagte Crossman zu seinen Männern, »werden diese entarteten Gestalten sich um das Loch versammeln, das wir in diese faulige Missgeburt einer Stadt geschlagen haben, und sie werden bittere Tränen weinen!«

»Es wird Zeit, dass wir den Gläubigen das Ziel offenbaren, Boss«, sagte der tätowierte Mann und drückte Crossman ein Flugblatt in die Hand.

Der Anführer der Soldier-Saints nickte gedankenverloren und zeigte den anderen das Flugblatt. Lucy konnte die Überschrift lesen, und das Herz sackte ihr in die Knie: YERBA BUENA TOLERANCE FESTIVAL. Die Yerba Buena Gardens waren eine Parkanlage nur wenige Querstraßen entfernt, dicht neben einem jüdischen Museum und einer katholischen Kirche. Und sie war ein beliebter Treffpunkt für die vielen unterschiedlichen Bevölkerungsgruppen dieser Stadt. Crossman zog ein Feuerzeug aus seiner Tasche und zündete unter lautem Jubel seiner Männer das Flugblatt an. »Sie werden wissen, dass wir die Hand Gottes sind«, verkündete er, »gekommen, um sie für ihre Sünden zu bestrafen.« Crossman schnipste die Asche beiseite und befahl einigen Männern, das Tor vor der Ausfahrt am anderen Ende der Tiefgarage zu öffnen. Die anderen setzten sich Stirnlampen auf und machte ihre Waffen schussbereit.

»Falls dieses Ding hier drin explodiert«, sagte Malte mit leiser Stimme, »dann stürzt womöglich das ganze Hochhaus ein.« Er kannte Lucy gut genug, um zu wissen, was ihr im Moment durch den Kopf ging. Rowan und sein FBI-Kumpel waren auf etwas gestoßen, was noch viel schlimmer war, als sie erwartet hatten. Die Soldier-Saints mussten gestoppt werden, und zwar sofort.

Crossman schlenderte auf den Kurier zu und schnappte sich das Tablet. »Jetzt können Sie zeigen, was Sie draufhaben«, sagte er zu der Frau auf dem Monitor, und seine Lippen verzogen sich zu einem bösartigen Grinsen. »Es werde Dunkel!«

»Licht aus«, sagte Madrigal. Kaum hatte sie diese Worte ausgesprochen, wurde die Tiefgarage in ein undurchdringliches Schwarz getaucht.

Zu Ehren der Namenspatin des Mater Dei war vor dem modernen Krankenhausgelände eine Statue aus Eisen errichtet worden. Sie zeigte Maria mit dem kleinen Jesuskind, und die sandfarbenen Häuserblocks dahinter beherbergten das modernste Klinikzentrum auf ganz Malta.

Auf dem Klinikgelände waren nur wenige Fahrzeuge unterwegs, und Marc stellte seinen Jeep so weit wie möglich von der nächsten Straßenlaterne entfernt im Schatten ab – und zwar rückwärts, sodass er, wenn es nötig war, möglichst schnell wieder wegkommen konnte. Dann zog er ein dunkles Jackett sowie Handschuhe an und schlang sich ein dünnes graues Palästinensertuch um den Hals, um sein Gesicht dahinter zu verstecken. In sicherem Abstand zum Haupteingang des Krankenhauses ging er auf das niedrige einstöckige Gebäude an der Nordseite des Komplexes zu, wo sich die Leichenhalle befand.

Es war weit nach Mitternacht, und die Luft hatte sich spürbar abgekühlt. Durch den wolkenlosen Himmel hatte die Hitze des Tages ungehindert abfließen können, aber der Patientenstrom hatte auch nach Sonnenuntergang nicht nachgelassen. Es war Wochenende, und das bedeutete, dass regelmäßig Touristen eingeliefert wurden, die sich zu viel zugemutet hatten. Ein Rettungswagen raste an ihm vorbei in Richtung Notaufnahme, und Marc machte ihm bereitwillig Platz.

Er näherte sich dem Nebengebäude und holte sein Telefon sowie ein kleines Metallröhrchen, ungefähr so groß wie sein Daumen, aus der Tasche. Um diese Tageszeit ließ sich die Tür unter dem Schild mit der Aufschrift *Mortwarja* nur über einen Schloss-Sensor öffnen. Für Notfälle gab es noch eine Sprechfunkverbindung zum Empfang, aber Marc wollte sich damit nicht aufhalten. Er richtete das Röhrchen auf die Überwachungskamera über dem Eingang und jagte einen energiereichen blaugrünen Laserstrahl in ihre lichtempfindlichen Schaltkreise. Die Digitalkamera wurde durch den kräftigen Lichtimpuls für einen Moment geblendet, sodass Marc bereits vor der Tür stand, bevor sich das Gerät von dem Impuls erholt hatte. Er hielt sein Smartphone vor den Sensor, das ein Funksignal absetzte, welches exakt zu einer digitalen Identität passte, die Kara in der Datenbank der Malta Police Force gefunden hatte. Das Türschloss identifizierte Marc jetzt als einen Kriminalpolizisten im Rang eines Detectives, der über eine Zugangsberechtigung zu dem Gebäude verfügte, und sprang mit leisem Klicken auf.

Vorsichtig schob Marc sich ins Innere und sah sich um, jederzeit auf eine Konfrontation gefasst. Im Eingangsbereich war niemand zu sehen, und er näherte sich vorsichtig dem Empfangstresen, über dem ebenfalls eine Kamera hing, sodass er seinen Laserstift ein zweites Mal einsetzen musste. Ein Schild auf dem Tresen teilte ihm auf Englisch und Maltesisch mit, dass die Leichenhalle bis morgen geschlossen war, doch aus der halb geöffneten Tür am hinteren Ende des Tresens waren Geräusche zu hören, Schüsse knallten, Reifen quietschten. Dort lief offenkundig ein Fernseher. Wer immer hier seinen Nachtdienst versah, fand allem Anschein nach mehr Gefallen an einem Actionfilm als an der Bewachung des Eingangsbereichs.

Umso besser, dachte Marc und ging zur nächsten Sicherheitstür, die in einen Flur mit mehreren angrenzenden Räumen führte. Die falsche Identität in seinem Smartphone half ihm auch hier weiter, und das Magnetschloss schnappte auf. Marc huschte in den unbeleuchteten Korridor und bewegte sich langsam und vorsichtig vorwärts. Dabei las er die verschiedenen, allesamt zweisprachig gehaltenen Schilder an der Wand. Der vorläufige Bericht, den Kara auf dem Polizeiserver gefunden hatte, erwähnte auch, wo Lex Wetherbys Leichnam aufbewahrt wurde, sodass er jetzt nur noch die richtige Tür finden musste.

In der Stille und der Düsternis, die ihn umgab, musste Marc sich gegen ein unangenehmes Gefühl wehren, das stetig stärker wurde. In Krankenhäusern fühlte er sich immer unwohl, verspürte er jedes Mal ein seltsames Jucken, selbst wenn es so neu und luftig gebaut war wie dieses hier. Für einen kurzen Moment hing er der irrealen Frage nach, ob es wohl denkbar war, dass all der Schmerz und all das Leid, das sich an einem solchen Ort konzentrierte, irgendwie in die Wände einsickerte und sich dort festsetzte wie ein unsichtbarer Fleck. Wobei eine Leichenhalle ja noch viel schlimmer war. Sie hatte schließlich nur einen einzigen Zweck, nämlich die Toten zeitweise zu beherbergen.

Dieser trostlose Gedanke spülte eine Erinnerung aus seinem Unterbewusstsein nach oben, ein Bild aus dem schmuddeligen, heißen Keller eines zerstörten Waisenhauses in der Türkei. Er konnte den Gestank des geronnenen Bluts und des verrosteten Metalls beinahe riechen. Marc schüttelte sich, vertrieb die Erinnerung aus seinen Gedanken und betrat den Raum, den er gesucht hatte.

Er knipste eine Taschenlampe an und richtete den Lichtstrahl auf das geschlossene Kühlfach mit Wetherbys Leichnam. Entschlossen zog er die Bahre heraus und hatte dann einen durchsichtigen Leichensack mit einem blassen Toten vor sich liegen. In einem kleinen Fach auf dem Leichensack steckte ein Computerausdruck mit dem Namen des toten Hackers und seinen persönlichen Daten sowie einem Strichcode, den Marc nicht zu deuten wusste.

Er holte tief Luft, zog den Reißverschluss auf und starrte anschließend in Wetherbys blasses, blutleeres Gesicht. »Scheiße.« Marc hatte schon mehr als einen Toten gesehen, aber der blässlichteigige Leichnam, der da vor ihm lag, wirkte ausgesprochen grotesk, fast unwirklich, wie eine Requisite in einem Hollywood-Film. Er atmete durch den Mund und spürte den Chemikaliengeruch deutlich auf seiner Zunge. Dann untersuchte er den übrigen Körper. Die Brust des Toten war von der Gewehrkugel in Fetzen gerissen worden. Offensichtlich war am Oberkörper kein Y-Schnitt vorgenommen worden, und das bedeutete, dass keine vollständige Obduktion durchgeführt worden war.

»Die Todesursache ist ja ziemlich eindeutig«, sagte er laut, doch plötzlich musste Marc stutzen: Er hatte etwas entdeckt… beziehungsweise *nicht* entdeckt. Wetherbys rechter Unterschenkel fehlte. Nach der Gewebestruktur rund um das Kniegelenk zu urteilen, hatte er ihn schon vor langer Zeit verloren, und aufgrund der Hornhaut, die sich dort gebildet hatte, war auch klar, dass er eine Prothese verwendet hatte. Aber sie war nirgendwo zu sehen.

Dann bemerkte er die Narben an den Unterarmen und Händen des Hackers und befühlte sie behutsam. Allem Anschein nach waren sie schon älter und gingen auf eine Verbrennung zurück, entweder verursacht durch Feuer oder eine chemische Substanz. Der rechte Arm war weniger vernarbt als der linke, und das rechte Handgelenk wurde von einem Tattoo umschlossen, das aussah wie ein Armband aus blauer Tinte. Hätte Wetherby eine Armbanduhr getragen, dann wäre es nicht zu erkennen gewesen.

Zuerst erkannte er in der Tätowierung nur ein abstraktes Muster, ein Gewirr aus Linien und Kreisen, doch als er etwas genauer hinsah, stellte er fest, dass es drei zweistellige, in einer Reihe angeordnete Zahlen enthielt: *56 46 53*. Vielleicht handelte es sich ja um eine Koordinatenangabe, aber dafür reichten die Ziffern nicht aus. Er betrachtete das andere Handgelenk, ohne fündig zu werden. Vielleicht gab es ja noch ein zweites Tattoo, in dem weitere Zahlen vermerkt waren.

Er holte den Ohrstöpsel aus seiner Tasche und tippte ihn an, um das Mikrofon zu aktivieren. »Kara? Bist du da?«

Nach einer kurzen Stille kam die Antwort. »Was? Du bist in der Leichenhalle, stimmt's? Ist er … ich meine, der Leichnam, ist er da?« Ihre Stimme klang für einen Moment etwas gedämpft, dann war sie wieder klarer. »Was hast du rausgekriegt?« Er berichtete ihr von dem Zahlentattoo, aber sie ging nicht darauf ein. »Unwichtig. Was noch?«

»Das Dossier über unseren toten Freund hier hat vergessen zu erwähnen, dass ihm ein halbes Bein fehlt. Eigentlich müsste er eine Prothese tragen.« Marc redete leise, damit seine Stimme in dem gefliesten Raum möglichst wenig nachhallte. »Aber auf diesem Video ist ja deutlich zu sehen, dass er sie noch hatte, als er von der Festungsmauer in Mdina gesprungen ist.«

»In den Polizeiakten steht davon nichts«, bestätigte Kara. »Entweder hat er das Ding während seines Flugs verloren, oder …«

»Oder jemand hat sich noch vor der Polizei seinen Leichnam vorgenommen.« Marc hatte Kara bereits von seiner Jagd auf die Drohne und von Wetherbys verwüstetem Hotelzimmer berichtet. Daher war es kein besonders großer Schritt mehr, zwischen diesen verschiedenen Ereignissen einen Zusammenhang zu vermuten. »Wir wissen, dass die Mörder nach etwas gesucht haben. Ich würde sagen, es waren irgendwelche Daten. Wenn er die also irgendwo anders gespeichert hat …«

»Er hatte sie in seiner Prothese versteckt. Und die haben jetzt die anderen.« Damit stellte Kara ihr Mikrofon stumm.

In der Stille wandte er sich seinem Smartphone zu und lud eine App, mit der er den Strichcode auf dem Zettel am Leichensack scannen konnte. Daraufhin bekam er eine Meldung vom Zentralserver des Krankenhauses, dass der Leichnam zur Verbrennung vorgesehen war. *Zu früh*, dachte Marc. *Da will jemand Spuren verwischen.*

Doch dann unterbrach das Vibrieren des Handys seinen Gedankengang, und auf dem Display tauchte eine Nachricht auf. Die Sensoren des Smartphones hatten ganz in der Nähe einen RFID-Chip geortet: Das »Radio Frequency Identification« arbeitete drahtlos und fand weite Verbreitung beispielsweise zur Kennzeichnung von Waren oder zur Identifikation von Haustieren.

Marc tippte auf das Display und sah sich die Meldung aufmerksam an. »Kara? Ich habe gerade ein RFID-Signal empfangen …« Der Ausgangspunkt des Signals musste sich ganz in der Nähe befinden, irgendwo an Wetherbys Körper. »Oh, verdammt, hat er den Chip womöglich verschluckt?«

»Das Signal, das du empfangen hast … wie lautet die Kennung?«, wollte sie mit gedämpfter, heiserer Stimme wissen.

Es waren sechs wohlbekannte Zahlen. *564653.* »Es sind die gleichen Zahlen wie bei dem Tattoo.«

»Er … er hat eine Botschaft abgesetzt.«

»Ja, aber an wen?« Marc erhöhte die Empfindlichkeit des Messgeräts und führte das Smartphone dann über den toten Körper, suchte nach dem exakten Ausgangspunkt des Signals und versuchte sich nicht vorzustellen, wo der Sender schlimmstenfalls platziert sein könnte. Nach wenigen Augenblicken war klar, dass das Signal irgendwo aus der mit Brandnarben verunstalteten Hand kommen musste.

Marc legte sein Smartphone weg und untersuchte das kalte Fleisch der Finger und der Handfläche. In der Kuhle zwischen Wetherbys Daumen und Zeigefinger entdeckte er einen Knubbel, eine winzige Kapsel mit ein paar Schaltkreisen, nicht größer als ein Reiskorn. Ein Chip von dieser Größe konnte maximal einige wenige Kilobyte speichern, mehr nicht.

»Das ist ein Markierungs-Chip«, sagte er und drückte seinen behandschuhten Finger in das Narbengewebe, bis er, wie erwartet, auf einen Widerstand stieß. Im Handballen des Toten, unter der Haut, befand sich ein flacher, gleichmäßig geformter Gegenstand. Durch die alten Narben war die frische, inzwischen wieder verheilte Wunde nicht aufgefallen. »Ich hab was«, sagte er und suchte in einer Schublade in seiner Nähe nach einem Skalpell.

»Was denn?« Karas Stimme klang ungeduldig.

»Eine Sekunde.« Marc verzog das Gesicht, setzte die scharfe Klinge an und machte einen tiefen Schnitt rund um den Gegenstand, durchtrennte die teigige Haut des Leichnams und klappte sie zurück. Dunkles, geronnenes Blut sickerte aus der Öffnung, und das Licht der Lampe spiegelte sich in einem schwarzen Plastikstreifen, der eingebettet zwischen den verschiedenen Schichten der Epidermis zu sehen war. Marc nahm eine lange Pinzette, um das Ding herauszuziehen, doch es leistete mehr Widerstand als erwartet. Behutsam zog er etwas stärker, und als er es schließlich geschafft hatte, erkannte er auch, wieso es ihm so schwergefallen war. An dem Plastiksplitter hing nämlich ein ganzes Geflecht aus dünnen Metallfäden. Marc war schnell klar, was er da in der Hand hielt: eine »expandierte« Speicherkarte, in dessen Mitte ein MicroSD-

Anschluss zu erkennen war. Der Hacker hatte sie absichtlich dergestalt im Gewebe seiner Hand verborgen.

»Das wird dir gefallen«, sagte er zu Kara und fotografierte die blutverschmierten Schaltkreise mit seinem Smartphone. »Ich schicke dir ein Foto …«

»Ich will mehr«, erwiderte sie ruppig, nachdem sie erkannt hatte, um was es sich bei dem winzigen Ding handelte. »Du hast doch einen Datenslot in deinem SpyPhone. Schick mir die Daten, alles, was auf dem Stick gespeichert ist.«

Marc zögerte. »Hältst du das wirklich für eine gute Idee? Wir wissen schließlich nicht, was genau da drauf ist.«

»Zur Sicherheit«, erwiderte Kara. »Dann kannst du das Original wieder an seinen Platz zurückstecken, während ich mich schon mit dem Inhalt beschäftige.«

»Also gut. Los geht's.« Ein wenig unsicher wischte Marc das Anschlussstück ab und verband es mit seinem Rubicon-Smartphone. Die eingebaute Isolationssoftware errichtete eine Firewall um die Karte, nur für den Fall, dass die darauf enthaltenen Daten mit einem Virus infiziert waren, doch was dann in dem Streaming-Fenster auftauchte, war nichts weiter als eine unüberschaubare Informationsflut – Texte und verpixelte Bilder, die viel zu schnell an Marc vorbeihuschten, als dass er sich einen Reim darauf hätte machen können. »Wetherby hat eine zusätzliche Absicherung eingebaut«, sprach er laut aus, was er dachte. »Für den Fall, dass er das, was er in seiner Prothese versteckt hat, verliert. Ziemlich clever.«

»Aber nicht clever genug«, erwiderte Kara bitter. »Schließlich haben sie ihn trotzdem umgebracht. Dieser Vollidiot …«

Die Schärfe, die aus ihren Worten sprach, brachte unvermittelt eine neue Klarheit. Die unausgesprochene Wahrheit, die die ganze Zeit direkt vor seiner Nase gehangen und die er trotzdem nicht erkannt hatte, sprang ihn mit einem Mal an. »Du hast diesen Typen gekannt«, sagte er, ohne groß nachzudenken. Erneut musterte er Wetherbys erschlafftes Gesicht. »Und zwar *gut* gekannt, stimmt's?«

»Es ist kompliziert.«

»Warum hast du denn nichts gesagt?«

Kara ließ einen merkwürdigen Laut hören, der sich anhörte wie ein unterdrücktes Stöhnen. »Es tut mir leid, Marc. Es tut mir wirklich leid.« Die Übertragung der Daten war abgeschlossen, und das Display seines Smartphones wurde dunkel. »Alles …« Ihre Stimme riss einfach ab.

Das Smartphone war nicht nur dunkel geworden, sondern reagierte überhaupt nicht mehr. *Tot.* Gleichzeitig brach auch das Signal in seinem Ohrhörer ab. Eiskalte Stille umgab ihn. »Kara? *Kara*!« Er klopfte mehrfach auf die Ohrstöpsel, aber ohne Wirkung. »Was, verdammt noch mal …?«

Die Worte blieben ihm im Hals stecken, als er einen hellen Lichtfleck über die Wände des Korridors huschen sah. Es war der Strahl einer Taschenlampe, der sich jetzt in der Glastür auf der anderen Seite des Flurs spiegelte. Hastig schob Marc den Leichnam zurück in das Kühlfach, während er sich gleichzeitig nach einem Versteck umsah.

Er konnte Stimmen hören. Zwei Männer. Er schnappte das Wort *Pulizija* auf und als Erwiderung ein leises Knurren. Allem Anschein nach war der Kerl am Empfang doch nicht so unaufmerksam gewesen, wie Marc es gern gehabt hätte. Er zog sich das Palästinensertuch übers Gesicht und sah sich um, ob es irgendetwas gab, was er zur Ablenkung benutzen konnte. Dann holte er die Glock aus seinem Rucksack und wog sie in der Hand. Die Waffe hatte er wirklich nur als allerletzte Möglichkeit mitgebracht.

Die Taschenlampe kam näher, und Marc kauerte sich hinter einen Metallschrank gleich neben der Tür, wo er sich, so gut es ging, in den Schatten drückte.

Die Klinke wurde heruntergedrückt, und dann schwang die Tür auf. Marc hörte das Knacken eines Funkgeräts. Wenn er nicht schnell etwas unternahm, würde der Alarm ausgelöst werden.

Zwei Männer traten ein. Der erste war ein erschöpft wirkender Polizist im mittleren Alter, der ein blaues Uniformhemd und einen dicken Schnauzbart trug. In der Hand hielt er eine schwere Taschenlampe. Dicht hinter ihm kam ein kleiner, jüngerer Kerl in einem weißen Laborkittel, der aufgeregt mit den Armen fuchtelte und auf Maltesisch auf den Polizisten einredete.

Marc huschte hinter dem Schrank hervor, packte den Mann im weißen Kittel am Kragen, riss ihn zurück und drückte ihm die Mündung seiner Glock an die Schläfe. Der Mann stieß einen erstickten Schrei aus und versuchte sich zu wehren.

Der Polizeibeamte drehte sich um, hatte seine Verblüffung mit einem Wimpernschlag überwunden und riss seinen ausziehbaren Schlagstock heraus. Die maltesische Polizei trug im Normalfall keine Schusswaffen, sodass Marc eindeutig im Vorteil war. Aber er wollte ja nicht, dass das Ganze hier ein blutiges Ende nahm. Der Polizist machte schließlich nur seine Arbeit. Andererseits durfte Marc auch nicht zulassen, dass der Polizist ihm in irgendeiner Weise in die Quere kam. Karas Schweigen konnte nur bedeuten, dass irgendetwas gründlich schiefgelaufen war, und da konnte er irgendeine Einmischung vonseiten der Polizei zuallerletzt gebrauchen.

Er achtete darauf, den Labormitarbeiter immer zwischen sich und dem Polizisten zu behalten, und gestikulierte gleichzeitig mit der Waffe, sodass klar wurde, was er wollte. Zögerlich ließ der Polizist den Schlagstock und seine Taschenlampe fallen. »Handschellen!«, knurrte Marc und schubste den Laboranten zu einem der Untersuchungstische. Der Polizist starrte ihn wütend an und legte dann den einen Ring seiner Handschellen um sein eigenes Handgelenk. Marc zwang ihn, den anderen Ring durch einen Edelstahlgriff an dem Metalltisch zu ziehen und ihn um das Handgelenk des Laboranten zu legen.

Sobald die beiden aneinandergefesselt waren, riss Marc das Funkgerät ab, das der Polizist an der Brusttasche seines Uniformhemdes festgeklemmt hatte. Aufgeregtes Geschrei drang aus dem Lautsprecher, darum ließ er es auf den Kachelfußboden fallen und zertrat es. »*Skużani*«, sagte er, quasi als nachträgliche Entschuldigung.

Verfolgt von den Verwünschungen des Polizisten, verzichtete Marc auf jedes Versteckspiel und verließ im Laufschritt die Leichenhalle. Er wusste zwar, dass er eigentlich zuerst zu der Konsole hinter dem Empfangstresen gehen und die Festplatten aus dem System hätte ziehen müssen, aber jede Sekunde, die er hier verschwendete, war eine Sekunde, in der Kara offline war.

Er rannte zu dem Maruti-Jeep, sprang hinein und ließ den Motor an. Dann jagte Marc um eine enge Kurve und weiter die Straße entlang, als zwei Streifenwagen der Ortspolizei in der Gegenrichtung an ihm vorbeirasten. Während der zehnminütigen Fahrt hielt Marc sich peinlich genau an die Geschwindigkeitsbegrenzung. Er schlängelte sich durch die Seitenstraßen von Gzira, bis endlich das Hotel Nova vor ihm auftauchte. Unterwegs versuchte er, seine Funkausrüstung wie auch sein Smartphone durch ein komplettes Zurücksetzen auf den Ausgangszustand wieder zum Laufen zu bringen, aber ohne Erfolg. Irgendwie waren seine Rubicon-Geräte deaktiviert worden, und das ließ alle möglichen Schlüsse zu. Keiner davon verhieß etwas Gutes.

Karas Worte hallten durch seinen Schädel. *Er hat eine Botschaft abgesetzt.* Zuerst hatte sie die Zahlen aus Wetherbys Handgelenkstattoo als unwichtig abgetan, bis sich herausgestellt hatte, dass sie sehr wohl eine Bedeutung hatten.

»War die Botschaft vielleicht für sie?«, fragte er sich laut, als er den Jeep ein paar Häuser vom Hotel Nova entfernt zum Stehen brachte.

Es stand zwar kein einziges unbekanntes Fahrzeug vor dem Eingang, nichts, was ihn irgendwie misstrauisch gemacht hätte, aber Marc wollte kein Risiko eingehen.

Er versteckte die Glock unter seiner Jacke und betrat das Gebäude. Der Nachtportier saß laut schnarchend hinter dem Empfang, die Füße auf einen Stuhl gelegt, und Marc schlich sich vorbei, ohne ihn zu wecken.

Anstatt des Fahrstuhls nahm er lieber die Treppe. Er blieb auf jedem Stockwerk stehen und lauschte angestrengt, ob ihm von irgendwoher eine Gefahr drohte. Im vierten Stock hörte er Musik und andere Geräusche aus einigen Zimmern, in denen ein paar angeheiterte Clubbesucher die Party bis zum Sonnenaufgang ausdehnen wollten. Schnelle, basslastige Beats wummerten durch die Tür von Zimmer 46 und übertönten jedes andere Geräusch aus dem Inneren.

Zögernd verharrte Marc auf der Schwelle. Was würde er wohl zu sehen bekommen? Kara Wei ausgestreckt auf dem Bett liegend, mit einem Einschussloch zwischen den Augen? Er schüttelte die unangenehme Vorstellung ab. *Eine Leiche reicht für heute,* sagte er sich.

Mit einem gezielten Absatzkick sprengte er das Schloss, und die Tür schwang auf. Marc stürmte ins Zimmer, die

Pistole dicht an die Brust gelegt, und rief dabei ihren Namen.

Der Mitte-zwanzig-Surfer, den er heute schon einmal gesehen hatte, kam durch die Balkontür ins Zimmer gestürmt. Er hatte eine Bierflasche in der Hand und wirkte sehr aufgebracht, aber als er die Pistole erblickte, fiel jede Wut von ihm ab. »Oha! Was soll das denn?« Er sprach mit einem harten schottischen Akzent, und seine Wangen waren knallrot angelaufen.

»Zurück!« Marc richtete seine Waffe auf ihn und warf einen schnellen Blick durch eine offenstehende Tür in das kleine, schäbige Badezimmer. Keine Spur von Kara, genau so wenig wie überall sonst.

Er ging auf den Kerl zu, ohne die Pistole zu senken. »Wo ist sie?«

»Was? Wo ist wer?«

»*Kara!*« Marc spie ihren Namen fast heraus. »Versuch ja nicht, mich zu verarschen, Kumpel! Sie hat dich heute am Flughafen aufgelesen! Sie hat dich hierher gelotst! Was hast du mit ihr gemacht?«

Der Surfer behielt die Hände oben und hielt die Bierflasche immer noch fest umklammert. »Was?«, wiederholte er kopfschüttelnd und zwinkerte dabei nervös mit den Augenlidern. »Nein. Ich kenne keine Kara, Alter. Ich war nicht am Flughafen! Ich bin doch schon seit einer Woche hier!«

Vom Gefühl her wusste Marc bereits jetzt, dass der Kerl die Wahrheit sagte, aber er war sich noch nicht sicher. »Auf die Knie!«

»Nein, bitte …«

»Auf die Knie, verdammte Scheiße noch mal!«, blaffte Marc den anderen an, der daraufhin seine Bierflasche fallen ließ und anstandslos gehorchte. »Hängst du etwa auch mit drin?«, wollte er dann wissen. »Was weißt du über Wetherby?«

Der Surfer schüttelte noch einmal den Kopf und sah zitternd zu, wie der Lauf der Glock sich immer näher schob. »Hör zu. Du hast Probleme, okay? Aber das hat doch nichts mit mir zu tun!« Der Mann hatte ganz eindeutig Todesangst. »Ich wohne seit einer Woche in diesem Zimmer! Alleine! Hier ist doch weit und breit keine Frau zu sehen, oder?« Er holte tief Luft und wies mit einer Kopfbewegung auf den Tisch. »Frauen interessieren mich nicht, kapierst du das?«

Marc betrachtete den Laptop auf dem Tisch, aus dem immer noch Tanzmusik wummerte. Auf der Rückseite des Gehäuses prangte unübersehbar ein Aufkleber in Regenbogenfarben. Marc hielt inne und blieb dann an der stecknadelkopfgroßen Kameraöffnung über dem Laptopbildschirm hängen. »War die … war die die ganze Zeit eingeschaltet?«

Der Surfer nickte eifrig. »Ich skype jeden Tag mit meiner Mutter.« Er schluckte hörbar, und die Panik ließ seine Augen groß und angsterfüllt werden. »Hör zu, nimm alles mit, was du haben willst. Geld, meinen Pass, den Computer, ich halte dich nicht auf …«

Aber Marc hörte gar nicht mehr hin. Stattdessen fielen ihm verschiedene Bemerkungen ein, die Kara im Lauf des Tages gemacht hatte.

Wir haben bei dieser ganzen Aktion absolute Kontaktsperre.

Eine gute Tarnung, dachte ich.

Jede Kontaktaufnahme mit Rubicon wird im Moment an mein Gerät umgeleitet.

Er ließ die Pistole sinken und starrte den Computer an, dann klappte er ihn mit einer ärgerlichen Handbewegung zu. Die Musik verstummte. »Sie ist nicht hier.«

»Das sage ich doch die ganze Zeit, Kumpel!«

»Nein.« Marc wandte sich ab und schüttelte den Kopf. »Sie ist niemals hier gewesen.« Er kam sich vor wie ein Vollidiot.

Seit sie sich in Frankreich getrennt hatten, war Kara Wei nie etwas anderes gewesen als eine Stimme in seinem Ohr. Aber diese Stimme konnte von jedem Ort der Welt gekommen sein. Welchen Beweis hatte er, dass sie tatsächlich nach Turin gefahren und anschließend nach Malta geflogen war, so wie er von Genf aus? *Keinen*. Sie hätte ihn genauso gut mithilfe des SpyPhones überwachen können, ohne dass er etwas davon mitbekommen hätte.

Er machte sich den Umfang ihres Täuschungsmanövers bewusst. Kara war eine fähige Hackerin, die sich problemlos in den Laptop irgendeines unglücklichen Reisenden einklinken konnte. Wahrscheinlich hatte sie die persönlichen Daten des Surfers im Buchungsprogramm des Hotels gefunden und sich dann über das ungesicherte WLAN-Netzwerk in seinen Computer eingeschlichen und ihn überwacht. Sie hatte den armen Kerl, ohne dass er etwas davon mitbekommen hatte, zu ihrer Tarnung gemacht, hatte ihn als Requisit benutzt, um Marc glauben zu lassen, dass sie ganz in der Nähe war.

Jetzt drang das Jaulen von Polizeisirenen zur offenen Balkontür herein und wurde stetig lauter.

»D … d … die kommen wegen dir, stimmt's?«, sagte der Surfer.

»Ja, genau«, erwiderte Marc, machte auf dem Absatz kehrt und rannte los.

Er schnappte sich seine Sachen aus seinem Zimmer am Ende des Flurs, fuhr mit dem Lastenaufzug bis ins Erdgeschoss und schlängelte sich durch schmale Korridore, an deren Wänden sich große Kartons mit Toilettenpapier und Reinigungsmitteln stapelten. Dann verließ er das Hotel durch den Hinterausgang. Ihm war klar, dass er den gemieteten Maruti nicht mehr benutzen konnte. Die Wahrscheinlichkeit, dass der Wagen von irgendeiner Überwachungskamera eingefangen worden war, war viel zu groß. Doch er hatte Riesenglück, er entdeckte ein nicht abgeschlossenes Motorrad in einer Gasse – eine alte Honda Deauville –, bei dem weder das Lenkradschloss noch eine sonstige Sicherung angebracht war. Marc schloss die Maschine kurz, dann lenkte er sie durch die kleinen Seitenstraßen von Sliema.

Nachdem er den touristischen Bezirk hinter sich gelassen hatte, bemerkte er auf einem Hügel am Straßenrand einen Parkplatz. Er hielt an und versuchte, wieder zu Atem zu kommen.

Der Wind zerrte an ihm. Er saß auf dem Sattel des gestohlenen Motorrades und starrte an den Horizont, wo sich die ersten Anzeichen des Sonnenaufgangs bemerkbar machten. Was war da eigentlich gerade passiert? Während er noch nach einer Antwort auf diese Frage suchte, klingelte es in seinem Rucksack. Marc durchwühlte ihn, bis er sein Rubicon-Smartphone gefunden hatte. Das schwarze Ding aus Glas und Metall war wieder zum Leben erwacht. Auf dem Display blinkten in grellen roten Buchstaben die Worte *Anruf! Höchste Priorität!*

Misstrauisch drückte er auf die grüne Taste und hielt sich das Telefon ans Ohr. »Kara?«

»Mr. Dane.« In Ekko Solomons ruhiger, fester Stimme schwang eine Anspannung mit, die Marc bei ihm bisher noch nie wahrgenommen hatte. »Endlich. Sind Sie allein?«

»Ja, ich bin allein.« Marc runzelte die Stirn. »Könnte mir

vielleicht jemand verraten, was zum Teufel hier eigentlich los ist?«

»Hören Sie gut zu«, erwiderte Solomon. »Wir haben es geschafft, Sie wieder zu lokalisieren. Die Vorbereitungen für Ihren Abzug sind bereits in vollem Gang. Sie stellen sofort sämtliche Aktivitäten ein. Lassen Sie alles stehen und liegen und kehren Sie ins Büro zurück. Hiermit sind alle anderslautenden Anweisungen aufgehoben. Haben Sie mich verstanden, Mr. Dane?«

»Ja«, fing er an, während seine Verwirrung immer größer wurde. »Aber wo ist Kara? Was ist …?«

Solomon fiel ihm ins Wort, bevor er seine Frage zu Ende bringen konnte. »Sie sind nicht mehr Teil einer offiziellen Operation. Halten Sie sich strikt an die Anweisungen. Begeben Sie sich zum Flughafen und reisen Sie unverzüglich ab.« Und dann, als sei es ihm gerade erst eingefallen: »Ich werde es Ihnen persönlich erklären. Bis dahin befolgen Sie Ihre Anweisungen.«

Die Verbindung wurde gekappt, und Marc starrte argwöhnisch und verunsichert auf das schwarze Display.

Kapitel 6

Der Stromausfall breitete sich wie eine lautlose Welle über die gesamte Innenstadt von San Francisco aus. Die Dunkelheit nahm alle Gebäude und Straßen in Besitz, fast so, als hätte eine gewaltige Hand einen Schwall schwarzer Tinte über einem Stadtplan ausgekippt. Erst waren nur zehn Häuserblocks betroffen, dann zwanzig, dann hundert, zweihundert, und immer noch war kein Ende in Sicht. Telegraph Hill im Norden wurde ebenso in Mitleidenschaft gezogen wie der Mission und der Haight District im Süden. Die berühmten Cable Cars blieben einfach irgendwo auf der Strecke stehen, und durch den plötzlichen Ampelausfall kam es zu Dutzenden von Verkehrsunfällen, weil viele Autofahrer zu spät reagierten.

Niemand konnte sich dem abrupten Einbruch der Dunkelheit entziehen. Jedes Gebäude, das am öffentlichen Stromnetz hing, war schlagartig ohne Licht. Bürohäuser und Hotels wurden zu düsteren, grabähnlichen Gewölben. Fahrstühle blieben in ihren Schächten stecken, und in der lichtlosen Finsternis breitete sich die Panik ebenso schnell aus, wie die elektrische Energie erloschen war.

Notfallgeneratoren und Reservebatterien, die darauf programmiert waren, genau bei solchen Zwischenfällen anzuspringen, verweigerten den Dienst. Der komplexe, heimtückische Code, der sich über die intelligenten Stromzähler der Stadt ununterbrochen weiterverbreitete, speiste unter anderem eine Datenfolge ins System ein, die allen

Kontrollmechanismen eine voll funktionierende Stromversorgung vorgaukelte. Darüber hinaus wurde durch eine Reihe weiterer Befehle und Signale in die überregionale Stromversorgung des Bundesstaates Kalifornien jede Spur des Virus verwischt.

Es dauerte nicht lange, bis sämtliche Verkehrsadern durch Chaos an den Kreuzungen und Auffahrunfälle hoffnungslos verstopft waren. Die Leute strömten aus ihren Häusern, fuchtelten mit ihren Smartphones herum, um wenigstens ein kleines bisschen Licht zu haben, während auch die Handy-Übertragungsmasten ausfielen und die Menschen vom Rest der Welt abgeschnitten waren.

San Francisco war eine Stadt, die vorbereitet war – man konnte nicht in einer Erdbebenzone leben, ohne jederzeit auf das Schlimmste gefasst zu sein. Aber da bis jetzt kein einziges Vorbeben, kein einziges Anzeichen für eine unmittelbar bevorstehende Katastrophe registriert worden war, standen die Menschen auf der Straße und lauerten ängstlich und verstört auf den ersten verräterischen Stoß, der das Beben ankündigen würde.

Im Kellergeschoss des noch nicht eröffneten Hotels bohrten sich immer mehr grellweiße Lichtstrahlen aus allen Richtungen in die Dunkelheit. Die Soldier-Saints knipsten ihre Stirnlampen an. Lucy wich zurück und zog Malte mit sich hinter einen dicken Stützpfeiler.

»Der Strom …«, flüsterte Malte. »Die ganze Stadt?«

»Ich weiß nicht«, erwiderte sie leise.

Crossmans raues Lachen hallte von den Betonwänden der Tiefgarage wider. »Sperrt mal die Ohren auf! Könnt ihr das hören?« Lucy sah, wie er zu dem Krankenwagen ging und dabei eine Rettungssanitäterjacke überstreifte. »Oh, sie wissen, dass das Gericht unmittelbar bevorsteht.«

Lucy hörte es auch. Ein immer lauter werdendes Durcheinander aus Autohupen, Schreien und Kreischen erfüllte die Straßen. Das Chaos, das Crossman und seine Männer sich gewünscht hatten, griff bereits um sich und würde sich immer mehr ausbreiten, wie ein Feuer, das bald die ganze Stadt einnahm, wenn es nicht rechtzeitig gelöscht wurde.

»Aufsatteln!«, rief Crossman und winkte einem anderen Mann zu. Für einen kurzen Augenblick huschte der Strahl von Crossmans Stirnlampe über den tätowierten Schlägertypen. »Bullock, du schnappst dir ein Team und sorgst für ein bisschen Erlösung!«

Der andere nickte. »Wir haben ein paar Gräber zu füllen«, stieß er hervor und setzte sich voller Vorfreude in Bewegung.

»Ich schnappe mir den Krankenwagen«, zischte Lucy Malte zu und griff nach der gestohlenen Halbautomatischen. »Wenn wir die Reifen und den Motor zerschießen, dann fährt der nirgendwo mehr hin …«

»Die Bombe …«, setzte Malte an.

»Ich hab's nicht vergessen«, entgegnete sie. Ihr war vollkommen klar, welch unvorstellbaren Schaden diese improvisierte Aerosolbombe anrichten konnte. »Gib mir Feuerschutz!«

Lucy stürmte hinter dem Betonpfeiler hervor und rannte los, aber als sie sich dem kastenförmigen Schatten des Krankenwagens näherte, fingen die Warnlichter auf dem Dach des Fahrzeugs an zu blinken. Blutrotes Höllenlicht zuckte durch die Tiefgarage und ließ die Soldier-Saints zu ruckeligen Schattenmarionetten werden. Gleichzeitig konnten sie aber auch Lucy sehen.

»Eindringling!«, brüllte eine Stimme, und dann richteten sich alle Gewehre auf sie.

Sie reagierte, ohne nachzudenken, drückte den Abzug der TEC-9, so schnell es ging, und schickte eine Patrone nach der anderen auf die Reise. Durch den provisorischen Schalldämpfer war nicht mehr als ein leises Scheppern zu hören.

Malte schaltete sich aus der Dunkelheit ebenfalls ein, und nur ein, zwei Sekunden später schossen auch die Soldier-Saints, und zwar überwiegend in Lucys Richtung. Sie hörte einen lauten Schrei und sah aus dem Augenwinkel, wie der Kurier im langen Mantel sich ruckartig um die eigene Achse drehte und zu Boden sackte. Blutige Krater klafften in seinem Körper, verursacht durch die vielen blind abgefeuerten Schüsse, die ohne jede Rücksicht auf eventuelle Verluste abgegeben wurden.

Lucy warf sich auf den Boden, stöhnte leise beim Aufprall und rollte sich über die Schulter ab. Projektile zischten über ihren Kopf hinweg, während sie bereits wieder auf die Beine kam und im Zickzack weiterrannte. In ihrem Rücken hörte sie Maltes TEC-9 scheppern, hörte den dumpfen Einschlag seiner Kugeln in den Türen der Minivans, die jenseits der rötlich ausgeleuchteten Fläche parkten.

»Schnappt euch die Schlampe!«, brüllte Crossman.

»Fahr los, fahr los!«, rief Bullock zurück, der Kerl mit den Knasttattoos. »Ich mach das hier.«

Das Flackern veränderte sich, als der Krankenwagen sich in Bewegung setzte, und Lucy schoss erneut, zielte auf die Reifen … doch dann gab der Schlitten der TEC-9 ein dumpfes Klacken von sich und blieb stecken.

»Scheiße!« Sie zerrte am Verschlusshebel, wollte die eingeklemmte Hülse mit Gewalt aus dem Schacht schleudern, bis ein mächtiger Schatten auf sie fiel und Bullock sie mit einem brutalen Bodycheck von vorne rammte. Sie taumelte rückwärts und ließ die ohnehin sinnlos gewordene Maschinenpistole fallen. Dann riss sie die Arme hoch, um die Schläge abzublocken, die unweigerlich folgen würden.

Das grelle Licht aus Bullocks Stirnlampe blendete sie, und ganz kurz glaubte sie, dass er sie jetzt erschießen würde, doch stattdessen umschlang der ehemalige Sträfling sie von hinten und drückte zu. Seine harten, knastgestählten Muskeln zwängten sie ein. Er brüllte laut vor Anstrengung, und dann hob er sie hoch, sodass Lucy den Boden unter den Füßen verlor.

Nur nebenbei registrierte sie den Schusswechsel zwischen den restlichen Soldier-Saints und Malte, der einen verschwommenen Umriss in der Nähe des Pfeilers bildete. Jetzt drückte Bullock noch fester zu und presste ihr sämtliche Luft aus der Lunge.

Lucy fuchtelte mit den Händen und versuchte verzweifelt, irgendein empfindliches Körperteil zu fassen zu bekommen, aber sie hatte nur wenig Spielraum. Es gelang ihr zwar, an Bullocks Hemd zu zupfen und einen wirkungslosen Schlag in seiner Magengegend zu landen, aber mehr nicht. Sie hörte ihn lachen, spürte seinen heißen Atem im Nacken. Sie hatte nicht die geringste Chance, einen Wirkungstreffer in seiner Lendengegend zu landen, und während er immer weiter zudrückte, verhöhnte er Lucy unentwegt.

Dann stießen ihre langen Finger gegen den kurzläufigen Revolver in seinem Hüfthalfter. Sie griff danach und zog ihn heraus.

»Oh nein, den kriegst du nicht!« Bullock löste seinen Griff ein wenig und wollte ihr die Waffe aus der Hand winden, aber Lucy wehrte sich. Allerdings schaffte sie es nicht, den Revolver hochzureißen, sodass sie ihn nicht mehr als ein, zwei Grad verdrehen konnte. Er hielt ihre Hand fest umklammert, und es fühlte sich an, als würde er ihr im nächsten Augenblick die Knochen brechen. Die Mündung der Waffe zeigte immer noch zu Boden, ohne jede Chance auf einen Treffer.

Lucy biss auf die Zähne und trat Bullock mit aller Kraft, die sie aufbieten konnte, gegen das Schienbein. Er ließ ein schmerzerfülltes Zischen hören, und für einen Sekundenbruchteil löste er seinen unbarmherzigen Griff ein wenig. Das reichte ihr, um die Mündung des Revolvers nach hinten zu biegen und abzudrücken. Ein lauter Knall ertönte, dann spritzten Blut und Knochensplitter aus Bullocks Stiefelspitze hervor und verteilten sich auf dem Fußboden.

Er schrie auf und ließ sie los, wobei er wie ein Rohrspatz fluchte. Lucy drehte sich geschmeidig einmal um die eigene Achse und schlug ihm den Revolvergriff ins Gesicht. Ein feuchtes Knacken ertönte, als sein Nasenbein brach. Der ehemalige Sträfling fiel laut brüllend auf den Hintern und umklammerte seinen zerfetzten Fuß.

Sie holte tief Luft, während einer der Minivans einen Satz nach vorne machte. Seine gleißenden Scheinwerfer erleuchteten die ganze Tiefgarage. Die vielen toten und verletzten Soldier-Saints, die überall verstreut auf dem Boden lagen, waren der Beweis dafür, dass Malte ein erbarmungsloser und zugleich sehr effizienter Schütze war. Die Übrigen hatten den Rückzug angetreten und waren dem Krankenwagen auf die dunklen Straßen hinaus gefolgt.

Der Finne blickte ihr vom Fahrersitz des Minivans aus entgegen. »Komm schon!«, rief er ihr zu.

»Ach ja …« Sie warf Bullock einen grimmigen Blick zu und sprang in das Fahrzeug. Malte gab Vollgas, und sie schossen mit quietschenden Reifen vorwärts durch das geöffnete Tor die Rampe hinauf auf die Folsom Street. Lucy hätte sich nur zu gern noch länger diesem Arschloch und seinen Spielkameraden gewidmet, aber es gab nun Wichtigeres zu tun.

Sie steckte den Revolver in ihre Jackentasche, griff nach ihrem Smartphone und starrte auf das Display, wo unübersehbar die Worte *Kein Mobilfunksignal* blinkten. Sie wollte eigentlich Gonzalez eine Nachricht schicken, aber scheinbar funktionierten auch die Handymasten nicht mehr.

»Da.« Malte zeigte geradeaus, und Lucy sah das rote Blinklicht des davonrasenden Krankenwagens. Malte drückte das Gaspedal bis zum Anschlag durch, aber der Minivan war kein Rennwagen. Es fühlte sich eher so an, als würden sie bei ihrer Verfolgung des Krankenwagens durch ein Matschfeld pflügen.

Verängstigte Gesichter huschten an ihnen vorbei, als sie die Verfolgung aufnahmen, und Lucy versuchte sich den Straßenverlauf ins Gedächtnis zu rufen. Der offene Platz, den die Soldier-Saints sich als Ziel gewählt hatten, lag keine zehn Häuserblocks entfernt. Planten sie womöglich ein Selbstmordattentat? Wollten sie mitten in die Menge rasen und die Bombe zünden? Crossman hatte eigentlich nicht den Eindruck gemacht, als würde er freiwillig sein Leben für die Sache opfern, aber trotzdem krampfte sich ihr Magen zusammen. Die Vorstellung, welche unfassbare Verwüstung diese Aerosolbombe unter den Menschen, die ihr schutzlos ausgeliefert waren, anrichten konnte, war absolut unerträglich.

»Festhalten«, sagte Malte, als sie über eine ziemlich zugestellte Kreuzung brausten. Er umkurvte einen stehenden LKW und rammte eine Limousine beiseite. Beim Aufprall auf die Stoßstange stoben dicke gelbe Funken in die Luft.

Lucy wurde hin und her geschleudert. Dabei fiel ihr Blick auf die TEC-9, mit der Malte vorhin geschossen hatte. Sie kontrollierte die Munition – das Magazin war noch gut zu einem Drittel gefüllt, was für zwei, drei Feuerstöße reichen musste –, schraubte den Ölfilter-Schalldämpfer ab und warf ihn auf die Rückbank. »Ich muss sie erwischen, bevor sie ihr Ziel erreicht haben. Alles andere ist zwecklos.«

»Einverstanden.« Malte nahm den Blick keine Sekunde von der dunklen Straße und den Lichtkegeln seiner Scheinwerfer. Wie ein weißes Gespenst huschte der Krankenwagen vor ihnen die breite Avenue entlang. Zäh verging Sekunde um Sekunde, während der Abstand langsam schrumpfte.

Sie kletterte vom Beifahrersitz auf die Mittelbank des Minivans und schob mit einem kräftigen Schulterstoß die Seitentür auf. Die Tür glitt zurück, und der Fahrtwind rauschte in ihren Ohren, während sie durch einen engen Tunnel rasten. Malte drückte ununterbrochen auf die Hupe und vertrieb damit verängstigte Fußgänger von der Fahrbahn, ohne die rasende Fahrt zu verlangsamen.

Lucy stützte sich gegen die Karosserie und legte die Waffe an. Vor ihnen lag die Kreuzung mit der Mission Street, und von dort führte der Weg schnurgerade bis hinunter zu den Yerba Buena Gardens. Sie konnte nicht auf die perfekte Gelegenheit warten. Sie musste *jetzt* handeln.

Die TEC-9 zuckte, und sie sah, wie die Kugeln auf das Heck des Krankenwagens prallten, sah, wie die Heckleuchten erloschen und der linke Hinterreifen schlagartig Luft verlor. Der Wagen zuckte zwar kurz, behielt sein Tempo aber bei und driftete dann noch vor dem Erreichen der Kreuzung nach rechts. Sie konnte noch ein paar Treffer landen, als der Krankenwagen genau durch ihre Schussbahn jagte, doch dann war das Magazin leergeschossen. Gleichzeitig erkannte Lucy auch den Grund für das verfrühte Abbiegemanöver.

Ein langgestreckter silberfarbener Schatten versperrte unmittelbar vor ihnen die Straße – eine liegen gebliebene Straßenbahn. Malte riss das Lenkrad zur Seite, und Lucy wurde auf die Mittelbank geworfen, während der Minivan sich heftig zur Seite neigte. Einen furchterregenden Augenblick lang glaubte sie, dass der Wagen gleich umkippen würde, doch Malte behielt die Kontrolle und konnte tatsächlich mit knapper Not einen Zusammenprall verhindern. Allerdings streifte er dabei die offene Tür der Straßenbahn mit solcher Wucht, dass sie aus den Angeln gerissen und auf die Straße geschleudert wurde.

Der Krankenwagen fuhr immer noch weiter, wenn auch in seiner Steuerung stark behindert durch den geplatzten Reifen, der sich langsam auflöste und schwarze Gummifetzen durch die Gegend schleuderte. Malte lenkte den Minivan direkt dahinter und versetzte ihm einen kräftigen Stoß, ohne jedoch etwas zu bewirken. Schüsse ertönten, und dann überzog ein Spinnennetz aus feinen Rissen die Windschutzscheibe des Minivans. Der Krankenwagen näherte sich einer vollkommen verstopften Kreuzung, fuhr dann schwankend zur Seite auf den Bürgersteig. Malte tat es ihm gleich, und so schlängelten sie sich hintereinander durch das Chaos, bis sie wieder auf der Straße landeten.

Vor ihnen lag jetzt die Second Street, und das bedeutete, dass der Park bereits in unmittelbarer Nähe war. Lucy zog sich mit aller Kraft vor die geöffnete Schiebetür und schrie Malte zu: »Fahr neben ihn!«

Sie wartete seine Antwort nicht ab, sondern packte den oberen Rand der Türöffnung und schwang sich auf das Dach des Minivans. Der Wind zerrte an ihr, während sie die Beine herumschwang, schnell und geschmeidig wie eine Kunstturnerin, ohne auf die Schmerzen in ihrer Armmuskulatur zu achten.

Malte fuhr jetzt direkt neben dem Krankenwagen und prallte gegen ihn. Lackfetzen und Plastikteilchen flogen durch die Luft. Gelblich weißes Mündungsfeuer zuckte durch die Fahrerkabine des Krankenwagens, als einer der Soldier-Saints versuchte, auf Malte zu schießen. Das war für Lucy das Startsignal. Sie ging tief in die Hocke, stieß sich ab und landete auf dem Dach des Krankenwagens.

Das Blech unter ihren Füßen knackte laut. Sie hielt sich an der blinkenden Lichtleiste fest und zog sich weiter nach vorn. Dann sah sie, wie die Beifahrertür aufgeklappt wurde. Eine Gestalt in Sanitäterjacke schälte sich durch die Öffnung und wandte sich dann mit gezogener Waffe zu ihr um. *Crossman.*

Er überschüttete sie mit einem ganzen Schwall von Flüchen und Beschimpfungen, richtete seinen mächtigen Sechsschüsser auf sie und klammerte sich mit der anderen Hand an seinem Sitz fest. Der Revolver bellte, und sie spürte einen schmerzhaften Stich, als eine heiße Kugel ihr Bein streifte.

Jetzt stieg der Fahrer ohne Vorwarnung auf die Bremse. Lucy hätte um ein Haar den Halt verloren und rutschte über das glitschige Dach direkt auf Crossman zu. Er reagierte zu spät und prallte gegen die geöffnete Beifahrertür, während sie reflexartig zuschlug und ihn ein wenig ungeschickt an der Schläfe traf. Er rammte ihr dafür seinen schweren Revolver gegen die Rippen, aber noch bevor er den Arm zurückziehen konnte, hielt Lucy ihn fest. Für einen Sekundenbruchteil befanden sie sich beide in einem labilen Gleichgewicht, wurden jeweils nur durch das Gewicht des anderen am Absturz gehindert. Dann ließ Lucy ihn los, begleitet von einem kurzen Ruck, sodass Crossman die Balance verlor.

Mit einem wütenden Aufschrei fiel er hinunter und landete mit dem Gesicht voraus auf der Straße. Lucy sah seinen Arm und seine Schulter unter dem rechten Hinterrad des Krankenwagens verschwinden. Das Fahrzeug machte einen kleinen Hüpfer, als es ihn überrollte. Dann merkte sie, wie der Wagen langsamer wurde. Der Fahrer war anscheinend verunsichert und wusste nicht, wie er weitermachen sollte, jetzt, wo sein Anführer nicht mehr da, womöglich sogar tot war.

Lucy zögerte nicht. Sie kletterte um die Leiste der Signalleuchten herum und schwang sich mit den Füßen voraus durch die geöffnete Tür. Verblüfft starrte sie der Soldier-Saint auf dem Fahrersitz an, während sie ihm ihre Stiefelsohle ins Gesicht rammte, sodass er mit dem Kopf gegen das Seitenfenster prallte. Stotternd kam der Krankenwagen zum Stehen, und Lucy verpasste dem Fahrer nur zur Sicherheit noch einen kräftigen Fußtritt, bevor sie ihn auf die Straße warf.

Malte hielt neben ihr an und rief ihr zu: »Bist du verletzt?«

»Vergiss mich«, erwiderte sie. »Die Ladung…« Das Adrenalin in ihrem Blut ließ ihre Finger zittern. Sie beugte sich über die Rückenlehne, um einen Blick in den Laderaum zu werfen. Die Wasserstoffflaschen und die provisorisch zusammengeschraubte Aerosolbombe waren noch intakt. Das grüne, schwach schimmernde Licht gehörte vermutlich zum Zündmechanismus. Nirgendwo war so etwas wie ein Zähler zu erkennen, der den Countdown vorgab, aber die Elektronikeinheit und der Zünder waren durch ein unübersichtliches Kabelgewirr miteinander verbunden. Sie konnte damit nichts anfangen und wurde von einer plötzlichen Mutlosigkeit gepackt. Lucy war Scharfschützin. Sie konnte Türen eintreten und sehr präzise schießen, aber sie war keine Expertin in Sachen Bombenentschärfung, keine Technikerin. »Scheiße, Marc«, stieß sie leise hervor. »Wo steckt dein englischer Arsch eigentlich, wenn ich ihn mal brauchen könnte?«

Da sah sie etwas im Fußraum liegen und griff danach. Es war der silberfarbene Tablet-Computer, den der Kurier mitgebracht hatte. Das Display war zwar schwer beschädigt und nur noch ein vielfarbiges Scherbenfeld, aber vielleicht ließen sich die gespeicherten Daten ja noch irgendwie retten.

»Hier!« Lucy beugte sich zum Fenster hinaus und warf das Tablet auf den Beifahrersitz des Minivans. »Ich werde …«

Sie verstummte. Zehn Sekunden oder zehn Minuten – sie konnte unmöglich herausfinden, wie lange ihr noch blieb, bevor die Bombe explodierte. Aber eines war vollkommen klar: Die Soldier-Saints haten dieses Ding nicht gebaut, bloß um damit Eindruck zu schinden. Es würde irgendwann explodieren und unzähligen Menschen das Leben rauben.

»Nein«, knurrte sie. »Nicht heute.« Sie setzte sich ans Lenkrad, schob den Schalthebel auf DRIVE und jagte weiter die Mission Street entlang. Begleitet vom grellen rotweißen Zucken der Blinklichter und dem schrillen Jaulen der Sirenen machte Lucy den Krankenwagen zur Lenkrakete. Sie rammte das Gaspedal aufs Bodenbrett und beugte sich über das Lenkrad. Die dunklen Wohnblocks und Bürogebäude zu beiden Seiten der Straße erhoben sich bedrohlich in den Nachthimmel, und sie kam sich vor, als würde sie auf dem Grund einer Schlucht entlangrasen, gesäumt von scharfkantigen Türmen aus Obsidian.

Durchdringender Chemikaliengeruch stach ihr in die Nase. Lucy versuchte, nicht an die monströse, zerstörerische Kraft dieser selbstgebastelten Bombe zu denken und sich stattdessen voll und ganz auf die Straße zu konzentrieren. In der Ferne war bereits das Ende der Mission Street zu sehen, und dahinter spiegelte sich der tief stehende Mond im Wasser der San Francisco Bay.

Jetzt tauchte erneut eine liegen gebliebene Straßenbahn vor ihrer Windschutzscheibe auf, und sie wich ihr mit einem schnellen, fast peitschenartigen Schwung aus. Allerdings war der Krankenwagen durch den zerfetzten Hinterreifen nur sehr schwerfällig zu beherrschen. Sie verlor die Kontrolle über das Heck des Fahrzeugs und schlitterte mitten durch eine Reihe abgestellter Motorroller, sodass sich die pastellfarbenen Zweiräder quer über die ganze Fahrbahn verteilten.

Mit grimmiger Miene lenkte Lucy den Krankenwagen mitten durch das Chaos und hielt Kurs. *Gleich sind wir da.*

Sie hatte keinen ausgearbeiteten Plan im Kopf, aber eine Art entfesselten Instinkt, eine blitzschnell zusammengeschusterte Idee, angestachelt von kaum verhüllter Panik. *So ein wahnwitziges Risiko würde ich normalerweise nur Dane zutrauen, aber doch nicht mir,* dachte sie. Sie wollte nicht sterben, nur weil der Engländer so einen schlechten Einfluss auf sie hatte. *Und trotzdem bin ich jetzt hier ...*

Der Krankenwagen kam zur Mündung der Mission Street herausgerast, schlingerte über die Kreuzung zur The Embarcadero hinweg und schlug zu Tode erschrockene Fußgänger in die Flucht. Lucy steuerte das holpernde Fahrzeug auf eine Gangway nahe Pier 14 und brach durch ein Maschendraht-Tor. Das bisschen Straße, das sie noch vor sich hatte, war sehr überschaubar geworden.

Mit einem Fußtritt stieß sie die Fahrertür auf, sah verschwommen ein paar Holzplanken vor sich und warf sich ins Freie. Der Aufprall raubte ihr den Atem. Lucy rollte weiter, spürte, wie ihre Jacke sich irgendwo verfing und zerfetzt wurde, spürte das Blut auf ihrer Wange. Hinter ihr heulte der Motor des Notarztwagens ein letztes Mal auf, als der Wagen die hölzerne Barriere am Ende des Anlegers durchbrach und in die Bucht stürzte.

Sie verlor die Zeit vollkommen aus dem Blick und wusste nicht, ob Sekunden oder Minuten vergangen waren.

Andere Menschen eilten ihr zu Hilfe. Nein. *Nein!* Sie durften nicht näher kommen, mussten sich in Sicherheit bringen. Es war noch nicht vorbei.

Lucy stemmte sich auf die Füße, zog den Revolver heraus, der sich in ihrer Jackentasche verfangen hatte, und richtete ihn zum Himmel. Dann gab sie mehrere Schüsse ab, und die hilfsbereiten Samariter stoben sofort in alle Richtungen davon.

Lucy humpelte, zwang sich aber, so schnell wie irgend möglich zu laufen, so viel wie irgend möglich Abstand zwischen sich und den sinkenden Krankenwagen zu bringen. Eine Aerosolbombe konnte nur funktionieren, wenn sich die hochexplosiven Tröpfchen für die Folgedetonation in der Luft verteilten. Lucy hoffte, dass das Meerwasser schnell genug eindringen würde. Trotzdem konnte die erste Explosion immer noch stattfinden, konnte immer noch Menschenleben fordern …

Gerade als sie das dachte, wurde sie von einem gewaltigen Luft- und Hitzestoß vorwärtsgeschleudert. Die Explosion ließ den Anleger aufleuchten wie bei einem Sommergewitter. Lucy geriet ins Stolpern und stieß gegen eine niedrige Mauer.

Sie drehte sich um. Eine dicke schwarze Rauchwolke

stieg aus dem seichten Wasser empor, umrahmt von den Lichtern auf der fernen Bay Bridge, die in diesem Augenblick wieder zum Leben erwachten. Große Wassertropfen und Holzsplitter, die von dem zerfetzten Anleger stammten, prasselten um sie herum zu Boden. Irgendwann ließ sie sich schließlich gegen die Mauer sinken und schnappte nach Luft. Das Klingeln in ihren Ohren erschwerte ihr die Konzentration, und dann schob sich ein Schatten in ihr Blickfeld. Es dauerte einen Moment, bis sie Malte erkannt hatte.

Bist du verletzt? Seine Lippen bewegten sich, aber sie konnte nichts hören.

»Taub«, stieß sie hervor und tippte sich gegen das Ohrläppchen, bevor sie in ein heiseres Lachen ausbrach. »Das war ganz schön leichtsinnig.«

Malte nickte süffisant und half ihr auf, um sie zu dem Minivan zu bringen. Noch mehr Blinklichter, blaue dieses Mal, sowie die unruhigen Lichtkegel der Suchscheinwerfer an einem Hubschrauber der Küstenwache konzentrierten sich auf die Gegend rund um den Anleger.

»Sollen wir warten?« Malte deutete mit einer Kopfbewegung auf die Streifenwagen in der Ferne. Sie sah, dass er das lädierte Tablet in der Hand hielt, und ihr war klar, welche Frage er nicht gestellt hatte. *Übergeben wir das Rowan und Gonzalez?*

Sie richtete sich auf, nahm das Tablet in die Hand und zog das zerbrochene Gehäuse an der Rückseite ab. »Messer?«, sagte sie und streckte die Hand aus. Malte gab ihr ein Klappmesser, und kurz danach hatte Lucy die Batterie des Tablets entdeckt und herausgelöst, nur um sicherzugehen, dass mögliche Daten nicht durch ein integriertes Selbstzerstörungsprogramm gelöscht wurden. »Wir warten nicht«, erklärte sie dann, während sie zum Minivan gingen. »Diese Fanatiker hatten Hilfe. Und ich will wissen, von wem.«

Marcs Reiseroute führte zunächst nach Tunis. Dort machte er kehrt und flog noch einmal über das Mittelmeer, nur um sicherzugehen, dass die maltesischen Behörden ihm nicht auf den Fersen waren. Kaum hatte er den Ankunftsterminal in Nizza verlassen, steckte er seinen holländischen Reisepass in einen Beutel, den er später vernichten würde. Schon nach wenigen Metern auf französischem Boden nahm er aus dem Augenwinkel zwei bemerkenswert breitschultrige Männer wahr, die auf ihn zutraten und ihn in ihre Mitte nahmen.

Er wusste nicht, wie die beiden hießen, und bei Rubicon war bis jetzt noch niemand auf die Idee gekommen, sie ihm vorzustellen. Sie gehörten zu Ekko Solomons Leibwache, trugen schwarze Brioni-Anzüge und dunkle Sonnenbrillen, hatten kahl rasierte Schädel und nicht das kleinste bisschen Humor. *Als wären sie in einer Fabrik für knallharte Typen hergestellt worden, und zwar mit ein und derselben Gussform,* dachte Marc. Sie waren tatsächlich nur durch ihren unterschiedlichen Hautton zu unterscheiden: Während der eine den eher rötlichen Teint eines Erntehelfers angenommen hatte, besaß die Haut des anderen einen sonnengegerbten Bronzeton. Ihre Bewegungen waren vorsichtig und überlegt, und dann dämmerte es Marc allmählich – die beiden behandelten ihn, als wäre er eine potenzielle Bedrohung.

»Wollt ihr mir vielleicht verraten, was hier los ist?«, sagte er zu den beiden, während sie ihn in die Nachmittagssonne hinausgeleiteten.

»Die höchste Alarmstufe wurde aktiviert«, sagte der Erntehelfer.

»Alles Weitere erfahren Sie im Büro«, fügte der Sonnengegerbte hinzu. Und das waren die letzten Worte, die er von den beiden zu hören bekam. Marc setzte sich auf den Rücksitz eines Mercedes GLS. Der Erntehelfer fuhr, während sein Kollege stumm und teilnahmslos auf dem Beifahrersitz Platz genommen hatte.

Jetzt endlich fiel Marc in den so dringend benötigten Schlaf. Als sie Monaco erreichten, stand die Sonne nur noch knapp über dem Horizont. Er hatte zwar auch während der Flüge ein wenig geschlafen, aber die kurzen Pausen hatten nicht annähernd ausgereicht. Jedes Mal, kurz bevor tatsächlich so etwas wie Erholung einsetzen konnte, hatten ihn die Gedanken an die Ereignisse auf Malta oder die Frage, was mit Kara Wei geschehen war, wieder aus den Träumen gerissen.

Die Prachtstraßen eines der teuersten Stadtstaaten des Planeten kamen näher, und der GLS huschte geschmeidig durch den dichten Verkehr in Richtung Geschäftsviertel, zu den großen Bürogebäuden in der Avenue de Grande Bretagne. Die Europazentrale der Rubicon-Gruppe war ein ziemlich modernistischer Turm aus Stahl und Glas, der aus der Masse der altehrwürdigen roten Backsteinhäuser und stuckverzierten Gebäude der Nouveau Riche, die Monacos Hügel säumten, herausragte. Die unteren Stockwerke beherbergten hauptsächlich die Verwaltungsabteilungen der verschiedenen Rubicon-Konzernsegmente – Bergbau, Hoch- und Tiefbau, Biotechnologie und Luftfahrt sowie die offizielle Militärdienstleistungssparte. Die oberen Etagen waren Solomons Privatsuite sowie einem kompakten Operationszentrum der Abteilung für Sonderaufgaben vorbehalten.

Marc ging davon aus, dass seine Eskorte ihn dorthin begleiten würde, doch der Fahrstuhl, den sie im Untergeschoss bestiegen, fuhr nicht nach oben, sondern nach unten – und zwar auf eine Ebene, von deren Existenz er nicht einmal etwas geahnt hatte.

Der grell erleuchtete Korridor bestand aus Beton und Stahlplatten, und Marc verspannte sich einmal mehr, als die beiden Männer ihn zu einer Sicherheitszelle brachten. Als die Tür aufging, sah er Henri Delancort an einem Metalltisch sitzen. Gegenüber stand ein weiterer, leerer Stuhl. Der ganze Raum, die ganze Einrichtung, alles schrie laut und deutlich *Verhör!*, und Marc blieb wie angewurzelt auf der Schwelle stehen.

»Was soll das denn werden, verdammte Scheiße?«, brach es aus ihm heraus. Eine wilde Mischung aus Müdigkeit und Wut kochte in ihm hoch, und er starrte Solomons Sekretär aufgebracht an. »Glauben Sie etwa, dass ich Ihnen Schwierigkeiten machen will?«

Delancort stieß ein theatralisches Seufzen aus, nahm seine rahmenlose Brille ab und rieb sich seinen gallischen Nasenrücken. »Davon haben wir bereits jetzt schon mehr als genug.«

Sein Tonfall ließ bei Marc die Alarmglocken schrillen. »Wo ist Lucy? Und Malte? Ist ihnen etwas zugestoßen?«

»Ja«, entgegnete Delancort mit fester Stimme. »Aber die Situation wurde entschärft, und nun sind beide auf dem Weg hierher. Was aber nicht das Geringste mit dem Gespräch zu tun hat, das wir beide jetzt zu führen haben.« Als Marc sich immer noch nicht von der Stelle rührte, warf Delancort ihm einen düsteren Blick zu und setzte die Brille wieder auf. »Bitte. Nehmen Sie Platz, damit wir endlich ein wenig Licht in dieses ganze Durcheinander bringen können, *oui*? Machen Sie es uns nicht noch schwerer.«

Der Sonnengegerbte legte Marc eine schwere Hand auf die Schulter und deutete mit der anderen auf den Stuhl.

Die Aussage war eindeutig. *Setz dich hin, bevor wir dich dazu zwingen.*

Marc schüttelte die Hand seines Bewachers ab und ließ sich auf den leeren Stuhl plumpsen. Der Sonnengegerbte trat nun ebenfalls ein, während der Erntehelfer sich draußen auf dem Flur postierte. »Ich schätze es nicht besonders, wenn man mich wie einen Verbrecher behandelt«, sagte er zu Delancort. Marc hatte zu viele schlechte Erinnerungen an Räume wie diesen hier, Erinnerungen an Vorwürfe und Drohungen durch Beamte seines eigenen Landes, seine ehemaligen Kameraden beim MI6. Er hatte sich ja unter anderem aus diesen Gründen Solomon und seiner Abteilung für Sonderaufgaben angeschlossen. Und jetzt passierte ihm das Gleiche schon wieder.

Delancort zupfte an den Manschetten seines silbergrauen Jacketts herum. »Kommen wir sofort zum Punkt.« Der Frankokanadier war zierlich gebaut und kleidete sich mit einer gewissen Nonchalance, aber unter dieser sorgfältig zur Schau gestellten Lässigkeit strahlte er immer auch eine berechnende, unangenehme Härte aus. »Wissen Sie, wo Kara Wei sich aufhält?«

»Das habe ich geglaubt …« Er sah sich in dem kahlen Raum um und entdeckte eine verspiegelte Halbkugel in der hinteren Ecke – eine Kamera. »Ich habe geglaubt, dass sie mit mir zusammen auf Malta war, aber anscheinend habe ich mich geirrt.«

»Es gibt keinerlei Hinweis darauf, dass sie während der vergangenen zwei Tage auf der Insel eingetroffen ist«, bestätigte Delancort. »Sie ist zur selben Zeit wie Sie von unserem Radar verschwunden und seither nicht wieder aufgetaucht.«

»Ich bin nicht vom Radar verschwunden«, widersprach Marc. »Ich habe meine Anweisungen befolgt. Anweisungen, die ich von Ihnen bekommen habe.«

»Tatsächlich?«, erwiderte Delancort tonlos. »Haben Sie mit mir gesprochen? Haben Sie mit irgendjemandem außer mit Kara Kontakt gehabt?«

Marc verspannte sich. »Nein.«

»Ich bitte um eine Erklärung«, fuhr sein Gegenüber fort. »Wir haben die Verbindung zu Ihnen beiden verloren, nachdem die Übertragung der GPS-Daten aus dem Navigationsgerät von Madame Toussaint abgeschlossen war. Gute Arbeit übrigens, nebenbei bemerkt. Sie haben uns da einige sehr wertvolle Hinweise gesichert.«

»Okay.« Marc schwieg für einen Augenblick, während er seine Gedanken sortierte und versuchte, das Geschehen in eine sinnvolle Reihenfolge zu bringen. Im Verlauf der folgenden Viertelstunde schilderte er dem schweigend zuhörenden Delancort, was sich genau abgespielt hatte. Die unerwartete Abordnung nach Malta, die aufwendigen Recherchen zum Tod von Lex Wetherby, die Jagd auf die Drohne, das Drahtgeflecht in der Hand des Toten, alles.

Als Marc geendet hatte, hob Delancort den Blick und sah in die Kamera, als würde er auf etwas warten. Dann drehte er sich wieder zu Marc um. »Wenn Sie an irgendeiner Stelle gelogen hätten, dann wüssten wir das jetzt.«

Marc breitete die Hände aus. »Heißt das, wir können diesen Schwachsinn hier beenden?«

»Ja, beenden wir ihn«, erwiderte Delancort nüchtern. »Man hat Sie hinters Licht geführt. Uns alle, nehme ich an. Kara Wei hat sich abgesetzt und Sie benutzt, um an das zu kommen, was sie haben wollte.« Er hielt inne, und seine Stimme wurde ein wenig weicher. »Ich dachte, dass Sie vielleicht mit ihr unter einer Decke stecken. Um offen zu sein, ich hege durchaus gewisse Zweifel an Ihrer Leistungsfähigkeit …«

»Ach, tatsächlich?« Marc konnte sich eine bissige Bemerkung einfach nicht verkneifen. »War mir bisher noch gar nicht aufgefallen.«

Delancort verengte die Augen zu schmalen Schlitzen. »Ich habe Ihre Kompetenz infrage gestellt. Wir sollten nicht vergessen, dass Khadir und Glovkonin immer noch auf freiem Fuß sind.«

Bei der Nennung dieser beiden Namen verspannte Marc sich sofort. Khadir, einer der Anführer des Al Saïf, hatte eine entscheidende Rolle bei dem Terrorangriff gespielt, der Marc zum ersten Mal ins Rubicon-Blickfeld gerückt hatte. Der russische Oligarch Pytor Glovkonin wiederum hatte den Verräter im MI6 angeheuert, der Marcs Leben ruiniert hatte. Und beide hatten für das, was sie angerichtet hatten, immer noch nicht ihre gerechte Strafe erhalten.

»Ausgerechnet damit wollen Sie mir jetzt kommen?«, stieß Marc wütend hervor. »Es vergeht kein Tag, an dem ich nicht an die beiden und an das, was sie mir genommen haben, denke.«

Delancort fuhr fort, als hätte Dane kein Wort gesagt. Er war zufrieden mit der Reaktion, die er mithilfe seiner Provokation erreicht hatte. »Aber wenn ich Zweifel hinsichtlich Ihrer Loyalität hätte, dann würde dieses Gespräch eine ganz andere Richtung nehmen.«

Marc hörte die unausgesprochene Drohung, die in diesen Worten lag, aber er biss sich auf die Zunge, blieb stumm und wartete darauf, dass Delancort fortfuhr.

»Ich fasse also zusammen: Soweit wir feststellen konnten, hat Kara im Verlauf der Operation in Chamonix eine automatische, verschlüsselte E-Mail von einem privaten Server erhalten. Unmittelbar nach dem Eintreffen dieser Nachricht hat sie sämtliche Kontakte zu Rubicon abgebrochen und stattdessen verschiedene Maßnahmen ergriffen, um zu verhindern, dass wir Sie beide orten können. Kurz darauf wurden von einer unbekannten Person zweihunderttausend Euro von einem schwarzen Konto der Abteilung für Sonderaufgaben abgebucht. Wir glauben, dass ebenfalls Kara dahintersteckt.« Er machte eine unbestimmte Handbewegung. »Die Operation, von der Sie mir berichtet haben? Diese Ermittlungen auf Malta? Es scheint, als hätte Kara den gesamten Einsatz auf eigene Faust konzipiert und Ihnen gegenüber als legitime Rubicon-Mission ausgegeben …«

»Damit ich ihr helfe«, fiel Marc ihm ins Wort, während ihm das Blut in die Wangen schoss. »Sie hat mich in eine Falle gelockt?« Er konnte es kaum glauben. Verwirrt und bestürzt senkte er den Blick. »Mir war schon klar, dass da irgendwas nicht ganz in Ordnung ist … Sie hat mich immer wieder gefragt, ob ich ihr vertraue.«

»Das haben Sie getan.« Delancort legte den Kopf schief. »Und jetzt haben wir ein Problem. Das Rubicon-Netzwerk ist zunächst einmal in den Abschottungsmodus gefahren worden, während wir überprüfen, ob Kara sich womöglich noch zu anderen Daten Zugang verschafft oder irgendetwas entwendet hat.«

»Warum hätte sie so etwas tun sollen?« Marc schüttelte den Kopf. »Glauben Sie etwa, dass sie uns schaden will? Das ergibt doch keinen Sinn.«

Die Tür ging auf, und falls Delancort eine Antwort auf Marcs Frage parat gehabt hatte, dann verlor sie in Gegenwart des Mannes, der jetzt die Zelle betrat, jede Bedeutung. Die beiden erhoben sich, als Ekko Solomon den Türrahmen ausfüllte.

Der Gründer und Eigentümer der Rubicon-Gruppe war Anfang fünfzig, schlank und sah aus wie eine Statue aus dunklem, verwittertem Teakholz. Er trug einen hervorragend sitzenden Anzug und blickte Marc mit gerunzelter Stirn forschend an. »Ich wünschte, ich könnte mir sicher sein, dass Sie die Wahrheit sagen, Mr. Dane.« Solomon bedeutete beiden, sich wieder zu setzen, aber Marc blieb stehen. Mit einem Mal war er wieder sehr angespannt.

»Kara hat mir eingeredet, dass das alles mit dem Kombinat zusammenhängt«, erklärte er. »Sie hat meine Schwachstellen gekannt und genau den richtigen Köder ausgelegt …« Er schüttelte den Kopf, so sehr ärgerte er sich über sich selbst. »Weil sie gewusst hat, dass ich anbeißen und den Auftrag dann nicht mehr so kritisch hinterfragen würde.«

»Ich bedaure sehr, dass Kara womöglich unser aller Urteilsvermögen manipuliert hat«, sagte Solomon. Dann nickte er in Richtung der Kamera. »Ich habe gehört, was Sie gesagt haben. Gut möglich, dass sie gar nie vorgehabt hat, nach Malta zu kommen. Wir glauben, dass sie sich tiefer ins europäische Binnenland zurückgezogen hat, aber sicher ist das nicht. Sie ist eine außergewöhnlich fähige Hackerin und hat etliche falsche Fährten gelegt. Wir sind immer noch dabei, dieses ganze Gewirr aufzufädeln.«

»Falls Sie glauben, dass es ihr dabei irgendwie um Geld geht, dann täuschen Sie sich.« Marc redete, ohne nachzudenken, allein von seinem Instinkt geleitet. »So, wie sie sich verhalten hat … Ich glaube, es geht um mehr als das. Ich glaube, es ist etwas Persönliches.«

»Da muss ich Ihnen recht geben«, entgegnete Solomon grimmig. »Kara Wei und Alexander Wetherby kannten einander. Sie hat von seiner Ermordung erfahren und beschlossen, der Tat nachzugehen, und zwar mithilfe meiner Organisation … und mit Ihrer Unterstützung, Mr. Dane.«

Marc holte das Speichergeflecht aus seinem Rucksack und zeigte es den anderen. »Sobald ich das Material, das sich darauf befindet, hochgeladen habe, hat sie alle Verbindungen gekappt. Sie hat mich benutzt, um das da zu kriegen.«

»Es gibt gewisse Dinge über Kara Wei, die Sie nicht wissen«, bemerkte Delancort. »Zunächst einmal ist das nicht ihr richtiger Name.«

Marc blickte Solomon an, und seine Sorgen wurden größer. »Was denn für Dinge?«

»*Ghost5*.« Der Afrikaner sah ihn an. »Angesichts der Gewandtheit, mit der Sie sich in der digitalen Welt bewegen, Mr. Dane, nehme ich an, dass Sie ganz genau wissen, um was für eine Gruppe es sich handelt.«

Ein Schauer lief Marc über den Rücken. »Von denen habe ich schon gehört«, gab er zu. Es handelte sich um eine Gruppe von Hackern, die auf den Fahndungslisten des US Cyber Command, des britischen Government Communications Headquarters, des russischen FSB sowie der National Security Agency unangefochten den ersten Platz einnahmen. »So was wie Anonymus, nur ohne moralischen Anspruch, aber dafür mit einer Schwäche für Blutgeld.«

Schon der Name *Ghost5* war ein kleines Wortspiel, elitärer Netz-Sprech für »Ghosts« und damit eine Anspielung auf das gefürchtetste aller Phantome, die in den düsteren Ecken des Darknets lauerten. Außerdem gab es Gerüchte, die besagten, dass die Gruppe ursprünglich einmal von genau fünf Mitgliedern gegründet worden war. Angeblich hatte das Hackerkollektiv unter anderem den Datenverkehr der Gegner des La-Noche-Kartells in Südamerika abgefangen und damit für die Ermordung Dutzender Mitarbeiter und Informanten der Drug Enforcement Agency gesorgt. Besonders besorgniserregend war die Behauptung, dass sie auch hinter dem Absturz eines Passagierflugzeugs in Ghana steckten, und zwar in Zusammenhang mit der Erpressung einer großen Fluggesellschaft.

»Alexander Wetherby war Mitglied bei Ghost5«, sagte Solomon. »Vielleicht hat er versucht, die Gruppe zu hintergehen, vielleicht war er auch in ihrem Auftrag auf Malta. Aber aufgrund der Informationen, die wir auf Karas Computer entdeckt haben, kann kein Zweifel bestehen, dass er einer von ihnen war.«

»Wo haben Sie die Daten gefunden?«, wollte Marc wissen.

»Auf einer versteckten Partition ihrer Festplatte«, sagte Delancort. »Sie hatte sie nicht vollständig gesichert … Vielleicht weil alles in solch großer Eile geschehen musste. Das deutet darauf hin, dass sie nicht ausreichend vorbereitet war.«

Die Kälte legte sich wie ein Mantel um ihn, und Marc wusste, was als Nächstes kommen würde. »Sie war eine von denen, stimmt's? Vor Rubicon?«, fragte er.

Delancort nickte knapp und rückte seine Brille gerade. »Als wir auf sie aufmerksam geworden sind, da hatte sie die Gruppe schon verlassen. Wir haben sie erwischt, als sie auf eigene Faust in einen unserer Zentralrechner im Senegal eindringen wollte.«

»Wann genau haben Sie erfahren, dass sie mit einer der gefährlichsten Hackervereinigungen der Welt zusammengearbeitet hat?« Marc konnte es kaum glauben. Selbst wenn nur die Hälfte aller Gerüchte zutrafen, hatte Ghost5 ebenso viel Blut an den Händen wie jede x-beliebige konventionelle Terrorzelle.

»Das wussten wir von Anfang an.« Delancort nickte erneut. »Was glauben Sie, wieso wir sie engagiert haben?«

»Ich habe Rubicon gegründet, und zwar auf der Basis mehrerer Grundprinzipien«, fuhr Solomon fort, bevor

Marc darauf etwas erwidern konnte. »Aber ihnen allen gemeinsam ist das Versprechen auf Wiedergutmachung.« Unbewusst führte er die Hand an seine Kehle. Auch wenn sie nicht zu sehen war, so wusste Marc doch genau, dass er eine Halskette mit dem Abzug einer Maschinenpistole als Anhänger trug. Mit der dazugehörigen Waffe hatte er als junger Mann einem anderen das Leben genommen. »Alle, die ich in die Abteilung für Sonderaufgaben geholt habe, waren Menschen, die eine zweite Chance verdient hatten. Das dürfte Ihnen genauso bewusst sein wie allen anderen hier, Mr. Dane.« Seine Miene verfinsterte sich. »Kara ... Sie hat mir gesagt, dass sie sich von ihrer Vergangenheit lossagen möchte. Damals wollte ich ihr glauben.«

»Und jetzt?«

Solomon wandte sich ab und ließ Marcs Frage in der Luft hängen. Dann wechselte er einen Blick mit Delancort, und Marc sah, dass zwischen den beiden ein kurzes, stummes Zwiegespräch stattfand. »Ich muss mich mit dem Leiter der offiziellen Abteilung für Militär- und Sicherheitsberatung innerhalb der Rubicon-Gruppe abstimmen. Die Abschottung unserer Systeme vom Netz stellt uns vor Probleme ... Henri, Sie stellen Mr. Danes alten Status wieder her, mit sämtlichen Zugangsberechtigungen. Ich möchte, dass er sich sofort an die Analyse dieses Gerätes macht.« Er zeigte auf das Drahtgeflecht. »Das ist unsere einzige Spur.«

»Sir, sind Sie sich wirklich sich...?«

Solomon ließ Delancort nicht ausreden. »Ich bin mir sicher«, erwiderte er mit fester Stimme. »Sie wissen beide, was Sie zu tun haben. An die Arbeit.« Nach kurzem Zögern legte er Marc im Weggehen die Hand auf die Schulter. »Aber zuerst müssen Sie ein bisschen schlafen. Ich brauche Sie in Hochform.«

Marc wollte etwas dagegen einwenden, aber er war müde und seine Widerstandskraft erheblich geschwächt. Schließlich nickte er erschöpft und schnappte sich seinen Rucksack.

Nachdem Solomon gegangen war, blickte Delancort ihn über den Tisch hinweg an. Er hatte ein gequältes Lächeln aufgesetzt. »Ich hoffe, Sie verstehen, dass meine vorhin geäußerten Bedenken keineswegs persönlich gemeint waren.«

»Sie können mich mal«, sagte Marc mit voller Überzeugung und stapfte davon.

Kapitel 7

»Schön, Sie wiederzusehen«, begrüßte sie Delancort.

»Mit etwas mehr Überzeugung, bitte«, erwiderte Lucy, während sie aus dem Fahrstuhl trat. Sie hinkte ein wenig – eine Folge der Kugel, die ihr Bein gestreift hatte. Die Wunde war zwar nicht besonders tief, aber der stramme Verband schränkte ihre Beweglichkeit ein. Malte hielt sich dicht hinter ihr, ohne ein Wort zu sagen.

Solomons Sekretär begleitete sie auf ihrem Weg quer durch das mit Holzdielen ausgelegte Atrium des Rubicon-Krisenzentrums. »Ich habe Sie abholen lassen«, sagte er. »Was wollen Sie denn noch?«

»Die Antwort auf diese Frage würde viel zu lange dauern«, erwiderte sie. Malte nickte ihr zu und steuerte den Wohnbereich an. »Aber das Flugzeug war auf jeden Fall eine gute Sache. Sonst wären wir wahrscheinlich immer noch dort.«

Solomons Privatpilot, ein ehemaliger Kampfflieger der israelischen Luftwaffe namens Ari Silber, hatte den gesamten Einfluss des Rubicon-Konzerns in Kalifornien in die Waagschale geworfen, um sie wieder zurück nach Europa bringen zu können, sehr zum Ärger von Gonzalez. Der FBI-Special-Agent hätte Lucy und Malte sehr gerne einer ausführlichen Befragung hinsichtlich der Ereignisse rund um die Soldier-Saints unterzogen.

Letzten Endes hatten sie sich auf einen Kompromiss geeinigt. Ari hatte sich zu einer Zwischenlandung in

Washington bereit erklärt, und Gonzalez war mitgeflogen und hatte seine Fragen unterwegs stellen können. Als sie auf dem Dulles Airport gelandet waren, um für den bevorstehenden Transatlantikflug nachzutanken, hatte der FBI-Agent bereits alles erfahren, was er und Agent Rowan vom Secret Service wissen mussten, um die Terrorgruppe fein säuberlich auseinandernehmen zu können.

Das Vorhaben der Soldier-Saints, Hunderte Menschenleben zu opfern, um ein paar Schlagzeilen für ihre durchgeknallten Ideen zu ergattern, war im Keim erstickt worden. Trotzdem blieb die schreckliche Gewissheit, dass sie um ein Haar damit Erfolg gehabt hätten. Dass die Explosion dieser selbstgebastelten Aerosolbombe verhindert worden war, basierte größtenteils auf schierem Glück, und dieser Fakt machte Lucy fast wahnsinnig. Irgendjemand hatte den Terroristen geholfen und Geld dafür bekommen, und sie wollte unbedingt wissen, wer das war.

Das Kombinat, dachte sie. Ein Massenmord, der von irgendwelchen Stellvertretern durchgeführt wurde, das entsprach genau dem Stil dieser Leute. Attentate, die das globale Klima der Angst immer weiter schürten, damit sie davon profitieren konnten. *War diese Madrigal womöglich eine Agentin des Kombinats?*

Aber irgendwie kam ihr diese Lösung zu naheliegend vor. Zu einfach. Lucy Keyes vertraute ihrem Instinkt, und der sagte ihr, dass noch mehr dahintersteckte. Die Soldier-Saints waren im Prinzip ein unbedeutendes Grüppchen, kaum mehr als eine stümperhafte Hinterwäldler-Miliz, die viele Worte machte, ohne wirklich Taten folgen zu lassen. Aber genau das hatte sich geändert, und zwar durch den Einfluss einer anderen Organisation. Hätten sie Erfolg gehabt, dann hätte San Francisco ein schonungsloser und brutaler Anschlag erschüttert.

Das Kombinat ging jedoch normalerweise noch raffinierter vor. Ihnen ging es nie nur um das Blutvergießen, sie wollten niemals nur Gewalt um der Gewalt willen. Sie hatten immer ein anderes, höheres Ziel im Sinn.

Lucy zeigte Delancort den Beutel mit dem Tablet-Computer, den sie in dem Krankenwagen gefunden hatte. »Die Techniker sollen sich das da ganz genau anschauen. Hier geht es jedenfalls um mehr als ein paar durchgeknallte Bauerntrampel mit einer selbstgebastelten Bombe. Diesen Stromausfall hätten sie niemals alleine hinbekommen, und das da ist unsere einzige Spur.« Sie sah sich um. »Marc und Kara sind auch wieder da, oder? Wir sollten sie unbedingt einen Blick darauf…«

Delancort brachte sie mit der erhobenen Hand zum Schweigen. »Wir haben Assim gebeten, Karas Arbeit zu übernehmen.« Er winkte mit der erhobenen Hand, und Lucy drehte sich um. Der schlaksige saudische Junge mit der großen Brille kam nervös lächelnd auf sie zu.

Lucy kannte Assim Kader bislang nur flüchtig als Kara Weis' zurückhaltende Zweitbesetzung. Er war jung, nervös und hielt sich meistens stumm am Rand des Geschehens auf. Dass er jetzt ins Rampenlicht geschoben wurde, schien ihm nicht zu behagen. »Hier, ich habe dir etwas mitgebracht«, sagte sie zu ihm.

»Oh, danke.« Assim nahm das kaputte Tablet entgegen und betrachtete es von allen Seiten. Sein Akzent verriet eine teure Ausbildung an einer englischen Privatschule. »Es scheint, als hätte dieses Gerät sich bei jemandem unbeliebt gemacht.«

»Es ist bestimmt gesichert«, warnte sie ihn. »Digital und physikalisch, also pass gut auf.«

»In Ordnung…« Assim streckte das Tablet auf Armeslänge von sich und machte sich auf den Weg ins Labor.

Lucy sah ihm hinterher. »Habe ich irgendwas verpasst, Henri?« Es kam nicht oft vor, dass sie den Frankokanadier mit Vornamen ansprach.

»Wir haben ein Sicherheitsproblem«, lautete seine Antwort.

»Schießen Sie los«, forderte sie ihn auf, als sie seinen Tonfall bemerkte. Während des Flugs über den Atlantik hatte Lucy frustriert festgestellt, dass sie sich nicht in das Firmennetzwerk einloggen konnte. Als Ari dann eine vorübergehende Kommunikationssperre aller Rubicon-Systeme erwähnt hatte, hatte sie sich noch nicht viel dabei gedacht, war viel zu sehr mit ihrer eigenen Erschöpfung beschäftigt gewesen. Aber jetzt machten Delancorts Worte sie stutzig. »Was ist denn bloß los, verdammt noch mal? Wie geht es Marc? Und Kara?«

Delancort runzelte die Stirn. »Kara ist …« Er hielt inne, setzte noch einmal neu an und führte sie in eines der gläsernen Besprechungszimmer, damit sie nicht belauscht werden konnten. »Während Ihres Aufenthaltes in Amerika hat es hier einen Zwischenfall gegeben. Das wird Ihnen nicht gefallen.«

Madrigal schlenderte über die Dachpappe und zündete sich eine Gitanes an. Sie hielt die flache Hand in den Wind, um die Flamme zu schützen. Es war kühler geworden, jetzt, wo die Sonne untergegangen war, und die Brise, die tagsüber noch so angenehm gewirkt hatte, ließ sie frösteln. Immer wieder fuhr eine Bö durch die nackte Holzbalkenkonstruktion der verfallenen geodätischen Kuppel auf der Spitze des abbruchreifen Gebäudes.

Die polymerisierten Stofffetzen, die am unteren Rahmen der riesigen, an einen Golfball erinnernden Konstruktion hingen, flatterten im Wind. Weiter oben war der

Stoff unbeschädigt, aber durch den Regen fleckig und schmierig geworden. Jede für menschliche Hände gerade noch erreichbare Oberfläche war mehrfach mit mehreren Schichten komplizierter Graffitis besprüht worden, sodass das ganze Gebilde ein wenig aussah wie eine seltsame, von unten verfaulende Papierskulptur.

Ihr gefiel es hier oben. Die riesige Kugel war eine von dreien – ihre kleinere Schwester befand sich ein kleines Stück entfernt auf einem separaten Blockhaus, während die dritte auf einem phallischen Turm ganz in der Nähe thronte. In den Hoch-Zeiten des Kalten Krieges waren diese Kugeln mit hochmoderner Abhörtechnik bestückt gewesen, die tief ins dunkle Innere der verfeindeten Nationen vorgedrungen war und jedes einzelne Funksignal aufgeschnappt hatte, um darin nach kriegerischen Inhalten oder anderen verwertbaren Erkenntnissen zu suchen. Jetzt jedoch bildete die ganze Anlage nur noch eine leere Hülle, die vergessen und überwuchert in einer bewaldeten Hügellandschaft stand. Die mächtigen Hallen und leerstehenden Gebäude wurden mittlerweile für andere Zwecke genutzt. Zuerst waren es die Kreativen abseits des Mainstreams gewesen, die daraus eine Geisterstadt-Installation für Straßenkunst gemacht hatten, um sich gegen das Establishment aufzulehnen. Jetzt waren ihre Leute hier eingezogen. Madrigals Truppe bestand ebenfalls aus Künstlern und Rebellen, wenn auch auf ihre ganz eigene Art. Und sie bedienten sich völlig anderer Mittel.

Sie hatten diesen Ort besetzt und nutzten ihn für ihre Zwecke – eine Symbolhaftigkeit, die ihr sehr gut gefiel. Ein Gebäudekomplex, der einst die stummen Waffen der Informationskriegsführung beherbergt hatte, war wieder zu seiner ursprünglichen Bedeutung zurückgekehrt. Aber dieses Mal nicht im Dienst irgendeines gesichtslosen Staates oder der grauen Männer in den Korridoren der Macht. Nein, heute lag der Krieg in den Händen der Entrechteten und Betrogenen.

Irgendetwas an diesem Ort sorgte dafür, dass eine lang verschüttete Erinnerung wieder in ihr Bewusstsein drang. Andere Menschen wären durch diese unbenutzten, vernachlässigten Flure gegangen und hätten nur die Patina wahrgenommen, aber Madrigal sah mehr als das. Der vertraute, modulare Aufbau erinnerte sie an die Orte, an denen sie aufgewachsen war.

Eine scheinbar endlose Parade militärischer Stützpunkte. Schulen und Turnhallen, Poststellen und Fertighäuser für die Familien der Soldaten. Sie erinnerte sich daran, wie sie durch diese Flure gerannt war, wie sie gelacht und gespielt hatte. Identische Räume und Flächen, alle immer aus dem gleichen Baukasten, kaum Unterschiede. Immer vertraut, immer sicher.

Der Himmel über ihren Köpfen und das Wetter, die hatten sich pausenlos geändert. Kalt und schneereich, dann wieder staubig und trocken oder aber warm und feucht.

Auch die Gesichter der Lehrer und der Klassenkameraden wechselten regelmäßig, genau wie die Menschen jenseits des Maschendrahtzauns und die Sprache, die sie sprachen. Die Schilder an den Gebäuden waren plötzlich nicht mehr mit den Buchstaben beschriftet, die sie kannte, sondern mit seltsamen Kringeln und Piktogrammen. Alles in allem ein großes Abenteuer für ein kleines Mädchen.

Immer mit dabei war ihr Vater in seiner frisch gewaschenen, perfekt sitzenden Uniform, klar und deutlich, strahlend wie eine Zeichnung aus einem Kinderbuch. Ihre Mutter jedoch war im Lauf der Zeit immer mehr verblasst und ähnelte eher einer ausgeblichenen Skizze mit Wasserfarben.

Madrigal merkte, wie ihre Erinnerungen in eine düstere Ecke abdriften wollten und versuchte dagegenzuhalten, bevor sie die Kontrolle darüber verlor. Falls ihr das nicht gelang, drohten nichts als Gram, Herzschmerz und unbändige Wut.

Ihre weinende, bleiche Mutter und wie sie anfing, ganz allmählich auseinanderzufallen. Ihre Zerstörung würde Jahre dauern, und um ein Haar hätte sie auch ihre Tochter mit ins Verderben gerissen. Am Schluss erforderte es eine gehörige Portion Mut, sich von ihr loszusagen und sie dem Prozess der Auflösung zu überlassen.

Und dann der Sarg mit der Flagge, den sie nicht öffnen durfte, sodass sie sich nicht einmal verabschieden konnte. Ihr Vater, verloren in der Dunkelheit einer feuchtkalten, regnerischen Nacht. Die unbeantwortete Frage, die einem unablässigen, kalten Feuer Nahrung gab.

»Nein.« Es kostete Madrigal körperliche Anstrengung, diese Gedanken beiseitezuschieben, sich ihnen nicht länger hinzugeben. Dafür war jetzt nicht der richtige Zeitpunkt.

Sie zog kräftig an ihrer Zigarette, und die Spitze glühte dunkelrot. *Von nun an geht es schnell*, dachte sie. Nach all den Jahren, in denen sie ihrem Ziel nur mühsam, mit winzig kleinen Schritten näher gekommen war, würde nun schon in wenigen Tagen alles vorbei sein, vorausgesetzt, alles lief nach Plan.

Natürlich gab es da Dinge, die sie bedauerte. Probleme, die geklärt werden mussten. Im Lauf der Jahre waren so viele Entscheidungen getroffen, Grenzen überschritten und unnötige Prinzipien über Bord geworfen worden.

Sie dachte an Lex. Den armen, schwachen Lex. Wie traurig es sie gemacht hatte, von seinem Doppelspiel zu erfahren. Er war immer neugieriger gewesen, als gut für ihn war, und er hatte mehr über ihre Pläne für Ghost5 herausgefunden, als er hätte wissen dürfen. Ohne die Zusammenhänge zu kennen, ohne den Kontext zu begreifen, hatte er falsch reagiert.

Wenn er zu mir gekommen wäre, redete Madrigal sich selbst ein, *dann hätten wir vielleicht eine Lösung gefunden.* Sie hätte ihm alles erklärt, wenn er sie nicht durch seine Flucht hintergangen hätte. Sein Tod war ihr nahe gegangen, so nahe, dass sogar ihr spröder Panzer der Unnahbarkeit Risse bekommen hatte. Sie überlegte, ob sein Blut an ihren Händen klebte, aber sie betrachtete sich dabei sehr distanziert, fast wie von außerhalb. Madrigal wusste nicht einmal ansatzweise, wie viele Menschenleben sie durch ihre Handlungen schon zerstört hatte, aber das waren Nebensächlichkeiten, allesamt weit entfernt. Sie hatten nichts mit ihr zu tun, spielten für ihre persönliche Realität keine Rolle, waren nicht *konkret*. Lex hingegen … ihn hatte sie persönlich gekannt, hatte gewisse Hoffnungen in ihn gesetzt. Und darum war dieses Gefühl des Bedauerns so lästig.

Madrigal nahm noch einen Zug und wischte sich eine kupferfarbene Haarsträhne aus den Augen. Dann verlor sie sich im Anblick der dunklen Wälder, um schließlich den Gedanken an Lex sehr bewusst und voller Entschlossenheit zu verdrängen. Lex war nicht der Erste, den sie zurücklassen musste. Und er würde auch nicht der Letzte sein.

Jetzt ertönten Schritte auf der rostigen Eisentreppe in ihrem Rücken, und sie sah sich um. Erik kam zu ihr und brachte einen Tablet-Computer und eine Funkausrüstung mit. Seine durchdringenden und immer zornig wirkenden Augen waren wie Zielfernrohre auf sie gerichtet, während sein dunkelbraunes Gesicht im Schatten kaum zu erkennen war. Madrigal war Ende fünfzig und Erik so jung, dass er ihr Sohn hätte sein können. Aber das hatte sie nicht abgehalten, im Lauf des letzten Jahres einige Male miteinander zu schlafen. Er besaß den Körper eines durchtrainierten Sportlers und die entsprechende Ausdauer, aber trotzdem war es nie mehr als ein maschineller Vorgang gewesen, funktionell, aber ohne Freude. In letzter Zeit hatte es sich einfach nicht mehr ergeben. Sie waren viel zu beschäftigt gewesen, und zwar mit Dingen, die weitaus faszinierender waren als bloßer Sex.

»Ist es Zeit?«, fragte sie, obwohl sie wusste, dass es so war. Erik kam aus Deutschland und war immer pünktlich auf die Minute, ohne auch nur ansatzweise zu ahnen, wie sehr er dadurch dem Klischee entsprach. Sie zog sich ins Innere der Kugel zurück, um dem Wind weniger ausgesetzt zu sein, während er die Ausrüstung aufbaute, die große Satellitenantenne entfaltete und sie in den wolkenlosen Himmel richtete.

»Wir haben Nachricht von André«, sagte er, ohne seine Arbeit zu unterbrechen. »Lex' Sachen sind per Kurier aus Malta eingetroffen. Sie haben das Hotelzimmer und die Leiche untersucht und alles, was von Bedeutung war, mitgenommen. Er bringt es später vorbei.«

»Was sagen die anderen zu Lex' Verschwinden?«

Er zuckte mit den Schultern. »Ein paar sind verwirrt. Den meisten ist es egal, bloß Pyne redet viel darüber. Sie kann nicht verstehen, wieso er sich aus dem Staub gemacht hat.«

»Sie dürfen sich nicht zu sehr damit beschäftigen«, sagte Madrigal bestimmt. »Sieh zu, dass sie immer was zu tun haben. Pyne ist wertvoll für uns, aber sie lässt sich leicht ablenken. Und falls irgendjemand auf die Idee kommt, ein bisschen tiefer im Schmutz zu wühlen, könnte es

Probleme geben.« Sie setzte sich auf einen Stahlkasten in der Mitte des leeren Raumes. »Und was Lex' Sachen angeht … ist der USB-Stick auch dabei?«

Erik nickte. »Unsere neuen Freunde haben ihn garantiert geklont, bevor sie ihn an uns weitergeleitet haben«, fügte er hinzu.

»Garantiert«, wiederholte Madrigal. »Das Bureau 121 und ihre Gefährten aus der Lazarus-Gruppe sind gut, aber ohne Unterstützung können sie mit den Daten nichts anfangen.« Sie lächelte kurz. »Wozu würden sie uns sonst brauchen?«

Er hielt für einen Moment inne. »Und wozu brauchen wir *sie*?«

Sie warf ihm einen warnenden Blick zu. »Das weißt du ganz genau. Durch diese Partnerschaft bekomme ich Zugang zu bestimmten Ressourcen, den ich sonst niemals bekommen würde.«

»Das stimmt nicht.« Erik musterte sie aufmerksam. »Wir könnten es auch ohne sie schaffen. Du hast zwar recht, dass es wesentlich länger dauern würde, aber …«

»Ich habe lange genug gewartet«, spie sie hervor und drückte verärgert ihre Zigarette auf dem Fußboden aus. »Schon viel zu lange.« Madrigal schüttelte den Kopf, und ihr Ärger verpuffte. »Ich habe keine Lust mehr, immer nur zentimeterweise voranzukommen.«

Er hakte nicht nach, sondern schaltete das Tablet ein und platzierte es in Augenhöhe auf einer Strebe des hölzernen Rahmens. »Alles bereit. Ich gehe wieder.«

»Nein«, befahl sie und überspielte ihren Ärger mit einem kleinen Zeichen des Vertrauens. »Dieses Mal kannst du bleiben. Hör einfach nur zu.«

Er postierte sich so, dass die Kamera ihn nicht erfassen konnte, drückte sich in den Schatten, während die komplizierte Elektronik des Funkgeräts das eingehende Satellitensignal analysierte und einen Anonymisierungsfilter installierte.

Nur einen Augenblick später tauchte ein Bild auf dem Display auf. Vor einem einfarbigen Hintergrund saß ein Asiate mit rundlichem Gesicht, olivfarbener Haut und hoher Stirn. Er trug den gleichen schlecht sitzenden Anzug wie immer. Er war ohne Zweifel ein hochrangiger Militär, und sie nahm an, dass es ihm keinen Spaß machte, jedes Mal vor einem solchen Gespräch aus seiner Uniform zu steigen. Beim Anblick seiner abstehenden Ohren musste Madrigal immer an eine Comicfigur denken, doch gleichzeitig strahlte dieser Mann eine solch verkniffene Übellaunigkeit aus, dass sich jeder Gedanke an irgendwelche Albernheiten eigentlich von selbst verbot.

»Meine Mitarbeiter haben mir zugetragen«, fing er ohne Einleitung an, »dass Ihr Deserteur zur Strecke gebracht wurde, bevor er dem Projekt Schaden zufügen konnte.« Blechern und schneidend drang seine Stimme aus den Lautsprechern des Tablets und ließ seine Worte gepresst und überbetont klingen.

»Ich bin sehr dankbar«, erwiderte sie und drehte den Kopf. »Ihre Leute sind genauso gut, wie Sie es versprochen haben.«

»Selbstverständlich«, entgegnete der Asiate. »Die Effektivität meiner Mitarbeiter ist es nicht, die mir Sorge bereitet. Es ist vielmehr die Ihre, Madrigal. Der Einsatz in Amerika ist gescheitert!«

Sie hob einen Finger. »Da muss ich widersprechen. Wir haben unsere Aufgabe zu hundert Prozent erfüllt. Die Fehler wurden von den Soldier-Saints begangen, aber für deren schlampige Absicherung bin ich nicht verantwortlich.« Madrigal warf Erik einen schnellen Blick zu. Die

Einzelheiten dessen, was sich in Kalifornien abgespielt hatte, lagen noch im Dunkeln, aber es war jetzt fast vierundzwanzig Stunden her und das Stromnetz von San Francisco funktionierte erst wieder teilweise. Allerdings waren die Rechtsextremisten mit ihrem Vorhaben gescheitert, mitten in der Stadt eine Bombe zu zünden. »Die dritte Phase hat einwandfrei funktioniert«, fuhr sie fort. »Wir haben eine Großstadt lahmgelegt. Wenn man den ersten Test in Deutschland sowie die anschließende Aktion in Taiwan mit berücksichtigt, dann haben wir eine hundertprozentige Erfolgsquote.« Sie betrachtete den Mann auf dem Display. »Kommen Ihnen etwa Zweifel?«

Er reagierte empört, womit zu rechnen gewesen war. »Als Sie uns dieses Projekt vorgestellt haben, da haben Sie für den Fall unseres Engagements zugesagt, dass bestimmte Kriterien erfüllt würden. Und diesbezüglich sind wir immer noch … unzufrieden.«

Madrigals Stimme wurde schärfer. »Wie viele Menschen sind in Taipei ums Leben gekommen?« Sie war durchaus bereit, ab und zu die Rolle der Schwachen zu spielen, aber der Tonfall des Mannes ging ihr auf die Nerven. Sie musste ihn daran erinnern, wer hier eigentlich die Hauptrolle spielte. »Ihre Leute hätten das niemals zustande gebracht. Aber wir schon. Und wenn das alles hier vorbei ist, dann haben Sie mit unserer Hilfe das bekommen, wonach Sie sich seit Jahrzehnten sehnen. *Respekt.*« Sie beugte sich etwas dichter vor den Bildschirm. »Und das wird Sie dann zufriedenstellen.«

Er verdaute ihre Worte und erwiderte in deutlich sanfterem Tonfall: »Wann werden Sie den Hauptschlag in die Wege leiten? Der Zeitplan klingt noch sehr vage.«

Sie konnte seine Ungeduld fühlen. Ihr ging es schließlich ganz genauso. »Wir sind vorbereitet, keine Sorge. Ihre, äh, Mitarbeiter bekommen vielleicht noch etwas mehr Arbeit, je nachdem, wie wir vorankommen. Aber bald geht es los. Sehr bald.«

»Es darf keine weiteren Unwägbarkeiten geben«, beharrte der Mann auf dem Monitor.

»Da bin ich voll und ganz Ihrer Meinung.« Sie griff nach dem Schalter, um die Verbindung zu unterbrechen. »Ich melde mich in Kürze wieder.«

Das Bild erlosch. Sogleich trat Erik näher und fing an, die Ausrüstung abzubauen. »Noch mehr offene Fragen, so wie Lex?«, sagte er in Anspielung auf ihre Bemerkung.

Sie seufzte und schüttelte noch eine Gitanes aus der Packung in ihre Handfläche. »Dass er Probleme machen würde, damit hatte ich nicht gerechnet.«

»Es ist ja alles rechtzeitig geregelt worden, bevor er Schaden anrichten konnte.«

»Ja«, gab sie zu, »aber jetzt haben wir einen Mann weniger, und ich denke an andere Leute, außerhalb des inneren Zirkels, die womöglich noch Schwierigkeiten machen könnten. Vielleicht ist es klug, nicht zu warten, bis das nächste Problem auftaucht.«

»Du meinst Dart.« Er sah sie gleichmütig an. »Du schätzt ihn als Risikofaktor ein? Er hat doch alles, was er will. Wir haben nichts mehr miteinander zu schaffen.«

Madrigal zuckte mit den Schultern und ließ ihr Feuerzeug aufflammen. »Haben wir nicht?« Sie zündete die Zigarette an und zog daran. »Dann verbuchen wir das eben unter *gewappnet sein*.«

»Kara hat Marc einfach im Regen stehen lassen? Mitten in einer Mission?« Lucy ballte unwillkürlich die Fäuste. »Das hätte ihn das Leben kosten können!« Sie erhob sich von dem Konferenztisch, trat vor das Fenster und starrte wütend über die Skyline von Monaco und die dahinter liegende Bucht.

»So ist es«, erwiderte Delancort. »Glücklicherweise ist es Mr. Dane gelungen, auf eigene Faust zu entkommen. Nachdem Kara jeden Kontakt zu ihm abgebrochen hatte, haben wir Verbindung zu ihm aufgenommen und konnten ihm bei der Ausreise behilflich sein. Es ist bislang unklar, ob sie ihn der maltesischen Polizei oder der Gnade von Wetherbys Mördern ausliefern wollte.«

Lucy warf Delancort einen grimmigen Blick zu. »Das würden Sie ihr zutrauen?«

»Ich habe gelernt, dass in der Welt, in der wir uns bewegen, nur sehr wenige unverrückbare Wahrheiten existieren. Die Menschen ändern sich, um sich ihren Umständen anzupassen, oder sie werden irgendwann gezwungen, ihr wahres Ich zu enthüllen. Ich denke, wir haben gesehen, was sich hinter Karas Maske verbirgt.«

Lucy wusste nicht, was sie darauf erwidern sollte. Kara Wei war schon immer schwer zu durchschauen gewesen, obwohl sie sie durchaus als Freundin betrachtet hatte. Lucy vermutete, dass die humorlose, zierliche chinesischstämmige Amerikanerin irgendwie autistisch veranlagt war, dass sie mit dem eindeutigen Aufbau eines Computercodes und technischen Geräten besser zurecht kam als mit den Konventionen des gesellschaftlichen Zusammenlebens und anderen Menschen. Trotzdem konnte sie kaum glauben, dass Kara sich nur so wenig auf andere einlassen konnte, dass sie absichtlich jemanden so sehr in Gefahr brachte. Marc war durchaus in der Lage, auf sich selbst aufzupassen, das wusste sie. Aber was Kara da gemacht hatte, brachte Lucy auf die Palme.

»Wir sind gerade dabei, ihre Reiseroute nachzuvollziehen«, fuhr Delancort fort, »aber bis jetzt haben wir keine verlässlichen Hinweise entdeckt und wissen nicht, worin ihr eigentliches Ziel besteht. Im Lichte dieser Tatsachen habe ich Mr. Solomon geraten, das Rubicon-Netzwerk im abgesicherten Modus zu belassen, so lange, bis wir absolut sicher sein können, dass Karas Handlungen nicht Teil eines groß angelegten Schlags gegen die Firma sind.«

Lucy nickte grimmig. »Wenn man sich überlegt, was sie für Möglichkeiten gehabt hat … verdammt, sie hätte sich Zugang zu jedem einzelnen Server verschaffen können, um Dateien herunterzuladen oder Viren einzuschleusen …« Je länger sie über die verschiedenen Möglichkeiten nachdachte, desto schlimmer erschienen sie ihr. »Kara hat uns hintergangen.« Erst jetzt, nachdem sie es endlich laut ausgesprochen hatte, wurde ihr klar, dass das eine Tatsache war, eine unverrückbare Realität. Das letzte bisschen Sympathie, das sie für Kara noch gehegt hatte, fiel endgültig von ihr ab, und die ausgebildete Scharfschützin kam zum Vorschein. »Was kann ich tun?«

»Solomon spricht gerade mit dem Vorstand. Anschließend möchte er sich mit Ihnen unterhalten, aber unter vier Augen.«

In Delancorts Worten schwang eine verborgene Bedeutung mit, aber weder er noch Lucy ließen sich etwas anmerken. »Ich bin bereit«, sagte sie nach einer kurzen Stille.

Jetzt war hinter der Glastür eine schemenhafte Gestalt zu erkennen, und im nächsten Augenblick wurde die Tür abrupt aufgezogen. Marc steckte den Kopf herein. Er hatte sich seinen Laptop unter den Arm geklemmt und begrüßte Delancort am Tisch mit den Worten: »Ah, gut, da sind Sie ja.« Ohne Formalitäten trat er ein. Erst dann sah er sie. Ein kurzes, aufrichtiges Lächeln huschte ihm übers Gesicht. »Lucy, alles in Ordnung? Ich habe die Berichte über San Francisco gesehen. Hast du …?«

»Habe ich«, erwiderte sie und nickte matt. »Malte und ich hatten ein paar Schwierigkeiten.« Doch dann schüttelte sie die Erinnerungen ab und merkte, wie die Wut von eben wieder in ihr hochkochte. »Delancort hat mir gerade von dieser Scheiße mit Kara erzählt.«

»Ja, genau.« Marc schien erst jetzt wieder einzufallen, wieso er überhaupt hierhergekommen war. »Dazu Folgendes.« Ohne weitere Vorreden setzte er sich auf einen Stuhl, klappte den Laptop auf und ließ die Finger über die Tastatur huschen.

»Wir waren gerade mitten in einer Unterredung«, sagte Delancort, aber Marc beachtete ihn nicht.

Auf den milchigen Glaswänden des Besprechungszimmers klappten mehrere Bildschirmfenster voller Text und Codes auf. Marc hatte seine Informationen über die Drahtlos-Schnittstellen im Konferenztisch an die Monitor-Stromkreise im Glas geschickt. »Also, lange Rede, kurzer Sinn: Ich habe diesen Drahtgeflecht-Speicher entschlüsselt, den ich aus Wetherbys Leichnam geborgen habe«, erklärte er, bevor er Delancort einen Blick zuwarf. »Sie weiß, wer das ist, oder?«

»Ich habe sie über Ihren ungenehmigten Ausflug nach Malta in Kenntnis gesetzt, *oui*.« Delancort runzelte die Stirn. »Wie haben Sie das so schnell geschafft?«

»Ich sitze seit zehn Stunden ohne Unterbrechung daran.« Marc sah ihn durchdringend an. »Vermutlich habe ich in dieser Zeit mein eigenes Körpergewicht an Kaffee und Red Bull getrunken. Außerdem kann ich immer noch auf einen ganzen Server voller GCHQ-Intrusionssoftware aus meiner Zeit beim MI6 zurückgreifen. Und ich bin *wirklich* gut«, fügte er hinzu, als sei das keine Selbstverständlichkeit. Dann holte er tief Luft. »Jedenfalls habe ich auf diesem Ding etwas ziemlich Besorgniserregendes gefunden, und zwar ein kleines Programm. Mehr als einfach nur ein paar Daten, sondern eine funktionsfähige Angriffs-Software.« Marc verhaspelte sich mehrfach, so eilig wollte er das alles loswerden. »Keine Sorge, sie ist nicht aktiviert. Wie eine ungeladene Pistole. Zuerst war ich mir nicht sicher, was es sein könnte, ich meine, das ist wirklich absolute Spezialistenarbeit. Nichts, was irgend so ein Möchtegernhacker zusammenstoppeln könnte, sogar zu komplex für die Leute von Ghost5, würde ich sagen. Ich rede hier von Qualität, wie sie auf staatlicher Ebene gebraucht und verlangt wird. Aber als ich dann einen Blick auf den Quellcode geworfen habe, sind mir bestimmte Elemente bekannt vorgekommen …«

»Wetherby wollte eine digitale Waffe schmuggeln?« Lucy hatte aus ihrer Zeit bei den Special Forces zumindest eine ungefähre Ahnung von den Konzepten moderner Cyberkriegsführung, wenn auch nur in den Bereichen, wo sie mit ihrer eigenen, etwas durchschlagskräftigeren Sparte in Berührung kamen.

»Er hat ein paar gute Firewalls eingebaut, aber eben in großer Eile«, erläuterte Marc mit hastigen Worten. »Wirklich hervorragend, aber nicht absolut wasserdicht. Ich meine, in seinem Interpol-Steckbrief wird er als Spezialist für die *Überwindung* digitaler Sicherheitsmaßnahmen bezeichnet. Wetherby war jemand, der Wände durchbricht, nicht errichtet, stimmt's?« Er holte Luft. »Ist ja auch egal, ich bin jedenfalls reingekommen. Ich bin reingekommen, und da habe ich …« Sie sah, dass ihm der Schwung abhandenkam wie einem Läufer, der auf den letzten Metern während eines Rennens einbricht. »Ich weiß, was das ist, Lucy. Ich weiß es, weil sie es uns einfach geklaut haben! Und jetzt ist es plötzlich wieder aufgetaucht, Jahre später, direkt vor meiner Nase!«

»Ganz ruhig, mein Großer«, sagte sie und kam zu ihm, um ebenfalls einen Blick auf den Monitor zu werfen. »Du überspringst ja ganze Kapitel. Ich habe keine Ahnung, wovon du eigentlich redest.«

Marc nahm all seine Kraft und Selbstbeherrschung zusammen und versuchte, seine Gedanken noch einmal neu zu fassen. »Ich rede von Arquebus. Ich meine, ich hätte nie gedacht, dass ich das jemals wiedersehen würde …«

»*Arquebus*«, wiederholte Delancort. »Auch Arkebuse genannt. Ein Vorderlader aus dem 16. Jahrhundert, vergleichbar einer Muskete.«

»Das ist der Deckname für eine Schadsoftware, ein hochkomplexes Wurmprogramm, das entwickelt wurde, um sich gegen verseuchte Systeme, feindliche Netzwerke, immanente Spionageprogramme, die ganze Palette eben, zur Wehr setzen zu können«, erläuterte Marc.

Lucy sah, wie ein dichter Buchstabenblock über den Wandbildschirm lief. »Ich will gar nicht wissen, wie du da auch nur ansatzweise irgendwas erkennen kannst.«

Marc nahm die Hand von der Tastatur. »Ich erkenne das, weil ich es zum Teil selbst geschrieben habe. Damals, als ich noch für den britischen Geheimdienst gearbeitet habe.«

Sie musterte ihn misstrauisch. »Ich dachte, du warst technischer Unterstützer einer operativen Einheit. Bei richtigen Einsätzen und so.«

»War ich ja auch. Pass auf, Arquebus war Teil einer Initiative, an der alle britischen Dienste beteiligt waren – das MI6, das MI5, das GCHQ, der militärische Nachrichtendienst, sogar das SO15 … Ich habe jedenfalls zu einer Abordnung des MI6 gehört, die die Entwicklung unterstützen sollte. Die Aufgabe war, nach dem Vorbild eines Special-Forces-Operativagenten eine Software zu konstruieren – auf jede Gefährdungslage anwendbar, sehr flexibel …« Er stieß einen lauten Seufzer aus. »Shamoon. Crash Override. Stuxnet. Kommen diese Namen hier vielleicht irgendjemandem bekannt vor?«

»Der letzte, ja, davon habe ich schon mal was gehört«, sagte Lucy. »Ein Computervirus, das bei einem Angriff auf eine iranische Atomanreicherungsanlage eingesetzt wurde. Das war 2010. Hat das Ding ziemlich durcheinandergebracht.«

»Im Prinzip ja. Aber die Sache ist komplizierter.« Marc zeigte auf den Monitor. »Also, Stuxnet wurde – *angeblich* – von den USA und Israel entwickelt, um dem iranischen Atomwaffenprogramm einen Knüppel zwischen die Beine zu werfen. Sie wollten dafür sorgen, dass der Iran nicht mehr länger gegen UN-Vereinbarungen verstoßen und bombenfähiges Uran produzieren kann, aber ein Luftangriff auf eines oder mehrere der beteiligten Labors war keine gangbare Option. Hauptsächlich deshalb, weil niemand so genau wusste, wo die iranischen Anlagen überhaupt liegen.«

»Und stattdessen haben sie das Virus dort eingeschleust?«, wollte Delancort wissen.

Marc nickte. »Genau. Das Virus hat dann nicht nur die bekannten, sondern auch die versteckten Anlagen befallen. Stuxnet hat sich in der Befehlsstruktur der Betriebe implantiert und hat sie von innen her zerstört. Das Ganze war sehr clever eingefädelt. Es hat viele verschiedene Zero-Day-Exploits ausgenützt und dann sehr behutsam Schaden angerichtet. Wenn da nicht ein paar sehr findige Computerspezialisten gewesen wären, hätte man das Virus nie entdeckt. Der Iran besaß auch so ein Virus namens Shamoon. Das haben sie gegen die Saudis eingesetzt, um deren petrochemischen Fabriken und Bankserver lahmzulegen …«

»Ich würde es sehr begrüßen, wenn Sie sich mit all diesen technischen Spezialausdrücken ein wenig zurückhalten würden«, fiel Delancort ihm ins Wort. »Was ist denn ein Zero-Day-Exploit?«

»Das ist die Achillesferse einer Software«, erklärte Marc. »Verborgen in den Tiefen des Codes. Ein Fehler, den die Programmierer übersehen haben. Das ist, als würde man in einer Mauer einen losen Backstein entdecken, von dem niemand sonst etwas ahnt. Wenn man es vernünftig anstellt, dann bietet so ein Exploit in Verbindung mit einer anpassungsfähigen Schadsoftware die Möglichkeit, ein komplettes Computernetzwerk lahmzulegen. Stuxnet hat jedenfalls so funktioniert, und Arquebus war genauso gedacht. Die Idee war, dass er sich an ein beliebiges Zero-Day-Exploit andocken kann, so wie man einen Sprengkopf auf eine Rakete montiert. Und dann bräuchte man nur noch das Ziel anvisieren und …« Er verstummte. »Die britische Regierung hat gesehen, was da im Iran passiert ist, und wollte sich dieselben offensiven Möglichkeiten sichern.«

»Was mich zu folgender Frage führt«, sagte Delancort. »Warum hatte Wetherby eine Kopie davon in Besitz?«

Lucy sah, wie Marcs Züge sich verhärteten, während er die Antwort formulierte. »Weil ich glaube, dass … ich glaube, dass Ghost5 Arquebus gestohlen hat.«

Das Projekt Arquebus war letzten Endes ein grausamer Fehlschlag gewesen.

Wenige Monate vor dem *Palomino*-Zwischenfall, als in einem französischen Hafen eine Bombe an Bord des Frachters *Palomino* explodiert war und alle seine Kameraden aus dem OpTeam Nomad mit in den Tod gerissen hatte, war Marc Dane für die Arquebus-Programmierung und -Entwicklung abgestellt worden. In einem gesichtslosen modernistischen Bürokomplex in Cambridge, versteckt hinter der Fassade eines Handy-App-Entwicklers, war ein geheimes Softwareentwicklungslabor unter Federführung des GCHQ eingerichtet worden. Marc war hinzugezogen worden, um die letzten Stadien der Softwareentwicklung aus der Perspektive eines Einsatztechnikers zu begleiten und dem Programm, das vom MI6 und anderen Diensten gemeinsam entworfen worden war, den letzten Schliff und »Praxishärte« zu verleihen.

Marc wusste noch, dass er nicht allzu begeistert von der Idee gewesen war. Arquebus sollte eine Art Hansdampf in allen Gassen sein, für die digitale Spionage ebenso geeignet wie für frontale Angriffe oder subtile Sabotageakte, je nachdem, was für den jeweiligen Einsatz gerade erforderlich war. Allerdings zeigte das Virus auf keinem Gebiet wirklich herausragende Leistungen, und die Gefahr war groß, dass letztendlich nur ein zusammengewürfelter Kompromiss dabei herauskommen würde – und eben nicht der elegante Alleskönner, den sich die Männer in den grauen Anzügen aus dem Geheimdienstkomitee so sehr gewünscht hatten. Marc hatte sich damals mit aller Kraft für das Projekt eingesetzt, aber trotzdem hatte es kurz vor dem Aus gestanden.

Bis zu jenem regnerischen Abend, als eine brutale Attacke aus den Tiefen des Darknet die Firewalls des Labors in Fetzen riss.

Marc war dabei. Er konnte sich noch gut an die ungezügelte Panik im Raum erinnern, als das ganze versammelte Team zusehen musste, wie die Malware ihre Abwehrsysteme durchbrach und anfing, sämtliche Datenbanken im ganzen Gebäude zu tilgen. Ein digitaler Feuersturm fegte durch das Netzwerk des Labors und hinterließ nichts als verbrannte Erde und gelöschte Festplatten.

Als alles vorbei war, lag das Projekt Arquebus in Trümmern. Auf den Servern des GCHQ waren zwar noch Sicherungskopien früherer Versionen gespeichert, aber sie waren unvollständig und funktionierten nur in Teilen. Niemand hatte geglaubt, dass die Sicherheitssysteme des Labors überhaupt von außen überwunden werden konnten. Die Rekonstruktion der Software hätte Monate gedauert, doch zunächst einmal schien es allen Beteiligten viel wichtiger zu sein, einen Schuldigen zu finden, anstatt das Projekt wiederzubeleben.

Das MI5 förderte Beweise zu Tage, dass ein Programmierer der Tarnfirma Verbindungen zu einem Mittelsmann des chinesischen Ministeriums für Staatssicherheit besaß. Danach kam es schnell zur Eskalation. Das Auswahl- und Überprüfungsverfahren des GCHQ wurde infrage gestellt und die Zusammenarbeit zwischen den verschiedenen britischen Geheimdiensten eingestellt. Nach wenigen Wochen hatte man einen Schuldigen gefunden, nämlich eine Gruppe, die unter dem Namen *Unit 61398* bekannt war. Dahinter verbarg sich niemand anders als die Abteilung für digitale Kriegsführung der chinesischen Volksbefreiungsarmee.

Marc war wieder zu seinem OpTeam Nomad zurückgekehrt, und während die Arquebus-Projektgruppe sich an die Wiederherstellung des digitalen Superagenten machte, verlangten die Falken im Geheimdienstkomitee einen sofortigen und wirksamen Gegenschlag gegen diesen, wie man jetzt annahm, digitalen Angriff der Chinesen auf das Vereinigte Königreich.

Das Ende der Geschichte hatte Marc nur bruchstückhaft und gerüchteweise mitbekommen. Einer der Tophacker der Unit 61398 starb auf der Toilette eines Kasinos in Singapur durch eine Pistolenkugel in das rechte Auge. Im Gegenzug verlor das MI6-OpTeam Javelin während eines

Einsatzes in Hongkong die Hälfte seiner Mitglieder, als sie von drei Scharfschützen der Volksbefreiungsarmee aus dem Hinterhalt unter Beschuss genommen wurden. Irgendwann kehrte dann wieder Vernunft ein, und das ständige Auge-um-Auge,-Zahn-um-Zahn zwischen Chinesen und Briten wurde beendet, bevor der Konflikt sich noch mehr aufschaukeln konnte. Beide Seiten erklärten sich, wenn auch zögerlich, dazu bereit, das Ganze auf sich beruhen zu lassen.

Dieser Waffenstillstand war jedoch gleichbedeutend mit dem endgültigen Todesstoß für Arquebus. Das Projekt wurde eingestellt und die Gelder in andere Kanäle umgeleitet. Die Bürde des vernichtenden Angriffs und der vielen Toten war zu groß gewesen. Das GCHQ kehrte zu der preisgünstigeren Variante zurück und plante, seine digitalen Spionageaktivitäten in Zukunft wieder in Zusammenarbeit mit den Amerikanern zu gestalten.

Zwar hatte Peking standhaft behauptet, dass sie mit dieser Cyberattacke auf das Arquebus-Labor nicht das Geringste zu tun hatten, aber niemand hatte diesen Beteuerungen wirklich Glauben geschenkt.

»Tatsache ist«, sagte Marc am Ende seines Berichts düster, »dass Ghost5 für genau solche Aktionen bekannt ist. Der Name allein ist ja schon Programm, stimmt's? *Ghosts*. Sie können überall sein und hinterlassen nirgendwo Spuren, es sei denn mit Absicht. Aber wenn sie nicht mit einer bestimmten Tat in Verbindung gebracht werden wollen, dann finden sie eine Möglichkeit, andere damit anzuschwärzen. Das haben sie zum Beispiel mit den Russen gemacht, vor einer ganzen Weile. Der FSB war einem Haufen tschetschenischer Separatisten auf der Spur, und sie haben ihnen eine falsche Fährte …«

»Und du glaubst, dass sie bei diesem Arquebus-Hack die Briten genauso ausgetrickst haben?«, fiel Lucy ihm ins Wort.

»Ja, genau.« Er warf Delancort einen Blick zu. »Das könnte sein. Die haben das MI5 auf eine falsche Fährte gelockt. Sie haben doch erwähnt, dass Kara früher Mitglied von Ghost5 war, richtig? Dann muss sie bei diesem Angriff auf das Labor in Cambridge dabei gewesen sein. Sie wäre auf jeden Fall in der Lage gewesen, die Arquebus-Software im Schutz so eines Frontalangriffs für Ghost5 zu kopieren.« Kaum hatte Marc diese Vermutung ausgesprochen, runzelte er die Stirn. »Ich weiß nicht, vielleicht haben sie Geld dafür bekommen, vielleicht haben sie es auch nur für sich selbst gemacht. Aber ich finde, es passt genau ins Bild.«

»Sie hat nie darüber gesprochen.« Marc sah, wie Lucy sich empört an Delancort wandte. »Und Sie haben diesen Teil ihrer Vergangenheit vor uns allen geheim gehalten.«

»In Karas Arbeitsvertrag sind – waren – etliche sehr spezielle Klauseln verankert«, erwiderte Delancort. »Und eine davon war ihre neue Identität. Eine zweite beinhaltete absolute Verschwiegenheit in Bezug auf ihre bisherigen Aktivitäten.« Er sah Lucy in die Augen. »Wir alle haben Dinge getan, die wir lieber hinter uns lassen möchten, *n'est-ce pas?*«

Marc ließ seine Gedanken schweifen, und dann erkannte er die grausame Wahrheit. Er hatte Kara vertraut, und zwar nicht nur während der Operation in Chamonix, sondern schon viele Male zuvor. Ohne sie hätten sie das Bombenattentat in Washington vermutlich niemals verhindert, ebenso wenig wie die Pläne jenes Piraten und Kriegsfürsten, der eine Atombombe im Herzen Europas hatte zünden wollen; oder all die anderen Bedrohungen, die die

Rubicon-Abteilung für Sonderaufgaben mehr oder weniger geräuschlos neutralisiert hatte.

Andererseits war er ein gebranntes Kind. Auch beim MI6 hatte sich irgendwann herausgestellt, dass er einen Verräter im Team gehabt hatte. Vielleicht war es naiv gewesen zu glauben, dass so etwas in ihrem verschworenen Haufen niemals möglich wäre.

Delancort hatte recht. Jeder und jede in der AfS besaß eine eigene Vergangenheit, brachte ein ganzes Bündel an Vergehen und Fehlern mit sich. Solomon hatte ihnen allen eine zweite Chance versprochen. Aber jetzt erschien ihm diese Einstellung seltsam hohl.

»Dane.« Das war Delancort. Marc hob den Blick. »Wir haben in den Daten auf Karas verschlüsselter Partition Hinweise auf ein paar E-Mails gefunden, die von einem Blindserver stammen. Es ist der gleiche, über den auch Wetherby mit dem Schmuggler, Kyrkos, kommuniziert hat. Sie hat allerdings sämtliche Mails gelöscht und keine einzige beantwortet.«

»Sie hat ihn ausgesperrt?« Lucy überlegte. »Aber wieso? Wollte sie keinen Kontakt mit ihrem früheren Leben mehr, oder … was sonst?«

Marc musste an Karas Gesichtsausdruck denken, als er in Frankreich in ihr gemeinsames Quartier zurückgekehrt war. Bereits zu diesem Zeitpunkt musste sie es schon gewusst haben. Genau in diesem Augenblick hatte sie sich die Lüge zurechtgelegt, mit der sie Marc dazu gebracht hatte, ihr zu helfen.

Warum hat sie mich nicht einfach gefragt? Diese Frage drängte sich jetzt in den Vordergrund. Kara hatte von Vertrauen gesprochen. Darum drehte sich alles. *Sie konnte mir die Wahrheit über Ghost5 nicht anvertrauen, weil sie genau gewusst hat, wie ich reagieren würde.*

»Alles, was wir wissen, ist, dass Wetherby um der Informationen willen getötet wurde, die Sie entdeckt haben«, sagte Delancort und wies mit einer Kopfbewegung auf Marcs Laptop. »Und wenn er sich mit Kyrkos getroffen hat, dann, weil er etwas zu verkaufen hatte.«

»Du hast doch gesagt, dass Arquebus zum Zeitpunkt des Diebstahls noch nicht fertig war.« Lucy sah Marc auffordernd an. »Welchen Wert hat das Programm dann überhaupt für sie gehabt?«

Er schüttelte den Kopf und tippte mit dem Zeigefinger auf den Bildschirm. »Es ist so: Die Software auf Wetherbys Speichergeflecht ist nicht identisch mit der, die sie in Cambridge kopiert haben. Es ist mehr als das, so was wie ein *Arquebus 2.0*. Die endgültige Version beziehungsweise – noch schlimmer – eine *bessere* als die ursprünglich gedachte.«

»Heißt das, dass Ghost5 die Zeit dafür genutzt hat, um das Ding … zu verbessern?«

»Ja, genau.« Marc machte ein grimmiges Gesicht. »In der Programmkonfiguration ist ein Code für Zielobjekte angelegt, IP-Adressen, die als virtuelle Eingangstüren für das angegriffene Ziel fungieren sollen.« Seine Finger huschten über die Tastatur, und er markierte die entsprechenden Abschnitte. Endlose bläulich blinkende Zahlenreihen liefen über den Bildschirm. »Hier gibt es einen Stapel Adressen, die zu bestimmten Städten in Deutschland führen. Düsseldorf, Köln, Berlin. Dann noch eine Gruppe auf der anderen Seite des Erdballs, in Taipei. Und dann da … San Francisco.«

Lucy wurde mit einem Mal ganz ruhig. »Als wir in San Francisco waren, hat es einen massiven Stromausfall gegeben. Die Terroristen, die wir aufgespürt haben, hatten Hilfe von außerhalb. Gibt es da womöglich eine Verbindung?«

»Assim hat sich des Tablets angenommen, das Lucy aus Kalifornien mitgebracht hat«, fügte Delancort hinzu. »Ich denke, Sie sollten sich mit ihm zusammensetzen.«

»Ja.« Marc nickte. »Genau für solche Dinge wie zum Beispiel dafür zu sorgen, dass die Stromversorgung zusammenbricht, wurde Arquebus konzipiert.«

»Sie haben von Taipei gesprochen.« Delancort starrte auf die Zahlenkolonnen und dachte nach. »Da hat sich doch vor einigen Tagen dieses katastrophale Eisenbahnunglück ereignet.«

Marc nickte erneut. Der Radiobericht, den er in Frankreich gehört hatte, fiel ihm wieder ein. »Ja, genau, das passt. Auch da haben wir es mit einem weichen Ziel für einen digitalen Angriff zu tun. Ich wette, dass wir ganz ähnliche Vorgänge finden, wenn wir uns die Nachrichten aus den genannten Städten in Deutschland vornehmen.«

»Ich habe eine Frauenstimme gehört«, sagte Lucy. »Sie hat online mit den Soldier-Saints gesprochen, bevor buchstäblich die Lichter ausgegangen sind. Ich bin mir ziemlich sicher, dass sie für die technische Realisation zuständig war.«

»Madrigal.« Den Namen förderte Marc aus den Tiefen seiner Erinnerung zutage. Er musste irgendwann in einer Sicherheitskonferenz des MI6 gefallen sein.

Lucy riss den Kopf herum und stieß ihn mit dem ausgestreckten Zeigefinger an. »Weiß. So zwischen fünfzig und sechzig Jahre alt. Rote Haare, Amerikanerin.«

»Du hast sie gesehen?« Marc zog die Augenbrauen in die Höhe. »Sie ist das einzige Gründungsmitglied von Ghost5, das noch am Leben ist.«

»Ich habe sie eigentlich gar nicht gesehen«, gestand Lucy. »Das Bild war verpixelt.«

»Nach meiner Erfahrung wagen sich Menschen, die im

Schatten leben, nur dann ans Licht, wenn sie von Angst oder Gier dazu getrieben werden«, sagte Delancort. »Weiter. Was wissen Sie noch über sie?«

Marc zuckte mit den Schultern. »In Geheimdienstkreisen sind viele Gerüchte und Halbwahrheiten über sie im Umlauf. Was in der Regel genauso beabsichtigt ist, um möglichst viel Verwirrung zu stiften. Ich meine, am Anfang, als Ghost5 gegründet wurde, da war das eine reine Hacktivisten-Gruppe mit einer klar definierten Agenda: gegen die Globalisierung, für die Freiheit des Einzelnen und so weiter. Aber mit der Zeit sind die Ziele immer düsterer und destruktiver geworden. Madrigal ist das Pseudonym für eine Hackerin aus der schlechten alten Zeit der Telefonmodems und Akustikkoppler. Sie ist das Phantom der ersten Stunde. Niemand weiß, wer sie ist oder woher sie kommt.«

Lucy verzog das Gesicht. »Aber jetzt wagt sie sich aus der Deckung, mehr oder weniger. Das widerspricht eigentlich jeder Praxis.«

»Das stimmt«, gab Marc zu. »Aber das nützt nur dann etwas, wenn man zu dem Gesicht auch einen Namen hat. Und eines kann ich dir garantieren: Falls Madrigal jemals eine Vergangenheit hatte, dann existiert sie schon längst nicht mehr. Sie ist nichts weiter als eine Legende.« Dann zählte er verschiedene Möglichkeiten auf. »Sie ist Anarchistin, ehemalige KGB-Mitarbeiterin, ehemalige CIA-Mitarbeiterin, ein Computer-Wunderkind, die Tochter eines Pärchens, das sich schon in den Sechzigerjahren auf Telefon-Hacking spezialisiert hatte … Such dir was aus. Falls sie sich für die Legalität entschieden hätte, dann würde ihr Name heute in einem Atemzug mit Bill Gates und Steve Jobs genannt werden, das ist die Botschaft.«

»Zuerst habe ich gedacht, wir hätten es wieder mit diesen Arschlöchern aus dem Kombinat zu tun«, meinte Lucy. »Aber das hier riecht anders. Falls diese Ghost5-Hacker ihre Dienste praktisch an jeden rachsüchtigen Irren mit einer Kalaschnikow verkaufen, dann war das womöglich erst der Anfang.«

»Maßgeschneiderte Terrorakte auf Bestellung«, so brachte Delancort das Grauen auf den Punkt. Er sah Marc an. »Sie kennen das Potenzial dieser Schadsoftware. Wie schlimm kann es noch werden?«

»Theoretisch, also falls sie die Kontrolle über die richtigen Schnittstellen bekommen …« Er musste hörbar schlucken, als ihm das ganze Ausmaß bewusst wurde. »Alles, was irgendwie mit dem Internet verbunden ist, wäre dann potenziell gefährdet. Angefangen bei jedem einzelnen Handy über die Flugsicherung bis hin zu Atomreaktoren, Elektrizitätsversorgern oder Börsenservern. Man braucht nur das richtige Ziel anzusteuern, und schon kann man damit ein Dutzend lebenswichtiger Versorgungsanlagen lahmlegen. Man könnte über Nacht ein ganzes Land ins Chaos stürzen. Die Katastrophe würde sich praktisch von selbst ausbreiten.«

»Sie verstehen es wirklich, uns aufzumuntern«, erwiderte Delancort trocken.

»Gut möglich, dass außer uns noch niemand weiß, dass Ghost5 bei dem allem seine Finger im Spiel hat«, meinte Lucy. »Das FBI und der Secret Service hatten jedenfalls keine Ahnung, dass sie an diesem Soldier-Saints-Attentat beteiligt waren, sonst hätte Gonzalez das garantiert erwähnt.«

»Genau das ist Madrigals Stil«, sagte Marc. »Klammheimlich verschwinden und anderen die Schuld in die Schuhe schieben.«

»Das können wir den US-Behörden aber nicht mitteilen, zumindest nicht im Augenblick«, sagte Delancort bestimmt und nahm Lucy damit die Luft aus den Segeln. »Ansonsten müssten wir uns einigen unangenehmen Fragen stellen, zum Beispiel, warum gewisse Rubicon-Mitarbeiter ein Beweisstück von einem Tatort entfernt haben, für den das FBI zuständig war.«

»Und dazu noch die Sache mit den Haftbefehlen«, fügte Marc hinzu.

»Dann warten wir also ab, bis diese durchgeknallten Vollidioten ein Flugzeug vom Himmel holen oder so was in der Art?« Lucys Stimme wurde lauter.

»Nein«, erwiderte Marc und klappte seinen Laptop zu. »Wir haben hier eine ganz heiße Spur, und niemand weiß davon.« Die nächsten Schritte zeichneten sich bereits vor seinem inneren Auge ab. »Ich kenne Arquebus. Ich kann ihn auseinanderpflücken. Und vielleicht erfahren wir sogar, was Madrigal als Nächstes vorhat.«

Kapitel 8

Der Regen prasselte gegen die Fenster des Waggons. Die S-Bahn verließ den Bahnhof Tiergarten in Richtung Südwesten und überquerte den Landwehrkanal. Kara starrte auf das Muster, das die Tropfen auf die Scheibe zeichneten, bevor ihr Blick in die Ferne glitt. Die Straßen und Häuser Berlins, die draußen vor dem Fenster vorbeihuschten, nahm sie nur noch als verschwommene Betonschemen wahr. In der Scheibe war kein Spiegelbild zu erkennen. Sie hatte die dunkelgraue Kapuze des Pullovers, den sie unter ihrer Lederjacke trug, tief ins Gesicht gezogen und ihren schmalen, hageren Körper unter weiter Kleidung versteckt.

Als die S-Bahn die nächste Haltestelle anfuhr, gerieten die Menschen um sie herum in Bewegung, aber sie ignorierte sie. Vielleicht hätte sie ihrer Umgebung ein wenig mehr Beachtung schenken sollen, vielleicht hätte sie die anderen Fahrgäste aufmerksam beobachten sollen, immerhin konnte einer von ihnen ein Beschatter sein. Aber sie vertraute auf ihre Fähigkeiten. Sie hatte ihre Abreise aus Frankreich so sorgfältig geplant, dass Rubicon ihr mit Sicherheit nicht folgen konnte. Jedes Gerät, das sie bei sich hatte, war komplett leer gefegt oder digital neutralisiert worden; jede Stelle, an der möglicherweise ein Peilsender versteckt sein konnte, ein Dutzend Mal gründlich untersucht worden. Sie hatte sich mit der roboterhaften Zielstrebigkeit, wie sie zwanghaften Charakteren zu eigen ist, von allem Vergangenen befreit. Sie war frei.

In gewisser Hinsicht zumindest.

Denn dem zu entfliehen, was sich in ihrem Kopf abspielte, stellte sich als ungleich schwieriger heraus – diesem befremdlichen Schuldgefühl, das ihr das Herz schwer machte. In ihrer Vorstellung glich es einem Ei aus kaltem grau-weißem Stein, der sich gegen ihre Lunge drückte, fast wie ein echter, massiver Gegenstand. Dieser Druck war während ihrer Flucht immer größer geworden, und sie wusste nicht, wie sie ihn loswerden sollte.

Sie musste an Marc Dane denken, an seine Stimme, die über eine verschlüsselte Satellitenverbindung in ihren Ohrhörer gelangt war, und analysierte zum zwanzigsten Mal die letzten Worte, die sie miteinander gesprochen hatten. Kurz bevor sie ihm gesagt hatte, dass es ihr leidtat, kurz bevor sie die Verbindung unterbrochen hatte, hatte sie in seiner Stimme einen ganz bestimmten Tonfall wahrgenommen – als hätte er es bereits gewusst. Als sei ihm da schon klar gewesen, dass sie ihn im Stich lassen würde.

Aber das ließ sich nicht mehr ändern. Kara hatte sich für diesen Kurs entschieden. So musste es sein. Dane war belastbar und anpassungsfähig. Er hatte sich bestimmt irgendwie in Sicherheit gebracht. Und wenn nicht … Sie konnte ihm später noch eine Träne nachweinen.

Das Gefühl der Unausweichlichkeit hüllte sie ein. Kara schloss die Augen, überließ sich ihren Erinnerungen. Genau wie die S-Bahn fuhr auch ihr Leben auf Schienen dahin, auf einem von zahllosen, genau festgelegten Pfaden, der sie unaufhaltsam an ihren Ausgangspunkt zurückbrachte, da wo alles angefangen hatte. Es spielte keine Rolle, was sie selbst wollte, weil die Route bereits feststand. Und sie führte zurück in Madrigals Umlaufbahn.

Zu der wahren Kara Wei.

»Gut möglich, dass sie dich wie eine Erwachsene behandeln«, sagte der Mann aus der Jugendunterkunft. »Weißt du, was das bedeutet? Dass sie gar nicht erst warten, bis du achtzehn bist!« Sie hatte sich nie die Mühe gemacht, sich seinen Namen zu merken. Er war kein bisschen anders als die anderen Erwachsenen in ihrem Leben, die sie nicht als echte Menschen wahrnahm, sondern eher als unberechenbare Naturereignisse. Wie ein Wirbelsturm, der sie einmal durchschüttelte, alles durcheinanderbrachte und sich dann wieder verzog, sodass sie zu guter Letzt den ganzen Mist wieder zusammensammeln konnte. »Hörst du mir eigentlich zu?«

Sie nickte, beschränkte sich aber auf das absolute Minimum und machte nur das, was nötig war, um nicht als »respektlos« zu gelten.

»Scheiße«, fuhr er fort und blätterte die Papiere durch, das Strafregister, das die Bullen ihm in die Hand gedrückt hatten. Er zupfte am Kragen seines verschwitzten Hemdes und blinzelte. »Ich hab keine Ahnung, was das eigentlich heißen soll …« Sie fand, dass er krank und verängstigt aussah. Sein pausbäckiges Gesicht war nicht wie sonst gerötet, wenn er die Kinder anschnauzte. Er machte sich Sorgen, welches Licht ihre Taten wohl auf ihn werfen würden.

Sie hatte sechs Monate in der Unterkunft gelebt, bevor sie dahintergekommen waren, dass sie in dem schmalen Kriechgang über dem Gemeinschaftsbadezimmer einen nagelneuen Laptop versteckt hatte. Natürlich glaubten alle, sie hätte ihn gestohlen – eine berechtigte Annahme –, allerdings ganz anders, als diese Vollidioten es sich vorstellen konnten.

Zunächst einmal hatte sie sich an einen der uralten PCs in der Stadtbücherei gesetzt und die örtliche Bank gehackt, hatte dort für sich ein bescheidenes Girokonto eingerichtet und sich den Laptop bestellt. Anschließend war es ein Kinderspiel gewesen, der alten Dame im Haus nebenan einen »Gratis«-Kabelanschluss zu spendieren – die Kosten trug in Wirklichkeit ein anonymer Wohltäter. Mit zum Angebot gehörte auch ein einigermaßen leistungsstarker WLAN-Router. Das Ehepaar, das die Jugendunterkunft leitete, hielt nichts von Computern. Das modernste Gerät im ganzen Haus war ein zehn Jahre altes Klapphandy.

Während also die alte Dame Dutzende Sender mit Seifenopern und alten Filmen genießen konnte, diente der Router völlig unbemerkt als Verbündeter und Komplize. Jetzt konnte sie problemlos im Netz surfen und Unruhe stiften, wann immer sie wollte.

Die anderen Schützlinge in der Unterkunft waren entweder stumm oder dumm. Sie war siebzehn und hatte bis auf eine zerstörte Kindheit nichts mit ihnen gemeinsam. Sie wollte so wenig wie irgend möglich mit ihnen zu tun haben.

Ihre wahren Freunde und Verwandten, die fand sie im Netz. Sie machte sich einen Namen in Hackerkreisen, indem sie Codes entschlüsselte und Firewalls durchbrach, alles nur zum Vergnügen. Aber das war das, was sie am besten konnte, und es dauerte nicht lange, bis ein paar große Fische, die sich in den gesetzlosen Randgebieten der digitalen Welt tummelten, auf sie und ihre Fähigkeiten aufmerksam wurden.

Sie unterzogen sie verschiedenen Prüfungen. Sie gaben ihr Aufgaben und spendeten Beifall, wenn sie einen geschützten Server lahmgelegt oder ganz allein eine radikale Denial-of-Service-Attacke initiiert hatte.

Sie war nicht dumm. Sie wusste genau, dass sie damit auf schwierigere, größere Aktionen vorbereitet werden sollte. Diese Leute waren auch keine alten Perverslinge, die nur darauf spekulierten, dass sie vor einer Webcam ihr Höschen abstreifte. Es waren Leute wie sie, die erkannt hatten, dass das Internet Spielwiese und Goldmine zugleich sein konnte. Man musste nur wissen, wie.

Doch dann war eines Tages die Polizei in ihrer Jugendunterkunft aufgetaucht und hatte behauptet, dass der Sohn der alten Dame seine Mutter besucht und dabei etwas entdeckt hatte, was ihm ganz und gar nicht passte. Kurz darauf hatten sie den Laptop gefunden. Anschließend dann der Streifenwagen, die Zelle und jetzt dieses Verhör.

Natürlich waren es wieder Menschen gewesen, die alles kaputt gemacht hatten. Menschen mit ihrer Unberechenbarkeit und ihrer Ungeschicklichkeit, die einfach nicht das machten, was sie für sie geplant hatte.

Die Bullen nannten ihre Taten *Telefon- und Kommunikationsbetrug,* wofür man im Gefängnis landen konnte. Irgendein helles Licht in irgendeinem Büro hatte ein paar Straftaten zu einer bestimmten IP-Adresse zurückverfolgt, und das war's dann gewesen.

Die Konsequenzen hätten ihr eigentlich eine Heidenangst machen müssen, aber das, was sie am meisten schmerzte, war der Gedanke, dass die Nabelschnur zu jener anderen Welt durchtrennt werden würde. Die reale Welt da draußen war ein solch nervtötendes, leeres Nichts, aber das Netz, das diente ihr als Sauerstoff. Wenn sie nicht mehr atmen konnte, dann würde sie sterben. Mehr Gefühl hatte sie noch nie zuvor empfunden, und jetzt sollte ihr genau das genommen werden.

Die anderen, ihre Freunde mit den Geisteridentitäten, die virtuellen Phantome, sie würden erfahren, was ihr zugestoßen war, und dann würde sie nur noch als abschreckendes Beispiel gelten. Sie würde ihre Welt nie wieder zu Gesicht bekommen.

Da, plötzlich ging die Tür des vollgestopften Verhörzimmers auf und eine streng wirkende Frau mit schulterlangen kohlrabenschwarzen Haaren trat ein. Sie hatte dunkle Augen und trug eine Brille mit einem dicken Gestell, dazu einen grauen Hosenanzug. In ihrer Brusttasche steckte eine FBI-Dienstmarke.

Die Frau stellte sich als Special Agent Trecento vor und eröffnete dem Mann aus der Jugendunterkunft, dass es hier nicht nur um Telefon- und Kommunikationsbetrug ging. Vielmehr würden ihr auch schwerwiegendere Verbrechen zur Last gelegt, zum Beispiel das Eindringen in staatliche und militärische Netzwerke, also Straftaten, die sich zumindest am Rand des Hochverrats bewegten.

Es dauerte keine zehn Minuten, da hatte er sie offiziell in die Obhut der FBI-Agentin überstellt. Mit auf den Rücken gefesselten Händen sah sie ihn zum allerletzten Mal, sah seinen wütenden, verurteilenden Blick, während die Tür bereits ins Schloss fiel.

Trecento brachte sie zu einem bereitstehenden Mietwagen auf dem Parkplatz vor der Polizeiwache. Auf dem Fahrersitz saß ein Mann mit Sonnenbrille, der nicht abwartete, bis sie es sich bequem gemacht hatte, sondern sofort losfuhr.

Die Agentin betrachtete sie vom Beifahrersitz aus. »Du hast dich ziemlich schlau angestellt«, sagte sie. »Aber du hast gegen viele Gesetze verstoßen. Hast du ernsthaft geglaubt, dass niemand dahinterkommen würde?«

»Wenn ich die Hände frei hätte, würde ich Ihnen jetzt den Finger zeigen«, schleuderte sie der Frau trotzig entgegen.

Trecento fing an zu lachen, als sei das der beste Witz,

den sie je gehört hatte. Sie zog eine Packung mit französischen Zigaretten aus ihrer Jackentasche und zündete sich eine an. »Wir sind auf dich aufmerksam geworden«, sagte sie nach einer kurzen Pause. »Und wir sind beeindruckt.« Sie griff sich mit der freien Hand in den Nacken und zog sich die schwarzen Haare vom Kopf. Darunter kamen rostrote Locken zum Vorschein. Sie warf die Perücke auf die Rückbank und fischte einen kleinen Schlüssel aus einer anderen Tasche. »Das kommt nicht oft vor. Nicht viele bestehen die Prüfung«, sagte die Frau und beugte sich zu ihr, um ihr die Handschellen abzunehmen.

»Ihr seid gar nicht vom FBI«, sagte die Siebzehnjährige, als ihr schlagartig alles klar wurde.

Die Frau mit den roten Haaren lächelte und stieß einen dünnen Rauchfaden aus.

Ihr Waggon rollte über ein paar unebene Schienenstränge. Kara blinzelte und wurde wieder in die Gegenwart zurückgeholt, und für einen kurzen Moment nahm sie das bittere Aroma von Madrigals Zigarette wahr.

Das steinerne Ei in ihrer Brust geriet in Bewegung, wurde kleiner, ohne sich jedoch gänzlich aufzulösen. Das eigentliche Schuldbewusstsein, der bleierne Kern des Ganzen, der wurde von ihren Gefühlen für Lex gebildet.

Er hatte viel Spaß an kleinen Rätseln und Spielen gehabt. Was er ihr auf dem Speichergeflecht in seinem Handballen hinterlassen hatte, war leicht zu durchschauen gewesen und hatte sie zu einer verborgenen Partition geführt, deren Existenz nur sie überhaupt hatte ahnen können. Sie entsprach nicht ganz Lex' sonstigem Standard, was wahrscheinlich daran lag, dass er es sehr eilig gehabt hatte. Aber was den Inhalt der Partition anging, was sie dort über die restlichen Dateien auf dem Speicher erfahren hatte …

Kara hatte ganz allein in der Stille über den Daten gebrütet, die Dane ihr aus Malta zugeschickt hatte, und leider viel zu spät begriffen, was Lex ihr versucht hatte zu sagen.

Armer, dämlicher, lustiger Lex. Mit seinen Witzen und seinem Lächeln und seinem Blödsinn, der sie so wütend gemacht hatte. Er war für sie immer ein unlösbares Rätsel geblieben.

Er wusste, weshalb sie ausgebrochen war, damals, als alles schiefgegangen war. Welches Recht also hatte er, sich nach all den Jahren wieder an sie zu wenden? Kara hatte mit sich selbst eine Abmachung getroffen, hatte dieses Leben hinter sich gelassen und war jemand anders geworden. Doch die Vergangenheit hatte sie aufgestöbert. Unerwünscht. Ungewollt.

Lex meldete sich, immer und immer wieder. Bombardierte sie mit nervösen Botschaften. Jedes Mal hatte Kara sie zurück ins digitale Nirwana geschickt, in der Hoffnung, dass er verstehen und sie in Ruhe lassen würde. Und dann, eines Tages, war er tot. Am selben Tag noch hatte sich der Stein in ihrer Brust gebildet. Geistesabwesend legte sie die Finger an das Armband der Smartwatch und zog daran. Dann wurde ihr bewusst, was sie da tat, nahm die Finger weg und ärgerte sich über sich selbst.

Sie verabscheute das alles. Dieses grässliche Chaos menschlicher Gefühle. Sie waren ein Grund gewesen, wieso sie damals gegangen war. Als Kind hatten ihr die Ärzte erklärt, dass ihr Gehirn nicht so funktionierte wie das der meisten anderen, dass es anderen Gesetzmäßigkeiten folgte, die manche vielleicht ungewöhnlich, ja sogar abnormal fanden. Sie sehnte sich nach Ordnung und Eindeutigkeit. Was war denn daran abnormal? Sie hasste alles Unberechenbare, alles Chaotische. Manchmal empfand sie, wenn ihr solche Dinge begegneten, einen beinahe körperlichen Schmerz.

Als sie dann älter wurde, lernte sie, mit ihrer Andersartigkeit umzugehen. Sie legte Kartons in ihrem Gehirn an. Kartons für Erinnerungen, Kartons für Fähigkeiten. Kartons, in die sie die unordentlichen und willkürlichen Aspekte der Realität verpacken konnte, um sich auf das Entscheidende zu konzentrieren.

Aber Lex hatte alle ihre Kartons geöffnet. Und er tat es immer noch, obwohl er mittlerweile tot war.

Kara machte die Augen zu, während der Zug schon wieder durch einen auf Stelzen stehenden Bahnhof ratterte, und legte eine Hand an die Brust. In der Dunkelheit hinter ihren Augenlidern, während der Regen gegen die Glasscheibe neben ihrem Kopf prasselte, schob sie die Hand hinein und schloss die Finger um den Stein. Sie stellte sich vor, wie sie ihn in einen Karton fallen ließ.

Den Deckel zumachen. Und dann sorgfältig verkleben.

So musste es sein, wenn sie überleben wollte. Dort, wo sie hinging, durfte sie nichts mit sich herumschleppen, was nicht zur Sache gehörte. So lautete der Plan.

Wie für alles im Leben hatte Kara auch für das, was jetzt geschehen sollte, eine Strategie. Eine ganze Menge sogar, die alle in den Kartons in ihrem Kopf bereitlagen, eine für jeden denkbaren Ausgang.

Andere Menschen – normale, typische Menschen – würden sich jetzt irgendwelchen Tagträumen hingeben oder sich ablenken, aber Karas Gedanken verloren nie das Ziel aus dem Blick. In ruhigen Momenten wie diesen legte sie sich daher Pläne für alle denkbaren Eventualitäten zurecht, angefangen bei so trivialen Dingen wie der Farbe ihrer Kleidung oder wie die nächsten Stunden in ihrem Leben im Detail aussehen konnten. Auf diese Art und

Weise konnte sie nichts überraschen. Sie hatte jedes nur mögliche Ereignis einkalkuliert und sich eine Strategie dafür zurechtgelegt.

Lex' Tod gehörte zu diesen Möglichkeiten, eine Variable unter zahllosen anderen, und der Plan, den sie sich für diesen Fall zurechtgelegt hatte, wurde jetzt in die Tat umgesetzt. Schnörkellos und ohne Abweichung.

Als sie in Chamonix mithilfe ihrer kleinen Überwachungs-App von Lex' Tod erfahren hatte, da hatte sie nicht eine Sekunde gezögert. Der Plan war ja schon fertig ausgearbeitet, und sie brauchte nichts weiter zu tun, als ihn in die Tat umzusetzen. Ihr Leben erfuhr eine Wendung um hundertachtzig Grad, und nun war sie wieder auf dem Weg dorthin, wo alles begonnen hatte.

Aber um das zu schaffen, musste sie sich selbst noch einmal ganz neu formatieren, musste ihre Gefühlswelt defragmentieren wie eine zugemüllte Festplatte. Jetzt war sie bereit.

Sie schlug die Augen auf und beobachtete den Regen, der immer noch gegen das Fenster prasselte, die Schlieren, die sich an der Scheibe entlangschlängelten.

Lucy blinzelte einmal, um wieder einen klaren Blick zu bekommen, neigte den Kopf ein wenig zur Seite und blickte durch das Nightforce-Visier an ihrer Waffe. Die warmen Windböen, die vor einer ganzen Weile aufgekommen waren, wurden allmählich schwächer. Sie beobachtete die Dampfwolken, die aus den Lüftungsventilen auf den Dächern der Gebäude rings um das Rubicon-Hochhaus aufstiegen, um die Windstärke abzuschätzen, und korrigierte ihre Position.

Der zylinderförmige Schalldämpfer auf dem Lauf ihres Scharfschützengewehrs – einer Vanquish – bewegte sich langsam nach Nordwesten, und Lucy nahm das Ziel, das sie sich ausgesucht hatte, ins Visier. Es handelte sich um ein Penthouse-Apartment in einem Wohnblock am Square Kraemer, im französischen Teil Monacos, rund dreihundert Meter entfernt. Für jemanden mit ihrer Ausbildung ein Kinderspiel.

Sie erfasste die Zielperson: eine Frau Mitte dreißig in einem fließenden Seidenkleid, die in der offenen Küche des Apartments auf und ab ging und dabei telefonierte. Sie war gerade dabei, sich ausgehfertig zu machen. Lucy konnte deutlich sehen, wie sie im Verlauf des Telefonats mit den leuchtend blauen Stilettos in ihrer Hand herumfuchtelte.

Die Frau ging immer die gleiche Strecke. Zum Fenster und wieder zurück. Zum Fenster und wieder zurück. Lucy berechnete, wo die Kugel vom Kaliber .308 einschlagen sollte, und berücksichtigte dabei auch die Abweichung durch das Fensterglas. Es sah nicht aus wie Panzerglas, aber sie wollte nichts dem Zufall überlassen. Der Schuss würde über der linken Brust der Frau eindringen und hätte ihren sofortigen Tod zur Folge.

Weder der Knall noch das Mündungsfeuer der Vanquish würden auf der etliche Stockwerke unterhalb verlaufenden Straße bemerkt werden, selbst dann nicht, wenn jemand zufälligerweise direkt zu Lucys Versteck hinauf blickte. Dafür sorgten die dünnen, lichtabsorbierenden Tücher, die sie über dem Dach ausgebreitet hatte.

Die Frau blieb stehen und winkte, während ein kleiner Junge ins Sichtfeld des Zielfernrohrs trat. Sie legte eine Hand über das Mikrofon des Telefons und redete mit strenger Miene auf ihn ein. Er ließ die Schultern sinken und sah alles andere als glücklich aus.

Lucy zwang sich, das Kind nicht zu beachten, obwohl es

sie sehr an ihren kleinen Bruder erinnerte. Aber sie blendete alles aus und konzentrierte sich auf ihre Zielperson. Der grüne Punkt über dem Entfernungsgradienten des Zielfernrohrs kam nun genau auf der Brust der Frau zum Liegen.

Die Waffe war entsichert, und Lucy legte den Finger auf den Abzug. Behutsam erhöhte sie den Druck, atmete sehr bewusst und regelmäßig. In diesem Augenblick fiel alles andere von ihr ab, jede Sorge, jede nagende Ungewissheit der Außenwelt, aller Ärger und alle Verunsicherung. In der Schlichtheit dessen, was sie tat, fand sie Klarheit.

»Bitte bringen Sie niemanden um«, sagte eine sonore Stimme hinter ihr. »Es gibt auch so schon genügend Widerstände gegen die Anwesenheit von Rubicon in Monaco.«

Sie entspannte sich, ließ das Magazin herausschnappen und zeigte Solomon, dass es nur mit leeren Pufferpatronen gefüllt war. »Training«, sagte sie, schob das Magazin wieder in den Schacht und wandte sich ihrem nächsten Ziel zu, nachdem sie gedanklich das erste Attentat als erfolgreich abgeschlossen verbucht hatte. »Dabei kann ich mich entspannen.«

Die nächste Zielperson befand sich in einem Wohnblock in der Avenue Marquet, aber zunächst herrschte in ihrem Visier noch ein ziemliches Durcheinander. Das Gebäude lag dichter am Wasser, darum musste sie auch den Wind neu berechnen, wenn sie einen Treffer landen wollte.

Solomon setzte sich auf den Metallkasten einer Klimaanlage und beobachtete sie. Zwischen den ganzen staubig schmutzigen Geräten wirkte er in seinem makellosen Kiton-Anzug komplett fehl am Platz, aber das schien ihn nicht im Geringsten zu stören. »Es gibt doch bestimmt andere Möglichkeiten, wie Sie Ihre Fähigkeiten erhalten können.«

»Bauen Sie mir einfach die Schießanlage im Keller, um

die ich Sie schon mehrfach gebeten habe«, erwiderte sie und verschob einen Regler an der Seite des Zielfernrohrs. »Wenn ich jetzt ein paar hundert Schuss verballern könnte, würde mir das vielleicht helfen.« Lucy fand das Fenster, das sie sich ausgesucht hatte. Sie erkannte es an der lustigen kleinen Flagge am Rahmen. Hinter dem Fenster, im Inneren der Wohnung, war schemenhaft ein dicker Mann auf einem Heimtrainer zu erkennen, doppelt so weit entfernt wie ihr vorheriges Trainingsobjekt. Sie schätzte die Sinkwerte bei der Distanz ab und zielte erneut.

»Ich habe mit dem Vorstand gesprochen«, sagte Solomon. Sein Tonfall ließ vermuten, dass es nicht gut gelaufen war. »Kara hat uns eine Vielzahl an Problemen beschert, und das ist nur eine äußerst vorsichtige Einschätzung.«

Lucy legte den Finger auf den Abzug und »erledigte« den Mann auf dem Heimtrainer. Dann stieß sie den restlichen in ihrer Lunge verbliebenen Atem aus und richtete sich auf. »Und da kommen bestimmt noch eine Menge dazu.« Sie setzte sich in den Schneidersitz und begann, die Vanquish auseinanderzunehmen und die Einzelteile in einem mit Schaumstoff ausgekleideten Plastikkoffer zu verstauen. »Einfach alles hinter sich zu lassen und abzuhauen, das ist eine Sache. Aber falls das alles nur ein Teil eines groß angelegten Plans war …« Lucy ließ den Satz unvollendet. Die unterschwellige Wut, die sie durch die Arbeit mit dem Gewehr für eine Weile vergessen hatte, machte sich nun wieder bemerkbar.

Solomon wandte sich ab. »Es fällt mir schwer, das zuzugeben, aber ich glaube, es war ein Riesenfehler, Kara in unsere Gruppe zu holen. Damals war ich überzeugt davon, dass ich ihr vertrauen kann. Aber jetzt scheint es, als hätte ich mich geirrt.«

»Sie haben gewusst, wo sie herkommt.« In Lucys Erwiderung lag eine gewisse Schärfe. »Wer war sie, bevor sie Kara Wei geworden ist?«

»Ihren richtigen Namen kenne ich nicht«, erwiderte er. »Aber sie hat unterschiedliche Decknamen benutzt …« Solomon hielt kurz inne, dann fuhr er fort: »Wenn sie sich tatsächlich auf die Seite unserer Feinde stellt, dann sind wir verwundbar. Sie weiß eine Menge über die verschiedenen Rubicon-Unternehmen und die Abteilung für Sonderaufgaben. Falls sie dieses Wissen gegen uns verwendet, dann ist alles, was ich unter erheblichen Mühen aufgebaut habe, in großer Gefahr.«

Lucy nickte bedächtig. Rubicon hatte sicherlich Feinde, sowohl unter den üblichen Konkurrenten in der Wirtschaftswelt als auch in den schattigeren Bereichen, in denen die AfS aktiv war. Das Kombinat war gerade dabei, sich nach den Ereignissen von Washington und Neapel neu aufzustellen, dazu kamen Al Saïf und der russische Geheimdienst, die alle noch ein Hühnchen mit Solomons Eingreiftruppe zu rupfen hatten. »Falls Kara uns wirklich verraten will, dann kann sie das mühelos tun. Interessenten gibt es genug.«

»Wir sollten vielleicht ein paar Gegenmaßnahmen ergreifen«, fuhr Solomon fort. »Darum meine konkrete Frage an Sie: Sollten tatsächlich extreme Sanktionen erforderlich werden, wären Sie bereit, sie zu übernehmen?«

Lucy zögerte keine Sekunde. »Ein Wort von Ihnen genügt.«

»Die anderen würden vielleicht davor zurückschrecken.«

»Die anderen haben Sie aber nicht gefragt«, erwiderte sie, während sie den Deckel des Gewehrkoffers zuklappte. »Sie fragen mich. Und, um ehrlich zu sein, ich habe kein Problem damit, jemanden aufs Korn zu nehmen, der mein Vertrauen missbraucht hat.«

Solomon stand auf und klopfte sich den Staub vom Anzug. »Seien Sie jederzeit bereit«, sagte er. »Wir müssen Rubicon beschützen. Das Ideal. Die Menschen. Alles. Wir dürfen nicht zulassen, dass eine Abtrünnige das alles gefährdet.«

Die S-Bahn hielt am Bahnhof Heerstraße, und die Türen öffneten sich mit lautem Piepsen.

Kara wartete bis zum allerletzten Moment und sprang erst nach draußen, als die Tür sich bereits wieder schloss. Sie wurde nicht verfolgt, aber falls doch, dann saßen die Verfolger jetzt in der davonfahrenden S-Bahn fest. Kara sah der Bahn auf ihrem Weg in Richtung Olympiastadion hinterher. Als sie ganz sicher war, dass sie nicht beobachtet wurde, ging sie entschlossen los, folgte zuerst der Straße und bog dann auf die feuchten, mit Blättern übersäten Pfade ab, die auf die Spitze eines flachen, bewaldeten Hügels führten – dem Teufelsberg. Unter dem dichten Blätterdach erhob sich ein von Menschenhand errichteter Berg, bestehend aus den Trümmern der Häuser, die den Bomben des Zweiten Weltkriegs nicht standgehalten hatten. Sie bedeckten auch den Rohbau der Wehrtechnischen Fakultät, einst von den Nazis als Teil der geplanten Hauptstadt des Großgermanischen Reiches vorgesehen. Im Kalten Krieg war auf der Spitze des Berges eine gewaltige Abhöranlage errichtet worden, mit der Amerikaner und Briten die feindliche DDR belauscht hatten, aber nachdem auch dieser Konflikt von der Geschichte überrollt worden war, war der ganze Gebäudekomplex dem Verfall preisgegeben worden. Sie sah die Ruinen im Vorbeigehen. Die tristen Kuppeln der alten Radartürme lugten über die Baumwipfel. Beim Anblick der eigentümlichen, skelettartigen Umrisse fühlte Kara sich unwillkürlich an die abgestreiften Hüllen riesenhafter Insekten erinnert.

Im Regen waren sie nur schemenhaft zu erkennen, und sie zögerte, kam sich für einen Moment wie verloren vor.

Als sie versucht hatte, es zu erklären, hatte Lex gelacht.

»Es fällt mir schwer zu begreifen, dass ich überhaupt existiere, dass ich da bin«, sagte sie. »Ich meine, ich weiß, was Gefühle bei anderen Leuten auslösen. Ich kann es beobachten, aber wie von außen, wie durch eine Glasscheibe.«

»Und als Nächstes willst du wahrscheinlich behaupten, dass du gar nichts spürst, oder?« Lex rollte sich unter dem Schlafsack hervor, und der Holzboden knarrte. Er fuhr sich mit den Fingern durch den störrischen braunen Haarschopf und sah sie an. »Aber das *hast* du gespürt.«

Sie lagen nackt unter der schützenden Decke, umgeben von der Wärme ihrer Körper. Noch nie zuvor hatte sie einen Menschen gekannt, der so viel Wärme ausstrahlte wie Lex, und zwar im buchstäblichen Sinne. Manche Menschen fühlten sich kühl oder lauwarm an, aber er … er war ein Brennofen. Dagegen erschien die Kälte des Regens, der auf das Dach des verlassenen Bauernhauses prasselte, weit entfernt und vollkommen unbedeutend.

»Es ist wie eine seltsame Anziehungskraft«, fuhr sie fort, während sich ein leises Lächeln auf ihre Lippen stahl. »Liebe und Hass, Furcht und Freude, die an den Menschen in meiner Umgebung ziehen und zerren.« Ihr Lächeln erlosch. »Manchmal glaube ich, dass mir etwas fehlt – das gewisse Etwas, das alle diese Gefühle erst echt macht.«

»Aber du kannst es sehr glaubhaft vortäuschen«, sagte er und grinste sie immer noch an. »Ich weiß es jedenfalls sehr zu schätzen, dass du dich so ins Zeug legst für mich.«

»Bei dir muss ich das nicht machen«, erwiderte sie. »Du schaffst es irgendwie, die Lücke zu schließen.« Sie starrte ihn fragend an. »Wie genau machst du das?«

»Keine Ahnung«, gab er zu. »Wollen wir's rausfinden?«

»Wir könnten es versuchen«, hauchte sie und ließ sich in seine Wärme sinken.

Sie wischte sich den Regen aus dem Gesicht. Es war ein langer Weg, und als sie schließlich auf dem Gipfel angelangt war, hatte der gleichmäßige Regen ihre Kleidung durchnässt und die Schultern und die Kapuze ihres Pullovers dunkel gefärbt. Beim Näherkommen glaubte sie, ab und zu einen Schatten in den Bäumen zu sehen. Abseits des Pfades. Sie reagierte nicht. Sollten sie ruhig glauben, dass sie sie nicht gesehen hatte oder dass sie ihr gleichgültig waren.

Die verfallenen Gebäude waren mit grellen, obszönen Graffiti übersät. Sie stammten von Straßenkünstlern, die das Ganze zu einer Art Freiluftgalerie gemacht hatten, zumindest so lange, bis die neuen Bewohner eingetroffen waren. Jetzt blieben die Könner an den Spraydosen auf Abstand, das zumindest hatte sie den anonymen Meldungen im Darknet entnommen.

Etliche der Kunstwerke empfand Kara als ausgesprochen beunruhigend. Monströse Gesichter und verzerrte Gestalten, die abstrakte Wortkaskaden erbrachen. Sie konnte darin keinerlei Bedeutung erkennen. Andere dagegen – geometrische Körper, Tiere und bunte Figuren – fesselten ihren Blick. Sie ging zu einer Gestalt, die fast aus dem Unterholz hervorzuwachsen schien, und legte die Finger auf die farbigen Backsteine.

In ihrem Rücken trat jemand gegen einen losen Stein, sodass er mit lautem Klacken über den rissigen Asphalt rollte.

»Hau ab!«, rief eine männliche Stimme, in der eindeutig ein drohender Unterton mitschwang. »He! Hast du gehört?«

Sie drehte sich gemächlich um und stellte sich den beiden Gestalten, die aus dem Schatten hervorgetreten waren. Beides Männer. Einer hatte ein scharf geschnittenes Gesicht und war über und über tätowiert, ein Punk mit viel zu viel Energie, die er nirgendwo loswerden konnte. Der andere war eher dick, und über seinem mondförmigen Gesicht thronte ein zerschlissener lederner Trapperhut. Der Punk hielt ein Stemmeisen in der Hand und kam ihr irgendwie bekannt vor, aber sie wusste nicht woher.

Kara schob die Kapuze zurück, sodass sie ihr Gesicht gut erkennen konnten – nicht nur die beiden Männer unmittelbar vor ihr, sondern auch die anderen an den Bildschirmen, die mit Bildern aus den Kameras versorgt wurden, die an den verschiedenen Gebäudeecken angebracht waren. Sie blickte sich um und entdeckte auf einem nahe gelegenen Flachdach einen verfallenen Turm sowie direkt daneben eine schmutzigweiße Halbkugel.

»Weißt du, wer ich bin?« Die Frage war an den Mann mit dem Stemmeisen gerichtet. Kara sah, wie er sie mit gerunzelter Stirn musterte. Es musste ihm ähnlich ergehen wie ihr. Auch er hatte scheinbar das Gefühl, sie von irgendwoher zu kennen.

Diese Witzfiguren waren ihr schon seit der Straße am Fuß des Hügels gefolgt. Es wurde langsam Zeit, dass sie erfuhren, wen sie da eigentlich beschattet hatten. Zeit, dass sie ihre bisherige Identität abstreifte und ein paar Schritte zurücktrat. Zeit, in eine ältere, länger zurückliegende Rolle zu schlüpfen, eine Rolle, die näher an der Wahrheit lag als ihre bisherige.

»Tut mir einen Gefallen«, sagte sie zu dem Punk. »Geht zu Madrigal und richtet ihr aus, dass *Song* hier ist.«

»Song ist im Knast«, erwiderte der Mann mit dem Hut. »Oder tot.«

Sie breitete die Arme aus und ließ zumindest die Andeutung eines Lächelns erkennen. »Das wage ich zu bezweifeln.«

»Ich habe in den Codes so viele Übereinstimmungen festgestellt, dass ich mir absolut sicher bin«, sagte Assim. Er holte tief Luft und nahm all seinen Mut zusammen. »Die Verschlüsselung des Tablets aus San Francisco und die Barrier Codes, die du bei dieser Software-Waffe entdeckt hast …« Er deutete auf das auseinandergebaute Gerät auf seiner Werkbank und dann auf Marcs isolierten Laptop mit der Wiederherstellungssoftware. »… weisen genau dieselben Eigenheiten auf. Wer immer *das hier* gemacht hat, der hat auch *das da* gemacht.«

»Sehe ich genauso«, erwiderte Marc. Nach dem Gespräch mit Lucy und Delancort hatte er sich eigentlich ein bisschen ausruhen wollen, aber er hatte einfach nicht schlafen können. Also war er an den einzigen Ort gegangen, wo er garantiert seine innere Ruhe finden würde. Das Datenzentrum befand sich gleich neben dem Sitzungszimmer des Krisenstabs. Dort saß er jetzt und widmete sich wieder der Analyse des expandierten Datenspeichers, den er aus Wetherbys Hand gezogen hatte.

Marc hatte sich ein paar hilfreiche Apps von seinem privaten Laptop heruntergeladen und machte sich nun daran, dem Speichergeflecht seine Geheimnisse zu entlocken. Assim hielt sich derweil nervös im Hintergrund, gab ab und zu ein paar erläuternde Bemerkungen zu den Geräten von sich und bemühte sich ansonsten, Marc möglichst wenig in die Quere zu kommen.

Marc empfand aufrichtiges Bedauern für den jungen Kerl. Karas Verschwinden hatte Assim einerseits bei Rubicon ins erste Glied befördert, ihn andererseits aber auch verdächtig gemacht. Vielleicht steckte er ja mit ihr unter einer Decke? Die Situation war durchaus mit Marcs Erfahrungen vergleichbar, damals beim MI6, als auch er in den Verdacht geraten war, ein Verräter zu sein. In seinem Fall hatte es das Ende seiner Karriere beim britischen Geheimdienst bedeutet, aber dafür war er ins Blickfeld von Rubicon geraten. Assim kam damit jedoch erkennbar schlechter zurecht als Marc, und er sah, wie der junge Mann eine Tasse zähflüssigen türkischen Kaffee nach der anderen trank und sich über jede Codezeile Sorgen machte, die er entschlüsseln konnte.

Nach einer Weile merkte Marc, wie Assim gedankenverloren ins Nichts starrte. »Alles in Ordnung?«

Assim zuckte zusammen und lief rot an. »Tut mir leid. Ich war gerade ganz woanders.« Er holte Luft. »Also, ich muss das jetzt loswerden. Es nagt die ganze Zeit an mir, und ich muss es endlich mal aussprechen.« Mit so einem Gefühlsausbruch hatte Marc nicht gerechnet. Er zog die Augenbrauen hoch und wartete ab, bis der Computerspezialist die richtigen Worte gefunden hatte. »Warum gehen eigentlich alle davon aus, dass Kara sich gegen uns gestellt hat? Ich meine, woher wollen wir das wissen?«

»Sie hat mitten in einer laufenden Operation sämtliche Verbindungen gekappt.« Es gelang Marc nicht, seine Wut im Zaum zu halten, obwohl er sich diese Frage durchaus auch stellte. »Sie hat mich angelogen. Hat das Rubicon-System gehackt. Geld gestohlen. Das macht alles keinen besonders guten Eindruck.«

»Und wenn sie dafür einen ganz bestimmten Grund gehabt hat? Einen Grund, den wir nicht kennen? Hat irgendjemand wenigstens mal daran gedacht?«

»Ich wünschte, es wäre so«, erwiderte Marc. »Weißt du vielleicht etwas, was wir anderen nicht wissen?«

Assim spürte den unterschwelligen Vorwurf in Marcs Frage und sank in sich zusammen. »Gar nichts«, erwiderte er hastig. »Aber es fühlt sich irgendwie falsch an …«

Marc wollte etwas erwidern, aber ihm fiel nichts ein, darum wandte er sich wieder seinem Bildschirm zu und versuchte, sich auf seine Arbeit zu konzentrieren.

Unter dem ständigen Geklapper der Tastaturen und dem phosphorartigen Schimmern der Bildschirme flog die Zeit nur so dahin. Marcs Gedanken verselbständigten sich, und er spürte seinen Körper überhaupt nicht mehr, während der Inhalt des Datengeflechts seine ganze Aufmerksamkeit in Beschlag nahm. Er verlor sich in der Struktur des modifizierten Arquebus-Programms, während er es in seine einzelnen Module zerlegte.

Stück für Stück verfolgte er das Computervirus zurück, beginnend bei den Opfern, die es befallen hatte. Marcs Vorgehen ähnelte dem eines Gerichtsmediziners, der mithilfe von Pulverspuren oder Geschosssplittern, die er bei einem Mordopfer entdeckt hatte, versuchte, die Tatwaffe zu ermitteln. Dabei musste er unwillkürlich an den toten Wetherby in der Leichenhalle des Krankenhauses auf Malta denken und verzog das Gesicht.

Nachdem er einzelne Bestandteile aus dem »Sprengkopf« der Software isoliert hatte, durchsuchte er mit einem speziell für diese Zwecke zusammengestellten Dekompilierprogramm die Datenstränge nach Gemeinsamkeiten. Schließlich tauchten zögerlich etliche Linien in grüner Schrift auf, überall dort, wo Zero-Day-Informationen eingefügt worden waren.

Marc tippte mit dem Zeigefinger auf den Bildschirm. »Was hältst du davon?« Er markierte einige Buchstabenfolgen, damit Assim sie besser sehen konnte. »Diese Referenz hier, die taucht immer wieder auf.«

»*HIOS Sigma*«, las Assim laut vor. »Kommt mir irgendwie bekannt vor.«

»Ja, genau …« Marc wechselte an ein Netzwerkgerät und gab den Terminus in eine Suchmaschine ein. Sofort bekam er einen Treffer. »Na bitte. HIOS Sigma ist ein Softwarepaket für industrielle Steuersysteme, stimmt's? Programmierbare Controller und so weiter. Und das neue, verbesserte Arquebus-Virus hat ein halbes Dutzend Exploits um den zentralen Steuercode herumgruppiert.« Er ließ sich gegen die Stuhllehne sinken. »Wie ist Ghost5 da bloß rangekommen?«

»Das ist wirklich sehr besorgniserregend«, sagte Assim und blinzelte hinter seinen Brillengläsern. »Genau über solche Schwachstellen in industriellen Steuersystemen hat sich Stuxnet verbreitet.«

»Und das hier hat ganz ähnliche Ziele im Visier.« Marc scrollte sich durch einen Datenwust, der die Möglichkeiten des Programms beschrieb. »Nur dass es noch sehr viel mehr Unheil anrichten kann.«

Die Sigma-Software war ein hoch entwickeltes Steuersystem, das für große Industrieanlagen mit direkter Internetanbindung gedacht war. In Fabriken wurde es zur Steuerung von Fertigungsstraßen verwendet, in Städten zur Verkehrslenkung, länderübergreifend zur Organisation der Energieversorgung. Aber falls die Software auch für versteckte Operationen und Übergriffe missbraucht werden konnte, dann bestand ein gewaltiges Risiko für die gesamte betroffene Infrastruktur, dann standen unzählige Menschenleben auf dem Spiel.

Assim hackte auf eine andere Tastatur ein, verfolgte Marcs Gedankengang weiter. »Da, ich habe eine Pressemitteilung gefunden, acht Monate alt. SoCal Electronic hat den erfolgreichen Abschluss einer Modernisierungsoffensive in San Francisco bekanntgegeben. Darin wird auch erwähnt, dass die Energieüberwachung durch HIOS Sigma gesteuert wird.«

Marc spürte, wie ihm eine Gänsehaut über den Rücken lief. Er blätterte die Meldungen der Nachrichtenagenturen vom Anfang der Woche durch und stieß auf die Berichte über das Zugunglück in Taiwan. Eine S-Bahn war mitten im dichtesten Berufsverkehr mit einem Pendlerzug zusammengestoßen. Das Unglück hatte zahlreiche Tote und Dutzende Schwerverletzte gefordert. Es wurde viel darüber geschrieben, dass die taiwanesische Polizei die Verwandten der Toten viel zu lange über das Schicksal der Verstorbenen im Ungewissen gelassen hatte, aber nachdem er ein wenig tiefer gegraben hatte, sah er seine Befürchtungen bestätigt.

Im vergangenen Jahr war HIOS Sigma im Steuernetzwerk der Verkehrsbetriebe von Taipei installiert worden, um den reibungslosen Transport von täglich zwei Millionen Fahrgästen zu gewährleisten. »Ich habe doch vorhin diese deutschen IP-Adressen auf dem expandierten Speicher entdeckt«, sagte er hastig und drehte sich zu Assim um. »Gleich die mal mit diesen Sigma-Daten ab. Such nach Berichten über unerklärliche Fehlfunktionen, Unfälle …«

»Du hast eine Spur.« Lucy lehnte an der Glaswand und stand mit einem Bein im Raum. Er hatte sie gar nicht kommen hören. »Ich kenne diesen Blick.«

Und ich kenne deinen. Dieser Gedanke kam ihm, als er sie ansah. Aus ihren dunklen Augen sprach eine Düsternis, die nicht zu ihrem sonst so trockenen Humor passte. Steinhart und kompromisslos. Marc hatte sie schon öfter so gesehen, und jedes Mal hatte es nicht lange gedauert, bis ihr Finger am Abzug lag.

Er beschloss jedoch, sich vorerst jede Bemerkung zu schenken, und gab ihr eine kurze Zusammenfassung all dessen, was er über den Exploit-Code und die Verbindung zu der Sigma-Software in Erfahrung gebracht hatte. »Sie wird von einer Entwicklerfirma in Australien vertrieben. Der Firmenname lautet Horizon Integral.« Marc lud die Firmenwebseite, die raffiniert und sehr minimalistisch gestaltet war – ein deutlicher Hinweis darauf, dass die Firma reich genug war, um auf zusätzliche Werbemaßnahmen verzichten zu können. »Sie gehören zu den *Fortune 500*, also zu den fünfhundert umsatzstärksten Unternehmen auf dem Globus, und beliefern Kunden überall auf der Welt, auch wenn sie die Liste nicht veröffentlichen.«

Lucy verzog das Gesicht. »Vielleicht steigt ihre Kooperationsbereitschaft ja, wenn sie erfahren, dass sie ihre Kundschaft dem Risiko eines katastrophalen Hackerangriffs ausgesetzt haben.« Sie deutete auf den Bildschirm. »Was meinst du, wie groß ist die Chance, dass sie es schon gemerkt haben, jetzt, nach dem Zugunglück und dem Stromausfall?«

»Und den Autounfällen«, meldete sich Assim zu Wort. Er zeigte auf seinen Bildschirm. »Ich habe noch eine Verbindung nach Deutschland gefunden. Dort hat es mehrere Massenkarambolagen auf der Autobahn gegeben, und jedes Mal waren Fahrzeuge mit einem elektronischen Steuerungssystem beteiligt.«

»Noch ein weiches Ziel«, meinte Marc. Mit dem Controller Area Network in Celeste Toussaints Limousine hatte er vor Kurzem ein ganz ähnliches System gehackt, auch wenn er es nicht ganz so weit getrieben hatte. Assim schickte die Meldung auf Marcs Bildschirm, und dieser überflog sie mit grimmiger Miene. Die Unfälle in Düsseldorf und anderswo hatten sämtliche Fahrzeuginsassen das Leben gekostet.

»Ich könnte mir vorstellen, dass das alles noch Versuche

sind«, fuhr Assim fort, dessen Gedanken sich beim Reden formten. »Seht euch mal das Muster an. Zuerst einige vereinzelte Autounfälle. Etwas, was sich mehrfach wiederholen lässt, um die Feinabstimmung vorzunehmen. Dann die etwas komplexere Aktion mit den Vorortzügen. Und schließlich der noch größere Schlag mit dem Stromausfall. Die Täter haben ihren Hack immer weiter verfeinert und die Dimension ihrer Aktionen gleichzeitig immer weiter ausgedehnt.«

»Und das hat noch niemand gemerkt?«, wollte Lucy wissen.

Assim schüttelte den Kopf. »Weil bis jetzt noch niemand auf so eine Idee gekommen ist. Aber im Nachhinein betrachtet deutet alles auf ein noch größeres Ziel hin.«

»Das bedeutet also, dass Horizon Integral irgendwie darin verwickelt ist, sei es nun bewusst oder unbewusst«, fügte Marc hinzu. »Wenn wir uns ihre Kundenliste beschaffen könnten, dann würden wir auch die potenziellen Opfer von Ghost5 kennen.«

»Aber das ist eine Information, die sie garantiert nicht rausrücken werden …« Lucy verstummte, als Delancort durch die Tür trat, flankiert von Solomons Leibwächtern. Er hielt ein kleines Tablet in der Hand.

»Finger weg von den Tastaturen!«, befahl der Sonnengegerbte und starrte Marc und Assim durchdringend an. Der Erntehelfer schob sich an ihm vorbei und baute sich dann drohend vor Assim auf.

»Ihr wisst aber schon, wie man anklopft, oder?«, fauchte Marc. Er war ausgesprochen verärgert über dieses unvermittelte Eindringen.

»Los jetzt!«, fügte der Sonnengegerbte hinzu, und Assim riss die Arme nach oben, als würde er mit einer Schusswaffe bedroht.

Delancort musterte Marc neugierig. »Warum beschäftigen Sie sich mit Horizon Integral?«

Marc kniff die Augen zusammen und sah sich im Labor um, bevor er mit einer Gegenfrage antwortete: »Kann es … kann es sein, dass Sie uns *überwachen*?« Er starrte das Tablet in Delancorts Hand an.

»Selbstverständlich überwachen wir Sie«, erwiderte dieser gereizt. »Oder haben Sie etwa schon vergessen, dass unsere digitale Sicherheit gerade eben erst einen vernichtenden Schlag erfahren hat? Also, bitte, erklären Sie sich.« Delancort bombardierte Assim mit giftigen Blicken, und dieser brach ein.

»W…wir glauben, dass es da eine Verbindung zu dem Zwischenfall in San Francisco gibt«, begann der Techniker stotternd.

»Aber was geht Sie das an?« Marc wollte nicht so schnell nachgeben. Er erhob sich und machte einen Schritt auf Delancort zu. Die ganze Attitüde des Kanadiers reizte ihn bis aufs Blut, und er hatte keine Kraft mehr, diese Gereiztheit zu überspielen. Der Erntehelfer registrierte die Veränderung in Marcs Tonfall und stellte sich ihm in den Weg.

Delancort verschränkte die Arme vor der Brust. »Das geht mich deshalb etwas an, weil die Rubicon-Gruppe mit Horizon Integral eine Partnerschaft eingegangen ist und weil es meine Aufgabe ist, Mr. Solomons Interessen zu schützen.«

»Eine Partnerschaft?«, wiederholte Marc. »Wie sieht die denn genau aus?«

»Wir machen Geschäfte miteinander. Aber falls es mit der Firma irgendwelche Probleme gibt, dann muss ich das auf der Stelle wissen.«

»Bitte, sagen Sie nicht, dass Sie an irgendwelchen entscheidenden Stellen deren Software einsetzen«, warf Lucy ein. »Oder womöglich sogar an potenziell gefährlichen Stellen. Dann erleben Sie nämlich gleich eine unangenehme Überraschung.«

Assim fing an zu erläutern, was sie gerade entdeckt hatten, und Marc sah zu, wie alle Farbe aus Delancorts Gesicht wich. Als Assim fertig war, hatte sich die Arroganz des Frankokanadiers verflüchtigt.

»Wir haben ein Pilotprojekt für den Einsatz von HIOS Sigma gestartet, in zwei Aluminiumwerken in Nigeria«, führte Delancort aus. »Und es gibt die Vereinbarung, dass wir das System im Lauf der nächsten Jahre auch in einem Dutzend anderer Rubicon-Fabrikationsstätten einführen wollen …« Seine vorwurfsvolle Haltung änderte sich schlagartig, und er fuhr sich mit der flachen Hand übers Gesicht. »*Mon dieu.* Ich muss mich augenblicklich darum kümmern. Mr. Solomon muss informiert werden, wir müssen die Fabriken vom Netz nehmen …«

»Nein, denn wenn Sie das machen, dann sind die Täter sofort gewarnt«, unterbrach ihn Lucy. »Falls Horizon Integral tatsächlich irgendwie in die Sache verstrickt sein sollte, falls Ghost5 dort einen Insider platziert hat, dann können Sie denen genauso gut gleich schriftlich mitteilen, dass die Sache mit dem Computervirus aufgeflogen ist.«

»Vielleicht gibt es ja noch eine andere Möglichkeit«, erklärte Assim nachdenklich. »Wie wäre es mit einer Sicherheitsüberprüfung, und zwar vor Ort?«

Ein schiefes Lächeln stahl sich auf Marcs Gesicht, als ihm ein ganz anderer Gedanke kam. »Wie viel Geld hat Solomon in Horizon Integral investiert?«

»Sagen wir einfach, es handelt sich um eine nennenswerte Summe«, erwiderte Delancort abwehrend. »Aber bestimmt nicht genug, um sie dazu zu bewegen, ihre tiefsten Firmengeheimnisse zu offenbaren, dessen können Sie sicher sein.«

»Ach ja?« Marc nickte versonnen. Allmählich schälte sich ein Plan heraus. »Wissen Sie was? Ich glaube, Mr. Solomon hat gerade eben beschlossen, seine Investition in Horizon Integral zu begutachten. Und zwar *höchstpersönlich*.«

»Die Konzernzentrale hat ihren Sitz in Sydney«, sekundierte Assim.

»Dann finden wir dort auch das konzerneigene Rechenzentrum«, sagte Marc. Er warf Lucy einen Blick zu. »Ist dir klar, worauf ich hinauswill?«

Delancort schnaubte. »Wenn ich Sie richtig verstehe, dann schwebt Ihnen tatsächlich eine Konspiration vor, bei der der Vorstandsvorsitzende der Rubicon-Gruppe als Nebelkerze dient, um einen Akt internationaler Firmenspionage durchzuführen.«

»Ganz genau.« Marc lächelte schmal. »Ich bin froh, dass wir uns verstehen.«

»*T'es ouf!* Und Sie haben gewiss auch eine wasserdichte Strategie vorbereitet, um unsere Firma vor eventuellen negativen Konsequenzen zu schützen, oder?« Delancort starrte ihn über den Rand seiner Brille hinweg herausfordernd an.

»Wie lange dauert ein Flug von Nizza nach Sydney?«, erkundigte sich Lucy.

»Mit Zwischenlandungen ungefähr zweiundzwanzig Stunden«, erwiderte Marc.

Sie lächelte verschlagen. »Mehr als genug Zeit, um sich was auszudenken.«

Im Inneren des Zentralgebäudes der alten Abhörstation hing kopfüber von der Decke ein riesiges Metallschild mit der Aufschrift *Eintritt verboten* und diente als Trennwand. Tragbare Scheinwerfer warfen ihr hartes Licht in alle Ecken des Raumes. Der Strom kam aus leistungsstarken Batterien, die früher einmal in Elektroautos gesteckt hatten. Darüber hinaus sorgten summende Generatoren für die Energieversorgung einer langen Arbeitsplatte, auf der zahlreiche Server und Kommunikationsgeräte aufgebaut waren. Überall schlängelten sich dicke Kabelbündel über den staubigen Betonfußboden, aber Kara umging geschickt jede Stolperfalle, musterte wortlos die Ausrüstung und überlegte sich, was man damit alles anstellen konnte.

Im »Arbeitsbereich« wurde es still, nachdem sie in Begleitung mit Trapperhut und seinem Gefährten, dem Punk, eingetreten war. Köpfe drehten sich in ihre Richtung. Manche wandten sich nach einem einzigen flüchtigen Blick wieder ab, andere freuten sich eindeutig, sie wiederzusehen.

Eine Gestalt näherte sich mit schnellen Schritten. Eine dünne Polin Anfang zwanzig mit wasserstoffblonden Haaren, in die Zöpfchen geflochten waren, kam mit starrem Blick und halb schockierter, halb wütender Miene auf sie zugestapft. Sie versetzte Kara einen harten Stoß gegen die Schulter. »Du blöde Kuh«, sagte die junge Frau erregt. »Verdammt noch mal, ich hab gedacht, du hockst in irgendeinem Gulag.« Sie blitzte den Kerl mit dem Hut an. »Hau ab, Billy!« Der Angesprochene war klug genug, ihrem Befehl Folge zu leisten und sie allein zu lassen; sie stellten sich in einige Entfernung auf.

»Hallo, Pyne.« Kara verzog das Gesicht zu einer schmerzverzerrten Grimasse. »Das soll wahrscheinlich heißen, dass ich dir gefehlt habe, oder?«

»Lass mich bloß in Ruhe«, erwiderte die Polin. »Wo hast du denn gesteckt, verfluchte Scheiße? Du bist einfach abgehauen, ohne ein einziges Wort, du hast mich …« Sie senkte die Stimme. »Du hast mich ganz alleine hier zurückgelassen.«

Kara suchte stammelnd nach einer Erklärung. »Das wollte ich nicht, wirklich nicht. Aber ich wusste, dass du das aushalten würdest. Du bist stark. Belastbar.«

Pyne blinzelte und ging nicht darauf ein. »Du bist zurückgekommen. Ich wusste, dass du eines Tages wieder auftauchen würdest. André hat gesagt, du kommst nie zurück, aber ich hab gesagt … *scheiß auf dich*, hab ich gesagt, *sie* …«

»Ja«, unterbrach Kara sie bestimmt. »Die Dinge haben sich geändert.«

»Mm-hmm.« Pyne nickte heftig, und dann warf sie Billy und dem Punk ein paar böse Blicke zu, als sie sich wieder näher schoben. »Verzieht euch!«

»Du hast mir gar nichts zu befehlen …«, fing der Punk an, doch Pyne fiel ihm ins Wort.

»Ich scheiß auf dich, Null. Du weißt doch, wer das ist, oder? Gegen sie seid ihr bloß zwei lächerliche Anfänger.« Pyne stieß Kara ihren über und über beringten Zeigefinger gegen die schmerzende Schulter. »Das hier ist Song.«

»Eine Melodie, die wir schon lange nicht mehr gehört haben.« Der Satz kam aus der Dunkelheit, kühl und beherrscht. Kara verspannte sich, und dann öffnete sich in ihrem Inneren eine Tür, und ein lange verschütteter Teil ihrer Persönlichkeit kam zum Vorschein, als hätte er nur auf diesen Augenblick gewartet. Sie wurde von einer Sehnsucht, einem Gefühl der Zugehörigkeit überrollt, dessen Existenz sie nicht mehr hatte wahrhaben wollen, allerdings vermischt mit einer großen Portion Wut. Die Gefühle waren zu stark, zu überwältigend, und ihr wurde ein wenig schwindelig, während sie versuchte, sich wieder in den Griff zu bekommen.

»Madrigal«, stieß sie hervor. Die Frau trat ins Licht und lächelte. Auf jemanden, der sie nicht kannte, mochte dieses Lächeln vielleicht mütterlich wirken, aber es war nichts weiter als ein Teil ihrer Rolle. Einen Schritt hinter ihr war ein dunkelhäutiger Kerl zu erkennen, aus dessen finsterer Miene nichts als Verärgerung und Missmut sprachen.

»Wong Fei Song«, sagte Madrigal, und es hörte sich fast an wie eine Gedichtzeile. »Da bist du also.«

»So heiße ich nicht mehr«, entgegnete sie. »Jetzt bin ich Kara.«

»Kar-ah.« Madrigal spielte mit dem Klang. »Gefällt mir. Passt zu dir.« Sie warf ihrem Begleiter einen Blick zu, und dieser trat nach vorn. Er hielt einen Metalldetektor in der Hand, als wäre es ein Kurzschwert. »Nichts für ungut, aber Erik ist der misstrauische Typ.«

Erik nahm Kara die Tasche von der Schulter und gab sie dem Kerl mit dem Trapperhut zur Durchsuchung, während er den Detektor an ihrem Körper entlangführte. Sie sträubte sich nicht dagegen und ließ sich die beiden Smartphones abnehmen, die sie bei sich trug. Erik legte sie in das leere Gehäuse einer ehemaligen Mikrowelle. Die Abschirmung würde dafür sorgen, dass die Telefone weder senden noch irgendetwas empfangen konnten.

»Das ist ein interessanter Zeitpunkt«, sagte Madrigal leichthin und musterte Kara von Kopf bis Fuß. »Nach allem, was wir durchgemacht haben, tauchst du plötzlich hier auf, quasi wie aus dem Nichts. Wie hast du uns gefunden?«

Kara setzte ein künstliches Lächeln auf. »Du hast mir eine Menge beigebracht.«

»Alles, was du kannst«, gab Madrigal zurück. »Aber nicht alles, was *ich* kann.« Sie ließ den Blick durch den Raum schweifen, und aus den Blicken, die Kara erntete, schloss sie, dass sie für die Mitglieder von Ghost5 so etwas wie ein abschreckendes Beispiel geworden war.

Wong Fei Song, die vom Glauben abgefallen ist, so hieß es wahrscheinlich. *Die es nicht gebracht hat. Die Außenseiterin, die unbedingt auf eigenen Füßen stehen wollte, verloren und vergessen.*

Madrigal schenkte ihr ein vertrautes, entspanntes Lächeln, und die Versuchung war groß, einfach wieder in die Rolle zu schlüpfen, die sie vor wenigen Jahren innegehabt hatte. Als wäre sie nie weg gewesen. Angewidert registrierte Kara, dass ein Teil von ihr genau dieses Bedürfnis hatte.

Madrigal betrachtete sie traurig und voll mütterlicher Enttäuschung. »So schön es auch ist, dich wiederzusehen, aber es hatte ja seinen Grund, dass unsere Wege sich getrennt haben«, sagte sie. »Also, warum bist du nach Berlin gekommen?«

»Antworte!«, fauchte Erik, als Kara nicht sofort reagierte. Er gab ihr ihre Tasche zurück, und sie sah, dass unter seiner Bomberjacke ein Pistolengriff hervorlugte. Er hatte die Waffe mit Absicht gezeigt, eine Demonstration, um sie unmissverständlich in die Schranken zu weisen.

Sie beachtete ihn nicht, sondern fragte Madrigal: »Können wir unter vier Augen miteinander sprechen?«

Es war klar, was sie wollte: *Nur du und ich.*

Madrigal glitt bereits wieder in Richtung Schatten: »Gehen wir ein wenig spazieren.«

Sie brachte Kara auf das Dach unter einer der riesigen hohlen Kuppeln. Im Schatten der mächtigen Halbkugel war die Luft schon stark abgekühlt. In der Ferne spiegelte sich das Licht in der Edelstahlverkleidung des Berliner Fernsehturms, während die Sonne langsam dem Horizont entgegensank. Die spitz zulaufende Funkantenne auf dem höchsten Gebäude Deutschlands war für Kara ein Zeichen, machte ihr unmissverständlich klar, dass sie nun nicht mehr zurückkonnte und dass ihr Sturz noch lange nicht zu Ende war.

Zurückstürzen in die Dunkelheit. Wieder zum Phantom werden.

Madrigal streckte die Hand aus und wischte Kara eine dunkel gefärbte Haarsträhne aus den Augen. »Du hast schon lange nicht mehr gelächelt«, sagte sie. »Das sehe ich dir an.«

»Stimmt«, gab Kara zu. Madrigal hatte sie schon immer ein wenig zu gut durchschaut, im Gegensatz zu den anderen, die an ihrem Schutzwall aus Sarkasmus und Teilnahmslosigkeit abgeprallt waren. Es war nicht einfach, vor Madrigal etwas geheim zu halten. So war es von Anfang an gewesen. Sie beschloss, ihr nicht die Chance zu lassen, noch tiefer zu graben. »Ich möchte wieder zu euch gehören.«

Madrigal kicherte leise und fing umständlich an, sich eine Zigarette anzuzünden. »Einfach so? Ohne Erklärung, ohne Entschuldigung? Du fragst, und ich empfange dich mit offenen Armen?«

»Könnt ihr jemanden mit meinen Fähigkeiten etwa nicht gebrauchen?«

»Darum geht es nicht.« Madrigal zog eine Augenbraue in die Höhe. »Wo bist du gewesen, Song …?« Sie hielt inne und setzte neu an. »Entschuldige. *Kara*. Was hast du die ganze Zeit gemacht?«

»Ich war immer aktiv. Ich kann euch wirklich nützlich sein.« Grässlich, wie verzweifelt das klang.

»Weißt du noch, was du gesagt hast, als du gegangen bist?« Madrigal stach die glühende Zigarettenspitze wie einen Dolch in ihre Richtung. »Du hast gesagt, dass du nicht mehr Teil unserer Gruppe sein kannst. Du hast gesagt, dass wir auf der falschen Seite stehen. Dass *ich* auf der falschen Seite stehe.«

»Ich weiß«, erwiderte sie knapp.

»Also, warum kommst du dann ausgerechnet jetzt wieder zurück?« Madrigals Tonfall wurde schärfer, und sie kam auf Kara zu. »Was willst du wirklich von mir? Für wen arbeitest du?«

Kara bemerkte eine Bewegung am Rand der Kuppel und stellte erst jetzt fest, dass Erik dort in der Dunkelheit stand, mit gezogener Waffe. Ein falsches Wort, und er würde schießen.

»Ich möchte wieder zu euch gehören«, wiederholte Kara. »Ich arbeite für niemanden. Ich bin allein, und das gefällt mir nicht.« Sie blickte zu Boden und suchte nach einer Wahrheit, die sie Madrigal offenbaren konnte. »Als ich bei Ghost5 war, habe ich immer gewusst, wer ich bin. Das habe ich nirgendwo sonst erlebt.«

»Warum jetzt?« Madrigal ließ nicht locker.

Sie sah ihr in die Augen. »Weil mir klar geworden ist, dass du die ganze Zeit recht gehabt hast, okay? Als ich gegangen bin, hast du behauptet, ich sei naiv. Weil ich dachte, dass sich die Welt in Schwarz und Weiß unterteilen ließe. Aber das ist nicht der Fall, das ist nicht die Realität. Da draußen, da ist alles grau. Da gibt es keine Guten und keine Bösen, kein Richtig oder Falsch. Da gibt es nur den Ort …«

»Den Ort, an dem man steht.« Madrigals Stimme wurde weicher. »Oh Mann, ich wünsche mir so sehr, dass das, was ich gerade erlebe, echt ist, das wünsche ich mir wirklich.« Sie sah Kara an. »Du hast mir gefehlt. Aber trotzdem, der Zeitpunkt macht mich misstrauisch. Und da du uns verlassen hast, hast du eine Menge Vertrauen verspielt.«

Kara suchte sich sehr sorgfältig eine weitere Wahrheit aus und brachte sie in die richtige Form. »Ihr habt ein Mitglied verloren. Ich habe gehört, was mit Lex passiert ist.«

»Ah.« Madrigal ließ den Kopf sinken. »Tragisch. Ich gebe mir selbst die Schuld daran. Ich hätte besser auf ihn achtgeben sollen. Aber wir haben viele Feinde, und dann sind ihm wohl welche auf die Spur gekommen …«

»Ich will wissen, wer das getan hat«, sagte Kara. »Ich will euch helfen, sie zu stellen. Und sie zu bestrafen.«

»Ja.« Madrigal nahm einen langen Zug an ihrer Zigarette. »Wir haben das schon in die Hand genommen. Wir glauben zu wissen, wer ihn ermordet hat. Die ganze Gruppe will Gerechtigkeit für Lex.«

»Genau wie ich«, erwiderte Kara tonlos. »Er war auch mein Freund.«

Madrigal betrachtete sie aufmerksam. »Ich hätte nicht gedacht, dass ihr so eng miteinander wart. Du warst doch eigentlich mit niemandem näher befreundet.«

»Darum geht es nicht«, fuhr Kara fort. »Er war einer von uns. Und darum muss jemand für die Tat bezahlen.«

»Hat er je versucht, Kontakt zu dir aufzunehmen, nachdem du uns verlassen hast?«

»Nein.« Kara schüttelte den Kopf und kam mit ihrer Lüge durch. »Aber ich habe gehört, dass er erschossen worden ist. Ich möchte etwas tun. Vielleicht kann ich dir dadurch ja zeigen, dass ihr mir vertrauen könnt.«

Madrigal seufzte. »Es tut mir leid. Aber ich brauche mehr als das.« Aus dem Augenwinkel nahm Kara wahr, wie der Schatten in der Dunkelheit sich wieder bewegte. Echte Anteilnahme, echtes Bedauern lag jetzt in der Stimme der älteren Frau. »Und ich fürchte, das kannst du mir nicht geben. Ich bin dicht vor dem Abschluss eines Projektes, das ich vor langer Zeit begonnen habe, und ich darf mich nicht … ich darf mich nicht davon ablenken lassen. Nicht einmal durch dich.«

»Hör mich an. Dann wirst du deine Meinung ändern.« Kara griff nun nach der letzten Wahrheit, die sie noch im Köcher hatte. »Ich weiß, wer dich beschattet.«

Madrigal erstarrte. »Was hast du gerade gesagt?«

»Der Kerl in Malta. Der, den ihr erwischt habt, als er Lex' Hotelzimmer durchsucht hat. Ich kann dir sagen, für wen er arbeitet. Sie kommen näher. Das musst du doch auch spüren, oder etwa nicht? Die Spinne im Netz, die jede Erschütterung wahrnimmt?« Ein Hauch von Besorgnis huschte über Madrigals Gesicht, und Kara wusste, dass sie mit ihrer Vermutung richtiglag.

»Woher weißt du das alles?« Madrigals Miene wurde zu Stein.

»Es handelt sich um eine geheime Abteilung innerhalb eines international agierenden Konzerns«, erwiderte Kara, und es kostete sie keinerlei Überwindung, »der Rubicon-Gruppe. Und ich kann euch eine Menge über sie erzählen.«

Kapitel 9

»Zwei Minuten noch«, bat Lucy und klappte den schmalen Taschenspiegel im Deckel ihres Lippenstiftetuis aus. Sie hatte sich für einen rosapinken Farbton entschieden, als Kontrast zu ihrem ockerfarbenen Gesicht und ihrem dunkelblauen Outfit. Nachdem sie ihr Make-up ein wenig aufgefrischt hatte, zog sie sanft am Stoff ihres asymmetrischen Kleides. Es begann an ihrer rechten Schulter, endete knapp über den Knien und schmeichelte durch seinen hautengen Schnitt ihrer sportlichen Figur. Auf ihrem Schoß lag eine schwarze Handtasche, die aussah wie eine Chanel, doch die äußere Kunstlederschicht war lediglich eine Tarnung für das dichte Nylongewebe, das durch seine spezielle Webtechnik jeden Metalldetektor irreführen konnte.

»Verstanden.« Marcs Stimme drang aus dem hautfarbenen Ohrstöpsel in ihrem rechten Ohr. »Wir bereiten alles vor. Müssten eigentlich startklar sein, sobald ihr angekommen seid.«

Lucy ließ den Blick durch den Innenraum der Limousine schweifen und musterte die anderen Fahrgäste. Wie immer schien Ekko Solomon ganz in seinem Element zu sein, jedenfalls sah er in seinem Savile-Row-Anzug, der im Preissegment eines Mittelklassewagens anzusiedeln war, aus wie die Eleganz in Person. Delancort, der neben ihm saß, wirkte weit weniger entspannt, jedenfalls rückte er abwechselnd seine Seidenkrawatte gerade oder fummelte an seinen Manschettenknöpfen herum. Solomons Assistent hatte darauf bestanden mitzukommen, und Lucy war nur deshalb einverstanden gewesen, weil die Tarnung ohne ihn unvollständig und unglaubwürdig gewesen wäre.

Sie befanden sich schließlich auf einem spontanen »Informationsbesuch«, der unter dem Deckmantel einer Begegnung des Rubicon-Vorstandvorsitzenden mit seinem Gegenüber bei Horizon Integral stattfand. Sie sollte einer Vertiefung der geschäftlichen Beziehungen zwischen den beiden Konzernen dienen. Doch Delancort hatte während des Fluges nach Australien immer wieder sein Missfallen an ihrem Vorhaben zum Ausdruck gebracht. Erst jetzt, wo sie im Auto saßen, hielt er endlich den Mund. Trotzdem war Lucy klar, dass er beim ersten Anzeichen einer drohenden Gefahr verlangen würde, dass sie die Mission abbrachen.

Solomon selbst hatte Danes Plan und das Täuschungsmanöver, das dafür erforderlich war, ohne mit der Wimper zu zucken akzeptiert. Im täglichen Umgang konnte man leicht vergessen, dass das Vermögen des afrikanischen Milliardärs aus einem Leben voller Feuer, Blut und Blei hervorgegangen war. Ein persönliches Risiko einzugehen, das war für Solomon nichts Neues. Einst hatte er als Soldat gedient, deshalb verstand er, dass man für eine Mission manchmal Unwägbarkeiten eingehen musste.

Draußen huschten Lichter vorbei, als die Limousine auf die Bridge Street einbog und ostwärts durch Sydneys zentrales Geschäftsviertel glitt. Rings um sie herum erhoben sich moderne Bürotürme aus Stahl und Glas. Tagsüber brummte das Leben hier wie in einem Bienenstock, aber jetzt war es früher Abend, auch wenn Lucys innere Uhr stur behauptete, es sei Vormittag; ihr Schlafrhythmus war immer noch auf kalifornische Zeit programmiert. Um das ständige Gähnen zu unterdrücken, holte sie eine Koffeintablette aus ihrer Handtasche und schluckte sie.

»Alles klar, ich kann euer Auto sehen«, meldete sich Marc erneut. »Also gut, dann legen wir los. Funk-Check.«

»Bereit«, sagte Lucy.

»Bereit«, wiederholte Malte, wie immer sehr kurz angebunden.

»Basis ist ebenfalls bereit«, funkte Assim. Er hielt in Solomons Privatjet draußen auf dem Flughafen in Mascot die Stellung und überwachte die ganze Aktion aus dem an Bord befindlichen Konferenzraum.

»Bekommen wir auch Funkgeräte?« Delancort sah Lucy an.

»Sie haben Ihr SpyPhone.« Sie wies mit einem Kopfnicken auf seine Jacketttasche. »Falls es Probleme gibt, dann vibriert es drei Mal. Sollte das passieren, dann entschuldigen Sie sich und verschwinden so schnell wie möglich. Verstanden?«

»*Oui.*« Delancort rutschte nervös auf seinem Sitz hin und her. Es gefiel ihm überhaupt nicht, dass er hier nur Mitläufer war, aber sogar er war schlau genug, um zu erkennen, wann er sich zurückhalten und den Profis das Feld überlassen musste.

Das Ziel der Fahrt kam in den Blick, und die Limo wurde langsamer. »Ich muss Sie wohl nicht daran erinnern, was passiert, wenn dieser Abend nicht absolut reibungslos verläuft«, mahnte Solomon und hielt kurz inne, um sich einen winzigen Fussel vom Jackettaufschlag zu wischen. »Darum werde ich das auch nicht tun.« Er begegnete Lucys Blick. »Nach allem, was bisher geschehen ist, wäre es naheliegend, jede einzelne unserer Entscheidungen in Zweifel zu ziehen.« Er schüttelte den Kopf. »Aber auch das werde ich nicht tun. Machen Sie einfach das, was Sie am besten können.«

Der Wagen kam zum Stehen, und ein Parkwächter öffnete ihnen die Tür. »Worauf Sie sich verlassen können«, sagte Lucy und betrat den grünen Teppich, der zum Eingang der Konzernzentrale von Horizon Integral führte. Sie schenkte dem Parkwächter ein bezauberndes Lächeln und sah sich um. Gut gekleidete junge Frauen und Männer in schicken Anzügen schritten durch einen hohen, luftigen, von getöntem Glas umgebenen Lichthof, während ein Häufchen Fotografen hinter einem Absperrband aus Samt Schnappschüsse von einem sonnengebräunten, muskulösen Kerl in einem maßgeschneiderten Armani-Ensemble machten. Sie kannte den Kerl nicht, aber dass es sich um irgendeinen Profisportler handeln musste, war mehr als offensichtlich. Er spielte mit den Paparazzi und grinste wie blöde in die Kameras, während er sich vor einem drei Meter hohen Schiffsmodell – einer schwarz-grün lackierten Regattajacht – in Pose warf. Das Firmenlogo von Horizon Integral prangte gut sichtbar auf den Segeln des Bootes, und dann fiel Lucy wieder ein, dass die Präsentation der eigentliche Anlass für diesen abendlichen Galaempfang war. Horizon Integral war bei irgendeiner bedeutenden Regatta, die im Sommer stattfinden sollte, als Hauptsponsor eingestiegen, und die Besatzung der Jacht war hier, um sich feiern zu lassen und an einer Wohltätigkeitsverlosung teilzunehmen.

Solomon stieg jetzt ebenfalls aus, dicht gefolgt von Delancort, und bot Lucy seine Hand an. »Wollen wir, Miss Keyes?«

»Unbedingt, Mr. Solomon.«

»Ihr seht wirklich ganz bezaubernd aus«, sagte Marc. »Trinkt ein paar Gläschen Schampus für mich mit, ja?«

»Nun sei mal nicht beleidigt«, erwiderte Lucy. »Nächstes Mal darfst du auch mitkommen. Als Henris Begleitung.«

»Ich kann's kaum erwarten.«

»Faszinierend …« Solomon ließ den Blick bis hinauf an die Spitze des Gebäudes schweifen, während sie die Außentreppe emporstiegen. »Man könnte fast meinen, es wäre nicht gebaut worden, sondern gewachsen.«

»Stimmt genau.« Lucy folgte seinem Blick. Die Unternehmenszentrale von Horizon Integral war eine ungewöhnliche Fusion aus smaragdgrünem Glas, weißem Beton und allgegenwärtigem lebendigem Grün. Tropische Schlingpflanzen bedeckten mit ihren Blättern den ganzen Turm, angefangen beim Erdgeschoss bis hinauf, knapp dreißig Stockwerke über dem Erdboden. Ungefähr auf halber Höhe war noch ein ähnlich großzügiger offener Lichthof zu sehen. Die darin angepflanzten Bäume wiegten sich sanft in der Brise, die vom Circular Quay herüberwehte.

»Fantastisch, nicht wahr?« Eine Aborigine mit pechschwarzen Haaren und einem freundlichen Lächeln trat auf sie zu. Sie trug eine Art orangefarbenen Trainingsanzug und dazu – so nahm Lucy es zunächst wahr – fingerlose Handschuhe. »Unser Gebäude wurde bewusst so konzipiert, dass es ein ganzes lebendes Ökosystem beherbergen kann. Hier gibt es nicht nur Pflanzen, sondern auch Insektenkolonien und sogar nistende Vögel. Es ist, was ökologisch nachhaltiges Gebäudedesign angeht, eine echte Pionierleistung.« Sie verneigte sich leicht. »Mein Name ist Orani, und ich bin Mr. Wehmeyers persönliche Assistentin. Er hat mich gebeten, Sie zu empfangen.«

»Sehr erfreut.« Solomon gab Orani die Hand, dann stellte er Delancort als seinen persönlichen Berater und Lucy als seine »Begleitung« vor.

Lucy lächelte zurück, und die Frau brachte sie ins Innere, wo sie einen Kellner herbeiwinkte, der ihnen je ein Glas Bollinger reichte.

Auf der Türschwelle gab Oranis Handschuh einen digitalen Klingelton ab, und sie hob die Hand an den Mund. »Mr. Solomon. Mr. Delancort. Miss Keyes.« Der Handschuh klingelte erneut, und als Lucy ein wenig genauer hinsah, bemerkte sie den kleinen, gebogenen Monitor auf dem Handrücken.

»Was ist denn das?«

Orani lächelte. »Dies ist nicht nur ein *grünes* Gebäude, es ist auch ein *smartes* Gebäude. Sämtliche Funktionen des Turmes werden mithilfe eines Computersystems gesteuert, angefangen bei der Beleuchtung über die Energieversorgung bis hin zu den Fahrstühlen. Sogar die Nahrungsmittelvorräte in den Pausenräumen der Mitarbeiter werden erfasst. Das System regelt automatisch Heizung und Licht, damit wir in leeren Zimmern keinen Strom verbrauchen. Es hat viel dazu beigetragen, dass wir zu den fünf energieeffizientesten Firmen des gesamten Landes zählen.«

»Und zur Steuerung greifen Sie auf HIOS Sigma zurück?«, erkundigte sich Delancort.

»Sehr richtig!« Sie nickte. »Dazu nutzen wir ein hochentwickeltes Spracherkennungsprogramm …« Die Frau hielt kurz inne und hob erneut die Hand vor den Mund. »Nicht wahr, Sigma?«

»Ganz genau, Orani«, erwiderte eine künstliche, etwas gestelzt klingende Frauenstimme. *»Ich habe die Ankunft unserer Gäste bereits registriert. Mr. Solomon. Mr. Delancort. Miss Keyes. Brauchen Sie sonst noch etwas?«*

»Nein danke, alles bestens.« Orani grinste die Besucher an. »Wir sind sehr stolz auf unsere Produkte.«

Lucy warf Delancort einen warnenden Blick zu, damit ihm nicht noch eine Bemerkung herausrutschte.

Auch im Gebäudeinneren wiederholte sich das Motiv der Verschmelzung von hochentwickelter Technologie und reiner Natur immer und immer wieder. Trauerweiden wuchsen aus einem Zierteich in der Mitte des Lichthofs, während gewundene Säulen aus Stahl und Beton sich wie Weinranken nach oben reckten und die oberen Stockwerke stabilisierten. Gläserne Fahrstuhlröhren, von unten her von warmem gelbem Licht beleuchtet, führten in die Höhe und verschwanden in den Schatten.

Lucy nippte an ihrem Champagner und setzte aufmerksam ihre Beobachtung der Umgebung fort, registrierte offene Flächen und Deckungspunkte, legte Fluchtrouten fest und so weiter. Sofort hatte sie eine Handvoll Männer und Frauen mit Funkohrstöpseln ausgemacht, die allesamt sehr diszipliniert ihre Posten beibehielten.

»Gute Verteilung«, sagte sie leise nur zu sich selbst. »In puncto Sicherheit macht Horizon Integral jedenfalls keine Kompromisse.«

»Wir haben heute Abend viele Gäste«, erklärte Orani. »Es ist wundervoll, dass Sie diese Stippvisite möglich machen konnten. Wir sind jedes Mal außerordentlich froh, wenn unsere Investoren uns besuchen kommen.«

»Ich freue mich darauf, ein bisschen mehr Einblick in das, was Sie hier machen, zu bekommen«, erwiderte Solomon.

Sie durchquerten den Lichthof und schoben sich durch die dichte Menge aus wohlhabenden Geschäftsleuten sowie der Crème de la Crème der Finanzelite Sydneys hindurch auf einen älteren Mann in einem braunen Anzug zu, der augenscheinlich gerade eine Gruppe chinesischer Investoren um sich versammelt hatte. Er besaß ein breites Lächeln, und sein braunes Haar lichtete sich zusehends. Lucy kannte Martin Wehmeyer, den Vorstandsvorsitzenden von Horizon Integral, bereits von der Firmenwebseite. Er stand in dem Ruf, seinen Mitarbeitern unbedingte

Loyalität einzuimpfen und mit seinen Konkurrenten ziemlich erbarmungslos umzuspringen, aber im Augenblick wirkte er eigentlich eher onkelhaft, wie er sich nach einem Witz über die Aussichten der Segeljacht und ihrer Crew vor Lachen bog. Dann fiel sein Blick auf Solomon. Er entschuldigte sich bei seinen Gesprächspartnern und begrüßte die kleine Rubicon-Abordnung mit einem warmen Händedruck. Ein weiterer Mann, braun gebrannt und mit kantigem Schädel, löste sich von der anderen Gruppe und folgte Wehmeyer, während Orani sich stillschweigend zurückzog.

»Verehrtester, wie schön, Sie heute Abend mit dabeizuhaben!« Er versetzte Solomon einen Klaps auf den Rücken und ergriff dann mit großer Geste Lucys Hand, fast wie ein König, der eine frisch eingetroffene Hofdame auf seinem Schloss willkommen heißt. Und in gewisser Weise war sie das ja auch. »Willkommen, willkommen. Wir haben viel zu besprechen. Ich hoffe, Sie sind zufrieden mit dem Verlauf in Nigeria.«

»Wie Sie bereits gesagt haben, wir haben etliches zu besprechen«, fing Delancort an.

»Später«, schaltete sich Solomon ein. »Wir sind ja mehrere Tage lang hier. Mal sehen, wie die Dinge sich entwickeln.«

»Natürlich!« Wehmeyer nickte. Dann schien ihm der andere Mann einzufallen, der dicht hinter ihm stand. Er zeigte auf ihn. »Das ist Bob Crowne, Leiter meiner Sicherheitsabteilung. Der Hüter meiner Geheimnisse, verstehen Sie?« Wehmeyer lachte, und Lucy lächelte höflich.

»Erfreut, Sie kennen zu lernen«, sagte Crowne mit einem deutlich hörbaren US-Ostküstenakzent. Lucy musterte ihn stumm und versuchte, ihn einzuschätzen. *Ex-CIA*, lautete ihr Urteil. Er sah genau aus wie ein ehemaliger Schlapphut. »Willkommen in Australien.«

»Ich habe gehört, dass man hier sehr gut angeln kann«, sagte Lucy und warf damit ihren ersten Köder aus.

»Das stimmt«, erwiderte Crowne, aber das war auch schon alles. Dann beugte er sich dicht zu Wehmeyer heran und sagte leise: »Sir. Die Gäste sind jetzt alle da. Wir sollten anfangen.«

»Oh. Natürlich.« Unbewusst hob Wehmeyer die Hand, und Lucy nahm den goldenen Siegelring, der lose an seinem kleinen Finger baumelte, genau in den Blick. Er besaß eine flache Intarsie aus Onyx, ungefähr so groß wie ein Zehncentstück, aber unter der Oberfläche verbarg sich ein komplexes mikroelektronisches Bauteil – was sie nur wusste, weil Dane sie während des Fluges mit seiner viel zu ausführlichen Beschreibung gelangweilt hatte.

Wehmeyer wollte den Ring gerade mit einem Finger seiner anderen Hand antippen, da schrillte eine laute Stimme durch die Luft. Es klang fast wie eine Polizeisirene. »Dad. Dad? *Dad!*« Ein junges Mädchen, vielleicht achtzehn, neunzehn Jahre alt und mit schulterlangen Haaren, die ebenso kastanienbraun waren wie die ihres Vaters, schob sich durch die Menge, warf sich Wehmeyer um den Hals und barg ihr Gesicht an seiner Brust. Der Chef von Horizon Integral sah Solomon und die anderen mit einem wissenden Was-soll-man-machen-Gesichtsausdruck an, zuckte mit den Schultern und machte sich von ihr los. »Sunny, Schätzchen, Dad muss arbeiten. Hat das vielleicht eine Minute Zeit?«

Sunny Wehmeyer, zurzeit ein Liebling der Klatschspalten von Sydney, grinste verschämt und ließ ihn los. »Okay.« Als ihr Blick auf Lucys Kleid fiel, riss sie die Augen auf. »Wow, geiles Teil. So eins will ich auch. Aber in Rot. Gibt's das auch in Rot? Wo hast du das her?«

»Sunny«, fuhr ihr Vater mit sanfter Stimme fort. »Ich

dachte, du unterhältst dich gerade mit Charles.« Er wies mit einer Kopfbewegung zur anderen Seite des Saals, auf einen jungen Mann mit zotteligen Haaren, der unter seinem Anzugjackett ein Designer-T-Shirt mit einem ironisch gemeinten Aufdruck trug, den Lucy nicht kapierte.

Vermutlich Charles Hite, dachte sie. Er war in Danes Schilderung ebenfalls vorgekommen. Leitender Ingenieur bei Horizon Integral und ihr bester Programmierer. Hite sah zu ihr herüber, rückte seine dicke Brille zurecht und setzte anschließend sein Gespräch mit einem Besatzungsmitglied der Segeljacht fort.

»Chuck ist so ein …« Sunny hielt inne, bevor ihr etwas Beleidigendes über die Lippen kam, und setzte noch einmal an. »Wir haben echt nicht viel gemeinsam.« Noch bevor Lucy es verhindern konnte, hatte das Mädchen sie am Handgelenk gepackt und zog sie zu der Bar neben dem Zierteich. »Aber wir beide, wir müssen jetzt mal über Mode reden.«

»Ich schätze mal …« Lucy ergab sich in das Unausweichliche und ließ sich von Sunny wegführen.

»Wie läuft's bei euch?«, meldete sich Danes Stimme in ihrem Ohr. »Wenn du kannst, dann sag mal was.«

»Ich besorge uns mal Nachschub«, sagte sie zu niemand Bestimmtem und stellte ihr leeres Glas auf das Tablett eines vorbeikommenden Kellners.

»Unbedingt!«, pflichtete Sunny ihr bei.

Hinter ihnen betrat Wehmeyer jetzt eine niedrige Bühne. Lucy sah, wie er auf seinen Ring tippte und das Licht heller wurde. Wehmeyer räusperte sich, erzählte noch einen kleinen Witz, genoss das Kichern, das wie eine Welle durch den Saal lief, und begann dann mit seiner Ansprache.

»Lass dir Zeit«, meinte Marc trocken. »Kein Stress.«

»Und vergiss nicht«, fuhr er fort. »Wenn du das, was wir haben wollen, nicht kriegst, dann ist das Ganze vorbei, bevor es überhaupt angefangen hat.« Lucy gab keine Antwort, und Marc verzog missmutig den Mund.

»Hier oben ist alles in Ordnung«, sagte Malte und kam über das Dach auf ihn zu. Wie Marc trug auch der Finne einen schwarzen Overall und darüber eine Multifunktionsweste, dazu Handschuhe und eine Rollmütze. Marc hatte gesagt, dass sie selbst mit einer Tasche, auf der groß und deutlich *BEUTE* stand, nicht noch mehr Verdacht erregen könnten, aber Malte schien den Witz nicht kapiert zu haben. »Bist du sicher, dass das klappt?«

»Nein«, erwiderte Marc und ließ die Schnallen eines Hartschalenkoffers aufschnappen, der im Schatten einer Klimaanlage auf ihn gewartet hatte. Er holte einen speziell angefertigten Kompositbogen heraus. Das geschwungene, außerordentlich widerstandsfähige Material des Mittelteils sowie der beiden Wurfarme war mit mehreren kreuz und quer verlaufenden Leinen, drehbaren Rollen – den so genannten Camwheels – und einer Polymersehne bespannt. Dadurch wurde der Wirkungsgrad der Waffe vervierfacht. Marc legte Armschutz sowie Fingertabs an und zog probehalber an der Sehne, um den Widerstand zu testen.

»Wenn du danebenschießt …«, fing Malte an.

»Ich schieße nicht daneben«, unterbrach ihn Marc. »Ich habe trainiert.« Das Bürogebäude der Browder Insurance Agency war etliche Stockwerke höher als das von Horizon Integral, sodass er vom Dach einen guten Blick auf den oberen Lichthof sowie die höchsten Etagen der Zentrale des Softwareentwicklers hatte. Er hatte sich auch schon ein geeignetes Ziel ausgesucht: einen etwas nach hinten versetzten Fassadenabschnitt, wo die Fensterputzergondel geparkt wurde, wenn sie nicht in Gebrauch war. Marc schaltete das Laservisier an der Seite des Bogens ein und justierte es. Die Entfernung zwischen den beiden Gebäuden betrug keine zwanzig Meter, aber viel erschreckender waren die gut dreißig Stockwerke zwischen ihm und der Straße.

Der Kohlefaserpfeil, den er mitgebracht hatte, war federleicht. Mit großer Sorgfalt befestigte er jetzt ein dünnes Drahtseil an einer Klemme hinter der pilzförmigen Spitze. Sie war von einer zerbrechlichen Hülle umgeben und enthielt ein kräftiges Haftgel, das sofort an praktisch jedem anderen Material kleben blieb. Marc zog an der Seilspule, die er am Dachrand befestigt hatte, um sicherzugehen, dass sie nicht klemmte.

Vor einiger Zeit hatten er und Lucy schon einmal ein ganz ähnliches Gerät benutzt, im Hafen von New Jersey. Damals hatte das Graphenseil sie aus großer Höhe im Bauch eines Schiffes abgesetzt. Aber dieses spinnfadendürre Seil hier war eine Weiterentwicklung und konnte, laut Aussage der Techniker, sogar einen Kleinwagen tragen.

»Bleib weg«, sagte Marc warnend. »Falls das Seil reißt und zurückschnappt, dann schneidet es dich in zwei Teile, wie ein Stück Käse.« Er legte den Pfeil ein, holte einmal tief Luft und spannte die Sehne zurück. Die Rollen drehten sich, und die Wurfarme ächzten, während er darauf wartete, dass der Wind ein wenig nachließ. Die Muskeln in seinem Arm und seinem Rücken verhärteten sich.

Das hier war etwas ganz anderes, als eine Pistole abzufeuern. Hier musste man völlig andere physikalische Gesetze beachten, aber Marc stellte fest, dass es durchaus seinen Reiz hatte. Außerdem faszinierte ihn als Technikfreak die Verbindung zwischen der schlichten manuellen Fertigkeit des Schützen und dem Hightechbogen. Natürlich hätte man das Ganze auch mit einer Seilharpune bewerkstelligen können, aber die hätte deutlich mehr Lärm gemacht, sodass das Risiko einer Entdeckung sehr viel größer ausgefallen wäre.

Der Wind ließ für einen kurzen Augenblick nach, und Marc richtete den Laserpunkt genau auf die anvisierte Stelle. *Loslassen*. Der Pfeil war bereits unterwegs, noch bevor Marc es richtig mitbekommen hatte. Die Sehne gab ein leises Sirren von sich. Das Spinnenseil sauste dem Pfeil hinterher und glitzerte sanft im Schein der Lichter von der Straße.

Die Pfeilspitze verfehlte das anvisierte Ziel knapp, was Marc aber nicht vor größere Probleme stellen würde. Er legte den Bogen beiseite, zog probehalber an dem Graphenseil und achtete sorgfältig darauf, es nur mit den keramikbewehrten Spitzen seiner Handschuhe zu berühren. Es machte einen stabilen Eindruck.

»Bereit?«, sagte Malte und reichte ihm einen Seilschlitten aus demselben diamantharten Material.

Marc sah ihn an und spürte genau, was der Finne unausgesprochen ließ. »Ich weiß, dass du das liebend gerne selbst erledigen würdest. Aber so was hast du eben nicht.« Er zeigte Malte sein speziell gehärtetes Tablet, bevor er es wieder in eine gepolsterte Tasche seiner Multifunktionsweste steckte. »Und, ganz ehrlich? Für das, was wir da vorhaben, muss man ein echter Nerd sein, und das bist du nicht.«

Malte nickte zögerlich. »Stimmt. Ich bin auch nicht scharf darauf, die Erfahrungen aus Strefa G zu wiederholen.« Damit meinte er ein illegales Gefängnis in Polen, wo Marc keine andere Wahl gehabt hatte, als Malte wie den Avatar eines Computers zu steuern, um eine wichtige Zielperson entführen zu können. »Aber von hier aus kann ich dir nicht helfen.«

»Ich bin sicher, dass alles gut geht«, meinte Marc, klinkte den Schlitten ein und führte seine Hände durch die Sicherheitsschlaufen. Anschließend packte er den Griff. »Kinderspiel.« Er ließ die Beine über den Dachrand baumeln.

»Nicht nach unten schauen«, sagte Malte und versetzte ihm einen kräftigen Stoß in den unteren Rücken.

Marcs Magen sackte nach unten, als er vom Dachrand rutschte, und für einen Sekundenbruchteil fürchtete er schon, dass das Seil reißen würde und er dem sicheren Tod entgegenstürzte. Doch dann spürte er den Widerstand und sauste seinem Ziel entgegen.

Die grüne Blätterhülle des Horizon-Integral-Gebäudes kam rasant näher, und Marc zog die Beine an, um den Aufprall abzufedern. Trotzdem spürte er die Erschütterung bis ins Kreuz. Nachdem er in die Fensterputzergondel geklettert war, machte er sich vom Seil los und kletterte durch die Einstiegsluke in die angrenzende Hausmeisterkammer. Dabei vermied er ganz bewusst jeden Blick zurück in den gewaltigen Abgrund, den er soeben überquert hatte.

Das Adrenalin juckte in seinen Fingerspitzen, und er spreizte die Hände. »Okay, ich bin drin.« Er legte die Finger an das Funkmikrofon an seinem Hals. »Auch wenn ich kurz die Hosen vollhatte, aber es hat alles geklappt.«

»Herzlich willkommen auf der Party, Kumpel«, ließ Lucy sich vernehmen.

»Ja, recht schönen Dank auch.« Die Tür, die von der Hausmeisterkammer auf den Flur hinausführte, besaß ein digitales Magnetschloss. Marc machte damit kurzen Prozess, indem er mit einem isolierten Messer einfach die Drähte kappte. Als er auf den düsteren, unbeleuchteten Flur hinaustrat, war keine Alarmsirene zu hören.

Er ging in die Knie und fuhr das robuste Tablet hoch, überprüfte noch einmal den Verlauf der Flure und glich ihn mit den Architektenplänen ab. Der zentrale Serverraum befand sich acht Stockwerke unter ihm, in einem dreifach gesicherten Gebäudetrakt. Die erste Barriere konnte er überwinden, das wusste er, aber die anderen … dazu würde er Lucys Hilfe brauchen.

Marc klinkte sich in das WLAN-Netzwerk ein und speiste eine modifizierte GCHQ-Software ins System ein, die die Bewegungsmelder in seiner näheren Umgebung lahmlegte. Dann ging er mit raschen Schritten zu den Fahrstühlen.

»Ich bin unterwegs zum Serverraum«, sagte er in sein Kehlkopfmikrofon. »Du kannst loslegen.«

Sunny erzählte gerade irgendeine Geschichte, die sie anscheinend für faszinierend hielt. Es ging um einen Typen mit einem weißen Lamborghini, der gern ein bisschen handgreiflich wurde, wenn er etwas getrunken hatte. Lucy nickte und lächelte, als würde sie das tatsächlich interessieren, aber gleichzeitig schob sie sich durch die Menge der Partygäste und suchte Sunnys Dad. Ihn brauchten sie, wenn ihre Mission nicht ins Stocken geraten sollte.

Sunny hatte bereits ihre zweite Piña Colada in Angriff genommen, während Lucy nur so tat, als würde sie an ihrem Glas nippen. Die junge Frau folgte ihr und fing jetzt schon wieder von dem Kleid an. »Na los, nun sag schon, wo hast du das gekauft? In Paris? Tokio?«

»Ist eine Spezialanfertigung«, erwiderte sie. »Absolut stichfestes Gewebe, Cut-Tex. Exklusiv fürs Militär.«

»Wie … stichfest?« Sunny hatte nicht jedes Wort verstanden. »Exklusiv für Millionäre? Kann ich mir vorstellen. Sieht ja nicht gerade billig aus.«

»Alles andere als das.« Lucy klappte ihre Handtasche auf und holte ihr SpyPhone hervor, stellte sich neben Solomon und aktivierte die integrierte Kamera. »Liebling?«, gurrte sie.

Solomon sah sie süffisant lächelnd an. »Lucille, Liebes. Ich habe Mr. Wehmeyer gerade von unserem Werk in der Schweiz erzählt.«

»Oh ja!« Mühelos schlüpfte Lucy in ihre neue Rolle und sprach nun nicht mehr so salopp, wie sie es zuvor mit Sunny getan hatte. »Ja, Sie müssen uns besuchen kommen! Man kann dort fantastisch Ski fahren!«

»Ich liebe Skifahren!«, meldete sich Sunny zu Wort und umarmte ihren Vater. »Das müssen wir machen!«

»Unbedingt!«, legte Lucy nach und grinste, als sie ihre Gelegenheit erkannte. »Oh nein, ihr beiden! Wie süß!«, flötete sie. *»Selfie!«* Und noch bevor Wehmeyer sich von seiner Tochter lösen konnte, stand sie schon neben ihm, legte ihm den Arm um die Hüfte und nahm seine Hand. Dann hob sie das SpyPhone in die Höhe und machte drei schnelle Schnappschüsse von Vater, Tochter und sich selbst.

Lucy hatte den Blitz aktiviert, weshalb sie alle drei blinzeln mussten. Diesen Augenblick nutzte sie aus, um Wehmeyer den Ring vom Finger zu ziehen. Bevor er es merkte, hatte sie ihn bereits eingesteckt.

»Oh, der Flash war aber grell«, murmelte er. »Ich sehe richtig Sterne.«

»Sie Charmeur!« Lucy drückte Wehmeyer einen theatralischen, laut hörbaren Schmatz auf die Wange und löste sich von ihm. Dann begegnete sie Solomons Blick und nickte ihm unmerklich zu. »Ich gehe mir mal die Nase pudern«, erklärte sie dann. »Und sprich nicht immer bloß über Geschäfte, Ekko.«

Die Männer lachten und nahmen ihr Gespräch wieder

auf. Kaum hatte Lucy ihnen den Rücken zugekehrt, streifte sie ihre Rolle ab wie ein getragenes Kleidungsstück.

Doch dann verharrte sie, kehrte noch einmal zu Sunny zurück und gab ihr etwas mit auf den Weg: »Hey. Was den Lamborghini-Typen angeht: Wenn er dich das nächste Mal befummeln will, dann nimmst du so was hier …« Sie reichte ihr das winzigen Cocktailschirmchen, das in ihrem Drink gesteckt hatte. »Versteck es in der Hand, und dann rammst du ihm die Spitze unter den Daumennagel. Danach rührt er dich nie wieder an, garantiert.«

Lucy stapfte davon, und Sunny ließ das Schirmchen mit Daumen und Zeigefinger um die eigene Achse wirbeln. Mit einem Mal fehlten ihr die Worte.

»Die Bilder kommen gerade an«, meldete sich Assim über Funk. »Sehr gute Aufnahme. Ich brauche ein paar Minuten für die Vergrößerung.«

»Bin jetzt auf dem Weg zu den Fahrstühlen«, sagte Lucy. »Wie weit bist du damit?«

»So gut wie fertig«, erwiderte Marc.

Er drückte auf die Fahrstuhltaste, doch die Leuchtanzeige blieb dunkel.

Aus einem Lautsprecher über der Milchglastür ertönte eine Computerstimme: *»Wir bedauern, aber momentan sind alle Fahrstühle oberhalb des zehnten Stockwerks außer Dienst. Wenn Sie einen Fahrstuhl benötigen, setzen Sie sich bitte mit dem Sicherheitsdienst in Verbindung. Soll ich das für Sie erledigen?«*

»Nein danke«, murmelte Marc und steuerte die digitale Klangsynthese-App auf seinem Tablet an.

»Ich bedaure, das habe ich nicht verstanden. Können Sie das bitte wiederholen?«

Marc gab einen kurzen Satz in sein Tablet ein und hielt

es dann vor das Mikrofon. »Sig-ma. Hier spricht. Martin Wehmeyer.« Die Worte hörten sich sehr steif an, und die Pausen saßen an den falschen Stellen, aber Marc baute darauf, dass es trotzdem reichte, um die hausinterne Stimmerkennungssoftware zu täuschen. »Fahrstühle entsperren.« Erneut drückte er die Ruftaste.

Der Vorstandsvorsitzende von Horizon Integral stand gerne im Blickpunkt der Medien, und das bedeutete, dass er einen beträchtlichen digitalen Fußabdruck im Netz hinterlassen hatte. Dadurch hatte Rubicon genügend Material aufgestöbert, um seine Stimme einigermaßen glaubhaft imitieren zu können. Aus firmeneigenen Werbevideos, Nachrichtensendungen und so weiter hatte das Tablet so viele Klangelemente herausgefiltert, dass Marc alles sagen konnte, wonach ihm der Sinn stand – es klang immer wie Wehmeyer. Ein Mensch hätte sich davon nicht täuschen lassen, dafür war die Qualität nicht gut genug, aber ein Computer … das war eine andere Geschichte.

»Kennung: Martin Wehmeyer, Vorstandvorsitzender. Guten Abend, Sir«, klang es aus dem Lautsprecher. *»Alle Fahrstühle sind jetzt entsperrt.«*

Dass er eine künstliche Stimme benutzte, um eine andere künstliche Stimme auszutricksen, entbehrte nicht einer gewissen Ironie, und er musste grinsen. Schon schwebte ein leerer Fahrstuhl herbei, die Türen glitten auf, und Marc stand vor einer gläsernen Kabine, die freie Sicht hinab in das Innere des Bürohochhauses bot. Er zog die Rollmütze fest über den Kopf und wandte der Kamerakugel in der Ecke der Kabine den Rücken zu.

Tief unter sich konnte er die Menschenmenge im Erdgeschoss erkennen. Er betrat den Fahrstuhl und drückte die Taste für die Etage, auf der die Server standen. *»Abwärts«*, sagte die künstliche Gebäudestimme.

»Lucy, kannst du mich hören?«

»Laut und deutlich«, erwiderte sie. Ihre Stimme klang blechern und weit entfernt, was vor allem mit den verschiedenen Verschlüsselungsprotokollen zu tun hatte. »Wo bleibt mein Fahrstuhl?«

»Müsste jeden Augenblick da sein«, sagte er. »Wir treffen uns im zwanzigsten Stock.«

»Verstanden.«

Zischend schlossen sich die Türen, und der Fahrstuhl sauste nach unten. Das Tablet plingte, und Marc sah sich die Bilderserie an, die Assim ihm geschickt hatte. Er lächelte. Zwei Probleme gelöst, blieb also noch eines. Sobald Lucy ihm den Smart-Ring in die Hand drückte, hatte er alles, was er brauchte, um in die gesicherten Serverräume vorzudringen. Alles lief genau nach Plan.

Der Fahrstuhl verlangsamte seine Fahrt, und Marc drehte sich mit dem Gesicht zur Tür. Doch als sie sich öffnete, musste er feststellen, dass die Stockwerksanzeige bei 22 Halt gemacht hatte.

Direkt vor der Fahrstuhlkabine stand ein samoanischer Sicherheitsdienstmitarbeiter. Er hatte die Statur eines Rugbyspielers, mächtiger Nacken und finsterer Blick inklusive. Er und Marc reagierten gleichermaßen verblüfft auf den Anblick des jeweils anderen, aber der Wachmann war schneller. Er stürmte in die Kabine und rammte Marc gegen das Tastenfeld. Die Türen schlossen sich, und der Fahrstuhl setzte sich in Bewegung.

»*Abwärts*«, sagte die Computerstimme. »*Express ins Erdgeschoss.*«

»*Aufwärts.*«

Lucy vergewisserte sich, dass sie nicht gesehen wurde, als sie den Fahrstuhl betrat, und machte sich möglichst klein, nur für den Fall, dass zufälligerweise jemand dem Aufzug hinterherblickte. Als sie sich sicher war, dass sie nicht mehr entdeckt werden konnte, begann sie mit ihrer Camouflage. Zunächst zog sie an den verborgenen Klettverschlüssen in den Schulterfalten ihres Kleides, sodass es weiter wurde und ihre Silhouette verhüllte. Als Nächstes verwandelte sie den unteren Teil des Kleides mithilfe der Zierborten, die den Saum schmückten, zu eng anliegenden Shorts, um ihr mehr Beweglichkeit zu geben. Zum Schluss stülpte sie ihre Handtasche von innen nach außen und entrollte die verborgenen Riemen, sodass daraus ein Halfter für ihre flache, kantige ML-12 wurde. Lucy zog die Pistole heraus und klappte sie der Länge nach auf. Die Waffe besaß zwei Läufe und war mit zwei Bleischrotpatronen, Kaliber zwölf, geladen. Solomon hatte auf einer nicht tödlichen Ladung bestanden. Blutvergießen nur im Notfall … und im Idealfall keinerlei Spuren.

Als die 18 auf der Stockwerksanzeige erreicht war, registrierte Lucy eine Bewegung über sich und sah durch die verglaste Kabinendecke, dass ein zweiter Fahrstuhl im benachbarten Schacht nach unten fuhr. Sie hatte kaum Zeit, das Geschehen, das sich im Inneren dieser zweiten Kabine ereignete, zu erfassen … Marc Dane und ein Kerl, der ungefähr doppelt so schwer war wie er, bearbeiteten einander. Es sah aus wie zwei Boxer, die einen Kampf in einer Telefonzelle austrugen.

»Ach du Scheiße!« Sie drückte sich an die Glaswand und reckte den Hals, um die Abwärtsfahrt des anderen Fahrstuhls zu verfolgen.

Der erste Schlag des samoanischen Wachmanns ließ in Marcs Schädel die Glocken läuten und erschütterte ihn so stark, dass der Ohrstöpsel aus seinem Ohr rutschte. Er hörte ihn unter seiner Stiefelsohle knirschen, während er einen Schritt zurücktrat, um der nun folgenden Links-Rechts-Kombination auszuweichen, und duckte sich, so gut es ihm möglich war, unter dem mächtigen Schwinger hindurch, der nur einen Sekundenbruchteil später genau an der Stelle durch die Luft zischte, an der sich sein Kopf befunden hatte.

Er brachte einen Krav-Maga-Schlag an, zielte reflexartig auf den Unterleib des Angreifers. Vielleicht hatte er ja Glück und traf den Solarplexus. Doch obwohl er etliche Treffer landen konnte, blieb die Wirkung gleich null. Der Wachmann hielt ihn fest umschlungen, und so drehten sie sich gemeinsam in der winzigen Kabine um die eigene Achse. Marc traf mit einem Fußtritt das Schienbein des Dicken, erntete ein lautes Stöhnen und brachte den Samoaner dadurch für einen Augenblick aus der Balance.

Marc hatte das Tablet fallen lassen und griff nun mit beiden Händen nach dem Gürtel des Wachmanns. Zwar hing die Pistole auf der falschen Seite, aber dafür konnte Marc den Gummiknüppel aus der Gürtelschlaufe ziehen.

Es spielte keine Rolle, dass er ihn falsch herum in der Hand hielt. Er legte alle seine Kraft in den Schlag und ließ den Knüppel auf den Stiernacken des Wachmannes herabsausen. Der Kerl gab ein ersticktes Keuchen von sich, und Marc setzte seine Attacke fort und rammte den Gummiknüppel in die Kniekehlen des Kerls.

»Du mieses Arschl…« Der Wachmann schluckte den Rest seiner Beleidigung hinunter, schlug blindlings um sich und traf Marc in die Magengrube, sodass dieser nach vorn klappte. Wieder prallten die beiden zusammen und lösten sich taumelnd voneinander.

Sie hatten den zwölften Stock passiert und fuhren weiter nach unten. Marc hatte nicht das geringste Bedürfnis, im Erdgeschoss anzukommen und verkeilt in seinen Gegenspieler mitten zwischen die wohlhabenden Partygäste im Lichthof zu kugeln. Er stieß sich von der Wand ab und rammte seinen Handballen auf die Tasten des Fahrstuhls. Der Lift blieb im zehnten Stockwerk stehen, die Türen öffneten sich und gaben den Blick auf ein Großraumbüro mit vielen kleinen Abteilen frei.

Der Wachmann knurrte wütend und stürmte mit ausgestreckten Armen auf Marc los, wollte ihn an sich quetschen, doch Marc ließ sich fallen und schlug dem anderen gleichzeitig den Gummiknüppel gegen die Stelle am Schienbein, die er zuvor schon erwischt hatte. Der mächtige Samoaner geriet ins Stolpern und versuchte vergeblich, das Gleichgewicht wiederzuerlangen. Er krachte mit dem Kopf gegen einen an der Wand befestigten Feuerlöscher, schwankte kurz, bis seine Augen glasig wurden und er wie ein Backsteinstapel umkippte.

»Scheiße!«, sagte Marc laut.

»*Verzeihung, das habe ich nicht verstanden*«, erwiderte eine Computerstimme.

»Ach, leck mich am Arsch!«, erwiderte er.

Es dauerte länger, als ihm lieb war, um den Bewusstlosen in die nächstgelegene Toilette zu schleifen. Er fesselte ihn mit dessen eigenen Handschellen an die Rohre hinter einer Toilettenschüssel und warf die Pistole, die Schlüssel und das Funkgerät des Kerls in den nächsten Mülleimer.

Erneut stieß er einen unterdrückten Fluch aus. Die ganze Aktion hatte von Anfang an unter enormem Zeitdruck gestanden, aber jetzt war der Zeitrahmen noch weiter geschrumpft: *Bis das Dornröschen hier wieder zu sich kommt.*

Lucy warf einen Blick auf ihre elegante Cartier-Armbanduhr und tippte gegen ihren Ohrstöpsel. »Dane? Hörst du mich?« Als er nicht reagierte, verspannte sie sich und rechnete jeden Augenblick mit einem ganzen Chor Alarmsirenen.

»Brechen wir ab?«, erkundigte sich Assim nervös. »Ich finde, wir sollten abbrechen.«

»Warte noch kurz.« Der andere Fahrstuhl kam wieder nach oben geschwebt. Die Anzeige über der Tür blinkte, und das anschließende leise Bimmeln verkündete die Ankunft der Kabine. Lucy zog ihre ML-12 und stellte sich seitlich in Position, damit sie dem Neuankömmling notfalls eine Schrotladung in die Brust jagen konnte.

Doch dann trat Marc aus dem Lift. Beim Anblick der Waffe wich er entsetzt zurück. »Verdammte Scheiße!« Er schob die Mündung beiseite. »Sei bloß vorsichtig mit dem Ding.«

»Willst du mich eigentlich verarschen?« Sie wies mit dem Daumen auf den Fahrstuhl. »Was sollte das denn, verdammt noch mal?«

Seine Kiefer mahlten. »Eine unbekannte Variable«, stieß er schließlich hervor.

»Soso.« Sie steckte die Pistole ins Halfter. »Und wo steckt Mr. Unbekannt jetzt?«

»Schläft sich in der Herrentoilette aus.« Er ging an ihr vorbei, und sie bemerkte die ersten Anzeichen einer heftigen Prellung in seinem Gesicht. »Wir sollten uns lieber beeilen.«

»Hübsches Andenken«, meinte sie.

»Ja, genau.« Er verzog das Gesicht und starrte auf das Display seines Tablets. »Der Server liegt in dieser Richtung.«

Hinter einer Trennwand aus getöntem Glas trafen sie auf eine massive Wand, hinter der sich ein großer Raum befand. Das ganze Stockwerk war um diesen Raum herum gebaut worden. Er besaß nur einen einzigen Eingang, eine dicke Tür aus gebürstetem Stahl, die absolut bündig mit der Wand abschloss. Lucy fuhr mit den Fingern über die Kante und tastete nach einer Fuge, aber sie spürte nichts. Die Tür passte nahtlos, ohne dass irgendwelche Angeln oder ein anderer Schließmechanismus zu erkennen war.

Marc stellte sich vor das Touchpad neben der Tür an der Wand und tippte es an. Das Display begann bläulich zu leuchten, dann fuhr eine kleine Abdeckung beiseite und enthüllte ein Sensorfeld.

Lucy klopfte mit den Fingerknöcheln zweimal gegen die Stahltür. Es hörte sich an, als würde sie gegen einen Panzer klopfen. »Das ist mal ein Schutzraum, der den Namen wirklich verdient hat.«

Marc nickte. »Das Beste vom Besten. Erdbebensicher, spezielle Abschirmung gegen elektromagnetische Impulse, feuersicher, ja sogar wasserdicht. Selbst wenn der ganze Turm einstürzt, könntest du diesen Raum da immer noch intakt aus dem Schutt bergen.«

Sie trat einen Schritt zurück und betrachtete die Tür. »Ich schätze mal, Horizon Integral legt großen Wert auf den Schutz seiner Geheimnisse.«

»Also dann.« Marc gab ein paar Textzeilen in sein Tablet ein und hielt es vor das Sensorfeld. Ein wenig verzerrt drang Martin Wehmeyers Stimme aus dem Gerät und identifizierte sich als Unternehmensvorstand. Auf dem Display erschien ein leuchtender grüner Haken.

»Kennung: Martin Wehmeyer, Vorstandsvorsitzender. Autorisierungsphase eins abgeschlossen.«

»Es hat funktioniert.« Lucy zog eine Grimasse. »Sehr gut.«

Marc sah zu ihr hinüber. »Ja, schon, aber das System hier ist sehr viel komplexer als das am Fahrstuhl. Hast du den Ring dabei?«

Sie warf ihm den goldenen Siegelring zu, und er fing ihn in der Luft auf. »Das königliche Siegel«, fügte Lucy spielerisch hinzu.

»So was in der Art …« Marc legte den Ring auf das Sensorfeld, und der Hauscomputer sagte: *»Autorisierungsphase zwei abgeschlossen. Weiter mit Netzhaut-Scan.«*

»Jetzt kommt die letzte Hürde. Los geht's.« Seine Finger huschten über das Display des Tablets, bis ein Videofenster aufklappte, das eine runde Scheibe mit vielen verwirrenden Linien zeigte – das waren die vielen kleinen Äderchen in Wehmeyers rechtem Auge, so wie sie von der leistungsstarken Kamera in Lucys SpyPhone erfasst worden waren. Assim hatte die Fotos im Flugzeug mit einem Animationsprogramm so verändert, dass sie dem Erscheinungsbild einer echten menschlichen Netzhaut noch mehr ähnelten. Wie bei der Stimmenimitation kalkulierten sie auch hier mit der Wahrscheinlichkeit, dass die Sicherheitssoftware des Gebäudes den Unterschied nicht registrieren konnte.

Marc stieß den Atem aus und hielt das Tablet vor den Scanner. »Falls es nicht funktioniert, lassen wir alles stehen und liegen und machen uns aus dem Staub.«

Der Scan schien eine Ewigkeit zu dauern, doch endlich ließ sich noch einmal die Stimme vernehmen.

»Letzte Autorisierungsphase abgeschlossen. Danke, Mr. Wehmeyer. Bitte treten Sie ein.«

Die Anspannung in Lucys Schultern ließ ein wenig nach. Verborgene Magnetbolzen fuhren zurück, begleitet von dumpfen Stößen, und dann glitt die Stahltür beiseite. Kühle, trockene Luft wehte nach draußen, während im Inneren des Raumes stapelweise schwarze Computergehäuse zu erkennen waren, deren Vorderseiten über und über mit blinkenden rot-grünen LED-Lämpchen versehen waren. »Eine SCIF«, sagte sie leise wie zu sich selbst. Sie hatte die Abkürzung wie »Skiff« ausgesprochen, der Bezeichnung für eine kleine Segeljolle.

Lucy wusste, was eine so genannte »Secure Compartmentalized Information Facility« war, schließlich hatte sie während ihrer Zeit bei den Special Forces oft genug an Besprechungen teilgenommen, die in solchen besonders gesicherten Bereichen stattgefunden hatten. SCIFs wurden normalerweise für die Übertragung oder Speicherung streng geheimer Informationen eingerichtet. Das hier war jedoch das erste Mal, dass sie eine zivil genutzte SCIF vor sich hatte. Es handelte sich um den Tresorraum von Horizon Integral, der vom internen Netzwerk ebenso wie vom globalen Internet abgetrennt und abgeschottet war und nur Personen mit einer speziellen Berechtigung Zugang erlaubte.

So haben sie sich das jedenfalls gedacht. Auf einer Seite befand sich ein Arbeitsplatz mit einem hochgefahrenen und betriebsbereiten Computer. *Ob Solomon in Monaco auch so was stehen hat?*

Marc warf einen Blick auf seine Armbanduhr. »Also gut, ich glaube kaum, dass ich allzu lange brauchen werde. Pass ein bisschen auf, ja?« Er schob sich an ihr vorbei und ließ sich auf den Schreibtischstuhl plumpsen. Dann verband er sein Tablet mit dem Computer. »Das Funkgerät funktioniert hier drin nicht«, sagte er über die Schulter zu Lucy. »Ich lade jetzt die Dateien runter.«

»Verstanden.« Lucy ließ ihn alleine und trat hinaus auf den Flur, die Pistole griffbereit. »Assim? Wir sind drin. Marc macht seine Arbeit. Wie sieht es bei dir aus?«

»Ich höre den Polizeifunk ab«, erwiderte er. »Bis jetzt ist alles ruhig.«

»Das ist gut …«, fing sie an, doch dann verstummte sie.

Ein Fahrstuhl hatte sich auf den Weg in Richtung Erdgeschoss gemacht. Sie trat vor die Tür und sah mit zusammengekniffenen Augen zu, wie die Zahlen auf der Anzeige immer weiter abnahmen, bis schließlich ein »E« angezeigt wurde.

Sie hielt den Atem an. Vielleicht war der Fahrstuhl so programmiert, dass er automatisch ins Erdgeschoss fuhr. Vielleicht war es …

Jetzt wurden die Zahlen wieder größer. *5. 10. 15.* Der Fahrstuhl kam nach oben, und zwar sehr schnell.

Sie rannte zurück in den Vorraum und streckte den Kopf durch die offene Tür in die SCIF. »Dane! Bist du sicher, dass du alle Sicherheitsebenen ausgetrickst hast? Weil nämlich jemand nach oben kommt, und zwar mit einem Affenzahn!«

Er warf ihr einen beleidigten Blick zu. »Falls innerhalb der letzten vierundzwanzig Stunden niemand irgendwelche zusätzlichen Systemanforderungen gestellt hat, kann das überhaupt nicht …« Er erstarrte. »Na ja, ich meine, es sei denn, das wurde heimlich gemacht …«

»Zum Beispiel von jemandem, der für die Firma arbeitet, aber gleichzeitig mit einem Haufen krimineller Hacker unter einer Decke steckt?«

»Das wäre denkbar«, meinte er.

Am anderen Ende des Flurs zeigte ein leises Bimmeln die Ankunft des Fahrstuhls an.

Kapitel 10

Hite zog am Kragen seines Designer-T-Shirts und funkelte die beiden Wachleute, die sich zu ihm in den engen Fahrstuhl gedrängt hatten, wütend an. »Abstand halten«, zischte er ihnen entgegen. »Kommt mir ja nicht zu nahe. Dazu werdet ihr viel zu schlecht bezahlt.«

Die beiden – ein Mann und eine Frau, deren Namen ihm vollkommen egal waren – wechselten einen Blick und traten zurück, zumindest so weit, wie es die Enge der gläsernen Fahrstuhlkabine zuließ. Hite holte eine kleine Beretta Nano Halbautomatik aus seiner Jacketttasche und prüfte, ob eine Patrone in der Kammer lag.

Der männliche Wachmann hob eine Augenbraue. »Sir, ob Sie die wirklich tragen sollten? Vielleicht wäre es besser, wenn Sie …«

»Du hast mir gar nichts zu sagen, verdammt noch mal«, fiel Hite ihm ins Wort. Dann deutete er auf die Pistolenhalfter der beiden. »Holt eure Waffen raus. Das ist ein Befehl.«

Zögerlich gehorchten die beiden Wachleute. »Mr. Hite«, setzte die Frau noch einmal an. »In den oberen Stockwerken ist überhaupt kein Alarm ausgelöst worden.«

»Du hast doch gesagt, dass einer eurer Leute sich nicht mehr meldet!« Er blitzte sie aufgebracht an.

»Vielleicht ist ja sein Funkgerät kaputt«, meinte der Mann. »Akku leer. Er meldet sich garantiert in spätestens zehn Minuten.«

»Garantiert nicht, das könnt ihr mir glauben!«, entgegnete Hite bestimmt. »Wir haben es mit Eindringlingen zu tun. Und zwar hier oben.« Sie passierten die fünfzehnte Etage. »Wir müssen davon ausgehen, dass sie bewaffnet und gefährlich sind.«

Die Frau schniefte. »Falls das der Fall sein sollte, dann müssen wir die Polizei verständigen, Sir. So lauten die Vorschriften.«

»Nein!«, beharrte Hite. »Ihr arbeitet für diese Firma! Ihr macht gefälligst, was ich sage! Die Bullen haben hier nichts zu suchen, bis wir die Situation im Griff haben, ist das klar?«

»Jawohl, Sir«, sagte der Mann und warf seiner Partnerin einen warnenden Blick zu. Das war gut. Das bedeutete, dass sie kapiert hatten, wer ihre monatlichen Gehaltsschecks ausstellte. Hite fühlte sich in Gegenwart von Sicherheitsleuten immer irgendwie unwohl. Er hatte jedes Mal das Gefühl, als hätten sie nur Verachtung für ihn übrig, den Computerfreak mit dem teuren Jackett. Aber Hite hätte jeden Einzelnen von ihnen auf der Stelle entlassen können, und er sorgte regelmäßig dafür, dass ihnen diese Tatsache auch bewusst war.

Er sah sich noch einmal die Warnmeldung an, die er auf seinem Smartphone erhalten hatte. Irgendjemand hatte sich Zutritt zu dem isolierten Server im 20. Stock verschafft, und zwar allem Anschein nach mit der Zugangsberechtigung des Vorstandsvorsitzenden. Er verzog die Lippen zu einem schmalen Lächeln. Erst vor wenigen Stunden und ohne dass sonst jemand davon wusste, hatte er die Gebäude-Software aktualisiert, hatte eine zusätzliche Überwachungsfunktion installiert, die sich schon bezahlt machte.

Als Wehmeyer ihm im Lauf des Tages erzählt hatte, dass zu dem abendlichen Empfang auch eine Delegation der

Rubicon-Gruppe erwartet wurde, hätte Hite sich beinahe an seinem Chai Latte verschluckt. Am liebsten hätte er sofort alles stehen und liegen lassen und sich aus dem Staub gemacht, doch dann hatte er diesen feigen Impuls sofort wieder unterdrückt. Er durfte nicht zulassen, dass irgendjemand seine Pläne durchkreuzte, und er war noch nicht bereit, Horizon Integral abzuschreiben und den Schleudersitz auszulösen. Das hier war ein Problem, mit dem er allein klarkommen musste, und, wer weiß … vielleicht spielte ihm das Ganze sogar in die Karten.

Wenn es ihm gelang, diese Rubicon-Idioten als Industriespione zu entlarven, dann würde das sein Ansehen beim Aufsichtsrat stärken und gleichzeitig den Vorstandsvorsitzenden schwächen. Und dann war er seinem eigentlichen Ziel ein großes Stück näher gekommen. Dann würde er endlich selbst steinreich werden und aus Wehmeyers Schatten treten.

Er steckte das Smartphone wieder ein und holte stattdessen das billige Prepaidhandy heraus, das gestern per Kurier zugestellt worden war. Hite hatte sofort gewusst, wer der Absender war. Im Adressbuch war nur eine einzige Nummer gespeichert. Genau so lief die Kommunikation mit Madrigal und diesem Ghost5-Gesindel ab, über nicht registrierte Geräte und Internettelefonie. Für Hite war das kein Problem. Er würde dieses Spionagespielchen so lange mitmachen, solange es ihm das Geld und die Macht einbrachte, die er benötigte.

Er drückte die Wähltaste und legte das mit einer Metallhülle verkleidete Handy ans Ohr. Schon nach dem ersten Klingeln meldete sich Madrigals vertraute unweibliche, elektronisch anonymisierte Stimme. »Hallo, Dart.« Sie begrüßte ihn mit seinem Decknamen. »Und, habe ich recht behalten? Hast du tatsächlich Besuch bekommen?«

»Ja. Rubicon ist hier.« Hite sprach leise, hatte die Hand vor den Mund gelegt und den Wachleuten den Rücken zugewandt, damit sie ihn nicht hören konnten. »Und sie stecken ihre Nasen in Dinge, die sie nichts angehen.«

»Ich hab dir doch gesagt, dass sie vermutlich bei euch aufkreuzen werden«, sagte sie, und ihr leises Lächeln war beinahe hörbar. »Und? Willst du dich nicht bedanken?«

Er starrte ins Leere. Bis zu Wehmeyers Ankündigung heute Vormittag hatte er es nicht geglaubt. »Wie hast du das eigentlich erfahren?«

»Ein kleiner Vogel hat mir ein Lied geträllert. Aber jetzt zu der entscheidenden Frage: Wirst du mit ihnen fertig?«

Hite wog die Pistole in seiner Hand. »Bin gerade dabei.«

»Gut. Sobald alles erledigt ist, gibst du mir Bescheid.« Madrigal legte auf, und er steckte das Handy zurück in seine Tasche. Der Fahrstuhl wurde bereits langsamer.

»Wir sind da«, sagte die Wachfrau.

»Ganz genau.« Hite gestikulierte gereizt in Richtung der aufgleitenden Türen. »Ihr geht jetzt da rein und macht kurzen Prozess mit diesen Idioten!«

»Wie lange dauert das denn noch?«, wollte Lucy wissen.

Marc hockte immer noch an dem kleinen Schreibtisch im gesicherten Serverraum und starrte auf den Fortschrittsbalken seines Tablets, der sich langsam der Hundertprozentmarke näherte. »Ich brauche noch zwei Minuten.«

»Die kriegst du.« Lucy drehte sich um und trat hinaus in den Vorraum, wo gerade die Fahrstuhltüren aufglitten und zwei Gestalten herausstürmten. Sie trugen die Uniform der Sicherheitsbediensteten von Horizon Integral und hielten beide je eine SIG-Sauer-Pistole schussbereit in der Hand. Charles Hite folgte ihnen, behutsam und mit weit aufgerissenen Augen.

Lucy ließ ihre eigene Waffe nach unten hängen. »Tja, das ist jetzt ein bisschen peinlich«, sagte sie in beiläufigem Plauderton. »Ob Sie's glauben oder nicht, aber ich war auf der Suche nach einer Toilette und habe mich verlaufen.«

»Sie ist bewaffnet!« Die Wache, die ihr am nächsten stand, eine Frau mit einer strengen blonden Kurzhaarfrisur und schmalem Gesicht, hatte ihre Pistole bemerkt. Sie zielte auf Lucy. »Waffe fallen lassen!«

Der andere Wachmann, ein breitschultriger Kerl mit etwas zu viel Speck um die Hüften, sah sich um und warf einen Blick in Richtung Serverraum. »Sind Sie allein hier oben?«

»Die Männer, mit denen sie angekommen ist, sind unten«, zischte Hite. Er war ebenfalls bewaffnet, und zwar mit einer kantigen, kleinen Pistole, die er ihr wie ein Amateur entgegenstreckte.

»Immer mit der Ruhe«, sagte Lucy in vernünftigem Ton und ließ ihre Bleischrotpistole zu Boden fallen. »Ich kann alles erklären.«

»Hierher mit dem Ding!«, befahl die Frau. Lucy gehorchte und schob die Pistole mit dem Fuß in ihre Richtung, aber sie ließ sich viel Zeit dabei.

»Du befindest dich hier auf Firmengelände, also können wir dich ohne Weiteres abknallen«, sagte Hite. »Keine falsche Bewegung!«

»Hände auf den Kopf!«, befahl die Blonde. »Umdrehen und auf die Knie.«

Lucy drehte sich zur Wand um und ließ sich auf die Knie sinken. Der Wachmann näherte sich der geöffneten Tür des Serverraums. Sie musste ihn irgendwie aufhalten. »Weiß Wehmeyer eigentlich, was du vorhast, Chuck?« Sie duzte ihn absichtlich und sprach ihn mit seinem verniedlichenden Spitznamen an, um ihn zu provozieren. »Er weiß ja schon, dass du dich an seine Tochter ranwanzen willst, aber das hier? Wohl eher nicht.«

»Halt die Klappe«, erwiderte Hite. »Los, sorgt dafür, dass sie die Klappe hält.«

»Ich meine, warum wärst du sonst persönlich hier oben aufgekreuzt?«, fügte Lucy hinzu und blickte dem Wachmann direkt in die Augen. »Noch dazu mit einer Pistole? Das macht man schließlich nur, wenn man etwas zu beschützen hat.« Sie ließ ein Lächeln über ihr Gesicht huschen. »Du hast ein schmutziges kleines Geheimnis, nicht wahr, Chuck?«

»Und du bist kriminell«, fauchte Hite zurück. »Mal sehen, wohin das noch führt, wenn du nicht endlich deine verdammte Zunge im Zaum hältst.«

Sie hörte das Klicken, als die Frau dicht neben ihrem Kopf die Handschellen aufklappte. Ein Metallband legte sich um ihr rechtes Handgelenk und schnappte zu. Sie spannte die Muskeln in Erwartung dessen, was jetzt folgen würde.

Der Wachmann setzte vorsichtig einen Fuß über die Schwelle der SCIF, streckte die Waffe vor und spähte hinein. Er ließ den Blick über die Servertürme und den Arbeitsplatz schweifen und registrierte den angeschlossenen Tablet-Computer, der irgendwie fehl am Platz wirkte.

Noch während sein Geist das Bild verarbeitete, nahm er eine Bewegung aus dem Augenwinkel wahr und riss seine Pistole herum.

Marc hatte sich flach an die Wand der SCIF gedrückt und mit angehaltenem Atem bis zur letzten Sekunde gewartet. Jetzt stürzte er sich auf das Tastenfeld, mit dem die dicke Sicherheitstür bedient wurde, und rammte seine Faust auf die Schließtaste.

Zischend setzte die Tür sich in Bewegung, und der Wachmann reagierte zu langsam, um auszuweichen. Er schrie laut auf vor Entsetzen. Die dicke, schwere Tür prallte gegen seine Brust und stieß ihn gegen den Türrahmen. Er fuchtelte mit dem Arm durch die Luft und drückte versehentlich ab.

Der Schuss dröhnte wie ein Gewitterdonner durch die enge SCIF. Marc zuckte zurück, während die Kugel erst von der Wand und dann vom Boden abprallte, bevor sie sich – begleitet von einem deutlich sichtbaren Funkenregen – in einen der Computerstapel bohrte.

Die Tür zerquetschte den Wachmann nicht – der eingebaute Sicherheitsmechanismus registrierte den Widerstand und brachte sie zitternd zum Stillstand, bevor sie sich wieder öffnete. Aber sie hatte ihn mit solch einer Wucht getroffen, dass er benommen und mit weichen Knien an der Wand herabsank.

Hastig stolperte Marc auf den Mann zu, um ihm die Waffe abzunehmen. Im selben Augenblick ertönten draußen im Vorraum mehrere Schüsse.

Das Echo des ersten Schusses in der SCIF ließ alle zusammenzucken, aber Lucy reagierte so schnell, dass sie das Überraschungsmoment für sich nutzen konnte.

Sie wand sich mit einer schnellen Bewegung aus dem Griff der Wachfrau, die gerade dabei gewesen war, auch ihre zweite Hand zu fesseln, und brachte sie damit aus dem Gleichgewicht. Lucy sprang auf und wirbelte die Frau herum, die gerade dabei gewesen war, sich zu fangen.

»Scheiße!« Hite zuckte zurück und riss dabei seine Pistole nach oben.

Er schoss, ohne zu zielen, und jagte zwei Kugeln ungefähr in Lucys Richtung. Die eine ging weit daneben und zerfetzte einen an der Wand befestigten Monitor, aber die zweite traf die Wachfrau unterhalb des rechten Schlüsselbeins. Sie schrie vor Schmerz laut auf und prallte anschließend gegen Lucy.

Hite riss die Augen hinter seiner Brille weit auf und rannte in heller Panik los in Richtung Fahrstühle.

Lucy spürte das warme Blut der Wachfrau auf ihrer Wange, während ihr ganzes Gewicht auf ihr lastete. Hinter sich, im Serverraum, nahm sie eine Bewegung wahr, achtete jedoch nicht darauf. Behutsam ließ sie die verletzte Frau zu Boden sinken, nahm ihre Hand und legte sie auf die Schusswunde. »Fest zudrücken«, sagte sie zu ihr.

Feuchtes Dunkelrot breitete sich auf der Uniformbluse der Frau aus. »Er hat auf mich geschossen, verdammte Scheiße«, keuchte sie.

»Ist ein glatter Durchschuss«, sagte Lucy, nachdem sie die Wunde mit einer bei vielen Einsätzen und unter Schmerzen erworbenen Routine untersucht hatte. »Keine ernsthaften inneren Verletzungen. Das wird wieder …«

Die Frau stieß einen lauten, fast tierischen Schrei aus und zitterte am ganzen Körper. Lucy wollte sich instinktiv auf die Suche nach einem Erste-Hilfe-Kasten machen, aber zunächst mussten die wirklich wichtigen Dinge erledigt werden. Schnell hatte sie die Frau entwaffnet, ihr das Funkgerät und die Schlüssel für die Handschellen abgenommen und sich mit blutigen Fingern von der Fessel befreit. Am Ende des Flurs bimmelte der Fahrstuhl, dessen Türen sich nun zischend schlossen. Hite würde ihnen entkommen, aber sie durfte nicht zulassen, dass die Frau hier verblutete.

»Oh Mann, was ist denn hier los?« Marc kauerte neben ihr und riss, als er das viele Blut sah, die Augen weit auf. »Wer hat …?«

»Ich hab damit nichts zu tun. Hite wollte unbedingt Cowboy spielen«, zischte Lucy und beantwortete seine Frage, bevor er sie gestellt hatte. Sie blickte ihm über die Schulter und sah den Wachmann zusammengesunken neben der Tür der SCIF liegen.

»Also ist er die Ratte«, stellte Marc fest. »Klingt logisch. Hite ist Technikvorstand, das heißt, er hat unbegrenzten Zugang zu sämtlichen Programmen, die hier entwickelt werden. Falls also jemand von irgendwelchen Zero-Day-Exploits in der Software von Horizon Integral gewusst hat, dann er.«

Sie nickte. »Jetzt müssen wir das Arschloch bloß noch kriegen.«

Mit zitternden Händen stand Hite im Fahrstuhl auf der Fahrt hinunter in die Vorstandsetage. Er hatte mit der Nano Dutzende Male auf dem Schießstand trainiert und war ein ziemlich guter Schütze geworden, aber als er jetzt auf einen Menschen hatte schießen wollen, war nichts mehr davon übrig gewesen. Er war stinksauer auf sich selbst, weil er diese Rubicon-Agentin nicht an Ort und Stelle ausgeschaltet hatte. Jetzt musste er einen anderen Ausweg aus diesem immer größer werdenden Durcheinander finden, bevor es ihn völlig überrollte.

Er fummelte an seinem smarten Siegelring herum. Jedes Vorstandsmitglied von Horizon Integral hatte so einen bekommen, aber er hasste dieses Ding. Es war hässlich, viel zu altmodisch und klobig für Hites Geschmack. Doch jetzt würde er ihm womöglich das Leben retten.

Der Ring schimmerte bläulich, als er ihn auf das Tastenfeld des Fahrstuhls legte. *»Kennung: Charles Hite, Technikvorstand«*, sagte die Stimme des hauseigenen Steuersystems. *»Wie kann ich Ihnen behilflich sein?«*

»Notfallüberbrückung!« Während der Lift bereits zum Stehen kam, bellte er diese Worte hervor. Es war immer noch möglich, unbeschadet aus dieser ganzen Nummer herauszukommen und die Deutungshoheit zu behalten. Aber dann durfte er auf nichts und niemanden mehr Rücksicht nehmen. »Betrifft die Systeme im zwanzigsten Stockwerk! Alle Sicherheitstüren schließen und Feuerlöschsysteme aktivieren. Sofort!«

»Mr. Hite, dieses Vorgehen steht im Widerspruch zu mehreren Sicherheitsvorschriften.«

»Notfallüberbrückung!«, wiederholte er, dieses Mal noch lauter. »Du hast mich verstanden! Jetzt mach!«

»Überbrückung angenommen. Maßnahmen eingeleitet.«

»Ha!«, stieß Hite laut und trotzig hervor, bevor er den Lift verließ und, vorbei an den großen Pflanztöpfen mit Kakteen, seinem geräumigen Eckbüro entgegenstapfte.

Wie eine Totenklage dröhnte das Jaulen der Feuersirenen durch die gesamte Etage, begleitet vom unablässigen Blinken der Warnleuchten.

Marc hastete zur nächsten Ausgangstür, doch er stemmte sich vergeblich gegen den Druckbügel. Seine Zuversicht schwand. »Gibt keinen Millimeter nach. Irgendjemand hat die Magnetschlösser aktiviert.«

»Hite?«, rief Lucy ihm zu.

»Ich schätze mal«, stieß Marc gerade noch hervor, doch dann blieb ihm jedes weitere Wort im Hals stecken. Ein ätzender Chemikaliengeruch hing plötzlich in der Luft. Eine Sekunde später fingen verborgene Düsen in der Decke an, weiße Dampfwolken auszustoßen. Er hustete und atmete ein. »Das ist Kohlendioxid! Verdammt!«

»Wir müssen … müssen raus …« Die Wachfrau keuchte vor Schmerz und versuchte, die Hand zu heben.

»Sie hat recht. Das Gas wird zum Feuerlöschen eingesetzt«, sagte Marc. »Sonst ersticken wir hier drin.«

»Das werden wir ja sehen!« Lucy bückte sich und hob die beiden SIG-Sauer-Pistolen der Wachleute vom Boden auf. Dann nahm sie jede in eine Hand, spähte zwischen den dichten Nebelsäulen hindurch und jagte eine Salve auf das nächste Fenster. Das Glas splitterte zwar, brach aber nicht. »Was zum Teufel …?« Verärgert warf sie die Pistolen beiseite und schlug mit einem Bürostuhl wieder und wieder auf das Fenster ein.

»Keine Chance«, sagte die Wachfrau mit glasigen Augen. »Polymerverbundglas. Kugelsicher.«

»Vergiss es!« Marc bückte sich, um den leblosen Wachmann, der noch im Inneren der SCIF lag, hochzuheben. Dann winkte er Lucy zu, ihm zu folgen. »Bring sie mit!«

Halb zog, halb schleppte er den mehr oder weniger bewusstlosen Mann zu den Fahrstühlen und ließ ihn dort fallen, bevor er den goldenen Siegelring, den Lucy Wehmeyer gestohlen hatte, in die Hand nahm. Er streifte ihn sich über den Finger und rammte ihn auf das Sensorfeld neben der Ruftaste.

»Kennung: Martin Wehmeyer, Vorstandsvorsitzender«, sagte der Computer. *»Wie kann ich Ihnen behilflich sein?«*

»Fahrstuhl«, würgte Marc dieses eine Wort hervor. Das Atmen fiel ihm immer schwerer.

»Es tut mir leid, ich habe Sie nicht verstanden. Können Sie das bitte wiederholen?«

»Den Fahrstuhl im zwanzigsten Stockwerk öffnen!« blaffte Marc und hoffte inständig, dass ein niedrigschwelliges System wie das hier – anders als die Türen der SCIF – nicht auch noch die Stimme oder die Netzhaut des Vorstandsvorsitzenden brauchte.

Der Siegelring schien tatsächlich ausreichend zu sein.

Die künstliche Stimme erklärte: »*Einen Moment bitte*«, und dann öffnete sich die Tür einer Fahrstuhlkabine. Marc hievte seine benommene Fracht in die Kabine, gefolgt von Lucy, die die verletzte Wachfrau mit ihrer Schulter stützte. Die Fahrstuhltüren schlossen sich, und sie sogen dankbar die nicht mit Brandhemmern versetzte Luft in ihre Lungen.

»Hite«, wandte sich Marc an die verletzte Frau. »Wo liegt sein Büro?« Die Wachfrau zögerte und machte sich von Lucy los, um sich neben ihren Kollegen zu knien.

Lucy starrte sie wütend an. »Der Mann hat auf Sie geschossen. Wollen Sie ihn wirklich immer noch in Schutz nehmen?«

Die Wachfrau ließ den Kopf hängen und zeigte nach unten. »Sechzehnte Etage. Der Lichthof mit den Bäumen.«

Marc gab die Zahl in die Tastatur ein, und der Lift setzte sich in Bewegung. »Sie müssen unbedingt ärztlich versorgt werden«, sagte er zu der Frau. »Und vielleicht halten Sie im zehnten Stock noch mal an. Da liegt ein mit Handschellen gefesselter Kollege von Ihnen auf der Männertoilette.«

»Wer *sind* Sie eigentlich?«, wollte die Wachfrau wissen.

»Besorgte Aktionäre«, erwiderte Lucy und hielt inne, legte den Finger an ihr eines Ohr und lauschte einer Stimme, die nur sie hören konnte.

Erst jetzt fiel Marc wieder ein, dass er seinen eigenen Ohrstöpsel ja im Kampf mit dem Samoaner verloren hatte. Er sah Lucy fragend an.

»Assim«, lautete ihre Erklärung. »Delancort hat ihn angerufen. Anscheinend ist auch unten im Erdgeschoss Feueralarm ausgelöst worden. Die Gäste werden jedenfalls evakuiert, Feuerwehr und Rettungswagen sind unterwegs.«

»Gut.« Marc nickte, nahm sein Tablet und strich über das Display. »Wir haben immer noch die Chance, Hite zu schnappen, aber wir müssen uns beeilen. Er darf das Gebäude nicht verlassen, sonst haben wir ihn verloren.«

»Hast du einen Vorschlag? Ich bin für alles offen«, sagte Lucy.

»Wir drehen den Spieß um.« Mithilfe von Wehmeyers Siegelring klinkte er sich über das WLAN in das Netzwerk des Gebäudes ein und arbeitete sich dann bis zur Steuerung der Türschlösser im sechzehnten Stockwerk vor. »Er wollte uns einsperren … also sperren wir jetzt *ihn* ein.«

An Hites Bürowand hing ein Originalfilmplakat von *Top Gun* mit einem Autogramm des Produzenten Don Simpson. Dahinter befand sich ein kleiner Wandsafe mit einem Daumenabdruckscanner. Er fegte das gerahmte Poster vom Haken, ließ den Safe aufschnappen und zerrte den gesamten Inhalt nach draußen: Papiere, Reisepässe und Ausweise mit unterschiedlichen Namen, einen Beutel mit ungeschliffenen Blutdiamanten und mehrere Bündel US-Dollar. Hastig stopfte er alles in eine Umhängetasche. Doch das Wichtigste, der eigentliche Grund für seinen Zwischenstopp hier, das war ein einfacher Messingschlüssel an einer Metallkette. Er hängte ihn sich um den Hals, steckte den Schlüssel unter sein T-Shirt und rannte zurück in den Flur, die Nano weit vorgestreckt.

Er huschte geduckt um einen der überdimensionierten Pflanztöpfe herum, die einem Dutzend mit viel Mühe aufgezogener Miniaturpalmen eine Heimat boten. Hier auf diesem Stockwerk war das Grün wirklich allgegenwärtig. Hite kam sich manchmal vor, als würde er in einem gottverdammten Regenwald arbeiten. Im Stillen hatte er nichts als Verachtung dafür übrig.

Er war auf dem Weg zum nächstgelegenen Fahrstuhl und schon den halben Flur entlanggerannt, als sämtliche geschlossenen Türen in seiner Umgebung ein metallisches Klacken von sich gaben. Hite wusste, was dieses Geräusch zu bedeuten hatte: Die Magnetschlösser wurden aktiviert. Das konnte nur jemand veranlasst haben, der Zugang zum Steuerungssystem des Gebäudes hatte.

Aus einer haltenden Fahrstuhlkabine fiel Licht in den Flur, und das Glöckchen bimmelte. Hite wartete nicht ab, bis er sehen konnte, wer in der Kabine stand. Sobald die Türen sich öffneten, drehte er sich um und rannte los, warf einen flüchtigen Blick über die Schulter zurück und gab zwei Schüsse mit seiner Beretta ab, um eventuelle Verfolger abzuschrecken.

Seine Gedanken rasten. Hinter der nächsten Ecke kam er schlitternd zum Stehen und zerrte am Hebel einer Feuertür, doch der rührte sich keinen Millimeter von der Stelle. Er trommelte mit der Faust dagegen. Diese Schweine wendeten seine Taktik an, gegen ihn!

Es gab auch noch andere Feuertüren, wo er es versuchen konnte, aber die befanden sich auf der anderen Seite des Lichthof-Waldes, der das Zentrum dieses Stockwerks bildete, und höchstwahrscheinlich waren sie ohnehin ebenfalls abgeriegelt worden. So wäre er jedenfalls vorgegangen.

Hite rammte seinen smarten Siegelring auf das nächstgelegene Kommunikations-Display. »Notfallüberbrückung! Tür öffnen!«

»Es tut mir leid«, sagte die künstliche Kindergärtnerinnenstimme. *»Diese Funktion wurde von einer übergeordneten Autorität gesperrt. Soll ich für Sie den Empfang verständigen?«*

Schritte kamen im Eiltempo näher. Hite verzog wütend das Gesicht und rannte weiter. Sie wollten ihn einkesseln.

Er klopfte sich an die Brust, versicherte sich, dass der Schlüssel immer noch da war. Er war sein Rettungsanker. Seine Lebensversicherung. Aber wenn er es nicht bis nach draußen schaffte, dann war auch dieser Schlüssel nichts mehr wert.

Hite sprintete unter einer Reihe eleganter Glasbögen hindurch in den offenen, hohen Lichthof des sechzehnten Stocks. Hier konnte man sich tatsächlich fühlen wie in einem Waldstück aus einer idyllischen Landschaft, das diesem Gebäude eingepflanzt worden war, auch wenn es sich in Wirklichkeit um einen künstlichen Wasserlauf und einen Streifen mit Treibhaus-Zwerggras handelte, der den Raum zwischen ein paar sorgfältig sterilisierten Bäumen ausfüllte. Hite fand den Lichthof genauso abscheulich wie die anderen angeblich »grünen« Bestandteile des Gebäudes. Sie waren nichts als eine kostspielige Zeitverschwendung, eines von Wehmeyers vielen lächerlichen, ach so umweltfreundlichen Lieblingsprojekten.

Aber er konnte das Ganze zu seinem Vorteil nutzen. Hite stieß einen Holzstuhl beiseite und durchquerte eine kleine Lichtung, die zur Erholung und zum Nachdenken gedacht war. In einem kleinen Stahlpoller befand sich eine Steuerkonsole. Sein Siegelring klackte, als er ihn auf das Display legte. »Zugang zu Lichthof-Einstellungen aktivieren«, sagte er laut. »Äh … Wasserregulierung!«

»Zugang erteilt«, lautete die Antwort, und Hite musste grinsen. Ausgezeichnet. Die Rubicon-Leute, die sich in die Gebäudesteuerung eingehackt hatten, hatten also nicht das gesamte System unter ihre Kontrolle gebracht. Sie kannten den Büroturm nicht so gut wie Hite, und genau so würde er ihnen entkommen. *Es gibt noch andere Wege nach draußen*, sagte er sich. *Du musst nur bereit sein, etwas zu riskieren.*

Er beugte sich über das Display. Wenn die Gasdüsen seine Verfolger nicht hatten aufhalten können, dann vielleicht das hier. »Notfallüberschwemmung«, befahl er. »Die Wassertanks des Lichthofs entleeren.«

»Dieser Vorgang widerspricht einer ganzen Anzahl von …«

»Mach einfach, was ich dir sage, verflucht noch mal!«, blaffte Hite und stieß den Zeigefinger auf die Tastatur.

»Notmaßnahme genehmigt. Wird eingeleitet.« Noch während die Stimme sprach, fielen die ersten künstlichen Regentropfen aus den Sprinklerdüsen in der zwanzig Meter hohen Decke. Wenige Sekunden später hatten sie sich zu einem Nieselregen entwickelt, dann zu einem Guss und schließlich zu einer wilden, prasselnden Sintflut.

Mit großen, platschenden Sprüngen rannte Hite zum Rand des Lichthofs. In seinem Rücken waren Stimmen zu hören. Sie kamen näher.

Er drehte sich um und konnte inmitten des stürmischen Regens ein paar gespenstische Schatten erkennen. Dann hob er seine Nano und schoss so lange, bis das Magazin keine Patrone mehr hergab.

Sie schickten den Fahrstuhl mit den beiden Wachleuten nach unten und setzten die Verfolgung Hites fort. Lucy sah, wie er sich in den künstlichen Wald in der Mitte des Büroturms flüchtete.

Sie zog ihre ML-12 und blieb ihm auf den Fersen. Gleichzeitig bedauerte sie sehr, dass sie nicht wenigstens eine der beiden SIGs behalten hatte.

Sie hätte dieses Arschloch mit einem einzigen Schuss erledigen können … aber sie brauchten ihn lebend – und mitteilsam. Charles Hite war ihre beste Chance, das Netz um Ghost5 enger zu ziehen. Im Hinterkopf überlegte sie sich bereits, wie sie ihn am besten zum Reden bringen konnten. Das digitale Material, das Dane im Serverraum gesammelt hatte, war gut und wichtig, aber für ganz altmodisch von Mensch zu Mensch weitergegebene Informationen gab es keinen Ersatz. Und immer wenn jemand versuchte, ihr den Garaus zu machen, brachte das ihre unangenehmsten Eigenschaften zum Vorschein.

»Da«, sagte Marc und zeigte auf die gläsernen Torbögen, die den Eingang zum Lichthof markierten. »Die haben sogar einen eigenen Park ...«

»Und Regen ...« Lucy spähte mit zusammengekniffenen Augen durch herabprasselnde Tropfen und versuchte, ihre Zielperson ausfindig zu machen.

»Scheiße! Runter!«

Marc stieß sie unvermittelt zu Boden. Kugeln zischten durch die Luft, genau da, wo sie vor wenigen Sekundenbruchteilen noch gestanden hatte. Sie schlitterten hinter eine steinerne Parkbank, während die Regentropfen auf sie einprasselten.

»Danke.« Lucy löste sich von Marc und spähte über die Parkbank hinweg. Sie ärgerte sich, dass sie den Angriff nicht selbst bemerkt hatte. Das Kohlendioxid, das sie vorhin eingeatmet hatte, beeinträchtigte ihre Reaktionsschnelligkeit immer noch. »Wo ist er hin?«

»Zur Brüstung.« Marc kam aus der Deckung und zeigte die Richtung an. »Da.« Er blinzelte. »Wir sind auf halber Höhe in einem Wolkenkratzer. Glaubst du etwa, dass er gesprungen ist?«

Sie schüttelte den Kopf. »Er wird sich bestimmt nicht umbringen.«

Sie rannten gemeinsam los, kletterten über die brusthohe Absperrung aus gehärtetem Glas und wateten durch das überschwemmte Blattwerk am Rand des Lichthofs. Der Wolkenbruch hatte überall schlammige Wasserläufe entstehen lassen, die sich über die Brüstung in die Tiefe stürzten. Und hinter ihnen, im etwas tiefer gelegenen Teil des Lichthofs, stand das Wasser bereits knöcheltief.

Marc riskierte einen schnellen Blick nach unten, jederzeit gefasst darauf zurückzuzucken, falls Hite sie dort in Empfang nehmen wollte. »Ich kann ihn nicht sehen. Aber dafür ein paar offene Fenster.«

»Er ist im Stockwerk unter euch«, ließ Malte sich in Lucys Ohr vernehmen. Sie riss den Kopf nach oben und blickte hinüber zu dem Bürogebäude auf der anderen Straßenseite, von wo Dane herübergekommen war. Auf dem Dach stand eine schwarz gekleidete Gestalt und winkte ihr zu. »Ich habe gesehen, wie er rausgeklettert ist.«

»Verstanden«, erwiderte sie. »Du musst sofort verschwinden. Die ganze Sache gleitet uns immer mehr aus den Händen. Wir müssen uns auf einen schnellen Rückzug einstellen.«

»Verstanden«, antwortete der Finne. »Wir sehen uns unten.«

»Hoffentlich nicht allzu schnell«, murmelte Lucy kaum hörbar.

Marc zog versuchsweise an einem Büschel aus Weinranken, die sich durch ein Polymernetz auf der Außenhaut des Gebäudes wanden. »Das müsste halten. Wir bleiben also an ihm dran, oder?« Er wies mit einer Kopfbewegung auf die senkrecht abfallende Kante der Brüstung.

»Hier können wir nicht bleiben«, pflichtete sie ihm bei. »Wie sieht's aus – hast du Freeclimbing-Erfahrung?«

»Ein bisschen, ja«, erwiderte Marc.

»Das hier ist was ganz anderes«, sagte Lucy.

»Toll.« Er holte einmal tief Luft und ließ sich über die Kante in die warme Abendluft gleiten.

Einmal sah es ganz kurz so aus, als würde er den Halt verlieren, aber dann polterte Hite durch das Fenster im fünfzehnten Stock, das er extra noch geöffnet hatte. Es war eine harte Landung, bei der er sich den Knöchel verdrehte, bevor er mit dem Gesicht voraus auf dem Teppichboden landete.

Er hinkte und stöhnte bei jedem einzelnen Schritt laut auf, ließ das Magazin seiner Beretta herausschnappen und rammte ein volles in den Schacht, bevor er die Waffe wieder schussbereit machte. Genug war genug. Ganz egal wer jetzt noch versuchte, ihn aufzuhalten, er würde demjenigen eine Kugel in den Leib jagen. Über die Konsequenzen konnte er dann später noch nachdenken. Er war reich, und er war schlau, darum würde er diesen ganzen Tornado unbeschadet überstehen. Das sagte er sich ununterbrochen immer wieder vor, wie ein Mantra.

Das Einzige, was mir dabei im Weg steht, ist dieses gottverdammte Hochhaus. Er musste hier raus. Er musste verschwinden. Hite stellte sich vor, wie er das ganze Ding beim Gehen abfackelte, und musste grinsen bei der Vorstellung. *Erst ertränken, dann verbrennen,* dachte er. *Der arme alte Marty kriegt bestimmt einen Herzinfarkt.*

Dann hatte er entdeckt, wonach er gesucht hatte. Der fünfzehnte Stock war eine der Etagen, auf denen auch der Expressfahrstuhl für Führungskräfte anhielt. Er verlief sehr diskret in der Mittelsäule des Gebäudes und war für all diejenigen gedacht, die die Blicke der Öffentlichkeit und den großen Lichthof, der zur Straße führte, meiden wollten. Er drückte seinen Siegelring mit solcher Wucht auf das Display, dass die Plastikhülle einen Sprung bekam, aber es zeigte trotzdem grünes Licht. Der Expresslift würde ihn direkt in die Tiefgarage von Horizon Integral bringen.

Er stürzte durch die geöffnete Tür an die hintere Kabinenwand, und als der Fahrstuhl sich in rasantem Tempo abwärtsbewegte, spürte er, wie eine wahnsinnige Erleichterung von ihm Besitz ergriff. Leise New-Age-Musik mit klimpernden Windspielen und besänftigenden Panflötenklängen umschwebte ihn, während die Ziffern der Stockwerksanzeige beständig kleiner wurden. Der Fahrstuhl war von den übrigen Gebäudesystemen abgekoppelt, sodass selbst der Feueralarm und die Autorität des Vorstandsvorsitzenden nicht ausreichten, um ihn außer Betrieb zu nehmen.

Planänderung, sagte sich Hite. *Erst mal verschwinden. Mit dem ganzen anderen Mist kannst du dich später noch beschäftigen.* Die Freiheit war nicht mehr weit. Er wurde von plötzlicher Euphorie gepackt. *Scheiß auf alles,* dachte er. *Scheiß auf Marty und sein Gutmenschentum. Scheiß auf seine rotznäsige Tochter. Scheiß auf den Aufsichtsrat und auf die ganze beschissene Firma.*

»Ich bin weg!«, stieß er hervor, während er nass und zitternd in der klimatisierten Fahrstuhlkabine stand. Hite steckte die Hand unter sein feuchtes, klammes Jackett und berührte mit den Fingerspitzen noch einmal die Kette mit dem Schlüssel. Dann zog er das Ghost5-Handy hervor.

Er spielte etwas unentschlossen damit herum und überlegte. Madrigal hatte ihm versprochen, dass sie und ihre Gruppe sich an die Abmachung halten, dass sie ihm Schutz gewähren und ihn sogar außer Landes schaffen würden, falls die Situation es erforderlich machte.

Es gab viele Orte, an die er gehen konnte. Auf den Caymans, in London und in Zürich, überall hatte er Geld gebunkert. Hite bastelte schon lange an einem Rettungsschirm – er hatte nur auf den richtigen Moment gewartet.

Jetzt war es Zeit, eine Gefälligkeit einzufordern.

Das Gewirr aus Weinranken auf der Außenhaut des Gebäudes wackelte bei jeder Bewegung beängstigend, und erst als Marc sich eine Art Schwingen-Zupacken-Rutschen-Rhythmus angewöhnt hatte, gelang es ihm, das untere Stockwerk zu erreichen. Das Ganze wurde nicht einfacher dadurch, dass ständig Wasser über die über ihm befindliche Brüstung lief. Er bewältigte den Abstieg mit dem Gesicht zur Wand, vertraute aber eher auf sein Gefühl als auf seine Augen, wollte auf keinen Fall einen Blick nach unten riskieren.

Handgriff für Handgriff näherte er sich den weit geöffneten Fenstern, was Hite mithilfe irgendeines Unterprogramms aus dem Gewirr der komplexen Systemsteuerung des Gebäudes veranlasst haben musste. In der Nähe sah Marc eine automatische Fensterputzergondel hängen, und ihm wurde klar, dass Hite genau wie Marc zu Beginn des Einsatzes ins Innere gelangt sein musste – nur eben etliche Stockwerke tiefer.

Seine Stiefelsohlen berührten den Rand der Glasscheibe, und sie knirschte vernehmlich. Marc holte tief Luft und ließ sich fallen, wobei er jeden Gedanken an das, was passieren könnte, wenn er sein Ziel verfehlte oder abrutschte, an einen wenige Sekunden dauernden Sturz voller Selbstbezichtigungen, an einen roten Fleck auf dem Bürgersteig so gut er nur konnte verdrängte.

Er zog die Beine an, glitt durch das geöffnete Fenster und schüttelte den Moment der eiskalten Furcht mit einem Atemzug ab. Lucy war dicht hinter ihm, während das Wasser über den Fensterrahmen ins Zimmer lief und sich in ausgedehnten Lachen auf dem teuren Teppichboden sammelte.

Lucy stand schon wieder auf den Beinen und fuchtelte mit ihrer Pistole herum. Auch dieses Stockwerk war nur spärlich möbliert und bestand überwiegend aus Konferenzräumen und offenen Bereichen. »Ich sehe ihn nicht«, sagte sie leise. »Wo ist er denn hingegangen?«

»Ich hab jetzt langsam genug von dem Versteckspiel«, erwiderte Marc. »Am besten, wir *fragen* einfach.« Er stellte sich vor eine der allgegenwärtigen Gegensprechanlagen und legte Wehmeyers Siegelring auf das Display. »Hallo, äh, Sigma.«

»*Guten Tag*«, erwiderte der Computer. »*Wie kann ich Ihnen behilflich sein? Ich muss Sie darauf aufmerksam machen, dass das Gebäude momentan technische Probleme hat. Daher kann es sein, dass nicht alle automatischen Funktionen verfügbar sind.*«

»Kannst du einen Mitarbeiter lokalisieren?«

»*Ja.*«

»Charles Hite«, sagte Lucy, während sie sich ebenfalls vor das Display stellte.

Jetzt fing ein Lämpchen an zu blinken. »*Mr. Hite befindet sich im Augenblick auf Parkebene B-1.*«

»Die Tiefgarage …«, sagte Lucy. »Mist. Er will sich einen Wagen nehmen!« Sie machte einen Schritt in Richtung Fenster. »Er entwischt uns!«

»Nein.« Marc schüttelte den Kopf und holte sein Tablet aus einer Tasche seiner Multifunktionsweste. »Wir haben immer noch eine Chance.« Er gab ein paar Befehle ein, und dann öffneten sich zischend die Türen des nächstgelegenen Fahrstuhlschachts. Dahinter waren nur nackte Betonwände zu sehen, an denen das glitzernde Wasser herabstürzte.

»Und was hast du vor? Sollen wir etwa am Seil runterrutschen?« Lucy verzog das Gesicht.

»Nein«, sagte er noch einmal. Nachdem er noch einen Befehl in sein Tablet eingetippt hatte, klappte aus einer verborgenen Nische im Schacht eine Metallplatte hervor und rastete ein. »Eine Wartungsbühne«, erläuterte er und machte einen Schritt über den Spalt hinweg auf die Plattform oder besser: das Gitter. Wenn er den Blick nach unten richtete, starrte er direkt in einen schwarzen Abgrund, dort, wo sich die Untergeschosse befanden.

Lucy stellte sich neben ihn, und die Plattform zitterte unter ihrem gemeinsamen Gewicht. Da sie ahnte, was gleich kommen würde, ergriff sie das gelb-schwarz gestreifte Geländer und hielt sich gut fest. »Wie schnell ist dieses Ding?«

»Ziemlich schnell«, gab Marc zurück und kniete sich neben den Kasten mit der automatischen Steuerungseinheit. »Sobald ich den Geschwindigkeitsbegrenzer überlistet habe.« Er holte tief Luft, ignorierte die Warnmeldung und löschte mit einer brutalen Attacke sämtliche Sicherheitseinstellungen. »Festhalten.«

Das Metallgitter sauste wie ein Stein nach unten und riss sie mit sich. Die warme, abgestandene Luft im Inneren des Schachts rüttelte an ihnen, die Laufräder sprühten Funken, und die Plattform zitterte und bebte, als würde sie jeden Augenblick auseinanderbrechen.

Hite humpelte durch die Tiefgarage zu seinem rauchgrauen Audi TT Roadster, riss die Tür auf und ließ sich schwer atmend auf den Fahrersitz fallen. Überall jaulten die Sirenen des Feueralarms und blinkten die Warnlichter. Das Licht und der Lärm zerrten an seinen Nerven.

Er ließ den Motor an und fuhr mit quietschenden Reifen rückwärts aus seiner Parkbucht. Der Hauptausgang auf die Bridge Street war mit Sicherheit vergittert, aber er wusste, dass die zweite, etwas verborgene Ausfahrt auf der anderen Seite der Tiefgarage dem Befehl seines Siegelrings Folge leisten würde, sodass er durch eine überdachte Gasse in die Pitt Street gelangen konnte. Und dann musste er nur noch so schnell wie möglich raus aus der Innenstadt von Sydney.

Hite gestattete sich ein verschlagenes Lächeln. Wenn die Nothelfer irgendwann mit der Durchsuchung des Gebäudes fertig waren und die Aufregung sich ein wenig gelegt hatte, dann war er schon in seinem Haus in Vaucluse und raffte seine letzten Sachen zusammen. Der Gedanke hatte durchaus etwas Befreiendes. Alle vorbereiteten Maßnahmen waren getroffen. Vielleicht war es besser so. Vielleicht war es das Beste, jetzt den Stecker zu ziehen als irgendwann später.

Er drückte die Wähltaste seines Prepaidhandys und wartete, während er den Wagen wendete. Madrigal meldete sich beim ersten Klingeln mit ihrer vertrauten digital verzerrten, kaum mehr menschlichen Stimme. »Hallo, Dart. Lebst du noch?«

»Ich bin auf dem Weg nach draußen«, erwiderte er hastig. »Und jetzt möchte ich meinen Wechsel einlösen. Ich habe alles vorbereitet, aber ich brauche deine Hilfe!«

»Ich hatte dich gebeten, mir Rubicon vom Hals zu schaffen. Aber jetzt muss ich annehmen, dass du das gar nicht getan hast.«

»Ich habe sie im Gebäude eingesperrt«, gab er verärgert zurück. »Sie können nicht entkomm…« Seine Stimme erstarb, als er vor den Fahrstühlen am hinteren Ende der Tiefgarage entlangfuhr und im rötlichen Flackern der Warnleuchten zwei Gestalten entdeckte. »Ach du Scheiße!«

»Gibt es etwa Schwierigkeiten?« Madrigals Stimme klang bestürzend ruhig.

Hite klemmte das Handy zwischen Ohr und Schulter ein, damit er das Lenkrad mit beiden Händen packen konnte, und lenkte den Wagen in Richtung der beiden Rubicon-Agenten. Vielleicht konnte er ja zumindest einen der beiden noch aus dem Weg räumen, bevor er endgültig die Biege machte.

Sie teilten sich auf und rannten in unterschiedliche Richtungen davon, darum verfehlte er sie beide. Stattdessen ließ er das Heck des Wagens herumschleudern, sodass der Kühlergrill des Fahrzeugs genau auf eine gewundene Ausfahrtrampe zeigte.

»Du hast mich enttäuscht, Dart«, schnurrte Madrigal, »und jetzt soll ich dir helfen?«

»Ja!« Hite rammte das Gaspedal auf das Bodenblech, und der Audi schoss nach vorn. Aus dem Augenwinkel sah er, wie die Frau mit einer Pistole auf ihn zielte und die Waffe zweimal zuckte. Doch die Windschutzscheibe zersplitterte nicht: Sie schoss mit Schrotkugeln, die von der Scheibe abprallten und lediglich ein paar Kratzer hinterließen. »Du bist mir was schuldig!«, brüllte er in das Handy.

»Das stimmt«, erwiderte Madrigal. »Wirf mal einen Blick auf dein Telefon.«

Hite nahm das Handy vom Ohr und hielt es sich vor die Augen, während er den Audi die Rampe hinauftrieb. »Was …?«

»Lebe wohl!«, sagte Madrigal. Im nächsten Augenblick schickte der Akku des Prepaidhandys, initiiert durch die Anruferin am anderen Ende der Leitung, einen kräftigen Stromstoß durch die Metallverkleidung des Geräts.

Sämtliche Muskeln in Hites Körper verkrampften sich schlagartig, auch sein Herz. Er war nicht mehr in der Lage, das Telefon loszulassen, den Fuß vom Gaspedal zu nehmen oder am Lenkrad zu drehen, und so jagte er seinen Roadster mit solcher Wucht gegen die Seitenwand der Auffahrtrampe, dass das Heck beim Aufprall vom Boden abhob und anschließend wieder nach unten knallte.

Benzin sickerte aus dem geborstenen Tank des Fahrzeugs auf die Fahrbahn, während Lucy auf das knirschende, dampfende Wrack zurannte. Ein grässlicher Gestank nach verkohlten Haaren und verbranntem Stoff wehte ihr aus der Öffnung der völlig verbogenen und aufgesprungenen Fahrertür entgegen.

Charles Hite lag in seinem Sitz, erstarrt unter dem sinnlos gewordenen Airbag. Die geplatzten Adern hatten seine Augen knallrot gefärbt, und aus seinen Nasenlöchern lief das Blut.

»Das Arschloch ist tot«, verkündete sie.

Marc sog zwischen zusammengebissenen Zähnen die Luft ein. »Von dem können wir also keine Informationen mehr erwarten.«

»Hilf mir mal mit der Tür«, sagte Lucy, und dann drückten sie sie gemeinsam noch ein Stück weiter auf. Hites Leichnam sackte ins Freie, und nur der Sicherheitsgurt verhinderte, dass er ganz herausfiel. Dabei rutschte seine Hand aus dem Schoß nach unten. Ihre Haut war verbrannt und mit blauen Flecken und geplatzten Blutgefäßen übersät, alles Nachwirkungen der Muskelkrämpfe. In seiner Handfläche lag ein schmieriges, verkohltes Ding.

Marc richtete sich ein wenig auf. »Der Aufprall ist jedenfalls nicht die Todesursache. Sieht eher so aus, als hätte er einen Stromschlag bekommen.«

Lucy bog Hites Finger auseinander und nahm ihm die verbrannten Überreste eines einfachen Handys ab, nicht ohne dabei ein wenig klebrige Flüssigkeit und verschmorte Haut mit abzuziehen.

Sie warf Marc das Handy zu, und seine angewiderte

Miene nahm einen noch angewiderteren Zug an. »Was ist denn …?«

Hastig durchwühlte Lucy Hites Jackett und entdeckte noch ein zweites Telefon. Dabei fiel ihr eine Wölbung auf, die sich unter dem T-Shirt auf der Brust des Toten abzeichnete. Sie sah etwas genauer hin und fuhr mit dem Finger vorsichtig unter eine Halskette, an deren Ende ein schwärzlicher Messingschlüssel baumelte. »Den hat er ganz dicht bei sich gehabt«, dachte sie laut nach. »Möglichst sicher.« Ohne weiter darüber nachzudenken, riss sie die Kette ab.

Marc sah ihr über die Schulter. »Könnte zu einem Stahlschrank passen. Obwohl das für jemanden wie ihn ganz schön primitiv wäre.«

»Vielleicht ist das ja der Sinn der Sache«, spann sie seinen Gedankengang fort. »Wenn der Gegner etwas Primitives erwartet, entscheide dich für eine technische Lösung. Und umgekehrt.«

»Aber wofür ist der?« Marc wandte den Blick ab.

Am oberen Ende der Ausfahrtrampe kamen jetzt ein paar Feuerwehrleute ins Blickfeld und forderten alle, die sich noch im Gebäude befanden, mit lauten Rufen auf, nach draußen zu kommen.

»Das ist genau die Frage. Jedenfalls war dieser Schlüssel für Hite sehr wichtig«, erwiderte Lucy. »Na, komm, lass uns verschwinden.«

Kapitel 11

Erik klopfte gegen einen rostigen Stahlträger, und Madrigal, die auf einem Feldbett in der Mitte des schäbigen Büroraumes lag, wachte auf. Sie blinzelte ihn verschlafen an und zog züchtig den Schlafsack über ihre nackte Brust. Als sie registriert hatte, dass er allein war, ließ sie den Schlafsack los und stellte die Füße auf den staubigen Fußboden.

»Und?«, sagte sie. »Ist es so weit?«

»Die Lastwagen stehen draußen«, erwiderte Erik, während sie aufstand und zu einem Klappstuhl mit einem Kleiderhaufen ging. »Der letzte Teil der Ausrüstung wird gerade verladen. André sagt, dass der Flieger vollgetankt ist, sobald wir beim Frachtterminal ankommen.«

»Mm-hmm.« Sie hielt inne und musterte ihn. Er blieb stumm und löste den Blick von ihrem nackten Körper. Sie wollte eine Reaktion provozieren, aber er sah keinen Grund, darauf einzugehen. Nach einem kurzen Augenblick begann Madrigal sich anzuziehen. »Dann sind wir bereit. Ich möchte keinerlei Spuren zurücklassen.« Ihre Stimme bekam einen gebieterischen Ton. »Sorg dafür, dass alle noch mal genau nachsehen, bevor wir endgültig verschwinden. Es darf nichts hierbleiben, was irgendwie zu uns zurückverfolgt werden könnte.«

»Ist schon erledigt.«

»Dann macht es noch mal«, befahl sie und fügte, ein wenig freundlicher, hinzu: »Bitte.« So, wie sie es sagte, schwang auch so etwas wie »Abtreten« mit, aber Erik machte keine Anstalten, darauf einzugehen. Sie sah ihn durchdringend an. »Sonst noch was?«

»Was machen wir mit Song?«

Madrigal schlüpfte in ein Uniformhemd der Bundeswehr und knöpfte es zu. »Sie heißt jetzt Kara.«

»Ist mir doch scheißegal, wie sie sich jetzt nennt«, gab Erik erregt zurück. »Ich traue ihr nicht. Wir müssen sie unbedingt loswerden.«

»So, wie den bedauernswerten Lex?« Madrigal wandte sich ab und heftete den Blick auf die Nylontasche, die André gestern mitgebracht hatte. Darin befanden sich der Laptop des Toten, seine persönlichen Dinge und ein USB-Stick mit zahlreichen Daten über ihre gegenwärtige Operation, insgesamt viele Gigabytes groß. Sie schien nachzudenken, ihre Überlegungen aber schließlich zu verwerfen. »Er hätte uns noch so nützlich sein können. Was für eine bedauernswerte Verschwendung. Und wenn wir mit Kara dasselbe machen …« Sie hielt inne. »Nein. Wir können sie für unsere Zwecke gut gebrauchen.«

Er kam mit leicht vorgeschobenem Kinn einen Schritt näher. »Hast du vielleicht schon mal daran gedacht, dass sie *dich* für *ihre* Zwecke einspannen könnte?«

»Hältst du mich eigentlich für bescheuert?«, erwiderte Madrigal kühl. »Ich weiß ganz genau, was ich tue.«

»Dann erklär's mir«, verlangte er. »Wir haben keine Geheimnisse voreinander. So habe ich dir geholfen, die Gruppe unter Kontrolle zu behalten. Aber jetzt, wo *sie* wieder da ist … Du machst plötzlich Sachen, die dir gar nicht ähnlich sehen, und das finde ich beunruhigend.«

Sie lächelte unglücklich. »Wie arrogant von dir zu glauben, dass du mich so gut kennst, Erik.« Dann schüttelte sie den Kopf, und ihr Lächeln erstarb.

Er verschränkte die Arme vor der Brust. »Das, was ich dir jetzt sage, ist eine Tatsache, auch wenn du es nicht wahrhaben willst. Diese Frau ist deine Achillesferse. Damals, als sie gegangen ist, da hättest du das Problem lösen müssen, und zwar genau so, wie wir das Problem mit Lex gelöst haben. Wäre ich damals schon dabei gewesen, ich hätte darauf bestanden. Aber du hast zugelassen, dass sie die Gruppe verlässt. Du hast sie gehen lassen, weil du gehofft hast, sie würde eines Tages zurückkehren.«

»Song – Kara – hat *mich* verlassen.« Madrigal griff nach ihrer Lederjacke. »Wie ich damit umgehe, ist *meine* Sache.«

»Nein.« Erik warf einen Blick zur Tür, um sich zu versichern, dass sie nicht belauscht wurden. »Du *willst* glauben, dass sie wieder in den Schoß der Gruppe zurückgekehrt ist, weil dir der Gedanke gefällt. Weil du gerne recht hast. Und alles andere ignorierst du einfach.«

Sie musterte ihn scharf. »Das sind aber ziemlich viele Mutmaßungen und Unterstellungen, Erik. Sei vorsichtig.« Madrigal kam auf ihn zu. »Du hast dir aufgrund deiner Qualifikationen eine Vertrauensstellung erarbeitet. Also pass auf, dass ich nicht anfange, an dir zu zweifeln.«

»Hörst du dir eigentlich selber zu?«, fauchte er sie an. »Das war ja fast eine Drohung.« Mit einem Schritt stand er nun direkt vor ihr. Er war einen guten Kopf größer als Madrigal, und diese Größe nutzte er jetzt, um ihr bedrohlich nahe zu kommen. »Bei jedem anderen würdest du sagen, dass es zu schön ist, um wahr zu sein. Sie taucht ganz plötzlich bei uns auf, wie aus heiterem Himmel, und das zufälligerweise wenige Tage, bevor wir unser bislang riskantestes Projekt zu Ende bringen wollen, wenige Tage, nachdem wir das Problem mit Lex gelöst haben. Und dann hat sie auch noch Informationen im Gepäck, die du ihr einfach so abkaufst, ohne auch nur einmal nachzufragen …«

Mit einer blitzschnellen Bewegung hatte Madrigal ihm eine Ohrfeige verpasst. »Du hast nicht einmal den Hauch einer Ahnung, wie ich ticke, stimmt's?« Sie drehte sich um und stapfte davon, um ihre Sachen zusammenzusuchen. »Deine Zweifel sind vollkommen überflüssig, Erik. *Selbstverständlich* bin ich misstrauisch. *Selbstverständlich* bin ich vorsichtig. Ich bin ja nicht auf den Kopf gefallen.«

Er wollte etwas erwidern, doch dann biss er sich auf die Zunge. Er schmeckte Blut aus einer kleinen Risswunde an seiner Lippe.

»Kara ist damals abgehauen, weil sie unreif war. Sie hat geglaubt, wir stünden auf der falschen Seite«, fuhr Madrigal fort. »Aber jetzt hat sie kapiert, was ich ihr damals schon gesagt habe: Es gibt gar keine verschiedenen Seiten. Es gibt nur uns, und dann gibt es die anderen. Diese anderen, diese Rubicon-Leute, wollen uns und unserem Projekt in die Quere kommen. Aber die Informationen, die Kara mir mitgebracht hat, stimmen. Du hast es doch selbst gesehen. Der Mann auf Malta, den wir mit der Drohne gefilmt haben. Sie hat uns verraten, wie er *heißt*! Sie hat jetzt schon bewiesen, wie nützlich sie uns sein kann.«

Erik sagte nichts mehr. Mithilfe von Karas Hinweisen hatte sich Ghost5 Zugang zu verschiedenen militärischen und anderen gesicherten Datenbanken verschafft und die dort erbeuteten Informationen genutzt, um sich ein grobes Bild von dem Engländer zu machen. Marc Dane war ehemaliger Angehöriger der Royal Navy. Dort hatte ihn der britische Auslandsgeheimdienst MI6 abgeworben und bei verdeckten Operationen eingesetzt. Die Informationen waren allerdings, zu Madrigals großer Frustration, ziemlich unzusammenhängend gewesen. Vor zwei Jahren hatte Interpol einen Haftbefehl auf ihn ausgestellt, der jedoch nach einer Woche ohne Angabe von Gründen widerrufen worden war. Die CIA hatte ihn auf eine Liste für »Personen unter Beobachtung« gesetzt. Und wenn man Kara wirklich glauben durfte, dann war er jetzt bei einem privaten Militärdienstleister unter Vertrag, dessen Agenten Ghost5 dicht auf den Fersen waren.

»Dein Problem, Erik, ist, dass du immer nur in binären Kategorien denkst. Für dich gibt es nur Schwarz oder Weiß.« Madrigals Tonfall wurde weicher. »Dadurch entgehen dir die vielen Möglichkeiten, die das Grau uns bietet. Alles, was Kara uns bis jetzt gesagt hat, hat sich als richtig erwiesen. Und wenn wir diese Informationen *benutzen*, anstatt nur darauf zu reagieren, dann können wir Rubicon für uns arbeiten lassen.«

»Bis jetzt«, wiederholte er. »Sie kennt diesen Mann, stimmt's? Und dann verrät sie ihn. Aber wofür? Für dich?«

Madrigal drehte ihm den Rücken zu und klappte das Feldbett zusammen. »Der Grund, weshalb sie zu uns gekommen ist, ist Lex. Sie will wissen, wer für seinen Tod verantwortlich ist.«

»Und was passiert, wenn sie es herausfindet?«

»Das lasse ich nicht zu.« Sie schnappte sich ihre Tasche und ging quer durch den Raum. »Sie wird mich nicht noch einmal enttäuschen.«

Erik nahm das Feldbett und folgte ihr hinaus auf den Flur und die quietschende Eisentreppe hinab. Wenn er Madrigal noch weiter gedrängt hätte, wäre sie nur noch wütender geworden. Er änderte seine Taktik. »Du hast gesagt, wir sollen keine Spuren hinterlassen. Was ist mit Dart?«

»Er ist tot, oder hast du etwa nicht aufgepasst?«

»Wir müssen sicherstellen, dass er nichts hinterlassen hat, was den Verdacht auf uns lenken könnte«, beharrte Erik. »Immerhin haben die Rubicon-Leute ihn aufgestöbert. Sie werden nach einer Verbindung zu uns suchen.«

Madrigal nickte. »Darum kümmert sich schon jemand. Ich habe unsere Partner angesprochen. Sie nehmen die Angelegenheit in die Hand.«

Am Fuß der Treppe standen bereits mehrere Gruppenmitglieder und warteten auf Anweisungen. Erik sah, wie Pyne und Kara ihr Gespräch unterbrachen, als sie Madrigal und ihn sahen. Kara begegnete seinem Blick und hielt ihm nicht stand.

»Es wird Zeit weiterzuziehen«, sagte Madrigal fröhlich. Dann legte sie Kara eine Hand auf die Schulter und lächelte. »Für uns alle.«

»Ich halte das wirklich für keine gute Idee«, sagte Marc leise und trat nervös von einem Bein auf das andere, während der Fahrstuhl nach oben schwebte.

»Aber das bestimmen nicht wir«, gab Lucy zurück, fast ohne die Lippen zu bewegen. Sie hatte sich an diesem Morgen für eine leichte Cargohose und ein schwarzes Bolerojäckchen zu einer blau-grünen Bluse entschieden. Aber auch in diesem deutlich unauffälligeren Outfit wirkte sie keinen Deut weniger elegant als in dem Zehntausenddollarkleid von gestern Abend.

Marc beugte sich nach vorn. Er trug zu einer Jeans eine Khakijacke mit aufgenähten Taschen und war sich offensichtlich sehr deutlich darüber im Klaren, dass der samoanische Wachmann auf der anderen Seite der Fahrstuhlkabine ihn mit Blicken durchbohrte. Marc hob den Blick und wich dem anderen nicht länger aus. Unterhalb des Haaransatzes trug der Wachmann einen Verband, und sein hasserfüllter Gesichtsausdruck ließ keine Zweifel daran aufkommen, was er mit Dane gerne angestellt hätte, wären sie allein gewesen.

»Wie geht es Ihrem Kopf?«, erkundigte sich Marc.

»Prima«, knurrte der Wachmann. »Und Ihrem?«

Marc fasste sich unwillkürlich an die frische Prellung in seinem Gesicht und zuckte ein wenig zusammen. »Großartig.« Er wandte sich ab und blickte durch die Glaswand nach draußen, während der Fahrstuhl den oberen Stockwerken des Horizon-Integral-Gebäudes entgegenschwebte. Tagsüber hob sich das grüne Hochhaus deutlich von seinen schmucklosen Nachbarn aus Stahl und Beton ab. Auf jedem Stockwerk sausten smaragdgrüne Lichtflecken an ihnen vorbei, und gelegentlich sah Marc bereits Arbeitertrupps in leuchtenden Westen, die angefangen hatten, das Chaos zu beheben, das durch die Flutung des Lichthofs entstanden war.

»Entspann dich«, fuhr Lucy fort. »Die werden uns bestimmt nicht gleich in Handschellen abführen.«

»Da würde ich mich nicht drauf verlassen«, warf der Samoaner ein.

Der Fahrstuhl hatte sein Ziel erreicht, und die Tür öffnete sich mit leisem Bimmeln. Sie wurden, wie gestern, von der jungen Aborigine in Empfang genommen, deren Lächeln durch und durch professionell und ohne jede Wärme war. »Einmal mehr willkommen«, sagte sie zu Lucy, bevor ihr Blick zu Marc wanderte. Sie musterte ihn von oben bis unten. »Wie ich sehe, hat Ihr Kollege es heute vorgezogen, das Gebäude auf die allgemein übliche Art und Weise zu betreten.«

»Hallo, Orani.« Lucy lächelte sie an. »Nichts für ungut, ja?«

Orani ging nicht darauf ein. »Das Sitzungszimmer liegt da hinten.« Sie ging los, ohne abzuwarten, ob sie ihr auch folgten. »Ich hoffe, Sie haben die Telefonnummer Ihres Rechtsanwalts mitgebracht.«

Der Konferenzraum belegte eine komplette Ecke des

Gebäudes und bot einen spektakulären Blick über die umgebenden Straßen, den Botanischen Garten und den »Farm Cove« genannten Teil des Hafens. Hinter der Skyline sah Marc sogar die spitz zulaufenden weißen Bögen des Opernhauses, doch dann riss ihn ein lauthals geführter Streit aus seinen Betrachtungen.

An einem schweren Holztisch saßen Martin Wehmeyer, der Leiter seines Sicherheitsdienstes sowie die wahrscheinlich fähigsten Mitarbeiter seiner Rechtsabteilung. Auf der anderen Seite des Tisches hatten Ekko Solomon und Henri Delancort Platz genommen. Wehmeyer, mit hochrotem Kopf und voller Zorn, zeigte mit dem Finger auf Delancort und stieß die Worte »kriminelle Machenschaften« hervor. Doch als er Marc und Lucy erblickte, verstummte er schlagartig.

Crowne, der Sicherheitschef, erholte sich als Erster wieder. »Dieser Mann gehört zu *Ihren* Leuten«, wandte er sich anklagend an Solomon, während er gleichzeitig auf Marc zeigte. »Schwerer Hausfriedensbruch, Sachbeschädigung, Körperverletzung, Industriespionage, Datendiebstahl ... die Liste seiner kriminellen Vergehen ist endlos!« Er sah Wehmeyer an. »Sir, das ist der Kerl, der in unsere IT-Zentrale eingedrungen ist und sich Zugang zu dem isolierten Server verschafft hat.«

»Das können Sie nicht beweisen«, sagte Delancort. Damit lag er teilweise sogar richtig, weil Marc am Vorabend beim Verlassen des Firmennetzwerks ein Wurmprogramm eingespeist hatte, das die meisten Aufnahmen aus den Überwachungskameras gelöscht hatte.

»Wir haben Zeugen«, fuhr Crowne fort und deutete auf den Wachmann. »Eine unserer Mitarbeiterinnen wurde angeschossen!«

»Von einem Ihrer leitenden Angestellten«, bemerkte

Lucy mit sanfter Stimme. »Der jetzt tot ist. Wie peinlich ist das denn?«

Crowne bedachte sie mit bösen Blicken. »Wir werden die Vorgänge um Mr. Hite sehr gründlich untersuchen.«

»Was ist hier eigentlich los, Solomon?« Wehmeyer setzte eine steinerne Miene auf. Nichts erinnerte mehr an den jovialen Gastgeber des gestrigen Abends. »Haben Sie überhaupt eine Vorstellung davon, gegen wie viele Gesetze Ihre Mitarbeiter verstoßen haben? Ich will sie hinter Gittern sehen, und zwar auf der Stelle …«

»Seien Sie endlich still!« Wie ein Pistolenschuss knallte Solomons Stimme durch den Raum. »Sie sollten sich erst einmal über Ihre eigene Schuld im Klaren werden, bevor Sie wahllos auf andere losgehen.« Er beugte sich nach vorn und fixierte die Rechtsanwälte. »Und ich glaube, Sie sollten diese Leute wegschicken, bevor wir hier weitermachen.«

»Warum sollten wir das tun?«, gab Crowne zurück.

»Vielleicht weil das, was Sie gleich zu hören bekommen, nicht für zu viele Ohren bestimmt ist.« Delancort zog eine Augenbraue in die Höhe.

Wehmeyer fuhr sich mit der Hand durch das lichte Haar, dann gab er den Anwälten ein Zeichen. »Warten Sie im Empfangsbereich.« Er blickte Orani und den Wachmann an. »Sie auch.«

»Sir …?«, fing Orani an, doch Wehmeyer schüttelte nur den Kopf.

Als sie allein waren, stand Solomon auf und bedeutete Marc und Lucy, Platz zu nehmen.

Dann trat er auf Wehmeyer und Crowne zu, und Marc sah zum ersten Mal etwas, was er in der Vergangenheit immer nur andeutungsweise wahrgenommen hatte: eine unnachgiebige, soldatische Haltung. In jeder seiner Bewegungen kam eine versteckte Drohung zum Vorschein. »Sie glauben, dass Sie wissen, worum es hier geht. Aber Sie irren sich.« Der Afrikaner wies mit einer Kopfbewegung auf das hintere Tischende. »Miss Keyes und Mr. Dane sind mein Rotes Team. Sie haben die Aufgabe, die Integrität von Unternehmen zu überprüfen, die Rubicon erwerben möchte.«

»*Erwerben?*« Wehmeyer blinzelte. »Sie haben doch gar nicht genügend Kapital, um so etwas …«

Solomon ging nicht darauf ein. »Die beiden haben bestätigt, was ich bereits vorher gewusst habe.« Er starrte sein Gegenüber durchdringend an, und als er weitersprach, bleckte er buchstäblich die Zähne. »Führende Mitarbeiter von Horizon Integral machen gemeinsame Sache mit gewaltbereiten Extremisten. Ihre Firma hat die Durchführung von terroristischen Attentaten in Deutschland, den Vereinigten Staaten von Amerika und Taiwan ermöglicht, und es ist durchaus denkbar, dass noch weitere folgen werden. Hites Tod war eine direkte Konsequenz aus dieser Tatsache. Das können wir beweisen.«

Delancort schob den verblüfften Männern einen Tablet-Computer entgegen. »Die HIOS-Sigma-Steuersoftware wurde ganz bewusst zweckentfremdet. Ihre Mitarbeiter, Mr. Wehmeyer, haben nicht nur diverse, höchst gefährliche Schwachstellen im Quellcode verschwiegen, sondern Informationen über diese Schwachstellen an eine Terrororganisation weitergeleitet, und zwar gegen Bezahlung.«

Marc sah sämtliches Blut aus Wehmeyers Gesicht weichen, während er die digitalen Informationen überflog. Er sah aus wie jemand, der gerade sein eigenes Todesurteil las.

»Ich habe eine Kopie dieser Informationen vorbereitet, um die zuständigen Behörden in den betroffenen Staaten sowie den australischen Geheimdienst zu informieren«, fügte Delancort hinzu.

»Sie wollen uns drohen?«, fauchte Crowne ihn an.

»Mein Assistent macht lediglich deutlich, wie die Situation sich in Wirklichkeit darstellt«, gab Solomon zurück.

»Ich hatte keinerlei Kenntnis von diesen Dingen!«, beharrte Wehmeyer und drückte Crowne das Tablet in die Hand. »Ich meine, ich habe von diesem Zugunglück gelesen … ich habe sogar eine Abteilung beauftragt, das Ganze näher zu untersuchen, einfach um sicherzugehen, dass das nichts mit unserem System zu tun hatte …« Er schluckte hörbar. »Ich habe Charles gebeten, die Untersuchung zu leiten.« Er hielt inne.

Marc konnte sich gut vorstellen, was dem Vorstandsvorsitzenden jetzt alles durch den Kopf ging. Wenn die Medien auch nur den Zipfel einer Andeutung, nur den Hauch einer solch gewaltigen Verfehlung zu fassen bekamen, würden die Aktien von Horizon Integral noch vor Börsenschluss ins Bodenlose fallen. Und dabei waren die juristischen Konsequenzen, die Fragen der Unternehmenshaftung sowie die unzähligen Schadenersatzklagen wütender Opfer noch nicht einmal mit berücksichtigt.

»Hite. Dieser arrogante Scheißkerl.« Crowne las den Text und ließ das Tablet auf den Tisch sinken. »Er ist dafür verantwortlich!«

»Vielleicht hat Charles Hite ja alleine gehandelt. Er hatte schließlich ungehinderten Zugang zu sämtlichen Daten.« Solomon warf den beiden einen Rettungsring zu. »Alles andere wäre nur schwer zu beweisen.«

Wehmeyer rang die Hände. Marc empfand Mitleid mit ihm. Noch vor wenigen Augenblicken war er der unumschränkte Herrscher seines Reichs gewesen, und jetzt bestand mit einem Mal die Gefahr, dass er auf einen Schlag alles verlor.

Der Vorstandsvorsitzende bemühte sich sichtlich, seine

Gefühle im Zaum zu halten. »Charles … er war nicht einfach im Umgang, verstehen Sie? Ein außergewöhnlich begabter Programmierer, ein Genie, um ehrlich zu sein.« Er blinzelte mehrfach, bevor er ratlos zum Fenster hinausstarrte. »Aber gleichzeitig ein absoluter Egoist. Es war eine reine Güterabwägung. Ich wollte mir seine Fähigkeiten sichern, also haben wir seine Launen und Eskapaden ertragen. Vor ungefähr zwei Jahren kamen dann die ersten Andeutungen, dass er uns womöglich verlassen will, um eine eigene Firma zu gründen. Und das nach allem, was wir in ihn investiert hatten!« Wehmeyer schüttelte den Kopf. »Das konnte ich unmöglich zulassen. Ich trage schließlich die Verantwortung für alle meine Mitarbeiter!«

Crowne nickte zustimmend. »Wir haben Hite überredet, bei uns zu bleiben. Aber er wollte dafür gewisse Zugeständnisse haben, und zwar nicht bloß ein größeres Büro und mehr Geld. Ihm ging es vor allem um weitreichende Befugnisse und autonomere Arbeitsbedingungen.«

»Er hat Sie ausgetrickst«, meldete sich Marc zu Wort. Jetzt hatte er Hites ausgeklügeltes Täuschungsmanöver klar und deutlich vor Augen. »Er hat einfach abgewartet und gleichzeitig die Zero-Day-Exploits der Sigma-Software weiterverkauft. Und als es dann so weit war, sollte alles so aussehen, als wäre Horizon Integral dafür verantwortlich.«

»Das war ein eiskalter Plan«, fuhr Lucy fort. »Wenn Hite sich selbständig machen wollte, dann hätte er sich dadurch, dass er seinen ehemaligen Arbeitgeber und zugleich potenziell mächtigsten Rivalen ins Verderben stürzt, eine ziemlich gute Ausgangsposition verschafft.«

»Ich habe Mr. Dane gebeten, in Ihren Serverraum einzudringen, weil ich wissen wollte, wer diesen Attacken sonst noch schutzlos ausgeliefert sein könnte«, erläuterte

Solomon. »Aber auch weil ich mir sicher war, dass wir dadurch den Maulwurf in Ihrer Firma aufschrecken würden. Und das scheint uns ja gelungen zu sein.«

»Wir glauben, dass eine kriminelle Hackergruppe namens Ghost5 Hite getötet hat, um ihn zum Schweigen zu bringen«, fügte Marc hinzu. »Und die Liste mit den HIOS-Sigma-Kunden, die ich Ihrer Datenbank abgeluchst habe, zeigt, wie viele potenzielle Opfer es noch gibt.«

»Großer Gott!« Wehmeyer schlug die Hände vors Gesicht. »Wir haben erst im letzten Monat eine neue Version aufgespielt! Hat alles reibungslos geklappt … Ihre Fabriken in Nigeria. Die Flugsicherung in Abu Dhabi. Ein Stahlwerk in Pakistan. Die Stadtverwaltung in Seoul, Raffinerien in Bolivien und Peru, sogar ein verdammtes Kinderkrankenhaus in Norwegen! Und jetzt wollen Sie behaupten, dass da bloß ein einziger Irrer auf eine Taste drücken muss …?« Er verstummte, als ihm das gewaltige Ausmaß des Ganzen klar wurde. »Wie konnten wir so etwas zulassen?«, rief er laut. Es war eine verzweifelte Selbstanklage.

Crowne blickte sie alle der Reihe nach an und blieb schließlich bei Solomon hängen. »Sie wären damit nicht zu uns gekommen, wenn Sie nicht einen Plan im Hinterkopf hätten. Wie sieht der aus?« Er durchbohrte sie alle mit Blicken. »Was wollen Sie von uns?«

»Wir wollen Ghost5 neutralisieren«, sagte Solomon und nahm das Tablet wieder an sich. »Und Sie wollen, dass niemand diese Informationen zu sehen bekommt.«

»Charles Hite ist – war – unsere einzige Spur zu den Hackern«, ergänzte Marc.

»Bob«, fing Wehmeyer an und warf Crowne einen resignierten Blick zu. »Sie geben Solomons Leuten unbegrenzten Zugang zu Hites Büro und auch sonst alles, was sie noch brauchen.« Der Sicherheitsbeauftragte wollte etwas erwidern, doch sein Chef redete einfach weiter. Der Anflug von Panik war verflogen, und er riss das Kommando wieder an sich. »Sie unterstützen sie mit allem, was wir haben, und Sie sorgen dafür, dass kein Mensch etwas davon erfährt, verstanden? Wenn wir diese Sache nicht in den Griff bekommen, dann gehen wir unter, zusammen mit diesem aufgeblasenen kleinen Arschloch, ob er nun tot ist oder nicht.«

Crowne nickte knapp, erhob sich und strich sein Jackett glatt. »Kommen Sie mit.«

Lucy hörte nur mit halbem Ohr zu, als der Sicherheitschef ihnen erklärte, wie die Rechtsanwälte von Horizon Integral die örtliche Polizei hinhielten. Für sie war nur eines wichtig: dass ihnen nur ein sehr kleines Zeitfenster zur Verfügung stand, um nach Verbindungen zwischen dem Programmierer und seinen Freunden von Ghost5 zu suchen.

Crowne beugte sich über Marcs Schulter, als dieser sich den Desktop-Computer des Toten vornahm, während Lucy sich dem Rest des Raumes widmete. Hites kleine Erpressung hatte sich ausgezahlt. Wehmeyer hatte ihn mit einem sehr schönen Eckbüro belohnt, die Aussicht war grandios. Sie betrachtete die Inneneinrichtung und verzog den Mund zu einem spöttischen Grinsen.

Das Büro war in diesem einheitlichen Arschloch-Feng-Shui-Stil eingerichtet worden, den heutzutage viele männliche Führungskräfte mit Machtrausch bevorzugten. Jeder Einrichtungsgegenstand war so konzipiert, dass derjenige, der hier arbeitete, wichtig wirkte, sodass die Besucher sich klein und unbedeutend fühlen mussten. Der Schreibtisch nahm sich mächtig aus und war im Retrodesign aus einem

Teil eines Flugzeugrumpfs gebaut worden. Der Schreibtischsessel sah aus wie ein Hightechthron im Kleinformat, während die Besucherstühle minimalistisch, niedrig und unbequem wirkten. Hinter dem Schreibtischsessel hatte Hite sich eine Ego-Wand mit gerahmten Dissertationsurkunden und gestellten Fotos gebastelt, auf denen er anderen zähnefletschenden weißen Männern die Hand schüttelte. Der einzige, den Lucy erkannte, war der Glatzkopf, dem Amazon gehörte. Sie schloss daraus, dass auch die anderen Persönlichkeiten der Hightecharistokratie angehörten.

Hite schien darüber hinaus eine Vorliebe für Schnickschnack aus dem Bereich der Luftfahrt zu haben. An einer Wand hingen jedenfalls mehrere antike Teile, darunter ein paar aus Chrom gegossene Modellflugzeuge und ein polierter Holzpropeller. Ein deutlich sichtbarer dunkler Fleck markierte die Stelle, wo ein gerahmtes Bild, das jetzt auf dem Boden lag, den Wandsafe verdeckt hatte. Lucy nahm einen Kugelschreiber und zog die nicht verriegelte Klappe auf. Sie streckte die Hand hinein und tastete nach versteckten Fächern, konnte aber nichts entdecken.

In ihrer Tasche lag der matte Messingschlüssel, den Hite an einer Kette um den Hals getragen hatte. Hier in diesem Raum schien es kein Schloss zu geben, in das er gepasst hätte, und sie beschloss, ihn vorerst nicht zu erwähnen.

Jetzt summte ihr Handy. Assim meldete sich über eine verschlüsselte Leitung aus der Einsatzzentrale in Solomons Flugzeug. »Hier Keyes« sagte sie, nachdem sie das Telefon ans Ohr gelegt hatte.

»Ich habe mit Delancort gesprochen«, begann der Techniker. »Er hat mich gebeten, folgende Information weiterzugeben. Wir haben einen Anruf von unserer Kontaktperson bei der deutschen Bundespolizei bekommen. Eine

Person, auf die die Beschreibung von Kara Wei passt, ist vor sechsunddreißig Stunden aus einem Zug im Berliner Hauptbahnhof gestiegen.«

»Berlin …«, wiederholte Lucy und musste unwillkürlich an die erste digitale Angriffswelle denken, die in Deutschland stattgefunden hatte.

Assim hatte dieselbe Verbindung gezogen. »Wir glauben, dass Ghost5 dort eine sichere Unterkunft hat.« Er seufzte resigniert. »Leider kann die Abteilung für Sonderaufgaben keine Operativkräfte entbehren, darum können wir niemanden nach Berlin schicken. Aber wenn Kara dorthin gefahren ist …«

»Dann arbeitet sie mit denen zusammen«, brachte Lucy Assims Gedankengang abrupt zu Ende. »Wahrscheinlich schon die ganze Zeit.«

Assims Schweigen sprach Bände. Er hatte Kara genauso gut gekannt wie sie alle und spürte den schmerzhaften Stachel der Wahrheit mit Sicherheit genauso deutlich wie Lucy. *Wir haben ihr vertraut, und sie hat alles zerstört.*

»Melde dich wieder, sobald du etwas Neues erfährst.« Sie brach das Gespräch ab und setzte die Durchsuchung von Hites Büro fort.

»Probleme?« Marc sah sie über den Rand seines Bildschirms hinweg an.

»Wir haben eine Bestätigung. Die kleine rote Lederjacke ist zu ihren Freunden, den großen, bösen Wölfen, zurückgekehrt.«

Er verstand, was sie ihm mitteilen wollte, und wandte sich ab. Lucy wusste, dass Marc sich tief im Innersten mehr als alle anderen gewünscht hatte, dass es eine vernünftige Erklärung für Karas Handlungen gab, eine Erklärung, die ihren Verrat verständlich machen, ja vielleicht sogar rechtfertigen konnte.

Falls sie selbst diese Hoffnung jemals geteilt hatte, dann löste sie sich jetzt endgültig in Luft auf und wurde durch glasharte Entschlossenheit ersetzt. Es spielte keine Rolle, ob Kara Wei auf eigene Faust oder im Auftrag von Ghost5 gehandelt hatte. Sie hatte sich in jedem Fall gegen Rubicon gestellt, und das machte sie zur Bedrohung. *Zur Zielperson.*

»Ich sehe da keine Hinweise auf Kommunikationsaktivitäten außerhalb seiner ganz normalen Firmentätigkeit«, mutmaßte Crowne, nachdem er einen Blick auf Hites Computerbildschirm geworfen hatte.

»Keine versteckten Partitionen auf der Festplatte, und auch sonst nichts Vergleichbares«, pflichtete Marc ihm bei. »Aber seien wir realistisch. Hite war alles andere als ein Dummkopf. Er hätte für verschlüsselte Botschaften an ein kriminelles Hackerkollektiv niemals seinen Bürocomputer benutzt.« Er hielt inne. »Dafür habe ich in der Suchhistorie des firmeneigenen Intranets ein paar interessante Einträge entdeckt. Hite hat die Entwicklung der Software-Updates für das HIOS Sigma sehr aufmerksam verfolgt. Das ist ja eigentlich keine Aufgabe für eine Führungskraft.«

»Er wollte wissen, ob die Zero-Day-Exploits aufgefallen sind, die er an Ghost5 verkauft hatte«, meinte Lucy. »Das hätte er natürlich niemals zulassen können.«

»Genau«, erwiderte Marc. »Aber klar ist auch, dass er nicht von hier aus in den Quellcode eingestiegen ist.«

Lucy entdeckte ein Flugobjekt auf einem gläsernen Ständer, das so gar nicht zu den antiken Modellen passen wollte. »Eine Drohne?«, fragte sie überrascht.

Crowne nickte beiläufig. »Das war Hites Hobby. Drohnenrennen. Kaum zu glauben, was?« Er winkte ab. »Er hat nebenbei auch solche Dinger gebaut, speziell nach den Wünschen seiner Kunden. Ist anscheinend ein neuer Trend für Technikfreaks mit zu viel Geld.«

Lucy nahm das ferngesteuerte Fluggerät in die Hand und brachte es Marc. »Hast du so was vielleicht schon mal gesehen? Auf Malta, zum Beispiel?«

Er kniff die Augen zusammen. »Ja, genau, ich schätze schon.«

»Und die hat Hite eigenhändig gebaut?«, wollte Lucy von Crowne wissen.

»Er hat sich in seinem Haus eine Werkstatt eingerichtet«, stimmte Crowne zu. »Er wohnt …« Crowne unterbrach sich und setzte neu an. »Ich meine, er *hat* in einem großen Haus in Vaucluse gewohnt. Das ist eines der nobleren Wohnviertel in der Umgebung von Sydney. Hat sich aufgeführt, als würde er in den Hollywood Hills leben.«

»Bringen Sie uns hin«, sagte Marc.

Sie trafen sich in den Räumen, die Fox angemietet hatte, über einem lärmigen Gemischtwarenladen in einem Viertel von Sydney, das die Einheimischen »Koreatown« nannten, das aber in Cats Augen nichts als eine schlechte Kopie war. Es sah aus wie ein westliches Zerrbild der Realität, verächtlich und kitschig zugleich, um das Fremde verhöhnen und sich zugleich von oben herab daran erfreuen zu können. Sie hatte keine Achtung vor den Australiern, die genau wie die Amerikaner und die Europäer waren – überfressen, überprivilegiert und voller aggressiver Großmäuligkeit. Und die Exilkoreaner, die hier lebten, waren noch schlimmer. Von ihnen hielt sie sogar noch weniger.

Doch das durfte sie sich natürlich unter keinen Umständen anmerken lassen. Schließlich wollten sie nicht auffallen, wollten sich hier in aller Öffentlichkeit verstecken. Es hätte nur eines einzigen Fehlers bedurft, um ihre Tarnung auffliegen zu lassen.

Fox saß in der Mitte des schmalen Wohnzimmers und

reinigte ihre Waffen. Die beinahe lautlosen OTs-38-Revolver waren an diesem Morgen von einem treuen Patrioten geliefert worden, zusammen mit einem Fahrzeug und Verpflegung für mehrere Tage. Sie hatten jedoch nicht vor, lange zu bleiben. Durch die offene Küchentür hörte sie, wie Dog das Gespräch mit der Frau, die immer eine Geistermaske trug, beendete.

Als er ins Wohnzimmer kam, stand sie auf. Die Erwartung kribbelte bis in ihre Zehen. »Was sollen wir machen?«

Dogs Blick war vollkommen neutral. »Gestern Nacht wurde ein Mann getötet«, erklärte er. »Madrigals Leute sind dafür verantwortlich. Wir sollen dafür sorgen, dass es nicht zu unangenehmen Nachwirkungen kommt.«

Fox ließ den Hahn eines der schallgedämpften Revolver zuschnappen. »Wir sind Soldaten, keine Putzkolonne.«

»Wir sind das, was man uns befiehlt«, gab Dog gelassen zurück.

Cat leckte sich die Lippen. »Warum lassen sie uns den weiten Weg bis hierher machen, wenn sie gar keine Aufgabe für uns haben?«

Dog überlegte kurz. »Ich glaube … die Frau wollte das selbst erledigen. Vielleicht wegen des Nervenkitzels.«

Fox schnaubte. »Selbstgefälligkeit ist der Weg zur Selbstzerstörung. Sie hätte die Schmutzarbeit uns überlassen sollen.«

»Für uns gibt es noch genug zu tun«, erwiderte Dog mit fester Stimme. »Trefft entsprechende Vorbereitungen. Madrigal hat uns gebeten, bei der Säuberung eines Tatorts behilflich zu sein. Sie schickt uns einen ihrer Leute.«

»Wir brauchen aber keine Aufpasser«, knurrte Fox.

Dog nickte zustimmend. »Bedauerlicherweise bleibt uns nichts anderes übrig, als dem Amerikaner wohlwollend zu begegnen.«

»Wie oft müssen wir eigentlich noch hinter ihr sauber machen?«, entfuhr es Cat. Sie war erschöpft – normalerweise wäre sie damit nicht so schnell herausgeplatzt. Aber jetzt hatte sie es getan, und die Worte ließen sich nicht wieder einfangen.

»Befehle«, erwiderte Dog. »Weißt du noch?«

Cat neigte den Kopf. Er hatte ihr einen Ausweg angeboten, die Möglichkeit, jedes weitere Wort zu vermeiden, das sie womöglich bereuen würde, alles, was als Kritik an ihren Befehlshabern gedeutet werden konnte. »Ich werde es niemals vergessen«, antwortete sie.

Aber Fox war weit weniger vorsichtig. »Cat hat recht«, sagte er. »Wir haben schon viel für diese Frau getan.«

Dog nickte. »Das stimmt. Also freu dich. Wenn wir diesen Auftrag erledigt haben, beginnt die letzte Phase.«

»Das große Ziel?« Cat hätte vor Vorfreude beinahe gelächelt. »Endlich?«

»Am Schluss wird sich alles gelohnt haben«, sagte Dog. »All diese kleinen Dinge und unbedeutenden Tode. Weil es alles kleine Etappen auf dem Weg zu einem größeren Triumph waren, und wir werden ein Teil davon sein.«

Jetzt gestattete sie sich tatsächlich ein Lächeln. »Dann lasst uns alles tun, was in unserer Macht steht, um diesen Weg möglichst schnell hinter uns zu bringen.«

»Bei Sonnenuntergang brechen wir auf«, sagte er. »Und morgen schon liegt das alles hinter uns. Dann bricht eine neue Morgenröte an.«

Horizon Integral stellte ihnen einen SUV zur Verfügung, und dann fuhren sie in brütendem Schweigen zu Charles Hites Haus.

Marc sah, wie sie die Außenbezirke allmählich hinter sich ließen und sich dem wohlhabenden Vorort Vaucluse auf der Halbinsel South Head näherten, die dem Zentrum Sydneys gegenüberlag. Dichte, grüne Hecken und eng beieinanderstehende Bäume schützten die kostspieligen modernistischen Wohnhäuser vor neugierigen Blicken, und deren Haustüren verbargen sich hinter kunstvoll gestalteten Mauern und Gittertoren. In den noch reicheren Ecken des Viertels sah Marc die gleichen »getarnten Anwesen«, die er auch schon in Monaco oder Beverly Hills hatte bewundern können – Villen, deren Besitzer sehr viel Geld für Landschaftsgärtner ausgegeben hatten, um die Umgebung ihrer Villen so gestalten zu lassen, dass kriminelle Elemente, die Paparazzi und wer sonst noch möglichst wenig zu sehen bekamen.

Er wandte sich ab und merkte, dass Crowne ihn vom Beifahrersitz aus dem Kosmetikspiegel der ausgeklappten Sonnenblende beobachtete. Lucy, die neben Marc saß, schien das nicht zu bemerken. Sie hatte die Augen geschlossen, aber Marc wusste, dass ihre Schläfrigkeit nur vorgetäuscht war.

»Wir sind gleich da«, erklärte der Sicherheitschef jetzt. »Und nur damit das klar ist: Sie sind beide lediglich Beobachter, okay? Sie dürfen sich gerne umschauen, aber nichts anfassen.«

»*Beobachter*«, wiederholte Lucy. »Und was sind Sie dann? Ich bin mir ziemlich sicher, dass wir uns juristisch gesehen alle auf sehr wackeligem Boden bewegen, wenn wir das Ganze wirklich von einer formalen Warte aus betrachten wollen.«

Crowne ging nicht darauf ein, sondern wandte sich an Marc. »Ich habe übrigens mit ein paar alten Bekannten bei der CIA Kontakt aufgenommen. Habe mich nach Solomon und Rubicon erkundigt und dabei die eine oder andere interessante Geschichte zu hören bekommen.«

»Er ist ein interessanter Mann«, entgegnete Marc.

»Haben Sie deshalb beim MI6 gekündigt? Weil Sie lieber für ihn arbeiten wollten?« Crowne grinste, als hätte er einen Treffer gelandet, und verbesserte sich sofort. »Ach nein, Sie haben ja gar nicht gekündigt, stimmt's? Sie wurden gefeuert. Was war gleich noch mal der Grund?«

Alle meine Freunde wurden ermordet. Er hörte diesen Satz so laut und deutlich durch seinen Schädel dröhnen, dass er für einen Moment glaubte, er hätte ihn tatsächlich ausgesprochen. »Das Thema hat hier wirklich nicht das Geringste verloren, Kollege. Lass gut sein.« Er hielt Crownes Blick stand. »Benehmen wir uns wie Profis, ja?«

Crowne blinzelte zunächst und wechselte mit dem Fahrer – dem samoanischen Wachmann, mit dem Marc in der vergangenen Nacht aneinandergeraten war – einen verschmitzten Blick. Er wollte es ganz eindeutig nicht gut sein lassen. »Und was ist mit Ihnen?«, wandte er sich dann an Lucy. »Es gibt auch ein paar Geschichten über die Frau, die als Beraterin für den paramilitärischen Sicherheitsdienst von Rubicon arbeitet. Manche behaupten sogar, dass sie früher mal bei der Delta Force war. Was halten Sie davon?«

Lucy zuckte mit den Schultern. »Die Delta hat gar keine weiblichen Einheiten. Ist doch ein reiner Männerclub, oder wussten Sie das gar nicht?« Sie streifte Crowne mit einem kurzen Blick. »Und alle, die was anderes behaupten, gehen zu oft ins Kino.«

Marc musste ein Schmunzeln unterdrücken. In der Legende über die geheime Truppe von US-Elitesoldatinnen steckte zwar mehr Wahrheit als Fantasie, aber es schadete ja nicht, ein bisschen Verwirrung zu stiften.

»Wollen Sie wissen, was ich glaube?«, machte Crowne weiter, als der Wagen von der Hauptstraße abbog und auf einen noch exklusiveren Boulevard gelangte.

»Auf keinen Fall«, entgegnete Marc, und endlich hatte der Sicherheitschef es kapiert.

Vor ihnen tauchten jetzt künstlerisch wertvoll aufeinandergetürmte Betonwürfel, Stahlbalkone und blaue Panoramafenster auf, allesamt Bestandteile von Charles Hites Villa. Am Ende der Zufahrt versperrte ein modernes Fallgitter aus gebürsteten Stahlschranken den Zutritt zum Anwesen des Toten.

Marc stieg aus, während der SUV noch ausrollte. Er hatte sich einen zerschlissenen Swissgear-Rucksack über die Schulter geschlungen und blinzelte in die Sonne. Das Haus stand auf einer gekrümmten rostfarbenen Klippenspitze. Unten in der Bucht krachten schaumige Brecher gegen die Felsen. Selbst von außerhalb bot sich ein unglaublicher Blick auf die Stadt – mit der Sydney Harbour Bridge, die sich klar und deutlich vor dem blauen Himmel abzeichnete, und dem Opernhaus, das in der Ferne wie ein riesiger Vogel wirkte, der sich jeden Augenblick in die Lüfte schwingen konnte.

»Mit einem anständigen Fernglas hätte Hite von hier aus direkt in sein Büro schauen können«, sagte Lucy und schob sich neben Marc. Sie zeigte auf das Horizon-Integral-Hochhaus, das sich in der Ferne inmitten der Skyline abzeichnete. »Luftlinie etwas mehr als sechs Kilometer, würde ich schätzen.«

Marc trat vor das Tor und nahm das Sicherheitssystem ein wenig genauer unter die Lupe. Neben dem Fußgängereingang war ein Magnetkartenleser montiert. Er machte seinen Rucksack auf. »Ich habe die nötige Software und einen RFID-Spoofer auf meinem Tablet. Damit kann ich das Schloss überlisten. Es dauert vielleicht ...«

»Oder ich bitte einfach Hites Personal, uns aufzumachen«, unterbrach ihn Crowne, schob sich an ihm vorbei und drückte auf die Klingel. »Das sind alles Angestellte der Firma. Die lassen uns garantiert rein.«

Das Tor schwang auf, und der Samoaner lenkte den SUV auf das Grundstück. Marc griff nach seinem Rucksack, während Lucy dem Wagen bereits folgte. Im Vorbeigehen klopfte sie Marc tröstend auf die Schulter. »Keine Angst. Du kriegst schon noch Gelegenheit, uns alle zu beeindrucken.«

Crowne hatte recht gehabt mit seiner Vermutung. Sie wurden von der Haushälterin und zwei Wachmännern in Empfang genommen. An ihren argwöhnischen Mienen war unschwer zu erkennen, dass sie bereits persönliche Bekanntschaft mit dem Sicherheitschef geschlossen hatten. Von da an machten sie einen großen Bogen um die Besucher.

Mit weit vorgerecktem Hals versuchte Marc das Foyer zu erfassen, einen zylinderförmigen Raum mit einer flachen Treppe, die abwärts in den tiefer gelegenen Empfangsbereich führte. Gekrönt wurde das Ganze von einer gläsernen Kuppel drei Stockwerke über ihm, und direkt darunter hing an Stahldrähten eine abstrakte, geflügelte Skulptur – ein halbnackter Engel, der eher erotisch als tugendhaft wirkte. Der Anblick erinnerte Marc an Cover-Illustrationen auf minderwertigen Heavy-Metal-Alben.

»Dann ist es also wahr.« Lucy blickte sich flüchtig um und rümpfte die Nase. »Mit Geld kannst du dir alles kaufen, nur keinen guten Geschmack.«

Es wurde schnell klar, dass sie den Nagel auf den Kopf getroffen hatte. Beim Gang durch Hites Villa sahen sie überall Gold und Marmor, bis auf die Stellen, die von Leder und Stahl dominiert wurden. Und falls es tatsächlich irgendwo ein Zimmer ohne gigantischen Fernseher gab, dann hatte Marc es übersehen.

»Ich hätte eigentlich gedacht, dass ein reicher Nerd

mehr Bücher hat«, sagte Lucy. »Oder wenigstens überhaupt Bücher.«

Marc schüttelte den Kopf. »Hite war der klassische Programmierer und hat kein einziges Klischee ausgelassen – der übliche Alpha-Männchen-Quatsch mit Hightechglasur eben.«

»Entzückend.«

Da blieb Marcs Blick bei einem glänzenden Gegenstand auf dem Kaminsims hängen, und er betrachtete das Ding interessiert. Es schien eine Art Siegertrophäe zu sein, und zwar in Form einer Wolke aus Glas. Die Gravur lautete: *DroneSpeed Tokyo Invitational 2016: Fastest Lap Winner – DART*.

Direkt daneben stand ein gerahmtes Foto, das Hite im Champagnerregen auf einem Siegerpodest zeigte. Er grinste über das ganze Gesicht, und auf seinem Poloshirt war in großen Lettern dasselbe Wort wie auf seiner Siegertrophäe zu lesen. »Dart«, las Marc laut. »Unter dem Namen ist er wohl bei Rennen angetreten.«

»Hat er eigentlich auch ein Arbeitszimmer oder so was gehabt?«, wollte Lucy wissen.

»Vorhin haben Sie doch von einer Werkstatt gesprochen«, fügte Marc hinzu. »Hite war nicht der Typ für das Naheliegende.«

»Da hinten gibt es noch eine Garage«, meinte Crowne. »Da hat er seine Spielsachen aufbewahrt.«

Die Garage erwies sich als sehr gut ausgestattete Werkstatt und besaß die Größe einer kleinen Scheune. Die hier versammelten Maschinen und Werkzeuge mussten Hunderttausende Dollar wert sein – computergesteuerte Drehbänke, Vorrichtungen zur Herstellung von Leiterplatten und Platinen und vieles mehr. In einer Ecke stand ein hochwertiger 3-D-Drucker, der gerade mitten in einem langwierigen Produktionsprozess steckte. Marc warf einen Blick durch die Luke ins Innere des Geräts und sah, wie dort aus Spritzgussgranulat ein komplexes wabenförmiges Gebilde entstand.

In den Wandregalen standen und hingen Drohnen und andere unbemannte Flugobjekte in allen Formen und Größen – winzige Flieger, die bequem in eine Hand passten, oder spielzeuggroße Modelle, die real existierenden Hubschraubern nachempfunden waren. Die größeren Objekte waren futuristische Nurflügler mit Spannweiten von einem Meter und mehr oder spinnenförmige fliegende Kameras mit bis zu sechs Rotoren.

Eine Werkbank war ausschließlich den Renndrohnen vorbehalten, die dem Modell in Hites Büro sehr ähnlich sahen. Marc stellte sich davor und musterte die lange Reihe der mit Lithium-Ionen-Batterien bestückten Ladegeräte, dazu die Behälter mit Ersatzrotoren, Motoren, Kabeln und anderen Komponenten. In Hites Werkstatt herrschte dieselbe geometrische Präzision wie in seinem Büro. Hier lag nichts nur zufällig herum, hier hatte alles eine ganz bestimmte Funktion.

In der Mitte der Arbeitsfläche war ein ausgeweideter Quadrokopter zu sehen, umgeben von einer Korona aus losen Drähten. Bei dem Anblick musste Marc an ein Sezierexperiment im Biologieunterricht denken, und die Form der Drohne löste Erinnerungen aus, die dafür sorgten, dass er unwillkürlich die Faust ballte, während die immer noch nicht ganz verheilten Schnittwunden in seiner Handfläche und an seinen Fingern zu kribbeln begannen.

Er griff nach einem Plastikrotor mit drei Blättern und fuhr mit dem Daumen über die rasiermesserscharfe Kante. »Das ist tatsächlich genau dasselbe Material wie bei der

Drohne auf Malta. Jetzt bin ich mir hundertprozentig sicher.« Marc nahm den Quadrokopter etwas genauer unter die Lupe. Er ähnelte dem Gerät, das er auf dem Hoteldach aus der Luft geholt hatte, wie ein Ei dem anderen. Er drehte die Drohne um und betrachtete die Kamera, die wie ein Zyklopenauge am Bug montiert war.

»Wie funktioniert das denn?« Lucy hatte eine klobige Fernbedienung in der Hand und bewegte mit den Daumen die Joysticks. »Als ich klein war, da hatte mein Bruder ein ferngesteuertes Auto mit so einem Ding.« Eine propellerlose Drohne im Regal gab jedes Mal, wenn sie den Joystick zur Seite bog, wütende Summgeräusche von sich.

»Man braucht dazu so was.« Marc nahm eine Virtual-Reality-Brille und hielt sie sich vor die Augen. »Die hat auf der Innenseite kleine Monitore, auf denen du das exakte Bild aus der Kamera übermittelt bekommst. Man nennt das FPV … First Person View.«

Crowne hatte sich hinter sie gestellt und verschränkte jetzt die Arme vor der Brust. »Hite ist alle zwei Monate oder so um die halbe Welt geflogen und hat an irgendwelchen Turnieren teilgenommen.« Seine Stimme klang griesgrämig. »Also, ich verstehe nicht, was daran reizvoll sein soll.«

Lucy zuckte mit den Schultern und betrachtete die anderen Geräte. »Das sind ja alles keine militärischen Kampfdrohnen.« Sie warf Marc einen Blick zu, und es war klar, dass sie beide an jenen Tag dachten, als sie auf dem Dach eines verlassenen Waisenhauses in der Türkei gestanden hatten, während ein großer Bruder dieser Sportdrohnen sie mit Hellfire-Raketen beschossen hatte. »Andererseits kann man, wenn man nur will, jedes technische Gerät zur Waffe machen.« Lucy zeigte mit dem ausgestreckten Arm die Länge der Werkbank entlang. »Ein ganzer Schwarm davon, beladen mit Sprengkörpern oder Giftampullen? Das wäre ein gottverdammter Albtraum.«

Crowne schnaubte. »Soll das etwa heißen, dass Hite Drohnen für Terroristen gebaut hat?«

Marc stellte sich vor einen Desktop-Computer in einer Ecke der Werkstatt. »Kann sein.« Er deutete mit dem Daumen auf den 3-D-Drucker. »Man braucht lediglich so ein Ding und einen Lötkolben, dazu ein paar legal im Internet erhältliche Bestandteile. Damit kann sich jeder einen Quadrokopter zusammenbauen. Ich nehme an, Hite hat seine Konstruktion an Ghost5 verkauft, vermutlich zusammen mit den Informationen über die Zero-Day-Exploits.« Er holte sein stoßsicheres Tablet aus dem Rucksack und schloss es an die USB-Steckdose des Desktops an. »Wollen wir doch mal schauen, womit der gute Chuck sich sonst noch beschäftigt hat…«

Marcs Hackersoftware schoss aus allen Rohren auf die Firewalls, die Hite eingerichtet hatte. Sie waren genau so stabil und ausgeklügelt, wie Marc erwartet hatte. Der Tote hatte gewusst, was er tat, hatte den Passwortschutz und die Eingabeprotokolle mit mehreren codierten Schutzroutinen umgeben. Marc winkte ab, als Crowne ungeduldig auf schnelle Resultate drängte, und dann verschwamm alles andere um ihn herum, während er sich in die Tiefen des Firewall-Codes hinabziehen ließ, immer auf der Suche nach einer Schwachstelle.

Er bekam kaum mit, wie Lucy und Crowne allein loszogen, um im Rest des Hauses nach belastenden Indizien zu suchen. Vermutlich war Wehmeyer bereits dabei, eine plausible Erklärung zusammenzubasteln, mit der er sämtliche Fehler auf Hites Schultern laden und Horizon Integral vor der Katastrophe bewahren konnte. Doch das

Schicksal der Softwarefirma war nichts weiter als ein Kollateralschaden im Vergleich zu dem entsetzlichen Unheil, das Ghost5 mit einem funktionsfähigen digitalen Arquebus-Virus anrichten konnte. Wenn Hunderte industrieller Großbetriebe in aller Welt für ihre Anlagen eine verwundbare Steuersoftware benutzten, ließen sie sich unmöglich alle vor einem potenziellen Angriff schützen, ohne eine Panik auszulösen.

Im Lauf der Zeit erhielten die Softwareschutzmauern erste Risse, und dann startete Marcs digitale Armee ihren Sturmangriff auf den Zentralrechner der Werkstatt. Sobald er erfolgreich eingedrungen war, schleuste er ein Such-Makro in das System ein, um möglichst jede Verbindung zwischen Hite und den kriminellen Hackern ausfindig zu machen.

Doch das Ergebnis, nachdem das Programm viele Petabyte an Datenmaterial durchforstet hatte, war enttäuschend. Anscheinend war der Werkstattrechner tatsächlich nicht mehr als das, was er zu sein schien: ein System, mit dem der Drucker sowie die computergestützten Werkzeuge bedient wurden, und ein Speicherplatz für riesige Mengen an Leistungsdaten aus Tausenden Testflügen mit den Prototypen aus Hites Renndrohnensammlung. Auf den ersten Blick wäre das der ideale Speicher für alle Daten gewesen, die Hite auf keinen Fall auf seinem privaten Laptop oder seinem Firmenrechner ablegen wollte, denn schließlich gab es auch für einen Baum kein besseres Versteck als einen Wald. Doch Marc hatte auf den Festplatten keine einzige Phantom-Partition gefunden und auch sonst nichts, was darauf hindeutete, dass hinter der vordergründigen Datenebene eine zweite, verborgene Schicht zu finden sein könnte.

Dafür entdeckte er unzählige Tabellen mit Lade- und

Entladewerten für verschiedene Batterien, Wirkungsgraden von Motoren, GPS-Daten und statistischen Informationen zu jedem nur denkbaren Aspekt eines Drohnenrennstalls. Hite hatte Unmengen von FPV-Videos mit den Aufnahmen seiner Drohnenkameras gespeichert. Marc durchsuchte die Videodateien in der Hoffnung, dass die Drohne aus Malta ihre Bilder vielleicht hierher geschickt hatte, gab jedoch irgendwann ohne Ergebnis auf.

Er brütete über Ordnern mit Aufzeichnungen von diversen Rennen, actiongeladene Videos, auf denen Hites selbst entwickelte Flugobjekte im direkten Zweikampf mit anderen Piloten durch Hindernisparcours in verlassenen Lagerhallen oder Fabrikgebäuden sausten. Andere Ordner enthielten endlos gleiche Testflüge in dem Nationalpark auf der anderen Seite der Bucht oder am nahe gelegenen Shark Beach sowie, etwas weiter nördlich gelegen, bei Camp Cove und rund um den Leuchtturm von Hornby. Marc klickte wahllos ein paar Videos an und sah sich im Schnelldurchlauf an, wie Hite sich selbst mit aufgesetzter RV-Brille filmte. Es würde Monate dauern, bis sie das alles ausgewertet hatten und wirklich sicher sein konnten, dass sie nichts von Bedeutung übersehen hatten.

Mehrere Stunden waren vergangen, als Marc endlich aufstand und sich streckte. Mit einem Mal wurde ihm bewusst, dass er riesigen Durst hatte und es bereits später Nachmittag war.

Er schlenderte durch die Werkstatt, um seine steifen Glieder ein wenig zu lockern, und leerte die Aluminiumflasche mit Wasser, die er in seinem Rucksack gehabt hatte, bis auf den letzten Tropfen. Da blieb sein Blick an einem Kalender an der Tür hängen. Darauf hatte Hite die Flugtage seiner Drohnen angekreuzt, aber etwas an den Zahlen machte Marc stutzig.

Er setzte sich wieder an den Computer und suchte die Aufzeichnungen mit den Trainingsflügen dieses Monats heraus. Hite hatte seine Renndrohne nur an einem einzigen Tag in der Garage gelassen und als Grund dafür »schlechtes Wetter« eingetragen. Anschließend nahm Marc sich die vorangegangenen Monate vor. Jedes Mal gab es einen einzigen Tag ohne Testflug, aber als er die Einträge mit der Liste der Batterieladezyklen verglich, ließ sich kein Unterschied zu den Tagen mit Trainingsflügen feststellen.

Als er dann noch die lokalen Wetterberichte der entsprechenden Tage überprüft und festgestellt hatte, dass jedes Mal keine Wolke am Himmel gewesen war, da wusste er, dass er auf eine Spur gestoßen war. Er holte die GPS-Daten auf den Bildschirm und merkte, wie sich ein leises Lächeln auf sein Gesicht stahl. Ohne Drohnenflug wäre das entsprechende Feld in der Tabelle auch ohne Eintrag gewesen, aber Marcs Hacker-Software konnte an dieser Stelle die geisterhaften Bruchstücke einer gelöschten Datei aufspüren. Hite war *doch* geflogen, hatte die Daten jedoch anschließend gelöscht, weil er nicht wollte, dass jemand davon erfuhr.

»Hab ich dich, du kleiner Scheißer …« sagte Marc ins Nichts, und dann begann er, die digitale Asche der vernichteten GPS-Daten zu durchstöbern, um Stück für Stück zusammenzusetzen, was Charles Hite hatte verstecken wollen.

Kapitel 12

»Und das nennen Sie arbeiten?« Crowne hatte ein spöttisches Lächeln aufgesetzt.

»Können Sie vielleicht mal die Klappe halten?« Marc neigte den Kopf, der fast vollständig von der großen Videobrille verdeckt wurde. »Wenn Sie mich weiter ablenken, dann gibt es nämlich eine Bruchlandung.« Seine Hände lagen fest um die Fernsteuerung, die Lucy vorhin schon in der Hand gehabt hatte, und er versuchte, mit winzigen Bewegungen der beiden Joysticks Kurskorrekturen vorzunehmen.

Lucy wandte sich dem Monitor auf einer Werkbank in der Nähe zu, auf dem das Bild aus der Frontkamera des Quadrokopters, den Marc steuerte, wiedergegeben wurde. Sie sah, wie die Bäume links und rechts aus dem Bild verschwanden und den Blick auf eine steil abfallende Klippenkante freigaben. »Wo willst du denn damit hin?«

»Ich habe die GPS-Daten des fehlenden Testflugs rekonstruiert und verfolge jetzt genau dieselbe Strecke«, erwiderte Marc. »Ich möchte wissen, wieso Hite sich so ins Zeug gelegt hat, um den Flug zu löschen.«

Crowne stöhnte entnervt. »Das ist doch reine Zeitverschwendung.«

»Es muss sein, und zwar jetzt«, beharrte Marc. »Die Sonne geht bald unter, und im Dunkeln kann ich nicht fliegen.«

»So langsam kommt mir der Verdacht, dass dieser ganze Scheiß mit Hite und den unsichtbaren Hackern eine Nebelkerze ist.« Crowne starrte Lucy an. »Könnte doch sein, dass Sie bloß Rubicon und Ihren Boss schützen wollen. Immerhin sind Sie bei uns eingebrochen. Und bis auf Ihr Wort gibt es nichts, was darauf hindeutet, dass Hite wirklich falsch gespielt hat.«

»Da haben Sie recht«, gestand Lucy ein, und Crowne zog die Augenbrauen in die Höhe. Mit dieser Antwort hatte er nicht gerechnet. »Ich meine, er war ja nicht der Einzige mit einem uneingeschränkten Zugang zum HIOS-Sigma-Quellcode, stimmt's? Den hat Wehmeyer auch, genau wie Sie.« Sie hielt für einen Moment inne, damit er ihre Bemerkung verarbeiten konnte. »Wir können beweisen, dass gezielte Informationen über die Schwachstellen des Programms in die Hände von Ghost5 gelangt sind. Vielleicht sollten wir uns nicht nur Hites, sondern auch Ihre Finanzen etwas genauer ansehen? Immerhin gibt es ja dieselben Indikatoren.« Sie sagte ihm selbstverständlich nicht, dass Assim das bereits erledigt hatte. Aber nur bei Hite hatte es so viele Unstimmigkeiten gegeben, dass er misstrauisch geworden war. Trotzdem spekulierte Lucy drauf, dass Crowne auch die eine oder andere Geldquelle besaß, von der lieber niemand erfahren sollte.

»Das klingt ja fast wie eine Drohung«, sagte er.

»Ich würde es eher eine Annahme nennen«, erwiderte Lucy.

Jetzt ging die Drohne in den Sinkflug, bis sie ungefähr bei der Hälfte der Klippe angelangt war. Das Kameraobjektiv zeigte hinaus auf die Bucht. »Hier endet der Weg«, sagte Marc. »Da ist weit und breit nichts zu sehen.«

»War vielleicht Ebbe, als er damit geflogen ist?«, überlegte Lucy laut. »Ist er irgendwo gelandet?«

Marc seufzte. »Ich weiß es nicht. An der Unterseite der

Drohne ist eine Magnethalterung befestigt, aber ich wüsste nicht, was ich damit hochheben könnte …«

»Wenden Sie das Ding mal«, sagte Crowne und vergaß für einen Augenblick seine Gereiztheit.

Marc ließ die Drohne um hundertachtzig Grad herumschwenken, sodass die Klippenwand in den Blick kam – und mit ihr eine schmale Spalte, nur wahrnehmbar als schwarzer Schatten, als Loch im Felsen. »Hallo …« Behutsam lenkte Marc das kleine Flugobjekt in die Düsternis und wartete ab, bis die Kamera sich den Lichtverhältnissen angepasst hatte.

In dem Spalt befand sich ein schmaler Aktenkoffer aus Metall. Das Versteck war so gut, dass es unmöglich durch Zufall entdeckt werden konnte. Lucy sah, dass der Koffer anstatt eines Griffs eine Magnetspange besaß. »Jetzt sag nicht, wir haben Chucks geheime Pornosammlung entdeckt.«

Marc schnaubte und ließ die Drohne noch ein Stückchen weiter vorrücken. Das Videobild zitterte, dann sah man den Ausschnitt langsam wieder größer werden. Während die Bewegungen zuvor schnell und geschmeidig gewesen waren, wirkten sie jetzt schwer und schleppend. »Das ist das zusätzliche Gewicht«, sagte Marc. »Ich habe den Koffer.«

»Nichts wie her damit«, sagte Lucy und wandte sich an Crowne. »Was haben Sie vorhin noch mal gesagt?«

»Da könnte wirklich alles Mögliche drin sein«, erwiderte Crowne und machte ein nachdenkliches Gesicht. »Was immer dieser Koffer enthält, ich denke, dass die ganze Angelegenheit bei Horizon Integral am besten aufgehoben ist. Ich nehme ihn mit ins Büro, und dort sollen ihn unsere Leute öffnen und …«

»Nein«, fiel Marc ihm ins Wort. »Ich kann das Ding auch ins Meer fallen lassen, und zwar jetzt gleich.«

»Außerdem«, sagte Lucy und zog den Messingschlüssel aus ihrer Tasche, »haben Sie den da *nicht.*«

Sie versammelten sich im Erdgeschoss des Hauses vor einem riesigen Fernseher und einem Schrank voller DVD-Player und Spielekonsolen – ein Spielzimmer. Marc benutzte den Billardtisch in der Mitte des Zimmers als Werkbank. Es war nicht weiter schwierig gewesen, die Drohne zu fliegen, nachdem er die Reflexe, die ihm früher bei den Videospielen so nützlich gewesen waren, wiederbelebt hatte, und so hatte er das kompakte Fluggerät durch ein Oberlicht ins Haus gelenkt, damit es seine Ladung auf der grünen Bespannung absetzen konnte.

Er hatte die Brille abgesetzt, die Magnetspange geöffnet und den Koffer sorgfältig gemustert. Der Deckel wurde von einem einzigen Schloss gesichert, und wie von Lucy prophezeit, passte der Schlüssel, den sie dem toten Hite abgenommen hatten.

»Was meinst du? Hat er eine Sprengfalle eingebaut?«, fragte Lucy leise.

Marc hielt den Atem an und drehte den Schlüssel um. Das Schloss öffnete sich mit einem leisen metallischen Flüstern, dann klappte der Deckel automatisch auf. Als die befürchtete Explosion ausblieb, stieß Marc sachte den Atem wieder aus. »Dann wollen wir mal sehen, was er da versteckt hat.«

Marc hatte mit USB-Sticks oder einer Festplatte gerechnet, einem Stapel CDs vielleicht, aber nicht mit einem schmuddeligen, eselohrigen Pappordner voller vergilbter Papierfetzen und Zeitungsausschnitte. Darunter lag ein dicker schwarzer Plastikquader, und es dauerte ein paar Sekunden, bis ihm klar wurde, dass er hier eine leibhaftige VHS-Videokassette vor sich hatte. Darüber hinaus gab es noch einen staubigen, großen Briefumschlag mit einem losen Stapel verblasster Fotos. Das Gummiband, das sie ursprünglich einmal zusammengehalten hatte, war schon längst zerfallen.

»Was ist denn …?« Crowne nahm ihm die Videokassette aus der Hand und hielt sie sich dicht vors Gesicht, staunend, wie ein Artefakt aus einer untergegangenen Zivilisation. »So was habe ich ja seit Jahren nicht mehr gesehen.«

Marc klappte den Pappordner auf und breitete den Inhalt behutsam auf dem Billardtisch aus. Er überflog die ersten Dokumente: mehrere Seiten aus einem Jahrbuch einer US-amerikanischen Highschool, ungefähr aus dem Jahr 1978, die Fotokopie eines stark geschwärzten Schriftstücks mit CIA-Aktenvermerken sowie ein Haftbefehl des Chicago Police Department, ausgestellt auf eine »unbekannte weibliche Person«.

Lucy ging die Fotos durch, sortierte sie auf unterschiedliche Stapel und verharrte dann bei einem Schnappschuss aus einem viele Jahre zurückliegenden Strandurlaub.

Crowne wollte auch einen Blick riskieren und beugte sich nach vorn. »Dasselbe Gesicht.« Er zeigte auf das Fahndungsfoto auf dem Haftbefehl und dann auf das Bild in Lucys Hand. Sie zeigten beide eine hagere Jugendliche mit kurzen kupferroten Haaren.

Marc trat einen Schritt zurück, um den gesamten Inhalt von Hites Schatzkoffer erfassen zu können. »Das alles … das ist ein und dieselbe Person.« Er nickte versonnen, als ihm die Zusammenhänge klar wurden. »Das hier sind alles Ausschnitte aus einem Leben.«

Lucy griff nach dem Polizeibericht. »Festnahme wegen Einbruchs in eine Telefonschaltzentrale von AT&T. Das geschätzte Alter deutet auf ein Geburtsdatum Anfang der Sechzigerjahre hin.«

Marc nickte. »Dann müsste sie heute … wie alt sein? Mitte, Ende fünfzig?«

»Genau.« Sie starrte auf das Dokument, und Marc sah, wie sich plötzlich die Erkenntnis auf ihrem Gesicht zeigte. »Die Rothaarige. Das ist sie. Scheiße! Ich glaube, das ist *Madrigal.*«

»Hmmm …« Crownes erste Reaktion war Skepsis. Er kannte die Geschichten, die über die berühmt-berüchtigte Hackerin im Umlauf waren, und hatte seine Zweifel.

Marc blinzelte. Lucys Entdeckung ließ das ganze Material hier in einem neuen Licht erscheinen. »Madrigal ist ein Phantom. Niemand kennt ihre Identität. In Hackerkreisen geht das Gerücht, dass sie ihre Vergangenheit aus jeder Datenbank auf diesem Planeten gelöscht hat.«

»Aber ein Stück Papier kann man nicht einfach mit Maus und Tastatur löschen«, meinte Crowne, während er sich einen Zeitungsausschnitt durchlas. So langsam freundete er sich mit dem Gedanken an. »Und das hier sind die Sachen, an die sie nicht rangekommen ist.«

»Lowtech.« Marc dachte laut nach. »So wie der Messingschlüssel. Hite war klar, dass er auf digitalem Weg nichts gegen Madrigal in die Hand bekommen würde, also hat er sich eben für die altmodische Methode entschieden. Wahrscheinlich als eine Art Lebensversicherung.«

»Tja, hat nicht geklappt«, meinte Lucy. Dann richtete sie ihren Blick auf den Sicherheitschef. »Und? Sind Sie jetzt mit im Boot?«

Crowne gönnte ihr nicht mehr als einen Seitenblick. »Ich weiß nicht recht. Manches davon … da geht es gar nicht um sie. Hier zum Beispiel.« Er reichte Lucy das CIA-Dokument. »Sehen Sie sich mal das Datum an. 1971. Wenn diese Frau tatsächlich diejenige ist, für die Sie sie halten, dann muss sie damals ja noch ein Kind gewesen sein.«

»*Marie Stone*«. Irgendjemand hatte diesen Namen auf die Rückseite eines der Fotos gekritzelt, und Marc las ihn laut vor. »Und da, derselbe Nachname.« Er zeigte auf eine nicht geschwärzte Stelle in dem CIA-Dokument. »Vielleicht geht es ja um irgendjemanden aus ihrer Familie.«

»Da sind noch mehr CIA-Papiere.« Lucy holte einen Stapel mit verblassten, maschinengeschriebenen Blättern hervor. »Sieht aus wie ein Abschlussbericht. Da ist von einer Operation in Südkorea die Rede.« Sie sah Crowne an. »Hab ich recht?«

»Was soll denn die Frage?«

Sie starrte ihn wütend an. »Nun spielen Sie mal nicht den Ahnungslosen. Bei dem Haarschnitt und dem Anzug war mir sofort klar, dass Sie früher mal für die Agency gearbeitet haben.«

Er seufzte, nahm ihr die Papiere ab und überflog sie. »Das war alles lange vor meiner Zeit, aber es sieht echt aus. Ich will gar nicht wissen, wie so ein Vollidiot von Hite dieses Material in die Finger bekommen hat.«

»Geld öffnet viele Türen«, meinte Marc. »Aber mich interessiert vor allem, was *da drauf* ist.« Er tippte auf die Videokassette. »Es muss ziemlich wichtig sein, oder? Sonst hätte Hite das Ding ja nicht behalten.«

Lucy sah sich die Kassette an. »Und, wie machen wir das? Rufen wir die örtlichen Secondhandläden an und fragen, ob sie zufällig einen Videorecorder auf Lager haben?«

Marc schüttelte den Kopf und begann, die Schränke an den Wänden und die Fächer unter dem Fernseher zu durchwühlen. »Hite war ein Verbrecher und ein Arschloch, aber er war auch ein Technikfreak. Genau wie ich. Und wir sammeln nun mal überflüssig gewordene Geräte, so wie andere vielleicht Briefmarken sammeln.«

Crowne verzog spöttisch das Gesicht. »Er wird ja wohl nicht einfach so ein Ding rumliegen haben …«

Marc zog die dritte Schranktür auf und grinste. Dann ließ es die Hand über einen Stapel sorgfältig eingelagerter elektronischer Geräte streichen. »Laser Disc. Betamax. U-Matic …« Er hielt inne. »VHS! Na bitte.«

»Das ist doch nicht dein Ernst.« Lucy sah ihn mit großen Augen an. »Soll ich die Haushälterin fragen, ob sie uns eine Schale Popcorn macht?«

Marc las das Etikett auf der Kassette, und sein Lächeln verblasste: *Beweisstück #34A. Sheriffsbüro Dade County, Aktenzeichen #93-37 (Mordfall Cooper).*

Er schob die Kassette in den Schlitz und drückte die PLAY-Taste.

Der Zahn der Zeit hat an der billigen Magnetschicht des Videobandes genagt. Die Aufnahme ist an vielen Stellen unscharf, der Ton rauscht. Am Anfang wird ein Schriftzug mit dem Aktenzeichen und dem Ort, an dem die Aufnahmen entstanden sind, eingeblendet, einer Seniorenwohnanlage in Hialeah, Florida, die den optimistischen Namen »Bright Palms« trägt. Vor zwanzig Jahren lebten hier Dutzende ältere Frauen und Männer, die ihren Lebensabend in der Wärme verbringen wollten.

Eine zivile Mitarbeiterin des Sheriffbüros hat dieses Band aus verschiedenen Aufnahmen zusammengestellt. Die Schnitte sind entsprechend grob und ungeschickt geraten. Grobkörnige Schwarz-Weiß-Bilder zeigen die umzäunte Wohnanlage von außen, in einer stürmischen Nacht im August. Blitze zucken in der Ferne.

Eine schwarze Limousine, die nach den Angaben in den Notizen, die zu dem Videoband gehören, einige Stunden zuvor als gestohlen gemeldet worden war, gleitet vorbei und verschmilzt mit der Dunkelheit. Das Gesicht der Gestalt, die aussteigt, ist unmöglich zu erkennen. Sie trägt ein Sweatshirt, eine Baseballmütze und dunkle Handschuhe.

Dann folgt eine andere Aufnahme aus einer Überwachungskamera beim Swimmingpool der Wohnanlage. Palmblätter treiben auf der Oberfläche des windgepeitschten Schwimmbeckens, und hinter einigen wenigen Fenstern der motelartig angelegten Apartmentsiedlung brennt noch Licht. Die Zeitangabe in der Ecke des Bildausschnitts lautet 03.23 Uhr.

Da, eine Bewegung. Ein dunkler Schatten huscht über die Außenmauer. Die Gestalt mit der Baseballmütze schleicht geduckt über das Gelände, hält sich dabei so gut wie möglich im Schatten. Der Eindringling weiß genau, wo die Kameras hängen, und hat sich darauf eingestellt.

Das Video ruckelt, dann folgen ein Schnitt und eine kurze Sequenz, die tagsüber aufgenommen wurde, und zwar mit einer klobigen Handkamera. Das Bild zeigt einen Waschraum von außen, mit mehreren aneinandergereihten, alten Waschmaschinen und Trocknern. Das extra verstärkte Fenster ist aufgebrochen worden, aber der Spalt ist zu schmal für einen erwachsenen Mann.

Nach einem kurzen Schneegestöber sind wir wieder in der fraglichen Nacht. Eine Kamera am Ende eines langen Flurs blickt an Dutzenden Wohnungstüren vorbei. Ohne die Zeitanzeige in der unteren Bildschirmecke hätte es auch ein Standbild sein können. Dann öffnet sich eine Tür ungefähr in der Mitte des Flurs, und ein Bewohner verlässt sein Apartment. In den Notizen steht, dass es sich bei diesem Mann um den sechsundachtzig Jahre alten Calvin Cooper handelt. Er trägt eine weite Jogginghose, Hausschuhe und einen Morgenmantel.

Er geht, gestützt auf einen Metallstock und mit einer Zeitung unter dem Arm, den Flur entlang und verschwindet dann hinter der Ecke.

Das nächste, leicht verschmierte Bild zeigt den Aufenthaltsraum. Es ist dunkel, die Stühle sind unbesetzt, weil alle anderen Heimbewohner in ihren Betten liegen. Calvin geht zu einem Tisch in der Ecke des Raums, wo er mit dem Rücken zur Wand sitzen kann. Blitze zucken und werfen ihr Licht auf seine dünne Gestalt. Er harrt dort aus, ohne sich zu bewegen.

Wieder der lange Flur. Die Gestalt mit der Mütze kommt ins Bild. Sie ist vorsichtig und schaut kein einziges Mal in Richtung der Kameras. Vor Calvins Apartment bleibt der Eindringling stehen und bricht das Schloss auf. In den Wohnungen der Bewohner gibt es keine Kameras, darum sehen wir nicht, was in der nun folgenden Minute dort drin geschieht. In den Notizen steht, dass Calvins Zimmer durchsucht wurde.

Doch der Eindringling ist nicht als Dieb hierhergekommen. Er ist vielmehr auf der Suche nach jemandem. Die Gestalt kommt wieder nach draußen und zögert kurz, bevor sie den gleichen Weg wie der alte Mann zuvor einschlägt.

Der Rest des Videos zeigt Bilder aus der Kamera im Aufenthaltsraum. Calvin liest im Schein einer kleinen Lampe seine Zeitung. Er scheint nicht zu merken, dass er nicht allein ist, bis die Gestalt fast vor ihm steht … doch dann reagiert er sehr viel schneller, als man es von jemandem in seinem Alter erwartet hätte. Er schlägt mit dem Stock zu. Das ist kein verzweifeltes Um-sich-Schlagen, sondern vielmehr ein gezielter Angriff eines ausgebildeten Kämpfers. Das einzige Problem ist sein hohes Alter.

Der Eindringling blockt den Schlag ab, entwaffnet den

Alten und wirft den Stock beiseite. Für einen Sekundenbruchteil wird das Gesicht unter der Mütze erkennbar. Eine Frau? Vielleicht.

Die Gestalt setzt sich an den Tisch, Calvin gegenüber, und starrt ihn an. Sie reden miteinander.

Es gibt auf dem ganzen Video keinen Ton, darum spielt sich das ganze Geschehen in völliger Stille ab. Aber es ist nicht schwierig, sich den Klang ihrer Stimmen, ja sogar die gesprochenen Worte vorzustellen. Ihre Körperhaltung deutet auf einen angespannten Wortwechsel hin. So geht es eine ganze Weile.

Allmählich verändert sich die Körpersprache der beiden. Calvin erstarrt langsam, als würde sich eine unsichtbare Last auf seine Schultern senken. Auf seiner Miene spiegelt sich Bedauern. Als würde er sich schuldig fühlen. Er wirkt geschlagen.

Der Eindringling, der nur von hinten zu sehen ist, scheint sich hingegen zu verhärten. Er wirkt verärgert, ja mehr noch, er strahlt eine kalte Wut aus, je länger das Video dauert. Schließlich schiebt die Gestalt mit der Mütze Calvin einen Notizblock und einen Stift entgegen, und der alte Mann fängt zögerlich an zu schreiben. Man kann unmöglich erkennen, was er da zu Papier bringt.

Nachdem er fertig ist, steckt der Eindringling den Block ein und nimmt den Stift an sich. Calvin scheint etwas sagen zu wollen.

Es folgt eine schnelle, nur verwischt zu erkennende Bewegung, dann rammt der Eindringling dem alten Mann den Stift in den Hals. Er lässt sich geschockt nach hinten fallen, und die Gestalt springt auf, um seine Schreie mit einer behandschuhten Hand zu ersticken. Calvins Mörder zieht den Stift aus der Wunde und sticht erneut zu, wieder und wieder. Es ist ein brutaler Angriff, voll überbordender

Wut. In den Notizen ist ganz sachlich von sechs Stichwunden die Rede.

Das Blut, das über Calvins Morgenmantel läuft, erscheint auf dem Bildschirm tintenblau, und schließlich sackt er zitternd nach vorn auf die Tischplatte. Sein Mörder geht aber noch nicht, sondern bleibt so lange neben ihm stehen, bis er sich ganz sicher sein kann, dass sein Opfer tot ist.

Erneut zucken Blitze, als die blutverschmierte Gestalt zum Ausgang geht. Die Kamera erfasst ihr Gesicht, klar und deutlich.

Es handelt sich um eine Frau ungefähr Mitte dreißig mit aschfahler Haut und hennaroten Haaren. Ihr Blick ist der eines Raubtiers, ohne jeden Ausdruck.

Unterstützt von Assim im Flugzeug, tauchte Marc in die Datenbank des US-Justizministeriums ein und suchte nach zwanzig Jahre alten Akten der Strafverfolgungsbehörden in Florida.

In seinem Rücken holte Lucy das Videoband aus dem VHS-Recorder und wog es in der Hand, während Crowne sie stumm dabei beobachtete. »Wenn wir das an das Labor in Palo Alto weiterleiten … die können die Bilder vielleicht vergrößern …« Sie verstummte und betrachtete erneut die auf dem Billardtisch ausgebreiteten Fotos. »Ach was! Sie war es. Kein Zweifel. Jünger zwar, aber eindeutig Madrigal. Sie hat diesen armen Alten kaltblütig ermordet.«

»Nicht kaltblütig«, widersprach Marc. »Sondern heißblütig. Du hast es doch gesehen. Da war eindeutig Hass im Spiel. Sie hat Cooper nicht einfach umgebracht, sie wollte ihn quälen, wollte, dass er …« Er unterbrach sich. Marc wusste, dass er recht hatte, weil er diese übermächtige, ungezügelte Wut am eigenen Leib erfahren hatte. Weil er genau denselben Impuls verspürt hatte, damals, als der Schmerz des Verlustes auch ihn dazu gebracht hatte zu töten. *Gleich und gleich*, dachte er.

Lucy schien zu wissen, was ihm da gerade durch den Kopf ging, und nickte. »Was wissen wir sonst noch darüber?«

Er zeigte es ihr. Die ersten Treffer stammten aus öffentlich zugänglichen Datenbanken, Zeitungsartikeln und so weiter, wo es um den brutalen Mordanschlag und die anschließende Jagd nach dem Täter ging. Die Polizei hatte keine Verdächtigen festgenommen, aber eine Woche später hatte man die schwarze Limousine in einem Straßengraben in der Nähe des Florida Turnpike gefunden. Das Fahrzeug war abgefackelt worden, und ein weiblicher Leichnam, den die Polizeibeamten vom Fahrersitz gekratzt hatten, ließ sich nicht identifizieren. Keine zahnärztlichen Akten, keine Fingerabdrücke. Weder im County noch im Bundesstaat noch auf nationaler Ebene war irgendein Hinweis auf ihre Identität gefunden worden.

»Madrigal hat ihre Spuren verwischt«, sagte Lucy leise. »Sie hat jemand anders für sich geopfert.«

Aber als sie sich dann Calvin Coopers Lebensweg etwas genauer ansahen, nahmen die Dinge eine ungewöhnliche Wendung. Es gab nur spärliche Informationen über den alten Mann, die so bewusst und fein säuberlich aufeinander abgestimmt waren, dass sie nur einen möglichen Schluss zuließen: Er hatte sich im Schattenreich der Geheimdienste bewegt. Marc erkannte die verräterischen Signale sofort – die vagen Andeutungen über eine Tätigkeit als »Regierungsberater« und »Botschaftsangehöriger« waren nichts anderes als rote Wimpel. »Das kann nur eines bedeuten«, sagte er. »Dieser Kerl war ein Spion. Wollen wir wetten?«

»Das stimmt«, sagte Crowne und wirkte mit einem Mal seltsam gedämpft.

Marc drehte sich zu ihm um und sah so etwas wie Wiedererkennen in den Augen des anderen. »Sie haben ihn gekannt?«

Crowne schüttelte den Kopf. »Nicht direkt. Aber ich weiß von ihm. Zuerst war ich mir nicht sicher. Ich dachte, es müsste jemand anders sein. Aber jetzt …« Er sah Lucy an, bevor er ein wenig zögerlich fortfuhr. »In Langley gab es einen Cal Cooper. Er hat eine ganze Weile als Ausbilder draußen auf der Farm gedient. Ein alter Hase. Hat im Lauf der Jahre wahrscheinlich Hunderte Anfänger ausgebildet.« Er deutete auf die Videokassette. »Das könnte er sein.«

»Die Farm« war der interne Spitzname für das CIA-Ausbildungszentrum, das in Camp Peary in den Wäldern bei Williamsburg beheimatet war. Dort wurden die Kandidaten vor intensive körperliche und mentale Herausforderungen gestellt, um sie für eventuelle spätere Einsätze zu stählen. Und die CIA setzte oft und gerne erfahrene Feldagenten als Ausbilder ein. Marc hatte zu Beginn seiner Tätigkeit beim britischen Geheimdienst das vergleichbare MI6-Schulungsprogramm in Fort Monckton in Hampshire durchlaufen. »Und weiter?«

»Ich weiß nur, dass dieser Mann in den Siebzigerjahren als Fallbetreuer tätig war, Spezialist für den Fernen Osten. Es gab immer Gerüchte, dass er irgendwann aus dem aktiven Dienst abgezogen wurde, weil eine Operation total in die Hose gegangen ist.« Crowne senkte den Blick.

»Aber wo ist da die Verbindung zu Madrigal?«, überlegte Lucy. »Hat er etwas über ihre Vergangenheit gewusst?« Sie wandte sich an Marc. »Was immer das gewesen ist, sie war jedenfalls bereit, dafür zu töten.«

»Der Notizblock.« Marc nickte. »Cooper hat ihr gegeben, was sie haben wollte, und dann hat sie ihn ermordet. Aber das war keine Tat, um einen Mitwisser zum Schweigen zu bringen.«

»Das war ein Rachemord«, pflichtete Lucy ihm bei.

Auf Marcs Tablet klappte jetzt ein Fenster mit Assims Gesicht auf. »Also gut, ich habe jetzt die Aktenzeichen aus dem geschwärzten Schriftstück überprüft«, sagte er hastig und ohne jedes Vorgeplänkel. »Die sind, so wie es aussieht, alle echt und verweisen auf eine so genannte Operation Overtone aus dem Winter 1971. Es gibt nur sehr wenige Informationen dazu, aber alle Dokumente deuten auf eine Verbindung zwischen der CIA und der US-Army mit einer Niederlassung der – jetzt kommt's – koreanischen Central Intelligence Agency hin.«

»Reden wir über Südkorea?«, wollte Marc wissen.

Assim nickte zustimmend. »Was immer sich auch hinter dem Namen Operation Overtone verbirgt, in den Datenbanken, zu denen Rubicon Zugang hat, ist darüber nicht das Geringste zu finden. Eine so gründliche Löschung aller Informationen kommt eigentlich nur dann vor, wenn höchste Regierungskreise irgendetwas sehr endgültig verschwinden lassen wollen.«

»Rubicon hat auch eine Niederlassung in Südkorea«, sagte Lucy. »Können wir dort vielleicht jemanden beauftragen, noch mehr darüber in Erfahrung zu bringen?«

Assim schüttelte den Kopf. »Das glaube ich kaum. Die KCIA existiert in dieser Form gar nicht mehr, hauptsächlich deshalb, weil der Leiter dieser Behörde 1979 den damaligen südkoreanischen Präsidenten ermordet hat …« Er hielt inne. »Ist eine lange Geschichte. Unwichtig. Jedenfalls hat der südkoreanische Geheimdienst eine ziemlich vielfältige Vergangenheit, die niemand wieder aufwühlen will.«

»Kann ich mir gut vorstellen.« Lucy blickte Crowne an. »Noch mal zurück zu Ihnen. Wenn wir zwei und zwei zusammenzählen, dann könnte es sich bei Overtone um Coopers missratene Mission gehandelt haben. Zeitraum, Ort, passt alles zusammen.«

Crowne verschränkte die Arme vor der Brust. »Das sind jetzt aber ziemlich viele Spekulationen.«

»Wenn Sie gestatten«, schaltete Assim sich noch einmal ein. »Aber Südkorea ist uns auch in einem anderen Zusammenhang erst kürzlich begegnet. Wir wissen, dass Ghost5 eine S-Bahn in Taipei gehackt hat, damit sie frontal mit einem anderen Zug zusammen …«

»Taipei liegt in Taiwan, nicht in Korea«, unterbrach ihn Crowne.

Assim sprach weiter. »Das weiß ich, aber es gibt mittlerweile Gerüchte, dass eines der Todesopfer bei dem Zusammenprall ein prominenter Dissident aus dem Norden war. Angeblich soll ein Kopfgeld auf ihn ausgesetzt gewesen sein.«

»Die haben eine Zugkatastrophe ausgelöst, um einen bestimmten Menschen zu töten?« Angesichts einer solchen Grausamkeit empfand Marc nur noch Ekel.

»Dazu kommt noch, dass Horizon Integral viele Geschäfte mit Südkorea macht …« Assim stockte und kam irgendwie aus dem Tritt. »Das ist auch eine Verbindung.«

Marc beugte sich über den Billardtisch und starrte auf die Papiere. »Also gut. Such weiter und gib uns Bescheid, wenn du noch was findest.« Er schloss das Videochatfenster, stieß einen tiefen Seufzer aus und rieb sich den Nasenrücken. »Scheiße. Jede Information, die wir ausgraben, führt bloß wieder zu einem Dutzend neuer Fragen!«

»Dann sollten wir mal einen Schritt zurücktreten und uns neu fokussieren«, meinte Lucy. »Wir haben den falschen Ansatz. Seit dieser Bombenexplosion in San Francisco, seit dem Mord auf Malta laufen wir immer nur hinterher und erreichen gar nichts. Seien wir ehrlich: Madrigal ist uns immer voraus! Sie ist eine Spielerin, stimmt's?« Sie blickte Marc fragend an, und dieser nickte bedächtig. »Sie beherrscht diesen verdammten Schachgroßmeister-zehn-Züge-im-Voraus-Denken-Quatsch aus dem Effeff. Wie wär's also, wenn wir unsere Energie nicht mehr damit vergeuden, sie einzuholen, sondern das Ganze von der anderen Seite her aufzäumen?«

»Sie ausbremsen«, sagte Crowne, der Lucys Gedankengang gefolgt war. »Aber wie sollen wir das anstellen?«

»Wir locken sie mit einem Bauernopfer.« Lucy zeigte auf Marc. »Hite hat uns ja schon alles besorgt, was wir brauchen, richtig?« Sie tippte auf den Stapel mit den alten Fotos.

Er sah sofort, worauf sie hinauswollte. »Wir lassen Madrigal zu uns kommen. Sie ist ja richtiggehend besessen davon, ihre Identität geheim zu halten. Dieses Material hier hätte eine unglaubliche Anziehungskraft. Dem könnte sie nicht widerstehen. Wenn wir sie damit aus ihrem Versteck locken ...«

»Dann können wir sie uns schnappen«, ergänzte Lucy. »Dann schlagen wir Ghost5 den Kopf ab, bevor die Gruppe noch mehr Schaden anrichten kann.«

Marc nickte versonnen. »Das könnte funktionieren. Und die Chancen, dass sie uns persönlich einen Besuch abstatten würde, stehen nicht schlecht. Sie will garantiert nicht, dass dieses Material jemand anderem in die Hände fällt.«

»Nur damit es keine Missverständnisse gibt«, sagte Crowne jetzt, »aber das klingt ja fast so, als wollten Sie, dass ich mich an illegalen Machenschaften beteilige.«

»Ihre Aufgabe besteht doch darin, die Interessen von Horizon Integral zu wahren, oder nicht?«, wandte sich Marc an ihn. »Solange Madrigal diese Zero-Day-Exploits in Händen hat, kann sie Ihre Firma erpressen. Es ist nur eine Frage der Zeit, bis irgendjemand dahinterkommt, dass die Sigma-Software bei den verschiedenen Attentaten und Zwischenfällen den gemeinsamen Nenner bildet. Und wenn es so weit ist, dann stürzen die Unternehmensaktien ins Bodenlose. Ihnen bleibt also nicht mehr viel Zeit, um irgendwelche Gegenmaßnahmen zu ergreifen.«

»Es sei denn, Sie wollen einfach abwarten, was Madrigal unternimmt.« Lucy setzte zum Gnadenstoß an. »Die bisherigen Hacks, das waren lediglich Aufwärmübungen. Aber was als Nächstes kommt, das wird ein Kracher werden, das kann ich Ihnen garantieren.«

Crowne schwieg lange, bevor er eine Antwort gab. »Ich muss mit Wehmeyer sprechen.«

Lucy machte ein Handzeichen. »Tun Sie, was immer Sie tun müssen.« Dann sah sie ihm nach, als er durch eine Glastür auf eine Sonnenterrasse trat und dabei auf seinem Smartphone herumtippte. Kaum hatte sich die Tür hinter ihm geschlossen, drehte sie sich zu Marc um. »Bevor du jetzt irgendwas sagst: *Ich weiß.* Ich weiß, dass das ein gewagtes Spiel ist.«

»Kein Widerspruch meinerseits. Aber wir haben ja kaum Optionen. Und du kennst mich, ich gehe gern mal ein gewisses Risiko ein.« Er überlegte, welcher Ansatz am zweckmäßigsten sein könnte. »Ich könnte an diversen Marktplätzen im Darknet Hinweise platzieren. Ein paar Andeutungen machen. Unter Crownes Namen. Wir geben vor, Crowne wäre Hites Partner gewesen. Fordern einen Haufen Geld und drohen ihr, an die Öffentlichkeit zu gehen. Da beißt sie garantiert an.«

Lucy schnaubte verächtlich. »Da spielt die Pfeife da draußen doch niemals mit.« Dann wurde ihre Miene noch finsterer. »Aber mal angenommen, er würde sich darauf einlassen. Mal angenommen, wir bekommen Madrigal in die Finger. Das ist ja noch nicht das Ende. Bist du sicher, dass du das, was dann notwendig ist, auch wirklich tun kannst?«

»Madrigal ist Pragmatikerin«, antwortete Marc. Er wusste genau, was Lucy meinte. »Sie wird sich auf einen Deal einlassen.«

Lucy hob die Augenbrauen. »Tatsächlich? Nach meiner Erfahrung haben diejenigen, die glauben, dass sie ihre Gefühle unter Kontrolle haben, sie einfach nur tiefer vergraben als wir anderen. Aber wenn sie dann mal an die Oberfläche gelangen …« Sie runzelte die Stirn. »Du hast es ja selbst gesagt. Wir haben gesehen, was sie mit Cooper angestellt hat. Du weißt so gut wie ich, dass das kein rational gesteuertes Handeln mehr war. Und auch wenn inzwischen viele Jahre vergangen sind: Ein Mensch, der ein halbes Dutzend Mal auf einen alten Mann eingestochen hat, wird höchstwahrscheinlich nicht einfach ruhig und sachlich bleiben, ist er erst einmal in die Enge getrieben worden.«

Marc hätte gern etwas darauf erwidert, aber ihm fiel keine passende Replik ein.

Knarrend öffnete sich die Tür, und eine leichte abendliche Brise wehte herein. Die Sonne war inzwischen untergegangen, und der Himmel über dem Garten färbte sich magentablau. Crowne trat über die Schwelle. »Also gut«, fing er an. »Mr. Wehmeyer sagt, dass ich …«

Seine Stirn platzte auf. Knochensplitter und Blut spritzten aus seinem Schädel ins Zimmer, als ein Hochgeschwindigkeitsprojektil in seinen Hinterkopf eindrang und durch sein Gehirn jagte. Dort, wo gerade eben noch sein Gesicht gewesen war, klaffte jetzt ein grässlicher Krater. Unter leisem Pfeifen entwich die Luft aus seiner Lunge, und dann fiel Crownes Leichnam zu Boden.

»Verdammte Scheiße!« Marc zuckte vor dem grauenhaften Anblick zurück und prallte mit Lucy zusammen.

Sie nahm den Gestank des Todes wahr, der von dem Leichnam aufstieg, und sofort legte sich ein Schalter in ihrem Gehirn um, eine automatisierte Reaktion, ein Überbleibsel aus ihrer militärischen Ausbildung. Ihr gesamtes Denken änderte die Richtung, schaltete unverzüglich in den Kampfmodus.

»Zurück«, zischte sie und stieß Marc Richtung Wand, um ihn aus der Schusslinie zu bringen. Sie selbst drückte sich eng an den Türrahmen und ging in die Hocke, weil sie davon ausging, dass mögliche Angreifer zunächst einmal auf Brusthöhe zielen würden. Dann schob sie den Kopf blitzschnell in die Türöffnung und prägte sich mit einem Blick den Garten hinter Hites Haus ein, bevor sie sich wieder zurückzog. Der mentale Schnappschuss vereinte unterschiedlichste Eindrücke in sich. Schwärze und lange Schatten im schwindenden Abendlicht. Hatte sie sich die leise Bewegung in den Bäumen, die flüchtige Lichtspiegelung im Glas eines Zielfernrohrs nur eingebildet?

»Und?«, flüsterte Marc.

»Mindestens ein Scharfschütze mit Präzisionsgewehr. Und wo einer ist, sind auch noch mehr.«

Marc zerrte Crownes Leichnam mit grimmiger Miene zu sich heran und tastete ihn ab. »Er ist nicht bewaffnet.«

Lucy unterdrückte einen Fluch. Wehmeyer hatte darauf bestanden, dass das Rubicon-Team keine Waffen trug, solange es auf australischem Boden mit seinen Leuten zusammenarbeitete. Nicht einmal nicht tödliche Waffen hatte er gestattet, und Solomon hatte sich einverstanden erklärt. Jetzt bereute sie ihren Gehorsam.

»Wir müssen …«, setzte Marc erneut an. Im selben Augenblick erloschen sämtliche Lichter im Haus.

»Sie haben den Strom abgestellt.« Sie krabbelte zu einem kleinen Beistelltisch. Dort stand ein Telefon, und sie nahm den Hörer ab. Stille. »Festnetz auch.«

Marc starrte auf sein Smartphone. »Hier ist auch nichts mehr. WLAN, Handynetz, Satellitenverbindung, alles tot. Die müssen irgendwo einen Signalzerstörer aufgebaut haben.«

Sie verstummten und lauschten angestrengt. Im hinteren Teil des Hauses klirrte eine Fensterscheibe, gefolgt vom undeutlichen Ruf einer Männerstimme.

»Zehn Züge im Voraus«, murmelte Marc und zeigte auf die Papiere auf dem Billardtisch. »Wir müssen die Sachen da unbedingt wegschaffen!«

Lucy schüttelte den Kopf. »Vergiss es! Wir müssen verschwinden!«

»Wenn wir die Unterlagen verlieren, dann haben wir nichts mehr gegen Ghost5 in der Hand«, zischte er zurück, stand auf und trat mit dem Fuß die Gartentür ins Schloss. »Eine Sekunde … gib mir Deckung!«

»Womit denn?«, knurrte Lucy. In heller Verzweiflung stopfte der Engländer Hites Erpressungsmaterial in den Diplomatenkoffer, und sie huschte zu der Tür, die in die große Eingangshalle führte.

Sie schob die Tür einen Spalt weit auf und schlüpfte hindurch. Am hinteren Ende des Flurs ertönte ein erstickter Laut. Der Samoaner? Noch mehr Glas zersplitterte, und dann schallte ein greller Schrei durch das ganze Haus.

In der Düsternis konnte jeder Schatten ein bewaffneter

Angreifer sein. Lucy duckte sich hinter eine dicke Säule und blickte zur Haustür. Durch die schmalen Fensterschlitze links und rechts davon waren die Umrisse eines großen schwarzen Transporters zu erkennen, der quer vor der Einfahrt stand. Er bildete ein unüberwindliches Hindernis, und außerdem standen drei Männer zwischen dem Fahrzeug und der Haustür. Sie trugen dunkle Alltagskleidung, aber ihre Gesichter wurden von Hartschalenmasken verdeckt, die nur ihre Augen frei ließen. Jeder hielt eine Maschinenpistole mit einem dicken Schalldämpfer in der Hand.

Sie beobachtete die Männer. Wann würden sie losschlagen und das Haus stürmen? Es dauerte eine Weile, bis sie begriffen hatte, dass sie keine andere Aufgabe hatten, als die Umgebung zu sichern. Falls irgendjemand versuchte zu fliehen, würden sie übernehmen.

Hites Villa wies genau die architektonischen Sicherheitsmerkmale auf, die reiche, paranoide Bauherren so sehr schätzten – nur wenige Eingänge, aber dafür hohe Mauern rings um das Grundstück, um ungebetene Gäste abzuschrecken. Der Nachteil dieser Bauweise war, dass jedem, der das Grundstück verlassen wollte, eigentlich nur eine Möglichkeit blieb. Und die würde in diesem Fall mitten in einen Kugelhagel führen.

Durchsuchen und sichern. Lucy wusste, wie sich das Ganze abspielen würde. Sie hatte diese Taktik oft genug selbst angewandt, und zwar auf Seiten der Eindringlinge, manchmal als Absicherung, aber meistens als Teil des Angriffstrupps. *Und das heißt, dass sie von hinten reinkommen.*

Krachend flog eine Tür am Ende des Flurs auf. Eine Angestellte im Hausmädchenkostüm stürzte in heller Panik hervor und kam auf dem glatten Fliesenboden ins Rutschen. Sie war zu Tode erschrocken, ihre Augen waren weit aufgerissen. Als sie Lucy erblickte, erschlaffte sie und taumelte gegen die Wand. Aus ihrer Sicht war Lucy nichts weiter als eine dunkle Gestalt, noch eine Bedrohung.

Lucy wollte ihr gerade ein paar Worte zurufen, doch das erübrigte sich im nächsten Moment. Das Klacken einer schallgedämpften Waffe ertönte, und die Fliehende zuckte zusammen, als die Kugel in ihren Rücken eindrang. Sie stolperte gegen ein Schmuckregal und riss eine Glaslampe mit sich, die auf den harten Fliesen in tausend Splitter zerbrach.

Dann kam ihr Mörder in Lucys Blickfeld, beziehungsweise ihre Mörderin – eine zierliche weibliche Gestalt in Kampfmontur. Sie hielt eine kantige, schwere Pistole in beiden Händen. Der zarte Strahl eines unter dem Lauf angebrachten Ziellasers durchschnitt die Luft. Die Gestalt verspannte sich, und Lucy wusste, dass sie entdeckt worden war.

Die Schlussfolgerungen, die ihr militärisch geschultes Gehirn daraus zog, basierten nicht auf bewussten Überlegungen. Es war vielmehr eine instinktive Abwägung zweier unterschiedlicher Gefahren, von Risiko und Chance, ein Vorgang, der tief in ihrem Unterbewusstsein verankert war. Lucy *reagierte*.

Sie stürmte aus ihrer unzureichenden Deckung und jagte die geschwungene Treppe in den ersten Stock hinauf, in der Hoffnung, die bewaffnete Auftragskillerin von Marc wegzulocken, ihm ein wenig mehr Zeit zu verschaffen, indem sie sich selbst in Gefahr begab.

Erneut ertönte das leise Klacken der schallgedämpften Pistole, und dann schlug ein großkalibriges Projektil in die Wand neben ihr ein. Weiter vorn im Flur nahm Lucy eine Bewegung wahr, während sich die Angreiferin an ihre Fersen heftete.

Marc hörte Geräusche und hielt den Atem an. Er hatte sämtliche Papiere in den Aktenkoffer gestopft und klappte ihn in diesem Moment zu. Durch den Türspalt sah er Lucy in Richtung Treppe laufen und wäre ihr beinahe gefolgt. Erst im letzten Moment gewann die Vorsicht die Oberhand, und er hielt sich zurück.

Eine zierliche, sportliche Frau in schwarzer Kampfmontur verfolgte seine Partnerin, immer zwei Stufen auf einmal nehmend. Er sah ihre Pistole, und sein Magen ballte sich zusammen.

Er wusste genau, was Lucy beabsichtigte. Und er wusste, dass er eigentlich die Chance beim Schopf ergreifen und sich mitsamt dem Koffer aus dem Staub machen sollte, um aus dem Einflussbereich des Signalzerstörers zu kommen und Hilfe zu holen.

Aber die Vorstellung, Lucy Keyes einem ungewissen Schicksal zu überlassen, lag wie ein Klumpen Blei in seinem Magen. Es spielte keine Rolle, dass sie absolut in der Lage war, sich allein zur Wehr zu setzen. Er würde seine Sicherheit für ihre aufs Spiel setzen.

In letzter Zeit hatte Marc so vieles verloren, aber Lucy war einer der wenigen Menschen, auf die er sich immer noch verlassen konnte, eine der wenigen noch verbliebenen Personen, denen er voll und ganz vertraute. Vor einem Jahr, in Somalia, wäre er fast an seinen Schuldgefühlen erstickt, nachdem er Lucy gezwungenermaßen vermeintlich tot auf den umkämpften Straßen von Mogadischu zurückgelassen hatte. Und jetzt stand er wieder vor genau derselben Entscheidung.

Aber ihr ist das klar, sagte er sich. *Wir haben einen Auftrag.*

Er griff nach dem Koffer. Als seine Finger den Griff berührten, hörte er draußen im Flur ein leises Scharren …

eine Stiefelsohle auf den Bodenfliesen. Da draußen war jemand. *Noch ein Angreifer.*

Die halb offene Zimmertür wurde behutsam weiter geöffnet.

Er duckte sich hinter den Billardtisch, hielt den Atem an und blickte zwischen den Füßen hindurch in Richtung Tür. Aus seiner Position konnte er die Gestalt nicht wirklich gut erkennen, aber schätzungsweise handelte es sich um einen Mann, nicht besonders groß. Sehr bedächtig setzte er einen Schritt vor den anderen, achtete sorgfältig auf eine gleichmäßige Gewichtsverteilung, bewegte sich praktisch lautlos fort.

Marc wandte sich zu dem Fernseher an der hinteren Wand um. In der dunklen Mattscheibe war das verschwommene Spiegelbild des schwarz gekleideten Mannes zu sehen. In der einen Hand hielt er eine Pistole, die Mündung auf den Boden gerichtet, während die Finger der anderen Hand an seinem Hals lagen.

In der Stille war jetzt ein leises Summen zu hören, vielleicht eine Stimme aus einem Funkgerät, aber genau ließ sich das unmöglich sagen.

Die dunkle Gestalt griff nach dem Koffer, der immer noch auf dem Billardtisch lag. Metall schabte über das blaue Tuch.

Marc tastete nach der Queuebrücke, die auf zwei Haken an der Seite des Tisches lag, und schloss die Finger um den Ahornschaft. Die Lektionen des bosnischen Polizisten, der ihm etliche Krav-Maga-Techniken beigebracht hatte, schallten durch seinen Kopf. *Nütze die Umgebung, um deinen Gegner zu schlagen. Im Zweifelsfall kannst du alles als Waffe verwenden.* Er holte tief Luft und sah, wie der Eindringling sich umdrehte, als er Crownes Leichnam auf dem Teppich bemerkte.

Jetzt gab es kein Zögern mehr. Marc stürmte hinter dem Billardtisch hervor und wirbelte die Queuebrücke mit aller Kraft herum. Der andere Mann versuchte den Schlag abzublocken, doch Marc traf ihn mitten im Gesicht, und er taumelte rückwärts. Holz splitterte.

Lucy nahm gleich die erste Tür im ersten Stock und knallte sie hinter sich ins Schloss. Sie war in einem üppig ausgestatteten Badezimmer gelandet. Die Badewanne war fast so groß wie ein Kinderplanschbecken. Im Halbdunkel waren Marmorfliesen und Bronzespiegel zu erkennen, während durch die Milchglasfenster am hinteren Ende ein wenig Licht eindrang.

Lucy ließ sich in eine dunkle Ecke sinken und hielt sich die Hand vors Gesicht, damit ihre Augen sich so schnell wie möglich an die Lichtverhältnisse gewöhnen konnten. Leise Schritte kamen näher, dann erklang ein seltsames, irgendwie metallisches Flüstern. *Kehlkopfmikrofon*, dachte sie, aber die Sprache hatte sie nicht erkannt. *Irgendetwas Asiatisches, kein Kantonesisch, kein Mandarin.*

Die schwarz gekleidete Frau trat die Tür auf und betrat mit geschmeidigen Bewegungen das Badezimmer. Der rote Laserstrahl blitzte auf und wurde von den Spiegeln zurückgeworfen. Sie wandte sich der gläsernen Duschkabine zu und zog die Tür auf.

Lucy ging zum Angriff über, stürmte mit gesenktem Kopf und vorgereckter Schulter los und rammte sie der zierlichen Frau mit voller Wucht in den Rücken, sodass sie kopfüber in der Duschkabine landete. Noch bevor die andere sich von der Attacke erholen konnte, riss Lucys den Warmwasserhahn auf.

Brühend heißes Wasser schoss aus der Regendusche auf die Attentäterin herab und verbrannte ihr die Haut. Sie fing laut an zu schreien. Lucy widerstand dem Impuls, vor dem heißen Regen zurückzuweichen, und landete stattdessen zwei harte Faustschläge auf dem Oberkörper der Frau.

Eigentlich hatte sie erwartet, dass die Hiebe ausreichen würden, um sie vorerst außer Gefecht zu setzen, doch sie hatte die Zähigkeit ihrer Gegnerin unterschätzt. Zwar hatte sie unter der Wirkung der plötzlichen Dampfdusche ihre Waffe fallen lassen, aber nichts von ihrer Entschlossenheit eingebüßt. Mit einem lauten Schrei kam sie aus der Kabine hervor, warf sich auf Lucy und versuchte, ihr das Gesicht zu zerkratzen.

Eine Klinge blitzte auf, als die Frau einen Dolch aus dem Halfter zog. Auf Augenhöhe zischte der scharfe Stahl durch die Luft, und obwohl Lucy den Kopf zurückgerissen hatte, spürte sie einen stechenden Schmerz an der Stelle, wo die Messerspitze ihre Wange aufgeschlitzt hatte.

Der Kerl mit der Pistole schlug blindlings mit dem Aktenkoffer um sich. Marc reagierte zu spät und musste einen harten Schlag gegen die Schulter in Kauf nehmen. Dabei schnappte das Schloss auf, und der Inhalt des Koffers landete auf dem Fußboden. Die alte VHS-Kassette kullerte über den Teppich.

Marc hatte den Schlag noch nicht ganz verdaut, da riss der andere bereits seine Pistole nach oben. Marc hatte keine andere Wahl, als ihn erneut anzufallen, bevor er schießen konnte.

Es entwickelte sich ein etwas unbeholfener Ringkampf. Der Angreifer war zwar leichter als Marc, aber kompakter gebaut und muskulös. Außerdem war er ein ausgebildeter Killer. Marc konnte nur mit Mühe verhindern, dass die klobige Pistole auf seinen Kopf gerichtet wurde. Der Angreifer drückte ab, und die Waffe jagte einen sinnlosen

Schuss in die Decke. Dabei gab der seltsam aussehende Revolver kaum mehr Geräusche ab als das Geklacker der mechanisch beweglichen Teile, aber Marc hatte jetzt keine Zeit, länger darüber nachzudenken.

Die beiden ineinander verkrallten Kämpfer verloren das Gleichgewicht und stießen gegen den Billardtisch. Der Angreifer ächzte und schlug Marc mit der flachen Seite seiner Waffe ins Gesicht.

Marc schüttelte sich kurz, doch dieser winzige Augenblick reichte dem anderen, um ihm mit beiden Händen ins Gesicht zu greifen und zu versuchen, ihm mit seinen behandschuhten Fingern die Augen auszudrücken.

Marc reagierte und biss kraftvoll genau in die weiche Stelle zwischen Daumen und Zeigefinger. Er biss sich in dem weichen Fleisch unter dem Handschuh fest, bis der Kerl ihn unter lautem Schreien losließ.

Marc nutzte die Gelegenheit, um eine ganze Serie von schnellen Haken auf den Halsbereich abzufeuern, genau so, wie sein Trainer es ihm beigebracht hatte. Gleichzeitig hielt er die andere Hand seines Gegners, in der sich der Revolver befand, fest gepackt und schlug sie immer und immer wieder gegen die Kante des Billardtischs, bis der Angreifer die Waffe losließ und sie zu Boden fiel.

Im selben Moment versetzte Marc seinem Gegner einen letzten Stoß, um ihn aus dem Gleichgewicht zu bringen, und stürzte sich auf die Waffe. Doch sein Unterbewusstsein signalisierte ihm bereits eine neue Gefahr, eine Bewegung am hinteren Ende des Raums, in der Nähe der Terrassentür. Allerdings war es jetzt zu spät, um sich auf etwas anderes als das Unmittelbare zu konzentrieren.

Er landete auf dem Revolver und griff danach, noch während er sich abrollte. Die Waffe fühlte sich ungewohnt und unhandlich an, und er drückte dreimal ab, während er sich zu dem Angreifer umwandte. Die erste Kugel bohrte sich in die Seite des Billardtisches, aber die beiden anderen trafen seinen Gegner in Oberschenkel und Bauch. Auch jetzt war bei jedem Schuss nur ein blechernes Klappern zu hören, während der kräftige Rückstoß sein Handgelenk erschütterte.

Der Kerl ließ ein ersticktes Stöhnen hören und brach zusammen, während ein Blutsturz seine Beine durchnässte. Einer der Schüsse musste die Oberschenkelarterie verletzt haben, er würde nicht mehr lange leben.

Marc schnappte nach Luft und versuchte aufzustehen, doch dann stellte er fest, dass eine schwarz gekleidete Gestalt hinter ihm stand, ein Mann mit einem zerfurchten, harten Gesicht. In der Hand hielt er ein langes, speerähnliches Präzisionsgewehr.

Der Gewehrkolben traf Marc am Kopf, ließ schwarze Feuerstreifen über seine Netzhaut zucken und schickte ihn zu Boden.

Der Kampf setzte sich auf dem Treppenabsatz im ersten Stock fort.

Lucy wurde in die Defensive gedrängt, zog sich bei jeder Attacke der anderen ein wenig weiter zurück. Sie war kleiner als Lucy und verfügte nicht über deren Reichweite, aber der Dolch verschaffte ihr einen Vorteil, den Lucy auf keinen Fall unterschätzen durfte.

Während der Kampf also hin und her wogte, bekam sie in den schwachen Lichtstreifen, die zu den Fenstern herein fielen, immer wieder für einen kurzen Moment das Gesicht ihrer Gegnerin zu sehen. Es handelte sich um eine Ostasiatin, was auch zu den Worten passte, die Lucy gehört hatte. Auch das Kehlkopfmikrofon, das sich an den schlanken Hals der Attentäterin schmiegte, konnte Lucy erkennen. Ihr Gesicht war auf der einen Seite, wo das heiße Duschwasser sie getroffen hatte, rötlich angelaufen.

Ihre Ausrüstung sowie die wütende Konzentration in ihrem Blick sprachen für eine soldatische Lebensweise. Lucys Gegnerin war keine gedungene Aushilfskraft oder ein Nachwuchstalent aus der näheren Umgebung. Diese Frau besaß eine militärische Ausbildung. Und genau das konnte Lucy ausnutzen.

So langsam wurde es enger, und sie stieß mit dem Rücken gegen das Geländer am Rand des Treppenabsatzes. Unter dem Verband, der immer noch ihren Oberschenkel umschloss, machte sich ein dumpfer Schmerz bemerkbar, den sie zu ignorieren versuchte. Er hätte sie nur langsamer gemacht.

Dann geriet sie absichtlich ins Stolpern, einfach nur um auszuprobieren, ob sich dadurch vielleicht eine Gelegenheit bot. Die Angreiferin schluckte den Köder ohne Zögern und tat das, was ihr in der Ausbildung eingebläut worden war: jede sich bietende Gelegenheit zum tödlichen Stoß zu nutzen.

Sie ließ den Dolch nach vorn schießen, doch die ungedeckte Flanke, die sie anvisiert hatte, war urplötzlich nicht mehr da.

Lucy trat ihr in den Weg und klemmte ihr den Arm ein, noch bevor sie ihn zurückziehen konnte, drehte ihn unterhalb des Ellbogens ruckartig um und wand ihr gleichzeitig den Dolch aus der Hand. Das Gelenk gab ein schmatzendes Knacken von sich, und die Attentäterin unterdrückte einen bitteren Schmerzensschrei. Lucy versetzte ihr einen kräftigen Tritt gegen das Knie und schickte sie zu Boden.

Sie drehte den Dolch um, um ein besseres Gefühl dafür zu bekommen, und beugte sich hinunter, um ihre Gegnerin endgültig auszuschalten.

Im selben Augenblick explodierte das Holzgeländer in ihrem Rücken, sodass sie aus dem Gleichgewicht geriet und kurz zusammenzuckte.

Als sie sich umdrehte, sah sie in der Eingangshalle einen Mann in Kampfmontur stehen. Jetzt lud er sein Gewehr nach und legte auf sie an.

»Nein!« Dieser Ruf ertönte aus der anderen Ecke der Eingangshalle. »Wir brauchen auch sie lebend!«

Lucy kannte diese Stimme. Sie umklammerte den erbeuteten Dolch mit aller Macht, als eine sehr vertraute Gestalt in ihr Blickfeld kam, gefolgt von zwei maskierten Männern, die einen halb bewusstlosen Marc Dane mit sich schleppten. Für einen kurzen Moment gewann die Resignation die Oberhand, und sie ließ den Kopf sinken, doch schon wenige Augenblicke später ging ihre Niedergeschlagenheit in einer übermächtigen Wut unter.

»Kara«, stieß sie hervor, und es klang wie eine Verwünschung. »Du verdammte, miese Schlampe.«

Kapitel 13

Der pulsierende Schmerz in Marcs Schädel fühlte sich an wie ein lebendiges Wesen. Er wurde von kräftigen Händen gepackt, in ein Fahrzeug geschleift und auf hartes Stahlblech gedrückt. Das Rauschen des Blutes in seinen Ohren dämpfte alle anderen Geräusche. Nur ganz allmählich nahm er einzelne Stimmen wahr und hörte ein Brummen, das von einem anspringenden Motor stammte. Kräftiger Gasgeruch stieg ihm in die Nase. *Ist das echt oder bilde ich mir das bloß ein?* Irgendjemand hatte ihm einmal erzählt, dass Menschen mit Gehirnschäden Gerüche wahrnahmen, die gar nicht existierten. Und der Kerl mit dem Gewehr hatte ihm einen ziemlich brutalen Schlag verpasst.

Das Stahlblech, das sich an seine Wange drückte, vibrierte, und der Wagen setzte sich ruckartig in Bewegung. Wieso dauerte es eigentlich so ewig, bis er wieder klar im Kopf wurde? Die stechenden Kopfschmerzen und der widerliche Druck in seiner Magengegend ließen ein klein wenig nach. Seine Hände fühlten sich an wie Blei und waren mit Plastikfesseln zusammengebunden.

Er dachte zurück an den Schlag in Hites Spielzimmer, der ihm das Bewusstsein geraubt hatte. *Fühlt sich eine Gehirnerschütterung so an?* Doch der Gedanke blieb isoliert, ohne Zusammenhang und verblasste wieder, bevor er irgendeine Verbindung herstellen konnte.

Marc musste seine gesamte Kraft aufbieten, um sich auf die Seite zu drehen. Das Erste, was seine Augen dann sahen, war der metallene Koffer. Er stand aufrecht zwischen zwei gestiefelten Füßen. Marcs Blick glitt weiter nach oben und traf auf ein Augenpaar, das ihn mit hasserfüllten Blicken fixierte. Eine zierliche Asiatin in Kampfmontur, den einen Arm in einer improvisierten Schlinge, starrte ihn mit unverhohlener Feindseligkeit an. Sie hätte ihn am liebsten auf der Stelle getötet, das war ihr deutlich anzusehen.

Vor dem Heckfenster des Transporters zuckte jetzt ein gelborangefarbener Lichtblitz auf, und die Frau hob den Blick. Unmittelbar danach ertönte das tiefe Grollen einer Explosion.

In der Fahrerkabine wurde ein Befehl gegeben, und das Fahrzeug beschleunigte, entfernte sich vom Ort der Detonation. Marc musste an den Gasgeruch denken. Ob sie so ihre Spuren verwischten? Er stellte sich vor, wie Hites kostspielige Villa auf den Klippen von einem Feuerball verschlungen wurde. Es würde zunächst wie ein tragisches Unglück aussehen, zumindest so lange, bis die Polizei die Toten untersuchte, die im Nachgang aus der Ruine geborgen werden würden.

Wie ein Stromschlag durchzuckte ihn die eiskalte Panik. Er sah sich im Laderaum des Lieferwagens um und ignorierte die stechenden Schmerzen, die ihn bei jeder Bewegung durchbohrten. Da saßen mehrere maskierte Bewaffnete, und dann, zu seiner großen Erleichterung, sah er auch Lucy. Sie saß ihm gegenüber. Aus einer Schnittwunde lief Blut über ihre Wange. Auch ihre Hände waren mit Plastikhandschellen gefesselt. Seine Erleichterung fiel in sich zusammen.

Lucy erwiderte seinen Blick, und ihr betrübtes Nicken sagte mehr als tausend Worte. *Wir sitzen wieder mal in der Scheiße.*

»Das kommt mir irgendwie … bekannt vor«, presste Marc mühsam hervor.

»Sie haben alle anderen umgebracht«, gab Lucy zurück und wandte sich ab. »Hinterrücks erschossen, als sie fliehen wollten. Sie haben sie hingerichtet.«

Erst jetzt wurde Marc klar, dass weder der samoanische Wachmann noch jemand von Hites Personal mit im Fahrzeug saßen.

»Das ist also aus Ghost5 geworden?« Lucys Frage war an jemanden gerichtet, der ihr gegenübersaß, und Marc drehte sich um, weil er wissen wollte, mit wem sie sprach. »Ihr löscht gnadenlos das Leben unschuldiger Menschen aus. Und wozu das alles?«

Kara Wei beugte sich aus dem Schatten nach vorn und musterte ihn, ohne auf Lucys Worte einzugehen. »Tut mir leid, Dane«, sagte sie kopfschüttelnd. »Du hättest dich lieber raushalten sollen.«

Für einen kurzen Moment spürte Marc keine stechenden Kopfschmerzen mehr, so sehr verblüffte ihn ihr Anblick.

»Was hast du getan?«, platzte er heraus. Er wollte wissen, weshalb sie Rubicon, weshalb sie *ihn* verraten hatte. »Warum machst du bei alldem mit? Ich verstehe das nicht.«

Kara legte den Kopf schief und betrachtete ihn nachdenklich, als hätte Marc sie in einer völlig unverständlichen Sprache angesprochen.

Und mit einem Mal sah er sie in einem ganz anderen Licht, wie bei einer optischen Täuschung, einem Kippbild, das entweder eine Blumenvase oder aber zwei Gesichter zeigte. Und ständig sprang seine Wahrnehmung hin und her

Marc wusste, wie sie aussah, er kannte ihren Namen und glaubte, er hätte sie gekannt, und dennoch war die junge Frau in der roten Lederjacke ihm vollkommen fremd. Für einen Moment fragte er sich, ob der Schlag, den er bekommen hatte, vielleicht irgendwelche größeren Schäden angerichtet hatte.

Mit Karas Gesichtsausdruck stimmte etwas nicht, auch wenn er das nicht in Worte fassen konnte. Es kam ihm vor, als hätte sie ihn aufgemalt, jedenfalls war er durch und durch falsch, so wie die neue Identität, die sie damals von Rubicon erhalten hatte.

Doch dann holte sein Gehirn seine Wahrnehmung wieder ein. Nein, Kara Wei war keinesfalls ein anderer Mensch geworden, vielmehr präsentierte sie Marc jetzt ihr wahres Gesicht. *Das ist keine Maske,* dachte er, *das ist die Wahrheit. Die Maske hat sie getragen, als sie mit uns zusammen war.*

»Ich kann nichts mehr für dich tun«, erklärte sie. »Das, was jetzt geschieht, liegt nicht mehr in meiner Hand.«

»Sobald ich freikomme«, sagte Lucy mit düsterer Stimme, »wirst du das bereuen.«

Kara sah sie an. »Macht euch keine Vorwürfe, dass ihr mir vertraut habt. Es ist nicht eure Schuld. Aber ich musste es tun, um zu überleben.« Dieses Bekenntnis, dieses Eingeständnis des Verrats, klang so sachlich und ungerührt, dass Marc sich vollkommen leer fühlte.

»Hast du überhaupt jemals zu uns gehört?«, wollte Lucy wissen.

»Ich habe noch nie zu irgendjemandem gehört«, erwiderte Kara freudlos, und ihre Stimme wurde härter, während sie einem der bewaffneten Männer ein Handzeichen gab. »Heb ihn hoch.«

Marc wurde an den Armen gepackt und auf eine Sitzbank gehievt, die an der Innenwand des Lieferwagens festgeschweißt war. Ein Mann sorgte dafür, dass er gerade saß, und zwar genau gegenüber der Frau mit dem verletzten Arm, die ihn weiterhin hasserfüllt anstarrte.

»Was hat sie denn?«, wollte Marc wissen und wies mit einer Kopfbewegung in ihre Richtung.

Kara zeigte auf einen schwarzen Leichensack in der Nähe der Heckklappe. »Du hast ihren Kameraden erschossen. Ich nehme an, sie ist darüber nicht besonders erfreut.«

»Oh ja.« Mit einem Mal war Marcs Kehle wie ausgedörrt, und er erinnerte sich an die schallgedämpfte Pistole in seiner Hand. »Er hat mir keine große Wahl gelassen.«

»Ruhe jetzt!«, sagte Kara, als vor ihnen die ersten Sirenen ertönten.

Rote Lichtblitze zuckten durch das Innere des Lieferwagens, Feuerwehrfahrzeuge und Rettungswagen rasten an ihnen vorbei. Marc reckte den Hals und versuchte, einen Blick nach vorn durch die Windschutzscheibe zu werfen, doch der Bewaffnete neben ihm schubste ihn unsanft auf seinen Platz zurück und stieß ihm seine schallgedämpfte Micro-Uzi in die Seite. »Sitzen bleiben!«, zischte er.

Marc akzeptierte seine Niederlage – vorerst – und ließ den Kopf hängen. Während der restlichen Fahrt beschäftigte er sich mit seinen zahlreichen Prellungen und anderen Verletzungen, versuchte deren Schwere einzuschätzen und den Schmerz zu vergessen.

Seine Jacke hatte mehrere Risse bekommen, sodass an der Schulter und rund um die Taschen das Futter zu sehen war. Sie mussten ihn im halb bewusstlosen Zustand nach Waffen und Peilsendern durchsucht haben. Sein SpyPhone hatten sie ihm offensichtlich abgenommen, genau so wie das Tablet und den Rucksack.

Die Entführer waren nicht auf den Kopf gefallen. Das Telefon, die Funkkopfhörer, das Tablet, alles, was mit einem GPS-Peilsender versehen war, den Rubicon aktivieren konnte, war verschwunden. Das Einzige, was sie ihm gelassen hatten, war die abgenutzte Taucheruhr an seinem

Handgelenk. Marc betrachtete die Leuchtzeiger der Cabot und sah zu, wie die Minuten verstrichen. Er fragte sich, wie lange es dauern würde, bis Solomon und Wehmeyer von der Explosion bei Hite erfuhren. *Und was würden sie dann unternehmen?*

Fast eine Stunde lang fuhren sie, ohne dass ein Wort gesprochen wurde. Dann bogen sie auf eine von grellen Scheinwerfern beleuchtete Fläche ab. Die jaulenden Düsentriebwerke deuteten darauf hin, dass sie den Flughafen von Sydney ansteuerten. Einen anderen Flugplatz hätten sie in solch kurzer Zeit gar nicht erreichen können.

Er warf Lucy einen verstohlenen Blick zu, und sie erwiderte ihn stumm. Wahrscheinlich dachte sie gerade genau dasselbe wie er. Am östlichen Ausläufer des Airports, zwischen den Flugzeugen diverser anderer Geschäftsreisender, stand auch Ekko Solomons privater Airbus A-340, mit dem sie vor nicht einmal achtundvierzig Stunden aus Frankreich hier eingetroffen waren. Doch so umzingelt von bewaffneten Entführern, hatten Marc und Lucy nicht die geringste Chance, sich zu befreien und irgendwie zurück an Bord des Rubicon-Flugzeugs zu gelangen. Und leider gab es auch keinerlei Möglichkeit, Assim und den anderen irgendwie mitzuteilen, dass sie ganz in ihrer Nähe waren.

Der Transporter fuhr, ohne anzuhalten, durch ein Tor, und das war kein gutes Zeichen. Es bedeutete, dass Ghost5 die Flughafensicherheit bereits passiert hatte. Marc spürte, wie ihm mit einem Mal ein eiskalter Schauer über den Rücken lief.

Und wenn Sydney das nächste Ziel für einen Angriff mit der Arquebus-Software war? Was, wenn sie das Flugsicherungssystem in ihre Kontrolle gebracht oder die Autopiloten Dutzender Maschinen gehackt hatten? Die Vorstellung eines solch massenhaften Vernichtungspotenzials löste bei Marc grausames Entsetzen aus.

Er sah Kara an. »Macht es dir eigentlich etwas aus, dass Madrigal so viele unschuldige Menschen in den Tod geschickt hat?« Bei der Erwähnung des Decknamens der kriminellen Hackerin huschte ein kurzes Zucken über Karas Gesicht. »Oder empfindest du gar nichts dabei?«

»Du kennst mich nicht einmal ansatzweise«, entgegnete sie ungerührt.

»In diesem Punkt sind wir uns einig. Die Kara Wei, die ich gekannt habe, hätte sich niemals auf so etwas eingelassen.«

»Diese Kara existiert nicht«, erwiderte sie. »Sie ist ein Phantom, und es war dein Fehler, dass du sie für echt gehalten hast.«

Der Transporter wurde jetzt langsamer und fuhr, begleitet von einem kräftigen Ruck, auf eine breite Rampe. Marc konnte einen kurzen Blick nach draußen werfen und sah, dass sie von einem höhlenartigen Stahltunnel verschluckt wurden, der Bauch eines riesigen Transportflugzeugs. Für einen Moment war der weiß lackierte Rumpf durch die Windschutzscheibe erkennbar. Im Inneren des Frachtraums angekommen, blieb der Wagen stehen. Schwere Hydraulikkolben setzten sich in Bewegung und zogen langsam die Klappe hoch.

»Aussteigen«, befahl der Kerl mit der Uzi und versetzte Marc damit noch einen Stoß.

Als Lucy die Füße auf den Boden des Frachtraums setzte, schloss sich die Heckklappe mit einem deutlich hörbaren, dumpfen Geräusch. Der schwarze Lieferwagen stand auf der einen Seite des Rumpfes, der breit genug war, um zwei solcher Fahrzeuge nebeneinander aufzunehmen. Sie war in der Vergangenheit gelegentlich mit einer C-5 Galaxy der US-Luftwaffe geflogen, aber dieses Monstrum hier war noch deutlich größer. Der Frachtraum kam ihr vor wie eine gewaltige Höhle. Die orange-braune Thermowatte an den gewölbten Rumpfwänden sollte vor den extremen Temperaturschwankungen schützen und Vibrationen dämpfen. Weiter vorn, in Richtung Bug, waren einige fest montierte Frachtcontainer zu erkennen. Ein verworrenes Kabelgewirr zog sich über die Thermoverkleidung. Offensichtlich wurden damit die zahlreichen Geräte angeschlossen, die rund um die Container aufgebaut waren. Sie schienen alle einen militärischen Ursprung zu haben. Es roch nach Ozon und Flugbenzin.

Weiter vorne waren eine Handvoll Leute gerade dabei, diverse Laptops und Kommunikationsausrüstung aufzubauen. Sie sahen allesamt aus wie Besucher eines Rockkonzerts oder Teilnehmer eines *World-of-Warcraft*-Turniers.

Als der Bewaffnete, der als ihr persönlicher Aufpasser fungierte, damit beschäftigt war, seine Schutzmaske abzunehmen, machte Lucy einen Schritt zur Seite und warf durch ein Bullauge einen schnellen Blick nach draußen. An der Spitze einer breiten, hohen, mit zwei gewaltigen Düsentriebwerken bestückten Tragfläche blinkte eine rote Warnleuchte. Unter einem der Triebwerke stand ein Tankwagen, von dem sich ein Benzinschlauch wie ein Elefantenrüssel bis zu einem Einfüllstutzen schlängelte.

»Eine *Ruslan*«, sagte Marc in ihrem Rücken.

»Eine was?«

»Das ist eine Antonow An-124«, erläuterte er. »Der größte jemals gebaute Militärtransporter. Ich frage mich, wie Ghost5 an so eine Maschine gekommen ist.«

»Wir haben sie gekauft«, ließ sich da eine neue Stimme in Lucys Rücken vernehmen. Die abgehackten Worte verrieten einen deutschen Akzent und eine feindselige Haltung. Lucy drehte sich um und sah, wie sich ein dunkelhäutiger Mann mit schroffer Miene und durchdringendem Blick aus dem Cockpit-Bereich näherte. Er war eigentlich ganz attraktiv, und ohne die Arroganz, die ihn wie eine Rauchwolke umschwebte, hätte er vielleicht sogar ihr Typ sein können, aber seine Worte trieften nur so vor Hohn und Spott. »Von den Libyern.«

»Darf ich raten?«, fragte Marc. »Schon am nächsten Tag habt ihr das Geld wieder von ihren Schweizer Bankkonten abgezogen.«

Lucy hörte das Kichern einer weiblichen Stimme. »Nein. Wir halten uns an gewisse Standards.« Die Worte hatten dieselbe Melodie, die sie bereits in der Tiefgarage in San Francisco gehört hatte, nur ohne den digitalen Filter, der die Stimme verfälscht hatte. Die Gestalt, die jetzt in ihr Blickfeld trat, trug eine zerknitterte Lederjacke und darunter einen schwarzen Kapuzenpulli. Jetzt streifte sie mit langen Fingern die Kapuze zurück. Hennarotes Haar kam zum Vorschein, und dazu ein Gesicht, das auch einer Hollywood-Charakterdarstellerin auf dem Höhepunkt ihres Schaffens gut gestanden hätte. Es war dasselbe Gesicht wie auf dem alten Videoband, nur zwanzig Jahre gealtert. »Da seid ihr also«, sagte sie, wobei sie Lucy und Marc gründlich von Kopf bis Fuß musterte. »Ich habe nicht oft Gelegenheit, Leuten zu begegnen, die mich im echten Leben verfolgen. Von Angesicht zu Angesicht, meine ich.« Madrigal lächelte, sie wusste genau, dass ihr der Sieg nicht mehr zu nehmen war.

Marc erwiderte ihr träges Lächeln. Auch er hatte sie erkannt. »Marie Stone«, sagte er und betonte jede Silbe klar und deutlich. »Ich hatte mir dich irgendwie größer vorgestellt.«

Trotz aller Selbstbeherrschung konnte Madrigal sich nicht zügeln. Für einen kurzen Moment war ihr der Ärger darüber, dass Marc mit ihrem richtigen Namen herausgeplatzt war, deutlich anzusehen. Sie hatte sich zwar schnell wieder im Griff, aber das Feuer in ihrem Blick war nun nicht mehr zu übersehen. »Kennst du eigentlich das alte Sprichwort, dass zu viel Wissen manchmal ganz schön gefährlich sein kann?«

»Oh, ich weiß eine ganze Menge«, fuhr er fort. Er war wild entschlossen, so lange in der Wunde zu bohren, wie er nur konnte. »Besonders über dich, Marie.«

»Das bezweifle ich.«

»Nein, im Ernst.« Marc schüttelte den Kopf. »Dein Kumpel Chuck von Horizon Integral hatte einen Verfolgungswahn, der sehr viel ausgeprägter war, als du gedacht hast, schätze ich. Er hat eine Menge Geld und Zeit investiert, um mehr über dich herauszufinden. Ich nehme an, das allein hat dir derart gestunken, um ihn umzubringen.« Den letzten Satz sagte er so laut, dass auch die anderen Ghost5-Hacker ihn hören konnten. Sie unterbrachen ihre Arbeit und drehten sich um, neugierig, wie das Ganze sich weiterentwickelte. Marc machte ein paar zuckende Bewegungen, als hätte ihn ein Stromschlag getroffen. »Bzzzt. Kein schöner Tod.«

Madrigals neutrale Miene wurde einen Tick verkniffener, und Lucy wusste, dass er den nächsten Treffer gelandet hatte. Aber sosehr ihr das auch gefiel, wenn Marc so weitermachte, dann würde das Ganze mit seinem Tod enden. Der Kerl schien einfach nie zu wissen, wann er seine gottverdammte Klappe halten musste.

»Wo wir gerade davon sprechen«, sagte Madrigal nach einer kurzen Stille. Sie streckte die Hand aus, und die Frau, der Lucy den Ellbogen ausgekugelt hatte, kam näher, gab ihr Hites Koffer mit dem kompromittierenden Material und zog sich wieder zurück. Der andere Attentäter, der ältere Kerl, der höchstwahrscheinlich Crowne erschossen hatte, beobachtete die Szene mit stoischer Ruhe. »Ich möchte mich bei euch bedanken, dass ihr mir das da gebracht habt«, fuhr Madrigal fort. »Das eine oder andere ist mir im Lauf der Jahre tatsächlich durch die Lappen gegangen. Aber mit diesem Fund hier kann ich bestimmt ein paar Lücken schließen.«

Sie klappte den Koffer auf und sah sich mit seltsam flackerndem Blick die Fotos und Schriftstücke an. Lucy wusste nicht genau, was ihr Gesichtsausdruck zu bedeuten hatte. War es Trauer, Wut, Glück – oder womöglich eine widersprüchliche Mischung aus allen dreien?

»Ich habe gewusst, dass wir von irgendwem beobachtet werden«, fuhr Madrigal fort. »Ihr könnt euch sicherlich vorstellen, wie überrascht ich war, als ich herausgefunden habe, wer das war. Die Rubicon-Gruppe! Ekko Solomons private Rächerbrigade. Aber zu meinem großen Glück habe ich erst kürzlich jemanden begrüßen dürfen, der sehr vertraut ist mit dieser … wie hat er sie gleich genannt? Der Abteilung für Sonderaufgaben.« Sie neigte ihren Kopf in Karas Richtung.

Lucy merkte, wie sie den Atem anhielt, wie sie die Zähne aufeinanderbiss. Auch wenn sie es sich nicht eingestehen wollte, ein Teil von ihr hatte sich an die Illusion geklammert, dass Kara vielleicht doch nicht die Verräterin war, die sie zu sein schien. Diese Illusion hatte sich nun endgültig in Luft aufgelöst.

»Der Engländer heißt Marc Dane«, sagte Kara, und ihre Stimme verriet keinerlei Regung. »Das ist der, den wir mit der Drohne gefilmt haben.«

»Ehemals beim britischen Geheimdienst, Sektion K,

MI6«, sagte Madrigal und beobachtete Marcs Reaktion genau. »Ja, ich habe schon viel von dir gehört. Sie haben dich rausgeworfen, nachdem du dein gesamtes Team bei einem Attentat verloren hast. Du bist begabt und schlau, aber deine Selbstbeherrschung lässt stark zu wünschen übrig. Das bringt dich regelmäßig in Schwierigkeiten.«

Lucy war klar, von wem sie diese Informationen hatte, und sie bombardierte Kara mit wütenden Blicken, während ihre ehemalige Mitstreiterin wieder das Wort ergriff. »Und die da war früher bei den Special Forces der US-Army, bis sie sie in ein Militärgefängnis gesteckt haben, weil sie versucht hat, ihren vorgesetzten Offizier zu ermorden. Nach der Flucht aus dem Knast hat sie sich Rubicon angeschlossen. Ihr Name lautet Lucy Keyes. Sie ist eine hervorragende Präzisionsschützin und spezialisiert auf taktische Aufklärung.«

Lucy spürte Marcs Blicke, reagierte jedoch nicht darauf. Er kannte nicht alle Einzelheiten aus ihrer Vergangenheit, und sie wollte nicht, dass er sie auf diesem Weg erfuhr. Ihr Blick war starr auf Kara gerichtet. Sie hegte nicht den geringsten Zweifel mehr an deren Vorhaben.

»Ein Spion und eine Attentäterin«, bemerkte Madrigal. Sie deutete auf den Mann neben ihr. »Erik meint, ich sollte warten, bis wir über dem offenen Meer sind und euch dann alle beide rauswerfen, zusammen mit dem da …« Sie hob den Diplomatenkoffer hoch. »Und ich muss gestehen, ich denke ernsthaft darüber nach.« Langsam und bedächtig schob Madrigal die Hand unter ihre Lederjacke und zog eine kleine Taurus Halbautomatik darunter hervor. Sie drehte die Waffe um, sodass ihre Hand den Lauf umschloss, und bot sie Kara an wie ein Geschenk. »Vielleicht willst du das für mich erledigen, Song?« Dann zog sie eine Grimasse. »Tut mir leid. Ich bin so vergesslich. *Kara*.«

»Ich werde niemanden töten«, wehrte Kara nach einem langen Augenblick ab. Ihre Miene verriet keinerlei Gefühlsregung.

Madrigal ließ ihre Antwort eine Weile in der Luft hängen, dann erwiderte sie: »Natürlich nicht.« Sie lächelte erneut und steckte die Pistole wieder ein. »Wir haben ja Leute, die das für uns erledigen.« Sie nickte dem älteren Mann zu, und er machte ein paar Schritte auf Marc zu, packte ihn am Arm und schleifte ihn mit sich.

Lucy merkte, wie sich ein Lauf in ihren unteren Rücken bohrte. »Bewegung!«, befahl Erik und stieß sie vorwärts.

Schon als die Attentäter ihn und Lucy aus dem Haus mitgenommen hatten, war Marc klar gewesen, dass sie bis zum Hals in Schwierigkeiten steckten. Dass sie noch am Leben gelassen wurden, ließ eine Menge sehr unangenehmer Möglichkeiten offen, über die er möglichst wenig nachdenken wollte.

Madrigal genoss es ganz eindeutig, ihre Macht auszuspielen, und das passte zu dem, was er über die Vorgehensweise der geheimnisvollen Hackerkönigin wusste. Sie hatte gern die Kontrolle über andere, kostete ihre Macht über Leben und Tod ausgiebig aus. Charles Hite war dieser Kontrollsucht zum Opfer gefallen, und Marc ging fest davon aus, dass ihn und Lucy ein ähnliches Schicksal erwartete.

Jeder andere hätte sie einfach erschossen und zusammen mit den anderen Toten und der Villa verbrennen lassen. Aber Madrigal wollte etwas von ihnen. Wenn Marc dahinterkam, was das war, wenn er das als Druckmittel einsetzen konnte … Er verzog das Gesicht, als die stechenden Kopfschmerzen sich wieder bemerkbar machten. Wie sollte er so auch nur einen klaren Gedanken fassen?

Während der Kerl mit der Maschinenpistole ihn durch das Flugzeug scheuchte, sah er sich um. Die mächtige Antonow war zu einem mobilen Hackerzentrum umgebaut worden, und er musste zugeben, dass das ein kluger Schachzug war. Die Maschine konnte weite Strecken zurücklegen und auf jedem größeren Flughafen landen. Dann brauchte Ghost5 sich nur noch in die lokalen Internetzugänge einzuloggen, und schon konnten sie jede Menge Chaos stiften. Und mit genügend Treibstoff an Bord war das mithilfe von Satellitenverbindungen sogar aus der Luft zu bewerkstelligen.

Die Hacker musterten ihn misstrauisch, als er an ihnen vorbeikam. Sie richteten ihre Geräte ein, fuhren ihre Laptops sowie speziell konfigurierten Computer hoch und gingen online. Was immer Madrigal als nächsten Schritt geplant hatte, Marc hatte das Gefühl, dass es nicht mehr lange dauern würde.

Er ließ den Blick über die Ausrüstung schweifen und versuchte, so viele Bausteine wie möglich zu identifizieren. Schließlich entdeckte er auch die zahlreichen Kommunikationsgeräte an einer Wand des Frachtraums. Es war eindeutig militärische Ausrüstung, aber nicht aus westlicher Produktion. An Bord eines in der Ukraine für die libysche Regierung hergestellten Düsenjets hätte er eigentlich russische Ausstattung erwartet, doch das, was er da an der Wand des Frachtraums sah, stammte irgendwo anders her. Er überlegte angestrengt und verlangsamte unwillkürlich seine Schritte.

»Schneller!«, herrschte der Mann mit der Uzi ihn an und versetzte Marc erneut einen kräftigen Stoß. Er drehte sich wütend um, und da, wie aus dem Nichts, kannte er die Antwort. Er starrte ihr buchstäblich ins Gesicht.

»Korea«, sagte Marc.

»Was?«, erwiderte der Mann und packte seine Waffe noch etwas fester.

Genau wie die Frau mit dem verletzten Ellbogen, genau wie die Maskierten im Transporter stammte auch dieser Mann aus Ostasien, war aber weder Chinese noch Japaner. Je länger Marc ihm ins Gesicht sah, desto sicherer wurde er. »Aus dem Norden«, sagte er mit fester Stimme und starrte Madrigal an, die ein paar Schritte hinter ihnen war. »So hast du dieses ganze Unternehmen auf die Beine gestellt. Als nichtstaatliche Organisation hast du natürlich nur begrenzte Möglichkeiten. Also hast du dich mit Pjöngjang in Verbindung gesetzt, und dann? Hast du einen Deal eingefädelt?« Er zeigte auf die Kommunikationsanlage. »Du bekommst von denen Ausrüstung und Leute. Und sie bekommen von dir eine neue Waffe für den digitalen Krieg.«

»Interessante Theorie«, erwiderte Madrigal leichthin. »Aber Ghost5 arbeitet grundsätzlich nicht mit Staaten zusammen. Das entspricht nicht unserem Wesen.« Die letzten Worte galten nicht Marc, sondern vielmehr dem Rest ihrer Truppe, die die Auseinandersetzung mit vorsichtigem Interesse verfolgten. »Fox und Cat hier gehören zu einer anderen Gruppierung, deren Interessen sich mit unseren gegenwärtigen Zielen decken. Das ist alles.«

»Schwachsinn!«, entgegnete Marc.

Er überlegte fieberhaft und versuchte, die verschiedenen Informationsschnipsel, die im Lauf der vergangenen Tage auf ihn eingeprasselt waren, in eine sinnvolle Ordnung zu bringen. Assims Bemerkung über eine Verbindung nach Korea im Zusammenhang mit dem Zugunglück in Taipei, die Ermordung des ehemaligen CIA-Agenten, die stark geschwärzte Akte über die Operation Overtone und jetzt die Identität dieser bewaffneten Helfer sowie die technische

Ausstattung des Flugzeugs. Alles deutete in dieselbe Richtung.

Er hatte nichts zu verlieren, darum schleuderte er Madrigal die einzig logische Erklärung ins Gesicht. »Diese ganzen Sabotageakte bis jetzt waren nur dazu da, die Arquebus-Software und die Zero-Day-Exploits, die ihr von Hite bekommen habt, zu testen.« Er schüttelte den Kopf. »Ich habe gedacht, ihr seid hier, um Sydney anzugreifen, aber das wollt ihr gar nicht. Euer Ziel heißt *Seoul.*« Während er redete, fügten sich Marcs Gedanken zu einem stimmigen Bild zusammen. Er wusste noch genau, was Wehmeyer über die südkoreanische Hauptstadt gesagt hatte. »Die lebenswichtige Infrastruktur der Stadt wird hauptsächlich mit HIOS Sigma gesteuert. Was könnte es für den Norden also Besseres geben? Willst du ernsthaft behaupten, dass ich falschliege?«

Madrigals Stimme klang eiskalt. »Wir erteilen den Reichen und Mächtigen eine Lektion. Wir lehren den internationalen Konzernen und Staaten das Fürchten, damit sie ihre Bürger respektieren, anstatt sie wie Vieh zu behandeln. Wir sind die Gerechtigkeit, die ihren Tribut fordert. Und es gibt genügend Menschen, die es verdient haben, diese Lektion auf die harte Tour zu lernen.«

»Die Fahrgäste in den Vorortzügen von Taipei, zum Beispiel?«, fauchte Marc zurück. »Die Autofahrer in Deutschland? Oder vielleicht die, die in San Francisco um ein Haar in Fetzen gerissen worden wären? Haben die es verdient?« Er schüttelte verbittert den Kopf. »Du lügst«, fuhr er fort. Marc spürte es instinktiv. Bei einem Blick in Madrigals eiskalte Augen entdeckte er, dass er ins Schwarze getroffen hatte, und stürzte sich darauf. »Du lügst dich selbst genauso an wie deine Leute.« Er deutete auf die anderen Hacker. »Und nicht nur, was eure Verbündeten angeht.«

Marc wollte einen Schritt nach vorn treten, aber der Mann, den Madrigal Fox genannt hatte, packte ihn am Arm und riss ihn zurück. »Wissen die anderen eigentlich, wer Lex Wetherby ermordet hat? Kennen sie den wahren Grund für das, was du tust? Dir geht es nicht um Gerechtigkeit, *Marie*. Dir geht es nur um *dich*.«

»Sehr clever«, erwiderte Madrigal. »Mal sehen, was du davon hast.« Dann warf sie Erik einen Blick zu, und er versetzte Lucy noch einen Stoß.

Marc setzte sich freiwillig in Bewegung, weil er dem Kerl mit dem Gewehr keinen Anlass liefern wollte, ihn zu schlagen.

Fox betrachtete ihn mit neuerlichem Argwohn. »Du redest zu viel.«

»Das höre ich nicht zum ersten Mal«, erwiderte Marc.

Im Bug der Antonov angelangt, wurde Marc entgegen seiner Erwartungen nicht die Leiter hinaufgescheucht, die auf das Mannschaftsdeck oberhalb des höhlenartigen Frachtraums führte. Stattdessen schüttelte Erik mit grimmiger Miene den Kopf und bedeutete ihm, weiter zu gehen. »Nicht da rauf. Du kommst in den Kühlschrank.«

Marc stieg über mehrere dicke Kabelbündel, die zu der Hackerzentrale in seinem Rücken führten, und stellte fest, dass der vordere Teil des Flugzeugs umgebaut worden war. Die meisten An-124 verfügten über einen Mechanismus, mit dem sich die komplette Nase aufklappen und nach oben öffnen ließ. Dadurch konnte man die Maschine gleichzeitig von vorn und von hinten beladen. Hier jedoch war der Mechanismus ausgebaut und die Nase verschweißt worden. Anschließend hatte man eine Wand eingezogen und den Zugang mit einer luftdichten Schleuse gesichert. Fox zog die Schleuse auf, während Erik seine Waffe ununterbrochen auf Marc und Lucy gerichtet hielt.

Kaum waren sie durch die Öffnung geschlüpft, kitzelte ein vertrautes Gemisch aus trockener Luft und Ozon Marcs Nasenschleimhäute. Er wusste genau, was er da drin vorfinden würde.

Der Bug der Antonov beherbergte das Gehirn der Ghost5-Operation. Regale voller Server mit wild blinkenden bunten LEDs füllten den Raum, gelbe Datenkabel wälzten sich in dicken Bündeln über den Boden und schlängelten sich durch schmale Durchlässe in Richtung Rumpf davon. Jeder Server saß auf einem vibrationsgeschützten Podest in einem gepanzerten Gehäuse, und die gesamte »Server-Farm« befand sich wiederum hinter einer Metallbarriere, die einem dicken Maschendrahtzaun glich. Seitlich davon gab es eine kleine Nische mit einer Monitorkonsole und einer Überwachungsstation.

Lucy blickte sich um. »Was, zum Teufel, sollen wir denn hier?«

Erik zog ein Paar frische Plastikfesseln aus der Tasche. »Macht es euch gemütlich. Das ist für die kommenden elf Stunden euer Zuhause.«

Erneut hielt Madrigals Adjutant sie mit seiner Waffe in Schach, während Fox sie an den Zaun fesselte, indem er die neuen Plastikstreifen einfach durch die Fesseln führte, die ihnen schon zuvor angelegt worden waren.

Marc leistete keinen Widerstand. Eriks unnachgiebiger Blick machte ihm klar, dass er die erste sich bietende Gelegenheit nutzen und sie erschießen würde. *Spiel auf Zeit,* dachte er. »Euch ist doch klar, dass Madrigals kleine Ansprache da draußen totaler Schwachsinn war«, sagte er laut. Es war keine Frage. »Und? Was habt ihr davon? Geld?« Er nickte Fox zu. »Einen hübschen Orden vom großen Führer? Oder hat Madrigal etwas gegen euch in der Hand?«

Eriks Kiefer zuckte leicht, und Marc wusste, dass er einen Nerv getroffen hatte. »Ist das jetzt die Stelle, wo du mir ein besseres Angebot machst?« Er bleckte die Zähne. »Glaub, was du willst, aber dein Gönner Solomon kann mit Geld um sich schmeißen, wie er will, uns wird er nicht los.«

»Dann bist du also der loyale Typ, hmm?« Lucy stieg auf Marcs Idee ein. »Habt ihr Wetherby deswegen umgelegt? Weil er nicht loyal genug war?« Sie blitzte Fox wütend an, als dieser sie an den Zaun fesselte. »Und du … ein bewegliches Ziel auf diese Entfernung zu treffen, das war ganz schön anspruchsvoll. Ich wette, du hast nicht mal mit der Wimper gezuckt, als du Crowne in Hites Villa erschossen hast.«

Fox warf ihr einen kurzen Blick zu, dann trat er zurück. »Du bist genau wie der da«, sagte er und wies mit einer Kopfbewegung auf Marc. »Du redest zu viel.«

»Wetherby ist tot, weil er schwach war«, beendete Erik das Gespräch. Die beiden bewaffneten Männer gingen wieder in Richtung Schleuse. »Er hat das bekommen, was er verdient hat.«

Die Schleuse klappte zu. Marc wartete auf das Zischen des Druckluftventils, bevor er sich zu Lucy umdrehte. »Okay. Sobald wir gestartet sind, haben wir kaum mehr eine Chance …«

»Sehe ich genauso.« Lucy verzog das Gesicht. »Scheiße. Wird es hier drin etwa kälter?«

»Und trocken.« Marc wies auf die Server-Farm und die Luftschächte an der Decke. »Das dürften Luftentfeuchter sein, damit die Luft hier drin möglichst trocken bleibt.«

»Richtig. Wegen der Computer …« Sie nickte und

blickte sich um. »Die Isolation ist hier auch nicht gerade üppig.«

»Damit die Prozessoren schön kühl bleiben. Schon ein einzelner Server erzeugt im Normalbetrieb eine Menge Hitze, und das gilt für diese übertakteten Hochleistungsdinger natürlich erst recht.« Er warf ihr einen Blick zu. »Wahrscheinlich gibt es hier auch irgendwelche Lufteinlässe, durch die kalte Luft einströmt, sobald die Maschine in der Luft ist.«

»Können wir da vielleicht was machen?« Wie üblich suchte Lucy sofort nach der Möglichkeit, die den größten Schaden verursachen würde.

»Von hier aus nicht.« Marc sah sie an. »Und schon gar nicht, solange wir gefesselt sind.« Er hielt inne. »Du weißt, wieso Madrigal uns in ihrer Nähe haben will, oder?«

»Sie ist nicht der Typ, der eine gute Gelegenheit verstreichen lässt. Sie will mehr über Rubicon und die AfS erfahren.« Lucy legte die Stirn in Falten, während sie das Spiel ihrer Plastikfesseln testete. »Du hast doch gehört, was sie gesagt hat. Von ihren Gegnern ist bislang kaum jemand so dicht an sie herangekommen wie wir. Sie wird verhindern wollen, dass das noch einmal vorkommt. Sie will wissen, was wir wissen.«

Marc schüttelte den Kopf und trat von einem Bein auf das andere. »Da steckt noch mehr dahinter.« Er beugte sich, so weit es ihm möglich war, in Richtung der Monitorkonsole am anderen Ende des Raums, aber sie war viel zu weit entfernt. »Hacker wie Madrigal betrachten die Welt genau so, wie sie einen Computer-Code betrachten würden. Als etwas, was sie benutzen, umprogrammieren oder zerstören können.«

»Rubicon steht jedenfalls auf der Abschussliste von Ghost5«, sagte Lucy bitter. »Das steht fest. Sie hat ja Jahre lang ein eigenes Trojanisches Pferd hinter unserer Firewall gehabt.«

Egal was er zu diesem Thema sagte, es würde Lucys Wut nur zusätzlich anfachen, darum beließ er es dabei. »Eigentlich wollten wir Madrigal aus der Deckung locken, aber der Plan ist ja wohl komplett nach hinten losgegangen. Jetzt müssen wir überlegen, was wir als Nächstes machen sollen, verdammt noch mal.«

»Ich glaube, ich warte einfach, bis sie kommen und mich verhören wollen, und dann mache ich sie kalt, ganz egal wen sie schicken«, erwiderte Lucy trocken. »Und als Zugabe lasse ich dann noch das Flugzeug ins Meer stürzen.«

»Oder …« Marc zog das Wort in die Länge. »Wir probieren etwas, sodass unsere Überlebenschancen ein kleines bisschen besser stehen.«

Sie sah ihn aus dem Augenwinkel an. »Ich höre.«

Assim sah sich das ruckelige Video auf dem Bildschirm an der Wand des Konferenzraums an, und das Herz wurde ihm schwer. Das Inferno, das in Charles Hites Haus getobt hatte, war jetzt unter Kontrolle, und die örtliche Feuerwehr ließ Wasser auf die schwärzliche Ruine regnen. Vor dem dunklen Nachthimmel zuckten blaue Blinklichter über Wasserfälle aus zerbrochenem Glas, gesäumt von eingestürzten Mauern und umgekippten Toren. Das Bild der Zerstörung entsprach ziemlich genau den Beschreibungen der Augenzeugen, die den Notruf gewählt hatten. Hites Haus war einer katastrophalen Gasexplosion zum Opfer gefallen, die über die ganze Bucht zu hören gewesen war.

Jetzt veränderte sich der Blickwinkel. Die Kamera schwenkte an einem rot-gelb karierten Rettungswagen vorbei und konzentrierte sich auf die Sanitäter, die sich um die Opfer kümmerten.

»Siehst du das?« Leise war Maltes Stimme in Assims Ohrhörer zu vernehmen. Sie wurde über ein verschlüsseltes Netzwerk sowohl in den Rubicon-Jet als auch auf Solomons privates Telefon geleitet. Solomon war immer noch in der Stadt und sah sich im Büro des Vorstandsvorsitzenden von Horizon Integral gerade dieselben Bilder an. »Jetzt holen sie die Toten raus.«

Die Sanitäter luden nacheinander fünf schwarze Leichensäcke in einen Krankenwagen, knallten die Türen zu und fuhren los. Die Kamera folgte ihnen, bis sie auf die Straße abgebogen waren.

»Sollen wir ihnen folgen?«, wollte Assim wissen.

»Nein.« Solomons Stimme klang weit entfernt und erschöpft. »Im Haus waren drei Angestellte. Crowne hatte seinen Fahrer dabei, dazu Mr. Dane und Miss Keyes. Bleiben Sie in der Nähe … für den Fall, dass noch andere gefunden werden. Wir müssen ganz sicher sein.«

Assim wandte sich dem Laptop zu, der vor ihm auf dem Tisch stand. Auf dem Monitor waren mehrere Datenfenster zu sehen, die jeweils ein Element des Kommunikationsnetzwerks der AfS abbildeten. Die Anzeigen für Lucys und Marcs persönliche Peilsender waren schwarz. Diese Geräte waren zwar sehr widerstandsfähig, aber den Temperaturen, die bei einem brennenden Gebäude entstanden, hatten auch sie nichts entgegenzusetzen. »Es wird Tage dauern, bis wir uns Zugang zu den sichergestellten Indizien verschaffen können«, sagte er. »Wie gehen wir jetzt vor?«

»Das war kein Unfall«, stellte Malte fest. »Irgendjemand muss sie gesehen haben, entweder beim Reingehen oder beim Rauskommen.« Jetzt setzte sich in einer Bildecke ein Polizist in Bewegung und kam direkt auf die Kamera zu. Das Bild wurde schwarz, weil Malte sein SpyPhone verdeckte und sich zurückzog.

»Weitermachen«, sagte Solomon. »Aber vorsichtig.«

»Verstanden«, erwiderte der Finne und klinkte sich aus dem Gespräch aus.

»Alle weiteren Anstrengungen sollten den Daten gelten, die wir auf dem Computer in Hites Büro gefunden haben«, fuhr Solomon fort. »Falls Sie noch etwas brauchen, setzen Sie sich mit Henri in Verbindung.«

Assim wollte etwas sagen, irgendetwas um sein Bedauern auszudrücken, doch alle Worte kamen ihm banal und abgedroschen vor. Dann beendete auch Solomon das Gespräch, und er saß allein da und starrte auf den dunklen Bildschirm.

Er verbannte das Kommunikationsfenster in die Menüleiste und wandte sich wieder dem anderen Programm zu, das die ganze Zeit über im Hintergrund gelaufen war. Henri Delancort hatte ein genaues Abbild der Festplatte in Hites Bürocomputer auf die sicheren Cloud-Server von Rubicon überspielen lassen, und Assim hatte vor etlichen Stunden ein komplexes Suchprogramm gestartet.

Das Programm war im Grunde nichts anderes als ein Geflecht aus heuristischen Lernalgorithmen, die – vorausgesetzt, man fütterte es mit den richtigen Hinweisen – vereinzelte Bruchstücke von auf dem ganzen Computer verstreuten Metadaten so zusammenfügen konnten, dass sich gelöschte Dateien wiederherstellen ließen und verborgene E-Mail-Pfade zum Vorschein kamen. Falls Hite jemals so selbstgefällig gewesen war, seinen Bürocomputer für seine Kommunikation mit Ghost5 zu nutzen, dann würde das Suchprogramm das herausfinden. Aber Assim konnte nichts tun, um den Prozess zu beschleunigen. Es würde so lange dauern, wie es dauern würde.

Sie hatten die Software »Bluthund« getauft. Marc Dane und Kara Wei waren bei der Programmierung behilflich gewesen. Assim sah zu, wie der Fortschrittsbalken sich unendlich langsam vorwärtsarbeitete, und dachte an die beiden Vermissten.

Mit einem Mal ergriff ihn eine allumfassende Depression, und er wollte nur noch weg, wollte diesen Raum und seine unerträglich untätige Rolle hinter sich lassen. Er schnellte aus seinem Stuhl, ließ sich von diesem Gefühl durch die Tür durch den Mittelgang des Flugzeugs treiben und schnappte sich sein Jackett. Dann schob er sich an dem breitschultrigen Leibwächter vorbei, der an der geöffneten Luke Wache stand, und sprang, immer zwei Stufen auf einmal nehmend, die ausfahrbare Treppe hinunter auf den Asphalt.

Obwohl die Sonne längst untergegangen war, herrschte hier immer noch viel Betrieb. Flugzeuge starteten, andere rollten aus und steuerten die großen Hauptgebäude an. Assim sah den hell erleuchteten Terminal, sah die Maschinen vor Solomons großem Privatflugzeug über das Flugfeld rollen, aber er nahm das alles kaum wahr. Er war zu tief in seine eigenen Gedanken versunken.

Ich bin dafür nicht geschaffen. Immer wieder hallte dieser Satz durch seinen Schädel, und wie immer, wenn die Dinge ein wenig außer Kontrolle gerieten, nahm Assim Zuflucht bei seinen schlechten Gewohnheiten. Er durchwühlte seine Taschen nach Zigaretten und einem Feuerzeug. Schon zweimal in diesem Jahr hatte er damit aufgehört, aber immer, wenn die Anspannung besonders groß wurde, bekam er einen Rückfall.

Er hatte die Zigarette schon zwischen den Lippen, da hörte er einen Ruf: »He, du da! Verdammt noch mal, was machst du denn da, Kumpel?« Eine Sicherheitsbeamtin des Flughafens in einer weithin sichtbaren orangefarbenen Leuchtweste kam mit schnellen Schritten auf ihn zu und nahm ihm die Zigarette aus dem Mund, noch bevor er reagieren konnte. »RAUCHEN VERBOTEN!« Sehr laut und sehr eindringlich klangen ihre Worte. »Entweder drinnen oder gar nicht, kapiert?«

»Oh.« Er nickte überschwänglich. »Tut mir leid, tut mir leid, ich hab nicht nachgedacht.«

»Das, was hier so riecht, das ist Flugbenzin«, fügte sie hinzu und stieß ihn mehrmals gegen das Brustbein, um ihre Worte zu unterstreichen. »Wenn du als Brathähnchen enden willst, dann ist das deine Sache, aber nicht, wenn du uns damit alle in Gefahr bringst!«

»Ja. Entschuldigung.« Verkohlte Leichen und schwarze Leichensäcke zogen vor seinem inneren Auge vorbei. »Ich habe einen echt miesen Tag hinter mir.«

Die Beamtin musste ihm angesehen haben, dass das nicht bloß eine billige Ausrede war, jedenfalls klang ihre Stimme jetzt ein klein wenig freundlicher. »Immer schön aufpassen …«

Ein tiefes, donnerndes Dröhnen übertönte den Rest ihres Satzes, und Assim wandte sich der Startbahn zu. Zwei grelle Scheinwerfer an der Unterseite eines riesigen, zylinderförmigen Rumpfes blendeten ihn, als eine mächtige Transportmaschine sich mühsam in die Lüfte und den nächtlichen Himmel erhob. Er hatte noch nie so ein großes Flugzeug gesehen. Die vier Düsentriebwerke stießen ein gleichmäßiges, metallisches Heulen aus, das sich zu einem lauten Kreischen steigerte, als die Maschine über ihre Köpfe hinwegdonnerte.

Dann war sie nur noch ein verblassender schwarzer Schatten, der allmählich von der Dunkelheit verschluckt wurde.

Kapitel 14

Als die Antonov ihre Reiseflughöhe erreicht hatte und sie wieder aufstehen durften, schnallte Kara sich los und machte sich auf den Weg ins Unterdeck.

Pyne war dicht hinter ihr und sah sie misstrauisch an. »Das ist keine gute Idee«, sagte sie laut, um sich über dem gleichmäßigen Dröhnen der Turbinen überhaupt verständlich machen zu können.

»Ich hab dich nicht nach deiner Meinung gefragt«, gab Kara zurück. Sie sah sich um und versicherte sich, dass weder Erik noch sonst jemand in der Nähe war, der gleich zu Madrigal laufen würde, wenn er sie entdeckte.

»Aber du willst, dass ich dir helfe«, stellte Pyne fest und zog den viel zu großen, unförmigen Wollpullover enger um ihren mageren Körper. »Ich kann auch einfach wieder gehen …«

Sie blieben vor der Schleuse in das Serverabteil stehen, und Kara sah sich das Magnetschloss an. »Von mir aus. Mach doch. Das Ding kriege ich auch allein auf.«

»Ja klar, bloß: Wie lange würde es dauern?« Pyne spielte an dem Kugelring-Piercing in ihrer Lippe herum. »Warum willst du überhaupt mit denen reden?« Pyne rümpfte die Nase, als hätte sie etwas Unangenehmes gerochen. »Nach allem, was sie Lex angetan haben?«

»Was *sie* getan haben?«, wiederholte Kara.

»Madrigal hat gesagt, dass die Schwarze ihn erschossen hat.«

Kara sah sie an. »Und du glaubst das?«

Pyne erwiderte ihren Blick mit ausdrucksloser Miene. »Okay, pass auf. Du warst eine ganze Weile draußen, darum tue ich so, als hätte ich das gerade nicht gehört. Aber ganz im Ernst, Song, du musst dich anpassen.« Sie grinste über das ganze Gesicht. »Wir haben die Band wieder zusammengebracht. Du weißt, was das bedeutet, oder? Das ganze beschissene Internet müsste sich eigentlich in die Hosen machen vor Angst!«

Kara seufzte. »Wenn du den Code kennst, dann mach die Schleuse auf. Und wenn nicht, dann verschwinde einfach.«

»Jetzt werd doch nicht gleich so zickig.« Pyne schnitt eine Grimasse und beugte sich nach vorn, um eine Zahlenfolge einzugeben. »So. Und jetzt kannst du mich mal.«

Das rote Lämpchen an dem Magnetschloss wurde blau, und Kara öffnete die Tür. Auf den Gesichtern von Marc Dane und Lucy Keyes zeigte sich zunächst Überraschung, die jedoch schnell in Verärgerung umschlug. Kara drehte sich zu Pyne um und bedeutete ihr, an der Schwelle stehen zu bleiben. »Halt die Augen offen und gib mir Bescheid, falls jemand kommt.«

Lucy fletschte wütend die Zähne. »Was willst du?« Sie zerrte an ihren Plastikfesseln, und Kara war klar, dass sie ihr am liebsten an die Gurgel gegangen wäre.

Sie sah Marc an. Während Lucy ihre ganze Wut offen zeigte, lag im Blick des Engländers tiefes Bedauern. »Wir haben dir vertraut«, sagte er nach einem kurzen Augenblick. »Aber du hast das alles zerstört… und wofür?« Er wies mit einer Kopfbewegung auf das Flugzeug. »Für das hier?«

»Ich bin gekommen, um euch eine Erklärung zu geben«, fing sie an. Der Engländer setzte eine zweifelnde

Miene auf. Kara drehte sich um – Pyne beobachtete sie – und wandte sich erneut an Marc. »Es tut mir leid, wie sich das alles entwickelt hat. Ich weiß, dass du mir das nicht glaubst, aber es stimmt.« Sie atmete tief die trockene, kalte Luft ein und fuhr fort: »Ich habe einen Fehler gemacht. Ich habe gedacht, ich könnte für Rubicon arbeiten, aber ich habe mich geirrt.« Sie schüttelte den Kopf, um ihre Aussage zu bekräftigen.

»Zur Hölle mit dir, Kara … oder Song oder wie immer du in Wirklichkeit heißt«, spie Lucy hervor.

»Ich dachte, wir wären Freunde«, sagte Marc. Die einfache Wahrheit in diesen Worten schien ihn zu bedrücken.

Kara schüttelte bedächtig den Kopf. »Damit hatte ich schon immer Schwierigkeiten.«

»Und wer ist Kara Wei?« Marc biss die Zähne aufeinander. »Hast du dir die ausgedacht? Einfach nur als Tarnung?«

»Eine Tarnung«, wiederholte sie. »Schätze ich jedenfalls. Ich wollte jemand sein, der ich nicht bin. Und jetzt will ich das nicht mehr.« Sie kam einen Schritt näher und machte die gleiche Kopfbewegung wie Marc vorhin, wies auf den umgebenden Flugzeugrumpf. »Ich glaube, dass ich tatsächlich hierher gehöre.«

»Und was ist mit der Idee, etwas Gutes zu tun? Das Richtige zu tun?«, hakte Marc nach.

Pyne hielt es nicht länger aus und ließ ein spöttisches Schnauben hören. »He, du Arschloch. Du bist als Söldner für einen Milliardär unterwegs, der sein Geld mit einem Megakonzern macht. Aber wer Geld mit Kriegen verdient, der kann gar nicht das Richtige tun.«

Marc sah Kara an. »Siehst du das auch so?«

»Nein«, erwiderte sie, »aber mir ist mittlerweile klar geworden, dass es mir egal ist. Und das ist, ehrlich gesagt, eine ziemlich befreiende Erkenntnis.«

All die Emotionen, die ganze aufgestaute Wut, die hinter Lucys Blick gelegen hatte, waren schlagartig verschwunden. »Na, dann will ich dir mal behilflich sein«, meinte sie, während eine düstere, raubtierhafte Ruhe von ihr Besitz ergriff.

Dann riss sie, begleitet von einem lauten Knacken, ihre beiden Handgelenke auseinander, sodass die Plastikfesseln nach links und rechts wegspritzten.

Kara hatte eine Vorstellung davon, was gleich geschehen würde, und sah sich schon im nächsten Augenblick bestätigt. Lucy sprang mit einem kräftigen Satz auf sie zu. In der Hand hielt sie ein dickes schwarzes Seilstück. Jetzt ließ sie das eine Ende los und schlang das Seil wie eine Garotte um Karas Kehle, noch bevor diese reagieren konnte.

Pyne schrie entsetzt auf, als Lucy das Seil anzog, um Kara zu erdrosseln. Marc brüllte sie an, dass sie aufhören sollte, aber die dunkelhäutige Frau ignorierte sie beide und ließ nicht locker.

Kara krallte die Fingernägel in das Seil, versuchte verzweifelt, etwas Luft in ihre Lunge zu bekommen. Pyne rannte nach draußen, und Lucy schleifte Kara zur Schleuse. »Wenn du dich wehrst«, zischte sie ihr ins Ohr, »dann geht es nicht gut für dich aus.«

»Lucy!«, brüllte Marc. »Hör auf!«

»Euer Erik hätte mir die Schnürsenkel abnehmen sollen«, fuhr Lucy fort, während am Rand von Karas Gesichtsfeld grauer Nebel waberte und sämtliche Farbe aus der Umgebung wich. »Die Fesseln hatte ich in zehn Minuten durchgesägt.«

»Hör auf«, ächzte Kara verzweifelt. »Das ist … ist nicht …«

Sie hörte, wie Marc erneut Lucys Namen rief, doch seine

Stimme schien jetzt sehr weit entfernt zu sein und durch einen langen, nebelverhangenen Tunnel zu hallen. Dann hörte sie ein elektrisches Knistern und einen grässlichen Schrei.

Der mörderische Druck um ihre Kehle ließ nach. Kara taumelte röchelnd nach Luft ringend gegen die Trennwand und sog den Atem ein. Jeder einzelne Zug wurde begleitet von stechenden Schmerzen, aber wenigstens konnte sie wieder atmen. Sie fasste sich ins Gesicht und wischte die Schmerzenstränen ab, die ihr über die Wangen strömten.

Dann hörte sie die grausamen Schreie wieder und dann noch einmal dieses Knistern.

»*Arschloch!*«, brüllte Marc.

Kara blinzelte und konnte allmählich wieder sehen. Lucy lag als zitterndes Häufchen auf dem Boden, vor ihr Erik, der sie mit einem Taser in der Hand traktierte. Bläuliche Funken tanzten um die Metallzinken des Elektroschockers. Neben Erik stand sein Begleiter, der stämmige deutsche Punk mit den Metalhead-Tattoos, der sich Null nannte.

Auch Null hatte einen Taser in der Hand und verschonte sie nicht. Noch einmal versetzte er Lucy einen Stromstoß, und sie schrie erneut auf.

»Ihr verfluchten Feiglinge!« Marc zerrte mit aller Kraft an seinen Fesseln, aber mehr als zwei blutige Handgelenke kamen nicht dabei heraus. Null trat zu ihm, rammte ihm die Zinken mit voller Wucht in die Magengegend und drückte mehrere Male ab, als kleinen Vorgeschmack auf das, was er zu erwarten hatte, wenn er sich nicht fügte.

»Ich habe Madrigal gewarnt. Wir hätten die beiden einfach erschießen sollen, dann wäre Ruhe gewesen«, sagte Erik und starrte Kara wutentbrannt an. »Aber du lebst noch. Du musst widerstandsfähiger sein, als man glaubt.«

Mehr als ein hilfloses Pfeifen brachte Kara nicht zustande. Dann sah sie Pyne vor der Schleuse stehen. »Ich musste sie holen«, sagte die Polin. »Dieses Miststück hätte dich glatt erwürgt.«

Erik zeigte mit dem Finger auf Null. »Du bleibst hier. Behalt ihn im Auge.« Dann wandte er sich an Kara. »Und du? Von jetzt an hältst du gefälligst Abstand, klar?«

»Was …« Sie musste jedes Wort gewaltsam hervorpressen. »… hast du … mit ihr … vor?«

Erik packte Lucy am Arm und riss sie auf die Beine. »Das geht dich gar nichts an«, sagte er und zerrte die benommene Scharfschützin nach draußen.

Es dauerte eine Weile, bis die Muskelkrämpfe abgeklungen und die Schmerzen in ihren Gelenken einigermaßen erträglich geworden waren. Lucy hatte schon öfter Bekanntschaft mit Elektroschockern gemacht und wusste, dass sie, wenn sie den Hochspannungsimpuls überlebt hatte, nicht daran sterben würde. Theoretisch zumindest. Obwohl man immer damit rechnen musste, dass einem plötzlich das Herz stehen blieb, wenn man von einem Irren mit einem elektrischen Viehtreiber bearbeitet wurde. Sie beäugte den Deutschen, während der sie auf einen im Boden festgeschraubten Metallstuhl schubste. Er hatte immer noch den Taser in der Hand, als deutliches Zeichen dafür, dass er nicht zögern würde, ihn erneut zu benutzen.

Er schnallte sie nicht auf dem Stuhl fest. Vermutlich nahm er an, dass sie sich von jetzt an fügen würde. Falls dem so war, dann hatte er sich schwer getäuscht.

Sie befanden sich auf dem Oberdeck der Transportmaschine, einem schmalen Raum hinter dem Cockpit, der mit Vorhängen in eine Handvoll Schlafplätze und eine Art Aufenthaltsraum für die Besatzung unterteilt worden war.

Eine Lampe an der gekrümmten Wand sorgte für schummeriges Licht, und bis auf den Stuhl, auf dem sie saß, und einen zweiten ihr gegenüber gab es keine Möbel.

Es war klar, was das bedeutete. Sie wollten sie verhören.

Lucy senkte den Kopf und spielte ihr Vorbereitungsritual durch, rief sich die Ausbildung in Erinnerung, die sie damals bei den Special Forces in Camp Mackall durchlaufen hatte. Ihre Ausbilder hatten sie so gut wie irgend möglich auf die schlimmsten Dinge vorbereitet, die der Feind ihr antun konnte, angefangen bei körperlichen Misshandlungen bis hin zu psychologischer Folter. Allerdings konnte sie unmöglich wissen, wie die Situation sich entwickeln würde – bis die ersten Schläge auf sie einprasselten oder die Daumenschrauben hervorgeholt wurden. Sie konzentrierte sich auf das Brummen der Antonov und wartete ab, versuchte den Kopf frei zu bekommen.

Madrigal trat durch den Vorhang und zog ihn hinter sich wieder zu. Sie hatte einen aufgeklappten Laptop im Arm und setzte sich wortlos auf den zweiten Stuhl.

Dann stellte sie den Laptop auf ihre Oberschenkel und begann zu tippen. »Ich benötige noch gewisse Angaben«, sagte sie dann, ohne den Blick vom Bildschirm zu nehmen. »Vor allem will ich wissen, was Rubicon über die momentane Ghost5-Operation weiß. Für den Fall, dass ich unser Vorgehen an der einen oder anderen Stelle etwas modifizieren muss.« Sie hörte auf zu tippen. »Ich habe mich doch verständlich ausgedrückt, oder nicht?«

»Wir wissen alles«, erwiderte Lucy träge. Sie hatte also mit ihrer Vermutung, warum sie immer noch am Leben waren, voll ins Schwarze getroffen. »Ihr werdet bei der Landung von einer Einheit in Empfang genommen. Soll ich dir einen guten Rat geben? Ändert den Kurs, fliegt irgendwohin, wo es warm ist, am besten in ein Land ohne

Auslieferungsabkommen.« Sie musterte Madrigals Gesicht. »Obwohl, mit der Hautfarbe, Schwester, solltest du dir vielleicht erst mal eine gute Sonnencreme besorgen.«

»Wenn du mir die Informationen, die ich haben will, nicht geben willst, dann muss ich dich bestrafen.« Madrigal legte den Kopf schief und klickte ein paar Bildschirmsymbole an. »Ich habe nicht genügend Zeit, damit Erik es aus dir rausprügeln könnte. Und chemische Hilfsmittel haben wir nicht an Bord. Außerdem möchte ich deutlich machen, dass sich an deinem persönlichen Schicksal nichts ändern wird, ganz egal was du sagst.«

Lucy verzog verächtlich das Gesicht. »Also hast du vielleicht die Bedienungsanleitung nicht gründlich gelesen? Denn so funktionieren Erpressungen nicht.«

Madrigal hob zum ersten Mal seit ihrem Eintreten den Kopf und lächelte spöttisch. »Oh, ich kann dir versichern, dass meine Erpressungsmethoden sehr wohl funktionieren.«

Lucy sah Erik an. »Ich habe schon Scheißhaufen gesehen, die furchterregender waren als deine Sippschaft hier, Schätzchen. Glaubst du im Ernst, dass du mir Angst machen kannst?« Sie beugte sich nach vorn. Sofort kam Erik einen Schritt näher, den Taser als stumme Drohung vorgestreckt. Sie beachtete ihn nicht. »Was willst du machen? Mir ein paar wüste Beschimpfungen twittern? Eine Million Abos für das *Cat Lady Magazine* bestellen? Meine Kreditwürdigkeit manipulieren?« Sie zog ein spöttisch-verängstigtes Gesicht.

»Du bist in den sozialen Medien unterwegs? Hmm.« Madrigal ließ sich von Lucys Beleidigungen nicht aus der Ruhe bringen. »Wer hätte das gedacht?« Sie verschränkte die Arme vor der Brust und sah nun aus wie eine enttäuschte Lehrerin, die vergeblich versucht, ihrer Schülerin etwas beizubringen. »Ich könnte, wenn ich genügend Zeit hätte, jedes Fitzelchen deiner digitalen Existenz ausfindig machen und unwiederbringlich löschen. Aber du hast natürlich recht. Jemandem wie dir, die ohnehin schon am äußersten Rand der Gesellschaft lebt, würde das nichts ausmachen. So etwas spielt nur für die, die in der gewöhnlichen Welt leben, eine Rolle. Für die normalen Leute. Leute mit einem Leben und einem Bankkonto, einem Job und Schulden. Leute wie dein Bruder John.«

Äußerlich ließ Lucy sich nicht das Geringste anmerken. Sie gönnte Madrigal die Befriedigung nicht. Aber in ihrem Inneren breitete sich eine plötzliche Eiseskälte aus. Fragen stürmten auf sie ein. *Woher weiß sie etwas über Johnny? Von Kara? Was konnten sie ihm antun?*

»Oder sollte ich lieber von Jasur sprechen? So nennt er sich doch, seit er zum Islam konvertiert ist, oder?« Mit feierlichem Schwung drehte Madrigal den Laptop um und zeigte ihr den Scan eines Führerscheins aus Ohio. Lucys Bruder blickte ihr daraus entgegen, starrte mit leerem Gesicht ins Nichts.

»Keine große Ähnlichkeit, muss ich sagen«, fuhr Madrigal fort. »Kommt er vielleicht nach deinem Vater?«

»Ich habe keine Ahnung, wer das sein soll.« Es klang vollkommen aufrichtig.

Die andere schien sich ihre Worte durch den Kopf gehen zu lassen. »Tja. Vielleicht ist das ja so. Vielleicht ist dieser Mann hier nur irgendein Durchschnittsbürger und überhaupt nicht mit dir verwandt. Vielleicht ist es nur ein Zufall, dass seine kleine Tochter denselben Zweitnamen trägt wie du. Dieser ganz normale Mann, der viele Stunden als Kurierfahrer arbeitet, um seine Familie ernähren zu können. Für mich spielt es wirklich keine Rolle, ob das nun dein Bruder ist oder nicht. Aber wenn du mir nicht sagst, was ich wissen will, dann zerstöre ich alles, was ihm wichtig ist. Am besten mache ich seine Tochter zur Vollwaise, wo ich schon mal dabei bin. Bruder, Fremder, scheißegal.« Langsam drehte sie den Laptop wieder um und legte ihre Finger auf die Tastatur. »Aber du kannst das verhindern.«

»Schwachsinn«, fauchte Lucy sie an. »Da musst du dir schon was Besseres überlegen.«

Madrigal fuhr mit dem Finger über den Touchscreen und las laut vor. »Hmm. Also, in der Personalakte von Jasurs Frau steht, dass sie eigentlich befördert werden sollte. Aber letzten Monat hat jemand anders die Stelle bekommen. Anscheinend hat sie darauf ziemlich sauer reagiert. Ich schätze mal, das wirkt sich auch auf die Stimmung zu Hause aus, was meinst du? Und beim letzten Einkauf haben sie einen Kinder-Hustensaft besorgt. Wahrscheinlich ist die Kleine krank.« Sie zog ein trauriges Gesicht. »Oh, und da … die Leute aus der Wohnung über ihnen sind für eine Woche in Urlaub gefahren, aber sie haben einen Fernseher mit Internetanschluss. Was würde wohl passieren, wenn ich den ab und zu einschalte, nachts, in unregelmäßigen Intervallen, aber auf volle Lautstärke? Schlafmangel macht die Menschen reizbar, und wenn sowieso schon eine gewisse Anspannung in der Luft liegt, kann das schnell ganz schön explosiv werden …«

Lucy blieb stumm. Der Elektroschocker schwebte dicht vor ihrer Wange. Falls Erik ihr die Gelegenheit dazu gab, würde sie ihn sich schnappen oder es zumindest versuchen. Aber ihre Muskulatur war nach dem letzten Stromstoß immer noch ziemlich lädiert. Sie war sich nicht einmal sicher, ob sie schon aus eigener Kraft stehen konnte.

»Ich denke, dass Jasur nach ein paar Stunden ganz schön gereizt und schlecht gelaunt sein wird«, fuhr Madrigal fort. »Und wenn es so weit ist, dann geht bei der örtlichen Polizeiwache ein Notruf ein, dass ein Schwarzer, und zwar ein schwarzer Muslim, der außerdem eine Waffe besitzt, damit droht, seine Frau und seine Tochter zu erschießen. Es kostet bestimmt auch nicht viel Mühe, die Schichtpläne so zu sortieren, dass die zuständige SWAT-Einheit aus Beamten besteht, die schon einmal wegen disziplinarischer Vergehen oder rassistischem Verhalten auffällig geworden sind. Wenn diese Beamte dann bei Jasur vor dem Haus stehen, dann ist die Wahrscheinlichkeit gar nicht so gering, dass sie zuerst schießen und erst später Fragen stellen.« Madrigal unterbrach sich, ließ das ekelhafte Szenario, das sie da gerade entworfen hatte, noch einmal Revue passieren. »Wir können die Entwicklung auch zusätzlich beschleunigen, indem wir einen Film auf den Internetfernseher holen, wo geschossen wird, wenn die Einheit vor Ort eintrifft. Ich kann natürlich nicht garantieren, wer letztendlich das Opfer sein wird, aber ich kann die Wahrscheinlichkeit relativ problemlos in die Richtung lenken, die mir vorschwebt.«

»Dieser Mann hat dir überhaupt nichts getan«, erwiderte Lucy und zwang sich, ruhig zu bleiben.

»Wieso sagst du das? Glaubst du etwa, das interessiert mich auch nur im Geringsten?« Madrigal schüttelte den Kopf und tätschelte ihren Laptop. »Wenn ich damit fertig bin, könnte ich mich vielleicht nach jemand anderem umschauen. Leben deine Eltern noch? Wahrscheinlich brauchen sie irgendwelche Medikamente, wie die meisten Menschen in dem Alter. Es wird bestimmt keine große Mühe kosten, die Datenbank des Hausarztes zu hacken und ein Rezept so zu manipulieren, das sie das Medikament umbringt, statt ihnen zu helfen …« Sie sah Lucy an. »Und das kann ich alles von hier aus erledigen, von diesem Platz hier, mit diesem Laptop. Ohne jedes Schuldgefühl. Weil alle diese Menschenleben im Vergleich zum großen Ziel verzichtbar sind.« Madrigals Augen funkelten. »So funktioniert diese Welt. Das, was ich tue, ist wichtiger, als es deren erbärmliche Existenz jemals sein kann. Die Informationen, die du hast und die ich haben will, sind wichtiger als diese Leute.« Sie holte Luft, ohne den Blick von Lucy zu nehmen. »Familie ist immer ein Schwachpunkt. Ein Druckmittel.« Dann schien ihr klar zu werden, dass sie mehr von sich preisgegeben hatte, als sie eigentlich wollte. Sie ließ sich gegen die Stuhllehne sinken und sah Erik an. »Sperr sie wieder ein. Gib ihr ein bisschen Zeit zum Nachdenken.«

Er zog Lucy auf die Füße. Gleichzeitig knisterte das Funkgerät an seinem Gürtel. Erik griff danach und knurrte ein »Was?« ins Mikrofon.

»Madrigal soll nach unten kommen.« Lucy verkrampfte sich, als sie Karas Stimme erkannte. »Die Tiere sind ausgebrochen.«

Madrigal nahm Erik das Funkgerät ab. »Was redest du da? Die Frau ist doch hier. Wir haben sie unter Kontrolle.«

»Die doch nicht«, erwiderte Kara heiser. »Der andere.«

Nachdem sie Lucy mitgenommen hatten, ließ Marc ein, zwei Minuten verstreichen. Dann fing er an zu stöhnen, und zwar viel realistischer, als ihm lieb war … die Nachwirkungen des Elektroschocks steckten ihm immer noch in den Knochen. Er kippte nach vorn und zog an den Plastikhandschellen, die seine blutigen Handgelenke an den dicken Maschendrahtzaun der Server-Farm fesselten. Er hatte nur wenig Bewegungsspielraum, aber trotzdem konnte er spüren, wie die Handschellen unter seinem Gewicht langsam nachgaben.

»Buääh. Grässlich!« Er blickte den tätowierten Punk an und verzog das Gesicht, als hätte er große Schmerzen. »Hör zu, ich hab keine Ahnung, was du mit deinem Viehtreiber vorhin angestellt hast, aber ich glaube, du hast irgendwas kaputt gemacht. Ernsthaft. Ich glaube, ich muss gleich Blut pissen.«

»Da scheiß ich drauf.« Der Punk zog am Aufschlag seiner Jacke und gab den Blick auf weitere Tintenschnörkel an seinem Hals frei – Teufel, Totenschädel und auf dem Kopf stehende Kreuze.

»Ich muss auf die Toilette.« Marc sah ihn schmerzverzerrt an. »Du weißt doch, was das ist, oder? Scheißhaus? Schon mal gehört?«

»Reiß dich zusammen«, schnauzte ihn der andere an.

»Tja, leider nicht.« Marc drehte sich zu der Barriere um, die ihn von den übereinandergestapelten Servern trennte, richtete sich auf und zog an seinem Gürtel. »Also gut, dann pisse ich eben da drauf. Und du kannst Madrigal erklären, wieso ihr Flugzeug nach verstopftem Klo stinkt. Falls es nicht sowieso gleich einen Kurzschluss gibt.«

»Nein!« Null rannte los, um ihn aufzuhalten.

Marc beugte sich nach vorn, und als er die Hand des anderen an seiner Schulter spürte, riss er den Kopf ruckartig nach hinten. Damit hatte der Deutsche nicht gerechnet. Marcs Hinterkopf krachte mit voller Wucht auf seine Nase, und er stöhnte laut auf vor Schmerz. Marc ignorierte seine krampfenden Muskeln, schlug blindlings um sich und traf mit einem wilden Tritt das Knie seines Bewachers. Dieser schrie auf und ging taumelnd zu Boden.

Jetzt oder nie. Mit voller Wucht trat Marc gegen die Maschendrahtbarriere und stemmte sich gleichzeitig mit dem ganzen Gewicht gegen die Fesseln, die ihn immer noch festhielten. Er würde sich entweder die Handgelenke brechen oder freikommen. Ein neuerlicher Schmerz jagte durch seine Unterarme, als er sich mit seinem ganzen Gewicht in die andere Richtung stemmte.

Der Draht bog sich immer weiter durch, bis die Plastikfessel endlich, begleitet von einem hohen *Pling*, nachgab. Marc fiel nach hinten, ohne dass er etwas dagegen tun konnte, und stieß mit dem tätowierten Punk zusammen, der sich gerade wieder aufrappeln wollte. Null landete erneut auf dem Metallboden des Flugzeugdecks.

Marc bearbeitete mit seinen Ellbogen die Brust und die Magengrube des Kerls. Dieser überschüttete ihn mit wüsten Flüchen und gab ein ersticktes Husten von sich.

Der Viehtreiber lag auf dem Boden, und die beiden Männer krabbelten gleichzeitig darauf zu. Marc schlug seinem Gegner ins Gesicht, um ihn aufzuhalten, und schnappte gleichzeitig nach der Waffe. Ohne zu zögern, rammte er seinem Gegner die Metallzinken gegen die Brust, und der Berührungssensor löste einen Stromstoß aus. Ein lautes Knistern hallte durch das enge Serverabteil, gefolgt vom lauten Schrei des Punks. Ohne die schwere Schleuse und das beständige Dröhnen der Triebwerke wäre mit Sicherheit jemand aufmerksam geworden.

Marc schlug wieder und wieder zu, rächte sich für die Stromschläge, aber mehr noch für die Grausamkeit, mit der Lucy traktiert worden war. Schließlich ließ er keuchend und zitternd von seinem Opfer ab. Aber vorbei war es noch lange nicht.

Der Kerl schnappte nach Luft, Muskelkrämpfe ließen ihn unkontrolliert zittern. Marc schleppte sich zu ihm, legte das Knie um die Kehle des Kerls und drückte zu. Sein Gegner schlug um sich, doch der Stromstoß hatte seinen Widerstand gebrochen. Marcs Würgegriff war alles andere als schulbuchmäßig, wie schon der ganze Kampf, aber am

Ende hatte er sein Ziel erreicht. Der Punk wehrte sich nicht länger und blieb irgendwann regungslos liegen.

Mit kribbelnden Fingern löste sich Marc von dem bewusstlosen Mann und steckte den Elektroschocker in seinen Hosenbund. Zwar war der Akku schon ziemlich runter, aber in seiner Situation wollte er nichts, was irgendwie als Waffe dienen konnte, aus der Hand geben. Er durchsuchte die Taschen seines Gegners, ohne aber etwas Interessantes zu finden. Schließlich schleifte er ihn zum Ausgang und positionierte ihn so, dass er mit seinem Körpergewicht die Schleusentür schließen würde, sobald Marc draußen war.

Er zog die Schleuse auf und schlüpfte zurück in den Frachtraum, wo das Turbinengeräusch noch lauter war. Die meisten Lichter waren ausgeschaltet, sodass ein Großteil des Raumes im Dunkeln lag. Marc sah ein paar Ghost5-Hacker vor ihren Bildschirmen hocken. Die dürre Polin, die zusammen mit Kara zu ihm und Lucy in das Serverabteil gekommen war, redete aufgeregt auf ihre Gefährten ein, aber von Kara selbst war weit und breit nichts zu sehen.

Er überlegte. Das Cockpit war bei einem Flugzeug dieser Größenordnung garantiert mit drei, vielleicht sogar vier Mann besetzt. Das machte es praktisch unmöglich, die Maschine unter seine Kontrolle zu bringen, nicht einmal für kurze Zeit. Das Funkgerät befand sich ebenfalls dort oben, also konnte er damit auch keine Hilfe holen. Er hatte genau so lange Zeit, etwas zu unternehmen, bis der tätowierte Schlägertyp wieder zu sich kam – oder so lange, wie Lucy Keyes das, was Madrigal und ihr Adjutant mit ihr anstellten, ertragen konnte.

Marc schob diesen beunruhigenden Gedanken beiseite und ging in die Knie, um nicht gesehen zu werden. Er schlich im Schatten am Rand des Rumpfs entlang, wollte zum Heck, zu dem schwarzen Transporter. Als er und Lucy aus Hites Villa verschleppt worden waren, da hatten sie ja ihre komplette Ausrüstung dabeigehabt. Und wenn die Sachen noch irgendwo im Fahrzeug lagen, wenn er sie irgendwie in die Finger bekommen konnte, dann konnte Marc Kontakt aufnehmen.

Er wollte sich gar nicht erst mit der geringen Wahrscheinlichkeit beschäftigen, hier lebend wieder herauszukommen. Die Chancen standen wirklich kolossal schlecht. Aber wenn er Rubicon erreichen, wenn er jemanden bitten konnte, die Behörden einzuschalten, damit die Antonov beim Eintritt in den südkoreanischen Luftraum gestoppt wurde, dann bestand zumindest die Aussicht, Madrigals finalen Anschlag zu vereiteln.

Die letzten Meter zwischen Bordwand und Lieferwagen musste er kriechend zurücklegen. Die Hacker waren viel zu sehr ins Gespräch vertieft, um ihn zu bemerken, und bis jetzt hatte er noch keinen Aufpasser entdeckt. Die schwere Maschine ruckelte, während sie eine Turbulenz durchflogen, und Marc machte sich startklar. Beim nächsten Mal würde er das laute Klappern im Bauch des Flugzeugs nutzen, um unbemerkt in den Transporter zu schlüpfen.

Er musste immer wieder daran denken, was Madrigal vorhin gesagt hatte. *Beziehungsweise daran, was sie nicht gesagt hat,* verbesserte er sich in Gedanken. Das, was Madrigal und Ghost5 da vorhatten, diese ganze Operation wies immer noch etliche nicht zu übersehende Logikbrüche auf – Marc hatte noch längst nicht alle Puzzleteile beisammen.

Das Deck unter seinen Füßen bebte, der Rumpf ächzte. Marc zog an dem Türgriff in der Heckklappe und sprang ins Innere des Transporters. Keine Sekunde später hatte er die Klappe wieder geschlossen.

Doch zu seinem großen Entsetzen war er nicht allein.

»Was hast du denn vor, du Idiot?« Am anderen Ende des Laderaums saß Kara auf einer Ausrüstungskiste, einen geöffneten Laptop auf den überkreuzten Beinen, während der Bildschirm ihr Gesicht in einen eisblauen Schimmer tauchte.

Marc zog den Taser aus dem Hosenbund und hielt ihn ihr unter die Nase. »Keinen Ton.«

Sie schien die darin liegende Drohung gar nicht wahrzunehmen. »Du bist mal wieder zu voreilig«, krächzte sie und legte die Hand an ihre gerötete Kehle. Dann scheuchte sie ihn weg. »Geh zurück in deine Zelle, bevor dich jemand sieht.«

Er kam näher. »Wo sind meine Sachen?«

Kara konnte sich denken, was er vorhatte. »Ihr könnt keinen Kontakt zu Rubicon aufnehmen. Erik hat eure Telefone vor dem Abflug zerstört«, sagte sie mit verächtlicher Stimme.

Marc verharrte, um diese neue Information zu verarbeiten. »Na gut. Steh auf. Du kannst mein Schutzschild sein.« Vielleicht konnte er irgendwie ihren Computer in die Finger bekommen und einen digitalen Hilferuf absetzen.

Kara sah ihn an. »Verdammt noch mal, Dane. Hast du's eigentlich immer noch nicht kapiert? Ich komme nicht mit, ganz egal wo du hinwillst. Du musst mir vertrauen. Lass mich machen, dann haben wir vielleicht eine Chance, den ganzen Mist hier zu überleben.« Sie hielt für einen Moment inne. »Wir können dafür sorgen, dass Madrigal für ihre Taten bezahlt.«

»Dir vertrauen?« Höhnisch spie er die Worte hervor. »Sag mal, bist du jetzt komplett übergeschnappt? *Du hast uns betrogen, Kara!* Du hast mich angelogen und mich zurückgelassen, als ich in der Scheiße gesteckt habe! Du hast Lucy und alle anderen von Rubicon an deine Hackerkumpels verraten. Es hat mehrere Tote gegeben, und zwar nur deinetwegen. Ist dir das eigentlich klar?«

Sie unterbrach ihre Arbeit am Laptop und sah ihn an. Im schwachen Schimmer des Monitors wirkte ihr Gesicht seltsam leer. »Ich … ich glaube schon.« Dann war der Augenblick schon wieder vorbei. »Aber ich mein es ernst, Marc. Du darfst nicht hier sein. Sonst machst du alles kaputt.«

»Madrigals Pläne kaputt zu machen ist genau das, was ich will«, gab er zurück.

»Doch nicht *ihren* Plan. *Meinen.*« Die Frustration war Kara deutlich anzusehen. »Meine Güte, ihr Normalo-Neuroniker seid so dermaßen schwer von Begriff. Was glaubst du eigentlich, was ich gerade mache?« Sie hob den Laptop hoch. »Madrigal hat einen elektromagnetischen Impulsgeber an Bord installieren lassen, mit dem sie im Notfall alle Festplatten auf einmal löschen kann. Ich versuche gerade, das Steuerungsprotokoll zu knacken. Beziehungsweise, ich habe es versucht, bis du mich unterbrochen hast.«

»Und das soll ich dir abnehmen?« Marc trat mit geblähten Nasenlöchern auf sie zu. »Ich habe keine Ahnung, ob du mich jetzt gerade anlügst oder mich vielleicht vorhin angelogen hast!«

Kara hob erneut den Blick und seufzte. »Das ist meine Schuld. Wir waren Freunde, und ich habe diese Freundschaft zerstört. Aber das lässt sich nun nicht mehr ändern. Du darfst dich auf keinen Fall einmischen.«

»Ich möchte dir vertrauen.« Ohne dass er es wollte, ganz von allein, schlüpften diese Worte aus seinem Mund. Aber Marc wusste, dass es stimmte. Er wollte wirklich, dass Kara sich von allem, was sie in den letzten Tagen getan hatte, distanzierte, dass sie wieder auf seiner Seite stand. Doch seine Erfahrungen der Vergangenheit, all der Verrat, all die Verluste, die er erlebt hatte, machten ihm klar, dass das eine vergebliche Hoffnung war. Und das sagte er ihr auch.

»Du brauchst einen Beweis?«, fragte sie. »Das ist es, stimmt's? Aber mehr als das hier habe ich nicht zu bieten.« Kara krempelte ihren rechten Ärmel ein Stückchen hoch und nahm ihre Smartwatch ab. Dann streckte sie ihm ihr Handgelenk entgegen. »Da.«

Es war eine Tätowierung, ein Armband aus blauer Tinte. *Ein abstraktes Gebilde aus Linien und Kreisen.* Genau die gleiche Tätowierung hatte der tote Hacker Wetherby gehabt. Als sie den Arm umdrehte, erkannte er auch die Zahlen in dem verschlungenen Muster. Doch während es bei Lex Wetherby drei Zahlenpaare gewesen waren, hatte Kara nur zwei dort stehen. *41 57.*

»Das ist der einzige Beweis, den ich habe«, sagte sie. »Reicht dir das?«

Zuerst gab er keine Antwort und wandte sich ab. Die Bedeutung dieser Tattoos, die Schwingungen, die sie transportierten, ließen auf eine tiefe persönliche Bindung schließen. Marc wusste, dass es Menschen gab, die viele Widrigkeiten oder lange Trennungen ertragen mussten. Dann waren solche Tätowierungen eine passable Möglichkeit, sich der Echtheit einer Verbindung zu versichern, sie anschaulich und lebendig zu machen. Kara legte die Uhr wieder an.

»Wenn das wirklich stimmt, dann musst du jetzt alles auf den Tisch legen«, sagte Marc. »Dann muss ich die ganze Wahrheit erfahren.«

Als er wieder aufblickte, blickte er in die Mündung einer zierlichen Pistole, Kaliber 25. »Dafür habe ich keine Zeit«, erklärte Kara. Sie holte ein Funkgerät aus ihrer Tasche und drückte auf die Sprechtaste.

»Was?«, war Eriks unwirsche Stimme zu hören.

»Madrigal soll nach unten kommen«, erwiderte Kara. Die Pistole zitterte nicht einmal. »Die Tiere sind ausgebrochen.«

Verwirrt, niedergeschlagen und wütend zugleich hob Marc die Hände und ließ den Elektroschocker fallen. Kara sah ihn an, und ihre Miene war jetzt wieder ausdruckslos und undurchschaubar.

»Was redest du da?« Er hörte Madrigals ungnädige Stimme. »Die Frau ist doch hier. Wir haben sie unter Kontrolle.«

»Die doch nicht.« Karas Blick war leer, ohne jede Gefühlsregung. »Der andere.« Sie ließ die Sprechtaste los, damit niemand mithören konnte, und betrachtete ihn kühl. »Tut mir leid, Marc. Aber ich kann nicht zulassen, dass du mir in die Quere kommst.«

Sie schleiften ihn in den Frachtraum, Erik und der Ältere mit dem Gewehr, den Madrigal Fox genannt hatte. Ganz kurz sah Marc auch, wie Lucy wieder in den Serverraum gestoßen wurde, dieses Mal mit doppelt so vielen Bewachern wie zuvor, während die Frau namens Cat jede ihrer Bewegungen genau beobachtete. Cat und Fox wechselten einen vielsagenden Blick, und dann wurde Marc mit Nachdruck gezwungen, die Leiter zum Oberdeck der Antonov hinaufzusteigen.

Erik zerrte ihn in ein mit Vorhängen abgetrenntes Abteil, in dem sich zwei am Boden festgeschraubte Metallstühle befanden, und bedeutete Marc, sich zu setzen.

Dieser ließ sich auf die Sitzfläche fallen und nahm eine Gestalt im Schatten wahr. »Bevor du anfängst«, sagte Marc und starrte mit zusammengekniffenen Augen in die Düsternis. »Kann ich kurz was sagen? Deine Korrekturen an der Arquebus-Betaversion? Ziemlich gut, obwohl du, wenn ich ehrlich sein soll, an der einen oder anderen Stelle auch ganz schön geschlampt hast. Du hast ja eigentlich mehr als genug Zeit gehabt. Da hättest du etliches doch ein bisschen eleganter lösen können.«

Madrigal trat ins Licht. »So willst du also anfangen? Indem du mich als Programmiererin schlechtmachst?« Sie kicherte. »Wie armselig.«

»Sehe ich nicht so«, entgegnete Marc und rieb sich die schmerzenden Handgelenke. »Das war ein Test. Jeder anständige Hacker würde sauer werden, dass sich jemand über seine Arbeit lustig macht. Ein guter Code ist wie Musik. Bloß dass in deinem jede Menge falsche Töne stecken.«

Für einen Moment kräuselte sich ihre Lippe, war ihr die Verstimmung anzusehen, doch genauso schnell hatte sie sich wieder im Griff. »Ich bin Pragmatikerin. Mich interessiert vor allem, dass es funktioniert, und nicht, wie es aussieht.«

»Kein Zweifel.« Marc warf Fox, der mit in dem Abteil stand und alles beobachtete, einen demonstrativen Blick zu. »Und? Hast du dich an die Nordkoreaner gewandt, oder sind sie auf dich zugekommen?« Der Mann mit der Waffe tat so, als würde ihn das alles nicht interessieren, und Marc beantwortete seine Frage selbst. »Ja, genau. Du bist zu denen gegangen. Weil Ghost5 staatliche Unterstützung gebraucht hat, um dieses miese kleine Projekt, das du dir da ausgedacht hast, ans Laufen zu bringen.«

»Vorsicht«, warnte Madrigal, auch wenn ihre Stimme immer noch einen spöttisch-spielerischen Tonfall hatte. »Ich habe viel Zeit und Energie auf dieses Projekt verwendet, und wenn du dich weiter bloß darüber lustig machst, könnte es passieren, dass ich sauer werde.«

»Klingt logisch.« Marc wandte sich Erik zu, ohne sie zu beachten. »Ich meine, Ghost5 genießt einen eindeutigen

Ruf, oder? Furchterregend. Sobald eure Hacker irgendwo auftauchen, macht sich jeder Netzwerkadministrator in die Hose, stimmt's? Aber Nordkorea? Da wird es schon ein bisschen zwielichtiger, findest du nicht? Dieser ganze Quatsch mit dem Sony-Hack, bloß weil die irgendeinen Kifferfilm gemacht haben, der dem ›Geliebten Führer‹ die Laune verdorben hat. Hatte das Bureau 121 da seine Finger im Spiel? Obwohl, das waren wahrscheinlich eher ein paar gelangweilte Kids aus Nordwales.«

Das Bureau 121, auch bekannt unter der Bezeichnung »Lazarus Group« oder »Hidden Cobra«, war eine nordkoreanische Behörde im Amt für allgemeine Aufklärung und zuständig für Cyberattacken aller Art. Es galt vielen als eine der mächtigsten Kräfte auf dem digitalen Schlachtfeld, und sie waren sehr bemüht, mit anderen Kräften wie zum Beispiel der Einheit 61398 der chinesischen Volksbefreiungsarmee, den berühmt-berüchtigten Web-Brigaden der Russen und dem Office of Tailored Access Operations der US-amerikanischen NSA Schritt zu halten. Die konventionellen Streitkräfte der Nordkoreaner waren überaltert und unzuverlässig, aber ihre Cyberarmee machte eindeutig große Fortschritte. Und die Möglichkeit einer Allianz mit einer Gruppe erfahrener Untergrundhacker wie Ghost5 wäre für die Generäle in Pjöngjang sicherlich ein unwiderstehliches Angebot gewesen.

»Das mit den idealistischen Anarchisten des Darknets, die niemandem untertan sind, hat sich also erledigt, stimmt's?« Marc blickte wieder zu Madrigal. »Den Ruf habt ihr für alle Zeiten ruiniert. Wenn die Leute mitkriegen, was ihr getan habt, dann hält man euch bloß noch für einen Haufen korrupter Saboteure und Terroristen.«

Madrigal lächelte ihn an. »Das klingt ja so, als müsste mich das irgendwie kümmern. Aber irgendwelche Wohltaten haben mich noch nie interessiert. Unsere Ziele stimmen mit denen Nordkoreas überein, darum sind wir eine Partnerschaft eingegangen. Ideologie spielt in diesem Zusammenhang keine Rolle.«

»Ich wiederhole eine meiner früheren Bemerkungen: *Schwachsinn*.« Marc ließ sich gegen die Stuhllehne sinken. Je mehr er dieses Gespräch in die Länge zog, desto größer war die Wahrscheinlichkeit, dass er Madrigal irgendetwas Nützliches entlocken konnte. »Was haben sie euch für dieses Zugunglück in Taipei bezahlt? Was bekommt man heutzutage für ein paar hundert Tote, die sterben müssen, weil sich unter ihnen ein nervtötender Dissident befindet?«

»Aus meiner Sicht war das ein Funktionstest«, erwiderte Madrigal.

»Dann habt ihr nicht mal Geld dafür bekommen?« Marc schnaubte verächtlich. »Dann seid ihr ja nicht bloß Terroristen, sondern auch noch billig.«

»Und du?« Madrigals aufgesetzte Belustigung erhielt erste kleine Risse. »Marc Dane. Einst ein treuer Patriot für Königin und Vaterland, Stütze einer korrupten Regierung auf einer ausgelaugten, provinziellen kleinen Insel. Und jetzt ein gekaufter Söldner in Diensten eines Multimilliardärs mit einem Rächerkomplex. Du hast nicht den geringsten Grund, auf mich herabzuschauen.« Sie verschränkte die Arme vor der Brust. »Ich weiß über Solomon und Rubicon Bescheid, ich weiß, welchen Kreuzzug er führt. Und ich weiß mehr über den Ursprung seines inneren Antriebs, als er dir erzählt hat. Denn schließlich gibt es niemanden, der einen so gut versteht wie der Feind … und ihr habt ja alles dafür getan, euch das Kombinat zum Feind zu machen.«

Marc erwiderte nichts, damit hatte er nicht gerechnet.

Den Namen dieser düsteren Verschwörung von mächtigen Strippenziehern aus Madrigals Mund zu hören, das war beunruhigend.

»Oh ja, die kenne ich auch.« Madrigal spürte sein Interesse. »Wir hatten in der Vergangenheit schon gelegentlich miteinander zu tun, zum gegenseitigen Vorteil. Zu schade, dass du ihren entscheidenden Schachzug nicht mehr erleben wirst.« Sie legte den Kopf schief. »Sie werden bestimmt hocherfreut reagieren, wenn sie erfahren, dass wir dich und Keyes vom Brett genommen haben.« Sie warf Erik einen Blick zu. »Erinnere mich daran, ihnen Bescheid zu geben, sobald wir unsere Operation abgeschlossen haben, ja? Denn wenn wir ihnen eines ihrer Probleme vom Hals schaffen, dann sind sie uns was schuldig.«

»Weißt du, was der Unterschied zwischen dir und mir ist?« Marc zog jedes seiner Wörter bewusst in die Länge. »Ich gebe nicht vor, etwas zu sein, was ich nicht bin. Du verstößt gegen sämtliche Prinzipien, die du irgendwann einmal vertreten hast. Es interessiert dich einen Scheißdreck, ob du ganz Südostasien an den Rand eines Krieges treibst. Du hast dich selbst und Ghost5 prostituiert, aber nicht weil es dir um mehr Gerechtigkeit oder einen Ausgleich von verschiedenen Interessen oder irgend so einen Scheiß geht. Du willst Rache.« Marc grinste grimmig und zeigte auf ihr Gesicht. »Diesen Blick habe ich schon mal im Spiegel gesehen, und ich weiß genau, was dahintersteckt.«

»Du sagst mir jetzt, was Rubicon über unsere Operation weiß.« Madrigal hatte offensichtlich keine Lust mehr auf Small Talk. »Aber ich werde dich nicht von Erik so lange verprügeln lassen, bis du redest. Das würde Energie kosten, die ich nicht aufbringen will.« Marc hatte den Eindruck, dass sie diese Vorstellung nicht zum ersten Mal gab.

»Wir stöbern lieber deine Familie auf und legen deren Leben in Schutt und Asche …«

»Ganz sicher nicht«, fiel Marc ihr ins Wort. »Das hat schon mal jemand versucht, und danach habe ich alle, die mir etwas bedeuten, mit Firewalls geschützt, die so komplex sind, dass ihr die Verschlüsselung niemals knacken könnt, bevor die Sonne kalt wird.« Er warf einen Blick auf seine Taucheruhr. »Und ich schätze mal, so viel Zeit habt ihr nicht.«

Madrigal zuckte mit den Schultern. »Also gut. Wie gesagt, ich richte mich immer nach den Gegebenheiten. Dann wähle ich eben die andere Option.« Sie schilderte ihm, wie Ghost5 sich in diverse Systeme hacken würde, um eine manipulierte Polizeirazzia auszulösen, in deren Verlauf ein Mann, der vielleicht oder vielleicht nicht Lucy Keyes Bruder war, ums Leben kommen würde. »Es wäre mir natürlich lieber, ich müsste mich mit alledem nicht beschäftigen. Ich habe wirklich andere Sorgen. Aber wenn es sein muss, dann muss es eben sein. Falls du also möchtest, dass noch mehr unschuldige Menschen sterben, dann sag einfach nichts.«

Marc schwieg für einen Moment. Er war an einem Punkt, wo er nicht mehr länger heucheln und täuschen konnte. Er hatte keine andere Wahl mehr, als einen brutalen, riskanten Weg zu wählen, der ebenso gut in den Tod wie zum Erfolg führen konnte.

Er konnte nichts anderes mehr tun, als Madrigal genau das zu geben, was sie wollte.

»Ich sage dir alles, was ich weiß.« Marc richtete sich auf und signalisierte mit seiner Körpersprache ganz bewusst Offenheit und Ehrlichkeit. »Ich weiß, dass du seit Jahren auf dieses Ziel hinarbeitest. Vermutlich den größten Teil deines Lebens schon.« Marc dachte an das Polizeivideo aus dem Altersheim in Florida, an die Zeitungsausschnitte und Dokumente in Charles Hites Koffer. Er hatte das Puzzle, zu dem sie sich zusammensetzten, deutlich vor Augen, und versuchte, sich die fehlenden Teile zusammenzureimen. »Operation Overtone. Ist mittlerweile Jahrzehnte her. Eine streng geheime Militäraktion der CIA zusammen mit ihren südkoreanischen Kollegen. Sie haben, entgegen aller UNO-Vereinbarungen und unter Missachtung internationaler Gesetze, die Grenze nach Norden überschritten. Dazu haben sie natürlich Leute ausgewählt, die schon einmal dort im Einsatz gewesen sind, treue und bewährte US-Soldaten. *Patrioten*.« Das letzte Wort betonte er besonders deutlich und beobachtete sie genau. Zeigte sie irgendeine Reaktion? »Die meisten hatten vermutlich keine oder nur sehr wenige Angehörige. Aber eben nicht jeder, stimmt's? Einer jedenfalls hatte … was wohl? … Frau und Kind vielleicht? Eine Tochter?«

Madrigals Miene wurde zu Stein, und Marc wusste, dass er auf dem richtigen Kurs war.

»Aber niemand rechnet damit, dass die Operation Overtone ein katastrophaler Fehlschlag wird. Sie geht so gründlich in die Hose, dass die CIA die Akte praktisch komplett schwärzt. Die Südkoreaner tun so, als wäre das Ganze nie passiert. Aber die Männer, die für den Auftrag ausgewählt worden waren … sie kommen nicht wieder zurück. Väter und Ehemänner, für immer verloren, nur weil irgendjemand Mist gebaut hat.« Er hielt ihrem Blick stand, suchte nach einem Hinweis darauf, wie nahe er der Wahrheit gekommen war. »So ein Trauma bringt einen tief sitzenden Hass hervor, nicht wahr? Einen Hass, den man jahrelang in sich trägt, der einfach nicht verschwindet. Und wenn jemand mit solch einer Bürde ein Leben beginnt, dann wird dieses Leben immer von dem Verlust überschattet werden.«

»Raus hier!«, befahl Madrigal.

»Du meinst …«, fing Erik an, doch sie zog nur stumm den Zeigefinger quer über ihre Kehle und brachte ihn zum Schweigen.

»Alle beide, raus.«

Zögerlich verließ Erik das Abteil, gefolgt von dem Bewaffneten. Vor dem Vorhang blieb Fox noch einmal stehen. »Dies ist nicht der Zeitpunkt, um Schwäche zu zeigen.«

»Ich sag's nicht noch mal.« Madrigal sah ihn nicht einmal an. Als sie allein waren, musterte sie Marc mit einer Eindringlichkeit, die er vorher nicht bemerkt hatte. »Du bist ein sehr guter Beobachter. Sprich weiter. Mal sehen, ob du tatsächlich bis zum Ende durchkommst.«

Er versuchte sich Madrigal als Kind vorzustellen, das unter solchen Umständen ein Elternteil verloren hatte. »Kein Vater, das bedeutet keinen Schutz mehr. Man wird von einem Militärstützpunkt irgendwo in einem fremden Land weggeschickt und landet an einem Ort, der genau so fremd und unbekannt ist. Wie soll das gehen? Es gibt immer weniger Halt. Die Ehefrau, die Mutter … sie kommt damit nicht zurecht, nicht wahr? Aber was bedeutet das für die Tochter? Einen Platz im Heim und eine Kindheit in den Mühlen eines kaputten Systems. Wenn du schlau bist, dann verhärtest du dich. Errichtest Schutzmauern. Wendest dich und deine Fähigkeiten den düsteren Orten zu. Und dann geht es los. Du wirst ein Mensch, der auf Vergeltung sinnt.«

»Sehr gut.« Madrigal musterte ihn mit einem kalten Blick. »Bis auf ein paar Einzelheiten.« Sie holte tief Luft und fuhr mit bebender Stimme fort. »Sie sind von Grenzposten auf der Südseite der entmilitarisierten Zone erschossen worden, von ihren so genannten Verbündeten. Man hat sie mit falschen Informationen gefüttert. Sie sollten eigentlich irgendwelche Militärgeheimnisse stehlen, aber dabei haben sie mitten in ein Wespennest gestochen. Keiner von ihnen war darauf vorbereitet. Sie sind geflohen, aber als sie die Grenze erreicht hatten, hatte sich die Nachricht schon verbreitet. Mit einem Mal waren sie politisch nicht mehr tragbar. Die Operation Overtone musste unter den Tisch fallen.«

»Dieser alte Mann … Cooper. Hat er dir das erzählt?«

Sie nickte. »All seine Lügen und sein Versagen haben ihn schließlich doch noch eingeholt.«

»Aber das hat dir nicht gereicht. Und jetzt sind wir also hier.« Marc fuhr mit der Hand durch die Luft. »Du willst sie bluten lassen, die CIA, die Südkoreaner. Vorher bist du nicht zufrieden. Und der Norden ist dir mit dem größten Vergnügen dabei behilflich.«

Madrigal stand auf. »Du hast keine Ahnung, was ich vorhabe. Rubicon hat keine Ahnung. Aber ihr werdet es erfahren.« Jetzt kehrte das kalte Lächeln wieder zurück. »Du und deine Begleiterin, ihr bekommt einen Platz in der ersten Reihe.«

Sie wandte sich zum Gehen, aber Marc rief ihr hinterher: »Und was ist mit Kara? Was geschieht mit ihr?«

»Sie ist da, wo sie hingehört, wo sie von Anfang an hingehört hat. Wenn du sie jemals wirklich gekannt hättest, dann wüsstest du das.« Madrigal schob sich durch den Vorhang und ließ ihn in der Dunkelheit zurück.

Kapitel 15

Kara zuckte zusammen, als die Antonov durch eine Turbulenz ruckelte, und die Bewegung des mächtigen Flugzeugs drückte sie fest gegen die Sitzlehne. Gerade hatte sie noch geschlafen, aber jetzt war sie hellwach, ohne Übergangsphase. Adrenalin pumpte durch ihre Adern, und sie blinzelte, tastete nach dem Sicherheitsgurt, der quer über ihrem Schoß lag.

Im hinteren Teil des Frachtraums hörte sie Tastaturen klappern und leises Gemurmel. Sie drehte sich um und schob die Blende vor dem kleinen ovalen Fenster neben ihr nach oben. Der Sonnenaufgang stand unmittelbar bevor, und zwischen den vereinzelten grauen Gewitterwolken erstreckte sich eine zerklüftete grüne Waldlandschaft bis an die Küste.

Sie überlegte. Offensichtlich folgten sie dem Verlauf der koreanischen Halbinsel nach Norden. Unterhalb der Tragfläche an Backbordseite war das Gelbe Meer zu erkennen. In Kürze würde die Antonov den Landeanflug auf den rund fünfzig Kilometer westlich von Seoul gelegenen Incheon International Airport einleiten. Kara schnallte sich ab, stand auf und ließ sich diese neue Erkenntnis durch den Kopf gehen. Sie rieb sich die Kehle und schluckte vorsichtig. Dort, wo Lucy sie gewürgt hatte, fühlte es sich immer noch unangenehm, geprellt und geschwollen an, aber trotzdem empfand sie keinerlei Groll oder Feindseligkeit gegenüber der Scharfschützin.

Was sie viel mehr beunruhigte, war die Tatsache, dass Madrigal sie fast während des gesamten Flugs hatte schlafen lassen. Nicht einmal jetzt, so kurz vor ihrem Ziel, hatte sie sie geweckt. Wollte sie etwa, dass Kara bis nach Seoul durchschlief? Das würde sie sich nicht gefallen lassen.

Kara ging in Richtung Computerstation, misstrauisch beobachtet von André und etlichen anderen. Sie lehnten sie ab, das war klar, aber Kara wollte sich davon nicht beeinflussen lassen. Die anderen Mitglieder von Ghost5 waren für sie nur dann interessant, wenn sie ihr in die Quere kamen oder ihr bei ihrem Vorhaben behilflich sein konnten. Das Endergebnis war in jedem Fall dasselbe.

Pyne versperrte ihr den Weg, doch Kara schob sich einfach an der mageren Hackerin vorbei auf Madrigal und Erik zu. Die beiden saßen an zwei Konsolen, die mit dem Zentralserver des Flugzeugs verbunden waren. »Du hast mich nicht geweckt?«

Madrigal tippte weiter, ohne aufzublicken. »Du hast den Schlaf dringend nötig gehabt. Und wir kommen hier auch ohne dich klar.«

»Ich verstehe.« Kara drehte einen Laptop zu sich herum, um einen Blick auf den Monitor zu werfen. In mehreren Fenstern liefen binäre Codezeilen über den Bildschirm, Aggressorprogramme, die die Arquebus-Software wie Streubomben in den verschiedenen infizierten Systemen platziert hatte. In einem Fenster sah sie unzählige digitale Einbrüche in das Controller Area Network, den so genannten CAN-Bus, der in allen modernen Autos für die Steuerung der hochkomplexen Elektronik zuständig war. In Südkorea waren achtzig Prozent aller Fahrzeuge mit so einem System ausgestattet. Die blutroten Unterstreichungen im Text zeigten an, wie viele Fahrzeuge bereits unbrauchbar geworden waren. Arquebus hatte die Firewalls des Netzwerks überwunden, das die Fahrzeuge in der Stadt mit dem Verkehrsleitsystem verband, und sie alle infiziert.

»Sieht ganz so aus, als würde der Berufsverkehr heute besonders schlimm werden«, sagte Pyne und kicherte gehässig. »Wahrscheinlich muss fast jede Kiste in die Werkstatt.«

»Ihr habt schon mit dem Auto-Hack angefangen.«

Madrigal sah Kara unter hochgezogenen Augenbrauen an. »Vor einer halben Stunde. Alles, was da noch nicht unterwegs war, wird sich erst nach einer kompletten Neuinstallation von der Stelle rühren. Und die anderen …« Achselzuckend wandte sie sich wieder ihrer Arbeit zu.

Pyne hielt ein Tablet in der Hand, und Kara griff danach. Auf dem Display war der Livestream des südkoreanischen Nachrichtensenders YTN zu sehen. Ein Außenreporter stand im Regenmantel auf einer Fußgängerbrücke, die über eine der Hauptverkehrsadern von Seoul führte. Im verregneten Halbdunkel des anbrechenden Tages war zu erkennen, dass liegen gebliebene Fahrzeuge die ganze Straße blockierten. Während der Reporter in atemberaubendem Stakkato berichtete, wurden auch Bilder aus anderen Teilen der Stadt eingeblendet. Sie zeigten Kreuzungen, die von querstehenden Sattelzügen blockiert wurden, und Busse, die Häuserzeilen gerammt hatten. Die Kamera schwenkte über Verkehrspolizisten, die mit beleuchteten Stöcken herumfuchtelten und verzweifelt versuchten, wieder Ordnung in das sich immer weiter ausbreitende Chaos zu bringen.

»Wie sieht es bei den sozialen Medien aus?«, wandte Madrigal sich an André, der vor einem Laptop in der Nähe Platz genommen hatte. »Die Leute stehen jetzt so langsam auf und gehen an ihre Handys. Ich will sehen, dass sich da was tut.«

»Geht schon los«, erwiderte er. »Wir liegen ungefähr zwölf Prozent über unserer Prognose.« André war ein schmächtiger, unaufdringlicher Franzose in einem zu großen Parka, der für die Trollarmee, die Ghost5 in die verschiedenen Social-Media-Kanäle einschleuste, verantwortlich war. Unter seinem Kommando scannten einfache, aber intelligente Bots – Computerprogramme, die automatisch immer wieder die gleichen Aufgaben abarbeiteten – die verschiedenen in der Stadt verwendeten Nachrichtendienste ab, und zwar nicht nur die geposteten Texte, sondern auch Fotos und Videos. Die Bots waren so programmiert worden, dass sie gezielt nach Meldungen suchten, in denen Wörter wie »Panik«, »Katastrophe«, »Angriff« oder »Terror« vorkamen, um sie dann über gefälschte Benutzerkonten zigfach weiterzuverbreiten, sodass die Dienste das Geheul der Verängstigten wie ein Echo in jede Ecke der virtuellen Welt trugen.

Die Bots waren die erste Front, die Infanterie der Trollarmee, billig und verzichtbar. Sie sollten möglichst viel Lärm und einen dicken Pfropfen im System erzeugen. Die zweite Front wurde von einer Legion aus real existierenden Provokateuren gebildet. Manche waren ambitionierte Nachwuchshacker, die nur auf eine Gelegenheit gewartet hatten, für die berühmt-berüchtigte Ghost5-Crew zu arbeiten: überwiegend gelangweilte Jugendliche oder destruktive No-Future-Nihilisten, die Spaß daran hatten, Chaos und Verwirrung zu stiften. Dann gab es noch die vielen unterbezahlten Angestellten in irgendwelchen illegalen Klickfarmen auf dem indischen Subkontinent, Männer und Frauen, die mit anonymen Bitcoins entlohnt wurden, um vorgefertigte Meldungen auf gehackten Facebook-Seiten und Twitterkonten abzusetzen, und das Hunderte Male pro Stunde.

Die letzte Front der Social-Media-Streitkräfte bildeten André und ein paar seiner besten Unruhestifter selbst, indem sie ununterbrochen Strömungen und Tendenzen überwachten, die stetig zunehmende und nachlassende Beliebtheit von Hashtags und bestimmten Posts im Auge behielten und das Ganze so manipulierten, dass letzten Endes genau jene Wirklichkeit darin abgebildet wurde, die Madrigal erzeugen wollte.

Kara sah zu, wie André sich einen Screenshot der verstopften Hauptverkehrsstraße, die sie gerade eben noch in dem YTN-Bericht gesehen hatte, auf den Bildschirm holte – allerdings waren auf dem Bild jetzt brennende Autos und schwer bewaffnete Polizeitruppen auf dem Vormarsch zu erkennen. Er lud das Bild ins Netz und beobachtete aufmerksam, wie es von Server zu Server weitergeleitet und immer rasanter vervielfältigt wurde, immer mehr Klicks sammelte.

Die ohnehin vorhandene Unzufriedenheit mit der Arbeit der Regierung und der Polizei beschleunigte die Verbreitung des gefälschten Berichts noch zusätzlich. Die südkoreanische Regierung sah sich seit Jahren mit Vorwürfen des Amtsmissbrauchs, der Bestechlichkeit und der politischen Trickserеien konfrontiert, und so war es für Ghost5 nicht besonders schwierig, die miese Stimmung für ihre eigenen Ziele auszunutzen. Wenn man nun noch das angespannte internationale Klima dazunahm, verursacht durch das pubertäre Wer-hat-den-Längsten-Spiel, den sich die US-amerikanischen Verbündeten mit dem nordkoreanischen Militärapparat lieferten, dann konnte die Gesamtsituation sich nur noch verschlechtern. Die Leute waren bereit, auch das Allerschlimmste zu glauben, ohne es allzu gründlich zu hinterfragen.

Vor Karas Augen entfaltete sich ein unmittelbarer und

unaufhaltsamer Propagandaangriff, der Angst und Schrecken unter der Bevölkerung säen würde. »Jetzt lässt es sich nicht mehr aufhalten«, erklärte André. »Die Meldungen breiten sich ganz automatisch immer weiter aus. Die Leute da unten glauben uns und leiten es weiter. Und jeder, der versucht, gegen den Strom zu schwimmen, wird von unseren Bots ins Fake-News-Nirwana gepostet.« Er grinste selbstzufrieden.

Das Ziel dieser »Panikattacke« bestand darin, sämtliche sozialen Medien davon zu überzeugen, dass die Stadt Seoul am Rande des völligen Zusammenbruchs stand, sodass sich diese Falschmeldung ganz allmählich in eine selbst erfüllende Prophezeiung verwandelte.

Für sich allein genommen, hatte solch ein Hack nur eine relativ begrenzte Lebensdauer. Über kurz oder lang fanden die Menschen schließlich die Wahrheit heraus. Aber dadurch, dass auch die Elektronik der meisten Fahrzeuge nicht mehr funktionierte, gab es einen handfesten Beweis dafür, dass die Angst durchaus berechtigt war. Um also den Ball im Spiel zu halten, musste die suggerierte Gefahr Realität werden.

»Mit den neun wichtigsten U-Bahn-Linien sind wir fertig«, berichtete Erik. »An den anderen wird noch gearbeitet.«

»Die U-Bahnen.« Kara sprach ihre Gedanken laut aus. »Die sind das nächste Ziel.« Das ergab eindeutig Sinn, wenn auch einen sehr skrupellosen. Wer in einer Stadt, die gerade erwachte, einer Stadt, deren Straßen mit blockierten Fahrzeugen verstopft waren, den öffentlichen Nahverkehr unter seine Kontrolle brachte … Seoul würde knirschend und ächzend zum völligen Stillstand kommen, und das war noch das Mindeste. Kara bezweifelte jedoch, dass Madrigal sich lediglich darauf beschränken würde, das U-Bahn-Netz lahmzulegen. Sie hatte durchaus die Möglichkeit, wieder einen Zusammenstoß wie in Taipei zu provozieren, ja mehr noch: Dutzende!

Eine grüne Lampe an der Innenwand des Frachtraums blinkte dreimal, und Madrigal hob den Kopf. Kara spürte, wie erneut ein Zittern durch den Rumpf ging und die Antonov den Sinkflug einleitete.

»Ausrüstung sichern! Wir landen!«, gab Erik den Befehl an alle weiter. »Sobald wir am Boden sind, machen wir weiter.«

Pyne, André und die anderen schalteten ihre Computer auf Standby. Kara sah ihnen ungerührt dabei zu.

Madrigal blickte ihr in die Augen. »Keine Sorge«, sagte sie. »Ich habe nach der Landung noch eine entscheidende Aufgabe für dich.«

»Willst du mir vielleicht verraten, wieso du uns hierher gebracht hast?« Kara beugte sich so dicht vor Madrigals Ohr, dass niemand sonst sie hören konnte. »Als ich zurückgekommen bin, da hast du mir absolute Offenheit versprochen. Aber das hier kommt mir eher so vor, als würden unsere Schritte von einer anderen Macht gesteuert.« Sie wies mit einer Kopfbewegung auf die Fenster und die regennasse graue Stadt, der sie sich näherten. »Wir gehen doch sonst nie so ein großes Risiko ein. Das ist doch der Sinn und Zweck des Ganzen. Ghost5 ist niemals vor Ort. Wir sitzen auf der anderen Seite der Welthalbkugel und schlagen trotzdem zu, und zwar hart. So machen wir das doch normalerweise.«

»Du hast recht. Wir müssten eigentlich gar nicht selbst hier sein«, erwiderte Madrigal. »Aber *ich* schon. Manche Dinge lassen sich nicht aus der Ferne regeln, Song.« Die Erinnerungen ließen ihren Blick glasig werden. »Manchmal muss man das Messer selbst in der Hand halten.« Sie schüttelte die kurze Tagträumerei wieder ab und lächelte erneut. »Ich erkläre es dir, versprochen. Vertrau mir. Es ergibt alles einen Sinn. Wir werden Gerechtigkeit schaffen.«

Es dauerte eine Weile, bis Kara schließlich nickte. Es war klar, dass sie nicht mehr erfahren würde. »Was geschieht mit Dane und Keyes? Was sollen wir mit ihnen machen?«

Madrigal schob sich an Kara vorbei und ging zu ihrem Sitzplatz. »Oh, ich glaube, die Antwort kennst du bereits.«

Nach dem Kampf im Serverabteil hatten Madrigals Leute beschlossen, Marc und Lucy zu trennen. Lucy war weiterhin im Bug bei den Servern untergebracht, aber Marc hielten sie nun am hinteren Ende des Frachtraums fest. Sie waren so weit voneinander entfernt, wie es innerhalb der Antonov überhaupt möglich war, und Marc hatte Lucy seit vielen Stunden nicht mehr gesehen.

Der Kerl, den er mit dem Viehtreiber erwischt hatte, der stark Tätowierte mit dem Namen Null, hatte Marc genüsslich verprügelt, bevor er ihn an eine Metallstrebe an der Innenwand der Frachtmaschine fesselte. Dann überließ er ihn sich selbst und der Eiseskälte, die durch die Außenhaut eindrang und die Marc bei jedem einzelnen Atemzug ein wenig mehr zusetzte.

Hier und da gelang es ihm, ein wenig zu schlafen, doch der Flug kam ihm ganz überwiegend wie ein endloses, dröhnendes Nichts vor.

Er versuchte, sein Gehirn zu beschäftigen, indem er sämtliche bekannten Fakten noch einmal durchging. Das große Rätsel, die Frage nach Madrigals eigentlicher Intention, war so gut wie gelöst; aber er wollte die verbleibenden Stunden nutzen, um die wenigen noch fehlenden Puzzleteile zu finden. Für jemanden, der sich am südkoreanischen Staat und seinen US-Verbündeten rächen wollte, gab es in Seoul so viele potenzielle Ziele, dass eine Auswahl nicht leichtfiel.

War das Madrigals großes Finale? Wollte sie einen Keil zwischen den Süden und die Vereinigten Staaten treiben? Oder vielleicht so viel Chaos stiften, dass der Norden die Chance auf einen Einmarsch gekommen sah?

Jede Option, die er in Gedanken durchspielte, erschien ihm unangenehmer als die vorherige. Das zerbrechliche Gleichgewicht zwischen den beiden koreanischen Staaten war ein Relikt aus den ersten Jahren des Kalten Krieges. Jahrzehntelang hatte es auf Messers Schneide gestanden, hatten beide Seiten keine Gelegenheit verpasst, um gegenüber der anderen Drohkulissen aufzubauen. Der heiße Krieg zwischen 1950 und 1953 hatte zwar zu einem Waffenstillstand geführt, war jedoch niemals offiziell beendet worden. Niemand wusste, wie viel oder *wie wenig* ausreichen würde, um die ersten kriegerischen Handlungen auszulösen. Und auch wenn der Norden ununterbrochen gegen Japan und die USA hetzte und geiferte, das eigentliche Ziel war die Einverleibung des Südens.

Madrigal war skrupellos und hatte ein klares Ziel vor Augen. Im Verbund mit den amoralischen Hackerlegionen und den Agenten aus der Volksrepublik Nordkorea gab es höchstwahrscheinlich nichts, was sie nicht bewerkstelligen konnte.

Andere Fragen kamen und gingen. Das Verhör zum Thema, was Rubicon wusste oder nicht wusste, war im Sande verlaufen. Madrigal hatte eigentlich keinen Grund, Marc und Lucy am Leben zu lassen, und trotzdem atmeten sie immer noch. Aber das lag nicht daran, das Madrigal Hemmungen gehabt hätte, so viel war angesichts der vielen Menschenleben, die sie in der Vergangenheit schon kaltblütig ausgelöscht hatte, vollkommen klar. Hier musste etwas anderes dahinterstecken. Marc musste an jene nervöse Nacht in Cambridge denken, als der Arquebus-Prototyp gestohlen worden war. Schon damals hatte Madrigal ihr eigenes Spiel gespielt und eine falsche Spur zu angeblichen Drahtziehern des Hacks im System platziert, um von Ghost5 abzulenken. Das MI6 hätte um ein Haar einen Geheimdienstkrieg mit China angefangen, weil der Hackergruppe eine beinahe perfekte Täuschung gelungen war. Das MI6 war der festen Überzeugung gewesen, dass die Cyberkrieger aus Peking dahintergesteckt hatten. Diese Taktik hatte Madrigal schon unzählige Male angewandt, nicht nur mit dem MI6, sondern auch bei verschiedenen Gelegenheiten gegen den russischen Geheimdienst wie auch bei ihrem Mord an Cooper in jener stürmischen Nacht in Florida, als sie den Behörden eine Unbekannte als Täterin präsentiert hatte. Und Marc hatte durchaus registriert, dass Kara sich auf Malta einer ziemlich ähnlichen Technik bedient hatte, als sie den ahnungslosen Touristen im Hotel Nova für ihre Zwecke eingespannt hatte.

Madrigal sorgt immer dafür, dass es einen Schuldigen gibt. Er hatte keinen Zweifel, dass das der einzige Grund war, weshalb er und Lucy Keyes noch am Leben waren. Was immer hier vor sich ging, die Schuld würde ihnen in die Schuhe geschoben werden.

Die grimmige Gewissheit drohte ihn fast zu erdrücken. Im Augenblick konnte er nichts daran ändern. Seine einzige Hoffnung bestand darin, abzuwarten und die erste Gelegenheit zu nutzen, die sich bot. Er war immer noch am Leben, und das bedeutete, er konnte Widerstand leisten, er konnte kämpfen, vielleicht sogar fliehen.

Marc starrte in den Frachtraum, den Blick auf eine Zahlenreihe gerichtet, die in die Seitenwand einer Kiste eingeprägt war. Die Zahlen hatten für ihn keinerlei Bedeutung, aber sie lockten eine Erinnerung aus den Tiefen seines Gedächtnisses an die Oberfläche – das Armband-Tattoo an Kara Weis Handgelenk und sein Pendant am Handgelenk des toten Hackers in der Leichenhalle des Mater Dei.

41 57 bei ihr, *57 46 53* bei ihm. Marc analysierte die Zahlenfolgen im Kopf, nahm sie auseinander, setzte sie wieder zusammen, suchte nach einer Verbindung, einem gemeinsamen Nenner. Falls es sich um Koordinaten handelte, dann lag der gesuchte Ort vermutlich irgendwo in Osteuropa. Aber er hatte nicht das Gefühl, als sei er damit auf der richtigen Fährte, auch wenn er sich alles andere als sicher war.

Jede Reihe enthielt eine Primzahl. Er addierte sie, multiplizierte sie und stellte sie um. Die Zeit verging, aber mehr als ein weiteres ungelöstes Rätsel kam nicht dabei heraus. Er zerbrach sich so lange den Kopf, bis Marc ganz allmählich klar wurde, dass er die Sache von der falschen Seite her betrachtete.

Wenn Kara und Wetherby sich gemeinsam diese Tattoos gestochen hatten, dann mussten sie noch mehr Gemeinsamkeiten haben. Die Tinte unter der Haut war ein klarer Hinweis auf eine intime Verbindung, und die Zahlen waren etwas ganz Persönliches. Ein Geheimnis, dass nur diese beiden kannten. *Ein Code, den nur zwei Hacker verstehen können.*

Er richtete sich auf, und der Rumpf des Transportflugzeugs ächzte, als die Maschine einen weiten Bogen flog. »Nichts Binäres, das wäre zu offensichtlich«, murmelte Marc leise vor sich hin. »Aber was dann? Hexadezimal?«

Marc machte die Augen zu und stellte sich eine hexadezimale Matrix vor, zählte, und spürte mit einem Mal die charakteristische Aufregung, die man eben spürt, wenn man merkt, dass man einer Lösung näher kommt. Das

Hexadezimalsystem war ein Stellenwertsystem zur Basis 16, mit dem eigentlich nur Mathematiker, Programmierer und andere besonders nerdige Nerds vertraut waren. Der Vorteil bestand darin, dass sich lange binäre Zahlenreihen mit nur wenigen Zahlen oder Buchstaben beschreiben ließen. Und wenn es korrekt konvertiert wurde, ließ sich damit auch alphanumerischer Text ausdrücken. Aber was noch wichtiger war: Es passte perfekt zu der besserwisserischen Klugscheißerattitüde, die sich unter Hackern so großer Beliebtheit erfreute.

Er verlor sich in seinen Gedankengängen, vergaß, wo er eigentlich angefangen hatte, und musste mehr als einmal wieder neu ansetzen. Ohne Stift und Papier war es schwieriger, als er gedacht hatte, doch nach einer Weile hatte er aus dem Tattoo des Toten drei Buchstaben entschlüsselt: *W F S*. Bei Kara waren es nur zwei: *A W*. Marc runzelte die Stirn, und sein anfänglicher Optimismus versiegte schnell. Er war eigentlich davon ausgegangen, dass ihn die Antwort irgendwann anspringen würde, aber da hatte er sich offensichtlich getäuscht. Vielleicht hatte er mit seiner Prämisse von Anfang an falschgelegen? Was immer diese Zahlen bedeuteten, er musste wieder ganz von vorn anfangen.

Dann sah er, dass sich im Frachtraum etwas bewegte. Die Ghost5-Mitglieder schnallten sich an und sicherten ihre Geräte. Das Deck begann sich leicht zu neigen, und der Druck auf seine Trommelfelle wurde größer. Die Antonov ging in den Sinkflug über.

Sie würden in Kürze landen. Marc spürte die Vibrationen, als sich die Fahrgestellklappen im Bauch der Maschine öffneten, und spürte, je tiefer sie kamen, wie sich die dickere Luft an den Landeklappen abmühte. Er war eigentlich davon ausgegangen, dass Null oder sonst einer der Ghost5-Leute ihn zu einem der Sitzplätze im vorderen

Teil des Flugzeugs bringen würde, aber sie schenkten ihm keine Beachtung.

Es war alles andere als eine sanfte Landung. Marc hörte, wie Regen gegen die Außenhaut klatschte, als die Antonov die Landebahn ansteuerte. Der Riesenjet kämpfte sich durch die kräftigen Scherwinde, und Marcs Magen machte jede einzelne Bewegung mit. Wenige Meter entfernt befand sich ein kleines Bullauge, durch das er einen schmalen Streifen Außenwelt erkennen konnte – niedrige Gebäude und grelle Scheinwerfer, deren Strahlen sich durch den Regen bohrten –, und dann landete die Maschine. Die gequälte Metallhülle ächzte lange und ausführlich. Die gewaltigen Triebwerke heulten auf und erzeugten den benötigten Gegenschub, die Massenträgheit allerdings zerrte ihn nach vorn, während die Piloten alles daransetzten, den Riesenvogel noch vor dem Ende der Asphaltdecke abzubremsen.

Schließlich wurde aus dem heulenden Chor der Triebwerke ein pulsierendes Jaulen, und sie rollten über das Flugfeld. Der Regen, der auf dem Rumpf niederging, hörte sich an, als würde tonnenweise Schotter auf ein Blechdach prasseln.

Ein Schatten fiel auf ihn, und dann stand Null vor ihm, mit einem langen Klappmesser in der Hand. »Wenn du noch mal den Schlauberger spielen willst, schlitze ich dich auf«, zischte er, bevor er sich vorbeugte und die Fesseln durchtrennte. »Steh auf.« Der Hacker wies mit der Klinge nach vorn in den Frachtraum. »Da entlang.«

»Wie du willst, Kumpel.« Marc massierte sich den schmerzenden Unterarm und versuchte, das Blut wieder zum Fließen zu bekommen. Er bemühte sich, möglichst müde und niedergeschlagen auszusehen – wofür er sich gar nicht allzu sehr verstellen musste –, während er sich gleichzeitig nach allen Seiten umsah und versuchte, sich so viel wie nur möglich einzuprägen. Wenn es nach Madrigal ging, dann hatte er nicht mehr lange zu leben, so viel stand fest. Er musste innerhalb der nächsten Stunde unbedingt eine Möglichkeit finden, seine Lage entscheidend zu verbessern, sonst war es vorbei.

Die Triebwerke liefen immer noch nach, aber die Ghost5-Hacker saßen bereits wieder an ihren Computern und drangen in die mit der modifizierten Arquebus-Software verseuchten Systeme ein. Er blickte sich um, suchte nach Kara, aber erneut war weder von ihr noch von Madrigal eine Spur zu entdecken.

Madrigals Adjutant, der muskulöse Deutsche, fauchte ein blasses Mädchen an, das sich über einen Laptop gebeugt hatte: »Pyne, hörst du mir überhaupt zu? Sorg gefälligst dafür, dass die Netzwerke schön geloopt bleiben und sich nicht automatisch neu starten, bevor wir fertig sind.«

Sie nickte und wackelte wie ein Vogel mit dem Kopf. »Das Reverse-Shell-Exploit läuft. Hier ist alles klar.«

Der Deutsche zeigte auf einen anderen Hacker und fuhr sich dann mit dem Zeigefinger quer über die Kehle. »Losschlagen.«

»Alles klar so weit?« Marc drehte sich um und sah, dass Lucy vom vorderen Ende der Maschine zu ihm gebracht wurde. Sie zeigte mit dem Kinn in Richtung der Computer. »Lass mich raten. Die wollen den Blackout von San Francisco wiederholen.«

»Noch schlimmer«, erwiderte Marc. »Dieses Mal wollen sie alles auf einmal.«

Auf einem Monitor neben mehreren Computertürmen war eine Grafik des U-Bahn-Netzes von Seoul zu sehen. Die spinnennetzartigen Linien verfärbten sich allmählich, wurden ruckelnd und zuckend von blau zu grün und dann zu orange. Zone für Zone brach das U-Bahn-Netz der Stadt zusammen, als würden unzählige Blutgerinnsel die verzweigten Gefäße eines Körpers verstopfen. Kreuzungen und Überführungen fingen an, leuchtend rot zu blinken, und dann flammten überall auf dem Bildschirm Warntafeln mit grellen koreanischen Schriftzeichen auf.

»Sind das die U-Bahnen?«, fragte Lucy erschüttert.

»André.« Der Deutsche starrte den Kerl im Parka an. »Passiert da was?«

Der andere nickte. »Gerade kommen die ersten Bilder rein.« Er bleckte die Zähne. »Da. Das ist gut.« André verschob einen verwackelten Videoclip auf den großen Monitor. Es gab zwar keinen Ton, aber das Bild zeigte das Innere eines U-Bahn-Waggons, der mit Frühaufstehern auf dem Weg zur Arbeit und betrunkenen Partygästen auf dem Weg nach Hause besetzt war. Marcs Blick blieb an zwei schlaftrunkenen Jugendlichen hängen, ein Pärchen, das sich mit gesenkten Köpfen und untergehaltenen Armen aneinanderlehnte. Ohne Vorwarnung geriet plötzlich alles außer Kontrolle, als das Handy, mit dem die Aufnahmen gemacht wurden, seinem Besitzer aus der Hand flog. Als es wieder zur Ruhe gekommen war, lagen die Fahrgäste kreuz und quer unter Glasscherben begraben im Waggon, wie man dank einer flackernden Notbeleuchtung erkennen konnte. »Das war vor der Haltestelle Itaewon. Der Zug ist in der Kurve entgleist.«

»Sorgt dafür, dass die Sachen, auf denen die Verletzten oder Toten gut sichtbar sind, ganz vorne landen«, befahl der Deutsche. »Wir wollen, dass die Leute Blut sehen.«

»Ihr seid bösartige Arschlöcher!« Marc ballte vor Wut die Fäuste. »Die Leute müssen doch nicht gleich sterben!«

»Oh doch, das müssen sie«, erwiderte André und warf ihm über den Rand seines Monitors einen Blick zu. »Sonst wäre das doch bloß Show.« Er schüttelte den Kopf und wandte sich wieder seiner Tastatur zu. »Aber es muss echt sein.«

»Schafft sie weg.« Der Deutsche gab zwei Gestalten in schwarzer Kampfmontur ein Zeichen.

Marc sah zuerst die Sturmgewehre – Colt M4 Carbines – in ihren Händen, dann erkannte er Fox und Cat. An ihrer Kleidung waren keinerlei Markierungen zu erkennen, und dazu trugen sie schwere Stiefel, speziell verstärkte Handschuhe und die gleichen Kehlkopfmikrofone wie schon beim letzten Überfall.

Cat machte eine Bewegung mit ihrem Gewehr. Marc sah, dass ihre Pupillen stark geweitet waren. Vermutlich war sie mit Schmerzmitteln vollgepumpt, um die Auswirkungen der Verletzung, die Lucy ihr beigebracht hatte, ein wenig zu mildern.

Lucy ließ die Gelegenheit nicht verstreichen und erinnerte sie daran. »Wie geht's deinem Arm?« Die andere Frau stieß ihr als Antwort den Lauf der M4 in den Magen, sodass Lucy husten musste und rückwärtstaumelte.

Fox trieb Marc zu einer Luke in der Seitenwand. Als er dicht davor stand, öffnete sie sich und wurde zu einer Treppe, die bis hinunter auf das asphaltierte Flugfeld führte. Marc verließ die Maschine als Erster und schlug zum Schutz vor dem Regen den Kragen seiner Jacke nach oben. Der Wind wehte in Böen unter der hohen Tragfläche der Antonov hindurch und rund um den Hangar, vor dem die Piloten sie abgestellt hatten. Der Regen schien von allen Seiten gleichzeitig zu kommen.

Draußen warteten eine Handvoll ebenfalls bewaffneter Männer und Frauen. Sie trugen alle dieselben schwarzen, dicht gewebten Overalls wie Fox und Cat, die meisten zusätzlich einen Helm mit dickbauchigen Nachtsichtgeräten.

Die ohne Helm waren ausnahmslos Koreaner, so wie Fox und Cat, und trugen auch dieselben erbarmungslosen, roboterhaften Mienen zur Schau.

Marc musterte sie, als er an ihnen vorbeiging. Er kannte diesen Typ. Spezialisiert auf illegale Aufträge, Schattenwesen, erbarmungslos effizient und zielgerichtet wie Maschinen. Sie strahlten weder die lässige Großspurigkeit vieler Söldner noch die lebensmüde Resignation von Karrieresoldaten aus. Es war beunruhigend, wie sie mit ihren Nachtsichtbrillen die Gefangenen verfolgten, als sie zum Hangar gebracht wurden – die sich lautlos drehenden Köpfe, die kleinen Handbewegungen.

Als er an einer der Gestalten vorbeikam, versuchte er Blickkontakt herzustellen, doch das reflektierende Visier blieb dunkel und undurchdringlich, was die furchterregende Wirkung noch verstärkte. Die Helme mussten eingebaute Funkgeräte haben, aber so gut isoliert, dass kein Laut nach außen drang – alles nur, damit diese Killer absolut unbemerkt ihrem Handwerk nachgehen konnten.

Er sah sich nach Lucy um, und sie reagierte mit einem Blick, der *Sei vorsichtig!* bedeutete.

Jetzt öffneten sich die Hangartore. Schwaches gelbliches Licht drang nach draußen. Sie befanden sich am äußersten Rand des Flugfeldes, nicht weit vom Nordufer der künstlichen Insel entfernt, auf der der Flughafen gebaut worden war. Der Frachthangar lag so weit am Rand des Flughafens, dass Ghost5 und ihre Verbündeten aus der Volksrepublik Nordkorea hier in aller Ruhe ihr Vorhaben in die Tat umsetzen konnten, ohne die Aufmerksamkeit des Kontrollturms auf sich zu ziehen. Die Dunkelheit und der Regen waren eine perfekte Tarnung.

Im gelblichen Licht der höhlenartigen Halle kam nun ein weiteres Fluggerät in den Blick. Es war auf seine Weise genauso riesig wie die Antonov, auch wenn es neben dem mächtigen Transportflugzeug vergleichsweise winzig wirkte. Marc wusste, dass die wuchtige, rundliche Nase und die beiden Zwillingsturbinen zu einem in Russland gefertigten Schwerlasthubschrauber gehörten, einer Mil Mi-26, die bei der NATO unter dem Codenamen »Halo« geführt wurde. Acht Rotorblätter hingen über dem schieferfarbenen Rumpf der Halo, die bis auf ihre Identifikationsnummer keinerlei Kennzeichen oder sonstige Markierungen trug.

Marc betrachtete die Maschine, während sie von einem Schleppwagen ins Freie gezogen wurde, blickte hinauf in das hoch gelegene Cockpit und fragte sich für einen Augenblick, wie es sich wohl anfühlen mochte, dieses Gerät zu fliegen. Er hatte, als er noch bei der Luftwaffe der Royal Navy und später dann beim MI6 gedient hatte, nur sehr viel kleinere Maschinen gesteuert.

»Was zum Teufel soll das denn werden?«, fragte Lucy, ohne die Lippen zu bewegen.

»Kein Ahnung«, gestand Marc und zeigte auf den Rumpf. Die graue Lackierung war frisch und sah an etlichen Stellen fleckig aus, ein sicheres Zeichen dafür, dass es sehr schnell hatte gehen müssen. »Siehst du das? Frisch lackiert. Sie wollen nicht, dass man erraten kann, woher das Ding stammt.«

»Hast du vielleicht eine Ahnung?«

Er nickte. »Es gibt nur zwei Luftstreitkräfte hier in der Gegend, die so was fliegen. Die Russen …«

»… und Nordkorea?«, ergänzte sie. »Muss eine Leihgabe von Kim sein.«

Etwas tiefer im Inneren des Hangars stand ein unbeschrifteter Lastwagen, und an dessen Heck lungerten noch mehr schwarz gekleidete Söldner herum, luden ihre Waffen und machten sich zum Ausrücken fertig. Einer von ihnen kam jetzt mit zwei identischen Helmen in der Hand herüber und reichte je einen an Fox und Cat weiter. Die beiden setzten sie auf und sahen jetzt genauso gesichtslos und robotergleich aus wie alle anderen Söldner auch.

»Und was machen wir nun?«, wollte Marc wissen und starrte die ausdruckslosen Masken an. »Na los. Ihr habt uns doch hierhergebracht. Jetzt sagt was.«

»In den Lastwagen.« Er drehte sich um und sah, dass noch jemand den Hangar betreten hatte. Kara strich ihre blutrote Lederjacke glatt, hängte sich eine Schultertasche um und kam näher. »Zieht euch um.« Sie deutete auf den Lastwagen.

Die stummen Söldner wichen beiseite, um ihnen Platz zu machen, und Lucy warf einen Blick in das Innere des Fahrzeugs. »Lieber nicht.«

»Entweder das oder du bekommst eine Kugel«, fauchte Kara sie an. »Deine Entscheidung.«

»Wo ist Madrigal?«, wollte Marc wissen. »Gleich hebt sich der Vorhang fürs Finale, und sie ist nicht da?«

»Sie sagt mir auch nicht alles«, erwiderte Kara. »Aber bevor wir gehen, muss die nächste Phase eingeleitet werden.«

»Und wie sieht die aus?« Marc starrte sie unversöhnlich an. »Lasst ihr dieses Mal vielleicht ein paar Flugzeuge abstürzen oder was in der Richtung?«

»Die Stromversorgung«, schaltete Lucy sich ein. »Wenn sie in der ganzen Stadt den Strom abschalten, dann bricht eine Massenpanik aus.« Sie fixierte Kara. »Stimmt's?«

Kara blieb stumm, aber ihre Miene sagte alles. Sie wandte sich ab und wühlte in ihrer Tasche herum. »Ihr solltet lieber tun, was ich euch gesagt habe.«

»Und wenn wir uns weigern?« Marc machte einen

Schritt auf sie zu, und Fox hob sein Gewehr. »Was, wenn wir einfach sagen, dass ihr uns am Arsch lecken könnt?«

»Lucys Bruder.« Kara hielt kurz inne. »Dann tut Madrigal genau das, was sie angekündigt hat. Sie macht ihn fertig.«

»Du mieses Dreckstück!«, stieß Lucy zwischen zusammengebissenen Zähnen hervor, bevor sie schließlich doch in den Laster kletterte. Marc folgte ihr, weil er wusste, dass sie keine andere Wahl hatten. Im Inneren fanden sie zwei komplette Garnituren genau derselben Kampfmontur, wie sie auch die nordkoreanischen Spezialkräfte trugen.

»Zieht euch um«, wiederholte Kara und beobachtete sie von der geöffneten Heckklappe aus. »Schnell.« Fox und Cat, die ganz in der Nähe standen, hatten sich abgewandt. Marc vermutete, dass sie gerade eine Funkdurchsage bekamen und aufmerksam zuhörten.

Lucy zog sich bis auf das T-Shirt und die Unterwäsche aus und schlüpfte mit der Routine einer erfahrenen Elitesoldatin in die Kampfmontur. Marc machte es ihr nach, warf seine Jacke und seine abgewetzte schwarze Jeans beiseite und stieg in den kratzigen Overall. Er saß ziemlich eng, und Marc streckte sich probehalber ein paar Mal, bevor er die Stiefel anzog.

Er wechselte einen Blick mit Lucy. Was immer als Nächstes geschah, es machte den Anschein, als wären sie viel unmittelbarer daran beteiligt, als ihnen lieb war.

Marc sprang von der Ladefläche. »Streck den rechten Arm aus!«, befahl Kara, und er gehorchte ihrer Anweisung. Sie holte ein Gerät aus ihrer Schultertasche, das aussah wie eine elektronische Fußfessel, legte das Ding um sein Handgelenk und ließ es zuschnappen. Er spürte, wie die Metallstifte auf der Innenseite sich durch den Ärmel in seine Haut bohrten. »Galvanische Induktion«, sagte sie laut und vernehmlich. »Falls du irgendwas probieren willst –

weglaufen, dir eine Waffe schnappen –, weiß Madrigal sofort Bescheid. Und die Fessel verpasst dir einen Stromstoß, der dich auf der Stelle lähmt.« Sie trat zu Lucy und legte auch ihr eine Fessel um das Handgelenk.

»Du empfindest tatsächlich nicht das Geringste bei dem allem, stimmt's?«, sagte Lucy. »Jedes Lächeln, das ganze Freundschaftsgetue, als wir noch bei Rubicon waren, das war bloß eine Rolle.«

»Die Menschen spielen immer eine Rolle«, erwiderte Kara geistesabwesend.

»Und wie war das, wenn du mit *ihm* zusammen warst?« Marc stellte diese Frage ganz bewusst, wollte eine Reaktion provozieren. »Die Zahlen, Kara.« Erneut hatte er die Armband-Tattoos vor Augen, erst verschwommen, und dann offenbarten sie sich mit einem Mal. »Die Zahlen, die eigentlich Buchstaben sind … Ja, genau. Ich glaub, ich hab's.«

Sie trat zu ihm und warf Fox, Cat sowie den anderen stummen Soldaten einen nervösen Blick zu. »Ich habe keine Ahnung, wovon du sprichst.«

»A und W«, fuhr er fort. »Ist mir gerade eben eingefallen. *Alexander Wetherby.* Eigentlich total klar, wenn man mal drüber nachdenkt. Die Sache mit der Tinte … So was macht man nur, wenn eine tiefere Bedeutung dahintersteckt. Nur, wenn man …«

»Sei still!« Für einen kurzen Augenblick war sie wieder die verletzliche, real existierende, echte Kara, die er zu kennen geglaubt hatte. »Sag nicht *Liebe.* Du kapierst das nicht.« In ihren Augen spiegelten sich Schmerz und Bedauern, doch sie verschwanden sofort wieder und wurden durch eine Maske der Gleichgültigkeit ersetzt.

»Die anderen Buchstaben. W, F und S.« Er starrte sie an. »Das bist du, stimmt's? *Song*. Das, was du früher warst.«

»Wong Fei Song, so lautet mein Geburtsname. Und ich bin nie jemand anders gewesen«, verbesserte sie ihn. Dann drückte sie Lucy eine kugelsichere Weste in die Hand und warf ihr einen kleinen Funkohrhörer zu. »Zieh das an. Und tu genau das, was Madrigal von dir verlangt.« Anschließend drehte sie sich zu Marc um, doch anstatt ihm die Sachen ebenfalls nur zu geben, streifte sie ihm die Weste über und schnallte sie persönlich fest. Sie saß zu eng, irgendetwas drückte gegen seine Rippen. Bevor er etwas sagen konnte, beugte Kara sich dicht zu ihm und führte das Funkkabel über seine Ohrmuschel.

Ihre Lippen waren sehr dicht vor seinem Gesicht, und er konnte die Worte, die sie ihm zuflüsterte, kaum hören. »Das ist alles, was ich tun konnte.«

Was zum Teufel sollte das denn bedeuten? Doch bevor er sie fragen konnte, wich sie zurück.

Er sah ihr nach, wie sie zu der Antonov zurücklief. Inzwischen stand die Mil auf dem Asphalt vor dem Hangar. Der Hauptrotor setzte sich langsam in Bewegung, und die Positionsleuchten flammten auf. Die stummen Spezialkräfte stiegen durch die Heckklappe an Bord.

Fox deutete auf den Helikopter, und Marc setzte zögerlich einen Fuß vor den anderen. »Ich schätze, wir kriegen keine Helme«, sagte Lucy, als sie sich neben ihn schob.

»Sie will, dass wir gesehen werden«, erwiderte er. »Wir sind die glücklichen Gewinner, darum dürfen wir in die Kameras lächeln.«

Lucy ging nicht darauf ein. »Also, falls du dir gerade einen tollen improvisierten Plan ausdenkst, immer raus mit der Sprache. Ich lasse mich gerne überraschen.«

»Und du? Du könntest dir zur Abwechslung auch mal was Spontanes ausdenken, oder nicht?«

Sie brachte ein schmales Lächeln zustande. »Ich bin fürs

Schießen und Kaputtmachen zuständig. Und du für die cleveren Ideen.«

Jetzt knackte es im Ohrhörer, und Madrigal ließ sich vernehmen. »Ganz süß. Ihr solltet euch irgendwo ein Zimmer nehmen.«

»Verpiss dich!«, entfuhr es Marc, und seine Stimmung wurde blitzartig düster.

»Na, na, na, nicht so unfreundlich. Ich habe immer noch genügend Zeit, um ein kleines Mädchen in Ohio zur Waise zu machen.«

Er merkte, dass Lucy sich verspannte und die Fäuste ballte, aber sie sagte kein Wort.

Jetzt stieg Cat in die Mil. Sie bewegte sich immer noch ein wenig steifer als die anderen schwarz gekleideten Gestalten. Eine davon blieb neben der Luke stehen und beobachtete Marc und Lucy mit heruntergeklapptem Visier, während sie in den Frachtraum des Hubschraubers kletterten. Das Triebwerk der Mil brummte, und die riesigen Rotorblätter kreisten träge durch die feuchte Luft, wurden mit jeder Umdrehung ein wenig schneller.

»Es ist ganz einfach«, fuhr Madrigal jetzt fort. »Ihr werdet irgendwo abgesetzt und bekommt eine ganz bestimmte Aufgabe. Wenn ihr genau das macht, was ihr sollt, dann ist es ganz schnell vorbei.«

Fox und ein anderer Soldat waren die Letzten, die an Bord kamen. Die Rotoren hatten mittlerweile ausreichend Umdrehungen zum Abheben erreicht. Fox schubste Marc auf etliche an der Bordwand befestigte Klappstühle zu. Er setzte sich hin, und Lucy nahm den Platz neben ihm ein, dann schnallten sie sich an.

»Falls ihr euch nicht haargenau an meine Anweisungen haltet«, fuhr die Stimme in ihren Ohren fort, »dann führt das zu ernsthaften Konsequenzen.«

Fox und Cat kesselten sie ein, damit sie sich nicht frei bewegen konnten, und Marc warf einen Blick durch die offene Heckklappe nach draußen. Der weiße Rumpf der Antonov zog wie eine riesige Wand durch den prasselnden Regen an ihm vorbei. »Willst du dich denn nicht persönlich von uns verabschieden?«

»In euren Helmen sitzt jeweils eine Kamera, die mich ununterbrochen mit Livebildern versorgt«, entgegnete Madrigal. »Ich habe meine Augen überall, also seid vernünftig und haltet euch mit irgendwelchen dramatischen Aktionen zurück.«

Die Triebwerke heulten auf, als der Pilot Schub gab und der mächtige Hubschrauber sich vom Boden erhob. Die Heckklappe blieb offen, was darauf hindeutete, dass die Soldaten nach Erreichen des Ziels möglichst schnell von Bord gehen würden. Ein kräftiger Luftzug drang zur Öffnung herein, während der Hubschrauber an Höhe gewann. Für einen kurzen Augenblick sah Marc die breiten Tragflächen der Antonov und das trostlose Grün des Hangardachs vorbeihuschen, dann drehten sie und schwebten davon.

Die künstliche Insel mit dem Internationalen Flughafen Incheon verschwand im Hintergrund, und der Hubschrauber nahm Kurs Richtung Osten, auf Seoul zu. Sie jagten unter der tief hängenden Wolkendecke dahin, folgten dem Verlauf des Ara Canal, der vom Gelben Meer direkt ins Zentrum der südkoreanischen Hauptstadt führte.

Marc sah hinab auf das grüne Band der Wasserstraße und überlegte kurz, ob er sich einfach hinausstürzen sollte, aber sie waren über hundert Meter hoch. Einen Sturz aus einer solchen Höhe hätte er nicht überlebt.

Also blickte er sich im Inneren des Hubschraubers um und sah zu, wie die Einsatzkräfte sich bereit machten. Als

Technikfreak konnte er gar nicht anders, als die Ausrüstung zu analysieren und zu versuchen, daraus auf die vor ihnen liegende Aufgabe zu schließen. So waren zum Beispiel alle mit amerikanischen M4 Carbines ausgestattet, nicht mit den Daewoo-K2-Sturmgewehren, die die südkoreanische Armee benutzte, und schon gar nicht mit den Kalaschnikow-Nachbauten, die die Nordkoreaner unter der Bezeichnung »Typ 58« verwendeten. Das war vermutlich Absicht. Die in den USA gefertigten Waffen mit NATO-Standardmunition würden die Suche nach den Tätern so gut wie unmöglich machen.

Ein kalter Schauer kroch ihm über dem Rücken, als ihm dämmerte, dass er und Lucy in eine Operation unter falscher Flagge geraten waren. Die Aggressoren gaben sich eine falsche staatliche Identität, um ihre Opfer bewusst zu täuschen.

»Alles klar. Wir stecken also bis zum Hals mit drin«, sagte Marc laut, damit das Funkmikrofon seine Worte weiterleitete. »Verrätst du uns, welches Ziel wir ansteuern? Oder muss ich raten?«

»Es ist eine Überraschung«, erwiderte Madrigal. »Aber wenn du es selbst rauskriegen willst, nur zu. Dann bist du wenigstens beschäftigt.«

Es gab in dieser Stadt Hunderte von Orten, an denen ein schwer bewaffnetes Killerkommando verheerende Schäden anrichten konnte, aber diese Aktion würde längst nicht so offensichtlich gewalttätig ausfallen wie der vereitelte Angriff der Soldier-Saints auf einen Park in San Francisco. Madrigals Pläne waren zu vielschichtig, zu komplex für etwas so Primitives. Menschen zu töten, das allein würde ihr nicht reichen. Das hatte Ghost5 ja bereits in der ersten digitalen Phase des Angriffs auf die Infrastruktur von Seoul getan und damit eine Menge Chaos gestiftet.

Der Helikopter neigte sich zur Seite, als der Pilot die Maschine in eine enge, steile Kurve zwang, und Marc schlug mit dem Kopf gegen den Rumpf. Er drehte sich um und sah bei einem Blick durch die offene Heckklappe, dass sie über einem Bahndepot schwebten. Irgendetwas drückte unter seiner kugelsicheren Weste, aber er ignorierte es, weil er wusste, dass die Soldaten jede seiner Bewegungen genau im Blick hatten.

Hunderte Vorortzüge standen regungslos auf ihren Abstellgleisen, weil das Rangierwerk durch den Zusammenbruch des Systems lahmgelegt worden war. Dann flogen sie wieder über Wasser, dieses Mal über den breiten Han-Fluss, der sich mitten durch die Stadt schlängelte. Unter den verblassten roten Stahlgitterbögen einer vielspurigen Autobrücke war ein Durcheinander aus liegen gebliebenen Fahrzeugen zu erkennen – ein ziemlich beeindruckender Stau von einem Flussufer bis zum nächsten.

Der Hubschrauber stieg immer noch höher, schnitt durch graue Wolkenfetzen und flog am unteren Rand einer düsteren Wolke entlang, die über den zahlreichen Wohnblocks und rauchenden Fabrikschornsteinen hing. Aus der Luft erinnerte Seoul an eine dicht gedrängte Ansammlung bunter Häuserblöcke, die ein vielfältiges Karomuster rund um dunkelgrüne Parklandschaften bildeten. Dann sah Marc durch den Nieselregen ein großes Gebäude mit einer Kuppel am anderen Flussufer liegen. Scheinwerfer tauchten es in strahlenden Glanz. Er erkannte mit einem Blick, dass es sich um das Parlamentsgebäude handelte, den Sitz der Nationalversammlung, des höchsten Gremiums der Republik Korea. *War das das Ziel?*

Das kam ihm merkwürdig vor. So früh am Morgen würden kaum Menschen und wenn dann nur einige Angestellte dort sein. Ein Angriff hätte zwar eine gewisse symbolische Bedeutung, aber es würde nur wenig Blut fließen; und nachdem er Madrigal in die Augen gesehen hatte, war ihm klar, dass sie mehr wollte.

»Es ist nicht mehr weit«, ließ sie sich jetzt in seinem Ohrhörer vernehmen, als hätte sie seine Gedanken gelesen. »Wir müssen nur noch eine einzige Sache erledigen.«

Marcs Nackenhärchen richteten sich auf, und er empfand urplötzlich eine unerklärliche Angst. Er hatte das Gefühl, als würde Madrigal direkt neben ihm stehen, als würde ihr eisiges Lächeln immer breiter werden, während sie die letzten Schritte ihres Plans in die Tat umsetzte.

»Los geht's.« Der Heli neigte sich erneut nach vorn, verlor Höhe und gewann an Geschwindigkeit. Dann schoss er, ohne langsamer zu werden, an der Nationalversammlung vorbei, ließ das Gebäude und den Fluss hinter sich und donnerte weiter südwärts. Dicht beieinanderstehende Gebäude jagten verschwommen unter dem Heckrotor vorbei, und als Madrigal das nächste Mal sprach, da war die fast sexuell aufgeladene Vorfreude in ihrer Stimme nicht zu überhören. »Licht aus.«

Die Welle begann im Norden Seouls, in weiter Ferne, und schwappte von dort über die Stadt. Immer mehr Karos wurden dunkel. Ein Bezirk nach dem anderen war ohne Strom, und die Dunkelheit breitete sich als unregelmäßiger, zerklüfteter Teppich immer weiter aus. Die Häuser wurden zu Schatten, und schließlich waren zehn Millionen Menschen von der Stromversorgung abgeschnitten. Durch den Regen und die dicke Wolkendecke, die den Sonnenaufgang verhüllte, lag Seoul in einer seltsamen Dämmerung gefangen.

Einer der maskierten Soldaten klappte eine Kiste vor seinen Füßen auf, und Marc sah, dass sie zwei Quadrokopter-Drohnen enthielt. Der Soldat nahm sie heraus und warf sie, eine nach der anderen, durch die Luke nach draußen. Kaum hatten sie den Luftwirbel des Hubschraubers verlassen, richteten sie sich auf und sausten, angetrieben von ihren vier Rotoren, davon.

»Was haben sie denn damit vor?«, wollte Lucy wissen.

»Das sind ihre Augen«, erwiderte Marc. »Damit können sie alles beobachten.«

»Das gleiche Modell, das wir bei Hite gesehen haben?«

Marc nickte.

Der Hubschrauber setzte ihren südlichen Kurs unbeirrt fort. Die Großstadtbebauung wich allmählich den Vorortsiedlungen, und schließlich gab es nur noch rostbraune, flache Hügelflanken zu sehen. Marc hörte nichts, aber er sah die stummen Soldaten wie ein Mann auf einen neuen Befehl reagieren. Sie nahmen Haltung an und machten ihre Waffen schussbereit. Gleichzeitig stellte der Hubschrauber die leicht aufgerichtete Nase in den Wind, um möglichst schnell an Geschwindigkeit zu verlieren.

Die Maschine drehte sich um die eigene Achse und näherte sich ziemlich schnell der Erdoberfläche. »Wo sind wir?«, presste Lucy hervor und versuchte krampfhaft, einen Blick durch das nahe gelegene Fenster zu werfen.

Als der Hubschrauber dann mit einer Gefechtslandung auf dem Boden aufsetzte, fiel Marcs Blick schon wieder auf ein sehr charakteristisches Gebäude. Es besaß etliche geschwungene Elemente sowie niedrige blockförmige Bauteile und stand inmitten eines riesigen kreisförmigen Plateaus, das eindeutig aus der Hügelflanke herausgesprengt worden war. In den abgedunkelten Fenstern, die durch den Regen hindurch zu erkennen waren, spiegelte sich der bleigraue Himmel.

Als Nächstes fiel sein Blick auf eine Plakette mit dem Teaguk-Symbol, das auch auf der südkoreanischen Flagge abgebildet war. Es wurde von einer stilisierten Flamme überdeckt sowie von einem Tiger und einem Drachen flankiert. Und dann wusste er ganz genau, wo sie jetzt waren.

Madrigal hatte ihre Truppe zum Hauptquartier des südkoreanischen Geheimdienstes beordert, zu der Organisation also, die vor vierzig Jahren noch unter dem Namen KCIA firmiert hatte.

Kapitel 16

In schneller, sauber gestaffelter Formation huschte die maskierte Einheit zur Heckklappe des Hubschraubers hinaus. Die einzelnen Soldaten verteilten sich und sicherten jeweils den ihnen zugeteilten Sektor rund um die Maschine. Lucy folgte ihnen und versuchte, nachdem sie auf dem Asphalt stand, möglichst viel auf einmal wahrzunehmen. Sie suchte nach irgendeiner Schwachstelle, einer kleinen Lücke in der Panzerung, die sie nutzen konnte. Aber sie fand nichts. Diese schweigsamen Männer und Frauen hatten ein ganz bestimmtes Ziel vor Augen, und sie stellte sich unwillkürlich die Frage, wie lange sie wohl auf diesen Tag hingearbeitet hatten.

Wo sind wir da bloß reingeraten? Sie sah sich um, als Marc aus dem Hubschrauber in den Regen trat, gefolgt von einem weiteren Soldaten, der dafür sorgte, dass sie niemandem in die Quere kamen.

Der Helikopter war am Rand eines großen Parkplatzes gelandet, auf dem nur einige wenige unauffällige Kleinwagen und SUVs standen. In der einen Richtung waren ein flaches Nebengebäude sowie ein viergeschossiger Büroblock zu sehen, der von unauffälligen, als Blumentöpfe getarnten Beton-Schutzpollern umringt wurde. In der anderen Richtung befand sich das Hauptgebäude. Es war sehr viel größer als das Nebengebäude und besaß eine glatte Außenhaut aus bläulichem Glas, in der sich die umgebende Hügellandschaft spiegelte.

Sie fühlte sich bei diesem Anblick an andere Zeugnisse einer nichtssagenden monolithischen Architektur erinnert, zum Beispiel die »Black Box« der NSA in Fort Meade oder die CIA-Zentrale in Langley. Das Hauptquartier des NIS jedenfalls wirkte von außen genau so, wie es von innen aus agierte: charakterlos, aber dennoch bedrohlich; ein Betonklotz, der den Schlapphüten eines Staates als Heimat diente. Auf dem Vorhof war ein Landeplatz zu sehen. Der Hubschrauber, der dort parkte, ein spindeldürre, silberfarbenes Ding, war nur ungefähr ein Drittel so groß wie die mächtige Mil, und die uniformierten Wachen, die um ihn herumlungerten, setzten sich bereits in ihre Richtung in Bewegung. Lucy verspannte sich: Nur noch wenige Sekunden bis zum Erstkontakt. Sie fühlte sich exponiert und verletzlich, so unbewaffnet wie sie war. Die schwere elektronische Fessel, die Kara ihr angelegt hatte, hing wie Blei an ihrem Handgelenk.

Die beiden Soldaten, die am dichtesten bei ihnen standen, schubsten Lucy und Marc hinter einen parkenden Wagen in Deckung, und Lucy nutzte die Gelegenheit, um ihre Ausrüstung ein wenig genauer unter die Lupe zu nehmen. Einer der beiden und mit Abstand der Kräftigste der ganzen Truppe hatte ein paar zusätzliche Taschen in seiner Kampfweste; in jeder steckte ein Riegel mit C4-Sprengstoff. Außerdem war an einer Schlaufe seiner Weste eine zylinderförmige Granate befestigt. Lucy hatte den violetten, mit INCEN beschrifteten Streifen rund um die Granate sofort gesehen. Sie blickte den anderen Soldaten an und stellte fest, dass es eine Soldatin war. Auch sie hatte eine Thermitgranate bei sich, eine außerordentlich wirksame Brandbombe, die ohne Weiteres in der Lage war, sich durch den Motorblock eines Lastwagens zu fressen. Lucy wusste nicht, wozu sie diese Dinger hier brauchten, und sie wollte es auch gar nicht so schnell erfahren. Die Soldatin legte den Kopf schief und blickte dann auf das Display ihrer Smartwatch.

Als Nächstes hörte Lucy ein mittlerweile vertrautes Sirren, dann schossen zwei Quadrokopter-Drohnen über sie hinweg. Irgendjemand aus dem Hubschrauber oder am Flughafen steuerte sie, um den Angriff zu koordinieren.

Eine männliche Stimme rief ihnen auf Koreanisch etwas zu, und obwohl Lucy kein Wort verstanden hatte, war der Tonfall absolut klar. *Verwirren und überrumpeln.* Nach dem unerwarteten Stromausfall wollten die Wachen natürlich möglichst schnell wissen, was hier eigentlich vor sich ging.

Die maskierten Soldaten ließen ihnen keine Chance. Während die Rotorblätter im Leerlauf die Luft umwälzten, streckten die Angreifer die Wachen mit kurzen, präzisen Salven nieder. Jeweils drei genau gezielte Schüsse jagten aus den schallgedämpften Läufen ihrer M4, und die NIS-Männer sanken zu Boden, während das Blut aus ihren Körpern spritzte. Keiner von ihnen schaffte es, das Feuer zu erwidern. Jetzt zog einer der Soldaten eine schallgedämpfte Pistole und jagte jedem der Gefallenen eine Kugel in den Kopf, nur zur Sicherheit.

»Scheiße«, murmelte Marc. »Diese Arschlöcher machen keine halben Sachen.«

»Genau dafür wurden sie schließlich ausgebildet.« Madrigals seidige Stimme ergoss sich wie Gift in Lucys Ohr, und sie zuckte zusammen. »Man muss ihre Effizienz einfach bewundern.«

»Genau …« Sie sah, wie die ganze Einheit innehielt, während sie einen neuen Befehl bekam. Ein Soldat tippte ebenfalls auf seine Smartwatch, genau wie die Soldatin, die Lucy vorhin beobachtet hatte. Sie folgten ganz eindeutig einem exakten Zeitplan.

Die beiden kleinen Drohnen über ihren Köpfen verharrten jetzt auf der Stelle und beobachteten, wie die Soldaten mit ihren unmenschlichen Bewegungen und ihren unhörbaren Absprachen vorrückten. Kurz darauf teilte sich die Einheit in zwei Gruppen. Die erste näherte sich im Laufschritt dem Hauptgebäude, der Rest ließ sich zurückfallen und marschierte auf das Nebengebäude zu.

Die maskierte Soldatin bedeutete Lucy, sie solle der zweiten Gruppe folgen, und Madrigal verlieh dem Befehl noch etwas mehr Nachdruck: »Los jetzt, Bewegung!«

Lucy starrte in das Kameraobjektiv auf dem Roboterhelm der Soldatin. »Und wenn nicht?« Sie suchte in den dunklen Linsen der Maske nach irgendeinem Hinweis auf die Person dahinter, aber vergeblich.

»Dann wirst du nie erfahren, wie das Ganze endet«, zischte Madrigal zurück.

Die Soldatin hob ihr Gewehr und bedrohte Lucy mit dem Kolben.

»Jetzt komm schon.« Marc zog Lucy mit sich. »Du willst denen doch keinen Anlass liefern.«

»Dieses ganze Scheißmarionettentheater ist doch zum Kotzen«, schleuderte Lucy ihm entgegen, aber sie ging trotzdem weiter. Sie wusste ja, dass er recht hatte – sie mussten sich auf Madrigals dämliche kleine Spielchen so lange einlassen, bis sich vielleicht eine winzige Gelegenheit bot, etwas zu unternehmen. Aber die Chance, dass es jemals dazu kam, wurde mit jedem Augenblick geringer.

Weiter vorn waren die ersten Soldaten bei der Tür des von Schutzpollern umgebenen Gebäudes angelangt und bereits ins Foyer vorgedrungen.

»Der Stromausfall ergibt jetzt natürlich einen Sinn«, sprach Marc laut aus, was er dachte. »Die haben nicht nur deshalb in der ganzen Stadt die Kerzen ausgeblasen, weil sie Chaos anrichten wollten.« Er zeigte mit dem Daumen auf das hinter ihnen liegende Hauptgebäude. »Das lokale Netz, an den das NIS-Gelände angeschlossen ist, ist viel zu klein, darum konnten sie da den Stecker nicht ziehen. Sie mussten den gesamten Großraum lahmlegen.«

»Verstehe ich nicht …« Lucy sah ihn fragend an.

»Ein größerer Blackout erfordert ganz andere Notfallmaßnahmen«, erläuterte er. »Wenn alles ausfällt, dauert es viel länger, bis die Notstromversorgung in Gang kommt, also …«

Als sie an zwei parkenden Minivans vorbeigingen, kam urplötzlich ein schwarzer Schatten zwischen den beiden Fahrzeugen hervor. Schüsse fielen, als ein Mann in der Uniform der NIS-Wachen mit einer Halbautomatik in der Hand wie aus dem Nichts vor ihnen stand. Lucy reagierte und sah noch, wie Marc sich zu Boden warf.

Der Mann musste zu der Gruppe gehört haben, die ihnen entgegengekommen war, war aber offensichtlich schlau genug gewesen, sich von hinten anzuschleichen. Dadurch war er dem Kugelhagel entgangen, der seine Kollegen niedergemäht hatte. Die Soldaten, die Lucy und Marc begleitet hatten, waren wie vom Erdboden verschwunden. Mit einem Mal existierte nichts anders mehr als ihre unmittelbare Umgebung und ihr absoluter Wille, die kommenden Sekunden zu überleben.

Mit einem wütenden Knurren wandte der Mann sich Lucy zu. Sie war die Gegnerin, die ihm am nächsten stand, und er riss die Pistole nach oben, um ihr ins Gesicht zu schießen. Er sah keinen Unterschied zwischen ihr und den anderen Soldaten, Helm hin oder her. Sie war ein Eindringling, genau wie alle anderen auch.

Lucy wartete nicht ab, bis der Wachmann seine Bewegung vollendet hatte, und blockte seinen Arm mit ihrem

Unterarm zur Seite weg. Ein Schuss löste sich, ohne Schaden anzurichten, und Lucy behielt ihren Schwung bei und versetzte dem Wachmann einen Faustschlag gegen den Kehlkopf. Ihre Blicke begegneten sich, und sie sah Wut und Hass in seinen Augen. Er hatte gesehen, wie seine Kameraden gestorben waren, das sah sie ihm überdeutlich an, und er glaubte, dass Lucy dafür mitverantwortlich war.

Sie schluckte die nahe liegende, menschliche Reaktion hinunter, den Impuls zu sagen: *Nein, das war ich nicht, es tut mir leid,* und entschied sich stattdessen für den Weg der Gewalt. Lucy klemmte sein Handgelenk ein und verdrehte es, bis der Wachmann einen lauten Schmerzensschrei ausstieß. Sie hatte den Griff so angesetzt, dass er gar nicht anders konnte, als direkt in ihren nächsten Schlag zu laufen. Er saß in der Falle, doch als er das erkannte, war es bereits zu spät. Sie griff nach seinem Kinn und rammte seinen Kopf mit voller Wucht nach hinten, sodass er mit dem Hinterkopf gegen das Beifahrerfenster des einen Minivans prallte. Die Scheibe bekam einen Riss. Er taumelte, war benommen und orientierungslos, und sie wiederholte das Ganze. Beim zweiten Aufprall splitterte die Scheibe, und die Pupillen des Mannes rutschten nach oben, sodass nur noch das Weiße zu sehen war. Er sackte durch, glitt am Minivan entlang und landete auf dem Boden.

Lucy sah seine Waffe auf dem Boden liegen und machte einen Schritt darauf zu, doch dann wurde sie von einer kräftigen Hand am Arm gepackt und zurückgerissen. Der maskierte Soldat hielt sie gut fest, während die Soldatin näher kam und die Pistole mit einem Fußtritt unter den Minivan beförderte, außer Reichweite.

Jetzt ließ sich auch Marc wieder blicken. »Bist du verletzt?« Er wirkte erschüttert.

Sie sah ihn besorgt an. »Und du? Ich dachte …«

»Es war knapp. Hat mir einen Scheitel gezogen.« Er schüttelte den Kopf. »Scheiße. Wo ist der denn plötzlich hergekommen?«

Lucys Antwort wurde von einem lauten Knall übertönt. Die Soldatin hatte den bewusstlosen Wachmann kaltblütig erschossen.

»Du widerliches Arschloch!«, schleuderte sie ihr entgegen.

»Schluss jetzt mit den Verzögerungen«, ließ sich Madrigals gespenstische Stimme vernehmen. »Es sei denn, ihr wollt genauso enden.«

Madrigal würde sie in jedem Fall töten. Wenn Lucy auch nur den geringsten Zweifel daran gehabt hatte, dann löste er sich spätestens jetzt, beim Anblick des toten Wachmanns, in Luft auf. Das Blut, das aus der Eintrittswunde sickerte und über sein Gesicht lief, verblasste mehr und mehr, während es vom Regen allmählich weggespült wurde.

Als sie das Gebäude betraten, erwachte die Deckenbeleuchtung zum Leben. Die Notstromaggregate der NIS-Zentrale waren endlich angesprungen, allerdings nicht schnell genug, um die nordkoreanischen Spezialkräfte daran zu hindern, die äußeren Riegel der Einrichtung zu durchdringen.

Der Schuss des Wachmanns hatte ihn nur um Haaresbreite verfehlt, und Marcs Herz klopfte immer noch wie verrückt. Was er zu Lucy gesagt hatte, war keine Übertreibung gewesen – er hatte gespürt, wie die Kugel seine Schläfe gestreift hatte, hatte das Zischen gehört und war zurückgezuckt. Ein Zentimeter oder zwei in die andere Richtung, und die Kugel hätte ihn ins Gesicht getroffen. Das Gefühl, dem Tod nur mit knapper Not entgangen zu sein, fuhr ihm in den Magen, und er holte tief Luft.

In der schlechtsitzenden Kampfweste, die Kara ihm angelegt hatte, fühlte er sich schwer und unwohl. Irgendetwas bohrte sich in seine Rippen. Er zog an der Weste, aber ohne Erfolg. Dann steckte er seine Hand hinein und stieß gegen einen Gegenstand. Er zögerte. *Was ist das?*

Jetzt hörte er in der Nähe ein ersticktes Stöhnen und roch Pulverdampf. Eine Handvoll NIS-Mitarbeiter – manche bewaffnet wie die Männer auf dem Parkplatz, andere Büroangestellte im Anzug, die den tragischen Fehler begangen hatten, ausgerechnet heute besonders früh zur Arbeit zu kommen – lagen kreuz und quer auf dem Boden des Empfangsbereichs verteilt. Wie vorhin schritt auch jetzt ein stummer Soldat zwischen den Gefallenen umher und verpasste allen zusätzlich einen Kopfschuss, um jedes Risiko auszuschließen. Nach dem nächsten Schuss verstummte das Stöhnen.

Aber das, was hier geschah, blieb nicht ungesehen. Marc hob den Blick und sah die schwarzen Halbkugeln mit den Überwachungskameras an der Decke, über dem Empfangstresen, der Sicherheitskontrolle und den Türen, die ins Innere des Gebäudes führten. Jetzt, da die Stromversorgung wieder funktionierte, arbeiteten auch diese Geräte wieder. Jede Schandtat, die der Sturmtrupp hier anrichtete, wurde aufgezeichnet. Er wandte sich ab, aber sein Gesicht würde trotzdem auf allen Aufnahmen zu sehen sein.

Einer der stummen Soldaten hing regungslos auf einem Sessel, nur wenige Meter entfernt von einem toten Wachmann. Dieser hatte den Angreifer mit einer Salve aus seiner Maschinenpistole gefällt. Der Soldat mit der Pistole stellte sich neben seinen toten Kameraden, während der Rest der Truppe schon die Sicherheitskontrolle passierte. Ohne auf die Alarmsignale des unbemannten Metalldetektors zu achten, zogen sie Marc mit sich, doch dieser drehte sich noch einmal um.

Er sah, wie der Soldat nach einer zylinderförmigen Handgranate an der Weste des Toten griff, den Stift zog und den Zündzeitpunkt einstellte. Dann steckte er den Sprengsatz wieder in die Weste des Toten und zog sich hastig zurück. Eine grelle orangefarbene Stichflamme schoss aus der Granate hervor, und der Leichnam wurde von einer Wolke aus Rauch und Feuer umhüllt. Sekunden später verglühte er unter der Wirkung der Thermitgranate, und Marc hatte den widerlichen Gestank nach geschmolzenem Fleisch auf der Zunge. »Sie verbrennen ihre Toten«, stieß er atemlos hervor.

»Wir lassen nichts zurück«, erläuterte Madrigal.

Weiter vorn hatten zwei Soldaten die Schlösser aus den Türen herausgeschossen, die in den anschließenden Korridor führten. An den Wänden lagen noch mehr tote Wachen. Marc musterte sie im Vorbeigehen, dann warf er Lucy einen Blick zu. Sie tat so, als hätte sie es nicht gemerkt, aber er wusste, dass sie die Waffen neben den Toten ebenfalls gesehen hatte.

Wenn sie sich auf die Waffen stürzten, wie lange würde es wohl dauern, bis Madrigal es merkte und die Elektroschockarmbänder aktivierte? Marc verspannte sich und spürte genau, wo die Kontaktzinken sich in seinen Unterarm bohrten. Konnte er es riskieren?

Am Ende des Korridors, hinter einer weiteren verschlossenen Doppeltür, befand sich ein Vorzimmer, das war durch die kugelsichere Glasscheibe hindurch gut zu erkennen. Sie waren sehr viel dicker als die bisherigen. Die Angeln der schweren, widerstandsfähigen Türblätter waren innen montiert, genau wie der Schließmechanismus, was eher zu einem für militärische Zwecke angelegten Bunker als zu einem Bürogebäude passte. An der Rückwand des Vorzimmers war genau die gleiche Konstruktion zu erkennen. Es wäre sicherlich möglich gewesen, die Tür mit einer Thermitgranate zu öffnen, aber das hätte viel Zeit in Anspruch genommen.

In dem Vorzimmer befanden sich, gut geschützt, zwei Männer: ein Wachmann mit verbissener Miene und einer Maschinenpistole im Anschlag sowie ein jüngerer Mann mit Jackett und Krawatte. Er hielt eine Pistole umklammert. Beide beobachteten die näher kommenden Eindringlinge misstrauisch.

Dann erhielten die Soldaten neue Anweisungen, was an ihrer veränderten Körpersprache deutlich zu erkennen war. Der kräftige Kerl und die Frau, die Marc und Lucy seit dem Verlassen des Hubschraubers begleitet hatten, blieben mit zwei weiteren im Korridor stehen, während die anderen sich in Richtung Empfangsbereich zurückzogen und das Gebäude verließen.

Einer der Maskierten näherte sich der kugelsicheren Glasscheibe, schlang sich die M4-Carbine über die Schulter und klopfte gegen das Glas, als stünde er vor einem Aquarium.

Der Wachmann mit der MP verzog wütend das Gesicht und zielte mit seiner Waffe auf den Eindringling. Er sah nicht, wie sich der Gesichtsausdruck des Mannes mit der Krawatte veränderte, sah nicht die eiskalte Entschlossenheit in seinem Blick. Der Mann richtete seine Pistole auf den Wachmann und schoss ihn in den Hinterkopf. Blut und Gehirnmasse spritzten an die Innenseite der Scheibe. Dann machte er sich an einer Instrumententafel zu schaffen, und die Türen schwangen auf.

»Ein Agent, der die Seiten gewechselt hat«, sagte Lucy leise. »Ist ja eigentlich logisch, dass die Nordkoreaner auch ihre Leute im NIS haben.«

»Stimmt«, meinte Marc zustimmend. »Und wenn sie

die für diese Operation hier opfern, dann fragt man sich doch unwillkürlich …«

»Was sie davon haben, dass sie bereit sind, so einen hohen Preis zu bezahlen«, beendete Lucy seinen Satz.

Jetzt ging auch die zweite Doppeltür auf, und Marc erhielt erneut einen Stoß in den Rücken. Dabei spürte er wieder das Ding, das sich in seine Rippen bohrte, und verspannte sich. *Wenn es das ist, was ich glaube …*

Der Doppelagent ging voraus und winkte sie weiter ins Innere einer lang gestreckten, rechteckigen Kammer mit grauen Betonwänden. Die Luft war sehr sorgfältig klimatisiert und roch neutral. Schwaches Licht drang zu den dicken, quadratischen Oberlichtern in der Decke herein, während der böige Wind den Regen sturzbachartig darüber hinwegfegte.

An der einen Wand der Kammer standen aufgereiht nebeneinander fünf große Metallkabinen, jede so groß wie ein normaler Frachtcontainer, wie sie auf Schiffen oder Sattelzügen transportiert wurden. Die Kabinen besaßen an der Schmalseite eine Tür mit einem kleinen Fenster, und sie standen nicht direkt auf dem Boden, sondern wurden von vier Wagenhebern – an jeder Ecke einer – in Position gehalten. Die Kabinen waren mit unterschiedlichen koreanischen Schriftzeichen gekennzeichnet, und manche waren an Stromkabel angeschlossen, die durch die Gitterroste unter den Wagenhebern im Boden verschwanden.

Neugierig reckte Marc den Hals, machte ein paar Schritte auf die erste Kabine zu und versuchte, einen Blick durch das Türfenster zu werfen. Er sah spinnenbeinige Drahtgestelle voller stabiler Behälter und dazu etwas, was aussah wie ein isolierter Server.

Er zählte eins und eins zusammen und sagte: »Das … das sind SCIFs.«

Wie der gesicherte Serverraum in der Zentrale von Horizon Integral enthielten auch diese Kabinen eine ganze Reihe von abgeschotteten, extrem gesicherten Datenbanken. In jeder einzelnen Kabine lagerte eine ganze Bibliothek mit Informationen, die der südkoreanische Geheimdienst der Öffentlichkeit vorenthalten wollte, eine gewaltige Fülle an geheimem Material in digitalisierter Form.

»Darum ist es ihnen bei dieser ganzen Aktion gegangen, um nichts anderes, und zwar von Anfang an.« Marc drehte sich zu Lucy um. »Hier lagern sämtliche schmutzigen kleinen Geheimnisse, die der NIS lieber für sich behalten möchte. Hier werden sie aufbewahrt.«

»Ich wusste doch, dass du's irgendwann kapieren würdest«, hauchte Madrigal, und er konnte ihr Lächeln regelrecht hören. »Das da ist die Wahrheit hinter all den Lügen. Und wenn die Welt sieht, was sie alles versteckt haben – welche Verschwörungen die amerikanische Regierung und ihre Lakaien in Südostasien konstruiert haben, um das alles zu vertuschen –, dann wird ein Flächenbrand ausbrechen, der ganze Staaten einfach verschlingen wird.«

Die maskierte Soldatin legte jetzt unvermittelt ihre M4 an und richtete den Lauf an die Decke. Sie zielte sorgfältig, und dann zerschoss sie eine Halbkugel nach der anderen, so lange bis sämtliche Überwachungskameras im Raum zerstört waren.

»Was soll das denn für einen Sinn haben?«, meinte Lucy spöttisch. »Mit einem Mal soll niemand mehr sehen, was hier passiert?«

»Genau«, erwiderte die Hackerin. »Jedenfalls nicht das, was nun folgen wird.«

Einer nach dem anderen nahmen die stummen Soldaten jetzt ihre Helme ab und machten sie an einer Magnetschnalle an ihrem Gürtel fest. Der ältere Koreaner und die Asiatin, die sich bei dem Überfall auf Hites Villa das Gesicht verbrüht hatte, waren die Ersten, gefolgt von dem mit Abstand größten der Maskierten. Er stand direkt vor Marc, als er seinen Helm abnahm, und auch er erwies sich als unangenehmer Bekannter: Null, der Punk aus der Antonov, über und über tätowiert und großzügig im Umgang mit dem Elektroschocker, grinste ihn hämisch an.

Ein eiskalter Schauer kroch Marc über den Rücken, als der letzte Soldat sich offenbarte, doch er wusste bereits, wen er gleich zu sehen bekommen würde. Kupferrote Haare fielen aus dem Helm, und ein blasses Gesicht grinste ihn anzüglich an.

»Überraschung«, sagte Madrigal. Sie genoss ihren Auftritt sichtlich, wie ein Zauberkünstler einen besonders gelungenen Trick. »Weißt du, was ich im Flugzeug zu Kara – pardon, ich meinte natürlich Song – gesagt habe?« Sie verzog die Lippen zu einem schiefen, triumphierenden Lächeln. »Manche Dinge lassen sich eben nicht aus der Ferne regeln. Ich habe es einfach nicht ausgehalten.«

»Ich verstehe.« Marc deutete mit einer Kopfbewegung auf die Kabinen. »Das ist dein Hauptgewinn, stimmt's? Der Topf voll Gold, der am Ende eines mörderischen Regenbogens auf dich wartet.«

»Witzig«, erwiderte sie. »Da liegst du gar nicht so weit daneben.« Madrigal näherte sich den Kabinen, betrachtete die Schriftzeichen an den Seitenwänden und traf eine Entscheidung. »Hier ist es«, hauchte sie mit erwartungsvoller Miene. »Pass auf sie auf«, befahl sie Null.

Dann holte sie eine Plastikspritze aus ihrer Gürteltasche und steckte die Spitze in das Schloss der mittleren Kabine. Dicke, klebrige Flüssigkeit ergoss sich in den Mechanismus und verwandelte sich beim Kontakt mit der Umgebungsluft in Säure. Das Schloss fing an zu zischen, warf Blasen und stieß eine weiße Dampfwolke aus, bevor es in sich zusammenfiel.

»Was glaubst du eigentlich, was du da drin findest?«, rief Lucy ihr zu.

»Genügend Daten, um den NIS zu entlarven und auch das letzte bisschen Vertrauen, das die Menschen in Südkorea zu ihrer Regierung haben, zu zerstören. Zunächst einmal. Und dann sind da ja noch die Lügen, die in Washington in die Welt gesetzt wurden, von der CIA und allen anderen, die daran beteiligt waren.« Madrigal hielt kurz inne, und als sie weitersprach, klang ihre Stimme ein klein wenig belegt. »Sie werden für ihre Sünden büßen.« Dann zog sie die Tür auf und starrte regungslos ins Innere der Kabine.

Marc glaubte, so etwas wie eine Gefühlsregung auf ihrem Gesicht zu erkennen, doch dann war sie schon wieder verflogen. »Und der Norden wird seinen Teil davon abbekommen, stimmt's?«, fügte er hinzu und warf einen schnellen Blick zu Fox hinüber, der die beiden Gefangenen mit seiner Waffe in Schach hielt. »Das hast du jedenfalls so vereinbart.«

Madrigal spreizte die Finger und holte tief Luft. »Jeder bekommt das, was er verdient hat.«

Cat stand neben der Doppeltür und beobachtete den Mann im Anzug, der den Leichnam eines getöteten Wachmanns in die Kammer schleifte und gegen einen Stützpfeiler lehnte. Dann ging er noch einmal nach draußen und brachte die diversen Waffen der ermordeten NIS-Mitarbeiter herein.

Marc wechselte einen fragenden Blick mit Lucy, und sie machte eine unauffällige Handbewegung, als würde sie eine Schnur auseinanderziehen.

Es war klar, was sie damit sagen wollte: *Zeit gewinnen.*

Dann deutete sie mit einer Kopfbewegung auf die SCIF-Kabine, für die Madrigal sich interessierte. Marc folgte ihrem Blick und sah, wie Null sich neben die Wagenheber kniete und an jeder Ecke der Kabine mehrere C4-Päckchen anbrachte. Nachdem die Hacker so unendlich viel Mühe auf sich genommen hatten, um hierherzugelangen, hatte er wirklich nicht damit gerechnet, dass sie den Lohn für all diese Mühen – ihren Topf voller Gold – einfach in die Luft sprengen würden.

»Aha«, sagte er. »Ihr habt genau dasselbe Problem wie jemand, der in eine Goldkammer einbricht. In jeder dieser Kabinen wird eine Riesenmenge Material gespeichert, aber ihr könnt es nicht einfach so raustragen.«

Der ganze Sinn einer solchen gesicherten Datenbank lag ja darin, dass sie nicht mit anderen Datenbanken oder dem Internet verbunden war. Wer sich also Zugang zu diesen Servern verschaffen wollte, der musste die jeweilige Kabine betreten und den darin befindlichen Terminal benutzen. Und die Akten, die zusätzlich in manchen Kabinen gelagert wurden, existierten nur hier. Kopien gab es keine. Das Ganze war offline sowie altmodisch, und das mit voller Absicht. Unmöglich zu hacken, es sei denn, jemand schaffte es, eine ganze Stadt zusammenbrechen zu lassen.

Madrigal musterte Marc aufmerksam mit leuchtenden Augen. »Da irrst du dich«, sagte sie. »Und außerdem … ich will ja gar nicht alles.«

Schüsse ertönten, und Marc zuckte unwillkürlich zusammen, aber die Schüsse galten nicht ihm. Er sah, wie die Soldatin – Cat – kurze Salven in die Wände und die Decke jagte, bis das Magazin ihrer Carbine leer war.

Dann drehte sie sich auf dem Absatz um und warf Lucy die Waffe zu, die sie ungeschickt auffing. »Was soll ich denn damit?«

Cat gab keine Antwort, sondern zog eine SIG-Sauer-Pistole aus ihrem Gürtel und leerte auch deren Magazin, bis der Schlitten regungslos verharrte. Anschließend ging sie zu Marc und drückte ihm die Waffe in die Hand.

Als der ältere Nordkoreaner dann dem Doppelagenten eine der südkoreanischen Waffen abnahm und ein frisches Magazin in den Munitionsschacht schob, wurde Marc schnell klar, welches Finale Madrigal für ihn und Lucy vorgesehen hatte. Er sah es klar und deutlich vor sich: Fox würde die beiden Rubicon-Agenten erschießen und es so aussehen lassen, als ob sie bei einem Schusswechsel mit einer der NIS-Wachen ums Leben gekommen wären. Ihre Leichen würden in der SCIF-Kammer zurückbleiben und die Südkoreaner auf die falsche Fährte locken, während Ghost5 und ihre Verbündeten aus dem Norden spurlos verschwanden.

Die Kameras im Eingangsbereich hatten ihre Gesichter erfasst, und da Madrigal die Kameras hier in der Serverkammer alle zerstört hatte, würde die Täuschung nicht auffallen. Sie hatte alles genau so geplant, dass Marc und Lucy als die Schuldigen identifiziert werden mussten. Der NIS würde über kurz oder lang ihre Identität ermitteln, und dann würde ein Sturm über Rubicon losbrechen. Die südkoreanischen Sicherheitsbehörden, die Central Intelligence Agency, alle würden sie mit vereinten Kräften über die Rubicon-Gruppe herfallen. Solomon würde es erst erfahren, wenn es längst zu spät war. Selbst falls irgendjemand irgendwann die Wahrheit herausfand – bis es so weit war, war Madrigal längst über alle Berge.

»Ah, verdammt noch mal, nein.« Lucy verzog die Lippen, während sie genau dasselbe Bild vor Augen hatte wie Marc. »Wir spielen doch nicht für dich den Sündenbock!«

Madrigal grinste spöttisch. »Sehr amüsant, dass du immer noch glaubst, du hättest ein Mitspracherecht.« In ihrem Rücken hatte Null seine Arbeit an den Ecken der mittleren Kabine inzwischen beendet und war auf das Dach geklettert. Während Madrigal weitersprach, holte er die letzten Sprengstoffpäckchen aus seiner Weste. »Ich will ganz offen sein. Ich bin tief beeindruckt von eurer Leistung«, sagte Madrigal. »Normalerweise kommen nur Leute, die ich persönlich rekrutiert habe, so dicht an mich heran … oder die, die ich auslöschen muss.«

»So wie Kara?«, wollte Lucy wissen. »Und Lex Wetherby?«

»Jetzt hast du's kapiert.« Madrigal hielt inne und legte eine Hand an den Stöpsel in ihrem rechten Ohr. Marc hörte ein leises Knistern, dann nickte sie.

»Mit allem gebotenen Respekt, *Marie*«, sagte Marc. Er sprach sie bewusst mit ihrem Geburtsnamen an, um sie in Rage zu versetzen, »aber du kannst mich am Arsch lecken, und zwar kreuzweise. Wir spielen deine Spielchen nicht länger mit.« Mit einer ärgerlichen Handbewegung schleuderte er die leere Pistole in den Schatten.

»Hast du mir eigentlich zugehört, Dane? Ihr hattet niemals eine Wahl.« Sie nickte Null zu, der die letzten Sprengladungen ringförmig rund um die Oberlichter in der Decke angebracht hatte.

Er sprang auf den Boden, wich ein paar Schritte zurück und holte eine Fernbedienung aus seiner Weste. »Lassen wir's krachen«, knurrte er und drückte auf eine Taste.

Marc hatte kaum genügend Zeit, um sich die Ohren zuzuhalten, bevor die C4-Ladungen an den Ecken der Kabine mit mehreren krachenden Donnerschlägen explodierten. Die SCIF sackte zu Boden. Im selben Augenblick wurde die zweite Explosionsserie an der Decke der Serverkammer ausgelöst. Null hatte die Sprengstoffpäckchen so angebracht, dass die Explosion nach außen gerichtet war und ein großes, kreisförmiges Stück aus dem Dach riss. Kugelsicheres Glas und Betonsplitter stoben nach oben in den Regen, Staub und Trümmer stürzten in die Kammer.

Dann kam Marc wieder zur Besinnung. Er lief los, in der Hoffnung, dass die Nachwirkungen der Explosion ihm wertvolle Sekunden verschafften, um sich Madrigal und ihren Leuten entgegenzustellen. Doch schon kam ihm aus den Rauchschwaden Null mit diesem verdammt langen Messer in der Hand entgegen. Er sah Marc an und schüttelte dabei spöttisch den Kopf. Marc erstarrte.

Dann hörte er ein tiefes Dröhnen und sah aus dem Augenwinkel, wie in dem Loch im Dach ein blinkendes, helles Licht auftauchte. Der Regen wurde zu einer wahren Sintflut, weil ein kräftiger Abwind in die Kammer blies. Marc erkannte, dass das Licht zur Heckleuchte der Mil gehörte und das donnernde Geräusch zu ihrem riesigen Rotor.

Der mächtige Transporthubschrauber schwebte jetzt über der gesprengten Decke. Aus einer Luke im Bauch wurden Seile herabgeworfen und landeten klatschend auf dem Dach der beschädigten SCIF.

Null griff danach und machte sie an dicken Stahlbolzen an der Außenwand der Kabine fest. Madrigal sah ihm mit einem entrückten Gesichtsausdruck dabei zu, ohne sich vom Regen stören zu lassen.

Es dauerte nicht lange, bis der tätowierte Hüne fertig war und dem Hubschrauber ein Handzeichen gab. Die Seile strafften sich, und die Mil übernahm das Gewicht ihrer neuen Fracht.

»Tja«, rief Madrigal und wandte sich an Marc und Lucy. »Wir müssen euch leider verlassen.« Sie nahm ein kleines Gerät in die Hand, eine Fernbedienung, ganz ähnlich wie die, mit der Null das C4 gezündet hatte. »Ich habe durchaus Mitleid mit euch«, fuhr sie fort. Sie musste fast brüllen, um sich über dem Lärm verständlich zu machen. Dann nickte sie Fox zu, der das gestohlene Gewehr in die Luft reckte. »Er wird dafür sorgen, dass es schnell geht. Es sei denn, ihr seid unartig.«

Lucy hielt das leere M4 wie einen Knüppel in der Hand und schüttelte es drohend in Madrigals Richtung. »Du kannst mich mal am Arsch lecken, du klapperige …«

»Na, dann eben nicht«, gab Madrigal zurück und drückte auf den Auslöser für die Elektroschockarmbänder.

Marc machte sich auf die nächste nervenzersetzende Schmerzerfahrung gefasst. Die Erinnerungen an die Stromstöße aus dem Viehtreiber an Bord der Antonov waren immer noch frisch. Aber nichts geschah.

Die Verwirrung auf Madrigals Gesicht war ein ganz neuer Anblick. Sie drückte noch einmal auf die Taste, kräftiger dieses Mal, aber die Armbänder reagierten immer noch nicht.

Ein verschlagenes Grinsen stahl sich auf Marcs Gesicht. Er schob die Hand unter seine Kampfweste und griff nach dem Gegenstand, der dort im Saum versteckt war.

»Kara …?«, fragte Lucy und zerrte an dem wirkungslosen Armband, bevor sie ihn mit zusammengekniffenen Augen ansah.

»*Kara*«, wiederholte er und blickte Madrigal an.

Ihre Miene versteinerte, wurde eiskalt, und dann huschte ein Schatten über ihr Gesicht. »Undankbare kleine Nutte …«, presste sie zwischen zusammengebissenen Zähnen hervor. Für einen Sekundenbruchteil flackerte eine tiefe Verletztheit auf, bevor sie von einer blutrünstigen, grimmigen Miene überlagert wurde. Das war das Gesicht der Mörderin, das er auf dem Videoband gesehen hatte, das

Gesicht, aus dem der nackte, unverstellte Hass sprach. Hinter ihr hatte sich die SCIF-Kabine mittlerweile ganz vom Boden gehoben. »Erik!«, rief sie und klopfte gegen ihren Ohrhörer. »Erik! Ist da jemand? Kommen!«

»Aha, ich schätze mal, sie hat dich vom Funkverkehr abgeschnitten, stimmt's?« Marc nutzte die Gelegenheit und entfernte sich ein Stück von Lucy, sodass Fox sie nicht mehr beide gleichzeitig ins Visier nehmen konnte. »Sieht ganz so aus, als wären wir nicht die Einzigen, denen sie gewisse Dinge vorenthalten hat.«

Jetzt zog Marc die Hand aus seiner Weste und brachte ein Notsignalgerät zum Vorschein. Das Gerät, kurz NSG genannt, erinnerte an den Griff einer großen Pistole ohne Lauf und Abschussvorrichtung und konnte in schneller Folge ein halbes Dutzend 19-Millimeter-Signalpatronen abschießen. Nicht unbedingt eine schlagkräftige Waffe, die Kara ihm da zugesteckt hatte, aber *alles, was sie tun konnte*. Es besaß einen Abzug und einen Sicherungshebel, den Marc jetzt umlegte, als er mit dem NSG auf Madrigal und die anderen zielte.

»Das ist alles? Ein paar Signalraketen?« Madrigal wandte sich ab und beachtete ihn nicht mehr. Sie packte die Kabine, bevor sie außer Reichweite war. »Legt sie um!«, lautete ihr letzter Befehl, bevor sie sich ins Innere der SCIF schwang, bevor sie durch das Loch in der Decke entschwebte.

Marc sah Fox an, sah den unentschlossenen Gesichtsausdruck des Mannes, als er abwog und sich dann für eine Zielperson entschied, sah, dass er – genau wie Marc gehofft hatte – die Waffe auf Lucy richtete. Sie war ausgebildete Soldatin und Angehörige der Special Forces gewesen, sie war Fox im Vorfeld mit Sicherheit als die Gefährlichere beschrieben worden, ob bewaffnet oder nicht.

Doch Marc Dane war es gewöhnt, unterschätzt zu werden. Anstatt das NSG wie eine normale Pistole auf ein Ziel zu richten und abzudrücken, jagte er die ersten beiden Patronen in stumpfem Winkel auf den Betonboden. Sie prallten ab und teilten sich in grellrote Feuerpunkte, sausten in alle Richtungen davon und hinterließen Rauchspuren in der Luft. Fox blieb nichts anderes übrig, als den grellen Funken auszuweichen, und seine Schüsse verfehlten Lucy.

Die dritte Patrone jagte Marc quer durch die Kammer, während er gleichzeitig inmitten des Nebels, des Regens und des vom Hubschrauber verursachten Abwindes losstürmte. Er hörte einen gepressten, wimmernden Schrei, als die Signalrakete den Doppelagenten in die Brust traf und sich durch sein weißes Hemd brannte – der Mann war mit erhobener Pistole auf Marc zugerannt und direkt in die Schussbahn gelaufen. Laut kreischend zerrte er an seinem Brustkorb, während sich ein tausend Grad heißer Feuerball durch Fleisch und Knochen in seine Brusthöhle fraß.

Marc sah noch, wie Lucy hinter einer SCIF-Kabine Deckung suchte, als Null und die anderen das Feuer eröffneten. Kugeln sausten durch die stickige, rauchgeschwängerte Luft. Marc warf sich in die entgegengesetzte Richtung, rannte, stolperte, war wild entschlossen zu überleben.

Über ihm verschmolz der Helikopter samt seiner Fracht mit dem grauen Himmel. Das Dröhnen der Rotoren ging im prasselnden Regen unter.

Kapitel 17

Lucy schnappte nach Luft, und die Chemiedämpfe der Signalraketen hinterließen ein heißes Brennen in ihrer Kehle. Sie wehrte sich gegen die natürliche Reaktion ihres Körpers und unterdrückte den Hustenreiz. Noch während sie sich aus der Schusslinie brachte, hörte sie mehrere Kugeln von der Ecke der nächstgelegenen SCIF-Kabine abprallen. Fox hatte sie im Visier, aber Marcs Ablenkungsmanöver hatte Lucy die entscheidenden Sekunden eingebracht, und sie begab sich in Deckung, bevor der nordkoreanische Attentäter ihrem Leben ein Ende setzen konnte.

Sie hatte keine Zeit, sich die Frage zu stellen, wie Marc an das Notsignalgerät gekommen war und welches Licht das auf Kara Weis Verrat warf. Sie durfte sich keinen einzigen Sekundenbruchteil lang mit Überlegungen aufhalten, wem sie trauen konnte und wem nicht. Jetzt musste ihre gesamte Konzentration nur den kommenden sechzig Sekunden gelten, und dann der folgenden Minute und so weiter. *Mit dem anderen Mist kann ich mich später noch befassen.*

Sie hörte Rufe und noch mehr ratternde MP-Salven. Sie wog die M4 Carbine in ihrer Hand. Ohne Munition war das Ding lediglich ein lebloses Stück Metall und Plastik, aber was hatten ihre Ausbilder in der Grundausbildung ihr immer und immer wieder eingetrichtert? In Notsituationen ließ sich alles als Waffe verwenden.

Lucy drückte sich flach an die Seitenwand der vierten SCIF, duckte sich in den Schatten der hinteren Ecke, sodass ihre Stiefel nicht zu sehen waren, falls sich jemand bückte, um einen Blick unter die Kabine zu werfen.

Laute Rufe hallten von den Betonwänden wider, und die roten Flammen warfen tänzelndes Licht und zuckende Schatten in alle Richtungen. Wieder bellte eine Gewehrsalve, und sie musste an Marc denken. Falls er versuchte, die SCIF-Kammer durch die Tür zu verlassen, wurde er garantiert niedergeschossen. Sie wollte nicht glauben, dass der Engländer so leichtsinnig war, aber seine Impulsivität machte ihn absolut unberechenbar.

Schwere und schnelle Stiefeltritte signalisierten ihr, dass jemand an der Seitenwand der Kabine entlang in ihre Richtung gerannt kam. Ohne zu zögern, sprang sie auf und warf sich dem Gegner in den Weg. Dabei schwang sie die Carbine wie eine Axt herum.

Der Punk mit den Metalhead-Tattoos bog um die Ecke, und Lucy schlug ihm mit aller Kraft, die ihr zur Verfügung stand, den Gewehrkolben ins Gesicht. Plastik splitterte, als der Kolben auf Nulls Gesicht landete und ihm die Nase brach. Blut strömte über seine Lippen, und er taumelte rückwärts, wollte nach seiner eigenen Waffe greifen, fasste aber ins Leere. Sie nahm den Schwung mit, ließ ihm keine Zeit zur Erholung und schlug so fest zu, wie sie nur konnte.

Dieses Mal war er darauf eingestellt und riss die Hände nach oben, um ihre Schläge abzuwehren. Trotzdem musste er Treffer im Gesicht und am Hals hinnehmen. Null schrie wütend auf und schleuderte ihr auf Deutsch einen Schwall Verwünschungen entgegen. Lucy wich zurück, wollte sich auf keinen Fall zu weit vorwagen, und Null stürmte seinerseits auf sie los. Er schlug ihr die M4 aus der Hand und streckte die Hände nach ihr aus, wobei er ihre

Weste und den schwarzen Overall erwischte, den sie darunter trug.

Mit einer Links-rechts-Kombination schlug Lucy zweimal kurz hintereinander auf seine gebrochene Nase und spürte deutlich, dass dabei noch mehr Knorpel zu Bruch ging. Sie hatte bereits blutige Knöchel, doch Null attackierte sie ununterbrochen weiter, angetrieben von einer zügellosen Wut. Er schlang ihr die Hand um den Nacken, und sie konnte nicht verhindern, dass er sie umdrehte und gewaltsam an sich drückte.

Seine Brust hob und senkte sich vor Anstrengung, während er ihr den Hals zudrückte. Sie fuhr ihm mit ausgefahrenen Krallen ins Gesicht, riss Striemen in seine Haut, versuchte ihm die Augen auszukratzen.

Irgendwann bekam sie keine Luft mehr. Ihre Lunge brannte, während sie verzweifelt um Atem rang. Das Gefühl kam ihr grässlich bekannt vor. Schon mehr als einmal hatte ein Gegner versucht, sie auf diese Weise kampfunfähig zu machen, und jedes Mal fühlte es sich genauso scheußlich an wie beim ersten Mal.

Da sah sie eine Bewegung auf der anderen Seite der Kabine. Die nordkoreanische Attentäterin kam um die Ecke und sah die beiden miteinander kämpfen. Sie legte das Gewehr an, ohne sich daran zu stören, dass sie damit nicht nur Lucy, sondern auch Madrigals Schläger aufs Korn nahm.

Lucy rammte Null den Ellbogen in die Magengegend, sodass er für einen kurzen Augenblick seinen Griff lockerte. Dann ließ sie sich abrupt zu Boden fallen – und die vollautomatische Salve von Cat hinterließ eine deutlich sichtbare blutige Naht an Nulls Oberkörper, der nicht mehr reagieren konnte und nun statt Lucy als Kugelfang diente.

Marc sprintete durch die schmale Lücke zwischen den beiden SCIF-Kabinen hindurch, als mehrere Schüsse durch die Nebelschwaden kreischten. Orangegelbe Funken sprühten nach allen Seiten, während Fox ihn verfolgte und pausenlos auf ihn feuerte.

Er richtete die Hand mit dem NSG über die Schulter nach hinten, wollte einfach nur blind schießen, seinen Gegner irritieren und die Zeit gewinnen, die er so dringend benötigte, um inmitten der Rauchschwaden und des stetig fallenden Regens fliehen zu können. Er wollte die Hoffnung auf eine Chance, unversehrt aus diesem ganzen Chaos zu entkommen, nicht aufgeben.

Die Signalraketen jagten aus der stumpfen Mündung des NSG, prallten auf den Fußboden und gegen die Seitenwände der nächstgelegenen SCIF-Kabine – jede einzelne eine winzige, grellrot leuchtende Sonne, die grau-weiße Rauchfäden ausspie. Marc spürte, wie der Hammer nach der letzten Patrone auf die leere Magazinkammer schlug. Die Rakete krachte direkt hinter ihm in den Boden, und zwar so dicht, dass er die Hitze der Explosion spürte und zusammenzuckte, als eine rubinrote Feuerfontäne neben ihm in die Höhe schoss.

Marc ließ das leere NSG fallen, bog nach rechts um die Ecke der SCIF und hielt sich an einem Griff fest, der an der Außenwand der Kabine festgeschweißt war. Er hatte nur wenige Sekunden und benötigte eine ganze Adrenalinflut, um sich abzustoßen, um auf das Dach der Stahlkabine zu gelangen und über die rostige Oberfläche zu rutschen.

Mit angehaltenem Atem machte er sich so flach wie irgend möglich und hoffte, dass die Schatten und der Rauch ihn wenigstens für ein paar Augenblicke unsichtbar werden ließen.

Vom anderen Ende der SCIF-Kabine hörte er Metall

und Plastik aufeinanderprallen, dann den Schmerzensschrei eines Mannes. *Lucy*. Er musste trotz seiner verzweifelten Lage grinsen. Zu wissen, dass sie immer noch am Leben war, immer noch kämpfte, war für ihn ein Ansporn. *Noch lange nicht tot*, sagte er sich.

Fox schlich unter ihm entlang und fuchtelte mit einer Hand vor seinem Gesicht herum, um den beißenden Rauch der zischenden, fauchenden Signalraketen zu vertreiben. Marc linste verstohlen über die Kante und sah, dass der Attentäter in die falsche Richtung blickte und seine Waffe in die Dunkelheit richtete.

Er wusste, dass er keine zweite Chance bekommen würde. Marc zog die Beine an und sprang vom Dach der SCIF. Fox musste eine Bewegung gespürt haben, jedenfalls drehte er sich blitzartig um. Trotzdem konnte er nicht verhindern, dass Marc ungebremst mit ihm zusammenprallte.

Ein lauter Schuss ertönte, doch der Gewehrlauf zeigte zur Seite und die Kugel prallte, ohne Schaden anzurichten, an die niedrige Decke der Kammer. Fox geriet aus dem Gleichgewicht und taumelte rückwärts, sodass sie beide ineinander verschlungen auf dem Betonfußboden landeten. Aber der Koreaner beschränkte sich nicht auf die Defensive, ganz im Gegenteil. Er griff wieder an, riss den skelettartigen Kolben seiner Waffe nach oben und versetzte Marc damit einen Kinnhaken.

Marcs Kopf wurde ruckartig nach hinten geschleudert. Tränen schossen ihm in die Augen, und noch bevor er sich erholen konnte, versetzte Fox ihm einen brutalen Schlag aufs Ohr. Ganz neue Schmerzen kreischten jetzt durch seinen Schädel, brachten ihn aus der Balance und kosteten ihn wertvolle Reaktionszeit. Der Überraschungseffekt war verpufft, Fox erwies sich als ausgesprochen widerstandsfähig.

Der nordkoreanische Agent war vielleicht fünfzehn, zwanzig Jahre älter als Marc und ein kaltblütiger Killer wie aus dem Bilderbuch. Als ihre Blicke sich für einen kurzen Moment begegneten, sah Marc hinter seinen Augen nichts als eine kalte Leere, die vollkommene Abwesenheit jeder Art von Mitgefühl. Fox war das ultimative Mordwerkzeug der Demokratischen Volksrepublik Korea, ein Mann, der von Kindesbeinen an darauf gedrillt worden war, der Partei und dem Staat zu helfen, indem er unerkannt mordete. Ihre Blicke begegneten sich, während sie miteinander kämpften und das Gewehr zwischen ihnen eingeklemmt war. Dieser Mann hatte in Hites Villa Crowne ermordet, dieser Mann hatte auf Malta Lex Wetherby erschossen und dazu viele andere, genau wie seine Herren in Pjöngjang es ihm befohlen hatten.

Jetzt riss Fox die Arme nach vorn und schlug Marc das Gewehr ins Gesicht, sodass er zurücktaumelte.

Das Leben wich aus Nulls Blick, und bevor er Lucy mit seiner schieren Masse unter sich begraben konnte, stemmte sie sich mit aller Macht dagegen und stieß ihn, begleitet von einem lauten Schrei, von sich.

Der blutverschmierte, von Kugeln durchsiebte Leichnam kam nun auf Cat zugestürzt. Damit hatte sie nicht gerechnet. Als der massige Körper des Deutschen die zierliche Nordkoreanerin traf, geriet sie aus dem Gleichgewicht und stolperte.

Lucy nahm die Gelegenheit wahr, sprang los und stieß sich von der Kabinenwand der SCIF ab. Dann schlug sie mit ihrer unverletzten rechten Faust zu und traf Cat genau auf die gerötete und geschwollene Stelle, wo sie die Verbrennung erlitten hatte. Während der Tote auf dem Boden in sich zusammensackte, bereits vergessen von den beiden

Kämpferinnen, schlug Lucy mit dem anderen Arm die Waffe der Attentäterin beiseite. Der Schlag sorgte dafür, dass ihr das Gewehr aus der Hand fiel, oder aber sie hatte es absichtlich losgelassen, was jedoch keine Rolle spielte.

Cat riss die Hände nach oben und ließ eine ganze Serie kurzer, schneller Schläge folgen, jeder einzelne begleitet von einem hohen, schrillen Schrei. Sie schlugen beide abwechselnd zu, kamen jedoch nur selten durch die Deckung der anderen, trafen nur manchmal das anvisierte Weichgewebe oder andere empfindliche Stellen.

Lucy landete einen Handkantenschlag auf Cats Ellbogen. Sie hatte bewusst die Stelle anvisiert, die Cat sich beim Kampf in Hites Villa verletzt hatte. Allerdings zeigte Cat praktisch keine Reaktion, sondern kämpfte verbissen und mit keuchendem Atem weiter.

Lucy erkannte, dass ihre Pupillen sich zu winzigen Stecknadelköpfen zusammengezogen hatten, und dann war ihr klar, weshalb die Attentäterin so immun gegen ihre Schmerzen zu sein schien. Sie hatte sehr starke Schmerzmittel geschluckt, sodass Lucys Faustschläge sich wahrscheinlich wie zarte Liebkosungen anfühlten.

Jetzt traf Cat mit einem blitzschnellen Schlag das Nervengeflecht unterhalb von Lucys rechter Schulter. Ein schmerzhafter Schock jagte durch ihren Arm, ihre Gelenke zuckten und zogen sich krampfartig zusammen.

Metall glitzerte im schwachen Licht, das zu der geborstenen Decke hereinfiel, und erneut zückte Cat den Dolch, den sie schon in Hites Villa benutzt hatte. Die Attentäterin wollte ihre Revanche, sie wollte zu Ende bringen, was ihr in Sydney verwehrt geblieben war. Lucy hatte keine andere Wahl, als sich darauf einzulassen, und wich instinktiv ein kleines Stück zurück, um mehr Abstand zwischen sich und ihre Gegnerin zu bringen.

Cat setzte zum Sprung an und stach das Messer in Richtung Lucys Gesicht. Es war eine Finte, groß und überdeutlich und nur dazu gedacht, Lucy zu einer Reaktion zu provozieren. Beim letzten Mal hatte Lucy Cat entwaffnet, indem sie die Attentäterin zur Überheblichkeit verleitet und zu weit aus der Deckung gelockt hatte. Darauf würde ihre Gegnerin nicht noch einmal hereinfallen. Sie behielt ihre Geschwindigkeit bei, wechselte permanent von einem Bein auf das andere, verharrte nie so lange an einem Fleck, dass Lucy die Chance hatte, sie zu packen.

Jedes Mal, wenn Lucy versuchte, sie zu überrumpeln oder in ihre Deckung einzubrechen und ihr die Waffe zu entwinden, wich Cat aus. Und nach jedem fehlgeschlagenen Versuch hatte Lucy eine kleine Schnittwunde mehr an der Hand oder am Unterarm, überall dort, wo sich Cats Klinge einen Weg durch ihren Handschuh oder den Ärmel ihres Overalls geritzt hatte.

Jede einzelne Wunde brannte, aus jeder einzelnen Wunde floss Blut, und jede einzelne Wunde schickte neues Feuer durch Lucys Nervenbahnen. In ihrem Inneren machte sich eine Stimme bemerkbar, die das alles nicht mehr länger ertrug, die laut brüllend von ihr verlangte, sich endlich zusammenzureißen und die Sache zügig zu Ende zu bringen, bevor Cat noch eine Hauptschlagader verletzte.

Doch sie rang diesen Impuls nieder und wehrte weiterhin alle Attacken ab, in dem Wissen, dass es nur eine Chance gab, wie sie ihre Gegnerin besiegen konnte. Cat war gezwungen worden, bei dieser Mission dabei zu sein, obwohl sie mit ihrem ausgekugelten Ellbogen eigentlich außer Gefecht gesetzt war. Doch eine bis zur Halskrause mit Schmerzmitteln vollgepumpte Gegnerin, das war etwas ganz anderes als eine, die bei klarem Verstand war.

Da gab es keine berechenbaren, vernunftgesteuerten Angriffs- und Abwehraktionen mehr. Wenn Cats Schmerzrezeptoren von einem Nebel aus chemischen Opiaten betäubt waren, dann würde sie anders reagieren als normal. Dann konnte Lucy ihr die Knochen brechen, sie würde trotzdem kaum etwas spüren.

Und genau diese Tatsache würde sie ausnutzen, um Cat zu schlagen. Denn trotz der Betäubungsmittel, die momentan ihren Körper beherrschten, war Cat ein Produkt ihres Trainings, war sie von den Ausbildern der nordkoreanischen Elitetruppen ein Leben lang in allen möglichen Techniken unterwiesen worden, um aus ihr eine möglichst effektive Attentäterin zu machen. Die Schmerzmittel verliehen ihr das Gefühl der Unbesiegbarkeit – etwas, was Lucy in einer düsteren Phase ihrer Vergangenheit selbst erlebt hatte – und beeinträchtigten ihr Urteilsvermögen. Ihr Geist würde ein wenig hinter die tief ins Unterbewusste eingeprägten Reaktionen ihres Muskelgedächtnisses zurückfallen. Lucy achtete genau auf die winzig kleine Verzögerung, die irgendwann kommen musste, wehrte wieder und wieder die Klinge ab, nahm Schnitt für Schnitt in Kauf. Und als es so weit war, reagierte sie ohne Zögern und überließ sich ganz ihrer eigenen tief verwurzelten Erfahrung.

Cats Instinkt identifizierte eine Lücke in Lucys Deckung, und sie schnellte nach vorne, die Spitze ihres Dolchs auf die Brust ihrer Gegnerin gerichtet, um ihn bis zum Heft in deren Brust zu stoßen. Die Klinge würde in Lucys Herz vordringen, es durchbohren, ihr Leben beenden.

Genau darauf hatte Lucy gewartet, genau das hatte sie gewollt. Sie hatte jede einzelne Bewegung, die Cat bei dem Kampf in Hites Villa gezeigt hatte, abgespeichert, analysiert und gekontert, sodass sie jeden Schritt, jede Drehung, jede Handbewegung der Attentäterin sofort gegen sie verwenden konnte.

Als nun also der Dolch auf sie zuflog, packte sie Cats Handgelenk und verdrehte es. Das Licht spiegelte sich in der Klinge, die der Attentäterin aus der Hand gewunden und umgedreht wurde.

Dann stieß Lucy den Dolch mit aller Kraft, die sie aufbringen konnte, in Cats Auge, trieb die Klinge durch die Augenhöhle in die Schädelmitte, drehte sie hin und her und beendete mit eiskalter, skrupelloser Präzision ein Leben.

Marc suchte mit allen vieren auf dem schlüpfrigen, regennassen Boden der Kammer nach Halt, stieß gegen herabgestürzte Dachstreben und kantige Glasscherben und versuchte verzweifelt, wieder auf die Beine zu kommen. Fox legte das Sturmgewehr an, ließ sich Zeit und zielte sorgfältig auf Marcs Kopf.

Marc hob die Hände, als könnte er damit den tödlichen Schuss abwenden. »Warte …!«

Fox starrte über Kimme und Korn hinweg und krümmte den Finger um den Abzug, doch dann ertönte kein Schuss, jagte keine allerletzte Kugel durch den Lauf. Während des Handgemenges musste sich der Mechanismus verklemmt haben. Wütend zerrte der Attentäter am Verschluss, um die Ladehemmung zu beseitigen.

Als die verklemmte Patrone schließlich mit einem leisen Klirren aus dem Auswurf flog, schnellte Marc los, überhastet und unkontrolliert, aber angetrieben von purer Verzweiflung. Zum zweiten Mal sprang er Fox mit aller zur Verfügung stehenden Kraft an, griff nach dem Gewehr und drückte den Lauf zur Seite, sodass er nicht mehr auf sein Gesicht, sondern auf die SCIFs zeigte. Die Rangelei entbehrte jeder Technik, jeder Eleganz und wurde zu einem einzigen Gezerre und Geschubse, während die beiden um das Gewehr kämpften. Fox rutschte aus, stieß gegen einen großen Steinbrocken, und Marc stieß ihn noch einmal, versuchte, die Oberhand zu gewinnen, bevor das Schicksal sich erneut gegen ihn wandte.

Marc hatte in seinem Leben schon etliche Gewalterfahrungen gemacht – in seiner Jugend die Raufereien auf den Straßen und Wegen einer Sozialbausiedlung in Südlondon, dann die Kampfausbildung bei der Royal Navy und später bei den Security Services, dazu die monatelangen Sparringskämpfe mit einem Krav-Maga-Trainer während seiner Zeit in Kroatien –, aber nichts davon hatte ihn auf einen Kampf mit einem derart gedrillten Gegner vorbereitet. Jedes Mal, ob nun Schläge oder Kugeln auf ihn einprasselten, war es der rohe, tierische Überlebenswille, der ihn durchhalten ließ.

Jetzt drückte er seinem Gegner den Lauf der M4 an die Kehle und versuchte ihn zu ersticken. Er war größer als Fox, aber der Attentäter verfügte offensichtlich über zusätzliche Reserven, jedenfalls packte er das Gewehr mit beiden Händen und spannte die Muskeln bis zum Äußersten, um die Waffe irgendwie wegzuschieben.

Es kam Marc vor, als würden sie sich eine Ewigkeit lang neutralisieren. Seine Armmuskeln zuckten bereits vor Anstrengung. Wenn es noch lange so weiterging, musste er diesen Kampf verlieren, das war klar. Er spürte, wie die Erschöpfung in seine Glieder kroch. Seine Knochen fühlten sich an wie Blei. Er musste dem Ganzen ein Ende bereiten.

Also stieß er sich mit letzter Energie ab und trat, so stark er nur konnte, gegen Fox' Bein. Der Attentäter drehte sich jedoch zur Seite, sodass der Tritt fast wirkungslos blieb und lediglich sein Schienbein streifte; doch immerhin geriet Fox für eine Sekunde aus dem Gleichgewicht und riss verdutzt die Augen auf.

Mit einem stummen Schrei auf den Lippen stemmte Marc sich noch einmal gegen ihn, und Fox stolperte. Eng umschlungen fielen die beiden zu Boden. Marc legte sein ganzes Körpergewicht in den Sturz und holte sich von der Schwerkraft genau jene Kraft, die es noch gebraucht hatte.

Fox schlug mit dem Kopf auf dem Boden auf, und dann lag der Gewehrlauf quer auf seiner Kehle. Ein widerliches Knacken drang zwischen seinen Lippen hervor, als Knorpelgewebe brach, dann folgte ein letzter Atemhauch. Das Licht in den Augen des Attentäters erlosch allmählich. Marc hielt den Druck aufrecht, gab keinen Zentimeter nach, so lange, bis es vorbei war.

Dann rollte er sich mit krampfendem Magen und zitternden Händen von dem Toten. Die Luft war rauchgeschwängert, und das rote Licht der flackernden, allmählich erlöschenden Signalraketen tauchte die Kammer in einen infernalischen Schimmer.

Ein Schatten kam näher. Marc entwand Fox das Sturmgewehr, um dem nächsten Feind gegenüberzutreten.

Der Schatten löste sich auf und wurde zu Lucy Keyes. Sie sah erschöpft aus. Schweißbäche liefen ihr übers Gesicht. »Marc … verdammt. Haben wir sie alle erwischt?«

»Ich glaube schon …« Sein Blick fiel auf ihre Hände, und er sah die Schnittwunden, sah das viele Blut. »Ach du Scheiße. Du bist verletzt.«

»Hab ich auch gemerkt«, erwiderte sie atemlos. »Mach dir keine Sorgen um mich, wir müssen zusehen, dass wir von hier wegkommen. Der NIS hat garantiert schon Verstärkung losgeschickt. Und die wollen bestimmt keine Erklärungen von uns haben.«

»Stimmt«, sagte er und stolperte ihr hinterher. Sein

Herz pochte wie verrückt. »Es ist noch nicht vorbei. Noch lange nicht.«

Lucy entdeckte hinter dem Empfangstresen in der Eingangshalle einen Erste-Hilfe-Kasten. Sie streifte die zerfetzten Handschuhe ab und zerriss die Ärmel ihres Overalls. Als sie dann die vielen blutenden Schnittwunden sah, die Cat ihr hinterlassen hatte, presste sie die Lippen fest aufeinander. Sie versorgte die Wunden, so gut es im Gehen eben möglich war, aber als sie wieder auf dem Parkplatz angelangten, wo der Helikopter sie vorhin abgesetzt hatte, zeigten sich bereits wieder die ersten roten Flecken auf den Verbänden.

Sie spürte auch die ersten Symptome des Blutverlustes, den kalten Schweiß, die keuchenden Atemzüge. Sie überwand einen kurzen Schwindelanfall und legte den Kopf in den Nacken, um den Regen im Gesicht zu spüren. Die kalten Tropfen halfen ihr, sich zu konzentrieren.

»Hier, nimm das, du kannst besser damit umgehen als ich.« Sie drehte sich um, und Marc drückte ihr das Sturmgewehr in die Hand. Lucy nahm es, und er kniete sich neben einen toten NIS-Wachmann und zog eine Deawoo-Maschinenpistole aus dessen Halfter.

Auf dem Parkplatz waren mehrere Fahrzeuge in Brand gesetzt worden, entweder versehentlich oder absichtlich, sodass dicke schwarze Rauchsäulen zu den tief hängenden Regenwolken aufstiegen. Ein dichter Schleier hing vor dem Hauptgebäude und machte es schwer, überhaupt etwas zu erkennen. Der ätzende Gestank nach verbranntem Benzin und verkohltem Gummi hing in der feuchten Luft.

Marc schüttelte den Kopf. »Nein, nein, ich meine den Hubschrauber. Die Mil. Siehst du sie?« Er blickte sich um und suchte die nahegelegene Hügelflanke ab.

Nirgendwo war eine Spur des mächtigen Transporthubschraubers, der Drohnen oder der anderen Soldaten zu entdecken. Lucy hielt den Atem an und lauschte angestrengt. In der Ferne hörte sie etwas. Waren das nicht Rotorengeräusche? »Madrigal hat sich nicht lange aufgehalten.«

»Ich lasse sie nicht davonkommen«, presste Marc zwischen zusammengebissenen Zähnen hervor und wies mit dem Kopf auf den kleineren silberfarbenen Hubschrauber, der auf dem Landeplatz neben dem Hauptgebäude stand. »Die Dauphin da kann ich fliegen.«

»Tatsächlich?« Sie lächelte ihn gekünstelt an. »Als du das letzte Mal behauptet hast, du könntest so ein Ding fliegen, hätten wir beinahe als Fettfleck über Mogadischu geendet.«

»Ich mach dir auch keine Vorschriften, wie du schießen sollst«, gab er zurück. »Komm schon!«

Sie rannten zu dem Hubschrauber. Am Rand der Landefläche lagen mehrere Tote in NIS-Uniformen. Lucy analysierte das Geschehene emotionslos. Sie waren alle durch mehrere Schüsse aus einer mittleren Entfernung gestorben. Die Einschläge lagen dicht beieinander in der Körpermitte. Ganz in der Nähe waren auch die kargen Überreste zweier toter maskierter Soldaten zu erkennen, deren Leichname mittels Thermitgranaten verunstaltet worden waren, so wie der Tote im Nebengebäude. Die Regentropfen zischten, sobald sie auf die verkohlten Körper trafen, die nur allmählich abkühlten.

Lucy schluckte ihre erste Reaktion hinunter und wandte sich anderen Fragen zu. »Warum haben sie das Ding ganz gelassen?«

»Vermutlich als Fluchtgelegenheit für die Leute, die nicht mit der SCIF mitgekommen sind.« Marc kletterte ins

Cockpit und legte die Hände auf die Kontrollschalter. »Steig ein, ich starte.«

»Und zwar schnell!« Lucy sah mehrere Männer aus dem Hauptgebäude kommen – es mussten Agenten des NIS sein. Sie waren ganz eindeutig vorher in der Waffenkammer gewesen, jedenfalls trugen sie kugelsichere Kleidung und Helme über ihren Uniformen, und jeder hatte ein Sturmgewehr mit einem extra großen Magazin im Arm.

Irgendjemand sah, dass die Rotoren der Dauphin sich in Bewegung gesetzt hatten, und alarmierte die anderen, sodass sich jetzt eine ganze Einheit im Laufschritt dem Helipad näherte. Lucy fluchte und stellte den Hebel an ihrer Waffe auf »Salve«; dann feuerte sie eine Feuergarbe über die Köpfe der heranstürmenden Männer hinweg, sodass ihnen nichts anderes übrig blieb, als hastig Deckung zu suchen.

Wenige Sekunden später war das hohe, gepresste Jaulen des ummantelten Heckrotors zu hören. Die Hauptrotor nahm hör- und spürbar Fahrt auf, und Lucy schob die hintere Seitentür auf und kletterte ins Innere. Sie schoss noch einmal, dieses Mal auf die Windschutzscheiben der parkenden Fahrzeuge, um die NIS-Leute durch den Splitterregen abzulenken.

Durch das laute Heulen der Rotoren konnte sie nicht hören, was Marc ihr vom Pilotensitz aus zurief, aber als sie seine nach oben gereckten Daumen sah, begriff sie und hielt sich gut fest. Die Dauphin schaukelte bereits unruhig auf dem Fahrgestell hin und her. Dann hob der silberfarbene Hubschrauber ab und drehte sich stetig um die eigene Achse, während er senkrecht in die Luft stieg. Lucy sah das grellelbe Mündungsfeuer, als sie beschossen wurden, und spürte die metallischen Einschläge im Rumpf mehr, als sie sie hörte.

Marc riss den Steuerknüppel scharf nach backbord, und die Rotorblätter der Dauphin zerschnitten die Luft. Er lenkte die Maschine über den Parkplatz und das Nebengebäude. Von oben war das beschädigte Dach ein einziges Gewirr aus gebrochenem Beton und verbogenen Stahlträgern.

Lucy schob die Luke wieder zu, als der Hubschrauber vorwärtsjagte und bis an die Unterkante der niedrigen Wolkendecke kletterte. Jeder Atemzug kostete sie große Mühe, dennoch unterzog sie das Sturmgewehr einer kurzen Prüfung und lud es nach. Das klebrige Blut, das mittlerweile aus den Verbänden an ihren Händen sickerte, beachtete sie nicht. Die Dauphin kippte zur Seite und änderte erneut den Kurs. Lucy nahm die Waffe auf die Schulter und blickte über die Lehne des leeren Co-Piloten-Sitzes hinweg durch die Regentropfen, die die Windschutzscheibe pflasterten.

Sie flogen an der Hügelflanke entlang zurück in Richtung Seoul. Obwohl die Sonne mittlerweile aufgegangen war, konnte sie sich gegen die dicke schiefergraue Regenwolke, die wie eine Glocke über der Stadt lag, kaum durchsetzen. Unter ihnen schimmerten die Scheinwerfer der liegen gebliebenen Autos und markierten den Verlauf der Straßen. Abgesehen von einigen wenigen Gebäuden, die eigene Notstromaggregate besaßen, reihten sich die Wohnblocks, Einkaufszentren und Bürogebäude unbeleuchtet aneinander.

»Es gibt immer noch keinen Strom!«, rief sie Marc zu. Dieser sah sie fragend an, weil er in der dröhnend lauten Kabine kein Wort verstanden hatte. Sie zeigte auf die Stadt und fuhr sich mit der Hand über den Hals. Er nickte und antwortete ebenfalls in Zeichensprache, legte die Hand über die Augen und zeigte anschließend an den Horizont.

Lucy nickte auch und suchte dann systematisch den Himmel ab, ob irgendwo die charakteristischen Umrisse der Mil zu sehen waren. Die Sicht wurde immer schlechter, darum war es alles andere als einfach, einen grauen, walförmigen Schemen vor dem grauen Himmel zu erkennen, doch es dauerte nicht allzu lange, dann schälte sich der Transporthubschrauber auf elf Uhr allmählich aus dem Umgebungsgrau heraus. Er flog langsam und etwas tiefer als die Dauphin. Lucy sah die erbeutete SCIF-Kabine unter der Mil hängen, ein braunes Rechteck, das im Wind hin und her schaukelte.

Sie machte Marc darauf aufmerksam, und er nickte, ging etwas tiefer und nahm die Verfolgung auf. Sie kamen näher. Die Mil flog Richtung Westen, und Lucy überlegte kurz, welches Ziel Madrigal wohl ansteuerte. Zurück zum Incheon Airport mit der Antonov, das erschien ihr am wahrscheinlichsten, aber es waren auch andere Möglichkeiten denkbar. Wenn es sein musste, konnte die Mil die SCIF auch zu einem Schiff bringen, das irgendwo im Gelben Meer vor Anker lag, oder vielleicht sogar einen Flug bis zur entmilitarisierten Zone wagen, die die koreanische Halbinsel in zwei Teile teilte.

Würden sie das riskieren? Schon jetzt starteten mit hoher Wahrscheinlichkeit auf dem nächstgelegenen südkoreanischen Luftwaffenstützpunkt die ersten Blackhawks, um das NIS-Gelände zu sichern, und ihre nächste Aufgabe würde sein, der Mil den Weg abzuschneiden. *Und uns gleich mit,* dachte sie grimmig. Jetzt, wo die Aufregung und das Adrenalin des Kampfes ein wenig nachgelassen hatten, konnte sie auch wieder ein wenig weiter denken als nur bis zur nächsten Sekunde. Sie überlegte, wie ihre nächsten Schritte aussehen konnten.

Da spürte sie ein leises, knisterndes Kitzeln am Hals

und legte unwillkürlich den Finger auf die Stelle. Der Funkohrhörer, mit dem sie Madrigals Anweisungen empfangen hatte, baumelte um ihren Hals, und jetzt spürte sie, dass er ganz leicht vibrierte. Sie griff danach und beäugte das Ding misstrauisch. Weder sie noch Marc hatten den Funk seit der Schießerei in der SCIF-Kammer benutzt, weil sie wussten, dass Ghost5 und die Nordkoreaner jedes Wort mitgehört hätten.

Behutsam steckte Lucy sich den blutverschmierten Stöpsel ins Ohr und hörte, wie jemand ihren Namen sagte. »Keyes? Bist du da? Dane?« Die Stimme klang gedämpft und aufgeregt. Sie gehörte Kara Wei.

Marc sah sie noch einmal fragend an, und sie tippte mit dem Finger auf seinen losen Ohrstöpsel, den er sich ebenfalls ins Ohr steckte.

»Ich hoffe, ihr könnt mich hören«, sagte Kara. »Ich schicke das Signal direkt auf eure Empfänger, unverschlüsselt. Ich habe nicht viel Zeit.« Sie unterbrach sich. »Könnt ihr antworten?«, fügte sie beinahe traurig hinzu.

Lucy und Marc wechselten einen Blick, und sie schüttelte den Kopf. Im Augenblick gingen Madrigal und ihre Saboteure davon aus, dass sie beide tot waren. Falls Kara auf Madrigals Seite stand, dann würde dieser Irrtum in dem Moment auffliegen, in dem sie sich meldeten. Dann würden sie das Überraschungsmoment aus der Hand geben.

Weiter vorn hielt die Mil unbeirrt Kurs, schwebte schnell und tief über die Hausdächer. Nichts deutete darauf hin, dass die Besatzung die Verfolger bemerkt hatte.

»Auch wenn es sich vielleicht ziemlich hohl anhört«, fuhr Kara fort, »aber ihr sollt wissen, dass es mir leidtut, was ich getan habe.« Lucy krampfte vor Wut die Hand um die Lehne des Co-Piloten-Sitzes. »Aber ich hatte keine andere Möglichkeit«, fuhr Kara fort. »Ich musste mich gegen

Rubicon wenden, ich musste euch verraten. Ich habe etwas gebraucht, was mich wieder ins Herz von Ghost5 bringt. Madrigal wollte immer, dass ich zurückkomme, aber sie hätte mir niemals geglaubt …« Zum ersten Mal seit Langem nahm Lucy so etwas wie echte Gefühle in der Stimme der anderen wahr. »Darum musste ich euch verraten und unsere Freundschaft aufgeben, ein Opfer erbringen.«

Marc sah Lucy an; sie erwiderte seinen Blick und warnte ihn stumm, auf keinen Fall zu antworten.

»Es tut mir leid«, sagte Kara. »Ich kann so was nicht.« Wieder hielt sie für einen Moment inne, dann wurde das Rauschen lauter und überlagerte ihre Worte. »Ich bringe das wieder in Ordnung.«

Dann wurde es still. Lucy biss die Zähne aufeinander und zog den Ohrstöpsel heraus. Marc tat es ihr nach, ohne den Blickkontakt mit ihr zu unterbrechen.

Lucy beugte sich zu ihm und sagte so laut, dass er es trotz der dröhnenden Rotoren hören konnte: »Bring uns dichter ran. Holen wir diese Arschlöcher vom Himmel.«

Marc nickte, packte die Steuerknüppel fester und beschleunigte.

Die Nase der Dauphin kippte leicht nach vorn, und der Abstand zu dem anderen Hubschrauber wurde kleiner.

Kara ließ das Funkgerät in die Innentasche ihrer Lederjacke gleiten und zog sie eng um ihre Schultern. Dann ging sie mit schnellen Schritten die offene Laderampe der Antonov hinauf, vorbei an dem maskierten Soldaten, der im Inneren Wache hielt. Sie musterte ihn unauffällig. Er hielt sein Sturmgewehr schussbereit im Anschlag und hatte den Blick unablässig auf den Bereich vor dem Hangar gerichtet, falls es dort zu verdächtigen Bewegungen kommen sollte. Auf der anderen Seite des Flughafens, jenseits der Start- und Landebahnen, herrschte ein einziges Durcheinander wegen des Stromausfalls der ganz Seoul in die Knie gezwungen hatte.

Nach dem Abflug der Mil war ein Auto mit zwei Sicherheitsbeauftragten vor der Antonov vorgefahren, vermutlich im Auftrag der Flughafensicherheit, nachdem sie auf ihre zunehmend besorgten Funksprüche keine Reaktion erhalten hatten. Die Kommunikation des Flughafens wurde über eine Notfallbatterie aufrechterhalten, aber bislang war es ihnen nicht gelungen, die Gesamtsituation nennenswert zu verbessern. Da der Strom immer noch unterbrochen war, hatten sie größte Mühe, einigermaßen den Überblick zu behalten. Wahrscheinlich hatte sich deshalb noch niemand gefragt, wieso das Fahrzeug mit den beiden Männern noch nicht zurückgekehrt war. Wer vom Tower aus mit einem guten Fernglas zu der Antonov hinüber sah, der konnte deutlich das Heck des Wagens sehen, der neben dem Hangar parkte. Was sie nicht sehen konnten, waren die zwei leblosen Gestalten mit den blutigen Gesichtern auf den Vordersitzen und die Einschusslöcher in der Windschutzscheibe.

Im Frachtraum des riesigen Transportflugzeugs hatten sich Pyne und die anderen Hacker in heller Aufregung über ihre Laptops gebeugt oder fauchten einander wütend an. Sie versuchten verzweifelt herauszufinden, weshalb die verschlüsselte Kommunikation zwischen der Antonov und Madrigals Sturmtrupp in der Mil plötzlich unterbrochen war. Einige zeigten erste Anzeichen von Panik und waren überzeugt, dass die ganze Operation aufgeflogen war, dass der NIS oder das örtliche Militär sehr viel schneller reagiert hatten als erwartet – und jetzt vielleicht auf dem Weg hierher waren, um sie alle umzubringen.

Dass der Verrat aus ihren eigenen Reihen kommen

könnte, daran dachten sie nicht. Anscheinend, überlegte Kara, verfügte sie in dieser Beziehung über eine besondere Begabung. Auf dem Flug von Sydney hierher war mehr als ausreichend Zeit gewesen, um das temporäre Netzwerk, mit dem Ghost5 operierte, zu identifizieren. Sie hatte keine dreißig Minuten gebraucht, um die Kommunikationsprotokolle zu hacken. Anschließend hatte sie die Verschlüsselungssoftware analysiert, die die Funksprüche der Gruppe in unverständliches Kauderwelsch verwandelte, und ein kleines, selbst geschriebenes Unterprogramm eingefügt. Dadurch hatte die Decoder-Software, die die Funksignale wieder in verständliche Sprache übersetzte, nach einer gewissen Zeit den Dienst verweigert. Zwar konnten beide Seiten weiterhin senden und empfangen, aber was sie zu hören bekamen, waren nur noch irgendwelche sinnlosen Geräusche. Im Prinzip glich ihr Vorgehen digitalem Judo: Sie setzte die Stärken des Gegners gegen ihn selbst ein. Da sie auch die Passwörter für den Zugang zum Funknetz geändert hatte, gab es für Madrigal keine Möglichkeit mehr, Erik oder die anderen zu erreichen. Im Augenblick war Kara die Herrscherin über die Funkwellen.

Allerdings würde früher oder später jemand in der Mil darauf kommen, dass sie über den zivilen Funk des Hubschraubers jederzeit Kontakt mit dem Cockpit der Antonov aufnehmen konnten, wenn auch auf öffentlichen, nicht verschlüsselten Frequenzen. Und sobald das geschah, würde auch Karas letzte Täuschung ans Licht kommen.

Sie blickte sich um und suchte nach Erik, konnte ihn aber nirgendwo entdecken. *War das ein gutes oder ein schlechtes Zeichen?* Sie steckte die Hand in eine Jackentasche und schloss die Faust um einen daumengroßen USB-Stick. Sie versuchte, ihr Zittern zu ignorieren. Alle Gefühle, die sie ein Leben lang von sich geschoben hatte, schienen jetzt über sie hereinzubrechen, als hätten sie nur auf diesen einen Moment gewartet.

Kara ging zu der improvisierten Tischplatte, wo Madrigal ihren Arbeitsplatz hatte. Dort stand noch einer ihrer Computer, ein schlanker silberfarbener Laptop ohne jede scharfe Kante am Gehäuse. Er wirkte im Vergleich zu den mechanistischen und unästhetischen Geräten, die das Innere der russischen Transportmaschine dominierten, wie ein Artefakt einer außerirdischen Technologie.

Madrigals Computer war ein Symbol für ihre Präsenz inmitten der Gruppe, so wie eine Königskrone auf einem leeren Thron. Kein Mensch würde Hand an ihn legen. Das würde niemand *wagen*. Das Ghost5-Kollektiv erlegte seinen Mitgliedern nur sehr wenige Regeln auf, aber eine dieser wenigen Regeln lautete: *Hacke niemals die, mit denen du zusammenlebst.* Sich an den Geräten eines anderen zu schaffen zu machen, war gleichbedeutend mit einem Eindringen in dessen ureigensten privaten Bereich, und Hand an Madrigals Computer zu legen entsprach Hochverrat.

Als sie zum ersten Mal in den Einflussbereich von Ghost5 geraten war, als Lex noch lebte, da hatte Kara es idiotisch gefunden, dass Madrigal ihren Computer so offen hatte stehen lassen, fast wie eine Einladung. Aber Lex hatte es ihr erklärt. Madrigal platzierte diese Versuchung ganz bewusst inmitten der Gruppe, weil sie *wollte*, dass jemand ihr nachgab. Weil sie wissen wollte, wem sie vertrauen konnte, wer bereit war, ihre Regeln bedingungslos zu befolgen und wer nicht.

Aber Kara wusste, dass es noch einen anderen Grund dafür gab. Niemand bei Ghost5 war gut genug, um Madrigals Firewalls zu überwinden. Wer es trotzdem versuchte, würde scheitern und hätte seine unmissverständliche Lektion gelernt.

Niemand außer mir, dachte Kara und setzte sich vor den Laptop, fuhr ihn hoch und schloss den USB-Stick an.

André bemerkte es als Erster, und Kara sah aus dem Augenwinkel, wie er stutzte und nach Worten suchte. Dass sie es tatsächlich gewagt hatte, die Krone zu beschmutzen, schockierte ihn und machte ihn zunächst einmal sprachlos. »Was … was soll denn das, verdammte Scheiße? Lass das!«

»Klappe«, zischte sie ihn an und überwand den ersten digitalen Schutzschild ohne Probleme. Der USB-Stick schaltete sich selbst frei, indem er die deaktivierte Auto-Play-Subroutine des Laptops reaktivierte. Dann drang eine Intrusions-Software, die Kara selbst geschrieben und mit gewissen Elementen, die von Marc Dane und Assim Kader für Rubicon entwickelt worden waren, angereichert hatte, in das Herz von Madrigals Computer vor und fing an, die anderen Firewalls einzureißen.

Pyne sah zu ihr herüber. Sie wackelte unaufhörlich mit dem Kopf, der auf einem dürren, vogelartigen Hals balancierte. »Du solltest die Finger von ihren Sachen lassen.« Billy, der neben ihr saß, zupfte nervös an der Rückseite seines Trapperhuts und schüttelte nur stumm den Kopf. Die anderen hörten auf zu arbeiten.

»Ich sage euch mal was.« Karas Stimme war kräftig und voller Überzeugung, sie war überall deutlich zu verstehen. Gleichzeitig huschten ihre Finger in atemberaubendem Tempo über die Tastatur. »Auch wenn ihr es nicht hören wollt.« Die nächste Firewall brach zusammen und dann noch eine. Karas Hände brachten Madrigals virtuelle Festung zum Einsturz. »Ghost5 hat sich verändert. Früher ging es darum, die Welt ins Gleichgewicht zu bringen. Da ging es nicht um Geld, sondern um die Ehre.«

»Was quatscht die denn da, verdammt noch mal?« André wollte Kara am Arm packen, doch Billy hielt ihn zurück.

»Lass sie ausreden«, sagte er, und etliche andere aus der Gruppe nickten.

Kara sprach weiter und kam langsam in Fahrt. »Aber Madrigal hat das noch nie interessiert. Für sie war Ghost5 ein Mittel zum Zweck, ihr ganz persönliches Werkzeug. *Wir* sind ihre Werkzeuge.« Sie hob für einen Moment den Blick. »Was glaubt ihr eigentlich, was ihr hier gerade macht?«

»Wir werden reich«, sagte André. »Oder etwa nicht? Wir lösen Chaos in Seoul aus, lassen den asiatischen Aktienmarkt zusammenbrechen und machen einen schönen Reibach.«

»Nein! Hier geht es nur darum, was sie will. Madrigal hat euch verraten!«, feuerte Kara zurück.

»Schwachsinn!«, brüllte André. »Wo ist Erik? Los, holt Erik her. Das ist doch alles kompletter Schwachsinn!«

»Aber diese nordkoreanischen Stormtrooper sind doch nicht zu übersehen«, wandte Pyne ein und nickte in Richtung der maskierten Männer am Bug und am Heck des Flugzeugs. »Die gehören doch eindeutig zur dunklen Seite. Ich …« Sie zögerte, bevor sie die richtigen Worte gefunden hatte, um ihren Gedanken zu Ende zu führen. »Das passt mir nicht. Scheiß drauf! Mir doch egal, wer das mitkriegt!«

»Pyne hat recht. Diese vermummten Spezialsoldaten mit ihren Waffen und dem ganzen Scheiß!«, fügte Billy hinzu. Er wurde lauter, als die Bedenken, die er offensichtlich schon lange gehegt hatte, endlich aus ihm hervorsprudelten. »Was machen wir eigentlich hier? Das wollte ich eigentlich nie!«

»Du willst also nicht reich werden, du dämliches Arschloch?«, schnauzte André ihn an. »Ich schon! Wen interessiert es schon, ob die Nordkoreaner dafür bezahlen oder nicht?«

»Sie haben Lex umgebracht.« Karas Worte schlugen ein wie eine Bombe, und niemand wusste etwas zu erwidern. Es fühlte sich komisch an, es laut auszusprechen. In Karas Brust regte sich ein eigenartiges Zittern, als hätte sie sich etwas verrenkt. Auf dem Monitor war sie jetzt bis ins Stammverzeichnis vorgedrungen und suchte nach dem Handshake-Protokoll, das es ihr ermöglichen würde, direkt mit dem Arquebus-Programm zu kommunizieren. Sie war dicht vor dem Ziel. »Madrigal hat Lex ermorden lassen, und zwar wegen dieser Operation.«

Für einen kurzen Moment saß sie nicht mehr hier vor dieser Tastatur und starrte in das Innere einer virtuellen Waffe. Für einen kurzen Moment war sie weit weg in einer viele Jahre zurückliegenden Vergangenheit.

Lex streckte behutsam die Hand aus, um ihr Gesicht zu berühren, an einem geheimen Ort, wo niemand sie zusammen sehen konnte. Er lächelte, und sie auch, geleitet von ihren Gefühlen. Es war echt, es war wahrhaftig. Niemand hatte in ihr je so etwas hervorgerufen. Noch nie zuvor hatte sie das Bedürfnis verspürt, sich mit einem anderen Menschen zu teilen. Er leuchtete ihr ein, er ergab einen Sinn.

Sie blinzelte, als ihr Blick verschwommen wurde, und drückte ärgerlich die Handballen auf ihre Augen, um die Tränen zurückzuhalten.

»Lex hat uns bestohlen, und dann ist er abgehauen«, sagte André störrisch, als würde er aus einem vorgefertigten Schriftsatz vorlesen. Doch sein Widerstand wurde mit jedem Wort schwächer. »Er wollte uns an Interpol verraten. Die griechische Mafia hat ihn …«

»Das hat Madrigal uns erzählt«, unterbrach ihn Billy. »Ich habe nicht geglaubt …« Er verstummte, unfähig, den Gedanken zu Ende zu bringen.

»Nein. Lex musste sterben, weil er kurz davor war, diese

ganze Operation zu entlarven.« Kara hob den Blick und funkelte die anderen der Reihe nach wild entschlossen an. »Ich habe alles zerstört, was ich hatte, um zurückzukommen und das, was er angefangen hat, zu Ende zu bringen. Ich glaube, ich habe ihn geliebt. Ich *weiß*, dass er recht hatte. Und darum muss ich jetzt das Richtige tun.«

Billy wandte sich ab, und Kara folgte seinem Blick. Der maskierte Soldat, der an der Rampe Wache hielt, hatte ihren Streit bemerkt und kam näher. »Die wollen uns umlegen«, flüsterte er.

»Das war von Anfang an so geplant«, entgegnete Kara, und in ihrer Stimme lag wieder eine gewisse Kälte. Inzwischen hatte das asynchrone Protokoll, das sie gestartet hatte, die gesuchten Befehlszeilen gefunden, und sie änderte die IP-Adresse für die Kommando- und Steuerungsseite des Störprogramms.

Virtuelle Waffen und Computerviren wie Arquebus und seine Vorgänger Stuxnet, Duqu, Shamoon und zahllose andere benötigen Zugriff auf einen zentralen Knotenpunkt, der sich irgendwo in den dunklen Ecken des Internets verbirgt. Wie ein Auftragskiller, der seinen Vermittler kontaktiert, um neue Aufträge zu bekommen, so melden sich auch die Programme bei ihrer Steuerungsseite, liefern Berichte über abgeschlossene oder noch aktuelle Hacks und holen sich neue Aufträge ab. Kara brauchte jetzt nichts anderes zu tun, als das Programm, das Seoul gelähmt hatte, auf eine andere Seite umzuleiten, die mit einem ENDEX-Protokoll, also einem Abbruchkommando, versehen war. Es dauerte ein paar Sekunden, bis die Daten von dem USB-Stick transferiert wurden, aber als der Übertragungsbalken fortschritt, spürte Kata wieder dieses Flattern in der Brust.

Das war Lex' Vermächtnis, seine letzte Tat, nachdem er

Ghost5 verlassen hatte. Auf dem RFID-Chip, den er in seinem Körper versteckt hatte, hatte er ihr, versteckt in einem Phantom-Code, den nur sie hatte entschlüsseln können, den Schlüssel zur Vernichtung von Madrigals großartigem Plan hinterlassen. Und dass sie jetzt alles, was Madrigal in Gang gesetzt hatte, wieder rückgängig machte, das war doch eine ausgesprochen angemessene Rache.

Sie drückte die Enter-Taste, und Pyne stieß einen leisen Pfiff aus. »Ach du Scheiße. Du hast es getan.« Sie hastete zum Fenster und spähte nach draußen. »Da gehen schon die ersten Scheinwerfer an. Oh Mann.«

Die Randbefeuerung entlang der Start- und Landebahnen flammte auf, und dann erwachten auch die dunklen, kastenförmigen Flughafengebäude eines nach dem anderen, Stockwerk für Stockwerk zum Leben. Die digitalen Schalter, die den Stromzufluss in die Stadt und ihre Umgebung blockiert hatten, wurden nacheinander wieder freigegeben.

»Arquebus ist tot«, sagte Kara mit belegter Stimme. Sie fühlte sich unglaublich erschöpft und hätte am liebsten geweint. Der Ansturm kraftvoller, bislang unbekannter Gefühle drohte sie zu überwältigen. »Ihr müsst fliehen, weil ich jetzt auch das Flugzeug stilllegen werde.« Sie warf einen Blick auf ihre Smartwatch. »Los. Es ist Zeit.«

Der Soldat stand direkt hinter ihr, und er wusste, dass irgendetwas nicht stimmte. Er packte Kara am Jackenärmel und wollte sie mit Gewalt vom Stuhl zerren.

Billy schlug dem Kerl sein Tablet mitten in die Maske, so kräftig, dass das Display zersplitterte und der Soldat gegen die Wand des Rumpfes prallte.

Schreie ertönten, und dann geriet alles auf einmal in Bewegung. André rannte auf die geöffnete Frachtrampe zu, und andere folgten seinem Beispiel. Panik breitete sich in der ganzen Gruppe aus, und Billy hätte Kara beinahe über den Haufen gerannt, als er die Flucht ergriff, bevor der Soldat auf seinen überraschenden Angriff reagieren konnte. Sie geriet ins Stolpern und stieß gegen Pyne, die blasser aussah als je zuvor.

»Haltet sie auf!« Ein wütender Schrei ertönte, und als Kara sich umdrehte, sah sie, wie Erik im vollen Tempo durch den Frachtraum auf sie zugestürmt kam. Zwei Soldaten verfolgten die flüchtenden Hacker, und dann ratterten Schüsse.

Erik hatte eine schwere Pistole in der Hand, und der Zorn, der ständig in ihm schwelte, quoll über. »Du«, fauchte er Kara an und durchbohrte sie mit hasserfüllten Blicken, bevor er sie gegen die Tischplatte stieß. »Hast du tatsächlich geglaubt, du kannst uns *noch einmal* hintergehen?« Er starrte auf das Display von Madrigals Laptop, und seine Stimme wurde noch lauter. »Ich hätte dich gleich zu Anfang umlegen sollen!«

»Hast du aber nicht«, erwiderte Kara in vorwurfsvollem Tonfall. »Weil du Madrigals Schoßhündchen bist. Und du machst, was Frauchen dir befiehlt. Weil du sie liebst und sie doch niemals haben kannst.«

»Du kommst uns ständig immer nur in die Quere«, zischte Erik, ohne auf ihre Worte einzugehen. »Aber das war reine Energieverschwendung. Wir werden trotzdem siegen.«

»Erik«, begann Pyne und streckte ihm die Hand entgegen. »Hör doch zu, Mann, das läuft doch total in die falsche Richtung. Du weißt doch, d…«

Ohne hinzusehen, richtete Erik seine Waffe auf Pyne und drückte ab.

Kapitel 18

Auf Marcs Rücken hatte sich eine deutlich spürbare Schweißschicht gebildet, während er die Dauphin immer näher an die Mil heranbrachte, ihre Nase steiler und steiler neigte, bis der Winkel stimmte. Das Atmen fiel ihm schwer. Er ließ die Maschine nach unten stürzen, wandelte Höhe in Geschwindigkeit um, verringerte den Abstand und war sich des gewaltigen Drucks, der auf ihm lastete, sehr bewusst.

Doch die Angst, die in seinen Adern tobte, hatte nichts mit Panik zu tun. Sie half ihm, sich zu konzentrieren. Marc spürte, wie sich seine Sinne weiter schärften, während er sich ganz von seiner Intuition leiten ließ. Und das machte ihn auf seltsame Weise ruhiger. Nahkämpfe, Schusswechsel und Feuergefechte, bei alledem fühlte er sich unwohl, und er musste sich jedes Mal zusammenreißen, um kühlen Kopf zu bewahren. Aber hier, im Cockpit eines Hubschraubers mit all seinen Bedienelementen und Displays, den Blick zum Horizont gerichtet, hier fühlte es sich für Marc Dane *richtig* an.

Er balancierte auf dem schmalen Grat zwischen Angst und Beherrschung entlang und ließ sich davon beflügeln. Tief in seinem Inneren wohnte alte Furcht, eine starke Erinnerung, die jederzeit wieder hervorbrechen konnte, wenn er es zuließ. Er wusste, dass er nur die Augen schließen musste, dann würde sich diese eine überwältigende Erfahrung aus seiner Vergangenheit auf seine Netzhaut drängen, vollkommen real, als würde es gerade eben passieren.

Noch vor Rubicon, noch vor dem MI6. Der Sturm über dem Südchinesischen Meer hatte die Lynx der Royal Navy, die er pilotierte, aus der Luft geholt. Der Aufschlag auf den Wellen. Der kalte Ozean, der in die Kabine drang. Das erste Mal in seinem Leben, dass er nicht auch nur den geringsten Zweifel hatte zu sterben.

Er zwang sich, diese Erinnerung zurückzudrängen, blendete sie aus wie die Musik eines Radiosenders, die sich zwar stumm schalten ließ, die aber immer noch weiter über den Äther gejagt wurde. Er legte die Hände noch fester um die Steuerknüppel und verschmolz mit der Dauphin zu einer Einheit, als wäre sie ein Teil von ihm. Den Blick durch die mit Regentropfen gepflasterte Kanzel gerichtet, visierte er die sehr viel größere Mil an und gab vollen Schub, um noch näher heranzukommen.

Der Transporthubschrauber flog auf derselben Route wie auf dem Hinweg über dem Han-Fluss entlang. Sein walförmiger Rumpf schob sich durch den heftigen Regen und schwankte merklich, da sein Schwerpunkt durch die angehängte SCIF deutlich tiefer lag als sonst. Marc sah die Luke in der Seitenwand der Metallkabine hin und her klappen und fragte sich, ob Madrigal immer noch in der Kabine saß. Er konnte sich gut vorstellen, dass es so war, dass sie von dem Flug nicht das Geringste mitbekam, während sie über Stapeln von Akten und streng geheimen Dossiers brütete, in denen die schlimmsten Exzesse aus der Zusammenarbeit zwischen den Vereinigten Staaten und Südkorea dokumentiert waren. Es waren toxische Geheimnisse, gespickt mit den Berichten über unzählige Tote, und Marc fragte sich für einen Augenblick, ob es nicht besser wäre, wenn sie für alle Zeit begraben und vergessen blieben.

»Ruhig halten!«, rief Lucy ihm über das Knattern der Rotoren zu.

Er nickte und richtete die Dauphin waagerecht aus, während sie sich neben den riesigen russischen Hubschrauber schoben. Marc riskierte einen Blick über die Schulter und sah, wie Lucy erneut die hintere Luke aufschob und sich davorkniete. Dann legte sie das Sturmgewehr an und blickte durch das Zielfernrohr.

Die Mil war langsamer und driftete jetzt nach backbord. Marc sah, dass im Cockpit plötzlich Bewegung entstand – ein Besatzungsmitglied hatte die Rotoren der Dauphin im strömenden Regen bemerkt.

Das Mündungsfeuer spiegelte sich an der Innenseite der gläsernen Pilotenkanzel, als Lucy eine Doppelsalve nach der anderen in den Rumpf der Mil jagte. Die schwarzen Löcher zeigten genau an, wo die Kugeln eingeschlagen hatten – Lucy arbeitete sich Richtung Bug vor und traf schließlich eines der dreieckigen Cockpitfenster. Glas splitterte, der Pilot erschrak und zog den massigen Transporthubschrauber abrupt seitlich nach unten weg.

Neben der Passagierluke der Mil klappte nun eine quadratische Platte auf, und Marc erkannte, wie sich eine schwarz gekleidete Gestalt mit einem Gewehr nach draußen lehnte. Marc trat, ohne nachzudenken, das Steuerbordpedal bis zum Anschlag durch. Die kleine Maschine gehorchte sofort, drehte sich um die eigene Achse und bot dadurch ein wesentlich schmaleres Ziel. Er hörte Lucy in seinem Rücken fluchen. Sie hatte nicht mit diesem Manöver gerechnet und flog quer durch die Kabine.

Drei Einschusslöcher blieben in der gewölbten Windschutzscheibe der Dauphin zurück, bevor Marc die Nase nach oben richtete und über die gewaltige Rotorscheibe der Mil hinwegflog. Die Luftwirbel der mächtigen Rotorblätter rüttelten die kleinere Maschine gehörig durch, aber Marc ließ sich davon nicht beirren, gewann an Höhe und hielt den Turbulenzen stand.

»Ruhig halten, habe ich gesagt. Was ist denn daran so schwer zu verstehen?«, brüllte Lucy ihm zu.

»Du bist fürs Schießen zuständig, und ich fürs Fliegen«, entgegnete Marc. Dabei fiel sein Blick auf eine Mulde in dem nicht besetzten Co-Piloten-Sitz, wo sich eine verirrte Kugel ins Polster gebohrt hatte.

Jetzt neigte die Mil sich leicht nach vorn, um an Geschwindigkeit zu gewinnen, überflog das Flussufer und die Dächer nichtssagender Wohnblocks und scheußlicher Einkaufszentren. Marc brachte die Drehung zu Ende und nahm wieder Kurs auf den größeren Hubschrauber. Als er sah, was der Pilot der Mil vorhatte, kniff er die Augen zusammen.

Der Transporthubschrauber schwebte jetzt gefährlich dicht über den Straßen der Stadt. Seine Rotoren sausten nur wenige Meter über den Dächern der sechsstöckigen Gebäude entlang, die dicht gedrängt die Straßen säumten. Die SCIF schwang auf Höhe der obersten Stockwerke mit ihren Büros und Apartments wie ein riesiges Pendel hin und her.

Es war ein riskantes Spiel, die Maschine so dicht über Grund zu fliegen, sodass jeder kleinste Fehler nicht nur den Tod der Besatzung, sondern auch zahlreicher Zivilisten zur Folge gehabt hätte. Aber dahinter steckte eine klare Absicht, das war Marc klar. Der Pilot der Mil spekulierte darauf, dass die Verfolger nicht angreifen würden, wenn die Gefahr von Kollateralschäden zu groß war.

»Drecksack«, knurrte Marc und nahm Schub weg, um den Abstand ein wenig zu vergrößern. Jede Sekunde, die sie mit der Verfolgung der Mil vergeudeten, anstatt zu versuchen, sie aufzuhalten, brachte Madrigal einer geglückten Flucht einen Schritt näher.

Lucy schob die andere Luke auf, um in alle Richtungen freie Schussbahn zu haben. Regen und kalter Wind fegten durch das Cockpit der Dauphin. Marc sah aus dem Augenwinkel, wie sie sich eine Sicherungsleine schnappte und den Karabiner an ihrer Kampfweste festmachte. »Wir müssen es riskieren!«, rief sie. »Marc, wir dürfen sie nicht entkommen lassen!« Auch sie war sich also voll und ganz darüber im Klaren, was auf dem Spiel stand.

»Zu Befehl.« Er stemmte sich gegen seinen Sicherheitsgurt. Dann drehte er den Griff für den Schub am Kollektivhebel auf, ließ die beiden Turbomeca-Turbinen aufheulen und leitete den nächsten Angriff ein.

Dieses Mal war die Besatzung der Mil vorbereitet. Marc sah, wie der große Hubschrauber hin und her schwankte. Der Hauptrotor der kleineren Dauphin befand sich jetzt auf gleicher Höhe, und Marc hielt sich dicht hinter ihr. Lucy lehnte den Oberkörper ins Freie und zielte am Rumpf der Dauphin entlang nach vorn.

Urplötzlich zog die Mil die Nase steil nach oben. Ein schlechter Pilot hätte die Maschine mit diesem Manöver vermutlich abgewürgt und zum Absturz gebracht, aber trotz des unberechenbaren zusätzlichen Gewichts der SCIF vollführte die Mil eine derart enge Drehung, die für einen Moment alle physikalischen Gesetze außer Kraft zu setzen schien. Einmal hatte Marc einen Chinook bei einem ähnlichen Manöver beobachtet. Bei der Army wurden diese großen Hubschrauber mit Tandemrotor »Wokkas« genannt, angelehnt an das charakteristische Rotorengeräusch bei Manövern, die eigentlich unmöglich zu sein schienen. Anscheinend hatten die Nordkoreaner ihrem Vogel dieselben Kunststückchen beigebracht.

Als die Mil wieder ruhig in der Luft stand, schrammte die SCIF-Kabine an der Fassade eines Bürogebäudes entlang und ließ eine ganze Reihe bläulich getönter Fensterscheiben zu Bruch gehen. Marc musste eine Kollision vermeiden und zog den Steuerknüppel zu sich heran. Gleichzeitig brüllte Lucy das Wort, das jeder Pilot eines Militärhubschraubers mehr fürchtete als jedes andere: »Panzergranate!«

Im selben Augenblick sah er die weiße Rauchwolke, die den Abschuss signalisierte. Lucy musste den Soldaten, der sich mit einer Panzerfaust in der Hand zur Luke der Mil herausgebeugt hatte, Sekundenbruchteile vor ihm gesehen haben.

Die Wohnhäuser zu beiden Seiten ließen keine Ausweichmanöver zu, ohne in irgendeinem Wohnzimmer zu landen. Die Maschine zurückzureißen oder hochzuziehen hätte zu lange gedauert. Marc setzte alles auf eine Karte und hielt direkt auf den Lichtblitz zu, in der Hoffnung, dass das Chassis des Eurocopters so stabil war, dass er das Manöver verkraftete.

Dann riss er den Steuerknüppel mit einer harten Bewegung zur Seite, sodass die Dauphin, fast wie der Meeressäuger – dem sie ihren Namen zu verdanken hatte – einen eleganten bogenförmigen Hüpfer vollführte. Die ungelenkte Panzergranate raste unter dem Bauch ihres Hubschraubers hindurch und explodierte an einer Reklametafel auf einem nahegelegenen mehrstöckigen Parkhaus.

Marc korrigierte ein wenig zu heftig und geriet gefährlich nah an einen Maschendrahtzaun, der rund um einen Dachgarten auf einem Wohnblock verlief. Kurz bevor die Spitzen der Rotorblätter das Metall streiften, riss er die Dauphin weg und versuchte, die Maschine erst einmal wieder zu beruhigen. Doch schon jagten wieder Schüsse aus der Mil herüber und schlugen in den Rumpf ein. Mehrere Kugeln knallten gegen die Innenwände der Kabine, und Marc wusste, dass der Kerl mit der Panzerfaust die nächste Granate auf die Reise schicken würde, sobald er nachgeladen hatte.

Aber Lucy war ihm einen Schritt voraus. Sie hatte sich auf den Boden der Kabine gelegt und machte die Gefahr mit zwei gezielten Schüssen durch die offene Gefechtsluke der Mil zunichte. Marc sah eine schwarz gekleidete Gestalt zusammen mit der Panzerfaust ins Freie stürzen. Ihr Fall hinunter auf die Straße wurde nur kurz von der unter dem Hubschrauber hängenden SCIF unterbrochen. Dann jagte die Mil schon wieder davon und hinterließ einen mächtigen Abwindsog.

»Wir müssen sie zur Landung zwingen!«, rief Lucy.

Er gab keine Antwort. Auf dem Armaturenbrett blinkten zahlreiche rote Warnleuchten. Die Schüsse ihrer Widersacher hatten einige überlebenswichtige Teile getroffen, und der kleine Eurocopter war, im Gegensatz zu dem zusätzlich verstärkten russischen Transporthubschrauber, nicht für Kampfhandlungen ausgelegt. Der Geruch nach heißem Maschinenöl stieg Marc in die Nase, während die Steuerhebel alarmierend vibrierten.

»Kein Problem«, log er und nahm die Verfolgung der Mil auf.

Der Schuss dröhnte laut durch den Frachtraum der Antonov, und Pyne wurde von der Wucht des Treffers nach hinten geschleudert.

Kara fing sie auf, bevor sie auf dem Boden zusammenbrach, und spürte den immer größer werdenden dunkelroten Fleck, der sich auf Pynes fadenscheinigem Pullover ausbreitete. Die Polin hatte die Augen weit aufgerissen.

Tränen des Schmerzes rannen ihr über die Wangen, und ihre bebenden Lippen waren geöffnet, während sie unaufhörlich um Atem rang. Kara ließ die zitternde Frau so behutsam wie nur möglich auf einen Stuhl sinken und drückte die Hände der getroffenen Hackerin auf die grässliche Wunde, um den Blutfluss zu stoppen.

Erik richtete die rauchende Mündung seines Revolvers auf Kara. »Du bist die Nächste«, stieß er nur mühsam beherrscht hervor. »Es ist scheißegal, was du mit unserem Kommunikationssystem angestellt hast. Madrigal wird bald zurück sein.«

Kara stand so dicht vor ihm, dass sie die dunklen Flecken auf Eriks Knöcheln und dem Lauf seiner Waffe sehen konnte – Blutspritzer, hervorgerufen durch den Einschlag seiner Kugel in Pynes Bauchhöhle. Die Kugel war am Rücken wieder ausgetreten, was bedeutete, dass die junge Polin verbluten würde, wenn sie nicht unverzüglich medizinische Hilfe bekam.

Alle diese Einzelheiten nahm Kara wahr und verarbeitete sie analytisch und emotionslos, wie einen Bildschirm voller Quellcode. Sie betrachtete das ganze Geschehen wie die logischen Bedingungen einer Datenfolge. Der muskulöse deutsche Hacker hatte keine Kontrolle über die Verbindung zwischen Kara und Madrigal, und das machte ihn wahnsinnig. Dass sie zu Ghost5 zurückgekehrt war, hatte alles nur noch schlimmer gemacht, und jetzt würde Erik sein Programm zu Ende bringen, und zwar mit der einzigen Schlussbedingung, die ihn zufriedenstellen würde.

»Du hast nie wirklich dazugehört«, fuhr er fort und würdigte Pyne, die dem Tod Stück für Stück näher rückte, keines Blickes. »Keiner von euch. Nützliche Idioten seid ihr, sonst nichts.«

Kara sah ihn fragend an, und ihre Worte klangen seltsam ruhig und gefasst. »Im Ernst? Weil du nämlich mit Abstand der größte und beschissenste Vollidiot bist, den ich je kennen gelernt habe.«

Erik drückte ihr die blutbeschmierte Mündung seines Revolvers auf die Stirn und zog den Hahn zurück. »Wenn Madrigal zurückkommt, bringe ich dich um, vor ihren Augen. Dann wird sie erkennen, was du wirklich bist.«

»Weil du dadurch alles wieder in Ordnung bringen kannst?« Sie starrte ihn mit ausdrucksloser Miene an. »Denn genau das willst du doch. Du willst Bedeutung, du willst für sie der Wichtigste auf Erden sein.«

»Wenn du nicht die Klappe hältst, dann warte ich nicht so lange ab«, drohte er.

Kara lehnte sich gegen die Waffe und warf einen schnellen Blick auf ihre Smartwatch. »Dann mach doch. Wenn du von Madrigal keine Konsequenzen zu befürchten hast, nur zu. Erschieß mich. Bei ihr hast du ja auch keine Hemmungen gehabt.« Sie zeigte auf Pyne, die vornübergebeugt auf ihrem Stuhl saß und vor Schmerzen keuchte. »Du hältst dich für einen knallharten Typen mit einem starken Willen und einem scharfen Verstand, stimmt's? Aber du irrst dich. Du bist gerade mal guter Durchschnitt. Du kannst deinen Mitmenschen skrupellos Schmerzen zufügen, das stimmt, aber sonst hast du nichts zu bieten.« Sie wandte den Blick ab, bevor sie Erik erneut fixierte. »In diesem Flugzeug gibt es einen elektromagnetischen Impulsgeber.« Kara machte eine Handbewegung. »Er erzeugt einen elektromagnetischen Impuls, der jede digitale Hardware in einem Umkreis von ungefähr zweihundert Metern lahmlegt. Das ist Madrigals allerletzte Hintertür, für den Fall, dass uns Interpol oder die NSA auf die Spur kommen sollten.«

Erik zögerte. Natürlich hatte er Kenntnis von diesem Impulsgeber, das hatte Madrigal ihm garantiert nicht vorenthalten. Aber für die meisten anderen Mitglieder von Ghost5 galt das nicht, und offensichtlich hatte er nicht damit gerechnet, dass Kara davon wusste.

Sie verfolgte sein Mienenspiel. »Ich habe schließlich auch mal dazu gehört, vor deiner Zeit, weißt du noch? Was glaubst du wohl, wer ihr geholfen hat, das Ding hier zu installieren?« Sie ließ die Hand sinken, sodass sie nun direkt über Madrigals Laptop schwebte.

Er starrte sie wütend an. »Falls du damit irgendwas vorhast, bringe ich dich um.«

»Bist du sicher?«

Erik reagierte mit einem wütenden Zähnefletschen und jagte eine Kugel in den Laptop. Ein Krater bildete sich mitten in der Tastatur, und heiße Plastiksplitter trafen Karas Hand, die sie hastig wegzog. Erik grinste sie bösartig an.

»Du Idiot«, sagte sie, rieb sich die Hand und blickte erneut auf ihre Armbanduhr. »Du kannst einfach nicht weiter denken als bis zur nächsten Ecke. Deshalb lässt sie dich auch nicht hacken. Ich habe das doch schon vor Stunden eingerichtet.« Sie tippte auf das Touch-Display ihrer Smartwatch. Diese schickte daraufhin ein Signal an einen Bluetooth-Intercept-Receiver, den sie – als sie irgendwo über dem Philippinischen Meer geflogen waren – heimlich an den Hauptschaltkreis der Antonov angeschlossen hatte.

Der elektromagnetische Impulsgeber konnte sämtliche Festplatten und Schaltkreise an Bord des Flugzeugs lahmlegen, aber das war noch nicht alles. Kara hatte recht gehabt, als sie die Vorrichtung als Madrigals allerletzte Hintertür bezeichnet hatte. In den engen Wartungsgängen der Antonov, dort, wo die Tragflächen sich mit dem Rumpf vereinigten, wurde jetzt ein Elektronentransfer-Bauelement aktiviert. Eine kleine, präzise gelenkte Sprengladung bewirkte, dass das durch einen Hochspannungskondensator geschaffene Magnetfeld schlagartig extrem komprimiert wurde. Die Energie dieser zielgerichteten Explosion übertrug sich über das Feld und führte zu einer elektromagnetischen Welle, die ungefähr die zehnfache Wucht eines Blitzschlags entfaltete. Das alles geschah innerhalb eines einzigen Augenblicks. Das Elektronentransfer-Bauelement riss ein Loch in die Oberseite des Flugzeugrumpfs, und die Explosion breitete sich über die Treibstoffleitungen aus. Knisternde elektrische Spannung jagte durch den Rumpf und legte sämtliche elektronischen Geräte mit einem Schlag lahm.

Feuer und Funken sprühten durch den Frachtraum, als die Stromversorgung zusammenbrach. Die Wucht der Explosion ließ die große Maschine erzittern und schaukeln. Eine orangefarbene Flammenwand schälte gelockte Metallfetzen vom Rumpf. Erik war für einen Moment abgelenkt, und Kara nutzte diesen Moment, um einen Feuerlöscher von der Bordwand zu reißen. Sie ließ ihn in weitem Bogen herumschwingen und traf Erik mit der Unterseite im Gesicht. Der Deutsche fiel um, Kara ließ den Feuerlöscher los und packte Pyne mit beiden Händen.

Die junge Polin stieß einen lauten Schmerzensschrei aus, war jedoch zu schwach, um sich zu wehren. Sie war leicht wie eine Feder. Kara legte sie sich irgendwie über die Schulter und hastete, halb rennend und halb stolpernd, auf die offene Frachtluke der Antonov zu. Die Hitze des brennenden Treibstoffs in ihrem Rücken trieb sie vorwärts, während das Feuer sich immer weiter ausbreitete und das gewaltige Flugzeug von innen auffraß. Dichter schwarzer Rauch und der Gestank nach Flugbenzin hüllten sie ein, aber Kara rannte weiter und suchte Deckung in einem nahe gelegenen Hangar.

Noch eine Explosion ertönte, dann gab die eine Tragfläche der Antonov nach und brach ab. Auch wenn der Tank so gut wie leer war, reichten die verbliebenen Kerosindämpfe aus, um mit einem dumpfen Donnerschlag zu verpuffen. Mit Pynes Blut an den nassen Händen stieß Kara eine Tür in der Seitenwand des Hangars auf und verschwand im Inneren.

Die Besatzung der Mil hatte scheinbar beschlossen, die problematische Situation nicht mit einer Schießerei zu lösen, darum drehte der schwere Helikopter jetzt ab und jagte mit vollem Schub über die Hausdächer hinweg, bis er sich wieder über dem Han-Fluss befand.

Lucy versuchte, ihn im Sucher ihres Zielfernrohrs zu behalten, aber Marc hatte große Mühe, die unruhige Dauphin einigermaßen zu stabilisieren. Lucys Zieloptik hüpfte auf und ab, als säße sie in einer Achterbahn. So war der Entfernungslaser natürlich so gut wie nutzlos.

Das Magazin war auch nur noch zu einem Drittel gefüllt, darum konnte sie sich keine Fehlschüsse mehr erlauben. Beide Maschinen waren jetzt wieder auf dem Weg nach Norden, in Richtung Incheon Airport und Grenze. Für einen kurzen Augenblick zuckte vor Lucys innerem Auge ein Bild auf, wie eine nordkoreanische Hubschrauberstaffel ihnen hinter der entmilitarisierten Zone einen Hinterhalt bereitete. Falls das geschah, würde die unbewaffnete Dauphin innerhalb weniger Sekunden zum wertlosen Schrotthaufen werden.

Jetzt sackte die Mil erneut aus ihrem Sichtfeld, aber dieses Mal tauchte sie nicht wieder auf. Lucy hob den Kopf und sah, dass Marc die Dauphin nach oben zog und versuchte, an Höhe zu gewinnen. Sie starrte hinab auf die verschwommene Scheibe des Hauptrotors an der Mil. Ob sie es schaffen konnte, eine Kugel in die Nabe oder vielleicht in den Ansaugstutzen der Turbinen zu jagen? Oder war es schlauer, sich den Heckrotor vorzunehmen? Wenn sie den Mechanismus entscheidend beschädigen konnte, dann würde der große Transporthubschrauber um die eigene Achse rotieren und abstürzen – aus dieser Situation konnte er sich nicht mehr befreien. »Eine Stinger, das wäre jetzt das Richtige«, sagte sie laut, doch ihre Stimme ging im Ächzen und Dröhnen des verwundeten Motors der Dauphin unter.

Sie zwängte sich zwischen den Sitzen hindurch und ließ sich auf den Co-Piloten-Sitz fallen. Dann sah sie ein Funk-Headset und setzte es auf.

Marc sah sie an und wies dann kopfschüttelnd auf seine Hände. Seine Knöchel waren weiß, so fest umklammerte er die Steuerknüppel. Übersetzung: *Ich kann die Dinger auf keinen Fall loslassen.* Lucy setzte ihm das Piloten-Headset auf und klappte das Mikrofon vor seine Lippen.

»Scheiße«, hörte sie ihn sagen. »Verdammte Scheiße.« Alle paar Sekunden stieß er einen neuerlichen Fluch aus, während der Hubschrauber sich störrisch seinen Bemühungen, ihn in der Luft zu halten, widersetzte.

»So schlimm?«, erwiderte Lucy. Ihre einzige Flugerfahrung bestand darin, aus einem Luftfahrzeug zu springen. Sie hatte keine Ahnung, wie man die Dinger in der Luft halten konnte, aber auch ihr war klar, dass die vielen roten Lämpchen, die da am Armaturenbrett blinkten, nichts Gutes zu bedeuten hatten.

»Wir verlieren Treibstoff durch ein Leck in der Benzinleitung«, sagte Marc knapp. »Der Öldruck sinkt immer weiter. Wir können uns vielleicht noch zehn Minuten in der Luft halten, und das auch nur, wenn das Schicksal uns gnädig gestimmt ist.«

»Irgendwelche Vorschläge? Ich bin für alles offen«, erwiderte sie.

Er warf ihr einen schnellen Seitenblick zu. »Du findest meine Ideen eigentlich immer doof.«

»Egal was es ist, wenn wir Madrigal damit aus dem Spiel nehmen können, finde ich es gut …« Sie blickte zum Fenster hinaus und verstummte. Am anderen Flussufer flammten die ersten Lichter auf. »Hey, der Strom ist wieder da.«

Hatte Ghost5 das etwa auch geplant? Oder war es ein Beweis dafür, dass sie schon ziemlich viel Sand ins Getriebe gestreut hatten? Für einen kurzen Augenblick dachte sie an Kara, dann schob sie den Gedanken wieder beiseite.

»Ich zwinge sie runterzugehen«, sagte Marc und wies mit einer Kopfbewegung geradeaus. »Siehst du die Brücke da?«

Sie beugte sich nach vorn und starrte durch den Regen. Vor der Mil kam jetzt eine Kreuzung zweier sechsspuriger Straßen ins Blickfeld. Zwischen den beiden Fahrspuren, die über den Fluss führten, verlief eine S-Bahn-Linie. Geschwungene blaue Bogenträger erstreckten sich der Länge nach über die Schienen, und sie konnte auch ein paar liegen gebliebene Fahrzeuge entdecken, die in kleinen Pulks beieinanderstanden, doch ansonsten war die Brücke ziemlich leer.

»Was hast du vor?«, fragte sie ihn und fürchtete sich gleichzeitig vor der Antwort.

»Ich habe die Falle gestellt«, stieß Marc zwischen zusammengebissenen Zähnen hervor. »Und du erlegst die Beute.« Er ließ die Dauphin sinken, und der Hubschrauber fiel wie ein Stein direkt in den Strömungswirbel des Hauptrotors der Mil.

Der Rotordurchmesser des Transporthubschraubers war

größer als die Gesamtlänge der Dauphin, aber trotzdem reichte der Abwindsog der kleineren Maschine aus, um den Auftrieb der Halo empfindlich zu stören. Eine einzige schwindelerregende Sekunde lang dachte Lucy, dass der Engländer tatsächlich mit den Rotorblättern der anderen Maschine kollidieren würde, doch der Pilot der Mil reagierte im letzten Moment und versuchte, seinem herabschwebenden Verfolger zu entkommen.

Marc schimpfte laut und zog an seinen Steuerknüppeln, um dasselbe Manöver zu fliegen wie der Mil-Pilot. Die blauen Bögen der Brücke kamen schnell näher, und der Spielraum für den größeren Hubschrauber schrumpfte rasant zusammen.

Lucy sah ihre Möglichkeit, wuchtete das Seitenfenster auf und schob den Lauf ihrer Waffe ins Freie. Sie lag jetzt quer über ihrer Brust, und Lucy stabilisierte sie mit ihrem Bizeps. Sie musste auf den richtigen Moment warten, der unweigerlich kommen würde, den Moment, wo der Pilot der Mil in Panik geraten und eine überhastete Entscheidung treffen würde. Ihr Scharfschützenbewusstsein, das in einer abgekapselten Ecke ihres Geistes sein raubtierhaftes Dasein fristete, übernahm nun die Kontrolle, und sie nahm die Welt nur durch ein Fadenkreuz wahr. Sie stellte sich vor, in einem Versteck mitten in einem Wald zu liegen, getarnt und unsichtbar, stellte sich vor, dass sie ohne jede emotionale Regung zusah, wie der Wille ihres Opfers brach und es unmittelbar darauf den entscheidenden Fehler beging. Sich bloßstellte. Sie richtete den leuchtend roten, stecknadelkopfgroßen Laserpunkt auf das Ziel und atmete nur noch flach.

Ein Ruck ging durch die Mil. Der schwere, walartige Rumpf drehte ab, und die darunter hängende SCIF schwebte gefährlich dicht über das blau lackierte Strebewerk der Brücke. Sie feuerte einen Schuss durch die umherwirbelnden Rotorblätter, durch das Cockpitfenster der Mil, das sofort zersplitterte. An der Innenseite der vielfach gebrochenen Glasscheibe erschien ein roter Fleck, und das Motorengeräusch des schweren Transporthubschraubers wurde zu einer heulenden Totenklage.

Marc zwang die bebende Dauphin in eine scharfe Drehung, während die Mil bereits zu tief flog, um den Streben der Brücke noch ausweichen zu können. Die SCIF krachte gegen einen der stählernen Bögen und schleifte an den Trägern entlang. Die seitliche Kabinenwand riss auf, und sie fiel kopfüber auf die Fahrbahn. Die Halteseile, die immer noch an der Mil befestigt waren, verfingen sich zwischen zwei Brückenbögen.

Der russische Helikopter saß in der Falle und wurde von seinem eigenen Schwung nach unten gezogen, wo er schließlich in einem flachen Winkel auf die gegenüberliegende Fahrbahn prallte. Funken stoben, Stichflammen schossen empor, und das Bugrad riss ab. Der Rumpf neigte sich zur Seite. Die acht gewaltigen Rotorblätter, jedes an die fünfzehn Meter lang, bohrten sich der Reihe nach in den Fahrbahnbelag und die Brückenträger. Eines nach dem anderen zerbrach und löste sich in einem Splitterregen auf.

Die Mil drehte sich auf das Kabinendach und brach dann unter ihrem eigenen Gewicht zusammen, verstrickt in ein Gewirr aus Drahtseilen. Feuer und schwarzer Rauch stiegen aus dem Turbinenraum auf.

Marc hielt die Dauphin in einem kippeligen Schwebezustand über der Stelle, wo die Mil in die Brücke eingeschlagen hatte. Der Abwind erfasste die Papiere aus den Regalen in der SCIF-Kabine. Dokumente, die so geheim waren, dass es für sie nicht einmal eine Geheimhaltungsstufe gab, wurden hochgewirbelt und in den darunter liegenden Fluss geweht.

Lucy blickte durch ihr Zielfernrohr und suchte die zerstörte Kabine ab. Sie konnte nichts entdecken.

»Wir können noch nicht weg«, sagte Marc über Funk und ließ die Dauphin tiefer sinken. »Erst wenn wir uns ganz sicher sein können.«

Sie kamen bis zur gegenüberliegenden Seite des riesigen Hangars, doch dann schrie Pyne, dass sie nicht mehr konnte, und sackte einfach zu Boden.

Kara schleifte sie weiter und suchte das erstbeste, wenigstens halbwegs sichere Versteck. Sie fand es in der offenstehenden Kabine einer zweimotorigen Beechcraft, die gerade gewartet wurde. Kara zog Pyne ins Innere und hielt kurz inne, als sie die Blutspur sah, die im Zickzack durch den Hangar bis hierher führte.

»Ich werde sterben«, flüsterte das dünne Mädchen. »Oh Gott. Ich will nicht so gehen. Ich weiß ja nicht mal, wo ich bin.«

Kara wischte ihre blutverschmierten Hände an einem der Passagiersitze ab und suchte einen Erste-Hilfe-Kasten. In einem Fach an der Trennwand entdeckte sie eine grüne Plastikschachtel und durchwühlte sie hastig, nahm Verbandsmull und sterile Tupfer heraus und tat ihr Möglichstes, um die hässliche Wunde zu versorgen. Aber es war eine scheußliche und ekelhafte Arbeit. Pyne wurde zwischendurch immer wieder bewusstlos.

Als sie fertig war, warf Kara einen Blick durch die ovalen Seitenfenster im Rumpf der Beechcraft. Zu den Türen auf der anderen Seite des Hangars wehte dichter Rauch herein. Die Antonov stand hell in Flammen, und sie fragte sich kurz, was wohl aus André und den anderen geworden war. Waren sie geflüchtet, oder hatte der maskierte Soldat sie niedergestreckt, noch bevor sie sich in den Flughafengebäuden in Sicherheit gebracht hatten? Es spielte keine Rolle. Sie konnten ihnen ohnehin nicht helfen.

Kara zog das Funkgerät aus ihrer Tasche und wog es in der Hand. Es war jetzt, nach dem zerstörerischen elektromagnetischen Impuls, nicht mehr wert als ein Stein. Sie warf es beiseite und blickte auf ihre Smartwatch. Auch sie war nur noch ein Ding aus Metall und Glas, ohne jeden Wert.

So wie Pyne? Wie aus dem Nichts schoss ihr diese Frage durch den Kopf, als sie die junge Frau ansah. Das leise Rasseln ihres schwachen Atems war in der stillen Kabine deutlich zu hören.

Der herzlose Impuls hinter diesem Gedanken war völlig klar. Kara war Pyne wirklich nichts schuldig. Als sie Ghost5 verlassen hatte, da hatte sie nicht gewagt, ihren Entschluss mit ihr zu teilen. Sie hatte ihr nicht vertraut. Aber sagte dieses Widerstreben nicht vielleicht mehr über Kara Wei – über *Wong Fei Song* – aus als über die andere Hackerin?

Pyne würde sterben, selbst im besten Fall hatte sie keine Stunde mehr zu leben. Kara hingegen war unversehrt und frei. Wenn sie die Verwundete jetzt hier zurückließ, dann konnte sie überleben, konnte fliehen und wieder zu Kräften kommen.

Das magere Mädchen bewegte sich und stöhnte, rang japsend um Atem. Ihre Augenlider flatterten, und für einen kurzen Moment sah sie Kara an, bevor sie wieder bewusstlos wurde.

Welches waren die letzten Worte, die Lex zu mir gesagt hat? Dieser Gedanke wuchs aus der Dunkelheit empor, genau wie der vorangegangene auch, und Kara wusste, dass das die Fragen waren, die sie sich selbst stellte, irgendwo in einem abgespaltenen Teil ihrer Persönlichkeit. Es waren jene Fragen, denen sie sich nicht stellen wollte.

Sie konnte sich nicht erinnern, was Lex gesagt hatte. Ihre Entscheidung, mit Ghost5 zu brechen, war spontan und radikal gewesen, eine unmittelbare Folge eines heftigen Streits mit Madrigal über die Zukunft der Gruppe. Im Verlauf dieses Streits war Kara klar geworden, dass ihre Mentorin sie auf einen dunklen Pfad führen würde, von dem es kein Zurück mehr geben würde.

Was hatte Lex damals gesagt, an einem bewölkten Sonntag in einer besetzten Wohnung irgendwo am Montmartre? Hatte er gesagt, dass er sie liebte, während sie in heller Panik ihre Sachen gepackt hatte? Hatte er versucht, sie zum Bleiben zu überreden? Ob beides oder keins von beidem – sie konnte sich nicht erinnern. Alles, was Kara geblieben war, war der Phantomschmerz eines Gefühls, für das sie nicht mehr empfindsam war.

Trotzdem war sie gegangen. Er hatte sie nicht aufgehalten. Und jetzt war er tot, und Kara würde diesen einen Moment nie zurückbekommen. Das fehlende Puzzlestück war für immer verloren.

Wenn sie Pyne jetzt im Stich ließ, dann würde sich ihre Geschichte wiederholen. Noch ein Verlust, auch wenn es nicht ihr Geliebter war. Aber spielte das eine Rolle? Sie hatte schließlich *ihn* verlassen.

Kara kauerte sich neben Pyne und legte behutsam einen Finger an ihren Hals, spürte ihren schwachen Puls, blickte zurück zu der geöffneten Luke.

Wenn ich jetzt wieder weggehe, was bin ich dann? Ein Schatten huschte über ihr Gesicht, als ihr die Antwort bewusst wurde: *Dann bist du wie Madrigal.*

»Song? Riechst du den Rauch?«, flüsterte Pyne, und ihr

Blick wurde bereits wieder glasig. »Aber nicht so lecker wie beim Grillen.«

»Ja«, erwiderte Kara. »Ist schon okay. Nicht bewegen.« Sie schlich durch die Kabine und öffnete die Tür zum Cockpit der Beechcraft. Sie spielte an den Schaltern herum, und neue Hoffnung keimte in ihr auf. Der elektromagnetische Impuls war nicht bis hierher vorgestoßen, hatte seine Energie an den metallenen Hangarwänden aufgebraucht. Also waren die Stromkreise und das Funkgerät des Leichtflugzeugs noch intakt. Kara kannte die Notruffrequenz, die zu Beginn der Operation vereinbart worden war, und stellte sie ein.

Es war ein Schuss ins Blaue. Es gab keine Garantie, dass überhaupt jemand zuhörte, und es war denkbar, dass alles, was sie sagte, genau von den Leuten gehört wurde, die ihr nach dem Leben trachteten.

Aber sie musste es versuchen.

Marc setzte die Dauphin ein wenig schwankend auf der Brücke auf, sodass das Fahrgestell genau zwischen zwei Straßenlaternen auf die Fahrbahn traf. Die nächsten Zivilisten harrten etliche hundert Meter entfernt bei ihren Autos aus, und dort blieben sie auch. Sie hatten viel zu viel Angst, näher zu kommen. Er sah einen Mann, der versuchte, die Szene mit seinem Smartphone zu filmen, und zog seinen Kragen hoch – ein ziemlich halbherziger Versuch, seine Identität zu verschleiern.

Lucy war noch vor dem endgültigen Aufsetzen des Hubschraubers nach draußen gesprungen und näherte sich nun mit vorgehaltener Waffe der schwer beschädigten SCIF. Marc hastete ihr hinterher und schnappte sich die Maschinenpistole, nicht ohne einen prüfenden Blick auf den Sicherungsschalter zu werfen.

Der Wind, der die Wolken vom Meer hereintrieb, hatte endlich das Zentrum der stetig größer werdenden Sturmzelle über die Stadt geschoben. Wie ein harter, lärmender Vorhang prasselte der Regen vom Himmel. Es fühlte sich an wie ein dunkler Monsun, der einen Guss nach dem anderen über die Brücke jagte, sie überschüttete und durchrüttelte, in Strömen über ihre Gesichter floss.

Marc und Lucy wechselten einen Blick und näherten sich der ramponierten SCIF-Kabine. Orangefarbene Flammen schlugen aus der abgestürzten Mil auf der anderen Seite der Brücke und tauchten die Szenerie in flackerndes Licht. Die Halteseile, die immer noch an der SCIF festhingen, rüttelten und zerrten an den Stahlbögen über den S-Bahn-Gleisen.

Als die SCIF die Brücke touchiert hatte, war sie entlang einer Schweißnaht der Länge nach aufgeplatzt. Jetzt sah die Kabine aus wie eine Kiste, die von einem hungrigen Tier aufgerissen worden war, um an deren Inhalt zu kommen.

Marc stieg über zahllose durchnässte Protokolle und Satellitenaufnahmen hinweg, die sich auf der Fahrbahn türmten. Verborgene Geheimnisse, die jahrzehntelange Geheimdienstaktivitäten überdauert hatten, kamen nun buchstäblich ans Tageslicht.

»Sieh dir bloß diese Scheiße hier an«, murmelte Lucy. »Das ist ja wie eine gottverdammte Spionage-Piñata.«

Er nickte und entdeckte inmitten der Trümmer noch andere Dinge. Tragbare Festplattenmodule, die durch den Einschlag gebrochen waren, ganze Kisten voller alter Microdiscs und glänzender Magnetbänder.

»Gib mir Deckung!«, sagte Lucy und bewegte sich auf die andere Seite, wo ein Teil der abgerissenen Kabinenwand krumm und schief herabhing.

Die SCIF stand ziemlich schräg, und alles, was sich im Inneren irgendwie gelöst hatte – Papiere, Plastikbehälter und vereinzelte Akten –, war als Lawine in die untere Ecke gerutscht. Marc baute sich mit schussbereitem Gewehr, den Schalter auf Dreifach-Salve gestellt, vor der SCIF auf, bereit, auf alles zu schießen, was sich bewegte.

Der Wind zerrte zwar an den Trümmern, doch etwas Menschliches im Inneren der zerstörten SCIF war nicht zu erkennen. Lucy schulterte ihre Waffe und kletterte hinein. »Ich will ganz sichergehen«, sagte sie, ohne sich zu Marc umzudrehen. »Ich bin erst zufrieden, wenn ich ihre Leiche gefunden habe.«

»Genau.« Marc war ein wenig erleichtert, dass er Lucy die unangenehme Aufgabe überlassen konnte, in dem ganzen Chaos nach einer Toten zu suchen. Die zerstörte Kabine wackelte und ächzte unter ihrem Gewicht, als sie in der feuchtkalten Düsternis zwischen den noch stehenden Regalen verschwand.

Marc folgte ihr ins Innere der Kabine. Die Überreste des Computerarbeitsplatzes waren immer noch fest in der Wand verankert. Die Konsole war zwar nicht mehr zu gebrauchen, aber die Server, die darüber angebracht waren, schienen noch einigermaßen intakt zu sein. Er fuhr mit der ausgestreckten Hand über die Festplatten, die nach wie vor in ihren Halterungen steckten. Wenn er gewollt hätte … lange hätte er nicht gebraucht, um die Schlösser abzubauen, die Module herauszuziehen und sie in die Dauphin zu bringen. Madrigal hatte Jahre ihres Lebens dafür geopfert, diese SCIF zu stehlen, und er fragte sich unwillkürlich, was für überaus gut gehütete Geheimnisse hier wohl vor sich hin schlummerten – unzählige Berichte von illegalen Operationen der Vorgängerorganisationen des südkoreanischen Geheimdienstes bis zurück in die schlechten alten Zeiten der KCIA, der dafür berüchtigt gewesen war, vor nichts zurückzuschrecken.

Lucy räumte ein umgestürztes Regal beiseite, sodass es gegen die Wand der Kabine knallte. »Hier ist Blut!«, rief sie ihm aus der Dunkelheit zu. »Jede Menge Blut.«

Marc nickte, aber er hörte ihr nur mit halbem Ohr zu. Sein Blick war immer noch auf die Speichermodule gerichtet. Er wusste das eine oder andere über die schmutzigen Wahrheiten, die sie enthielten, und zwar aus seiner Zeit beim britischen Geheimdienst, hauptsächlich aus Erzählungen eines älteren MI6-Offiziers namens Leon Taub, ein Veteran des Kalten Krieges. Er hatte in Marcs OpTeam gedient, das vor zwei Jahren in Frankreich einem Attentat des Kombinats zum Opfer gefallen war. Aber als junger Mann war Taub für den Südostasien-Sektor zuständig gewesen und hatte aus nächster Nähe mitbekommen, mit welchen Methoden die KCIA damals gearbeitet hatte.

Die gesamte Organisation war einem Staatsstreich entsprungen und letztendlich nichts anderes als eine Geheimpolizei, die keinerlei Hemmungen hatte, illegale Handlungen zu begehen, missliebige Personen zu verschleppen, auch wenn sie sich am anderen Ende der Welt befanden, sich in die Innenpolitik einzumischen, bis hin zur Ermordung ihres eigenen Präsidenten. In jeder ihrer Inkarnationen, zunächst als KCIA, dann als Agentur für Nationale Sicherheitsplanung und zu guter Letzt als NIS, besaß diese Organisation einen gewissen Status – sie war praktisch unantastbar. Sie konnte sich überall ungestraft einmischen. Daher konnte es auch keinen Zweifel geben, dass der südkoreanische Geheimdienst eine Menge dreckiger Wäsche zu verbergen hatte. Der Inhalt dieser gestohlenen SCIF barg also, egal von welcher Seite man es betrachtete, jede Menge politischen Sprengstoff.

Aber nicht nur die südkoreanische Regierung musste die Auswirkungen einer Veröffentlichung fürchten. Die Wut und die Trauer, die Madrigal dazu gebracht hatten, einen alten Mann auf brutale Weise zu ermorden, war eine direkte Nachwirkung einer Geheimmission, die die KCIA zusammen mit US-Geheimdiensten durchgeführt hatte. Madrigal wollte, getrieben von einem seltsam pervertierten Bedürfnis, Gerechtigkeit zu schaffen, diese Zusammenarbeit öffentlich machen. Was immer diese SCIF auch enthalten mochte, es musste erschütternd sein.

Beweise für heimliche Absprachen und nicht genehmigte Angriffe auf den Norden zwischen den USA und Südkorea? Geheimaktionen und Soldaten, die von den eigenen Verbündeten getötet worden waren? Das und noch Schlimmeres? Es würde keine Rolle spielen, dass die Geschehnisse allesamt über vierzig Jahre zurücklagen. Es wäre genau der Vorwand, den Pjöngjang brauchen würde, um militärische Maßnahmen zu ergreifen. Und angesichts des sensiblen politischen Klimas in Südostasien sowie einer US-Regierung, die sich an dem permanenten Säbelrasseln ausgiebig beteiligte, war Marc klar, dass so ein Skandal schnell zum offenen Krieg führen konnte.

Marc zögerte. Der Regen rauschte durch das aufgerissene Dach der Kabine. Es war kaum zu glauben, dass alles, was hier geschah, solche Folgen haben würde, dass er hier und jetzt, auf dieser windumtosten Brücke inmitten eines Gewittersturms, an einem möglicherweise entscheidenden Wendepunkt der Geschichte stand.

Es konnte nur eine logische Entscheidung geben. »Wir müssen das alles hier vernichten«, sagte er zu sich selbst und starrte die Datenträger an. »Es gibt keine andere Möglichkeit.« Madrigal war zwar eine herzlose Intrigantin, aber sie hatte mit ihrer Einschätzung recht gehabt. Und wenn die zerstörerische Wahrheit dieser Dokumente ans Licht kam, hätte das dieselbe Wirkung gehabt wie ein brennendes Streichholz in einer Fabrik für Feuerwerkskörper.

Er spürte ein Kribbeln am Hals und wollte sich kratzen. Dann merkte er, dass dort noch der Ohrhörer baumelte, und glaubte, unter dem unaufhörlichen Platschen des Regens ein anderes, entferntes Geräusch wahrzunehmen.

Marc drückte sich den Stöpsel ins Ohr. »Wer ist da?«

»Dane.« Kara Weis Stimme klang zwar weit entfernt und wurde von lautem Rauschen überlagert, aber sie war es, ganz eindeutig. »Ich hätte nicht gedacht, dass du noch am Leben bist.«

»Dann sind wir ja schon zwei«, gab er zurück. »Wo bist du?«

»Flughafen«, erwiderte sie. »Ich brauche deine Hilfe.« Marc hörte, wie hinter ihm zwei Schränke zusammenstießen, aber er achtete nicht darauf, sondern konzentrierte sich ganz auf Karas Stimme. »Hol uns hier raus, bitte!«

»Ich habe hier gerade ganz andere Probleme ...«, fing er an.

»Die hast du in der Tat«, sagte Madrigal.

Beim Klang ihrer Stimme zuckte er zusammen, riss die Maschinenpistole von seiner Schulter und legte sie noch im Umdrehen an.

»Nein«, sagte Madrigal warnend. Sie klang erschöpft und gequält und wütend zugleich.

Dann kam Lucy in den Blick, die Hände seitlich nach unten weggestreckt, das dunkle Gesicht eine einzige wutverzerrte Maske. Hinter ihr stand Madrigal. Sie drückte Lucy fest an sich, zwang sie, mit Trippelschritten vorwärtszugehen und starrte Marc voll ungezügeltem Hass an. Ihr Gesicht war blutverschmiert, und sie hatte beide Arme quer über Lucys Brust geschlungen. In der einen Hand hielt sie einen grauen Metallzylinder mit einer lilafarbenen Warnschrift, und in der anderen einen Sicherungsstift, den sie Marc entgegenschnipste.

»Wir sind hier noch nicht fertig«, stieß sie hervor und drückte die Unterseite der entsicherten Thermitgranate an Lucys Hals.

Kapitel 19

»Dane«, sagte Lucy mit fester Stimme. »Tu mir den Gefallen und jag diesem Miststück eine Kugel ins Gesicht, damit ich das Elend nicht mehr länger ertragen muss.«

»Schnauze«, herrschte Madrigal sie an, während die Fingerknöchel der Hand, die den Sicherungshebel festhielten, immer weißer wurden. Der Zeitzünder war mittlerweile bei null angelangt. Sie brauchte nichts weiter zu tun, als den Hebel loszulassen, und die Sprengladung wurde aktiviert.

Marc spürte, wie Gallenflüssigkeit in seine Kehle drängte, als er sich an den ekelhaften, süßlichen Gestank nach verbranntem Menschenfleisch und an die grelle Stichflamme der Thermitgranate erinnerte, die die toten nordkoreanischen Soldaten bis zur Unkenntlichkeit verstümmelt hatte. Ein solch ultraheißes Feuer wäre eine grässliche, unglaublich schmerzhafte Art zu sterben, aber Madrigal schien das in Kauf zu nehmen, wenn es bedeutete, dass auch Lucy dabei verbrennen würde.

»Ich mein's ernst«, fuhr Lucy fort. »Ich meine, wenn es sein muss, erschieß die Geisel. Mach's kurz.«

»Wir werden beide sterben«, sagte die andere und entblößte blutverschmierte Zähne. »Und zwar genau hier.«

Madrigals ironische, emotionslose Maske fiel, und darunter kam ihre zornige, mordlüsterne Seite zum Vorschein, die Marc bereits auf dem Polizeivideo gesehen hatte. Ihr bleiches Gesicht war pink angelaufen vor Wut, und mit den von Blut und Ruß bedeckten roten Haaren sah sie aus wie ein untotes, rachgieriges Gespenst.

Marc hielt die Maschinenpistole auf sie gerichtet, ließ aber den Finger vom Abzug. Die beiden Frauen standen nur wenige Meter entfernt, und er wusste, dass er sein Ziel mit der ersten Kugel treffen würde, auch wenn die folgenden danebengingen. Doch kaum hatte er angefangen, die Schusswinkel zu analysieren, verflüchtigte sich sein Selbstbewusstsein und erste Zweifel machten sich breit. Ein paar Millimeter in die falsche Richtung, und Lucy würde sterben. Und selbst wenn nicht … Wenn er Madrigal traf, würde sie die Granate fallen lassen und sie gleichzeitig zünden. *Zu viele Variablen. Viel zu riskant.*

»Nun mach schon endlich«, drängte Lucy. »Sie hat mich da hinten einfach überrumpelt. Wie peinlich ist das denn? Ich will nicht, dass das irgendjemand erfährt …« Madrigal unterbrach sie, indem sie die Arme noch fester um ihre Brust schlang und ihr die Granate gegen den Hals rammte.

»Du verziehst dich jetzt«, herrschte die Hackerin Marc an. »Und ich hole mir das, weshalb ich hergekommen bin. Niemand kann mich daran hindern.«

»Wie kommst du denn darauf?«, erwiderte Marc und zwang sich, ruhig und konzentriert zu bleiben. »Die Mil ist ein Wrack, und von deinen Spielkameraden aus dem Norden ist weit und breit nichts mehr zu sehen. Du hast niemanden mehr, der dir helfen könnte.«

»Soll ich deswegen aufgeben? Damit du mich an Interpol ausliefern kannst?«

»Du kannst nirgendwo mehr hin.« Marcs Antwort klang sachlich und nüchtern.

»Du hast nicht zu entscheiden, wie das hier endet!«, stieß Madrigal hitzig hervor. »Ich entscheide das! Ich bekomme immer das, was ich will!«

»Das ist gelogen«, ließ sich eine knisternde Stimme in Marcs Ohr vernehmen.

»Kara …?« Erst jetzt wurde ihm klar, dass der Stöpsel noch in seinem Ohr steckte und der Funkkanal offen war. »Madrigal hat Lucy«, sagte er leise.

»Alle, die mich im Stich gelassen haben, sind tot«, sagte Madrigal gerade. »Ich habe sie alle überlebt.«

»Das ist auch gelogen«, flüsterte Kara. »Sag's ihr.«

»Das ist gelogen«, sagte Marc, um Zeit zu gewinnen. Er sah einen düsteren Schatten, einen Moment der Verblüffung über Madrigals Gesicht huschen und machte weiter. »Kara … Song … sie hat dich im Stich gelassen. Sie hat dich verraten.«

»Nein.« Madrigal schüttelte den Kopf. »Sie ist zu mir zurückgekehrt. Sie hat einen Fehler gemacht, und ich stelle das wieder richtig.«

»Du musst sie mürbe machen, wenn du dem Ganzen ein Ende setzen willst«, sagte Kara. »Sie ist empfindlich. Sie wird zurückzucken, wenn du an den richtigen Stellen ansetzt. Hast du das kapiert, Dane?«

Er gab keine Antwort, aber seine Gedanken rasten in die unterschiedlichsten Richtungen, während er versuchte, ihre Botschaft zu verstehen.

»Du vertraust mir doch, oder?« Genau dieselben Worte hatte Kara auch damals in Chamonix benutzt, unmittelbar bevor sie ihn nach Malta geschickt hatte. Bevor sie ihn angelogen hatte.

Wenn Marc jetzt das Falsche sagte, würde das alles hier in einem tödlichen Feuersturm enden. Bei der Vorstellung, dass Lucy Keyes aus dieser Welt gerissen wurde, tat sich ein tiefer Krater in seiner Brust auf. Es erschien ihm unmöglich, unvorstellbar, nicht zu fassen. Das durfte er nicht zulassen. *Zu viele Variablen. Viel zu riskant.*

Die Stimme in seinem Ohr war verstummt, nur noch leises Rauschen war zu vernehmen. Er hatte Kara Wei vor seinem geistigen Auge, versuchte seine Erinnerung an die lebhafte junge Hackerin, die er zu kennen geglaubt hatte, mit jener distanzierten und verletzten Frau in Einklang zu bringen, die er auf der Antonov kennen gelernt hatte.

Welche war Fassade, welche echt? Marc wollte zu gerne glauben, dass sie während der ganzen Zeit einen langfristigen Plan verfolgt hatte. Er wollte, dass sie immer noch eine von ihnen war. Doch die Vorstellung, dass Kara ganz Rubicon an der Nase herumgeführt hatte, war grässlich, und erneut spürte er diesen tiefen Krater in seiner Brust.

Konnte er ihr vertrauen? Hatte er eine andere Wahl?

»Dann will ich dir jetzt mal die Wahrheit sagen.« Marc sprach ohne jedes Zögern drauf los. Er wog seine Worte nicht ab, sondern ließ sie einfach sprudeln, kramte alles hervor, was er über Madrigal wusste. »Du hast ein Bild von Song, das nicht der Realität entspricht. Ich weiß nicht, was sie dir einmal bedeutet hat, *Marie*. Vielleicht ist sie für dich eine kleine Schwester oder die Tochter, die du niemals hattest.« Er beugte sich nach vorn und benutzte ihren richtigen Namen, um ihre ganze Aufmerksamkeit zu bekommen. »Aber da ist eine große, tote Leere in dir, und du brauchst jemanden, mit dem du diese Leere füllen kannst.«

Er kannte dieses Gefühl sehr genau. Das unbekümmerte Grinsen einer Person, die Marc einmal sehr viel bedeutet hatte, schwebte durch seinen Kopf, der Nachhall von Samantha Green, so nah und echt, dass er für einen Moment sogar glaubte, ihr Lachen inmitten des Regens zu hören.

»Aber du hast dich geirrt«, fuhr er fort. »Du hast nur das gesehen, was du in ihr sehen wolltest, und nicht das, was sie tatsächlich ist. Und das ist ganz allein deine Schuld.«

»Song ist zurückgekommen.« Madrigal schleuderte ihm

jedes einzelne Wort wie eine Pistolenkugel entgegen. »Ich habe es die ganze Zeit gewusst.«

»Sie ist zurückgekommen, um dich zu vernichten«, stieß Lucy mit heiserer, erstickter Stimme hervor. »Jetzt hab ich's auch kapiert. Jedenfalls nicht, um sich dir anzuschließen. Und ganz bestimmt nicht, um dir zu verzeihen oder gar so zu werden wie du.«

Marc starrte in die dunklen Augen der blassen Frau und sah darin die versteckte Zerbrechlichkeit aufblitzen, von der Kara gesprochen hatte, sah einen flüchtigen Hauch davon über ihre angespannte Miene huschen.

Er wies mit einer Kopfbewegung auf das Chaos, das sie umgab. »Du hast nur noch das hier gesehen, nichts anderes mehr. Du wolltest es gar nicht erkennen.«

»Halt die Klappe!«, schnauzte Madrigal.

»Du hast jemanden ermordet, der ihr sehr viel bedeutet hat.« Jetzt fielen die ganzen Puzzleteile an die richtigen Stellen, mit einem Mal ergaben die vielen tragischen Verflechtungen einen Sinn. »Vielleicht den einzigen Menschen, der ihr je etwas bedeutet hat. Und dann warst du so arrogant zu glauben, dass sie das nicht merken würde.«

»Lex war *schwach*!« Madrigal verzog das Gesicht zu einer Grimasse. »Es musste sein! Sie versteht das! Er hatte für sie keine Bedeutung …«

»Du irrst dich.« Marc musste an Karas Gesicht denken, damals in Frankreich. Sie hatte bereits gewusst, dass ihr Geliebter tot war, und hatte kein Wort darüber verloren. Stattdessen hatte sie all ihren Schmerz in sich hineingefressen und in Energie umgewandelt, sich davon antreiben lassen, so wie er, als das Kombinat seine ganze Einheit getötet und auch Samantha Green aus seinem Leben gerissen hatte. Kara hatte eine ausgeklügelte Scharade entwickelt, um Marc auf die Suche nach einer Wahrheit zu schicken, die sie gefürchtet haben musste. Es war der erste Schritt auf einem Weg gewesen, der alles Vertrauen, das sie zu ihren Kollegen bei Rubicon aufgebaut hatte, zerstört hatte – all das nur, um mit einer Wahrheit konfrontiert zu werden, die sie zumindest unterbewusst von Anfang an gespürt haben musste.

»Kara ist nicht die, für die du sie hältst«, sagte er ebenso sehr zu sich selbst wie zu Madrigal. »Und du bist nur das Echo dessen, was du vor knapp fünfzig Jahren verloren hast. Du sehnst dich nach Bedeutung. Du willst, dass sie diese Leere ausfüllt. Und du hast versagt.«

»Du kennst mich überhaupt nicht, verdammt!« Jetzt verlor Madrigal auch den letzten Rest Selbstbeherrschung, und für einen Sekundenbruchteil zitterte sie unter dem Ansturm ihres ein Leben lang aufgestauten Zorns. Sie brach unter dem Druck der Wahrheit zusammen, genau wie Kara es prophezeit hatte.

Lucy sah ihre Chance und rammte Madrigal den Ellbogen in die Magengrube. Die Hackerin taumelte rückwärts und prallte gegen eines der Metallregale der SCIF. Die Hand mit der Thermitgranate zuckte, als Lucy sich nach vorn warf.

Kaum war Lucy nicht mehr in seiner Schussbahn, drückte Marc ab und jagte Madrigal drei Kugeln in die Brust. Durch die Wucht der Einschläge wurde sie herumgerissen und ließ die Granate fallen. Mit vernehmlichem Klicken klappte der Sicherungshebel auf.

Lucy taumelte auf Marc zu und stieß ihn zurück. Gleichzeitig explodierte die Thermitgranate. Er konnte die Augen nicht schließen und auch den Blick nicht von der grellmetallischen Flamme abwenden, sodass er für einen Moment geblendet war. Gemeinsam stürzten sie nach draußen auf den nassen Asphalt.

Trotz des Regens waren die unzähligen Papiere in der aufgerissenen Kabine ein gefundenes Fressen für das Thermit. Schon im nächsten Augenblick tobte dort ein wütendes Feuer. Madrigal wurde, genau wie ihr Diebesgut, zur Beute der Flammen.

Marc rappelte sich auf, die Maschinenpistole immer noch fest in der Hand, und starrte in das knisternde, zischende Inferno. Violette Flecken tanzten auf seiner Netzhaut und behinderten seine Sicht, aber in der SCIF-Kabine war bis auf die tanzenden Flammen keinerlei Bewegung zu erkennen.

Lucy legte ihm die Hand auf die Schulter und zog ihn einen Schritt zurück. »Sie hat bekommen, was sie wollte. Was sie *verdient* hat.«

»Genau«, brachte er mühsam hervor. Nur allmählich wurde ihm bewusst, was er getan hatte. Für einen kurzen Moment fürchtete er, dass Madrigal immer noch gefährlich werden konnte, wollte sich nicht von den Flammen abwenden. Dann ging er langsam zur Brückenkante, während der Regen auf ihn herabprasselte. Er tippte auf den Stöpsel in seinem Ohr. »Kara? Bist du da? Es ist … erledigt.«

Doch er hörte nichts als leises Rauschen.

»Ich kann dich hören!«, rief Erik, sodass seine tiefe Stimme von den Wänden des Hangars widerhallte. »Und du kommst garantiert nicht davon. *Nein!*« Er stieß grausame Drohungen aus. »Ich werde dich ganz langsam töten …«

Kara kauerte sich tief in das vollgestopfte Cockpit der Beechcraft, bis nur noch ihre Augen über die Armaturen ragten. Sie starrte hinaus und versuchte, alle Richtungen zu erfassen, aber es war unmöglich zu sagen, wo Madrigals Kettenhund sich gerade befand. Seine Worte hallten kreuz und quer durch die riesige Halle und vermischten sich mit dem lauten Regenprasseln auf dem Dach sowie dem dumpfen Grollen der brennenden Antonov.

Sie stellte den Funk ab, obwohl sie glaubte, Marc Danes Stimme zu hören, aber in dieser Situation konnte sie ihm unmöglich antworten. Jedes Geräusch hätte Erik angelockt, und wenn er sie jetzt entdeckte, dann – das war Kara klar – würde er erst sie und anschließend Pyne ermorden.

Geduckt und so schnell, wie sie es riskieren konnte, krabbelte Kara in den hinteren Teil der Kabine, wo Pyne sich an eine Sitzlehne stützte. Die junge Polin keuchte und atmete stoßweise. Ihr Blick ging immer wieder ins Leere, als sie versuchte, Kara anzusehen. »Kommen sie … uns … zu Hilfe?« Jedes einzelne Wort kostete sie große Mühe.

Karas maskenartige Identität, die sorgfältig ausgearbeitete Persönlichkeit, die sie der Welt offenbarte, riet ihr, dass jetzt die Zeit für die Unwahrheit gekommen war. Dass sie Pyne mit irgendwelchen vorverdauten Happen wie *Alles wird gut* oder *Bald ist es vorbei* füttern musste. Ein Plastiklächeln aufsetzen. Die Hand auf den Arm der Verletzten legen, als Geste der Solidarität und der Unterstützung. Aber es wäre nur gespielt gewesen, und Kara hatte keine Lust mehr, nur eine verlogene Phantomgestalt zu sein. Von nun an wollte sie nur noch sie selbst sein.

»Ich weiß, dass du da drin bist!« Eriks laute Worte lösten bei Pyne angstvolle Zuckungen aus. »Ich kann das Blut sehen!«, rief er, und sie hörten seine Schritte näher kommen. »Und dich kann ich auch sehen!«

»Er lügt«, flüsterte Kara.

»Ich will nach Hause«, heulte Pyne. Die Schmerzen hatten ihr alle Ruppigkeit, alle Kraft genommen. Sie krallte sich mit blutigen Fingern an Karas Jacke fest. »Ich will nicht hier sterben.«

Alle banalen Versprechungen, die Kara auf der Zunge lagen, verflüchtigten sich, noch bevor sie sie aussprechen konnte. Sie schüttelte Pynes Hand ab und machte sich los. Das Mädchen hielt vor Entsetzen den Atem an und wollte nach ihr rufen, aber Kara beachtete sie nicht und sprang durch die halb offene Passagierluke der Beechcraft hinaus. Sie landete auf allen vieren, bevor ihre Stiefelsohlen über den Betonboden des Hangars scharrten, als sie mit voller Kraft losrannte.

»Song!« Eriks wütender Schrei dröhnte ihr in den Ohren. Er war ganz in der Nähe, hinter einem der Wartungsfahrzeuge, und hatte sie aus dem Augenwinkel wahrgenommen.

Sie hörte sein Gebrüll und seine schweren stampfenden Schritte, als er ebenfalls losstürmte. Schüsse knallten, und Kugeln zischten an ihr vorbei. Kara huschte um einen ausgebauten Motorblock herum und warf einen niedrigen Werkzeugwagen um, sodass Schraubenschlüssel und diverse Bolzen über den Boden kullerten.

Die Düsternis am hinteren Ende des höhlenartigen Hangars versprach so etwas wie Deckung, und sie lief darauf zu, wollte so viel Abstand wie möglich zwischen sich und Pyne bringen. Noch ein Schuss ertönte, dann fand sie hinter einem auseinandergebauten Flugzeugrahmen Deckung. Ihr Herz hämmerte wie verrückt gegen ihre Rippen, und die Angst hatte sie fest im Griff.

»Ich hab dir von Anfang an kein Wort geglaubt!«, rief Erik und verlangsamte seine Schritte. Sie wussten beide, dass ihr Spielraum immer weiter schrumpfte, dass er sie in der Ecke hatte. »Ich hab gewusst, dass du falsch bist.« Kara hörte sein leises, freudloses Knurren. »Das macht mich fast wahnsinnig. Madrigal ist vollkommen blind, was dich angeht. Sie kann nicht sehen, was ich sehe.« Er hielt für einen Moment inne. »Hat sie womöglich Mitleid mit dir? Ist es das?«

Kara hielt den Atem an und starrte angestrengt lauschend in die Schatten. Nur wenige Meter entfernt, an einer lichtgeschützten Stelle, befand sich ein Notausgang mit einer Druckstange. Zwar war der Weg bis dahin ungeschützt, aber wenn sie die Tür erreichte, dann konnte sie Erik vielleicht weglocken. Die Rettungsmannschaften des Flughafens mussten mittlerweile schließlich unterwegs sein, um sich um das brennende Transportflugzeug zu kümmern. Sie würden Pyne finden und sie in ein Krankenhaus bringen. Aber nur wenn Erik sie nicht vorher in die Finger bekam.

»Als du bei uns auf dem Teufelsberg aufgetaucht bist, da habe ich es sofort gewusst!«, rief er, während er stetig näher kam. »Ich habe gehört, was man sich über Wong Fei Song alles erzählt. Aber jetzt werde ich Madrigal zeigen, wer du wirklich bist.«

»Sie ist tot.« Kara sprach die Worte aus, noch bevor ihr klar wurde, dass sie das tat. »Erledigt. Genau wie das Flugzeug und alles andere auch. Vernichtet.« Sie nahm den Notausgang ins Visier und spannte die Muskeln an wie eine Sprinterin im Startblock. »Du bist ihr blind gefolgt, Erik, aber sie hat dich im Stich gelassen. So, wie sie auch mich im Stich gelassen hat. Madrigal hat nie an andere, sondern immer nur an sich selbst gedacht. Sie ist es, die vollkommen leer ist. Und es gibt nichts, was das dunkle Nichts in ihrem Inneren ausfüllen könnte.«

»Du verlogene Nutte …« Er kam auf sie zugestapft und stürmte mit dem mächtigen Revolver in der Hand um den nackten Rahmen herum.

Die Waffe bellte auf, und Kara raste los in Richtung Notausgang. Falls die Tür verschlossen oder womöglich von außen blockiert war, dann war ihre Flucht innerhalb von zehn Sekunden zu Ende. Sie hatte keine Waffe, um sich zu verteidigen, und keine Möglichkeit, sich zu verstecken.

Kara prallte mit beiden Händen gegen die Druckstange, die einen einzigen, atemlosen Schreckmoment lang Widerstand leistete, ehe der wahrscheinlich noch nie beanspruchte Mechanismus doch noch nachgab und die Tür mit lautem Knirschen aufsprang. Sie war fast schon im Freien, als eine Kugel ihre rechte Schulter streifte, ihre Jacke zerfetzte und ihr einen schrillen Schmerzensschrei entlockte.

Kara stolperte vorwärts, direkt in eine kräftige Wind- und Regenbö. Ein heißer, brennender Schmerz breitete sich in ihrer Schulter aus, Feuerzungen jagten durch ihre Nervenstränge, ihren Arm entlang, breiteten sich bis in ihren Brustkorb aus. Ihr Rücken fühlte sich unter der roten Lederjacke nass und klebrig an.

Das ist neu. Fast steril schob dieser Gedanke sich in ihr Bewusstsein.

Kara hatte schon mehr als einmal brutale Gewalt erlebt; das brachte eine Kindheit als gemischtrassiges Mädchen im US-amerikanischen Sozialhilfesystem so mit sich. Aber noch nie zuvor war sie angeschossen worden. Die Kugel hatte ihr Fleisch versengt, und jeder einzelne Stolperschritt setzte sich bis in die Wunde fort und machte alles nur noch schlimmer.

Sie hinkte über eine Grasfläche hinter dem Hangar und fand sich dann neben einer Behelfslandebahn am Rand des Flughafens wieder. Der Regen platschte unerbittlich aus bedrohlich schwarzen Wolken herab, zischte über den Asphalt und wurde vom Sturm weitergetragen. Eine schwere Bö brachte sie aus dem Gleichgewicht, und als sie sich umdrehte, sah sie, wie Erik ihr entgegenstapfte. Bedächtig und zielgerichtet kam er näher, klappte die Trommel seines schweren Revolvers auf und ließ die leeren Messinghülsen herausfallen. Systematisch schob er bei jedem Schritt eine neue Patrone in die Trommel.

»Vielleicht hast du ja recht!«, rief er ihr über das Heulen des Sturms hinweg zu. »Vielleicht ist sie tot. Aber Madrigal … Marie war …« Er suchte nach Worten, und Kara fragte sich, welche Macht diese Frau wohl über ihn gehabt hatte. So war sie jedenfalls. Sie nutzte die Schwächen der Menschen aus, um sie an sich zu binden. »Ghost5 wird nicht sterben. Ich werde es wieder aufbauen.« Mit einer Handbewegung ließ Erik die Trommel zuschnappen, spannte den Hahn, hob die Waffe und zielte.

Da bohrte sich ein Lichtstrahl durch den Regen. Kara sah ihn am Rand ihres Sichtfeldes schimmern. Sie blinzelte, versuchte ihn genauer zu erfassen. Ein dunkelroter Faden schwebte über ihr, wurde unsichtbar und tauchte wieder auf. Der helle Punkt am Ende des Strahls tanzte über ihr Gesicht und verschwand wieder.

Der heulende Wind schüttelte Kara durch. Lautes Klappern ertönte, als der schimmernde Faden über die Landebahn zuckte und schließlich auf Eriks Brust landete. Er sah ihn, zuckte zusammen und wich zurück. Panisch richtete er seinen Revolver an den Himmel. Der rote Punkt tanzte über seine Wange.

Eine Sekunde später drehte Erik sich um die eigene Achse. Blut und Gehirnmasse umschwebten seinen Schädel, und er landete regungslos im schlammigen Gras.

Kara schlang die Arme um die Brust und wandte sich dem Lärm aus den Wolken zu. Sie sah einen eleganten silberfarbenen Schatten herabsinken. Rotorblätter wirbelten durch die Luft.

Mit baumelnden Beinen saß Lucy Keyes in der geöffneten Luke des Hubschraubers und blickte durch das Zielfernrohr eines Sturmgewehrs auf Kara herab. Der Strahl ihres Ziellasers hüpfte zwischen den Regentropfen hin und her.

Für einen kurzen Moment stellten die roten, auf einer Linie befindlichen Lichtpunkte eine Verbindung zwischen ihnen her, und Kara wartete voller Angst auf das, was nun kommen würde.

Der Sturm hatte die Stadt fest im Griff. Ein lang anhaltendes Donnergrollen rollte von einer Himmelsseite zur anderen, ferne Blitze zuckten und brachten die schiefergrauen Wolken von innen zum Leuchten. Lucys in Fleisch und Blut verankerte Reflexe, die Instinkte der schlachterprobten Kämpferin, befahlen ihr, auf Mündungsfeuer zu achten. Darum wandte sie ihre Aufmerksamkeit den Panoramafenstern im fünfzigsten Stockwerk zu.

Das gedämpfte weiße Flackern spiegelte sich in den Fassaden der Wolkenkratzer. Tiefe Schatten hatten die Stadt eingehüllt, selbst jetzt, da die Stromversorgung wieder in Gang gekommen war. Trotzdem lagen große Bereiche noch im Dunkeln, während die Behörden bereits überprüften, ob Straßen, Rohrleitungen oder andere wichtige Teile der Infrastruktur Schaden genommen hatten. Es würde Wochen dauern, bis alle Nachwirkungen der lautlosen Ghost5-Attacke auf die Stromversorgung, die Verkehrsüberwachung, den öffentlichen Nahverkehr und Dutzende anderer Systeme beseitigt waren. Und dann waren da die betroffenen Menschen, die Verletzten und diejenigen, die das ganze Durcheinander und die Panik, die die Hacker ausgelöst hatten, um ihren Angriff zu vertuschen, mit dem Leben bezahlt hatten.

Auf ihrem Weg durch die Büros in den unteren Stockwerken war Lucy an laufenden Fernsehern vorbeigekommen, auf denen die Bilder der Nachrichtensender, die als Erste die Arbeit wieder aufgenommen hatten, zu sehen waren. Sie sprach zwar kein Koreanisch und konnte die Schriftzeichen nicht lesen, aber das war auch nicht nötig. Menschenmassen auf den Straßen, Polizeibeamte, die lautstark ihre Anweisungen gaben, die brennende Antonov am Flughafen, grobkörnige Handyaufnahmen von zwei Hubschraubern bei einer wilden Verfolgungsjagd über den Dächern der Stadt. Die Bilder sagten alles. Die Bewohner von Seoul lebten tagein, tagaus mit der unmittelbaren Bedrohung einer feindlichen Macht, aber an Tagen wie diesen bekam dieses eher diffuse Gefühl eine konkrete Gestalt, wurde zu einer realen Gefährdung.

In der Ferne sausten jetzt zwei kleine Punkte durch ihr Sichtfeld – F-15-Kampfflugzeuge von einem außerhalb der betroffenen Zone gelegenen Stützpunkt bei einem Patrouillenflug über der Stadt. Ihre Aufmerksamkeit galt vor allem möglichen Übergriffen aus dem Norden, für den Fall, dass der Nachbarstaat aus der Situation Kapital schlagen wollte. An anderen Stellen überquerten Blackhawk-Hubschrauber aus der Garnison in Seongnam in beide Richtungen den Han-Fluss. Jeder hatte eine Spezialeinheit der schnellen Eingreiftruppe an Bord, zum einen, um die Bevölkerung durch die sichtbare Militärpräsenz zu beruhigen, zum anderen, um auf eventuell erneut erfolgende Angriffe vorbereitet zu sein. Eine dieser Spezialeinheiten hatte die silberne Dauphin, die Marc gezwungenermaßen auf einer verlassenen Großbaustelle zurückgelassen hatte, bereits entdeckt.

Es war eine ziemlich knappe Angelegenheit gewesen, aber sie waren tatsächlich alle vier mit einem gestohlenen Auto bis in die Rubicon-Büros gelangt, und zwar lebend.

Lucy warf einen Blick auf ihre frisch verbundenen Hände und spreizte vorsichtig die Finger. Sie hatte immer noch den fauligen Geruch aus der Bauchwunde der verletzten Hackerin in der Nase.

Wie heißt sie gleich noch mal? Pyne, wie Pein, bloß mit Ypsilon und E am Ende, hatte Kara gesagt. Sie war so aschfahl im Gesicht gewesen, dass Lucy sie zunächst für tot gehalten hatte. Aber sie hatte sich getäuscht. Sie wandte sich ab und ließ den Blick durch den Raum zu der gläsernen Wand und dem, was dahinterlag, schweifen.

Sie befanden sich in einem Bürohochhaus in der Innenstadt von Seoul, wo Rubicon drei Stockwerke gemietet hatte. Das oberste war gerade wegen Renovierungsarbeiten geschlossen, darum hatte die Abteilung für Sonderaufgaben es als provisorisches Krisenzentrum in Beschlag genommen. Auf der anderen Seite des Flurs befand sich ein Konferenzraum, den sie zum Feldlazarett umfunktioniert hatten. Dort lag Pyne hinter mit Plastikfolie abgedeckten Fenstern, während sich ein Ärzteteam rasch, effizient und ohne Fragen zu stellen um sie kümmerte. Dieselben Ärzte hatten bereits Lucys und Marcs diverse Wunden, Prellungen und Quetschungen versorgt sowie die Fleischwunde genäht, die Eriks Kugel auf Karas Schulter hinterlassen hatte. Lucy hatte sie dabei ununterbrochen angestarrt.

Sie dachte an das Unheil, das Kara angerichtet hatte, und ballte unwillkürlich die Fäuste, sodass die Verbände sich strafften und ihre Schnittwunden brannten. Lucy unterdrückte ihre aufkochende Wut wieder und holte tief Luft.

Vor ihr auf dem Tisch stand ein aufgeklappter gepanzerter Koffer mit einem abhörsicheren Satellitentelefon. In den Deckel war ein Bildschirm integriert, und der Koffer war über mehrere Kabel mit einer ausklappbaren Satellitenantenne vor dem Fenster verbunden. Es dauerte einen Moment, dann tauchte ein Schriftzug auf dem Bildschirm auf und informierte sie, dass eine erfolgreiche Verbindung zustande gekommen sei. Sie verschränkte die Arme vor der Brust und setzte sich auf. *An die Arbeit*, sagte sie sich.

Jetzt füllte Henri Delancorts Gesicht den Bildschirm aus. Er beugte sich dicht vor die Kamera in Ekko Solomons privater A-340, die im Moment auf dem Flug von Australien Richtung Norden war. Delancort lehnte sich wieder zurück, und dann sah Lucy auch ihren Arbeitgeber, der scheinbar ungerührt auf einem Sessel in der Kommandozentrale des Jets saß. »Gesichert«, sagte Delancort und rückte mit einer Hand seine Brille zurecht. »Lucy. *C'est bon*. Wir dachten schon, wir hätten Sie alle beide verloren.«

»Die ganze Scheiße ist uns um die Ohren geflogen«, erwiderte Lucy trocken. »Die Spur, die uns zu Hites Villa geführt hat, war eine Falle. Wenn sie nicht Dane und mich als Sündenböcke gebraucht hätten, dann hätte man uns auch tot aus den Trümmern gezogen, so wie die anderen armen Schweine.«

»Das stimmt.« Solomon nickte feierlich. »Wir befinden uns inmitten einer sehr schwerwiegenden Krise. Ich benötige einen vollständigen Bericht von Ihnen und Mr. Dane, und zwar unmittelbar nach unserer Ankunft …« Er warf Delancort einen Blick zu.

»Bei Sonnenuntergang«, ergänzte der Kanadier. »Aber nur wenn wir eine Landung in Incheon arrangieren können. Der Flughafen operiert momentan immer noch unter Notfallbedingungen.«

Lucy hatte bereits eine verschlüsselte Audiodatei an den Airbus geschickt, die in sehr knapper Form einen ersten Lagebericht sowie die wichtigsten Punkte des Angriffs auf die NIS-Zentrale enthielt; aber sie hatte viele Einzelheiten ausgelassen, vor allem die Frage, was sie nun mit Kara Wei anstellen sollten. Sie musterte Solomons Gesicht. Er hatte ihr den Auftrag gegeben, Kara zu eliminieren, sobald die Situation es ermöglichte – und sie hatte die eindeutige Chance gehabt, als Marc sie mitten durch den Sturm zum Flughafen gebracht hatte. Sie war sich immer noch nicht sicher, ob sie die richtige Entscheidung getroffen hatte.

»Wir beobachten die Situation in Seoul von hier aus«, ließ sich Solomon jetzt vernehmen. »Es sieht in der Tat sehr schlimm aus.«

»Gibt es schon erste Angaben über die Zahl der Todesopfer?« Lucy fürchtete sich vor der Antwort. »Hier kriege ich von niemandem eine vernünftige Auskunft.«

Delancort schien ihre Angst zu spüren und wiegelte zunächst einmal ab. »Vorerst keine gesicherten Angaben. Aber es hätte viel, viel schlimmer kommen können. Sie haben hier und heute sehr viel Gutes bewirkt.«

Lucy schüttelte den Kopf. »Kara hat die Malware deaktiviert. Dane hat den Hubschrauber geflogen, und ich habe ein paar Typen erschossen.«

»Ich sollte Sie vielleicht auf ein paar Tatsachen hinweisen.« Solomon betrachtete sie gelassen. »Ich stehe momentan im Kontakt mit etlichen Mitgliedern der südkoreanischen Nationalversammlung, dem Büro des Premierministers und Entscheidungsträgern des National Intelligence Service. Wir suchen nach einer einvernehmlichen Erklärung in Bezug auf die Rolle, die Rubicon in dieser Krise gespielt hat.«

»Aha.« Hinter diesen Worten verbarg sich die unausgesprochene Realität, dass Marc und Lucy als Ausländer in einen Terrorangriff auf die Republik Südkorea verwickelt waren und im Augenblick nicht mehr nur als »flüchtig«, sondern viel eher als »Staatsfeinde« eingestuft wurden.

Delancort berichtete, dass Rubicon bereit war, den Behörden sämtliche Informationen, die die AfS über Madrigal, Ghost5 und deren Zusammenarbeit mit dem Norden gesammelt hatte, zur Verfügung zu stellen, vorausgesetzt, sämtliche Vorwürfe wurden fallen gelassen. Dann folgte eine vollständige Auflistung, angefangen bei Wetherbys Ermordung auf Malta und das Attentat der Soldier-Saints auf San Francisco über das Zugunglück in Taipei und so weiter. Lucy hatte angesichts der angespannten Situation im Süden gewisse Zweifel, ob das reichte, aber Solomons Sekretär wies darauf hin, dass die politischen Bande zwischen Südkorea und ihren traditionellen Verbündeten in den USA sich allmählich auflösten und dass die Nationalversammlung auf der Suche nach neuen Unterstützern war. Die Rubicon-Gruppe als internationale, nichtstaatliche Organisation mit einer eigenen Militärdienstleistungs- und Geheimdienstsparte entsprach genau den Anforderungen.

Lucy hörte zu und sagte nichts, aber sie fragte sich im Stillen, wie großzügig sich die Südkoreaner wohl zeigen würden, wären der Inhalt der gestohlenen SCIF *nicht* vernichtet worden und ihre geheimsten Geheimnisse ans Licht der internationalen Öffentlichkeit gelangt.

»Martin Wehmeyer nutzt gerade seine Kontakte vor Ort, um uns ein Stück voranzubringen«, meinte Delancort abschließend. »Horizon Integral verfügt über enge Verbindungen zu lokalen Politikerkreisen, was sich in der jetzigen Situation als sehr hilfreich erweist.«

Sie nickte. Wehmeyer war natürlich außerordentlich bemüht, alles in seiner Macht Stehende zu tun, um die Südkoreaner zu besänftigen. Immerhin hatte ein Schwachpunkt in seiner Steuersoftware die gesamte Hauptstadt des Landes ins Chaos gestürzt.

Solomon verfolgte denselben Gedanken. »Falls die

Wahrheit über die Zero-Day-Exploits ans Licht kommt, stürzt die Horizon-Integral-Aktie ins Bodenlose. Ich habe angeboten, sie unter das Rubicon-Dach zu nehmen. Der Vorstand will heute noch darüber abstimmen.«

Einen Konkurrenten in einem Moment der Schwäche zu übernehmen, das zeugte von einer gewissen Gnadenlosigkeit, aber Lucy brachte es nicht über sich, diesen Gedanken auszusprechen. Wehmeyer und seine Leute waren so leichtsinnig gewesen, Hite zu viel Freiraum zu lassen und die Firma zu unterwandern, und Unschuldige hatten dafür den Preis bezahlt. Sie würde deswegen keine schlaflosen Nächte haben. »Ich schätze mal, Sunny kann sich in nächster Zeit kein Zehntausenddollarkleid leisten«, sagte sie nur.

»Man hat uns informiert, dass die örtlichen Polizeibehörden mehrere Festnahmen vorgenommen haben«, fuhr Delancort fort und blickte auf sein Tablet. »Es handelt sich um Cyberkriminelle, die bekanntermaßen über Verbindungen zum Ghost5-Kollektiv verfügen und die innerhalb der Stadtgrenzen aufgegriffen wurden.« Er hielt inne. »Interpol ist informiert. Die Auslieferungsanträge sind bereits in Arbeit. Anscheinend besteht ein großes Interesse an diesen Leuten.«

»Und die Central Intelligence Agency ist ganz vorne mit dabei«, fügte Solomon hinzu.

Er brauchte sie nicht extra daran zu erinnern, dass die Beziehungen zwischen der CIA und Rubicon im Allgemeinen sowie zu Lucy Keyes und Marc Dane im Besonderen nicht von großer Freundschaft geprägt waren. Vor einer Weile hatte der Engländer in einer spontanen Aktion einen Terroristen namens Jadeed Amarah aus einem illegalen Gefängnis in Polen befreit, um von ihm Informationen über eine noch größere drohende Gefahr zu bekommen.

Lucy war zwar stolz und glücklich, dass sie etliche Zeit später persönlich für Amarahs Ableben gesorgt hatte, aber die CIA sah das bei Weitem nicht so gelassen. Und davor, als Rubicon ein Bombenattentat auf eine politische Großveranstaltung in Washington D.C. vereitelt hatte, hatte sie auch schon ziemlich eingeschnappt reagiert, weil Solomons Team die CIA ausgetrickst hatte. Lucy zweifelte nicht daran, dass die CIA ihren Kopf am liebsten auf einem langen Spieß gesehen hätte, und Marcs direkt daneben, auch wenn es letztendlich ihnen beiden zu verdanken war, dass nicht nur die Geheimnisse der Südkoreaner, sondern auch die der Agency bewahrt geblieben waren.

»Apropos ...«, fing sie an. »Wir haben zwei Mitglieder von Ghost5 hier bei uns. Was sollen wir mit denen machen?«

Solomon gab keine Antwort. Hinter Lucy ertönte ein Klopfen, und sie sah sich um. Vor der Bürotür stand Marc mit einem Tablet in der Hand. Er interpretierte ihren Gesichtsausdruck als Aufforderung einzutreten. Der Engländer sah genauso müde aus, wie sie sich fühlte, vollkommen erschöpft und nur noch mithilfe von Koffein und Adrenalin in der Lage, sich auf den Beinen zu halten.

»Hallo«, sagte er und nickte erst Lucy und dann dem Bildschirm zu. »Ich dachte, ich sollte vielleicht dabei sein.«

»Selbstverständlich«, erwiderte Solomon. »Ich bin sehr froh, Sie heil und gesund vor mir zu sehen, Mr. Dane. Nach dem Brand in Sydney hatten wir bereits das Schlimmste befürchtet.« Dann wurde er wieder ganz sachlich. »Henri war gerade dabei, Miss Keyes über den Stand unserer Gespräche mit der Nationalversammlung in Kenntnis zu setzen.«

»Ach ja?« Marc warf ihr einen Blick zu. »Also, ich habe

gerade mit dem Arzt hier gesprochen, und er sagt, dass das Mädchen, Pyne, also dass ihr Zustand stabil ist. Aber sie muss schnell in ein richtiges Krankenhaus gebracht werden. Weiter südlich, in Busan, gibt es eine Unfallklinik. Sie wollen sie mit einem Rettungshubschrauber …«

Solomon machte eine Handbewegung in Richtung Delancort. »Autorisieren Sie das.«

Delancort machte sich eine Notiz und blickte dann zu Marc. »Und … was gibt es über Kara Weis Zustand zu sagen?«

»Ein Kratzer, sie wird es überleben.« Lucy beobachtete Marc genau, während er das sagte und dabei sehr bewusst ihren Blicken auswich. »Aber jetzt das Wichtigste. *Arquebus.*« Er schwenkte sein Tablet durch die Luft. »Ich habe die Daten auf der Kommando- und Steuerungsseite überprüft … das ist die Webseite, die das Programm ansteuert, um sich neue Anweisungen und so weiter zu holen. Dort ist auch ein Selbstzerstörungsbefehl hinterlegt. Falls irgendwo im Internet also noch andere Versionen eines modifizierten Arquebus-Virus unterwegs sein sollten, lesen sie diesen Befehl und vernichten sich daraufhin selbst.«

»Sind Sie sich da absolut sicher?« Solomon lehnte sich zurück und ließ sich die möglichen Konsequenzen durch den Kopf gehen.

Marc nickte. »Und wenn wir den Programmierern bei Horizon Integral Hites Aufzeichnungen über die Zero-Day-Exploits bei HIOS Sigma überlassen, dann können die das Programm ausbessern, und es kommt nie wieder zu so einem Hack. Dann sind tatsächlich alle Schwachstellen beseitigt.« Er unterbrach sich. »Na ja. Zumindest, bis jemand anders eine neue entdeckt.«

»Und damit verliert dieses Virus seine Wirkung? Einfach so?« Lucy zog skeptisch die Augenbrauen in die Höhe.

»Das Programm hat sozusagen eine digitale Giftpille geschluckt«, erwiderte Marc. »Außerdem habe ich mir das Adressprotokoll des Cloud-Servers besorgt, den Ghost5 als zentralen Datenspeicher nutzt. Das ist im Prinzip nichts anderes als der Schlüssel zu ihrem digitalen Waffenschrank. Ich habe mal in das Verzeichnis geschaut, nicht besonders gründlich, aber trotzdem … Ich habe Intrusionssoftware, Verschlüsselungsprogramme, Chroniken der verschiedensten Aktivitäten und vieles andere entdeckt. Wenn wir Assim den Zugang geben, dann kann er ein Löschprogramm einschleusen und jede einzelne Festplatte, jede App eliminieren. Ghost5 wird aufhören zu existieren.«

Delancort brummte beifällig. »Dann bliebe also nur noch die Frage: Was wäre das Beste für Rubicon? Sollten die Südkoreaner dafür die Anerkennung bekommen? Oder doch die Amerikaner? Die US Navy hat bereits mehrere Schiffe entsandt.«

Lucy verzog das Gesicht – sie konnte diesen pragmatischen Opportunismus nur sehr schwer ertragen – und wandte sich dann an Marc. »Das war aber schnell, Dane. Wie bist du denn an die Adressdaten gekommen?«

Sie kannte die Antwort, noch bevor er sie aussprach. »Kara.«

»Und du hast ihr einfach geglaubt?« Sie verzog verächtlich die Lippen. »Nach allem, was sie getan hat? Nachdem sie uns so angelogen hat? Uns wegen Madrigal im Stich gelassen hat?«

»Sie ist zu Ghost5 zurückgekehrt, um den Mord an Lex Wetherby zu rächen«, gab Marc zurück. »Sie wollte Madrigal zur Strecke bringen, hast du das immer noch nicht kapiert?«

»Offensichtlich nicht. Kara wollte uns als lebende Schutzschilde missbrauchen, Dane. Das kann ich ihr einfach nicht verzeihen.« Die ganze Wut, die sie bis jetzt unterdrückt hatte, kochte wieder an die Oberfläche. Der Druck wurde immer größer, und Lucy wusste, dass sie aufpassen musste, um nicht mit etwas herauszuplatzen, was sie nicht wieder zurücknehmen konnte. »Ich traue ihr nicht«, beschränkte sie sich schließlich auf vier Wörter.

»Kann sein. Aber wir haben ihr das Leben gerettet«, entgegnete Marc. »Und ihrer Freundin auch. Das bedeutet, dass sie uns was schuldig ist.« Er hob sein Tablet hoch. »Ich glaube ihr jedenfalls.«

Aus der Wut wurde Bewegungsdrang, und Lucy kam nicht länger dagegen an. Sie musste diesen Raum verlassen. »Ich hoffe, du musst das nicht irgendwann bereuen«, sagte sie und stapfte zur Tür hinaus.

»Scheiße.« Marc fuhr sich mit der Hand übers Gesicht, als die Müdigkeit, die er die ganze Zeit zu ignorieren versucht hatte, mit einem Mal über ihn hereinbrach. Allein, erschöpft und ausgelaugt saß er vor dem Monitor.

In zweitausend Kilometern Entfernung räusperte sich Solomon und riss Marc aus seiner Anspannung. »Gibt es noch irgendetwas hinzuzufügen?«

»Ja«, erwiderte Marc, sah Lucy hinterher und wandte sich dann wieder seinem Tablet zu. Er gab einen Befehl ein. »Ich schicke Ihnen ein Datenpaket mit ein paar Kommunikationsschnipseln, die mir aufgefallen sind, als ich mich auf dem Ghost5-Server umgesehen habe.« Er drückte auf eine Taste und schickte die Dateien ab. »Sehen Sie sich's an, dann wissen Sie, was ich meine.«

Marc hörte das leise *Pling*, als Delancorts Tablet die Daten empfing, und registrierte, wie sich dessen Miene beim Lesen des Textes veränderte. »Diesen chiffrierten Text hier, den habe ich schon einmal gesehen.« Er sah Solomon an.

»Sir, das stammt von einem anonymen Kommunikations-Server, der vom Kombinat benutzt wird.«

»Aber wir hatten uns doch zusätzlich versichert, dass sie mit diesen Attacken nichts zu tun haben, oder etwa nicht?«, wollte Solomon wissen.

»Der Text hat nichts mit Arquebus oder den anderen Anschlägen zu tun«, erwiderte Marc. »Nachdem die Attentäter uns entführt und auf die Antonov gebracht hatten, hat Madrigal es offen zugegeben. Sie hat gesagt, dass sie das Kombinat kennt.« Er versuchte, sich genau zu erinnern. »Sie hat von ›gegenseitigen Vorteilen‹ gesprochen. Ich nehme an, dass sie in der Vergangenheit immer wieder gemeinsame Interessen hatten. Irgendjemand aus dem Kombinat hat sie für bestimmte Dienstleistungen bezahlt, und ich glaube, ich weiß auch genau, wer derjenige ist.«

Delancort rückte seine Brille gerade und las weiter. »Hier steht etwas von Überweisungen. Mehrere hunderttausend US-Dollar, abgewickelt über eine Schweizer Bank.«

»Sie haben die Routing-Domäne erkannt, stimmt's?«, fragte Marc. »Die gehört zu einem anonymen Konto im Besitz von G-KOR. Das ist Pytor Glovkonins Ölkonzern. Und wir wissen ja, dass dieser glitschige Drecksack bis zum Hals mit dem Kombinat unter einer Decke steckt.« Er hatte den Russen mit dem wölfischen Gesicht, den teuren Anzügen und dem Gang, als würde ihm die ganze Welt gehören, deutlich vor Augen.

Glovkonin und die anderen Ränkeschmiede des Kombinats, sie trugen die Verantwortung für den Tod von Marcs Team vor zwei Jahren. Allein der Gedanke an diese Katastrophe löste eine ganze Flutwelle an düsteren Empfindungen aus, die nun über ihm zusammenbrachen und ihn heftig durchschüttelten.

»Ich habe zwar keine konkreten Angaben gefunden,

was genau Ghost5 in seinem Auftrag gestohlen hat«, fuhr Marc fort, »aber die Metadaten liefern uns zumindest ein paar Hinweise. Glovkonin hat Madrigal für zwei unterschiedliche Aufträge bezahlt. Der erste war ein Einbruch in eine geheime Datenbank des chinesischen Staatssicherheitsdienstes.«

Er sah, wie Solomon sich verkrampfte. »Warum?«

»Da können wir nur spekulieren«, meinte Marc. »Der Server, den sie gehackt haben, gehört zu einer ganzen Gruppe, auf denen Informationen über geheime Gefangene gespeichert werden, ein vollständiges Verzeichnis jeder illegalen Haftanstalt und jedes Schwarzen Lochs in der ganzen Volksrepublik. Man muss zur absoluten Hackerelite gehören, um überhaupt eine Chance zu haben, da reinzukommen.«

Solomons Blick wurde glasig, während er diese Information verarbeitete. Marc hatte das Gefühl, als hätte er ihm gerade eine beunruhigende Neuigkeit enthüllt.

»Sie sprachen doch von zwei Aufträgen«, schaltete sich Delancort ein. »Und was war der zweite?«

»Noch ein gehackter Server. Und den habe ich sofort erkannt, weil wir nämlich erst vor wenigen Wochen selbst versucht haben, da reinzukommen. Nur dass wir gegen die Firewalls keine Chance hatten. Ghost5 ist dafür bezahlt worden, die Sicherheitsmaßnahmen einer ganz bestimmten Luxusvilla in Saint-Tropez auszuspionieren.«

Delancort sah ihn an. »Und wem gehört diese Villa?«

»Einer guten alten Bekannten«, antwortete Marc. »Madame Celeste Toussaint.«

Kapitel 20

Träge schwappte das Wasser des Swimmingpools über ihren Körper, als sie nach einer Wende mit ihrer neunten Bahn begann. Warm wie Blut und kristallklar floss es über ihre nackte Haut und ließ die Haare an ihrer Kopfhaut kleben. Jeder Armzug brachte sie ein Stück nach vorn, während sie mit dem Kraulbeinschlag ihre Wasserlage stabilisierte. Das Training war schmerzhaft, wenn auch auf angenehme Art und Weise.

Celeste genoss die Schlichtheit dieser Aktivität. Die steten Wiederholungen schenkten ihr einen Moment der Entspannung, und sie wusste diese viel zu seltenen Gelegenheiten sehr zu schätzen.

Das sanfte Licht warf schimmernde Schatten an die Wände, sodass es schien, als wären der kunstvollminimalistische Beton und die wenigen Backsteine ununterbrochen in Bewegung.

Genau wie der Rest der Villa war auch das Schwimmbecken geometrisch angelegt, mit klaren Formen und rechten Winkeln. Hier gab es nichts Rundes, nichts Weiches, und die Art und Weise spiegelte den Willen der Besitzerin wider. In einem unbedachten Moment hatte eine von Celestes Gespielinnen die Villa mit einem exhumierten Atombunker verglichen. Am nächsten Tag hatte Celeste sie freigestellt.

Dieses Haus war eine Zitadelle, fand Celeste. Rüstung, Schild und Burgfeste in einem. Genau das passende Zuhause für eine Führerin, für eine Person, die die Meinungen von Millionen Menschen prägte.

Der Morgen leuchtete immer heller zu den schlitzförmigen Fenstern dicht unterhalb der Mauerkrone herein und verlieh der Welt diese seltsam gespenstische Schwingung, die sich nur in den wenigen Augenblicken rund um die Morgendämmerung bemerkbar zu machen schien. Sie tauchte den Kopf unter Wasser und schwamm das letzte Stück, ohne Luft zu holen, genoss die Vorstellung, dass sie nicht durch das Wasser, sondern auch durch das seltsame Licht glitt.

Beim Auftauchen hörte sie das leise Klingeln einer winzigen Glocke. Empört über die Störung, verzog sie das elegante und kostspielig gepflegte Gesicht, und sofort war ihr ihr wahres Alter anzusehen. Sie war fünfundfünfzig Jahre alt, hatte aber Hunderttausende Euro für Kliniken und Schönheitschirurgen ausgegeben, um zehn Jahre jünger auszusehen. Erneut schallte das Glöckchen.

Neben dem Pool standen ein Liegestuhl und daneben ein niedriges Tischchen mit einem kleinen, trommelförmigen Gegenstand, der an ein abstraktes Kunstwerk erinnerte. Jetzt blinkte darauf ein smaragdgrünes Licht. Celeste stützte sich auf die Kante und fragte auf Französisch: »Haus. Was gibt es?«

»Guten Morgen, Mme Toussaint«, tönte es mit melodiöser Stimme und Pariser Akzent aus dem Gerät. *»Ein Anruf von Pytor Glovkonin auf Ihrer privaten Leitung. Soll ich das Gespräch annehmen oder ablehnen?«*

Ihr Stirnrunzeln wurde beinahe zur Grimasse, doch sie fing sich wieder, schwang sich mit leisem Ächzen aus dem Wasser und ging zu dem Tischchen. Es gefiel ihr zwar nicht, das Training vorzeitig zu beenden, aber bedauerlicherweise musste sie davon ausgehen, dass Glovkonin sie nur anrief, wenn es wirklich wichtig war. »Sag dem Koch, dass ich jetzt frühstücken will. Und leite den Anruf auf mein Telefon um.«

»Einen Augenblick bitte …« Das Spracherkennungssystem gehorchte, und das iPhone, das neben Celestes Handtuch auf dem Liegestuhl lag, fing an zu blinken.

Sie drückte die Anruftaste des Smartphones und schlüpfte dabei in einen Bademantel. »Pytor«, sagte sie dann. »Sie sind früh auf den Beinen, wie ich sehe.«

Ein leises, selbstgefälliges Kichern drang zum Lautsprecher heraus. »Ah, Celeste. In Moskau schläft niemand lange, das wissen Sie. Viel zu viel zu tun.« Sie stellte sich seine schmierige Miene vor, sein hündisches Grinsen. »Wie ist das Wetter in Saint-Tropez?«

Sie warf einen Blick zu den Fenstern hinauf, streifte die nassen Haare zurück und hüllte sie in einen Handtuchturban. »Es wird ein herrlicher Tag.« Sie fing bereits an, sich über ihn zu ärgern. »Was wollen Sie von mir?«

»Geschäfte«, erwiderte er feierlich. »Mir sind etliche Dinge zu Ohren gekommen, und ich wollte die Situation mit Ihnen erörtern. Die Fäden des Spinnennetzes zittern, nicht wahr? Ich habe verstörende Gerüchte in Bezug auf Ihre persönliche Sicherheit vernehmen müssen. Angeblich hat man versucht, Ihre Schutzmauern zu durchbrechen.«

»Es gibt immer irgendjemanden, der versucht, meine Schutzmauern zu durchbrechen«, erwiderte sie und griff nach dem Telefon. Dann verließ sie den Raum, in dem sich der Pool befand, und ging einen Flur entlang. Ihre nackten Füße klatschten auf die Fliesen, während sie die breite, flache Treppe ins Erdgeschoss hinaufstieg. »Das ist der Preis des Erfolgs. Es gibt immer jemanden, der mich vom Sockel stoßen möchte.« Sie holte Luft, fasste ihre Gedanken neu und mahnte sich, freundlich zu bleiben. »Ich weiß Ihre Besorgnis zu schätzen. Falls Sie über Informationen verfügen, die für mein Sicherheitspersonal von Interesse sein könnten, dann schicken Sie sie doch bitte …«

»Selbstverständlich, selbstverständlich«, fiel er ihr ins Wort. »Bin ich zu anmaßend? Vielleicht bin ich das, aber, nun ja, das ist eine meiner Schwächen.«

»Durchaus.« Celeste starrte ihr Telefon an und zog eine Augenbraue in die Höhe. Sie wusste nicht, worauf dieses Gespräch hinauslaufen sollte, aber sie fühlte sich unwohl dabei. Das Kombinat gab für die Kontakte seiner Mitglieder untereinander genaue Regeln vor, um die isolierte Zellenstruktur der Organisation aufrechtzuerhalten. Niemand kannte mehr als zwei andere Personen der operativen Ebene. So wurde gewährleistet, dass im Fall eines Versagens der Sicherheitsmaßnahmen oder bei einem feindlichen Übergriff immer nur jene einzelnen Zellen gefährdet waren und die Organisation als Ganzes handlungsfähig blieb. Dass Glovkonin sie auf ihrer privaten Leitung anrief, um etwas zu besprechen, was sich auch auf sehr viel zurückhaltendere Art und Weise hätte regeln lassen, war nicht nur übertrieben vertraulich, es grenzte geradezu an Leichtsinn.

Sie betrat den Wohnbereich und durchquerte den großen Raum. Der dicke weiße Teppich schmiegte sich sanft an ihre Füße. Frischer Kaffeeduft stieg ihr in die Nase, und sie ging in Richtung Fenster.

»Gibt es sonst noch etwas?«

»Haben Sie heute schon Nachrichten gesehen? Ich gehe davon aus, dass Ihre Leute Sie über die Vorgänge in der Welt auf dem Laufenden halten.«

Celeste blieb mitten im Raum stehen und legte die Hand über das Mikrofon. »Haus!«, rief sie. »Fernseher. Nachrichten.«

»Einen Moment, bitte …«, sagte die künstliche Stimme. Dieses Mal drang sie aus einem kleinen Lautsprecher auf einem niedrigen Couchtisch. Der große Bildschirm an der hinteren Wand erwachte zum Leben und zeigte eine Vielzahl kleiner Videofenster an. In jedem lief ein anderer internationaler Nachrichtensender, nicht nur die, die sie selbst besaß, sondern auch France24, CNN, BBC World, NHK und etliche andere. Der Ton war stumm geschaltet, aber die Gemeinsamkeiten fielen ihr trotzdem sofort auf. Überall wurden Bilder von Polizei- und Rettungsfahrzeugen auf den Straßen einer fernöstlichen Stadt gezeigt. Sie las die Tickerzeile in einem der Videofenster: TERRORISTISCHER CYBERANGRIFF LEGT SÜDKOREANISCHE HAUPTSTADT LAHM.

»Wir haben damit nichts zu tun«, sagte sie, mehr zu sich selbst als zu dem Telefon in ihrer Hand.

»So scheint es zumindest, nicht wahr? Sie wüssten selbstverständlich Bescheid, wenn eines der anderen Mitglieder eine Sache von diesem Ausmaß in die Wege geleitet hätte.« Der Tonfall des Russen war schwer zu deuten. Wollte er ihr Vorwürfe machen? Oder sie womöglich einschüchtern, weil er mehr über die Vorgänge in Südkorea wusste als sie? »Wir können schließlich nicht alles selbst machen, nicht wahr?« Glovkonin lachte. »Dennoch kann das Kombinat die Vorkommnisse zu seinen Gunsten nutzen. Unser Königreich ist schließlich jener perfekte Zustand zwischen Chaos und Ordnung, finden Sie nicht auch?«

Celeste merkte, dass ihre Geduld mit den Spielchen dieses Mannes zu Ende ging. »Das Kombinat passt sich an jede Situation an, Pytor. Genau deshalb hat es nun schon fast ein Jahrhundert lang überlebt.« Sie betrachtete noch einmal den Bildschirm, bevor sie sich vor die zimmerhohen Fenster des Wohnbereichs stellte. »Was immer da vor sich geht, wir werden es beobachten.«

»Ja«, meinte er zustimmend. »Wir wollen schließlich nicht, dass die Terroristen ihre eigenen Ideen verfolgen, nicht wahr? Schlecht fürs Geschäft.«

Seine Stimme rückte in den Hintergrund, während sie ihre Aufmerksamkeit auf den makellosen Rasenstreifen jenseits der Glasscheibe und die graue Schotterauffahrt richtete, die zwischen den Bäumen verschwand. Einer ihrer Wachleute lag mit dem Gesicht nach unten auf dem sorgfältig manikürten Gras. Eine dunkle Pfütze glitzerte rund um seinen Kopf und versickerte langsam im Boden. Seine Waffe lag neben ihm. Sie war ihm aus der Hand geglitten.

Celeste hielt den Atem an.

»Stimmt etwas nicht?«, sagte Glovkonin. »Hallo?«

Sie ignorierte ihn, wich ein Stück zurück und spähte zwischen die dicht stehenden Bäume. Die Fenster bestanden selbstverständlich aus kugelsicherem Glas, aber gegen ein panzerbrechendes Geschoss aus einem Hochleistungsgewehr hätte das auch nichts genützt. Schlagartig ergriff die Angst von ihr Besitz, ihr auf Kampf oder Flucht programmierter Instinkt ließ sie nach einer Waffe suchen, nach irgendetwas, womit sie sich verteidigen konnte.

»Haus!«, platzte sie heraus. »Notfall! Notfall! Notfall!« Die dreifache Wiederholung dieses Wortes aktivierte den stummen Alarm der Villa. Das Computersystem würde automatisch alle vor Ort befindlichen Angehörigen der Sicherheitsmannschaft, ihre Mitarbeiter im Büro sowie die örtliche Polizeiwache alarmieren.

»*Verstanden*«, erwiderte die künstliche Stimme. »*Bitte begeben Sie sich unverzüglich in den Schutzraum.*«

Hastig ging sie durch den Wohnbereich und spähte in jeder Ecke nach potenziellen Bedrohungen. Ihre Erschöpfung nach dem morgendlichen Schwimmen war wie weggeblasen. An ihre Stelle war eine kalte Panik getreten – und Wut darüber, dass jemand es gewagt hatte, ihre Privatsphäre zu verletzen und ihr Personal zu attackieren. Sie schob die Frage, wie der unsichtbare Eindringling überhaupt auf das Grundstück gelangt war, beiseite und konzentrierte sich voll und ganz auf ihre persönliche Sicherheit. Wenn sie das Ganze überstanden hatte, war immer noch genügend Zeit, einen Schuldigen dafür zu finden.

Wer immer dafür verantwortlich war, sie würde ein Exempel an ihm statuieren, so viel stand fest.

Erst auf dem Weg zur Treppe in den ersten Stock fiel ihr ein, dass sie immer noch ihr iPhone in der Hand hielt. Die Verbindung stand noch. »Pytor? Sind Sie noch da?«

»Celeste. Ja. Ich glaube, wir sind für einen Moment unterbrochen worden. Was geht denn da vor sich?«

»Hier ist jemand. Ein Attentäter.« Kaum hatte sie es laut ausgesprochen, da gefror ihr das Blut in den Adern.

»Oh! Dann steht zu befürchten, dass ich recht hatte.«

Celeste wollte etwas erwidern, doch in diesem Augenblick, kurz bevor sie die Treppe am hinteren Ende der Eingangshalle erreicht hatte, ertönte ein gedämpftes Summen, das von der Armbanduhr eines anderen Leibwächters herrührte. Auf dem Display blinkte dunkelrot das Wort *Alerte* auf. Der Mann lag zusammengesunken in einer Ecke neben einer großen Bodenvase. Jemand hatte ihm aus nächster Nähe ins rechte Auge geschossen.

Nicht weit entfernt sah sie einen dritten Leichnam liegen, notdürftig versteckt hinter einer hübsch verzierten Liege. Die Frau gehörte zum Küchenpersonal, und ihre weiße Leinenjacke war blutverschmiert. In ihrer Kehle klaffte ein Einschussloch.

»Sie sind hier, hier bei mir«, flüsterte Celeste. Sie lief zurück zu dem toten Leibwächter und nahm die Pistole aus seinem Schulterhalfter. Die Waffe war riesig und lag unhandlich in ihren langen, dünnen Fingern, aber sie kannte sich immerhin so gut aus, dass sie nachsah, ob eine Patrone in der Kammer lag und die Waffe entsichert war.

»Celeste, so reden Sie doch mit mir!«, drängte Glovkonin. Sie verzog das Gesicht und stellte den Ton leiser.

»Ich habe eine Waffe«, flüsterte sie. »Ich weiß nicht, wo sie sind …«

»Sie haben doch einen Schutzraum in Ihrem Haus, nicht wahr? Gehen Sie da hin und bleiben Sie da. Ich habe bereits meine Leute verständigt. Hilfe ist unterwegs!«

»Ja …« Sie stieg die Treppe in den ersten Stock hinauf, immer zwei Stufen auf einmal nehmend. Oben angekommen, riskierte sie einen Blick nach unten. Von hier aus konnte sie bis in das Medienzimmer sehen, aber nirgendwo rührte sich etwas. Die Auffahrt draußen vor dem Fenster war menschenleer. Und dann traf sie die Erkenntnis, dass sie womöglich die einzige noch lebende Person in der Villa war. Die Männer, die der private Militärdienstleister ALEPH zu ihrem Schutz abgestellt hatte, wurden viel zu gut bezahlt und hatten viel zu viel Angst vor ihrer Macht und ihrem Einfluss, als dass sie ihr eigenes Leben über das ihrer Schutzbefohlenen gestellt hätten. Wenn sie nicht an ihrer Seite waren, dann bedeutete das, dass sie nicht mehr lebten.

Sie zögerte und überlegte kurz, ob es nicht noch eine andere Möglichkeit gab. Der sportliche rote Porsche, mit dem sie an den wenigen Tagen, wo sie das Bedürfnis hatte, selbst zu fahren, durch die Landschaft kurvte, stand in der Garage, gar nicht weit entfernt. Konnte sie es riskieren?

Aber dann musste sie entweder zur Haustür hinausgehen oder den langen Weg durch die Küche und den Personalbereich nehmen.

Sie verwarf diesen Gedanken wieder, weil sie sich nicht der nackten Angst beugen wollte. Der Schutzraum war näher, versteckt hinter einem Bücherregal in ihrem Arbeitszimmer. Nur zehn Meter entfernt.

Es verlangte ihr eine unglaubliche Selbstbeherrschung ab, diese letzten Meter nicht im Laufschritt zurückzulegen, sondern mit behutsamen, leisen Schritten. Sie hielt die schussbereite Waffe fest in der einen Hand und drückte mit der anderen das Smartphone ans Ohr.

»Keine Sorge«, sagte Glovkonin, und sie spürte ein seidiges Lächeln in seinen Worten. »Gleich ist das alles vorbei.«

Sie erstarrte. Pytor Glovkonin war ein erfolgreicher Mann auf vielen Gebieten, aber gleich bei ihrem ersten Treffen hatte Celeste festgestellt, dass er seine Arroganz einfach nicht zügeln konnte. Er war getrieben von einem inneren Zwang, seine Überlegenheit zu demonstrieren, selbst bei den kleinsten Kleinigkeiten. Das war die größte Schwäche des Russen, und die nahm sie jetzt überdeutlich wahr, von Moskau bis hierher. Mit einem Mal wurde ihr die ganze entsetzliche Wahrheit bewusst.

»Das ist Ihr Werk.« Es war keine Frage. Der tiefe Atemzug am anderen Ende der Leitung war Bestätigung genug.

Es ergab durchaus Sinn. Dieser plötzliche Anruf aus dem Nichts, außerhalb der vorgesehenen Zeiten, der gestelzte Gesprächsverlauf. Er hatte sie angerufen, weil er in diesem Moment *bei ihr* sein wollte.

»Ich habe Ihre große Beobachtungsgabe stets bewundert, Celeste. Ein Jammer, dass Ihre Aufmerksamkeit immer nur nach außen gerichtet ist. Ich meine, sonst hätten Sie es vielleicht schon früher bemerkt.«

Schweigend und mit vorsichtigen Schritten näherte sie sich dem Arbeitszimmer. Ihre Gedanken überschlugen sich, während sie versuchte, hinter die Absichten des Russen zu kommen. Wenn er ihre Schutzmauern durchbrochen hatte, dann hatte er vermutlich auch den Notruf abgefangen.

Eine Machtdemonstration also. Das sah ihm ähnlich. Jeder andere hätte sie still und leise im Pool ertränkt, aber Glovkonin liebte das Drama. Den großen Auftritt. Er wollte an dem Vergnügen teilhaben. Und das gab ihr eine Gelegenheit.

Celeste befand sich jetzt unmittelbar vor dem Arbeitszimmer. Die Tür stand offen, so, wie sie sie zurückgelassen hatte. Der Ausschnitt des Zimmers, den sie sehen konnte, wirkte unberührt und leer. Sie besaß immer noch eine Überlebenschance.

Der Schutzraum war als von der Villa unabhängige, eigenständige Einheit konzipiert worden, mit einer separaten Stromversorgung sowie eigenem Kommunikations- und Sicherheitssystem. Mit Nahrungs- und Wasservorräten für einen ganzen Monat. Mit Wänden so dick, dass sie einer Bombenexplosion widerstehen konnten. Sobald Celeste dort angekommen war, würde Glovkonin sein kleines Machtspielchen um die Ohren fliegen, und in diesem Augenblick gab es nichts, was sie sich so sehr wünschte wie eine Revanche.

»Sie müssen verstehen«, fing er an, ein wenig verärgert darüber, dass sie verstummt war, »dass das einem höheren Zweck dient. Das Kombinat ist eine große und mächtige Organisation, aber sie bewegt sich zu langsam. Ich werde ihr etwas auf die Sprünge helfen.« Sie hielt den Atem an und wartete schweigend ab. »Ich habe die Wahrheit gesagt, Ihre Schutzmauern wurden tatsächlich durchbrochen.

Ich habe erfahren, dass verschiedene Informationen über Ihre Aktivitäten, Ihre Verhandlungen mit gewissen Personen, von diesen Rubicon-Idioten an die Police Nationale weitergeleitet wurden. Und das macht Sie zu einem Unsicherheitsfaktor. Ich hätte Sie warnen können, Ihnen Zeit geben, um unterzutauchen, aber dann bin ich auf eine sinnvollere Lösung gestoßen. Es ist besser auf diese Art, schneller.« Er unterbrach sich erneut und ließ seine Worte wirken. »Man wird Ihre Stelle neu besetzen müssen. Und ich werde dafür sorgen, die anderen glauben zu machen, dass der Afrikaner seine Leute zu Ihnen geschickt hat, um Sie zu töten.«

Jetzt fiel auch das letzte Puzzlesteinchen an seinen Platz. Glovkonin hasste Ekko Solomon und die Rubicon-Gruppe aus tiefstem Herzen, seit sie vor zwei Jahren den Anschlag in Washington verhindert hatten, den er, Glovkonin, geplant und organisiert hatte. Und auch der jüngste Fehlschlag – sein gescheiterter Versuch, eine Nuklearwaffe aus ehemaligen Sowjetbeständen zu erwerben – ging auf Solomons Konto.

Das Kombinat hatte in der Tat geplant, sich mit Rubicon zu befassen, aber wie alle Projekte schritt auch jenes in angemessenem Tempo voran. Doch der Russe schien nicht gewillt zu sein, noch länger zu warten. Er würde es so aussehen lassen, als würden Solomons Leute dahinterstecken, in der Hoffnung, dass er die anderen Mitglieder des Kombinats dadurch zu schnellerem Handeln bewegen konnte.

»Das wird Ihnen nicht gelingen«, sagte sie und warf, während sie ins Arbeitszimmer eilte, das iPhone auf ihren Schreibtisch.

Celeste hatte noch nicht einmal die Hälfte der Strecke bis zum Bücherregal zurückgelegt, da kamen kräftige Hände aus der Dunkelheit auf sie zu und packten sie. Glovkonins Attentäter hatte im Schatten auf sie gewartet. Jetzt wand er ihr die Pistole des Leibwächters aus der Hand, wobei er ihr drei Finger brach. Sie schrie auf, als sich ein Schuss löste und die Kugel in die Zimmerdecke einschlug, dann war die Waffe verschwunden. Die Hände des Attentäters waren groß und stark. Sie steckten in Lederhandschuhen, die einen durchdringenden Pulvergeruch verströmten. Der Mann packte Celeste an der Kehle und am Kragen ihres Bademantels und hob sie hoch.

Sie flog durch die Luft, landete krachend an der hinteren Wand und stürzte auf den Teppich. Bücher und Bilderrahmen landeten links und rechts neben ihr.

Celeste schmeckte Blut und richtete sich zitternd auf, zog den Bademantel wieder über ihre Schultern, um ihre Blöße zu bedecken. Sie blinzelte, und jetzt sah sie den Attentäter zum ersten Mal. Dunkelhäutig und imposant, vielleicht sogar attraktiv, stand er vor ihr. Ein Araber mit stahlhartem Blick und dem Gesicht eines Soldaten. Er kam ihr bekannt vor, aber sie wusste nicht, wo sie ihn schon einmal gesehen hatte.

Jetzt zog er eine schallgedämpfte Pistole aus seiner schwarzen Jacke und richtete sie auf Celeste. »Sie machen einen Fehler«, stieß sie auf Fusha – der arabischen Hochsprache – hervor. »Wenn Sie sein Verbündeter sind, dann werden Sie mit ihm gemeinsam untergehen.«

»Ich bin nicht sein Verbündeter«, entgegnete der Mann in flüssigem Französisch. »Genauso wenig wie deiner oder der deiner Spießgesellen.«

»Dann also ein Geschäft. Ich kann Ihnen ein besseres Angebot machen als er.« Sie kehrte wieder zu ihrer Muttersprache zurück. »Nennen Sie mir einen Preis.«

»Ich will kein Geld.« Der Attentäter verzog das Gesicht.

»Du kannst dich niemals freikaufen. Ich hasse Leute von eurem Schlag, mit euren Lügen und Absprachen und Geheimnissen! Ihr seid das Krebsgeschwulst dieser Welt. Ich will, dass ihr vernichtet werdet.«

In diesem Augenblick fiel ihr ein, wen sie da vor sich hatte. »Sie sind Khadir …« Celeste schüttelte den Kopf. Der Mann war ein Terrorist, der auf jedem Kontinent steckbrieflich gesucht wurde. Er war persönlich für Dutzende von Bombenattentaten und Mordanschlägen verantwortlich. »Aber … Ihre Organisation, Al Saïf, existiert nicht mehr. Die Amerikaner haben sie zerschlagen. Sie behaupten, dass Sie bei einem Luftangriff in Syrien ums Leben gekommen sind.«

»Alles Lügen«, wiederholte er. »Nicht besser als deine.«

Sie streckte die Hand aus, klammerte sich an einen dünnen Hoffnungsfaden. »Der Bombenanschlag in Washington … Ich weiß, wir haben Al Saïf zugesichert, dass wir für die Umsetzung sorgen, und wir haben versagt. Das lässt sich nicht leugnen. Aber wir haben immer noch eine gemeinsame Basis …«

»Ich habe Al Saïf hinter mir gelassen«, fiel Khadir ihr ins Wort. »Ich gehe meinen eigenen Weg. Sie waren genauso engstirnig wie du. Ich werde das Werk, das ich dort begonnen habe, auf eigene Faust vollenden. Ich brauche weder dich noch sie.«

Sie keuchte angestrengt. »Aber Sie arbeiten mit Glovkonin zusammen? Sie töten in seinem Auftrag?« Celeste ließ die Hand sinken und nahm alle Widerstandskraft, die sie noch besaß, zusammen. »Was ist denn der Unterschied zwischen ihm und mir?«

»Es gibt keinen«, erwiderte Khadir und legte an. »Und eines Tages wird ihm genau das zum Verhängnis werden.«

Glovkonin steckte sich mit einer Hand eine Zigarette an, drückte die andere an seinen Bluetooth-Ohrhörer und lauschte angestrengt, um die Laute am anderen Ende der Leitung mitzubekommen.

Leise Stimmen auf Französisch, eine Sprache, die ihm nie wichtig genug gewesen war, um sie zu erlernen. Das ärgerte ihn. Wenn Toussaint irgendwelche letzten Worte zu sagen hatte, dann wollte er sie auch verstehen.

Jetzt ertönte das unmissverständliche Tschak-tschak einer schallgedämpften Pistole. Unmittelbar danach war ein pathetisches Knurren zu vernehmen. »Es ist vollbracht.«

»Was hat sie noch gesagt?« Glovkonin ging quer durch seine Hotelsuite und stellte sich vor das halb geöffnete Fenster. Er trug ein seidenes Nachtgewand, das jedoch ziemlich ungeordnet aussah – ein Andenken an seine energiegeladene frühmorgendliche Begegnung mit der jungen Frau, die immer noch im Bett lag und schlief.

»Nichts von Bedeutung.«

»Tun Sie mir den Gefallen«, beharrte er. Dann stützte er sich auf den Fenstersims und entließ eine bläuliche Rauchwolke in den kühlen Moskauer Morgen. Er starrte auf die Kuppeln des Kremls, ohne sie wirklich wahrzunehmen. Im Gedanken war er jetzt in Saint-Tropez und stellte sich vor, wie Celeste Toussaint ihren allerletzten Atemzug tat.

Khadir seufzte. »Sie hat um ihr Leben gefeilscht.«

Glovkonin grinste kurz und fuhr sich mit dem Finger über seinen sorgfältig gestutzten Bart. »Aber das Angebot war nicht zufriedenstellend?« Er brauchte den Ägypter nicht daran zu erinnern, dass ihre Abmachung voll und ganz auf dessen Fügsamkeit basierte. Erst wenn Glovkonins Begierden gestillt waren, würde Khadir bekommen, was er wollte.

Daher war es keine Überraschung, dass der Mann am

anderen Ende der Leitung nicht auf Glovkonins Bemerkung einging. »Ich werde den Tatort säubern. Es werden keine Spuren zurückbleiben.«

»Nun ja«, verbesserte ihn Glovkonin. »*Eine* schon.«

Seine Leute hatten unter großem Aufwand eine Kopie der Europol-Akte über Marc Dane besorgt, mit der es möglich gewesen war, einen teilweisen Fingerabdruck von Danes rechtem Daumen zu reproduzieren. Khadir hatte eine Plastikfolie dabei, mit der er den gefälschten Abdruck auf einer Patronenhülse platzieren konnte, die er in der Villa zurücklassen würde, damit die ALEPH-Mannschaft sie finden konnte. Wenn die Zeit reif war, würde im Zusammenhang mit dem Mord an Toussaint nach dem Engländer gefahndet werden, und das würde auch seinen Arbeitgeber, die Rubicon-Gruppe, in ein schiefes Licht rücken. Und dann würde Glovkonin bereitstehen und den Tod dieser Frau für seine eigenen Zwecke benutzen.

»Erledige alles, was nötig ist, und dann trittst du den Rückzug an«, befahl er. »Komm zu mir.«

»Das wird dauern. Ich kann nicht den direkten Weg wählen.«

»Selbstverständlich nicht.« Glovkonin winkte ab. Die Einzelheiten interessierten ihn nicht. »Ich muss den nächsten Schritt vorbereiten.«

»Gibt es denn noch ein … Hindernis zu beseitigen?«

»Nein. Ganz im Gegenteil.« Er beendete das Gespräch mit einer Berührung des Ohrstöpsels, nahm ihn heraus und legte das ganze Gerät auf einen niedrigen Couchtisch mit Glasplatte.

Dann lehnte er sich zurück und schenkte sich Tee aus einem kleinen Samowar ein. Vorfreude keimte in ihm auf, das ließ sich nicht verleugnen. Glovkonin hatte wieder die Kontrolle übernommen, und jetzt, wo diese Frau ausgeschaltet war, war er nicht ständig ihren Launen ausgesetzt, sodass er sich endlich Zugang zum Rest der Führungshierarchie des Kombinats verschaffen konnte. Es hatte ihm schwer zu schaffen gemacht, dass er immer gezwungen war, sich den Bedürfnissen anderer zu unterwerfen. Diese ausgesprochen unangenehme Erfahrung war so selten, dass es ihm wie etwas ganz Neues vorgekommen war, und er war froh, dass er sie hinter sich hatte.

Er griff nach einem sicheren Tablet auf dem Stapel mit den aktuellen Tageszeitungen. Nachdem ein Sensor an dem Gerät seinen Fingerabdruck erkannt hatte, sagte er laut seinen Namen, dann erwachte das Display zum Leben. Es beherbergte auch Madrigals Datenpäckchen, sorgfältig abgelegt in verschiedenen Ordnern, alle voll mit illegal beschafften Informationen. Die Elitehacker von Ghost5 hatten ihm einen viele Seiten langen, maschinell aus dem Mandarin übersetzten Text sowie Hunderte digitaler Fotos zugeschickt. Glovkonin wischte über das Display und sah sich eines nach dem anderen an.

Diese Akten erzählten die Geschichte eines alleinstehenden Mannes, der seit Jahrzehnten ausschließlich Gefängnisluft atmete. Das Leben dieses Mannes war ein verschlungener Pfad aus unberechenbaren Intervallen in immer wechselnden, namenlosen Haftanstalten, aus endlosen Tagen und Nächten an irgendwelchen düsteren Orten. Es war die Geschichte eines Mannes, den eine mächtige und erbarmungslose Behörde mit teilnahmsloser Grausamkeit bestrafte. Eingesperrt im knirschenden Räderwerk einer unbeweglichen, verborgenen Macht, war dieser Mann Gefangener, Opfer und Exempel in einem.

Sein Name war Lau. Bei den Männern, die Lau die Freiheit genommen hatten, handelte es sich um eine Behörde innerhalb einer Behörde, eine unanfechtbare und unangreifbare Instanz innerhalb des chinesischen Ministeriums für Staatssicherheit, die nicht an die allgemein gültige Befehlsstruktur in Peking gebunden war. Die Einzelheiten waren nicht bekannt, aber Tatsache war, dass Lau das Missfallen dieser Männer erregt hatte und diesen Fehler für den Rest seines Lebens büßen würde.

Auf den meisten Bildern trug Lau eine schmutzige Gefängnisuniform, ob beim Arbeitseinsatz mit anderen oder allein in seiner winzigen Zelle, aber es gab auch ein paar wenige Fotos aus einer Zeit, bevor er bei seinen Gebietern in Ungnade gefallen war. Auf etlichen davon trug er eine Offiziersuniform der Armee der Volksrepublik China, auf anderen einen Anzug, wie er in den Achtzigerjahren modern gewesen war. Auf manchen Bildern lächelte er, auf anderen blickte er ernst und nachdenklich in die Kamera, aber auf jedem dieser frühen Fotos strahlte er Entschlossenheit und Zielstrebigkeit aus.

Dann gelangte Glovkonin zu dem Foto, das ihm mehr bedeutete als alle anderen. Darauf war eine grasbewachsene Wildnis zu sehen, höchstwahrscheinlich irgendwo in Sambia. Zwei Männer standen im Schatten eines niedrigen Miombo-Baumes. Lau trug einen Tropenanzug in Tarnfarben und blinzelte breit grinsend in die Sonne. An seiner Seite, Jahrzehnte jünger als heute und mit dem gleichen Gesichtsausdruck wie Lau, stand Ekko Solomon.

Der Russe wechselte nun mehrfach zwischen diesem Bild und der aktuellsten Aufnahme von Lau hin und her. Er versuchte, sich über die Veränderungen klar zu werden, die Letzterer in der Zeit zwischen den beiden Aufnahmen durchgemacht hatte. Wie viel Gram das ältere Gesicht zeigte, wie viel Niedergeschlagenheit. Aber nicht nur das. Glovkonin sah etwas genauer hin und entdeckte etwas, was er von sich selbst auch kannte. Einen Hauch von Wut.

Beherrscht, kontrolliert und sorgfältig behütet, geschützt wie eine offene Flamme vor einem Sturm.

Einen Augenblick später lehnte Glovkonin sich zurück und zog noch einmal an seiner Zigarette. Er ließ seine Gedanken in die Zukunft schweifen. Es würde viel Zeit und Geld kosten, aber irgendwann würde er diesen Gefangenen finden. Und wenn es so weit war, dann hielt er die perfekte Waffe in Händen, um die Rubicon-Gruppe und den Mann dahinter zu vernichten.

Falls die Welt immer noch harte Ecken und Kanten hatte, dann sorgten die Medikamente in Pynes Adern jetzt dafür, dass sie sich weich und flauschig anfühlten.

Die brutalen, alles überlagernden Schmerzen waren nur noch eine verschwommene Erinnerung. Sie senkte den Blick zu der Stelle, wo ein Schuss aus nächster Nähe ihre Bauchdecke aufgerissen hatte, und sah ein dickes weißes Knäuel aus Verbandmaterial, das wie ein Pilzgeschwulst an einem Baumstamm aus ihr hervorzuquellen schien.

Ihr Geist hielt sich an diesem Bild fest und segelte davon, getrieben von Winden aus unzusammenhängenden Gedanken. Pyne hatte einen Wachtraum voller baumhoher Grashalme und Bäume, die sich so hoch wie Berge auftürmten. Sie sah blauen Himmel und fühlte eine kühle Brise auf ihren Wangen.

Irgendwann verzog sich der träumerische Nebel, und sie landete wieder auf der Erde. Schwerfällige Gedankeneisberge schoben sich träge durch ihren Geist und kollidierten. Hinter dem Schmerz tauchten jetzt einzelne Bruchstücke des Geschehenen auf.

Kara, die sie durch den Hangar schleift. Donner und Regen. Rotorblätter über ihrem Kopf. Glaswände und Menschen mit Mundschutz. Dann blinkende Lichter und das Gefühl aufwärtszufallen. Waren das schon die Medikamente gewesen?

Sie drehte den Kopf, sah ihren eigenen Körper und erkannte allmählich, dass das summende Geräusch nicht in ihrem Kopf war, sondern von außen kam. Sie lag auf einer Notfalltrage in einem Zug. Nein, in einem *Flugzeug*. Einem kleinen Flugzeug, einem Privatjet, der jenen ähnelte, mit denen diese reichen Vollidioten von Rappern in irgendwelchen Videos angaben.

Draußen vor den ovalen Fenstern zogen graue Wolken vorbei, und dazwischen kleine Flecken von verträumtem Blau. Pyne konnte sich an immer mehr erinnern. Eine Frau, eine Ärztin mit starkem asiatischem Akzent, die ihr sagte, dass sie wieder gesund werden würde. *Ihre Nierenfunktion wird ein bisschen eingeschränkt sein, aber ansonsten wird alles gut. Die Kugel hat keine lebenswichtigen Organe verletzt.* Hatte sie das wirklich gehört oder sich nur eingebildet? Die Ärztin sagte, sie würden sie ins Krankenhaus bringen. In einem Ort namens Busan.

Sie blinzelte die Verbände an. War sie denn nicht schon in einem Krankenhaus gewesen? Wo war die Ärztin denn hergekommen? *Busan*? Das hörte sich weit weg von zu Hause an.

»Hallo, du Torfnase.«

Pyne drehte sich zu der Stimme um.

»Kara?« Die andere Hackerin saß in einem Drehstuhl neben ihr und tippte wie wild auf einem Tablet auf ihren Knien herum. An der Seite des Tablets klebte, mehr schlecht als recht, ein WLAN-Sniffer. Kara trug den gleichen Kittel wie die Ärztin mit dem Akzent. »Wieso hast du … das an?« Es kostete Pyne große Anstrengung, die Wörter in der richtigen Reihenfolge auszusprechen. »Bist du jetzt meine Ärztin?«

»Das ist meine Tarnung«, erwiderte Kara. »Warum hast du dir diese Kugel eingefangen?« Pyne wusste nicht genau, ob sie die Frage beantworten sollte, und ließ es sein. Sie war sich immer noch nicht hundertprozentig sicher, dass Kara wirklich hier neben ihr saß. »Du hättest dich nicht gegen Erik auflehnen dürfen. Das hast du jetzt davon.«

Pyne nickte schwach. »Lex hätte das auch gemacht.«

Karas ausdruckslose Miene geriet für einen Moment außer Kontrolle, wurde von einem Hauch Traurigkeit überzogen, der jedoch gleich wieder verschwunden war. »Du wirst in Busan erwartet«, sagte sie dann. »Von der CIA. Sie haben es nicht vergessen.«

»Oh.« Bevor Pyne in den Einflussbereich von Ghost5 geraten war, hatte sie eine CIA-Quelle enttarnt, einen IS-Kämpfer, der den Amerikanern eine Menge Insider-Wissen versprochen hatte. Im Gegenzug hatten sie in Bezug auf seine vielfältigen Aktivitäten im Bereich Menschenhandel beide Augen zugedrückt. Er hatte jedoch nicht lange überlebt, nachdem Pyne im Darknet seine neue Identität enthüllt hatte, sehr zum Ärger seiner amerikanischen Führungsoffiziere. »Das ist schlecht.«

Kara schüttelte den Kopf. »Ist es nicht.« Sie hob den Blick, als der koreanische Pilot aus dem Cockpit in die Kabine trat und sie durchdringend anstarrte. Er machte keinen besonders glücklichen Eindruck. »Was?« Karas Ton war schroff und unfreundlich.

Der Mann sah Pyne kurz an und wandte sich dann an Kara. »Ich habe getan, was Sie wollten. Aber jetzt will die Flugsicherung von Busan wissen, was hier eigentlich los ist. Und sobald wir in der Nähe der japanischen Küste sind, werden die ein paar Jagdflugzeuge losschicken, um nachzusehen, was zum Teufel wir vorhaben.«

»Überlassen Sie das mir!«, sagte Kara nachdrücklich.

»Sobald wir den japanischen Luftraum erreichen, haben wir auch einen autorisierten Flugplan mit allem, was nötig ist.«

»Nagasaki ist noch weit«, stieß der Mann als Nächstes hervor. »Wir haben dafür kaum genügend Treibstoff an Bord.«

»So ein Quatsch.« Kara streckte ihm das Tablet entgegen. Pynes Blick ging immer zwischen den beiden hin und her, als würde sie sich ein Tennismatch ansehen. »Versuchen Sie nicht, mich zu verarschen. Ich habe mich in den Steuerungscomputer der Maschine eingeloggt. Wenn ich nicht alle zehn Minuten einen bestimmten Code eingebe, dann werden die Querruder blockiert, und wir stürzen ins Meer.« Der Mann wurde kreidebleich. »Ich weiß genau, wie viel Treibstoff wir noch im Tank haben. Und meine Freundin und ich, wir haben beide nichts zu verlieren. Kapiert?«

»Ich hab's kapiert«, erwiderte der Mann. »Machen Sie keinen Blödsinn, okay?«

»Fliegen Sie das Flugzeug und lassen Sie mich arbeiten.« Kara fing wieder an zu tippen. Es dauerte einen kurzen Moment, dann seufzte der Mann und ging zurück ins Cockpit.

Pyne versuchte sich aufzurichten, aber die Schmerzen waren zu groß, darum ließ sie sich wieder auf die Trage sinken. »Du hast uns entführt.«

»Ich konnte da nicht bleiben.« Karas Blick schweifte in die Ferne, und es schien, als wäre sie mit einem Mal sehr weit weg. Fast roboterhaft huschten ihre Finger über die Tastatur. »Ich habe viele schlimme Sachen gemacht, Pyne.« Ein seltsamer Laut drang aus ihrer Kehle, als würde sie ein Schluchzen unterdrücken. »Und der Mensch, der ich geworden bin, den mag ich nicht. Darum muss ich verschwinden. Solltest du auch tun.«

»Wo fliegen wir hin?«

»An einen sicheren Ort. Ich kriege das hin.«

Pyne blinzelte. »Aber die Leute, die uns gerettet haben … deine Freunde. Die werden doch wahnsinnig sauer sein.«

»Ja.« Kara hörte kurz auf zu tippen. »Ja, das stimmt. Aber das ist okay. Ich habe ihnen eine Nachricht hinterlassen.«

Bei Sonnenuntergang hatte der Sturm sich gelegt. Am Himmel über dem kalten Seoul war keine Wolke mehr zu sehen. In einigen wenigen Stadtbezirken war es immer noch dunkel, das konnte man sehen, wenn man zu den Fenstern des Bürohochhauses hinausblickte. Die Armee war mit tragbaren Generatoren angerückt, und es sprach alles dafür, dass die Stromversorgung im Lauf weniger Tage wieder reibungslos funktionieren würde.

Aber immer noch hing eine gewisse Stille über der Stadt. Sie zeigte sich in den hastigen Schritten ihrer Bewohner, die so schnell wie möglich nach Hause kommen wollten, um sich mit ihren Liebsten dort zu verkriechen. Der Angriff auf Seoul glich einem Beinahekrieg, und die älteren Bewohner, die sich noch erinnern konnten, wussten von Stromausfällen während der militärischen Auseinandersetzungen mit dem Norden und mahnten ihre Enkelkinder zur Vorsicht. Noch hatte niemand einen Namen dafür gefunden, aber der Zusammenbruch der Stromversorgung hier in Seoul sowie San Francisco und das missratene Soldier-Saints-Bombenattentat waren die letzten Varianten einer neuartigen Form der Kriegsführung.

Es war nichts Neues, dass staatlich finanzierte Hacker die Infrastruktur im Nahen Osten und in Osteuropa unter Beschuss nahmen, das geschah schließlich schon seit Jahren; aber Großstädte in Südkorea und den Vereinigten Staaten bedeuteten eine neue Dimension. Jetzt konnte auch der Rest der Welt die Augen vor der potenziellen Bedrohung nicht mehr länger verschließen.

Marc überlegte, was das alles für Rubicon bedeuten konnte, für eine Organisation, die jetzt untrennbar mit diesen Ereignissen verknüpft war, und die – trotz all ihrer Macht und all ihrer finanziellen Möglichkeiten – ihr Dasein in den Graubereichen fristete, in denen die Macht der Staaten praktisch nichts mehr wert war.

»Wie soll es jetzt weitergehen?«, fragte er sich laut.

»Ich hab, verdammt noch mal, keinen Schimmer.« Lucy stand mit verschränkten Armen in der Tür und beobachtete ihn. »Du hast mich gesucht?«

»Stimmt.« Er nickte in Richtung Fenster. »Ich war kurz abgelenkt.«

»Alles okay?«

Er grinste schief. »Wollte ich dich auch fragen.«

»Ich habe versucht zu schlafen. Hat nicht geklappt.«

»Ich meine …« Er hob die Hand und ließ den Satz in der Luft hängen.

Lucy zuckte mit den Schultern. »Blut kann man abwaschen. Narben verheilen.« Sie blickte auf ihre Hände hinab. »Ich werd's verkraften.«

Er hätte gern noch einmal nachgehakt, beließ es aber zunächst einmal dabei und hob sein Smartphone hoch. »Delancort hat mich angefunkt. Solomons Flugzeug ist vor zwanzig Minuten in Incheon gelandet. Sie müssten in einer Stunde oder so hier sein, je nachdem, wie schnell sie durch die Kontrollen kommen.«

»Wo ist Kara?«

Sein Grinsen erstarb. »Ja, genau.« Marc sah sie an. »Sie muss entwischt sein, als gerade niemand aufgepasst hat. Es sieht so aus, als hat sie sich an Bord des Rettungsflugzeugs für Pyne geschmuggelt, und dann hat sie …«

»Scheiße!«, stieß Lucy hervor und fletschte die Zähne. »Hast du das gewusst?« Mit wütenden Blicken trat sie auf ihn zu. »Hast du ihr etwa geholfen?«

»Was? Nein!« Marc schnaufte entrüstet. »Scheiße, wenn überhaupt jemand schuld daran ist, dann *du*. Und *Solomon*.«

»Wie kommst du denn darauf?«

»Ich bin kein Idiot, auch wenn vieles darauf hindeutet«, gab Marc zurück. »Hast du etwa gedacht, ich wüsste nicht, dass du sie erschießen willst, nachdem du überzeugt warst, dass sie die Seiten gewechselt hat? Das war doch schon beim ersten Mal klar. Du hast sie abgeschrieben.«

»Sag mir nichts, was ich sowieso schon weiß«, fauchte Lucy ihn an. »Du bist ein kluger Kopf, Dane, aber manchmal einfach zu vertrauensselig. Ob es dir nun passt oder nicht, aber Kara Wei – oder wie immer sie auch heißen mag – hat uns seit ihrem ersten Tag bei Rubicon an der Nase herumgeführt.«

»Ich weigere mich, das zu glauben.«

»Ach, tatsächlich?« Sie sah sich demonstrativ um. »Und warum ist sie dann abgehauen? *Schon wieder*?« Lucy sprach weiter, noch bevor er eine Antwort parat hatte. »Ich habe ihr vertraut. Ich habe sie als Freundin betrachtet. Und was ist dabei rausgekommen? Sie ist abtrünnig geworden. Sie hat mich und uns alle hintergangen.« Ihr Ärger ließ ein wenig nach. »Kara … hat mir nicht vertraut. Sie hat mich angelogen. Und jetzt, anstatt alles daran zu setzen, es wiedergutzumachen, macht sie genau das Gleiche noch mal.« Lucy stieß einen tiefen Seufzer aus. »Solomon wird total angepisst sein, wenn er erfährt, dass wir sie schon zum zweiten Mal verloren haben.«

»Aber dieses Mal ist es anders«, erwiderte er und startete eine Audio-App auf seinem Smartphone. »Hör mal. Das hat sie mir über einen blinden Server zugeschickt.«

Marc streckte ihr das Telefon entgegen und stellte den Ton lauter. Kara Weis Stimme klang blechern und sehr fern.

»*Ich musste weggehen*«, fing sie an. »*Und zwar, weil ich es nicht ertragen könnte, euch Tag für Tag zu begegnen und zu wissen, dass ihr euch fragt, wann ich euch das nächste Mal belüge, wann ich euch das nächste Mal im Stich lasse. Darum tue ich es jetzt. Es ist das Beste.*« Man konnte hören, wie sie tief Luft holte, und Marc spürte, wie frustriert sie war, dass sie ihre Gefühle nicht richtig ausdrücken konnte. »*Ich habe euch immer wieder gesagt, dass es mir leidtut, aber das ist jetzt das allerletzte Mal. Wenn ihr mir bis jetzt nicht glaubt, dann glaubt ihr mir auch in Zukunft nicht.*« Noch eine lange Pause. »*Ihr fragt euch, warum ihr nicht schon vorher gemerkt habt, wer ich bin. Ich bin sehr gut im Maskentragen. Ihr wollt wissen, wieso ich Arquebus nicht neutralisiert habe, bevor Ghost5 ihn aktiviert hat. Ich musste so lange warten, weil ich mir vorher nicht sicher sein konnte, ob die Angaben, die Lex mir hinterlassen hat, auch wirklich funktionieren. Und dann wäre ich tot gewesen, und niemand hätte sich auf die Seite eines Menschen geschlagen, den … den ich geliebt habe.*« Marc sah, wie Lucys Züge weicher wurden. »*Ich musste langfristig denken*«, fuhr Kara fort. »*Und damit habe ich euch alle gefährdet, aber jetzt habe ich es geschafft – und es tut mir* nicht *leid. Falls ich noch einmal in der gleichen Situation wäre, ich würde wieder ganz genauso handeln.*« Für einen Moment verstummte sie, doch dann sagte sie noch einen letzten Satz: »*Ich komme nicht zurück.*«

Lucys Miene verhärtete sich erneut. »Und das ist alles? Wir nehmen ihre Entschuldigung an, und dann lassen wir sie einfach gehen?« Sie wandte den Blick ab. »Das kann ich nicht. Ich bin im Moment noch meilenweit davon entfernt, Kara Wei einen Freifahrtschein zu geben. Ganz egal welche Gründe sie für ihren einsamen Kampf gehabt hat, sie hat uns *benutzt*. Und das stecke ich nicht so einfach weg.«

Marc steckte sein Smartphone wieder ein. »Ich weiß ja, wie du tickst. Aber in meinem Leben gibt es schon so viele Leute, auf die ich sauer bin, dass ich keine Lust habe, mir noch mehr von der Sorte aufzuhalsen.«

»Du wünschst dir so sehr, dass sie auf der Seite der Guten steht.« Lucys Stimme klang abfällig. »Und weißt du auch, wieso?« Sie stieß ihm den gestreckten Finger an die Brust. »Weil du *recht* haben willst. Du hast mit deinem Verdacht recht gehabt, dass es einen Verräter im MI6 gibt, und in Bezug auf die Exile-Bombe auch. Und jetzt willst du auch wieder recht haben, aber soll ich dir mal was verraten? Du kannst nicht jedes Mal recht haben, Marc Dane!«

»Ich kann Kara verstehen!« Seine aufbrechenden Gefühle ließen ihn hitzig werden. »Zuerst nicht, aber jetzt ist mir alles klar. Kara und dieser Lex, sie hatten etwas sehr Kostbares, und das hat man ihr aus den Händen gerissen. Genau dasselbe ist mir auch passiert.« Er tippte sich auf die Brust. »Ich habe Sam verloren, und das werde ich mein Leben lang mit mir rumschleppen.« Marc wandte sich ab und starrte zum Fenster hinaus. »Ich hätte an Karas Stelle ganz genauso gehandelt. Verdammt noch mal, ich *habe* ganz genauso gehandelt, als die Nomad-Einheit ausgelöscht worden ist!« Wenn er jetzt die Augen zugemacht hätte, dann hätte er die Flammen und den Rauch jenes furchtbaren Tages vor sich gesehen, das wusste er. Genauso deutlich wie damals, als es passiert war.

Er sah Lucys Spiegelbild in der Fensterscheibe, sah, dass sie ihn beobachtete. »Weißt du, was dein Problem ist? Du willst unbedingt jemanden retten.« Die Wut und das Gift wichen aus ihrer Stimme. »Aber Sam Green ist nicht mehr da, Marc, und du kannst sie nicht zurückholen. Du musst sie loslassen.«

Er formulierte ein Dutzend unterschiedlicher Antworten, verwarf sie jedoch alle wieder und stellte sich stattdessen Lucys Worten.

Stimmt das, was sie sagt? Seit diese Explosion vor zwei Jahren sein gesamtes Team ausgelöscht hatte, war Marc unterwegs – entweder als Gejagter oder als Jäger. Jedes Mal, wenn er in Schwierigkeiten steckte, war der innere Drang, allen Gefährdungen zu widerstehen, alles Böse zu beseitigen, unwiderstehlich gewesen. *Hat sie womöglich recht? Gibt es eine Leere in mir, die ich niemals füllen werde?* Er hatte keine Antwort auf diese Fragen.

Er nahm den Faden wieder auf. »Wenn du an Karas Stelle gewesen wärst, wenn nicht Lex, sondern dein Bruder getötet worden wäre … du hättest keine Sekunde gezögert.«

»Aber *dir* hätte ich es gesagt.« Lucys Stimme klang leise, fast verletzt.

Marc sah sie an. »Ich vertraue Kara immer noch. So, wie ich dir vertraue. Weil uns sonst nichts geblieben ist.« Er trat auf sie zu und berührte ihre Hand, er verspürte den Drang, inmitten all des Aufruhrs eine Verbindung zu einem anderen Menschen herzustellen. »Das ist es, was dieses blutige Spiel uns nimmt. Die Geheimnisse, die Legenden, die begrabenen Lügen, das alles nagt an der Wahrheit wie Säure und zersetzt sie nach und nach.«

Er holte tief Luft. *Konnte sie das erkennen? Konnte sie das verstehen?* Marc machte trotzdem weiter. Die Ereignisse der letzten Tage hatten ihn dem Tod so nahe gebracht wie nie zuvor, und selbst jetzt, wo der Sturm sich gelegt hatte, konnte er die Nachwirkungen nicht einfach verleugnen.

»Es geht nicht darum, dass man *niemandem trauen kann,* Lucy. Es geht darum, *jemandem* zu trauen. Wenn wir so jemanden nicht haben, dann haben wir gar nichts. Dann ist alles, was wir tun, vergeblich. Ohne Vertrauen sind wir alle … hohle, mechanische Scheinwesen.« Er ließ ihre Hand los und blickte hinaus auf die dunkle Skyline vor dem Fenster. »Dann sind wir *Phantome.*«

Danksagung

Zugegeben, beim Schreiben habe ich einen gewissen Hang zur Dramatik, aber ich habe mich nach Kräften bemüht, alles in diesem Roman so authentisch wie nur möglich zu gestalten (bei gewissen künstlerischen Freiheiten, wie beispielsweise rund um die Schilderung des Berliner Teufelsbergs). Darum möchte ich mich hiermit ausdrücklich bei Dmitri Alperovich, Pauline Bock, Andy Greenberg, Ciaran Fahey, Vince Houghton, Ben Makuch, James Plafke, Jeremy Scahill, Craig Smith, Kim Zetter, Abandoned Berlin, Arch Daily, Boeri Studio, DR1 Racing, the Drone Racing League, ExtremeTech, the Intercept, the International Spy Museum, *Vice*, War Is Boring und *Wired* für all die Artikel, Blogs, Bücher und andere Nachschlagewerke bedanken, die ich während der Arbeit an *Das Rubicon-Protokoll* verwendet habe.

Große Anerkennung gebührt auch meinen beiden Schriftstellerkollegen Peter J. Evans und Ben Aaronovitch sowie meine Freunden Michael Clarke, Peter Clarke und Shaun Kennedy, die mich mit Rat, moralischer Unterstützung und Ideen auf unschätzbare Weise unterstützt haben.

Noch einmal danke an das gesamte Team von United Agents – vor allem an Robert Kirby und Kate Walsh – und von Bonnier Zaffre, dort ganz besonders an meine Lektorin Sophie Orme für die viele Arbeit und ihre niemals endende Begeisterung.

Und wie immer gehen liebevolle Grüße an meine Mutter und meinen Vater sowie meine bessere Hälfte Mandy.

Last but not least: Bei der Entstehung dieses Buches sind keine Drohnen zu Schaden gekommen.